宇治拾遺物語（上）

全訳注

高橋貢
増古和子

講談社学術文庫

まえがき

『宇治拾遺物語』の魅力は、バラエティーに富む、さまざまな傾向の話を収録しているところにあります。「解題」で取り上げましたが、今日の民話、昔話として親しまれている、こぶとりの話、舌切り雀の話、わらしべ長者の話の同話が、それぞれ『宇治拾遺物語』の第三話・四十八話・九十六話にあります。また四大絵巻に含まれる『伴大納言絵詞《ばんだいなごんえことば》』、『信貴山《しぎさん》縁起《えんぎ》絵巻《えまき》』の同話は、第四話・百一話・百十四話にあります。登場人物について見ると、和泉式部や小野篁《おののたかむら》のような著名人が登場する一方、貧しい男や女、僧、歌人、侍、子供等、さまざまな階層の人物が登場し、いきいきと活躍しています。

著名人の話の場合、実際にあった話かというと必ずしもそうではなく、後になって虚構化された話があります。それらの話は、いかにも実話らしく作り、提供されていますが、それらの話を製作する際の想像力、また製作過程を解明することにも魅力があります。

権力者や知識人に弱点があって、弱者に衝かれて、してやられる話、笑いや性の話、合戦の話、盗賊の話、出家機縁の話、貧しい男女の願いや祈りが仏菩薩《ぶつぼさつ》に通じる話、脱仏教的な話等、さまざまです。それらの話に登場する人々の生きざまも千差万別です。

『宇治拾遺物語』の話に見られる昔の人の想像力や理想あるいは願いは今日にも通じます。『宇治拾遺物語』のさまざまな魅力を味わい、読み取っていただければ幸いです。また『宇治拾遺物語』を介して日本古典文学や文化に親しみ、関心を持っていただければと願っています。

『宇治拾遺物語』解題

概説

『宇治拾遺物語』（以下『宇治』と略称）は中世前期、鎌倉時代成立の代表的説話集である。こぶとりの話（第三話）、舌切り雀（あるいは、腰折れ雀）の話（第四十八話）等、親しまれてきた話を収める。古本系統は二巻、流布本系統は十五巻、百九十七話（あるいは百九十八話）からなる。他書に同類話のある話が多いが、特に『今昔物語集』（以下『今昔』と略称）と重なる話は八十二話と多く、『古本説話集』（『古本説話』と略称）とは二十二話、『古事談』とは二十話重なる。続いて『打聞集《うちぎきしゅう》』、『十訓抄《じっきんしょう》』との重複話が多い。『宇治』の性格は、書名と序文によく表われている。『宇治』は『今昔』とともに書名に「物語」をつける。説話集の中の、例えば『日本霊異記』、『日本感霊録』、『打聞集』、『古事談』のように「物語」を付さない作品は、仏教の教訓意識や故実のために話を集めるという意図、あるいは説法の備忘録に主な目的があるが、『宇治』は話そのものに対しての興味で話を集める。この性格が書名に反映する。

序文と『宇治大納言物語』

次に序文によると、『宇治』は『宇治大納言物語』(現在は散佚)に書き残した話を集めたものという。その『宇治大納言物語』(『宇治大納言』と略称)は、大納言源隆国《たかくに》が平等院南泉房で往来の人々を集めて昔物語をさせ、それを書き記したもので、内容は天竺《てんじく》・震旦《しんたん》・本朝にわたり、貴いこと、おもしろいこと、恐ろしいこと、哀れなこと、きたないこと、滑稽なことなど、さまざまな傾向の話を取り上げた作品であった。この内容と傾向は『宇治』についてもあてはまる。

ところで、以前から、この序文が『宇治』作者(あるいは撰者)自身が書いたとする自序説と、後人が書いたとする偽撰(あるいは他序)説とがある。比較的最近の説としての偽撰説には、本書の底本として使用した吉田幸一編『伊達家旧蔵本『宇治大納言物語』』(内題「宇治拾遺物語」)(古典文庫)の「書誌・論考」があり(『新編日本古典文学全集』頭注も偽撰説)、自序説には、島津忠夫「宇治拾遺物語の序文」(「中世文学」28号、昭和五十八年)、『新日本古典文学大系』の三木紀人による解説、廣田收『『宇治拾遺物語』表現の研究』(笠間書院、第一章「『宇治拾遺物語』の思想」)等がある。

これらの諸説の中で、島津は「(序文が)あとから別の人によって付載されたものであるとすれば、何のためにこの序文が書かれる必要があったかという疑問に答えなければならないであろう。ところが、作者が書いた序文とすれば、その点は氷解する」と述べ、さらに序文は「『宇治大納言物語』の内容について語りながら、実は『宇治拾遺』の性格をはっきり述べている」とする。この島津の説が現在までの諸説の中では妥当と考える。

序文をどのように読むのかについてはさまざまな考え方があるが、小峯和明『宇治拾遺物語の表現時空』（若草書房、1「〈宇治〉の時空」一七頁）の「〈隆国が人々の語る昔物語を草紙に書きつけたことは〉語りに対して聞くだけでなく、書くという主体的な行為が介在している」「人々の語る話題（口伝）は宇治河の奔流のごとく、また南泉房の泉のごとく外界から押し寄せ、湧きあがり、隆国はそうした〈他者〉の言語を筆にとりこめ、異化していく」の発言は説得力がある。

これらの諸説を踏まえ、序文で言う『宇治大納言』についての性格を三点抽出し、指摘しておきたい。1は物語の意識がみられること、2は三国意識がみられること、3はさまざまな傾向、特に世俗的傾向の話を採録したこと、である。1の物語は、仮作物語ではなく、人々の語る、主にうわさ話、世間話、事実に基づいた話を指すのであろうが、『今昔』、『宇治』等が物語、物語集と命名した背景の一つには、この作品への配慮があったのかもしれない。2については、『宇治』序文によると、『今昔』の構成の基本となる天竺・震旦・本朝という三国意識が『宇治大納言』にみられる。説話集で三国意識を表出したのは『宇治大納言』が最初である（三国意識については前田雅之『今昔物語集の世界構想』笠間書院が参考になる）。3については、『宇治大納言』以前の説話集は仏教的傾向のものが主流を占めていた。この作品は歌人や貴族の裏話を取り入れる等、これ以前の作品と違う傾向がみられる。作者の源隆国の人となりについて調べると、奇行とうわさ話に対する興味があり（『小右記《しょうゆうき》』万寿二年一月、『古事談』巻二）、この作品を書くのに適していた。また隆国の文学的環境についてみると、数人の比叡山僧と編集した仏書に『安養集《あんようしゅう》』があること、宇治の山荘を平等院に改築した関白頼通《よりみち》と親しかったこと、妻に『狭衣《さごろも》物語』の作者、六条斎院宣旨《さいいんのせんじ》がいたこと、姉妹に『成尋阿闍梨母集《じょうじんあじゃりのははしゅう》』の筆者がいること、等がある。

『宇治』にも『宇治大納言』との関連話がある。特に第百四十一・百四十二話は連続して『宇治大納言』との関連話を掲載する。このことから、『宇治』が『宇治大納言』とかかわるとみることができるが、表現の異同をみると、単純にはいかない点がある。両話の参考欄で述べたが、第百四十一話についてみると、同話は『今昔』と異本『紫明抄《しめいしょう》』にある。場所、あるいは地名についてみると、『紫明抄』と『宇治』、『今昔』とに相違箇所があるが、このほか三書三様の異同もある。もし同一の書から三書がこの話を引用したとすると、なぜこのような相違があるのか、疑問点が残る。あるいは小内一明が指摘するように（「『宇治大納言物語』をめぐって」「言語と文芸」昭和四十六年三月）、『宇治大納言』には数種の異本があったのかもしれない。

成立・作者、連想の問題

『宇治』の成立年代は現在、未定である。なお『宇治』が現在目にする古本系統の二巻本がはじめからそのままの形であったのかどうかは明らかではなく、むしろ流動的であったようであるが（小内一明・前掲論文。小峯和明・前掲書〈Ⅳの11「宇治大納言物語の終焉」〉）、基本的な原『宇治』の成立時期を考えておくことは、『宇治』成立の諸条件や諸事情、背後を支える環境を考えるうえから必要であろう。

　すでに諸注、および諸書で指摘していることであるが、成立時期の上限は『宇治』に影響を与えたとみられる『古事談』成立、および第百十六話の注記「件笛、幸清進上当今。建保三年也」の建保三年（一二一五）。下限は、第百五十九話冒頭の「後鳥羽院」の諡号《しごう》（おくりな）が仁治三年（一二四二）に贈られたので、『宇治』の成立はそれ以後とする。この説についてはすでに佐藤誠実（「宇治拾遺物語考」「史学雑誌」明治三十四年二月）が、元来「本院」とあったのを、のちに後鳥羽院に改めたと指摘する（永積安明『中世文学の展望』東京大学出版会所収「宇治拾遺物語について」も同様の立場をとる）。これらの指摘から、成立年代について確定的な説はないが、承久の乱前後の十三世紀前期から中期にかけての成立とみるのが無難といえよう。なお『日本古典文学大系』（以下『旧大系』）解説によると、用語や用法に室町期のものがあるとのこと。このことからみると、『宇治』本文が確定するのは、もう少し年代が下ってからということになる。

　作者（撰者・編者）については現在未確定であるが、幾人かの候補が出されている。主な説を紹介すると、谷口耕一「宇治拾遺物語における仲胤僧都の位置」（「中世文学」昭和四十九年八月）は、『宇治』には、説経僧仲胤《ちゅういん》を経由した話が含まれていたと指摘。薗部幹生「宇治拾遺物語編者考」（「駒澤國文」26号、平成一年二月）は、『宇治』の成立圏が藤原南家貞嗣《さだつぐ》流とかかわる可能性があるところから、藤原経範《つねのり》を作者に擬している。また『新日本古典文学大系』（以下『新大系』）解説（三木紀人）は、天台座主《ざす》にもなっている慈円《じえん》を作者候補の一人として推薦する。

作者論とは別に、『宇治』の中に『今昔』等、他の作品に同話がなく、しかも『宇治大納言』成立以後の話があるが、それらの中に法性寺《ほっしょうじ》殿藤原忠通《ただみち》周辺の人々の談笑の場で語られた話があることを山岡敬和（「宇治拾遺物語成立試論」「國學院雑誌」83巻9号、昭和五十七年九月）が述べるが、大方の研究者によって支持されている。

この説に先行する論であるが、益田勝実（「中世的諷刺家のおもかげ」「文学」34巻12号、昭和四十一年十二月、等）が、貴族社会の世間話の伝承の場の形態に、尊者から侍者への一対一の拝承の形態と、下級官人や侍の詰め所等の集団的な座談の場での、談笑の形態があることを指摘するが、またこの論文で、益田は『宇治』各話が連想によってつながっていることを指摘した。この連想の発想を小出素子（「宇治拾遺物語の説話配列について」「平安文学研究」六十七輯、昭和五十七年六月）等が発展させ、小林保治（『説話集の方法』笠間書院、六章「宇治拾遺物語」、『新編日本古典文学全集』「解説」〈小学館〉）は全話の連絡表を提示する。一方、荒木浩（「宇治拾遺物語の時間」「中世文学」33号、昭和六十三年）は、連想する行為とは、物語中すでに記された説話を想起させ、ふり返ることが、眼前に読み進めている説話の読みを刺激し、より拡がった説話世界を形成する、という一連の営為とみて、『宇治』には物語の始まりから終わりに向かっている時間の動きのあることを指摘する。また新間水緒（『神仏説話と説話集の研究』清文堂出版、第三編第二章「古本説話集と宇治拾遺物語」四八九頁）は、一話おきに関連性のある表現があることを指摘する。連想とは何かの問題は、益田の発言を機に、諸氏によって論じ、考察されたが、まだ考える余地が残されている。

諸本の問題

『宇治』の諸本の問題については、『旧大系』の解説以後、『校注古典叢書』（明治書院）、小内一明「『宇治拾遺物語』伝本の系統分類」（「説話文学の世界」二集、笠間選書）、吉田幸一『宇治大納言物語』（伊達本、古典文庫）等に解説、記述があるが、諸説に大きな差はない。

小内は『宇治』の諸本を六類に分け、その六類を大きく、Ⅰ古本系統とⅡ流布本系統に分ける。流布本系統は『小世継物語《こよつぎものがたり》』との合冊本と、古活字本、木版本とがある。いずれも近世初期以後の本、と述べる。これらのうち『旧国史大系』、『日本古典全書』、『宇治拾遺物語・打聞集全註解』等は木版本を、岩波文庫、『旧大系』、『日本古典文学全集』、『新編日本古典文学全集』等は古活字本を底本とする。古本系統のうち、最も古型古態をとどめているのは上下二巻の二冊本とする。この系統に所属する写本に、陽明文庫所蔵本（以下『陽明本』）、吉田幸一蔵伊達家旧蔵本（以下『伊達本』）、宮内庁書陵部蔵御所本（以下『書陵部本』）、龍門文庫所蔵本（以下『龍門本』）等がある。このうち『陽明本』と『書陵部本』は影印本が刊行されており、『新大系』が『陽明本』を、『校注古典叢書』（以下『叢書』）・『新潮日本古典集成』が『書陵部本』を底本として採用し、翻刻、活字化し、注釈を加えている。

このような経緯から、本書は『伊達本』の『宇治大納言物語』（内題は『宇治拾遺物語』）。故吉田幸一所蔵、旧伊達家所蔵）を底本として採用した。『伊達本』の活字化は本書が最初なので、その点についての意義はあろう。なお古典文庫刊の複製本を使用したが、下巻巻末に古本系三本（『伊達本』、『陽明本』、『書陵部本』）と古活字版本の校異一覧を掲出しているので、本書の語釈にそれらを参照して、他本との校異を示した。それらを調査すると、諸本間の語句に大きな違いはないが、『伊達本』の本文・語句・表記等は『陽明本』に比較的近いとみられる。『伊達本』は吉田等の調査によって、近世のごく初期に書写されたことが指摘されており、『陽明本』、『書陵部本』とともに、現存『宇治』諸本の中の最古の写本の一つであり、最善本の一つである。

なお、このほか近世に描かれた陽明文庫蔵、チェスター・ビーティー・ライブラリィ蔵、他の『宇治拾遺物語絵巻』、国会図書館蔵『今昔物語絵巻』の絵巻の存在が貴重である。これらの絵巻についての解説は小峯和明の前掲書（Ⅳ「〈近世〉の時空へ」）が参考になる。また陽明文庫蔵『絵巻』の詞書《ことばがき》が『陽明本』の本文に近いことが小林保治（陽明文庫蔵『宇治拾遺物語絵巻』勉誠出版、所収の解題）によって指摘されている。

『宇治拾遺』の特性、魅力

『宇治』の特性、魅力については、さまざまな発言がある。目についたいくつかを紹介する。

永積安明（『中世文学の展望』所収「宇治拾遺物語について」）は、『宇治拾遺』が貴族文学伝来の和文脈に包まれながらも、その中に庶民的な感覚や健康な笑いなどの表現を生き生きと主張しているところに魅力がある、と述べ、「宇治拾遺物語の世界」（「文学」32巻1号、昭和三十九年一月）では、『今昔』にくらべて、仏教的な呪縛から解放され、より開かれた人間的な世界を志向している点のあるところに『宇治』の独自の世界がある、とみる。『旧大系』の「解説」は、永積の発言を延長し、『宇治』の説話は、事件中心というよりは人間中心であり、編者の眼光は作中人物の上におだやかにそそがれている観がある、と述べる。廣田收（『『宇治拾遺物語』表現の研究』笠間書院、第三章三節「『進命婦考』」四一七頁）は、両者の説を肯定的に受け入れる。

益田勝実（「中世的諷刺家のおもかげ」「文学」34巻12号、昭和四十一年十二月）は、『宇治』編者の権威を知らぬ自由さや、高らかに憎む者を笑い飛ばす奔放さに、本性をみる。

田口和夫（「中世的人間像」「説話」昭和四十三年六月）は、第六話等を例にあげ、狂惑の法師のような、悪徳とみえる存在は、権力を権力と思わず、自己の知恵と行動によって一歩を進めていこうとしている点で、中世的人間のあるべき姿を示していると述べる。

『日本古典文学全集』「解説」は、『宇治』に、脱仏教化の傾向があって、破戒僧の奇行に対する興味と関心があること、また凡俗主義的傾向があると述べる。

荒木浩（「宇治拾遺物語の時間」「中世文学」33号、昭和六十三年）は、『宇治』の根幹には、一貫して、たくましい笑いの精神が横溢する、とみる。

山岡敬和（「宇治拾遺物語成立試論」「國學院雜誌」83巻9号、昭和五十七年九月）は、第十九・二十六話等に意外な事件や人物との遭遇、第百三十四・百五十八話では鬼、化け物など異類との出会いが語られ、それらにどのように対処するかということが、共通するテーマの構成要素となっている、と述べる。また第三十四話は笑いの要素をもちながら笑話と扱っていない、という指摘も貴重である。意外性については、それ以前に野口博久（「宇治拾遺物語の構成をめぐって」「説話」昭和五十三年五月）も注目し、『宇治』に意外性と多様性がある、と述べる（小林保治『説話集の方法』一三八頁は野口の論を引く）。

小峯和明（『宇治拾遺物語の表現時空』Ⅱの3「方法としての〈猿楽〉」、4「〈もどき〉の文芸」）の発言は注視する要がある。例えば、『宇治』には、もどきを戦略とした劇的仕かけの話がある（九一頁）、との発言、第三十から三十九話にかけて、「ひっくりかえるもの」という展開でくることができる、との発言（一〇三頁）等、貴重である。

右の諸説は、私（高橋）の目についた、『宇治』の特性、魅力について述べた主な発言である。それぞれ『宇治』の一面の本質について、核心をつくが、それらの論で『宇治』の全話を包括できるかというと、まだ検討の要があろう。『宇治』序文に「さまざま様《やう》やうなり」とあるが、この一文に本性が隠されているように思う。登場人物の諸相についてみても、子供（第十二・十三話）、女性（第三十五・四十一話）、貧乏人（第百三十一・百五十四話）等多彩である。強者や聖、知識人が案外弱さや欠点をもつ話（第六十・七十九話）、強者が弱者に敗れる話（第三十一・百五十二話）があり、また群衆が集まって（第百三十三・百四十五話）話の進行を盛り上げる。

『宇治』の特性、魅力をさぐるにはさまざまな見方があり得るし、また『宇治』の多様性に本性、魅力が隠されているとみる。一方『今昔』についてみると、一千余話を組織的に配置するが、仏教説話を核とした曼荼羅《まんだら》の世界に組織されているとみることができよう。

このほか、表現、文体、特に言語遊戯についての発言がある。佐藤晃「宇治拾遺物語における言語遊戯と表現」（「日本文芸論叢」昭和六十年三月）、森正人「宇治拾遺物語の言語遊戯」（「文学」57巻8号、平成一年八月）等の論である。

なおまた、『宇治』の事実話、世間話の中には、後になって虚構化されたと考えられる話が少なくない。例えば、第四話の伴大納言が夢を見た話は、大納言が伊豆に流された後に作られたか、設定された話、第四十九話の小野篁の話は、嵯峨天皇が諡《おくりな》を贈られた後に作られた話、第六十話の進命婦《しんのみょうぶ》の話は、命婦が玉の輿《こし》に乗ってから後に、栄達を遂げる理由づけとして作られた話、とみる。命婦の話は、話末に「はたして（中略）を生み奉れりとぞ」（『古事談』に同評がある）と記し、事実話として定着させる。

主要参考文献（抄）（敬称略）

小島之茂『宇治拾遺物語私註』国文註釈全書　國學院大学出版部　明治四十三年
矢野玄道『宇治拾遺物語私記』未刊国文古註釈大系　帝国教育会出版部　昭和九年
野村八良『宇治拾遺物語』上・下　日本古典全書　朝日新聞社　昭和二十四・二十五年
渡辺綱也、他『宇治拾遺物語』日本古典文学大系　岩波書店　昭和三十五年
西尾光一『中世説話文学論』塙書房　昭和三十八年

中島悦次『宇治拾遺物語・打聞集全註解』有精堂出版　昭和四十五年
中野猛、他『説話文学』日本文学研究資料叢書　有精堂出版　昭和四十七年
小林智昭『宇治拾遺物語』日本古典文学全集　小学館　昭和四十八年
説話と文学研究会編『宇治拾遺物語』笠間選書　昭和五十四年
長野甞一『宇治拾遺物語』上・下　校注古典叢書　明治書院　昭和五十・五十五年
増田繁夫代表編集『宇治拾遺物語総索引』清文堂　昭和五十年
大島建彦『宇治拾遺物語』新潮日本古典集成　新潮社　昭和六十年
小峯和明編『今昔物語集と宇治拾遺物語』日本文学研究資料新集　有精堂出版　昭和六十一年
三木紀人編『今昔物語集　宇治拾遺物語必携』別冊國文學　学燈社　昭和六十三年
三木紀人、他『宇治拾遺物語　古本説話集』新日本古典文学大系　岩波書店　平成二年
小林保治、他『宇治拾遺物語』新編日本古典文学全集　小学館　平成八年
小峯和明『宇治拾遺物語の表現時空』若草書房　平成十一年
廣田收『『宇治拾遺物語』表現の研究』笠間書院　平成十五年
廣田收『『宇治拾遺物語』「世俗説話」の研究』笠間書院　平成十六年
柴佳世乃『読経道の研究』風間書房　平成十六年
名和修、他、陽明文庫蔵『宇治拾遺物語絵巻』勉誠出版　平成二十年
小林保治、他、チェスター・ビーティー・ライブラリィ蔵『宇治拾遺物語絵巻』勉誠出版　平成二十年
廣田收『『宇治拾遺物語』の中の昔話』新典社新書　平成二十一年
伊東玉美『宇治拾遺物語のたのしみ方』新典社選書　平成二十二年
伊東玉美『宇治拾遺物語』角川ソフィア文庫　平成二十九年

目次

下巻

凡例

一、本書（学術文庫本）の底本は伊達本『宇治大納言物語』（故吉田幸一蔵本）上・下二冊本を用い、他の二冊本、宮内庁書陵部本、陽明文庫本、および一部に龍門文庫本を参照して校訂した。また随時、古活字版本と万治二年整版本を参照した。

底本に欠けている文字を諸本・版本によって補う場合は〔　〕で表わした。

二、本書は本文、現代語訳、語釈、参考からなる。参考には各話の問題点、鑑賞、同類話等を解説した。

三、本文の作成にあたっては、底本に忠実に従うよう努めたが、読解の便宜を考え、次のような操作を行なった。

1、底本には句読点、濁点、段落はないが、適宜それらを付して改行し、読みやすくした。

2、対話・会話には「　」を付した。ただし心中語には、原則として「　」は付けなかった。

3、あて字、異体字、略字などは通行の表記に改め、原則として、もとの字は右傍の括弧の中に残した。仮名を漢字にあてる場合、および漢字を仮名にあてる場合も同様の処置をとった。また接続詞、助動詞など仮名に改めたものがあるが、その場合ももとの字は右傍の括弧の中に残した。

例　心みる↓試《（心）》みる、ゐ中↓田舎《（ゐ中）》、
　　也↓なり《（也）》、今はむかし↓今は昔《（むかし）》

なお、𦬇（菩薩）、𦬆（菩提）等、一部の異体字は残さなかったものもある。また漢字は、原則として常用漢字を用いた。

4、仮名遣いは歴史的仮名遣いに改めた。この場合ももとの字は右傍の括弧の中に残した。

5、読みにくい漢字には、右傍にふりがなを付した。

6、女性名の読み方については『平安時代史事典』（角川書店）の読みに拠った。

四、底本には「見せ消ち」が随所に見られる。「見せ消ち」とは「く《う》」のように最初に書いた字を消し、右側に傍書する技法のこと。「見せ消ち」に関して、本文においては原文中に新たに書き入れられた表記を採用。〈語釈〉において指摘し解説する。

五、底本の目次では、上・下巻ごとに、各話の頭に、朱書で説話番号を付している。本書（学術文庫本）の目次では、上・下巻全話の通し番号を付した。ただし以下の点に配慮した。底本では上巻第七十八話を「御室戸僧正事」とし、次の「一乗子僧正事」を第七十九

話として別立てにする。このことは陽明文庫本、宮内庁書陵部本の古本系二本も同じで、二話を別の話として扱う。ただし話の内容を見ると、両話を同一の話として扱うことが妥当なので、『新日本古典文学大系』(底本は陽明文庫本)等の説話番号に従って、本書ではそれらを一話として扱ったが、底本の別立ての配置に考慮して、それらを七十八の一、七十八の二とした。以下、話数は底本と一話ずつずれることになる。通し番号の下の( )内に底本(伊達本)の説話番号を記し、その下に底本の各話の表題と、その読み下しを〈 〉内に示した。また各表題の下に万治二年本の巻・話数を示した。

六、本書の校異は、主に、古典文庫刊「古典聚英」の巻末の、伊達本と、古本系二本(陽明文庫本と書陵部本)と無刊記古活字版本との校異一覧を参照して校異し、他に随時、龍門文庫本等を参照した。その結果は語釈で示した。

七、語釈、参考欄では、次のように書名を略称した。

『宇治拾遺物語』→『宇治』
『宇治大納言物語』→『宇治大納言』
伊達家旧蔵本→『伊達本』
龍門文庫所蔵本→『龍門本』
無刊記古活字版本→『版本』
万治二年整版本→『万治二年本』

陽明文庫所蔵本→『陽明本』
宮内庁書陵部蔵御所本→『書陵部本』
『今昔物語集』→『今昔』
『古本説話集』→『古本説話』
『日本霊異記』→『霊異記』
『伊呂波字類抄』→『字類抄』
『日本古典文学大系』→『旧大系』
『新日本古典文学大系』→『新大系』
『日本古典文学全集』→『旧全集』
『新編日本古典文学全集』→『新全集』
『新潮日本古典集成』→『集成』
『日本古典全書』→『全書』
『校注古典叢書』→『叢書』
『宇治拾遺物語・打聞集全註解』→『全註解』
『宇治拾遺物語私註』→『私註』
『宇治拾遺物語総索引』→『総索引』

八、本書の担当は、上巻第百話までを増古和子、第百一話以後、および下巻を高橋貢が担当した。解題は高橋が執筆し、増古が補足した。

九、本書（講談社学術文庫本）は、故吉田幸一所蔵の伊達本『宇治大納言物語』（内題「宇治拾遺物語」）を翻刻活字化したものである。使用については古典文庫刊「古典聚英」を用いさせていただいた。使用については故吉田幸一先生、並びに御家族の方々より御許可をいただいた。厚く御礼申し上げる。

十、本書作成には先学諸氏の業績によるところが大きい。可能なかぎり語釈、参考欄で断るようにしたが、煩雑になるため省略した場合が多い。また伊東玉美『宇治拾遺物語』は、校正終了後に刊行されたので引用できなかった。それらについてはおわびするとともに、先学諸氏に謝意を表する。

宇治拾遺物語（上）

（序）

世に『宇治大納言物語』といふ物あり。この《(此)》大納言は隆国《たかくに》といふ人なり。西宮殿《にしのみやどの》高明なり(也)の孫《まご》、俊賢《としかた》大納言の第二の男《なん》なり。年たかうなりては、暑《(あつ)》さをわびて、いとまを申《まうし》て、五月《さつき》より八月《はづき》までは平等院一切経蔵《びやうどうゐんいつさいきやうざう》の南の山ぎはに、南泉房《なんせんばう》と云《いふ》所に籠《(こも)》りゐられけり。さて、宇治大納言とはきこえけり。

髻《(もとゞり)》を結《(ゆ)》ひわげて〔をかしげなる姿にて、〕莚《(むしろ)》を板《(いた)》に敷《(し)》きて〔すず《(ゝ)》みゐはべりて〕、大《おほき》なる打輪《うちわ》を〔もてあふがせなどして、〕往来《ゆきき》の者、〕上中下《たかき・いやしき》をいはず〔呼《(よ)》び集《(あつ)》め〕、昔物語をせさせて、我《われ》は内にそひ臥《(ふ)》して、語《(かた)》るにしたがひて大《(おほ)》きなる双紙《さうし》に書《(か)》か《(ゝ)》れけり。

天竺《てんぢく》の事もあり《(有)》、大唐《だいたう》の事もあり、日本《につぽん》の事もあり。それがうちに貴《(たうと)》き事もあり、を《(お)》かしき事もあり、おそろしき事もあり、あはれなる事もあり、きたなき事もあり、少々《(ゝ)》は空《(そら)》物語もあり、利口《りこう》なる事もあり、さまざま《(〱)》様《やう》や《(〱)》うなり。

世の人、これを興《(けう)》じ見《(み)》る。十四帖《でふ》なり。その正本は伝《(つた)》はりて、侍従俊貞《じじゆうとしさだ》といひし人のもとにぞありける。いかになりにけるにか。後に、さかしき人々《(ゝ)》書《(か)》き入《いれ》たるあひだ、物語多《(おほ)》くなれり。大納言より後の事書入《かきいれ》たる本もあるにこそ。
さるほどに、今《(いま)》の世に、また《(又)》物語《(かたり)》書《(か)》き入《いれ》たる出《(い)》で来《(き)》たれり。大納言の物語にもれたるを拾《(ひろ)》ひ集《(あつ)》め、また《(又)》厥后《そののち》の事など書《(か)》き集《(あつ)》めたるなるべし。名を宇治拾遺《しふゐ》の物語といふ《(云)》。宇治に遺《(のこ)》れるを拾《(ひろ)》ふとつけたるにや。また《(又)》、侍従を拾遺といへば、侍従大納言はべるをまなびて、（欠文）といふ事知《(し)》りがたし。（欠文）にやおぼつかなし。

〈現代語訳〉

世に『宇治大納言物語』というものがある。この大納言は隆国という人である。西宮殿（高明《たかあきら》である）の孫にあたり、俊賢大納言の第二子である。年をとってからは、暑さを厭《いと》い休暇を願い出て、五月から八月までは、平等院の一切経蔵の南の山際《やまぎわ》にある南泉房というところに籠っておられた。そこで宇治大納言と申し上げたのである。

大納言は髻《もとどり》を結び曲げて、くつろいだ気軽な恰好《かっこう》で、莚《むしろ》を板に敷いて涼んでいて、大きな団扇《うちわ》であおがせたりして、往来の者を身分の上下を問わず呼び集め、昔話をさせ、自分は奥の方に寝そべって、彼らが話すにしたがって、大きなノートに書いていかれた。

インドのこともあり、中国のこともあり、日本のこともある。その話の中には貴いこともあり、おもしろいこともあり、恐ろしいこともあり、しみじみと心を打つような話もあり、きたない話もある。少々はうそっぽい話もあり、滑稽《こっけい》な話もあり、種々さまざまである。世間の人はこれをおもしろがって読んでいる。十四帖である。その原本は伝わって、侍従《じじゅう》俊貞《としさだ》という人のところにあったという。その後、どうなってしまったのであろうか。後に物知りの人々が書き入れたりしたので、物語の数が多くなった。宇治大納言よりも後のことを書き入れた本までもあるのだ。

そうしているうちに、近年またあらたに物語を書き入れた書物が現われた。大納言の物語が取りこぼした話を拾い集め、またその後のことなどを書き集めたものなのであろう。書名を『宇治拾遺物語』という。『宇治大納言物語』が取り残した話を拾うという意味でそのようにつけたのであろうか。あるいはまた、侍従のことを唐名で「拾遺」というので、侍従大納言というのがいるのをまねて（欠文）ということはわからない。（欠文）はっきりしない。

〈語釈〉

○（序）　本書には序の語はない。諸本を参照して（序）とする。○宇治大納言物語　平安時代の説話集で、源隆国撰と思われるが、現在は散逸し、その原形は不明。その名は諸書に散見し、『今昔』や『宇治』などと混同された時期があった。実際、本書の底本である『伊達本』もその表題は『宇治大納言物語』とある。○大納言　令制で、太政官の次官。右大臣の下。○**隆国**　寛弘元年（一〇〇四）～承保四年（一〇七七）。醍醐源氏。俊賢の次男。中納言顕基の弟。権大納言。正二位。関白頼通に親近し、晩年は宇治に住んだので宇治大納言と称されたという。『安養集』十巻の著がある。○**西宮殿**　源高明。延喜十四年（九一四）～天元五年（九八二）。醍醐天皇の皇子。醍醐源氏の祖。正二位。左大臣。安和二年（九六九）安和の変により失脚して大宰権帥《だざいのごんのそち》に左遷された。天禄三年（九七二）帰京。有職故実《ゆうそくこじつ》の書『西宮記《さいぐうき》』の著者。○**俊賢**　天徳四年（九六〇）～万寿四年（一〇二七）。左大臣源高明の三男。正二位、権大納言。一条朝の賢臣で左大臣道長に親近し、父高明の政界失脚に伴う家運没落を挽回すべく努めた。○**平等院**　京都府宇治市にある天台宗寺門派の寺院。はじめ源融《とおる》の別業であったが、藤原道長が取得し、子の頼通が受けて、改めて寺とし、入末法の年とされる永承七年（一〇五二）に完成。平等院と号した。翌天喜元年（一〇五三）阿弥陀堂（通称・鳳凰堂）が完成した。○**一切経蔵**　一切経を収納する蔵。一切経は仏教聖典の総称。経・律・論とその注釈書などを含む。鳳凰堂の東、池泉の南にあったが現存しない。○**南泉房**　平等院内の僧房。隆国の著『安養集』によれば、隆国は南泉房大納言と呼ばれたらしい。現在、その故地と称するところに解説の立札がある。○**髻**　もとどり。髪を頭の上に集めて束ねたもの。「結ひわぐ」は諸説あるが、結んで曲げることであろう。○**〔をかしげなる姿にて〕**　以下〔　〕内の文句は底本欠。『版本』を除く諸本も欠。したがって『版本』によって補った。○**上中下**　「たかき・いやしき」の読みは「試解『宇治拾遺物語』」（一）

によった。○双紙　草子。冊子。書くために紙を糸でとじたもの。帳面。○天竺　インドの古称。○大唐　中国。○空物語　作り話。○利口なる事　滑稽なことを言って人を笑わせること。冗談。ざれ言。○十四帖　『版本』は「十五帖」。『龍門本』は「十五帖」と傍書する。ここでいう「十四帖」は『宇治大納言物語』のことである。○正本　原本。○侍従　天皇に近侍する官で、中務省《なかつかさ》に所属する。天皇の勉学を指導し、過ちのないように輔《たす》け、教導する役。正侍従は八人で、のちに「次侍従」が設けられ、御前の雑事に当たった。○俊貞　隆国から数えて七代目に当たる人物か。ただし、『尊卑分脈』は「俊定」と表記する。隆国―俊明―能俊―俊雅―俊定。○侍従を拾遺といへば　「拾遺」は「侍従」の唐名である。中国では、唐・宋時代、門下省に属し、天子に近侍し、天子を輔けてその過失をいさめる官であった。わが国の「侍従」がそれに当たる。なお次の「侍従大納言はべるをまなびて」以後は、『陽明本』、『書陵部本』は同じ。『版本』は「宇治拾遺物がたりといへるにや。差別しりがたし。おぼつかなし」とする。この『版本』の一文について、『旧大系』注等は、『版本』に整備する時に手を入れたものとする。

〈参考〉

「序」と称されるこの一文は、『宇治』の成立事情について述べたものである。全体的に曖昧な書き方をしており、特に末文では本書の書名の由来が不明確であるといっている。このような点から、従来さまざまな論義がなされ、①内容をそのまま受けて、編者以外の他者によって付加されたとする説と、②編者その人が韜晦(とうかい)的に書いたものという立場をとる説などがある。

しかし、『版本』以外のすべての諸本に共通する末尾の欠文の箇所が発見され、確定されるような機会に恵まれれば、それについての論義の決着がなされるか、あるいは別の解釈がなされる可能性もないとはいえない。

ともあれ、『宇治拾遺物語』は「今の世に」書き入れ、書き集めた作品だということである。本書の成立年時は不明だが、『宇治大納言物語』の正本の所持者とされる「俊定（貞）」の生きたころを推定すると、父の俊雅が久安五年（一一四九）に四十五歳で没しているから、俊定は十二世紀の前半から後半にかけて生きた人であることになる。本書の成立年時についてもいくつかの説があり、確定はできないが、ほぼ俊定の生存時期に符合すると考えられる。ともかく、この序文の「今の世に、また物語書き入たる出で来たれり」という一文は見逃せない。だから「知りがたし」「おぼつかなし」などといっても、それをそのままには受け取れない。したがって、正本の所持者である俊定こそが覆面の作者その人であると筆者（増古）は考える。

宇治拾遺物語第一　　抄出の次第不同也

一（上一）道命阿闍梨於和泉式部之許読経五条道祖神聴聞事〈道命阿闍梨《だうみやうあじやり》、和泉式部《いづみしきぶ》の許《もと》に於《おい》て読経《どきやう》し、五条《ごでう》の道祖《だうそ》神聴聞《じんちやうもん》の事〉　巻一―一

今は昔《（むかし）》、道命阿闍梨《だうみやうあじやり》とて、傅《ふ》殿《（道綱卿法興院摂政息也）》の子に色にふけりたる僧ありけり。和泉式部に通《かよひ》けり。経をめでたく読《よみ》けり。それが和泉式部がり行《（ゆ）》きて臥《（ふ）》したりけるに、目覚《（め）（さ）》めて経を心をすまして読《（よ）》みける程《ほど》に、八巻《やまき》読《（よ）》みはてて《（ゝ）》、暁にまどろまんとするほどに、人のけはひのしければ、「あれは誰《（たれ）》ぞ」と問《とひ》ければ、「おのれ《（を）》は五条西洞院《にしのとうゐん》の辺《ほとり》に候《さぶらふ》翁に候《さぶらふ》」と答《（こた）》へければ、「こは何事ぞ」と道命言《（い）》ひければ、「この《（此）》御経を今宵《（こよひ）》承《（うけたまは）》りぬる事の、世々《せぜ》（ゝ）生々《しやうじやう》（ゝ）忘《（わす）》れがたく候《さぶらふ》」と言《（い）》ひければ、道命、「法花経を読《（よ）》み奉《（たてまつ）》る事は常の事なり《（也）》。など今宵《（こよひ）》しもいはるるぞ《（ゝ）》」と言《（い）》ひければ、五条の斎《（斉）》いはく、「清《（し）》くて読《（よ）》み参《（まい）》らせ給時《たまふ》は、梵天《ぼんでん》、帝釈《たいしやく（尺）》をはじめ奉《（たてまつ）》りて聴聞《ちやうもん》せさせ給へば、翁などは近《（ちか）》づき参《まゐり》て承《（うけたまは）》るに及《（をよ）》び候はず。今宵《（こよひ）》は御行水《みぎやうずい》も候はで読《（よ）》み

奉《（たてまつ）》らせ給へば、梵天、帝釈《（尺）》も御聴聞候はぬひまにて、翁《（おきな）》参《（まい）》りよりて承《（うけたまは）》り候《（さふら）》ひぬる事の忘《わすれ》がたく候《さぶらふ》なり《（也）》」とのたまひけり。

されば、はかなく、さは読《（よ）》み奉《（たてまつ）》るとも、清《（きよ）》くて読《（よ）》み奉《（たてまつ）》るべき事なり。「念仏、読経《どきやう》、四威儀《しゐぎ》を破《（やぶ）》る事なかれ」と恵心《ゑしん》の御房《ごばう》も戒《（いまし）》め給《たまふ》にこそ。

〈現代語訳〉

一　道命阿闍梨が和泉式部のもとで読経し、五条の道祖神がそれを聴聞したこと

今は昔のことだが、道命阿闍梨といって、道綱《みちつな》卿の子で、色好みの僧がいた。和泉式部のところに通っていた。経を読むのがすばらしかった。その道命がある夜、和泉式部のもとに行って寝ていたが、目が覚めて、経を心をすまして読んでいるうちに、八巻全部読み終えて、明け方にうとうとしかけた時、人の気配がしたので、「おまえは誰だ」と尋ねると、「私は五条西洞院のあたりに住んでいる翁《おきな》でございます」と答えた。「いったいどうしたことだ」と道命が言うと、「このお経を今宵《こよい》拝聴いたしましたことがありがたく、いつの世までも忘れられません」と言う。道命が「法華経をお読みするのはいつものことだ。どうして今宵に限ってそう言われるのか」と言うと、五条の道祖神が「あなたがおからだの清い状態でお読みになる時は、梵天《ぼんてん》、帝釈《たいしやく》をはじめとして高貴な方々が聴聞なさいますので、私のよう

な者はお近くに参って拝聴するなどということはかないません。今宵は御行水《みぎようずい》を使って身を清めることもなさらずお読みになられたので、梵天、帝釈も御聴聞なさらない暇《ひま》を見て、私がおそば近くによって拝聴できました。このことがうれしく、忘れがたいのでございます」と言われたのであった。

だから、ついちょっと読経するとしても、身を清めてお読みせねばならぬということである。「念仏、読経には、日常守るべき戒を破ってはならぬ」と恵心僧都《そうず》も戒めておられる。

〈語釈〉

○道命阿闍梨　天延二年（九七四）～寛仁四年（一〇二〇）。藤原道綱の子。天台座主《ざす》良源の弟子。天王寺別当。阿闍梨は僧職の一つ。天台宗と真言宗の僧官の名で朝廷から補せられた。また真言の秘法を授ける僧職の称号。道命はこの時代の代表的歌人で、法華経を誦《ず》する声がすばらしく、「其音《こゑ》微妙ニシテ幽美、聞ク人傾ケレ耳ヲ、随喜シテ讃嘆ス」（『本朝法華《ほっけ》験記《げんき》』下）と言われた。○傅殿　藤原道綱（天暦九年〈九五五〉～寛仁四年〈一〇二〇〉）。兼家の子。母は『蜻蛉《かげろう》日記』の作者藤原倫寧《ともやす》の女《むすめ》。正二位大納言、右大将。東宮傅《ふ》（皇太子の養育役）だったので「傅殿」という。○和泉式部　越前守大江雅致《まさむね》の女《むすめ》。一条天皇の中宮彰子に仕えた。和泉守橘道貞と結婚、和泉式部と呼ばれた。『和泉式部日記』の著者。後に丹後守藤原保昌《やすまさ》（第二十八・百三十五話に出る）と再婚。和歌にすぐれ、多くの作品がある。小《こ》式部内《しきぶのない》侍《し》（第三十五話）の母。○八巻　『法華経』一部。『妙法蓮華経』は八巻二十八品から成る。

二十八品全部を一夜で読むことは不可能なので、その第八巻を指す（『新大系』注）か、あるいは転読したことをいうか（『新全集』注）、いずれかであろう。「転読」とは経文のそれぞれの巻の経題や経文の初め・中・終わりだけを読んで、全部読んだことにすること。**○暁**　一般に夜明け前のまだ暗いころ。あけぼのよりも早い時刻をいうとされるが、小林賢章『アカツキの研究』（和泉選書、二〇〇三年）では「午前三時から日の出までを指す語」とする。鬼は暁を告げる鳥の声を聞いて帰って行く。異界の生き物である鬼の活動時間の終わりである。**○五条西洞院**　京都の五条大路と西洞院小路とが交差する地。**○世々生々**　「世」は世界、「生」は生涯。生まれ変わり、死に変わり。現世でも来世でもずっと。未来永劫《みらいえいごう》。『版本』は「生々世々」と記す。**○五条の斎**　「斎」は塞《さい》の神。道祖神。サヘノカミ。村落の境にあって外部から襲来する悪疫や悪神をふせぎ止め、また旅人を守る神。五条西洞院の道祖神社は小さいが現存。**○清くて**　底本は「清くて」の「く」と「て」との間の右脇に「し」の書き込みがある。「清くして」と読むか。**○梵天**　古代インドにおいて世界の創造主として尊崇された神ブラフマー。仏教に入って仏法護持の神となった。帝釈天と対をなすことが多い。**○帝釈**　古代インドのインドラ神。最も有力な大威徳を有する神で、神々の帝王とみなされた。後、仏教にとり入れられ、梵天とともに仏法を守護する神となる。忉利天《とうりてん》の主で、須弥山《しゅみせん》頂の喜見城に住む。**○行水**　精進潔斎《しょうじんけつさい》のため、水で体を洗い清めること。**○さは読み奉る**　『龍門本』には「さは」なし。**○四威儀**　行・住・坐・臥の四つの作法。日常の起居動作で守るべき戒律にかなった立ち居ふるまい。〇恵心の御房　源信《げんしん》（天慶五年〈九四二〉～寛仁元年〈一〇一七〉）。天台座主良源の弟子。比叡山横川《よかわ》の恵心院に住んだので恵心僧都と呼ばれる。『往生要集』などを著わし、天台浄土教を確立した。「源信僧都四十一箇条起請《きしょう》」（『恵心僧都全集』巻五「楞厳語萃《りょうごんごすい》」所収）に「念誦読経ノ間不レ可カラレ闕クニ威儀一ヲ」とあるのが「念仏、読経、四威儀を破る事なかれ」の出典といわれる（諸注による）。

〈参考〉

道命と和泉式部との関係は実際のところはわからない。『古事談』（巻三第三十五話）では、道命の読経の声の美事さをあげて「聞く人みな道心を発す」との評判を述べた後、「ただし、好色無双の人なり」との評を加え、続いてこの話を載せている。『古事談』によれば、本話は、道命が「式部のもとに往きて会合の後、暁更に目を覚まして、読経両三巻の後、まどろみたる夢に」老翁が現われたという設定になっており、話としてはこの方が自然である。語釈の項でも言及したが、目覚めてから暁までの間に法華経を「八巻読みはてて」るということには無理がある。『古事談』でいうように二、三巻ならば可能であろう。また本書でいう「暁にまどろまんとするほどに」という表現は、実際には「うとうとしかかった時の夢に」ということなのかもしれないが、『古事談』の「まどろみたる夢に」という叙述の方がより直截で現実的である。

ともかく、道命の読経は際立ってすぐれていたということで、『法華験記』（下八十六）にも「其音《こゑ》微妙にして幽美、曲を加へず、音韻を致さずといへども、任運に声を出すに、聞く人耳を傾け、随喜して讃嘆す」(『日本思想大系』)とあり、金峯山《きんぷせん》の蔵王・熊野権現・住吉大明神・松尾明神等も聴聞したといい、性空上人《しょうくう》もひそかに道命の誦経を聞いて感泣したといわれる。地獄に落ちた罪人もその法華経読誦《どくじゅ》の声を聞いて救われ、道命自身は生前に「三業を調へず、禁戒を持《たも》たずして、意に任せて罪を作」ったために、死後ただちに浄土往生を遂げることはできなかったが、二、三年後に覩率天《とそつてん》往生を遂げたという。なお、生前の道命は当代の代表歌人の一人であり、風流僧としての名が高い。

一方、和泉式部は若き日に橘道貞と結婚し、小式部を生んだ後、冷泉《れいぜい》天皇の第三皇子為尊《ためたか》親王、第四皇子敦道親王との相継ぐ恋愛により、好色の女という名をたてられたが、歌人としての力量は他の追随を許さないところがある。寛弘四年(一〇〇七)敦道親王と死別し、そのころ成立したとされる『和泉式部日記』所収の歌や『和泉式部続集』にみる亡き親王への挽歌はまさに絶唱ともいうべく、比類ないものである。その後、寛弘六年(一〇〇九)中宮彰子のもとに出仕し、翌七年道長の家司《けいし》藤原保昌と再婚している。万寿二年(一〇二五)冬に娘小式部に先立たれた時の悲歌は母としての式部の思いを痛切に表わしている。しかし、晩年における式部の動静は不明である。

ところで、道命と和泉式部はともに歌人としての名が高く、『梁塵秘抄《りょうじんひしょう》』に「和歌にすぐれてめでたきは」として、「道命、和泉式部」の名が列挙されている。だが、両者の特殊な関係がいつごろから取り沙汰されるようになったのかは分明でない。『宝物集《ほうぶつしゅう》』、『古事談』、『宇治』、『古今著聞集《ここんちょもんじゅう》』と続き、『古今著聞集』では「道命阿闍梨と和泉式部と、ひとつ車にて物へ行きけるに」という逸話もあって、話に次第に尾鰭《おひれ》が付き、『御伽草子《おとぎぞうし》』まで行くと二人の関係は「猿源氏草紙」や「小式部」にも取り上げられているが、「和泉式部」では道命は和泉式部が若き日に生んで五条の橋に捨てた子であったという母子相姦の話にまで発展していく。道命が禁戒を持《たも》たず、意にまかせて罪を犯した歌僧であったということと、和泉式部が好色の名をたてられた恋愛歌人であったという点が結合して以上のような話が生まれたといえるだろう。

本話では道命の兄弟子である恵心僧都源信の戒言を教訓として添えてはいるものの、本書冒頭に不浄読経のエピソードを置いた編者の意識が那辺《なへん》にあるものか、考えてみるのもおもしろかろう。不浄読経が斎の神を喜ばせ、その救済に一役買っているとしたら、それはそれで結構なことではあるまいか。

二（上二）丹波国篠村平茸生事〈丹波国篠村《たんばのくにしのむら》に平茸生《ひらたけお》ふる事〉巻一―二

これも今《（いま）》は昔《（むかし）》、丹波国篠村といふ所に、年比《としごろ》、平茸《（ひらたけ）》やるかたもなく多《（おほ）》かりけり。里村の者これを取《とり》て、人にも心ざし、また《（又）》我《われ》も食《（く）》ひなどして年来過《としごろすぐ》る程《ほど》に、その里にとりて宗《(むね)》とある者《(もの)(ゝ)》の夢に、頭《(かしら)》を《(お)》つかみなる法師どもの二、三十人ばかり《(斗)》出《(い)》で来《(き)》て、「申《まうす》べき事候《さぶらふ》」と言《い》ひければ、「いかなる人ぞ」と問《(ゝ)》ふに、「この《(此)》法師ばら《(原)》は、この年比《としごろ》候《さぶらふ》にて、宮仕《(つか)》ひよくして候《さぶらひ》つるが、この里の縁尽《(つ)》きて、今はよそへまかり候《さぶらひ》なんずる事の、かつはあはれにも候《さぶらふ》。また《(又)》事のよしを申さではと思《おもひ》て、この《(此)》よしを申《まうす》なり」と言《い》ふと見て、うち驚《(おどろ)》きて、「こは何《(なに)》事ぞ」と妻や子やなどに語《(かた)》る程に、また《(又)》その里の人の夢にもこの定《ぢやう》に見《(み)》えたりとて、あまた同様に語《(かた)》れば、心も得《(え)》で年も暮《(く)》れぬ。

　さて、次の年《(とし)》の九、十月にもなりぬるに、さきざき《(〳〵)》出《(い)》で来《(く)》るほどなれば、山に入《いり》て茸を求《(もと)》むるに、すべて蔬《くさびら》大方《(おほかた)》見《(み)》えず。いかなる事にかと、里国の者思ひて過《(す)》ぐる程に、故仲胤《ちゆういん》僧都とて説法ならびなき人いましけり。この《(此)》事を聞《(きゝ)》きて、「こはいかに。不浄説法する法師、平茸に生《(む)》まるといふ事のあるものを《(物)》」とのたまひ《(給)》てけり。

　されば、いかにもいかにも《(〳〵)》平茸は食《(く)》はざらんに事欠《(か)》くまじきもの《(物)》なりとぞ。

〈現代語訳〉

二　丹波国篠村に平茸が生えること

　これも今は昔のこと、丹波国篠村というところに長年の間、平茸がめっぽう沢山生えていた。村里の者はこれを取って、人にも贈ったり、また自分も食べたりして年月を過ごしているうちに、その村の主だった者が夢を見た。頭髪を少しのばした法師どもが二、三十人ほど出て来て、「お話ししたいことがございます」と言うので、「あなた方はどういう方ですか」と尋ねると、「われわれ法師どもは長年居りまして、よく奉仕してまいりましたが、この里に縁がなくなり、今はよそに移ることになりました。さすがにお名残惜しゅう存じます。また事の次第を申さないではと思って、このことを申すのです」と言うのを見て、目が覚めた。「これはいったい何事だろう」と妻や子などに語っていると、またその里の他の人の夢にもそのとおりに見えたといって、多くの者が同じように話すので、何のことなのかわからないままにその年も暮れた。

　さて、次の年の九、十月にもなって、例年、平茸が生えて来るころなので、山に入って茸を探し求めたが、まったく茸は見当たらない。いったいどうしたことかと村里の人々が思って過ごしていると、故仲胤僧都といって説法が類なく上手な方がいらっしゃった。この話を聞いて、「これはなんと。不浄の身で人に説法する法師が平茸に生まれ変わるということがあるのだが」と言われた。

　だから、どっちみち、平茸は食わなくても支障はあるまいということだ。

〈語釈〉

○丹波国篠村　現在の京都府亀岡市篠町。○年比　昔からずっと。長年。○平茸　担子菌類のきのこ。初夏から初冬にかけて山林の老樹の根などに生える。かさは扇形で柄は短く、上面は鼠色または黄褐色、食用に供する。昔、木曾義仲が都に入った時、平茸を持参し、宮客にふるまい、「我邦之珍味」としたという（『本朝食鑑』巻三「菜部」）。○やるかたもなく　どうしようもなく。○心ざし　思う心を表わして、人に物を贈る。○宗とある者　主だった者。○をつかみ　「小《を》摑《つか》み」の意。手につかめるくらいに頭髪の伸びていること。頭髪を剃らず、破戒僧のさまを表わす。○法師ばら　法師ども。「ばら」は接尾語。人に関する名詞に添えて複数を表わす語。○この年比候にて　「に」は「ひ」ともよめる。『書陵部本』「この年比とて」、『陽明本』「この年比候て」とする。『版本』は「此年比も」。○宮仕ひ　「宮仕へ」に同じ。人に仕えること。ここでは自分を里人の食用に供してきたことをいう。○驚きて　眠りから覚める。○この定　このとおり。○蔬　ここは「きのこ」のこと。○仲胤僧都　生没年未詳。藤原季仲《すえなか》の八男。比叡山の僧。十一世紀から十二世紀中ごろまでの人。説法の名手。本書第八十話でも「説法えもいはずして」とあり、説法が上手であったという。第百八十二話では連歌で、また『古今著聞集』巻十八第二十八話では和歌で、機転のきいた歌を詠んでいる。『古事談』巻六第十二話では叡山の僧徒が三井寺《みいでら》を焼き、その罪を懺悔する時に仲胤が意表をついた説法をしている。なかなかおもしろい人物だったらしいが、醜面でも有名だったとか（『説話文学辞典』）。なお、『平家物語』巻一で嘉保二年（一〇九五）のこととして、関白師通《もろみち》呪咀の結願《けちがん》の導師として仲胤が登場するが、松本寧至は、まだこの時は年が若すぎて、事実譚とは考えにくいという（『日本伝奇伝説大事典』）。○不浄説法　仏の教えにかなわない邪悪な法を説くこと。また、名誉、利欲、愛欲の心をもって仏の教えを説くこと。「邪命説法」ともいう。

〈参考〉

第一話は源信の戒めを引き、読経は身体を清浄にして行なうべきであるという読経者の立場からの教訓で結んでいる。

この第二話では、平茸は食わぬにこしたことはない、ということなので、一般人向けの教訓であるが、平茸に転生した法師側からみれば、不浄説法をすれば、こういう目にあうぞという教訓になる。この不浄説法については『景徳伝燈録』巻二第十五「祖迦那提婆《かなだいば》」の項に、毘羅《びら》国の長者が供養した僧が、道眼未明（まだ道をきわめていない）の身でありながら信施《しんぜ》を受けたので、その報いで木菌《きのこ》になったという話があり、諸注がこれを引用している。

この迦那提婆の話では、木菌は信施を行なった長者とその子羅睺羅《らごら》の目にだけ見えて、この二人のみが食べている。しかし、本話では平茸は里村の多くの人たちの食用に供されており、信施を受けるに価しない者が信施を受けた結果、木菌に転生したというのと少し異なり、不浄説法により茸に転生したというわけだから、どの程度両話が関係のある話かは不明である。ともかく編者は第一話の不浄読経のペアとして不浄説法の本話を選択したというべきであろう。

三（上三）鬼ニ癭被取事〈鬼《おに》に癭取《こぶと》らるる事〉巻一—三

これも今は昔《(むかし)》、右の顔に大《おほき》なる瘤《(こふ)》ある翁ありけり。大柑子《おほ(かうし)》の程《ほど》なり。人に交《(まし)》るに及《(をよ)》ばねば、薪をとりて世を過《(す)》ぐる程に、山へ行《ゆき》ぬ。雨風はしたなくて帰《(かへ)》るに及《(をよ)》ばで、山の中に心にもあらずとまりぬ。また《(又)》木こりもなかりけり。恐《(おそ)》ろしさすべきかたなし。木のうつほのありけるにはひ入《(い)いり》て、目も合《(あ)》はず屈《(かゝ)》まりて居たるほどに、遥《(はる)》かより人の音多《(おほ)》くして、とど《(ゝ)》めき来《(く)》る音《(をと)》す。いかにも山の中にただ《(ゝ)》一人《(ひとり)》ゐたるに、人のけはひのしければ、少《(すこ)》しいき出《(い)》づる心地《(ち)》して見出《(いた)》しければ、大方《おほ(かた)》やうやう《(〳〵)》さまざま《(〳〵)》なるもの《(物)》ども、赤《(あか)》き色には青《(あを)》き物を着《(き)》、黒《(くろ)》き色には赤《(あか)》き物を褌《(たうさき)》にかき、大方《(かた)》目一《ひとつ》あるもの《(物)》あり、口なきもの《(物)》など大方《おほ(かた)》いかにも言《(い)》ふべきにあらぬもの《(物)》ども、百人ばかりひしめき集《(あつ)》まりて、火を天《(てん)》の目《(め)》のごとくにともして、我《(わ)》がゐたるうつほ木の前《(まへ)》に居まはりぬ。大方《(かた)》いとど《(ゝ)》物覚《(おほ)》えず。

宗《(むね)》とあると見《(み)》ゆる鬼、横座にゐたり。うらうへに二《(ふた)》ならびに居並《(な)》みたる鬼、数を知《(し)》らず。その姿《(すかた)(を)》おのおの《(〳〵)》言《(い)》ひ尽《(つく)》しがたし。酒参《(まい)》らせ遊《(あそ)》ぶ有様《(ありさま)》、この世の人のする定《ぢやう》なり《(也)》。たびたび《(〳〵)》土器《(かはらけ)》始《(はし)》まりて、宗《(むね)》との鬼殊《(こと)》の外《(ほか)》に酔《(ゑい)》ひたる様《(さま)》なり。末《(すゑ)》より若《(わか)》き鬼一人立《たち》て、折《を》敷《しき》をかざして、何《(なに)》と言《(い)》ふにか、くどきくせせ《(ゝ)》る事を言《(い)》ひて、横座の鬼の前《(まへ)》に練《(ね)》り出《(い)》でて《(ゝ)》くどくめり。横座の鬼、盃を左の手に持《(も)》ちて笑《(え)》みこだれたる様《(さま)》、ただ《(ゝ)》この世の人のごとく、舞《まひ》て入《いり》ぬ。次第に下より舞《(ま)》ふ。悪《(あ)》しく、よく舞《(ま)》ふもあり。あさましと見《(み)》るほどに、この横座にゐたる鬼の言《(い)》ふやう、「今宵《(こよひ)》の御遊《(あそ)》びこそいつにもすぐれたれ。ただ《(ゝ)》し、さも珍《(めつら)》しからん奏《(かなて)》を見ばや」など言《(い)》ふに、この翁《(おきな)》、ものの《(ゝ)》憑《(つ)》きたりけるにや、また《(又)》然《(しか)》るべく神仏の思はせ給《たまひ》けるにや、「あはれ、走《(はし)》り出《(い)》でて《(ゝ)》舞《(ま)》はば《(ゝ)》や」と思《(おも)》ふを、一度《(と)》は思ひ返《(かへ)》しつ。それに何となく鬼どもがうちあげたる拍子のよげに聞《(き)》こえければ、「さもあれ、ただ《(ゝ)》走《(はし)》り出《(い)》でて《(ゝ)》舞《(ま)》ひてん、死なばさてありなん」と思《おもひ》とりて、木のうつほより、烏帽子《(ゑほし)》は鼻《(はな)》にたれかけたる翁の、腰《(こし)》に斧《(よき)》といふ木伐《(き)》る物さして、横《(よこ)》座の鬼のゐたる前に躍《(おと)》り出《いで》たり。この鬼ども躍《(おと)》りあがりて、「こは何《(なに)》ぞ」と騒《(さは)》ぎあへり。翁《(おきな)》、伸《(の)》びあがり、屈《(かゝ)》まりて、舞《(ま)》ふべきかぎり、すぢりもぢり、えい声《(こゑ)》を出《(い)》だして一庭《ひとには》を走《はしり》まはり舞《(ま)》ふ。横座の鬼より始《(はし)》めて、集《(あつ)》まりゐ《(居)》たる鬼どもあさみ興ず。

〈現代語訳〉

三　鬼に瘤を取られること

これも今は昔、右の顔に大きい瘤《こぶ》のある翁《おきな》がいた。大きなみかんほどの大きさである。そのために人付き合いもできないので、薪《たきぎ》をとって暮らしをたてていたが、ある日、山に出かけて行った。雨風がひどくて帰るに帰れず、山の中にしかたなく泊まることになった。ほかに木こりもいなかった。恐ろしくてどうしようもない。木の洞穴《ほらあな》があったので入り込んで、目も閉じず屈《かが》まっていると、遠くの方から大勢の人声がして、どやどやとやって来る音がする。まったく山の中にたった一人でいたところに人のやって来る様子なので、少しほっとして生き返ったような気持ちになって、外を覗《のぞ》いてみると、およそ種々さまざまな連中が、赤い色のからだには青い物を着、黒い色のからだには赤い物をふんどしにしめて、いやはや目一つある者もいるし、口のない者など、何とも言いようのない異形《いぎょう》の者どもが、百人ばかり押しあいへしあい集まって、火を太陽のようにともして、自分のいる洞穴の前でぐるりと車座になった。何ともますます生きた心地がしない。

首領だなと思われる鬼が上座に坐っている。左右二列に居並んだ鬼は数知れず。その姿はどれもこれも言葉では言い尽くせない。酒を勧めて遊ぶ様子はこの世の人間のするのと同じだ。たびたび杯のやりとりが始まって、首領の鬼はしたたか酔いが回った様子だ。末座から若い鬼が一人立ち上がって、角盆を翳《かざ》して、何と言っているのか、口説《くど》きやくせせりのようなことを言って、上座の鬼の前にゆっくりと歩み出て、くどいているようだ。上座の鬼が盃を左の手に持って笑い崩れている様子は、まさしくこの世の人間のようで、若鬼は舞い終わって退いた。次々と下座の方から順に舞う。下手《へた》なのもいれば、上手に舞うのもいる。驚いたものだと見ていると、この上座に坐っている鬼が、「今夜のわが酒盛りはいつもよりおもしろい。だが、このうえはいかにも珍しい舞を見たいものじゃ」などと言うと、この翁は、何かの霊が乗り移ったものか、それともそのように神や仏が思わせなさったのか、「ああ、走り出て舞いたいなあ」と思ったが、とにかく一度は思い返した。それにしても何となく鬼どもがはやしたてる拍子が調子よく聞こえたので、「えい、ままよ、いっそ走り出て舞うてやろう。死ぬなら死ぬでそれまでよ」と思い切って、木の洞穴から、烏帽子《えぼし》を鼻にたれかけた翁が、腰に斧《よき》という木を伐《き》る物をさして、上座の鬼が坐っている前に躍り出た。この鬼どもはびっくりして飛び上がり、「こりゃ何だ」と騒ぎあった。翁は伸び上がったり、屈《かが》んだり、舞えるったけの手を尽くし、からだをひねったり、くねったり、「えい」とかけ声を張り上げたりして、宴会場いっぱいに走りまわって舞う。上座の鬼をはじめとして、集まっていた鬼どもはびっくりしておもしろがった。

〈語釈〉

○瘤　底本目録は「瘻」（頸すじにできるこぶの意）。意により「瘤」（一般的な「コブ」の意）に改める。○大柑子《かうじ》　大きなみかん。柑子《かうじ》は「かむし」の音便。蜜柑《みかん》の一種。○はしたなくて　「はしたなし」は激しい意。○うつほ　空洞。平安中期から近世までは「ウツオ」と発音。○とどめき　「とどめく」はがやがや騒ぐ。わいわい騒ぐ。「とど」は擬音語。○いき出づる心地　ほっとして人心地のついたさま。恐怖心で息をつめていたのが、安心して大きく息を吐いた様子と生き返った気分とが合わさった表現。○褌　ふんどしの類。○百人ばかり　百鬼夜行《ひやつきやぎよう》である。いろいろな鬼や化け物が群をなして夜歩く。第十七・百六十話にも出る。○天の目　太陽。日輪。『譬喩尽《たとえづくし》』に「灯火《ともしび》、日輪《てんのめ》の如し」とある。○宗　中心のもの。○横座　上座。正面の座席。ここは畳や敷物などが横ざまに敷いてあるところからいう。○うらうへ　裏表《うえ》。ここは左右二列。○定《ぢやう》　とおり。○土器《かはらけ》　素焼きの杯。ここでは杯のやりとり。酒宴。○折敷《をしき》　へぎ製の角盆または隅《すみ》切り盆で、食器を載せるのに用いるもの。○くどきくせせる　「くどき」はくどくどと同じことをくり返し述べること、次の「くせせる事」については森正人が「宇治拾遺物語瘤取翁譚の解釈」（「國語と國文學」80巻6号、平成十五年六月）で「歌謡の一種である」との説を出している。それに従えば、これは後世の能や幸若《こうわか》、舞踊等で哀感をもった曲に合わせてする、うらみごと、述懐、さんげなどをしめやかにうたう文句の原形のようなものと考えられる。具体的にはどのようなものかわからない。○練り出でて　ゆっくりと歩み出る。○笑みこだれたる　笑い崩れた。笑い興じている。「こだる」は傾く、崩れる意。○あさまし　意外だ。びっくりすることだ。○奏《かなで》音楽や歌に合わせて演じる舞。○ものの憑《つ》きたりけるにや　何か鬼神か霊が乗り移ったのであろうか。「もの」は正体不明の妖怪とか霊など。○さもあれ　結果はともかく、やってやれと思い立った時に発する言葉。えいままよ、ひとつやってやろう。○烏帽子《ゑぼし》　成人男子のかぶりものの一種。平安中期以後、身分のある者は平服に、庶民は外出時に用いた。絹紗または布製のやわらかなものであったが、鳥羽院のころから紙で作り黒漆《うるし》で塗り固めて作るようになり、種々の形のものが生まれた。ここは翁のかぶりものだから、粗末な帽子であったろう。○斧《よき》「をの」の小型のもの。手おの。○すぢりもぢり　身をさまざまにくねらせる。○えい声「えい」という掛け声。手を挙げたり、足踏みをしたりする時に自ら掛け声をかけながら舞ったのであろう。○一庭　宴会場所全体。「一」は……全体、……じゅう、の意。○あさみ興ず　びっくりしておもしろがった。

横座《(よこ)》の鬼のいはく、「多《(おほ)》くの年比《としごろ》、この遊《(あそ)》びをしつれども、いまだかか《(こ)》る者《(もの)》にこそあはざりつれ。今よりこの《(此)》翁、かやうの御遊《(あそ)》びに必《(かなら)》ず参《(まい)》れ」と言《(い)》ふ。翁申《まうす》やう、「沙《(さ)》汰《(た)》に及《(をよ)》び候はず、参《(まい)》り候《さぶらふ》べし。この度《(たび)》はにはかにて、納《(おさ)》めの手も忘《(わす)》れ候《さぶらひ》にたり。かやうに御覧《(らむ)》にかなひ候はば、静《(しつ)》かにつかうまつり候はん」と言《(い)》ふ。横座の鬼、「いみじく申《まうし》たり。必《(かなら)》ず参《(まい)》るべきなり」といふ《(云)》。奥の座の三番にゐ《(居)》たる鬼、「この翁はかくは申《まうし》候へども、参《(まゐ)》らぬ事も候はむずらんと覚《(おぼ)》え候《さぶらふ》に、質《しち》をや取《(と)》らるべく候《さぶらふ》らむ」といふ《(云)》。横座の鬼、「然《(しか)》るべし、然るべし《(〳〵)》」と言《(い)》ひて、「何をか取《(と)》るべき」と、お《(を)》のおの《(〳〵)》言《(い)》ひ沙汰《(さた)》するに、横座の鬼の言《(い)》ふやう、「かの翁が面《(つら)》にある瘤《(こぶ)》をや取《(と)》るべき。瘤《(こぶ)》は福《(ふく)》の物なれば、それをぞ惜《(お)》しみ思《(おも)》ふらむ」といふ《(云)》に、翁がいふ《(云)》やう、「ただ《(ゝ)》目《(め)》鼻をば召すとも、この《(此)》瘤《(こぶ)》は許《(ゆる)》し給《たまひ》候はむ。年比持《としごろもち》て候《さぶらふ》物を故《(ゆへ)》なく召《(め)》されむ、ずちなき事に候《さぶらひ》なん」と言《(い)》へば、横座の鬼、「かう惜《(お)》しみ申《まうす》物なり《(也)》。ただ《(ゝ)》それを取《(と)》るべし」と言《(い)》へば、鬼寄《(よ)》りて、「さは取《(と)》るぞ」とてねぢて引《(ひ)》くに、大方《おほ(かた)》痛《(いた)》き事なく、さて、「必《(かなら)》ず此度《このたび》の御遊《あそび》に参《(まゐ)》るべし」とて、暁に鳥など鳴《(な)》きぬれば、鬼ども帰《(かへ)》りぬ。翁、顔《(かほ)》を探《(さく)》るに、年来《としごろ》ありし瘤《(こぶ)》跡かたなく、かい《(ひ)》拭《(のこ)》ひたるやうにつやつや《(〳〵)》なかりければ、木こらん事も忘《(わす)》れて家に帰《(かへ)》りぬ。妻の姥《(うは)》、「こはいかなりつる事ぞ」と問《(ゝ)》へばしかしか《(〳〵)》と語《(かた)》る。「あさましき事かな」といふ《(云)》。

〈現代語訳〉

上座の鬼が、「長年の間、この遊宴《あそび》をしてきたが、まだこんな者には会ったことがない。今から、爺さん、こういう遊宴《あそび》の席にはきっと参れよ」と言う。翁は、「仰せまでもございません、参りましょう。今回は突然なことで、舞い納めの型も忘れてしまいました。このようにお目にかなうのでございましたら、次にはゆっくりと舞って御覧に入れましょう」と言う。上座の鬼が、「よくぞ申した。必ずやって来いよ」と言う。すると奥の座の三番目にいた鬼が、「この爺さんはこうは申しますが、参らぬこともあるかもしれぬと存じますので、質《しち》をお取りになるのがよろしいでしょう」と言う。上座の鬼が、「そうだ、それがいい」と言って、「何を取ったらよかろうか」とそれぞれみなが意見を述べて相談していると、上座の鬼が、「あの爺さんの顔にある瘤を取るのがよいではないか。瘤は福の物だから、きっとそれを惜しがるにちがいない」と言う。翁が、「ただ目や鼻はお取り下さっても、この瘤だけはお許しいただきとうございます。長年持っておりますものを何のわけもなくお取りになられては、どうしていいかわかりません」と言うと、上座の鬼が、「こんなに惜しがるものなのだ。ただそれを取れ」と言うと、鬼が寄って来て、「では取るぞ」と言ってねじって引くが、全然痛くない。さて、「きっと今度の御宴遊にも参れよ」と念を押して、やがて暁になり、鳥などが鳴き出したので、鬼どもは帰って行った。翁が顔を探ってみると、長年あった瘤は跡形もなく、拭い去ったようにまったくなくなっていたので、木を伐ることも忘れて家に帰って来た。妻の老婆が「これはどうしたことなの」と尋ねたので、これこれの次第だと語った。「なんとまあ、驚いたことねえ」と言う。

〈語釈〉

○遊び　遊宴。○沙汰　仰せ。○納めの手　舞い納めの型。○質　約束の保証として相手に預けておくもの。○言ひ沙汰　相談。○瘤は福の物　諸注「当時の俗信か」とする。そうかもしれないが、鬼は異界の生き物で、夜の動物である。また酒宴の様子を「この世の人のごとく」と評している点からも、人間界のものではないということが前提となっている。したがって人間にとって邪魔で困ったものである瘤――この瘤のために翁は「人に交るに及ばなかったのであり、後出の「隣にある翁」も瘤を取りたかったのであるから――に関して、人間と鬼とでは価値観が転倒していると考えてもよかろう。だから人間界では邪魔である瘤も鬼の世界では「福の物」だったのであろう。○ずちなき「ずちなし」は何ともしようがなく苦しい。なすすべもない。中世以後「すぢなし（筋無し）」の語もあり、「条理の通らぬ」と解する説もある。

隣にある翁、左の顔に大《おほき》なる瘤《こふ》ありけるが、この翁、瘤《こふ》の失《う》せたるを見《み》て、「こはいかにして瘤《こふ》は失《う》せさせ給《たまひ》たるぞ。いづこなる医師《くすし》の取《と》り申《まうし》たるぞ。我《われ》に伝《つた》へ給へ。この《此》瘤取《と》らん」と言《い》ひければ、「これ《是》は医師《くすし》の取《と》りたるにもあらず。しかしかの事《く》ありて、鬼の取《と》りたるなり」と言《い》ひければ、「我《われ》、その定《ぢやう》にして取《と》らん」とて、事の次第をこまかに問《とひ》ければ、教《をし》へつ。

この《(此)》翁言《(い)》ふまま《(ゝ)》にして、その木のうつほに入《いり》て待《まち》ければ、まことに聞《(き)》くやうにして、鬼ども出《(い)》で来《(き)》たり。居まはりて、酒飲《(の)》み遊《(あそ)》びて、「いづら、翁は参《(まい)》りたるか」と言《(い)》ひければ、この《(此)》翁、恐《(おそ)》ろしと思《おもひ》ながら、揺《(ゆる)》ぎ出《いで》たれば、鬼ども、「ここ《(ゝ)》に翁《(おきな)》参《(まい)》りて候」と申せば、横座の鬼、「こち参《(まい)》れ。とく舞《(ま)》へ」と言《(い)》へば、さきの翁よりは天骨《てんこつ》もなく、おろおろ《(〳〵)》奏《(かな)》でたりければ、横座の鬼、「このたびは、わろく舞《まう》たり。かへす《(返》がへ《〵)》すわろし。その取《(と)》りたりし質《(しち)》の瘤《(こふ)》返したべ」と言《(い)》ひければ、末《(すゑ)》つ方《(かた)》より鬼出《(い)》で来《(き)》て、「質《(しち)》の瘤《(こふ)》返したぶぞ」とて、いま片方《(かた〳〵)》の顔《(かほ)》に投《(な)》げつけたりければ、うらうへに瘤《(こふ)》つきたる翁にこそなりたりけれ。物うらやみはすまじき事なりとぞ。

〈現代語訳〉

隣に住む翁は左の頰《ほお》に大きな瘤があったが、この翁の瘤がなくなったのを見て、「これはどうやって瘤をなくしなさいましたか。どこの医者が取ったのですか。私に教えて下され。私もこの瘤を取りましょう」と言ったので、「これは医者が取ったのではありません。これこれのことがあって、鬼が取ったのですぞ」と言うと、「私もそのようにして取りましょう」と言い、事の次第を細かに尋ねたので、教えてやった。

この翁は教えられた通りにして、その木の洞穴《ほらあな》に入って待っていると、本当に話に聞いたようにして鬼どもがやって来た。ぐるりと車座になって、酒を飲み、歌舞の遊びをして、「さあて、翁は来ているか」と言ったので、この翁は、恐ろしいと思いながら、からだを揺すって出て行った。鬼どもが、「ここに翁が参っております」と申すと、上座の鬼が「こっちへ来い。早く舞え」と言う。前の翁よりは不器用で、まずく舞ったので、上座の鬼が「今回は下手《へた》に舞ったな。どうみても下手だ。その取っておいた質の瘤を返してやれ」と言ったので、下座《しもざ》の方から鬼が出て来て、「質の瘤を返してやるぞ」と言い、もう片方の頰《ほお》に投げつけたので、両頰に瘤のある翁になってしまった。だから他人《ひと》を羨んではいけないということだ。

〈語釈〉

○**失せさせ給たるぞ**　底本および『陽明本』以外の諸本は「うせ給たるぞ」。本書では瘤の失せた翁に対して、最上敬語を使っている。「隣にある翁」の、差をつけられて、羨む卑屈な気持ちの表われともいえるだろう。○**天骨**　天賦の才能。自然に備わっている才能。○**おろおろ**　物事が完全でない様子。不十分に。○**わろし**　まずい。下手だ。○**たぶ**　賜ぶ。給ぶ。ここでは鬼が自己の動作を尊大に表現する語。

〈参考〉

幼い日に誰もが聞いたと思われる「瘤取り爺さん」の話である。『五常内義抄《ごじょうないぎしょう》』と『宇治』のこの話が最古のものであろう。基本的には現在までほとんど変化していない。近世初期の『醒睡笑《せいすいしょう》』では巻一と巻六とに話を前後に分載している。この型の話は世界的に広く分布している。日本国内では地方によって瘤を取る鬼が天狗や化け物に代わったり、翁が坊さんであったり、また翁が宿った木の洞が山の神の御堂であったりと、変化しているが、内容・構成はほとんど同じである。『日本昔話大成』(関敬吾、角川書店)はこの話を「隣の爺」型に分類している。話の構成要素としては、山中異界、百鬼夜行、翁の異人性等が指摘され、また五来重『鬼むかし　昔話の世界』(角川書店)は鬼の酒盛りを山伏の延年《えんねん》と見ている。延年とは山伏の行事の中で、正月の修正会《しゅしょうえ》や三月の法華会《ほっけえ》、六月の蓮花会《れんげえ》に酒盛りをして舞を舞い、験競《げんくらべ》をする集会《しゅうえ》である。舞を舞うことは山伏修行の一つの必須科目であったという。したがって、本話の鬼の酒盛りと舞を舞うことは、山伏の延年を「鬼むかし」という昔話の型の中にとり込んだもので、山伏は野外で行事をするので、この話のようになったのであると五来重は述べている。なお、本話の新しい解釈が森正人「宇治拾遺物語瘤取翁譚の解釈」(「國語と國文學」80巻6号、平成十五年)に提示されている。しかし本書の編者が本話を採録した意図は第四十八話「雀報恩事」と同じく、「物うらやみはすまじき事なりとぞ」という説示にあると単純に受け取っておくのがよかろう。

四（上四）伴大納言事〈伴大納言《ばんのだいなごん》の事〉　巻一―四

これも今は昔、伴大納言善男《よしを》は佐渡国郡司《さどのくにのぐんじ》が従者《ずさ》なり《(也)》。か《(彼)》の国にて、善男夢に見《(み)》るやう、西大寺《さいだいじ》と東大寺《とうだいじ》とを跨《(また)》げて立《たち》たりと見《(み)》て、妻《め》の女にこ《(此)》の由《(よし)》を語《(かた)》る。妻《(め)》のいはく、「そこの股《(また)》こそ裂《(さ)》かれんずらめ」と合《(あ)》はするに、善男おどろきて、よし《(く)》なき事を語《かたり》てけるかなと恐《(おそ)》れ思《おもひ》て、主《(しう)》の郡司が家へ行《(ゆ)》き向《(む)》かふ所に、郡司きはめたる相人《さうにん》なりけるが、日ごろはさもせぬに、こと《(事)》のほか《(外)》に饗応《きやうおう》して、円座《(わらうた)》取《(と)》り出《(い)》で、向《(むか)》ひて召《(め)》しのぼせければ、善男怪《(あや)》しみをなして、我《われ》をすかしのぼせて、妻《め》の言《(い)》ひつるやうに、股《(また)》など裂《(さ)》かんずるやらんと恐《おそれ》思ふ程《ほど》に、郡司がいはく、「汝、やむごとなき高相《かうさう》の夢見てけり。それに、よしなき人に語《(かた)》りてけり。かならず大位《たいゐ》にはいたるとも、事出《(い)》で来《(き)》て、罪をかぶらんぞ」と言《(い)》ふ。

しか《(然)》るは、善男縁につきて京上《のぼり》して、大納言にいたる。されどもなほ《(猶)》罪を被《(かふ)》る。郡司が言葉《(ことは)》に違《(たか)》はず。

〈現代語訳〉

四　伴大納言のこと

これも今は昔のこと、伴大納言善男は佐渡国の郡司の召使いであった。その国で善男は、西大寺と東大寺とをまたいで立ったという夢を見て、妻にこの話をした。妻は、「あなたの股が裂かれるということなのでしょう」と夢判断をしたので、善男は驚いて、つまらぬことを話してしまったなあと恐ろしく思って、主人の郡司の家へ出かけて行った。郡司はきわめてすぐれた人相見《にんそうみ》であったが、ふだんはそうもしないのに、その日は、ことのほかにもてなして、円座を取り出して、向かい合って坐るように上に招いたので、善男は怪しんで、自分をだまして向かい合いの座にのぼらせ、妻が言ったように、股など裂こうとするのだろうかと恐れていると、郡司が、「おまえは格別高貴な相の夢を見たものだ。それなのに、つまらぬ人に話してしまった。そのために将来必ず高貴な位には昇っても、何か事件が起きて罪を受けることになろうぞ」と言った。

その後、善男は縁を頼って上京し、大納言にまで昇った。しかしながら罪を受けることになってしまった。郡司の言葉どおりになった。

〈校異〉

○よしなき事　底本「よくなき事」。誤写とみて、諸本および意により改める。

〈語釈〉

○伴大納言善男　伴国道《とものくにみち》の五男（弘仁二年〈八一一〉～貞観十年〈八六八〉）。正三位大納言にまで昇進するが、応天門炎上の罪に座して伊豆国に配流《はいる》（『三代実録』）、同地に没す。五十八歳。「大納言」は太政官の次官。右大臣の下。大政に参与し可否を奏上し、宣旨《せんじ》を伝達することをつかさどった。○**郡司**　国司の下で郡の政治に当たった官。大領（長官）・少領（次官）・主政・主帳などの職があった。特に大領のみを称することもある。ここはそれである。主に在地の豪族が任命された。○**西大寺**　奈良市西大寺芝町にある真言律宗の総本山。南都七大寺の一つ。天平神護元年（七六五）建立。○**東大寺**　奈良市雑司町にある華厳宗の総本山。南都七大寺の一つ。天平勝宝元年（七四九）建立。全国の総国分寺。田口和夫は本話の「西大寺」と「東大寺」について、これは「東の大寺・西の大寺」と訓《よ》むべきであり、それは平安京の東寺と西寺である、と指摘している（「宇治拾遺物語新解零拾」「國語と國文學」84巻9号、平成十九年九月）。○**そこ**　人称代名詞。そなた。おまえ。目下の者を呼ぶ場合が多い。○**合はす**　夢の吉凶判断をする。○**相人**　人相を見る人。人相を見てその人の運命などを予見する人。○**饗応**　酒食を出してもてなすこと。○**円座**　ワロウダと発音。藁蓋。わらふた。藁や菅《すげ》、藺《い》などでうず巻き状に円形に編んだ座布団用の敷物。「ゑんざ」「わらざ」ともいう。○**高相の夢**　高貴な相の夢。高貴な位に昇る夢。

〈参考〉

第百十四話「伴大納言、応天門を焼く事」の伏線となる話である。

本話によれば、伴善男《とものよしお》は佐渡国の郡司の従者であったというが、事実は伴国道の第五子である。祖父継人《つぐひと》は、かつて長岡京造営の指揮官であった藤原種継《たねつぐ》の暗殺事件（延暦四年〈七八五〉九月）の首謀者として投獄され、獄死した。善男の父国道は佐渡国に流刑となり、その後恩赦により都に帰り、官に復している。善男が佐渡国の郡司の従者だったという話はそのことと関連するものと考えられる。

ところで、語釈の項で記述した田口和夫の説——西大寺と東大寺を「東の大寺・西の大寺」と訓むべきであり、それは平安京の東寺と西寺であるとする説——は従来の、奈良の東大寺と西大寺であると直感的に捉えてきたことへの反省を促すものである。田口はさらに「都が平安京にある時代、これから立身出世するという夢が古京の平城京を舞台とする筈はないのである」という。まことに当を得た指摘である。そして田口は『大鏡』巻三の師輔《もろすけ》伝に、若き日の藤原師輔が西東の大宮大路に左右の足をふんばって、即ち朱雀大路を跨いで北向きに内裏を抱いて立つという夢を見たという話に類似性を認めている。

いずれにせよ田口説は画期的で傾聴すべき説である。そもそも、西大寺の本話における記述の仕方が、西大寺を先に、東大寺を後に持って来ている点も見逃すべきではない。このことも田口説を補強する一助となるだろう。元来、京の都の両大寺は『國史大辞典』によると、「一体で造営されたが、西寺の別当や三綱は東寺のそれらよりも上位であり、僧綱所《そうごうしょ》が西寺に置かれ、国忌も西寺で修される事例が多いところから、西寺の方が格がやや高かった」ということである。本話では善男は「西大寺と東大寺とを跨げて立」っている。奈良の都の両大寺の場合ならば当然「東大寺と西大寺」と、東大寺を先に持って来るのが自然であろう。東大寺は聖武天皇の発願《ほつがん》によるものであり、我が国の総国分寺である。西大寺は孝謙上皇の発願により造営された。これらの事情を勘案すると、田口説を採るのが妥当である。

しかし、奈良の都の両大寺も心情的には捨てがたいものがある。本話では善男がこの夢を見た時は、彼は流人の島である佐渡の、土着の郡司の一使用人であり、京の都の知識には疎かったというべきである。時に平安の都においては両大寺とも建設の途上であった。例えば西寺では金堂が八二〇年代、講堂は天長九年（八三二）に成り、塔はかなり遅れて十世紀初頭にできたという。東寺については、造営がなかなかはかどらず、空海に勅賜された後も、空海在世中に完成したのは講堂だけだったという（『國史大辞典』）。つまり善男生存中は両大寺とも完成にはまだ遠く、槌音高く建造中の状況であった。

ところで、伴善男の「伴」氏は「大伴」氏であったものが、淳和天皇の御名が「大伴」であったため、それを避けて「大」をはぶき、「伴」氏としたのだという。「大伴氏」といえば、旧き都、奈良を直ちに連想させるものがある。善男は現実には平安京の中で生きた人物であったが、その若き日に跨いで立った両大寺はこの話の読者には奈良の都のそれと連想されてもおかしくない。既述したように善男の生存中には平安京の両大寺は完成していなかった。しかし、この話が語られたり、本書に採録されたりした時点ではいうまでもなく平安京の両大寺とも完成していたから、田口説が正しいのであるが、説話の享受としては読者しだいで奈良の都のそれであるとしてもよいだろう。

なお、本話は先行の『江談抄《ごうだんしょう》』巻三第七話「伴大納言本縁事」と『古事談』巻二第五十話

「佐渡ノ郡司、伴ノ善男ノ夢ヲ占フ事」と同話である。佐伯有清『伴善男』（吉川弘文館・人物叢書）に詳しい。

五（上五）随求陀羅尼籠額法師事〈随求陀羅尼《ずいぐだらに》、額《ひたひ》に籠《こ》むる法師《ほふし》の事〉巻一―五

これも今《（いま）》は昔《（むかし）》、人のもとに、ゆゆ《（ゝ）》しくことごと《（〳〵）》しく斧《をの》を負《（負斧）》ひ、法螺《（ほら）》貝腰につけ、錫 杖《しやくぢやう》つきなどしたる山臥《やまぶし》の、ことごと《（〳〵）》しげなる入《いり》来て、侍《さぶらひ》の立蔀《たてじとみ》の内の小庭《こには》に立《たち》けるを、侍、「あれはいかなる御房ぞ」と問《とひ》ければ、「是《これ》は日比《ひごろ》白山に侍《はべり》つるが、御嶽《（みたけ）》へ参《（まい）》りて、今二千日候《さぶら》はんと 仕 候《つかまつりさぶらひ》つるが、時料《（れう）》尽《（つ）》きて侍り。まかりあづからんと申《まうし》あげ給へ」と言《（い）》ひて立《（た）》てり。

見《（み）》れば、額、眉《（まゆ）》の間のほどに、髪際《（かうきは）》によりて二寸ばかり疵《きず》あり。いまだなま癒《（いゑ）》にて赤《（あか）》みたり。侍、問《とひ》ていふやう《（云様）》、「その額の疵はいかなる事ぞ」と問《（と）》ふ。山臥、いとたふ《（う）》とたふと《（〳〵）》しく声《（こゑ）》をなしていふ《（云）》やう、「これは随求陀羅尼《ずいぐだらに》を籠《（こ）》めたるぞ」と答《こたふ》。侍のものども、「ゆゆ《（ゝ）》しき事にこそ侍れ。足手の指など切《きり》たるはあまた見《（み）》ゆれども、額破《わり》て陀羅尼籠《（こ）》めたるこそ、見《（み）》るとも覚《（おほ）》えね」と言《（い）》ひあひたる程に、十七、八ばかり

なる小侍《こさぶらひ》の、ふと走《(はし)》り出《(い)》でて《(ゝ)》、うち見《(み)》て、「あな、かたはらいたの法師や。なんでう随求陀羅尼を籠《(こ)》めむずるぞ。あれは七条町に、江冠者《がうくわんじや》が家の大東《(おほひんかし)》にある鋳物師《(いもし)》が妻を、みそか〳〵に入臥《いり(ふ)》し〳〵せしほどに、去年《こぞ》の夏、入《(い)》り臥《(ふ)》したりけるに、男の鋳物師《(いもし)》帰りあひたりければ、取《(と)》る物も取《(と)》りあへず逃《にげ》て西へ走《はしり》しが、冠者が家の前ほどにて、追《おひ》つめられて、鎛《(さいつへ)》して額を打破《うち(わ)》られたりしぞかし。冠者も見《(み)》しは」と言《(い)》ふを、あさましと人ども聞《(き)》き《(ゝ)》て、山伏が顔を見《(み)》れば、少《すこし》も事《(こと)》と《(ゝ)》思《おもひ》たる気色《けしき》もせず、すこしまのししたるやうにて、「その次《ついで》に籠《(こ)》めたるぞ」と、つれなう言《(い)》ひたる時に、集《(あつ)》まれる人ども、一度に「は」と笑《(わら)》ひたるまぎれに、逃《にげ》ていにけり。

〈現代語訳〉

五　随求陀羅尼《ずいぐだらに》を額《ひたい》に籠《こ》めた法師のこと

これも今は昔のこと、ある人の家に、ひときわものものしく斧を背負い、法螺貝《ほらがい》を腰につけ、錫杖《しゃくじょう》をついたりした山伏が、ものものしげな格好で入って来て、侍所《さぶらいどころ》の立蔀《たてじとみ》の内側の小庭に立った。侍が、「あなたは何のお坊さんですか」と尋ねると、「わたしはこのところ加賀の白山《はくさん》におりましたが、このたび御嶽《みたけ》に参って、あと二千日籠《こも》って修行しようと思いましたところ、食費がなくなってしまいました。御喜捨《ごきしゃ》にあずかりたいと御主人に申し上げて下さい」と言って立っている。

見ると、額と眉の間のあたり、髪の生えぎわ寄りに二寸ほどの疵《きず》がある。まだなま癒《い》えで赤らんでいる。侍が、「その額の疵はどうしたのですか」と尋ねた。山伏はいかにも尊げに声を作って「これは随求陀羅尼《ずいぐだらに》を籠めてあるのじゃ」と答えた。侍連中は、「これは大変なことですな。足や手の指などを切ったのはいくらも見かけたが、額を破《わ》って陀羅尼を詰め込んだのを見ようとは思いも寄らなかった」と言いあっていると、そこへ年のほど十七、八ばかりの若者が、ふと走り出て来て、ひょいと見て、「やあ、ちゃんちゃらおかしい坊主め、もうなんで随求陀羅尼を籠めるなんてものか。あいつは七条町で、大江君の家の東隣りの、もう一軒先の東に住む鋳物師《いもじ》の妻を、ひそかに入り込んでは寝とっていたが、そのうち、去年の夏、入り込んで寝ていた時に、夫の鋳物師が帰り合わせたので、取る物も取りあえずあわてて逃げて西の方に走って行ったが、わたしの家の前のあたりで追いつめられて、鍬《さいずえ》で額を打ち割られたんだよ。わたしも見ていたよ」と言うのを、あきれたものだと人々は聞いて、山伏の顔を見ると、これは事だと思った様子もさらさらなく、いささか顔の皮を伸ばしたように、とりすました顔をして、「そのついでに籠めたのさ」と、そ知らぬ顔で言ってのけた。その時、集まっていた人々が一度に「わあっ」と笑った、それに紛れて逃げ去ってしまった。

〈語釈〉

○**ゆゆし**　ひととおりでない。格別だ。○**斧を負ひ**　底本は「負斧」。○**法螺貝**　日本近海でとれる最大の巻き貝で、殻長約四〇センチ、殻径約二〇センチに達する。その貝の殻の端に穴をあけ、吹き口をつけて吹き鳴らすもの。合図などに用いた。○**錫杖**　僧や山伏の持つ長い杖。上部のわくに数個の輪が掛けてあり、突くと鳴るので乞食《こつじき》の時などに用い、また読経の調子を取るのにも用いた。山伏はその音によって山中の獣や蛇などを追い払った。○**山臥**　「山伏」とも書く。山野に起き伏しして修行する修験道の行者。修験道は山岳信仰と仏教、特に密教の修法《すほう》との一種の融合宗教で、呪術宗教的な活動を中核とする。○**侍**　侍所《さむらいどころ》。平安時代、院・親王・摂関家などの「侍」の詰め所。また、その家の事務をつかさどったところを指すが、ここは貴人の側近く仕える従者、供の者の詰め所であろう。○**立蔀**　家の内部が見えないように立てる蔀《しとみ》、板塀などの類。蔀は木格子《こうし》の裏面に板を張ったもの。○**白山**　加賀の白山。岐阜・石川・福井三県にまたがる活火山。最高峰の御前峰は高さ約二七〇二メートル。富士山・立山と共に日本三名山の一つ。古来、山岳信仰の霊地。○**御嶽**　奈良県吉野郡の金峯山《きんぷせん》。修験道の霊地の一つ。○**時料**　「じれう」あるいは「ときれう」。「斎《とき》料」とも書く。僧の食事にあてる料金。「斎《とき》」は僧の食事。○**随求陀羅尼**　随求菩薩の真言。衆生《しゅじょう》の求めに随《したが》って罪障を滅し、苦難を救い、福徳を得しめる陀羅尼。随求菩薩は大随求菩薩とも言い、観音菩薩の化身である。陀羅尼は仏の教えの精要で、神秘的な力をもつと信じられる呪文。梵文の長句を翻訳しないで、そのまま読誦《どくじゅ》する。○**かたはらいたし**　わきで見ていて苦々しい。笑止だ。○江冠者　「江」は大江氏。「冠者」は元服をして冠をつけた少年。ここは小侍の友人のことか。○大東　東隣りの家の、そのまた東隣りの家。○鋳物師　鋳物（鍋釜の類）を作る職人。○みそか　密か。隠れて行なうさま。こっそり。○鋳　鍬《くわ》の一種。草を刈り取る具。○まのし　「間伸し」（顔の寸を伸ばしてまじめくさった様子をする）説（『全註解』）や、「目伸し」（目を見張る）説などがある。顔全体を伸ばすようにして、平気をよそおい、とぼけた様子を指すのであろう。○つれなう　「つれなし」は平気だ。気にとめない。そ知らぬ顔をしている。

〈参考〉

山伏は山岳修行をすることによって超自然的能力を獲得し、その祈禱は効験著しいと信じられていた。実際に真剣に修行する者も少なくなかったが、一方で修験者の格好を金品集めに利用するいかさま師もいた。本話の山伏はいかにも本物らしく、ものものしいいでたちで登場し、修行するための食費の喜捨を募る。が、実際はひと皮むけば、とんでもないインチキ坊主である。そのペテンの化けの皮がはがされたというのに、「少《すこし》も事と思《おもひ》たる気色も」見せず、「すこしまのししたる」顔で平然と応答するところが爆笑の種となる。一同が大笑したすきにどろんをきめこむところはまさに喜劇の一場面である。

　ところで、「江冠者」について、従来の諸注釈ではあえて特定しないものが多かった。『新大系』では「誰をさすか未詳」とする。『新全集』では「十七八ばかりなる小侍」本人のこととする。よくわからないというのが実際のところだが、「江冠者」と後出の「冠者」とを別人と考え、「江冠者」は小侍が知り合いの男、すなわち「大江さん家《ち》の息子」。後出の「冠者」は「十七、八ばかりなる小侍」本人という想定が妥当ではないかと考えた。すなわち「江冠者が家の大東」は「大江君の家の大東」ということになり、「冠者が家の前」は「僕の家の前」。「冠者も見しは」は「僕も見たよ」ということになろう。

なお、「大東」の解釈であるが、これも従来「真東」とか、「おおよそ東」とか解されてきたが、関口英夫が「『宇治拾遺物語』の「おほ東」」（『日本文學誌要』22号）に書いている説に従った。関口は寺田泰政が「言語生活」179号で、「古語解釈と方言」と題して発表した「おほ東」の説に賛同し、寺田の「おほ東」説を提唱した。寺田は『伊勢物語』の中の語を平田篤胤《あつたね》が自分の郷里の秋田の方言で解明した有名な話を例に挙げて、「おほ東」を遠州方言で解釈できるとした。すなわち「オオヒガシとは、東隣りの家の、その又東隣りの家のことを指す」という。そして、「おほ」の使い方では、祖父母を「おほぢ」、「おほば」――父または母の、そのまた向こうの父・母の意とする例を挙げている。たしかに、普通に他人の家を話題にする時に、東なら「東」と言えばいいわけで、わざわざ「真東」とか「おおよそ東」などと言うこともあるまいと思うから、この、寺田・関口の説に従って解することにした。

六（上六）中納言師時法師之玉茎検知事〈中納言師時《ちゆうなごんもろとき》、法師《ほふし》の玉茎検知《たまくきけんち》の事〉巻一―六

これも今《(いま)》は昔《(むかし)》、中納言師時といふ人おはしけり。その御もとに、ことのほかに色黒《(くろ)》き墨染《すみぞめ》の衣の短《(みしか)》きに、不動袈裟《ふどうげさ》といふ袈裟《(けさ)》かけて、木練子《もくれんじ》の念珠《ねんず》の大《おほき》なる繰《(く)》りさげたる聖法師《ひじりほふし》、入《いり》来《(き)》て立《(た)》てり。

中納言、「あれは何《(なに)》する僧ぞ」と尋《たづね》らるる《(ゝ)》に、ことのほかに声をあはれげになして、「仮《(かり)》の世はかなく候《さぶらふ》を忍《(しの)》び難《(かた)》くて、無始《むし》よりこのかた生死《しやうじ》に流転《るてん》するは、詮《(せん)》ずる所、煩悩《ぼんなう》にひかへられて、今にかくて憂《(う)》き世を出《いで》やらぬにこそ。これ《(是)》を無益《むやく》なりと思《おも》ひとりて、煩悩を切《きり》捨《(す)》てて《(ゝ)》、ひとへにこのたび生死の境《(さかひ)》を出《いで》なんと思ひとりたる聖人《しやうにん》に候」と言《(い)》ふ。中納言、「さて煩悩を切《(き)》り捨《(す)》つとはいかに」と問《とひ》給へば、「くは、これを御覧《(らん)》ぜよ」と言《(い)》ひて、衣の前《(まへ)》をかきあけて見《(み)》すれば、まことにまめやかのはなくて、ひげばかりあり。

こは不思議《(ふしき)》の事かなと見給《(み)たまふ》程に、下《(しも)》にさがりたる袋《(ふくろ)》のこと《(事)》の外《ほか》に覚《(おほ)》えて、「人やある」と呼《(よ)》び給へば、侍《さぶらひ》二、三人出《(い)》で来《(き)》たり。中納言、「その法師ひきはれ」とのたま《(給)》へば、聖《(ひしり)》、まのしをして、阿弥陀《(あみた)》仏申《まうし》て、「とくとく《(〳〵)》、いかにもし給へ」と言《(い)》ひ

て、あはれげなる顔気色《かほけしき》をして、足をうち広《ひろ》げてお《を》ろねぶりたるを、中納言、「足《あし》を引《ひき》ひろげよ」とのたまへば、二、三人寄《よ》りて引《ひき》ひろげ、さて、小侍《こさぶらひ》の十二、三ばかりなるがあるを召《め》し出《い》でて《こ》、「あの法師《し》の股《また》の上《うへ》を、手をひろげて、上《あ》げ下《おろ》しさすれ」とのたまへ《給》ば、そのままに《こ》、ふくらかなる手して、上《あ》げ下《おろ》しさする。とばかりある程に、この聖、まのしをして、「今《いま》はさておはせ」と言《い》ひけるを、中納言、「よげになりにたり。ただ《こ》さすれ。それそれ《〳〵》」とありければ、聖、「さま悪《あ》しく候。今《いま》はさて」と言《い》ふを、あやにくにさすり伏《ふ》せける程に、毛の中より、松茸のおほきやかなる物のふらふら《〳〵》と出《い》で来《き》て、腹にすはすは《〳〵》と打《う》ちつけたり。中納言をはじめて、そこら集《つと》ひたる者《物》ども、諸声《もろこゑ》に笑《わら》ふ。聖も手を打《う》ちて臥《ふ》しまろび笑《わら》ひけり。

はやう、まめやか物を下《した》の袋《ふくろ》へひねり入《い》れて、続飯《そくい》にて毛を取《と》りつけて、さりげなくして、人を謀《はか》りて物を乞《こ》はんとしたりけるなり。狂惑《或》の法師にてありける。

〈現代語訳〉

六　中納言師時が法師の玉茎を検知したこと

これも今は昔のことだが、中納言師時という人がおられた。そのお屋敷に、特に色の黒い墨染《すみぞめ》の短い衣の上に、不動袈裟《ふどうげさ》という袈裟をかけて、木練子《もくれんじ》の数珠《じゅず》の大きなのを繰《く》りさげた修行僧が入って来て立った。

中納言が、「そなたはいかなる僧か」と尋ねられると、ことのほかに哀れげな声を出して、「この仮《かり》の世に、むなしく生きておりますことが堪えられません。太古の昔から生死をくり返し、六道《ろくどう》の迷いの世界に輪廻《りんね》するのは、つまるところ、煩悩《ぼんのう》に引きとめられて、今もこうして憂き世を離れられないからです。これをつまらぬことだと思い悟って、煩悩を切り捨てて、ひたすらこのたび生死《しょうじ》輪廻の境界《きょうがい》を出離しようと決心した聖《ひじり》でございます」と言う。中納言が、「さて、煩悩を切り捨てるとはどういうことか」と尋ねられると、「ほれ、これを御覧下さい」と言って、衣の前を開いて見せると、まことに本物の一物《いちもつ》はなくて、毛ばかりがある。

これは不思議なことじゃと見ておられると、下にさがっている陰嚢《いんのう》が異様に思えたので、「誰かおらぬか」とお呼びになると、家来が二、三人やって来た。中納言が「その法師を引っぱれ」とおっしゃると、聖はまじめくさった顔をして、「南無阿弥陀仏」と念仏を唱えて、「さあさあ、お早く、どうともなさいませ」と言って、いかにも神妙な顔つきで足を広げて軽く目をつぶった。中納言が、「足を引っぱって広げよ」とおっしゃったので、二、三人寄って引き広げた。さて十二、三歳ほどの年若な侍者をお召しになり、「あの法師の股の上を、手を広げて上げ下ろしさすれ」とおっしゃるので、仰せのとおり、ふっくらした柔らかな手で上げ下ろしさする。しばらくすると、この法師がまじめくさった顔をして、「もうそのままにして下さい」と言ったが、中納言は、「よさそうな具合になってきたぞ。ただすれ。それそれ」とけしかける。法師は「見苦しゅうございます。もうそれまでで」と言うのを、意地悪くさすり続けているうちに、毛の中から松茸のような形の大きな物がふらふらと出てきて、腹にすぽっすぽっと打ちつけた。中納言をはじめ、大勢集まっていた者どもがいっせいに笑った。法師も手を打ってころげまわって笑った。

いやはや、驚いたことに、この聖は実物を下の袋の中にひねり込んで、飯粒の糊《のり》で毛をはりつけて、なにくわぬ顔で人をだまして、物を乞《こ》おうとしたのであった。とんでもない騙《かた》り坊主だったのだ。

〈語釈〉

○中納言師時　村上源氏、左大臣源俊房の次男（承暦元年〈一〇七七〉～保延二年〈一一三六〉）。蔵人頭、皇后宮権大夫、権中納言正三位に至る。『金葉和歌集《きんようわかしゅう》』に入集《にっしゅう》初出の歌人。日記に『長秋記』がある。中納言は「太政官」の次官。「大納言」に次ぐ官。従三位《じゅさんみ》に相当する。**○不動袈裟**　山伏が着用する袈裟。山伏は不動の戒を受け、その力を得るところからこの名があるとも、また山伏の形体が不動明王に似ているからともいわれる。あるいは着用の際、衣帯で固定するのでこの名があるとの説（『旧大系』）もある。結袈裟《ゆいげさ》、輪袈裟《わげさ》ともいう。袈裟は僧が出家者の標識として衣の上に掛ける上衣。**○木練子（木欒子）**　もくげんじ

（木槵子）の異称。ムクロジ科の落葉喬木。寺院に多く植えられる。高さ一〇メートルに達する。初夏、黄色い小花が集まって咲き、果実の種子は黒色で堅く、数珠玉に用いる。○聖法師　諸国を巡って修行する僧。○無始　始めがないこと。無限に遠い過去。○生死に流転す　生まれ変わり死に変わりして六道（地獄・餓鬼・畜生・修羅・人間・天上）を輪廻《りんね》し、迷いの世界を脱出できないこと。○煩悩　心身を悩まし苦しめる一切の精神作用。すなわち邪《よこしま》な情欲や願望、怒り、愚痴など。○くは　感動詞。相手の注意を促す時に言う語。さあ。ほら。○かきあけて　「かき上げて」（まくり上げて）と解することもできる。ここでは短い衣を着ているので、「開いて」と解した。○まめやか　本物。玉茎のこと。後出「まめやか物」と同じ。○袋　陰嚢《いんのう》。ふぐり。○まのしをして　まじめくさった、神妙そうな様子をして。前話の「随求陀羅尼、額に籠むる法師」も「まのしたる」顔をした。○阿弥陀仏申て　南無阿弥陀仏と名号を唱えて。阿弥陀仏は西方極楽世界の教主。○とくとく　疾く疾く。はやくはやく。○おろねぶり　眠ったふりをする。「おろ」は少しばかり。わずかの意を表わす接頭語。軽く目をつぶり、いかにも悟りすました落ち着きのある様子をしたのであろう。○今はさておはせ　もうそれくらいにして下さい。「さて」はそういう状態で、そのままで、の意の副詞。○あやにくに　意地悪く。○すはすは　柔らかに物に当たるさまにいう語。○そこら　多数。おおぜい。○諸声　声を合わせて。○はやう　実は。驚いたことに。○続飯　めしつぶを練りつぶしてこしらえた糊。○狂惑　一般には「きやうわく」は

「心が狂い乱れること、きわめてばかげていること」の意で、『発心集』巻八第三話「仁和寺西尾上人依二我執一焼レ身事」にその用例がある。ここは「人をだまし惑わすこと、だますこと」の意で、『沙石集』巻五本六話（『旧大系』および他のいくつかの諸本）「学生《がくしやう》ノ見ノ僻《ひがみ》タル事」に用例がある。その中のあるものには「キャウワク」と振り、また「ワウ」と振るものがあり、読みが一定しなかったと考えられる。なお、同書の他のいくつかの諸本には「誑惑」「枉惑」と表記するものがあり、これら三者の表記は流動的に用いられたものと思われる。『雑談集』巻九に「誑惑ノ事」の記事がある。

〈参考〉

前話を承けて、これもいかさま法師の門付《かどづ》け失敗譚。法師の笑い話となると、とりあえずは煩悩処理の話に行く。よくもこのような奇想天外な方法を思いついたものだが、生活がかかっているからには、何でもありということだろう。

まず、墨染の衣の短いのを着て登場するところが伏線。衣の前を開け（上げ）易い。法師は生死流転と煩悩解脱を説いて大見得を切るが、化けの皮を剝ぐ師時の方が一枚上だ。師時邸の庭は見物衆の哄笑ところげまわって笑う当の法師の笑い声とが渦巻く劇場となる。

七（上七）龍門聖鹿ニ欲替事〈龍門《りゆうもん》の聖《ひじり》、鹿《しし》に替《かは》らんと欲《ほつ》する事〉 巻一―七

大和国に龍門といふ所に聖《ひじり》あり《(有)》けり。住《すみ》ける所を名にて、龍門の聖とぞ言《(い)》ひける。その聖《(ひしり)》の親《(した)》しく知《(し)》りたりける男《をのこ》の、明《あけ》暮《(くれ)》、鹿《(しゝ)》を殺《(ころ)》しけるに、照射《(ともし)》といふ事をしける比《ころ》、いみじう暗《(くら)》かりける夜、照射《ともし》に出《いで》にけり。

鹿をもとめ歩《(あり)》く程《ほど》に、目を合《(あ)》はせたりければ、鹿《(しゝ)》ありけりとて、押《(を)》しまはし押しまはしするに、たしかに目を合《(あ)》はせたり。矢《や》比《ごろ》にまはせよりて、火串《(ほくし)》に引《ひき》かけて、矢をはげて射《(い)》んとて、弓ふりたて見《(み)》るに、この鹿の目の間《(あひ)》の、例《(れい)》の鹿の目《(め)》のあはひよりも近《(ちか)》くて、目の色も変《(か)》はりたりければ、あやしと思《おもひ》て、弓を引《ひき》さしてよく見《(み)》けるに、なほ《(を)》あやしかりければ、矢をはづして火をとりて見《(み)》るに、鹿の目にはあらぬなりけりと見《(み)》て、起《(お)》きば起《(お)》きよと思《おもひ》て、近《(ちか)》くまはし寄《(よ)》せて見《(み)》れば、身は一定《(ちやう)》の革にてあり。なほ《(を)》鹿なりとて、また《(又)》射《(い)》んとするに、なほ《(猶)》、目のあらざりければ、ただ《(こ)》うちにうち寄《(よ)》せて見《(み)》るに、法師の頭《(かしら)》に見《(み)》なしつ。

こはいかにと見《(み)》て、おり走《はしり》て、火うち吹《(ふ)》きて、しひをりとて見《(み)》れば、この聖《ひじり》の目うちた《(こ)》たきて、鹿《(しゝ)》の皮を引《ひき》かづきてそひ臥《(ふ)》し給へり。「こはいかに、かくてはおはし

ますぞ」と言《い》へば、ほろほろと泣《な》きて、「わ主《ぬし》が、制《せい》する事を聞《き》かず、いたくこの鹿を殺《ころ》す。我《われ》、鹿に代《かは》りて殺《ころ》されなば、さりともすこしはとど《ゝ》まりなんと思へば、かくて射《い》られんとしてを《お》るなり《也》。口惜《くちお》しう射《い》ざりつ」とのたまふ《給》に、この《此》男《を》、ふしまろび泣《な》きて、「かくまでおぼ《は》しける事を、あながちにし侍《はべり》ける事」とて、そこにて刀を抜《ぬ》きて、弓うち切《き》り、胡簶《やなぐひ》みな折《お》りくだきて、髻《もとどり》切《き》りて、やがて聖に具《ぐ》して法師になり《成》て、聖のおはしけるかぎり聖につかはれて、聖失《う》せ給ひければ、かはりてまた《又》そこにぞ行《おこな》ひてゐたりけるとなん。

〈現代語訳〉

七　龍門の聖が鹿の身代りになろうと願ったこと

大和国の龍門というところに一人の聖《ひじり》がいた。住んでいるところの名をとって龍門《りゅうもん》の聖といった。その聖が親しくしている男が、日夜鹿を殺すのを生業《なりわい》としており、照射《ともし》という方法で鹿狩りをする夏のころ、いかにもひどく暗い夜、その照射に出かけて行った。

鹿を捜しまわっているうちに、鹿の目と出合ったので、「鹿がいたぞ」と思って、松明《たいまつ》を振り回し振り回ししていると、たしかに鹿の視線である。矢の届くほどの距離まで馬をまわらせて近づき、火串《ほぐし》に松明を引っかけて、矢をつがえて射ようとして弓を振りたてて見ると、この鹿の目と目の間隔が普通の鹿の目の間隔よりも狭くて、目の色も変わっていたので、変だと思い、弓を引くのをやめてよく見たがやっぱりおかしい。そこで矢をはずして火を取って見ると、「これは鹿の目ではないぞ」と見てとって、「飛び起きるなら起きろ」と思い、近くまで松明を回し寄せて見ると、からだはたしかに鹿の毛並である。「やっぱり鹿だ」と思ってまた射ようとするが、やはり目が違うので、どんどん近づいて見ると、法師の頭だとわかった。

「これはいったいどうしたことか」と思って、馬から降り、走り寄って、火を吹き、芯《しん》を折り取って明るくして見ると、この聖がまばたきをして、鹿の皮を引っかぶって寝そべっておられた。「これはなんと。どうしてこんなことをしておられるのですか」と言うと、聖ははらはらと涙を流して泣き、「おまえさんが、わしの止めるのも聞かず、むやみに鹿を殺している。わしが鹿の代わりに殺されれば、いくらなんでも少しはやめるだろうと思ったので、こうして射殺されようとしていたのだ。残念なことに射なかった」とおっしゃった。これを聞くやこの男はころげまわって泣き、「これほどまでお考えになっていたのに、強情にも殺生《せっしょう》しつづけておりました」と言い、その場で刀を抜いて、弓の弦《つる》を断ち切り、胡簶《やなぐい》もみな打ちこわして、髻《もとどり》を切って、そのまま聖のお供をして法師になり、聖の御存命中は聖に使われ、聖がお亡くなりになってからは代わってまたそこで修行していたということである。

〈語釈〉

○**大和国**　現在の奈良県。○**龍門**　奈良県吉野郡吉野町北部の龍門岳南麓の地域。七世紀に義淵《ぎえん》僧正が建立《こんりゅう》したとされる龍門寺跡がある。龍門川の上流には三段の龍門滝がある。○**鹿**《しし》　「しし」は肉の意で、一般にその肉を食用とする獣の総称。特にイノシシ、また、シカの称。区別する場合はイノシシ、カノシシというが、本話では鹿。○**照射**《ともし》　鹿狩りの方法で、夏の闇夜、鹿をおびき寄せるために、鹿の道に火串《ほぐし》にはさんだ松明《たいまつ》をともすこと。鹿の目に火が映じて光るのを目標に矢を射て殺す。○**押しまはし押しまはし**　「あちらこちらと馬を乗りまわす」とする解釈もあるが、ここは松明を振り回す意に解しておく。○**矢比**《やごろ》　矢を射当てるのにちょうどよい距離。○**まはせよりて**　底本と『陽明本』とを除く多くの諸本は「まはしよりて」、あるいは「まはし取て」とする。ここでは「馬をまわらせて近づき」の意と解しておく。○**火串**《ほぐし》　猟師が照射をする時、鹿をおびき寄せるために使う松明を挟《はさ》む木。「やなぐひより二三尺ばかり長キ串に火をともして」（『和歌色葉』）○**矢をはげて**　「はぐ」は引っかける、はめる意。弓に矢をつがえて。○**引**《ひき》**さす**　引くことを中途でやめる。「さす」は接尾語。動詞の連用形を受けて、「中途でやめる」意。○**一定の革**　まぎれもないたしかに鹿の皮。底本の表記は「一ちやう」なので「一張の皮」とする説もある。○**目のあらざりければ**　目が鹿の目ではなかったので。○**しひをりとて**　『書陵部本』の傍記に「ししをり」とあり、『新大系』は「しひ」を「しゝ（鹿）」の誤写で、文意は「鹿がいると思って見ると」と解し、『新全集』も同様に解している。しかし、『旧大系』の「しび」は「芯のことか」として、「松明・蠟燭などの火を明るくするには芯を摘むのが普通である」という説明に従う『旧全集』や『集成』の説は捨てがたいので、ここでは後者の説に従い、「芯を折り取って」の意に解しておく。○目うちたたきて　まばたきをして。○引かづきて 「引かづく」は引っかぶる。○わ主《ぬし》　同等またはそれ以下の人に対して用いる対称の代名詞。おまえさん。「わ」は接頭語。親しんで呼ぶ場合や、相手をさげすんだりする場合に用いる。○あながちに　自分の願望が抑えきれずにいちずに激しい行為をするのに用いる語。自分勝手に。むやみに。○胡籙《やなぐひ》　矢を入れて背中に負う道具。○髻《もとどり》　髪を頭上に集めてたばねたもの。たぶさ。「髻切る」は出家すること。○やがて　そのまま。すぐに。

〈参考〉

前の第五・六話と続いた「いかさま聖譚《ひじりたん》」から一転してまことの聖者の話に変わる。まさに転換の妙といえる。『古事談』巻三第九十九話「舜見、鹿ノ体トナリ猟者ヲ教フル事」と同話。話の内容はまったく同じだが、『古事談』では聖の名を「舜見」とし、龍門の地名はなく、ただ「大和国」とする。「聖」の捨て身の行為や猟師の心理状態と行動など本書の方が詳細に活写されており、感動的な悪人発心《ほっしん》・出家譚となっている。

八（上八）易之占メ金取出事〈易《えき》の占《うらなひ》して金《こがね》取り出《いだ》す事〉巻一―八

旅人の宿《(やと)》求《(もと)》めけるに、大きやかなる家の、あばれたるがありけるによりて、「ここ《(ゝ)》に宿《(やと)》し給《たまひ》てんや」と言《(い)》へば、女声にて「よき事、宿《(やと)》り給へ」と言《(い)》へば、みなおりゐにけり。屋《(や)》大《(おほ)》きなれども人ありげもなし。

かくて夜明《(あ)》けにければ、物食《(く)》ひしたた《(ゝ)》めて出《(い)》でて《(ゝ)》行《ゆく》を、ただ《(ゝ)》女一人ぞあるけはひ《(い)》しける。この家にある女出《(い)》で来《(き)》て、「え出《(い)》でおはせじ。とど《(ゝ)》まり給へ」と言《(い)》ふ。「こはいかに」と問《(ゝ)》へば、「お《(を)》のれは金《こがね》千両負《(を)》ひ給へり。そのわきまへしてこそ出《いで》給はめ」と言《(い)》へば、この旅人の従者《(すんさ)》ども笑《(わら)》ひて、「あら、しや、讒《(さん)》なんめり」と言《(い)》へば、この《(此)》旅《(たひ)》人、「しばし」と言《(い)》ひて、また《(又)》おりゐて、皮子《かはご》乞《(こ)》ひ寄《(よ)》せて、幕引《まくひき》めぐらして、しばしばかりありて、この《(此)》女を呼《(よ)》びければ、出《いで》来《(き)》にけり。

旅人問《(と)》ふやうは、「この親はもし易《えき》の占《うら》といふ事やせられし」と問《(ゝ)》へば、「いさ、さや侍《はべり》けん。そのし給ふやうなる事はし給《たまひ》き」と言《(い)》へば、「さるなり」と言《(い)》ひて、「さても何事にて千両金《こがね》負《(を)》ひたる、そのわきまへせよ、とは言《(い)》ふぞ」と問《(ゝ)》へば、「お《(を)》のれが親《(おや)》の失侍《うせはべり》し折《(おり)》に、世中《よのなか》にあるべき程《ほど》の物など得《(え)》させお《(を)》きて申《(まう)》し《(ゝ)》やう、『いまなん十年ありて、その月にここ《(ゝ)》に旅人来て宿《(やと)》らんとす。その人は我《わが》金を千両負《(を)》ひたる人なり。それにその金を乞《(こ)》ひて、耐《(た)》へがたからん折《(おり)》は売《(う)》りて過《(す)》ぎよ』と申《まうし》しかば、今までは親の得《え》させて侍《はべり》し物を少《すこ》しづつ《ゝ》も売《う》り使《つか》ひて、今年《ことし》となりては売《う》るべき物も侍らぬまま《ゝ》に、いつしか我《わが》親の言《い》ひし月日のとく来《こ》かしと、待侍《まちはべり》つるに、今日《けふ》に当《あた》りておはして宿《やと》り給へれば、金負《を》ひ給へる人なりと思《おもひ》て申《まうす》なり《也》」と言《い》へば、「金の事はまことなり。さる事あるらん」とて、女を片隅《かたすみ》に引《ひき》て行《ゆ》きて、人にも知《し》らせで、柱を叩《たゝ》かすれば、うつほなる声《こゑ》のする所を、「くは、これが中に、のたまふ金はあるぞ。あけて少《すこ》しづつ《ゝ》取《と》り出《い》でて使《つか》ひ給へ」と教《をし》へて出《いで》ていにけり。

この《此》女の親《おや》の、易の占《うら》の上手にて、この《此》女の有様《ありさま》を勘《かんが》へけるに、いま十年ありて貧《まつ》しくならんとす。その月日、易《やく》の占する男来《き》て宿《やと》らんずると勘《かんか》へて、「かか《ゝ》る金ある」と告《つけ》ては、まだしきに取《とり》いでて《ゝ》、使《つか》ひ失《うしな》ひては、貧《まつ》しくならん程に、使《つか》う物なくて惑《まと》ひなんと思《おもひ》て、しか言《い》ひ教《をし》へて死《しに》ける後にも、この家をも売《う》り失《うしな》はずして、心を得《え》て、今日《けふ》を待《ま》ちつけて、この人をかく責《せ》めければ、これも易《ゐき》の占する者《物》にて、占《うらな》ひ出《いた》して教《をし》へ、出《いてゝ》ていにけるなりけり。

易《ゐき》の占《うら》は、行末《ゆくすゑ》を掌《たなごころ》の中のやうにさして知《し》る事にてありけるなり《也》。

〈現代語訳〉

八　易の占いをして金を取り出すこと

旅人が宿を探していると、大きな、荒れはてた家があったので、そこに寄って、「ここに泊めていただけませんか」と言うと、女の声で「よろしいですよ。お泊まり下さい」と言うので、みな馬から降りて腰をおろした。家は大きいがほかには人のいる気配もない。ただ女一人だけがいる様子であった。

こうして夜が明けたので、食事をして出て行こうとすると、この家にいる女が出て来て、「このまま出て行かれるわけにはまいりません。お留《とど》まり下さい」と言う。「これはまたどうして」と尋ねると、「あなたは私の金《こがね》を千両借りておられる。その弁済をしてからお発《た》ち下さい」と言うので、この旅人の従者どもは笑って、「ちぇっ。ちくしょう。言いがかりだろう」と言うと、この旅人は「ちょっと待て」と言って、また馬から降りて坐り込み、行李《こうり》を取り寄せ、幕を引きめぐらし、しばらくしてからこの女を呼ぶと、女は出て来た。

旅人が問うことには、「こちらの親御さんは、もしや易《えき》の占いということをなさっておられましたか」と尋ねると、「さあ、どうだったでしょうか。あなたのなさっているようなことはしておられました」と言うので、旅人は「そうでしょう。そのはずです」と言って、「それにしても、どうして千両の金を借りているからその弁済をしろ、と私に言うのですか」と聞くと、「わたしの親が亡くなりました時に、一応暮らしていけるくらいの物などをわたしに与えておいて申しますには、『今から十年たって、これこれの月に、ここに旅人が来て泊まることになる。その人はわしの金を千両借りている人だ。その人にその金をもらって、生活が苦しくなったら売り食いをして過ごしなさい』と申しましたので、今までは親が残していった物を少しずつも売っては使いして、今年になっては売るべき物もございませんので、いっときも早く、親の言っていた月日が来ますようにと、待っておりましたところ、今日にあたってあなた方がおいでになり、お泊まりになったので、金を借りておられる人だと思って申し上げたのです」と言う。旅人は「金のことは本当です。そういうこともあるでしょう」と言って、女を片隅に連れて行き、人にも知らせず柱を叩かせると、空洞の音がするところがあり、そこを「さあ、この中におっしゃる金がありますよ。あけて少しずつ取り出してお使いなさい」と教えて出立《しゅったつ》していった。

この女の親は易の占いの名人で、この女の運勢を判断したところ、「あと十年すると貧しくなるだろう。その年の某月某日に易の占いをする男が来て泊まることになる」と判断して、「こういう金があるよ」と告げると、まだ早いうちに取り出して使い、なくしてしまっては、貧しくなった時に使う物もなく、途方に暮れるだろうと思い、そんなふうに言って教え、死んだ後もこの家を売り払わずに、今日という日を待ち受けて、この人をこのように責めたのである。この旅人も易の占いをする者で、事情を知って占い出して女に教え、立ち去ったのであった。

易の占いは将来のことを掌《たなごころ》の中の物を指すようにはっきりと指し示して知ることのでき

るものなのである。

〈語釈〉

○**あばれたる**　あばる（荒る）は荒れ朽ちる。荒廃する。○**物食ひしたため**　「したたむ」も「食う」意。自分たちが携行している食物を食べて。○**え出でおはせじ**　出発なさることはできないでしょう。「そのわけはあなたの方がご存知のはずです」の意が含まれている。○**おのれは**　「おのれ」は自称・対称ともに用いる代名詞だが、対称の場合、目下の者に対し、または人をののしる時に用いる。この場合、「おまえさんが」と対称に訳すと、述語の敬語とつり合わない。『版本』には「お《（を）》のれが」とあるので、それに従い、「私の」と、一人称に解しておく。○**わきまへ**　弁償。○**あら、しや**　「あら」も「しや」もともに感動詞。「しや」は驚きや「いまいましい」といった感情を表わす。チェッ。「あらじや」と読んで、「そんなこともあろうかね」（『全書』）、「そんなことはあり得まいよ」（『全註解』）、「そんなことはありますまいよ」（『旧大系』）、「まさかそんなことはあるまい」（『旧全集』）等いくつかの解がある。ここは『新大系』、『新全集』の意見に従う。○**讒**《ざん》　人を陥れること。○**皮子**　皮籠《かわご》。まわりに皮を張った箱。転じて、紙張りのものや、行李《こうり》の類をもいう。これには易占の道具が入っていたのであろう。○**易の占**　『易経《えききょう》』に基づいて占う方法。算木《さんぎ》と筮竹《ぜいちく》とを使い、自然、人事などの吉凶を判断する。『易経』は中国五経の一つ。○**さるなり**　そうでしょう。そのはずだ。○**世中にあるべき程**　この世の中で生活していける程度。○**いつしか**

これから起こることについて待ち望む心を表わす語。早く。○とく　疾《と》く。早く。すぐに。○うつほなる声　中が空洞になっている音。第三話に「木のうつほ」「うつほ木」。○くは　感動詞。相手の注意を促すときに用いる語。ほら。さあ。第六話「くは、これを御覧ぜよ」。○勘へて　「勘ふ」は占いによって判断する。○まだしきに　「未《ま》だし」は形容詞。まだその時に達していない、尚早であるの意。まだ金を使ってしまってはいけない時期に。

〈参考〉

本話は翻案作品であることが指摘され、その出典として『捜神記《そうじんき》』巻三─六十六や『晋《しん》書《じょ》』巻九十五列伝六十五、『芸文類聚《げいもんるいじゅう》』八十三等があげられる。それらによれば、汝陰《じょいん》県の人である隗炤《かいしょう》という易の達人が、臨終にあたり、一枚の板に文字を書き、妻に渡して、「自分の死後、どんなに困窮しても家を売らず、五年後を待て。龔《きょう》という朝廷の使者がこの宿場に来る。自分はその男に金を貸してあるから、この板を持参して取りたてろ」と遺言して死んだ。やがて時が来て、龔が宿場に泊まった。妻は板を持参して金を要求すると、龔は易占して金のありかを教えて去ったという。

本話では隗炤を父親に、隗炤の妻を娘に、龔使者を旅人の主従一行に置きかえている。原典は『易経』や陰陽五行《いんようごぎょう》思想に則って具体的かつ厳密に話を構成しているが、本話でもそれは認められる。即ち相剋の思想によって、金は木を剋するわけであるから、ここでは木の柱を壊して金が出て来るということになる。ちなみに、易に関する話はわが国の中古、中世の文学作品中にはあまり見当らない。本話はその数少ない話の一つとして注目に値する。
　これはまた娘に対する父親の愛情の話でもある。

九（上九）宇治殿倒レサセ給テ実相房僧正験者ニ被召事〈宇治殿倒《うぢどのたふ》れさせ給《たまひ》て、実相房僧正《じつさうばうそうじやう》験者《げんざ》に召《め》さるる事〉　巻一―九

　これも今《(いま)》は昔《(むかし)》、高陽院《かやのゐん》造らるる《(ゝ)》間《あひだ》、宇治殿御騎馬《おんのりうま》にて渡《(わた)》らせ給《たまふ》あひだ、倒《(たう)》れさせ給《たまひ》て、心地《(ち)》たがはせ給ふ。心誉《しんよ》僧正に祈《(いの)》られんとて、召《(め)》しにつかはすほどに、いまだ参《(まい)》らざる先《(さき)》に、女房の局《つぼね》なる小女《こをんな》に物憑《(つ)》きて申《まうし》ていはく、「別《べち》の事にあらず。きと目見入《(い)》れ奉《(たてまつ)》るによりて、かくおはしますなり。僧正参《(まい)》られざる先に、護法《ごほふ》さきだちて参《(まい)》りて、追ひ払《(をいはら)》ひさぶらへば、逃《にげ》をはりぬ」とこそ申《まうし》けれ。すなはちよくならせ給《たまひ》にけり。
　心誉僧正、いみじかりけるとか。

〈現代語訳〉

九　宇治殿がお倒れになり、実相房僧正《じつそうぼうそうじょう》が験者として召されること

これも今は昔の話だが、高陽院を修造されている時、宇治殿が御乗馬でおいでになったところ、お倒れになり、お加減が悪くなられた。心誉僧正に祈ってもらおうと、お召しの使いをやったところ、僧正がまだ到着しないうちに、女房の部屋付きの女の子に何かの霊が乗り移って言うには、「ほかでもない。ちょっと見つめ申し上げたら、このようになられたのです。僧正が参上されないうちに護法童子が先立って参り、追い払いましたので逃げてしまったのです」と申したのである。そのまますぐによくなられた。

心誉僧正はまことに大した方だったとかいう話だ。

〈語釈〉

○高陽院《かやのゐん》　桓武天皇の皇子、賀陽《かや》親王の邸宅の地であったと伝えられ、京都市上京区。中御門の南、大炊《おおい》御門の北、堀川の東にあり、「賀陽院」とも表記。後に頼通《よりみち》が所有するところとなり、寛仁三年（一〇一九）春から治安元年（一〇二一）冬にかけて大規模な造営がなされた。方四町に及ぶ大きなもので、『栄花物語《えいがものがたり》』巻二十三「こまくらべの行幸」に「この高陽院殿の有様、この世のことと見えず、（具体的描写あり）……目もはるかにおもしろくめでたきこと、心もおよばず、まねびつくすべくもあらず。云々」とある。『駒競《こまくらべ》　行幸絵巻《ぎょうこうえまき》』はこれに依拠して描かれたものである。後、長暦三年（一〇三九）焼失、翌年再建。天喜元年（一〇五三）ごろから後冷泉天皇および以後の天皇の里内裏《さとだいり》となる。その後も幾度か焼失、再建が行なわれたが、貞応二年（一二二三）焼亡。この話は治安元年（一〇二一）の大造営の時のことである。○宇治殿　藤原頼通（正暦三年〈九九二〉～延久六年〈一〇七四〉）。道長の長男。従一位。摂政、関白、太政大臣に至る。道長から伝領した宇治の別荘を永承七年（一〇五二）に寺に改め、平等院と号す。本書序文においてふれた宇治大納言隆国が住んだ南泉房というのは平等院内の僧房。延久四年（一〇七二）出家。享年八十三。○心地たがふ　気分が悪くなる。○心誉僧正　天禄二年（九七一）～長元二年（一〇二九）。一説に天慶四年（九四一）生まれ。左衛門佐《さえもんのすけ》藤原重輔《しげすけ》の子。右大臣藤原顕忠《あきただ》の孫。天台の観修・穆算《ぼくさん》らに師事、顕密二教の奥義を極める。験力にすぐれ、道長の要請により法成寺《ほうじょうじ》の執務になり、後、園城寺《おんじょうじ》の長吏《ちょうり》を務めた。享年五十九（八十九とも）。実相房と号した。○女房の局なる小女　頼通に仕える女官付きの女《め》の童《わらわ》。「局」は宮中や貴人の家などで、それぞれ別に仕切って隔ててある部屋。その一部屋（房）を賜って住む女官を女房という。○物憑く　何かの霊がのりうつる。○きと　ちょっと。○目見入る　注視する。○護法　護法善神の使者。仏法や仏法に仕える者を守護する鬼神。童子の姿をしているので「護法童子」「護法天童」ともいう。○すなはち　すぐに。ただちに。○いみじ　すぐれている。大したものだ。すばらしい。

〈参考〉

心誉の法験《ほうげん》をたたえる話。もののけが憑くとか、それを加持祈禱によって追い落とすとかいう話は多いが、心誉は当時すぐれた験者であった。長和四年（一〇一五）三条天皇の眼病を加持し、藤原元方《もとかた》と僧賀静《がしよう》の怨霊を現わしている（『百錬抄《ひやくれんしよう》』、『小右記』）。万寿三年（一〇二六）には後一条天皇の病を加持して快復せしめ、その功を賞されている（『扶桑略《ふそうりやく》記《き》』）。この話は『富家語《ふけご》』（一三六）と『古事談』（巻三第五十六話）と同話だが、この両書によれば、頼通は高陽院を巡視して帰ってから便所で倒れたのだという。なお、加持僧に先だって護法が参り、悪霊を退散させるところは本書第百一話「信濃国の聖の事」の命蓮《みようれん》の話と同趣である。

十（上十）秦兼久向通俊卿許悪口事〈秦兼久《はたのかねひさ》、通俊卿《みちとしきやう》の許《もと》に向《む》かひて悪口《あくこう》の事〉　巻一―十

これも今は昔、治部卿《ぢぶきやう》通俊卿、後拾遺《ごしふゐ》を撰《（えら）》ばれける時、秦兼久行向《ゆきむかひ》て、「お《（を）》のづから歌などや入《（い）》る」と思ひてうかが《（ゝ）》ひけるに、治部卿出《（い）》であひて、物語《（かたり）》して、「いかなる歌かよみたる」と言《（い）》はれければ、「はかば《（ゝ）》かしき歌候《さぶら》はず。後三条院かくれさせ給《たまひ》てのち、円宗寺《ゑんしゆうじ》に参《（まい）》りて候《さぶらひ》しに、花の匂《にほひ》は昔《（むかし）》にも変《（かは）》らず侍《はべり》しかば、つかうまつりて候《さぶらひ》しなり」とて、

「去年《（こぞ）》見《（み）》しに色もかはらず咲《（さ）》きにけり花こそ物は思《（おも）》はざりけれ

とこそ仕《つかうま》つりて候《さぶらひ》しか」と言《（い）》ひければ、通俊卿、「よろしく詠《（よ）》みたり。ただ《（ゝ）》し、

『けれ、けり、ける』など言《(い)》ふ事は、いとしもなき言葉《(こと)》なり。それはさることにて、『花こそ』といふ文字こそ女《(め)》の童《(わらは)》などの名にしつべけれ」とて、いともほめられざりければ、言葉《(こと)》すくなにて立《たち》て、侍《さぶらひ》どもありける所によりて、「此《この》殿は大方《おほ(かた)》歌のありさま知《(し)》り給はぬにこそ。かか《(ゝ)》る人の撰集《せんじふ》うけ給《たまはり》ておはするは、あさましき事かな《(哉)》。

四条大納言の歌に、

　春来《(き)》てぞ人も問《とひ》ける山里は花こそ宿《(やと)》のあるじなりけれ

とよみ給へるは、めでたき歌とて世の人口《ひと(くち)》にのりて申《まうす》めるは。その歌に、『人も問《(と)》ひける』とあり、また《(又)》、『宿《(やと)》のあるじなりけれ』とあめるは。『花こそ』と言《(い)》ひたるは、それにはおなじさまなるに、いかなれば四条大納言のはめでたくて、兼久がはわろかるべきぞ。かか《(ゝ)》る人の撰集うけたまはりて撰《(えら)》び給《たまふ》、あさましき事なり」と言《(い)》ひて出《いで》にけり。

侍《(さふらひ)》、通俊のもとへ行《ゆき》て、「兼久こそ、かうかう《(〳〵)》申《まうし》て出《いで》ぬれ」と語《(かた)》りければ、治部卿、うちうなづきて、「さりけり、さりけり《(〳〵)》。物ないひそ」とぞ言《(い)》はれける。

〈現代語訳〉

十　秦兼久が通俊卿のところに出向いて悪口を言ったこと

これも今は昔の話だが、治部卿通俊《みちとし》卿が後拾遺和歌集をお撰《えら》びになっていた時、秦兼久が治部卿邸に出かけて行って、ひょっとしたら自分の歌などが撰集に入ることもあろうかと思い、様子をうかがっていると、治部卿が出て来られ、いろいろ話をして、「どのような歌を詠んだのか」と言われたので、「これといってたいした歌はございません。後三条院が崩御なされた後、円宗寺に参りましたら、桜の花が昔と変わらず美しく咲いておりましたので、こんなふうに詠みました」と言って、

「去年《こぞ》見しに……（去年見たのと少しも変わらず美しく咲いているよ。花というのは物を思うなどということはないのだなあ）

と詠みました」と言った。すると通俊卿は、「まずまずの詠みぶりだ。ただし、『けれ、けり、ける』などというのはたいしたこともない言葉だ。それはまあよいとして、『花こそ』という文字は、女の子などの名につけそうな言葉ではないか」と言って、たいしてほめもなさらなかったので、兼久は言葉少なにその座を立って、家来どものいるところに立ち寄って、「御当家の殿はまったく歌のことをご存じない方だな。このような人が撰集の勅命を承っておられるのはあきれたものよ。四条大納言の歌に、

春来てぞ……（春が来てはじめて人も訪れてくる山里は、桜の花こそが宿のあるじのよ

うなものだ）

と詠んでおられるのは、すぐれた歌だといって世人の評判になっているようですぞ。その歌に、『人も問《とひ》ける』とあり、また『宿のあるじなりけれ』とあるではないか。『花こそ』とわたしが詠んだのは、その歌と同じ趣向なのに、どういうわけで四条大納言の歌はすぐれていて、この兼久のはよくないというのか。このような人が撰集を仰せつかって撰にあたられるとはあきれたものよ」と言って出て行った。

　家来が通俊のところに行って、「兼久がこのようなことを申して帰って行きました」と語ったところ、治部卿はうなずいて、「そうだった、そうだった。それ以上何も言うなよ」と言われた。

〈語釈〉

○治部卿通俊卿　藤原通俊（永承二年〈一〇四七〉～承徳三年（康和元年）〈一〇九九〉）。大宰大弐藤原経平《つねひら》の男《なん》。権中納言、従二位。白河院の近臣、有職に通じ学才に秀でた。承保二年（一〇七五）、勅撰集撰進の命を受け、応徳三年（一〇八六）、『後拾遺和歌集』を奏覧。『後葉集』『続詞花和歌集』等に入集。「治部卿」は「治部省」の長官。**○後拾遺**　『後拾遺和歌集』のこと。第四番目の勅撰和歌集。二十巻。白河天皇の命を受け、通俊が撰進した。**○秦兼久**　『袋草紙』『今物語』『撰集抄』等の類話によれば、この歌の作者は父の兼方《かねかた》になっている。兼方は右近府生武方《うこんのふしょうたけかた》の子で、左近将監《しょうげん》に至った随身《ずいじん》。舞にもすぐれ、また

『袋草紙』や『八雲御抄』にも名が出るので、歌人としても知られた存在であったと見られる。兼久は右近府生であったが伝未詳。○おのづから　もしか。万一。○後三条院　第七十一代天皇（長元七年〈一〇三四〉～延久五年〈一〇七三〉）。後朱雀天皇の第二子。母は三条天皇の皇女禎子《よしこ》内親王（陽明門院）。親政を推進し、荘園整理等を行ない、治績をあげた。○円宗寺　後三条天皇の御願寺。京都市右京区仁和寺の南にあった。四円寺の一つ。延久二年（一〇七〇）十二月落慶供養。「荘麗都下に冠たり」（『元亨釈書《げんこうしゃくしょ》』巻二十五）といわれた美事な寺院だったという。もとは円明寺と称したが、宇治殿（藤原頼通）が「山崎寺の号と同じだ」と言ったので改名したという（『古事談』巻五第四十八話）。○よろし　悪くない。「よし（良し）」が積極的に良い意味なのに比べ、「よろし」はそれよりも低い。まずまずのところだという、基準すれすれの評価を示す。○いとしもなし　あまり感心しない。上句に「けり」、下句に「けれ」と重用している点を批判した。○花こそ　「お花ちゃん」の意にも通じる。「こそ」は人名に添えて敬意または親愛を表わす接尾語。ここは愛称の「こそ」と混同されそうだということ。○あさまし　あきれる。お話にならない。○四条大納言　藤原公任《きんとう》（康保三年〈九六六〉～長久二年〈一〇四一〉）。関白太政大臣藤原頼忠の長男。母は代明親王（醍醐天皇皇子）の女《むすめ》厳子《よしこ》女王。室は昭平親王（村上天皇皇子）の女。権大納言、正二位。関白太政大臣頼忠の長男でありながら、九条流全盛であったため、政治的には恵まれず、大臣に至り得なかった。一条朝歌壇の大御所で、『大鏡』では「小野の宮の御孫なればにや、和歌の道すぐれ給へり」と評し、また『八雲御抄《やくもみしょう》』も公任の歌才について「公任一人、天下無双」と評している。また詩作、音曲にも通じ、『大鏡』、『袋草紙』、『十訓抄』等に載せる「三船の才」の話は有名である。著作には有職故実書『北山抄《ほくざんしょう》』、歌論書『新撰髄《しんせんずい》脳《のう》』、歌謡集『和漢朗詠集』その他がある。**○「春来てぞ」の歌**　『拾遺集』巻十六「雑春」に収録。「北白川の山荘に花のおもしろく咲きて侍りけるを見に人々まうで来たりければ」と題している。**○四条大納言の**　「の」は次に続く「兼久が」の「が」とともに準体助詞。人を表わす語に付く場合、「の」は尊敬の意を含み、「が」は親愛・軽侮・憎悪・卑下等の感情を伴う。この場合は卑下を表わす。第九十三話「播磨守為家の侍佐多の事」にもこの用例がある。**○さりけり**　然《さ》ありけり。そうだった。

〈参考〉

『後拾遺集』撰進にまつわる逸話の一つ。藤原通俊は白河天皇の近臣として権中納言、従二位まで昇進した人物である。当時、歌壇の重鎮と目された源経信を差しおいて、弱冠二十九歳で勅撰集の撰者に指名されたのであるから、風当たりも強く、陰に陽にとかくの風評が立てられたことも想像に難くない。『後拾遺集』の序文によれば、承保二年（一〇七五）に勅撰の命を受けてから、公務に忙殺されて九年もの歳月を経、応徳元年（一〇八四）六月下旬になってようやく編纂を開始し、応徳三年（一〇八六）に奏覧。改定を加えて寛治元年（一〇八七）に完成したという。ところが、これに対して源経信によるとされる『難後拾遺』という論難の書が出、また、住吉神社の神主、津守国基《つもりのくにもと》が大坂湾の小鰺を贈って自作の歌を入集してもらったとの風評も立ち、この集は『小鰺集』と呼ばれたという逸話も残っている。

ところで、「去年見しに……」の歌は、『金葉集』巻九「雑上」に左近将曹秦兼方の作としてとられている。また、『袋草紙』は「後拾遺究竟之歌三首漏」の中の一つとしてこの歌をあげ、本話と同じ内容の話を載せている。七巻本『宝物集』巻一ではこの歌の第五句「思はざりけれ」が「思はざりけり」となっている。なお、『撰集抄』ではこの歌を兼方の歌としながら、時は「待賢門院隠れさせ給ひての、又の年の春」のこととし、この歌について俊成が「上の句はめでたけれ共、下の花こその句、少し心にも不叶《かなはず》云々」とけなしている。話が語りつがれているうちに変わっていった一つの例であろう。源俊頼が『金葉集』にこの歌を載せているのは、本話のようなことが実際に関係した大いなる皮肉といえるかもしれない。現在における『後拾遺集』の評価は低いものではないが、本話は通俊批判派側に喜んで語られた話であろう。

ところで、本話の末尾での通俊の対応は、まことに素直で、彼の好人物ぶりがうかがわれる。白河院の寵臣であったというのも、彼の人柄のなせるところといえるかもしれない。

十一（上十一）源大納言雅俊一生不犯金打セタル事〈源大納言雅俊《げんだいなごんまさとし》、一生不犯《いつしやうふぼん》の金打《かねうた》せたる事〉巻一―十一

これも今は昔、京極《きやうごく》の源大納言雅俊といふ人おはしけり。仏事をせられけるに、仏前にて僧に鐘を打《うた》せて、一生不犯《いつしやうふぼん》なるを選《（えら）》びて、講《こう》を行なはれけるに、ある僧の礼《らい》盤《ばん》にのぼりて、すこし顔気色《（かほけしき）》違《（たか）》ひたるやうになりて、鐘木《しゆもく》をとりてふりまはして、打《うち》もやらで、しばしばかりありければ、大納言、いかにと思《（おも）》はれけるほどに、やや《（ゝ）》久しく物も言《（い）》はでありければ、人共《ひとども》おぼつかなく思《おもひ》けるほどに、この《（此）》僧《そう》、わなな《（ゝ）》きたる声にて、「かはつるみはいかが《（ゝ）》候《さぶらふ》べき」と言《（い）》ひたるに、諸人《しよにん》、頤《（をとかひ）》を放《（はな）》ちて笑《（わら）》ひたるに、一人の侍ありて、「かはつるみはいくつ斗《ばかり》にて候《（さぶら）》ひしぞ」と問《とひ》たるに、この《（此）》僧、首《（くひ）》をひねりて、「きと夜《よ》べ《（部）》もして候《（さぶら）》ひき」と言《（い）》ふに、大方《おほ（かた）》どよみあへり。その紛《まぎれ》にはやう逃《にげ》にけりとぞ。

〈現代語訳〉

十一　源《げん》大納言雅俊《まさとし》が一生不犯《ふぼん》の鐘を打たせたこと

これも今は昔のことだが、京極の源大納言雅俊という人がおられた。仏事をなさった折に、本尊の仏の前で僧に鐘を打たせて、一生不犯の清僧を選んで法会《ほうえ》を行なわれたのだが、ある僧が導師の台座に上《のぼ》って、いささか顔つきがこわばったようになって、撞木《しゅもく》を取って振り回し、鐘を打ちもしないでしばらくたったので、大納言がどうしたのかと思っておられると、やや久しくものも言わずにいるので、一座の人々もどうしたのかと気がかりに思っていると、この僧が震え声で「かわつるみはいかがなものでしょうか」と言ったので、一同、顎《あご》がはずれるほど大笑いした。すると一人の侍が、「かわつるみは何回くらいなさったのですか」と尋ねた。すると、この僧は首をひねって、「ちょっとゆうべもいたしました」と言ったので、みな、どっと笑い崩れた。そのどさくさに紛れてこの僧はさっさと逃げてしまったとか。

〈語釈〉

○**京極の源大納言雅俊**　治暦二年（一〇六六）？〜保安三年（一一二二）。右大臣源顕房《あきふさ》の次男。権大納言、正二位。京極大納言と称した。『三外往生記』によれば、堀河天皇崩御の後、仏事に励み、死後は、暑い夏にもかかわらず身体が腐爛せず、往生人といわれたという。没年五十七歳説と五十九歳説などがある。○**一生不犯**　一生涯不淫戒を守り、異性と関係しないこと。○**講**　法華八講《ほっけはっこう》・最勝講など、仏典の講義をする集まり。○**礼盤**　仏殿の本尊の前にあって、導師が上がって礼拝し、読経する高い壇。○**鐘木**　撞木。仏具の一種。鐘・敲《たた》き鉦《がね》などを打ち鳴らす丁字形の棒。「しもく」ともいう。○**おぼつかなく**　心もとなく。気がかりに。○**わななきたる声**　「わななく」はぶるぶる震えること。震え声。○**かはつるみ**　手などで自分の性器をいじって快感を得ようとする行為。皮交接の意。手淫。○**頤**

を放ちて　大笑いすること。○きと　ちょっと。○どよみあへり　笑い声がどっと響きわたった。「どよむ」は大声をあげて騒ぐこと。第百十二話では「どよみて泣く」という表現もある。

〈参考〉

一生不犯の僧のみを選んで法会を催すという雅俊の発想は奇抜というべきか、残酷というべきか。ともかく、ここに出てくるこの僧は真面目で小心の若い僧だったのだろう。不犯は僧が邪淫の戒を犯さないことで、一般には男女の交わりをしないことだが、僧は鐘を打つ間際になって「はて、自分はかわつるみをしているが、これは不邪淫戒に背くのではなかろうか」と迷って苦しむ。言わなければ誰にもわかるはずもないことなのに、隠し通せない不器用な律義さ。この僧の思いがけない変な告白に一同が「頤を放ちて笑」っているところに、さらに拍車をかけて、「いくつ斗《ばかり》にて候ひしぞ」という馬鹿にした侍の質問。それにまじめくさって首をひねり、「きと夜べもして候ひき」と答えるところがこの話の最大の山。爆笑のあとの仏事はどうなったことか。

十二（上十二）児ノカイ餅スルニ空寝シタル事〈児《ちご》の掻餅《かいもちひ》するに空寝《そらね》したる事〉巻一―十二

これ《（是）》も今は昔《（むかし）》、比叡の山に児《ちご》ありけり。僧たち、宵《（よひ）》のつれづれ《（〳〵）》に、「いざ、掻餅《（かひもちい）》

せん」と言《い》ひけるを、この児、心寄《よ》せに聞《き》き《ゝ》けり。さりとて、し出《いだ》さんを待《ま》ちて寝《ね》ざらんもわろかりなんと思ひて、片方《かた〳〵》に寄《よ》りて寝たるよしにて、出来《いでく》るを待《まち》けるに、すでにし出《い》だしたるさまにて、ひしめきあひたり。

こ《(此)》の児、定《さだめ》ておどろかさんずらんと待《まち》ゐたるに、僧の「物申《まうし》候《さぶら》はむ。おどろかせ給へ」と言《い》ふを、うれしとは思へども、ただ《ゝ》一度《と》にいらへんも、思《おも》ふとて、今一声《こゑ》呼《よ》ばれていらへんと、念じて寝《ね》たる程に、「や、な起《おこ》し奉《たてまつ》りそ。幼《おさな》き人は寝《ね》入給《いりたまひ》にけり」と言《い》ふ声《こゑ》のしければ、あなわびし、と思ひて、今一度《と》起《おこ》せかしと思《おもふ》ほど《(程)》に、聞《き》けば、ひしひし《〳〵》とただ《ゝ》食《く》ひに食《く》ふ音のしければ、ずちなくて、無期《むご》の後に、「えい」といらへたりければ、僧達笑《わら》ふ事かぎりなし。

〈現代語訳〉

十二　掻餅する時、稚児が空寝したこと

これも今は昔のことだが、比叡の山にある稚児がいた。僧たちが、宵の口にこれといってすることもないので、「さあ、ぼた餅を作ろう」と言ったのを、この稚児は期待して聞いていた。しかし、そうかといって、出来上がるのを待って、寝ずにいるのも具合がわるかろうと思い、部屋の片隅に寄って寝たふりをして、出来てくるのを待っていると、どうやら出来上がった様子で、がやがや騒ぎあっている。

この稚児は、きっと起こしてくれるだろうと待っていると、はたして一人の僧が、「もしもし、目をお覚ましなさい」と言う。それを、うれしいとは思うが、ただ一度で返事をするのも、さては待っていたのかと思われるのも困ると考えて、もう一度呼ばれてから答えようと、がまんして寝ているうちに、「おい、お起こし申すなよ。幼い人はすっかり寝入ってしまわれたのだ」と言う声がしたので、ああ困ったと思い、もう一度起こしてよと思いながら寝て聞いていると、むしゃむしゃとやたらと食べる音がするので、もうどうにもならなくて、ずっと時間がたってから、「はい」と返事をしたので、僧たちは笑ったこと、笑ったこと。笑いが止まらなかった。

〈語釈〉

○比叡の山　比叡山延暦寺。天台宗の総本山。大津市と京都市にまたがり、平安京王城鎮護の山として重視され、最澄が延暦七年（七八八）根本中堂を建てたのに創まる。東塔・西塔・横川《よかわ》の三塔、十六谷から成り、盛時には三千余坊あったという。**○児《ちご》**　もと乳子《ちご》の意。お寺社などで召し使われた少年。男色の対象ともなった。**○掻餅《かいもちひ》**　「かきもちひ」の音便。おはぎ、ぼた餅の類。そばがきのこともいう。ここはどちらを指すか不明。**○心寄せに**　期待して。**○し出《いだ》す**　作り上げる。**○わろし**　具合が悪い。みっともない。**○片方《かたかた》**　片すみ。**○ひしめきあふ**　がやがやと騒ぎあう。**○おどろかす**　起こす。**○物申候《まうし》はむ**　「もしもし」。丁寧な呼びかけの言葉。○いらへんも　返事をするのも。「いらふ」は応答する、返事をする意だが、「こたふ」が問いに対する返答を表わすのに対して、呼びかけに対する応答・返答や、一応答えておく程度の簡単な答えが多いという（『角川古語大辞典』）。『小学館古語大辞典』は、「いらふ」と「こたふ」とは、現われる文体に差があるようで、漢文訓読では一般に「こたふ」を用いて、「いらふ」は用いない、とする。なお、一説によればとして、両者には意味の差があり、「こたふ」は問いに対してまともに返事する場合であり、「いらふ」は正面から答えず、言葉であしらうような場合で、多分に社交的な趣がある、という説をあげている。ここは単純に「はい」と返事をする意。次の「いらへんと」は「いみへんと」の「み」を見せ消ちにして、「ら」と傍書。○待《まち》けるかともぞ思ふ　待っていたのかと思うだろう、それでは困る。「もぞ」は係助詞「も」＋係助詞「ぞ」で、将来の事態を予測し、危ぶむ気持ちを表わす。そうなっては困るという気持ちを表わす。○念じて　こらえて。我慢して。○な起し奉りそ　お起こしするな。副詞「な」（終助詞・係助詞とする説もある）は終助詞「そ」と呼応して「な……そ」の形で動作を禁止する意を表わす。○わびし　困った。○ひしひしと　副詞。動作の勢いのはげしいさま。むしゃむしゃと。○ずちなくて　どうしようもなくて。困り果てて。○無期の後　ずっとたってから。「無期《むご》」は期限のないこと。時間が長くたったこと。○えい　感動詞。応答の語。はい。

〈参考〉

次の第十三話とともに比叡山の稚児にかかわる一連の話である。「ちご」の本義は乳子《ちご》で、乳呑み児の意であるが、一般に子供、童子を指し、寺院や神社、また公家などで召し使われる少年のことも指すようになった。女人禁制であった寺院では、僧の男色の対象となる場合が多かった。特に比叡山においては、「一稚児《ちご》、二山王《さんのう》」という諺《ことわざ》があるように、山王の神々よりも稚児の方が威勢があり、比叡山の僧たちは稚児を愛し、稚児の意を迎えるのに熱心で、山王権現は二の次であったというのである。

本話でも、僧が稚児に呼びかける言葉のやさしさ、丁寧さはどうだろう。また、「な起し奉りそ。幼き人は寝入給にけり」という敬語表現からみても、稚児に対する並々ならぬ気配りが察せられる。

一方稚児はそれなりに恰好をつけて振る舞おうとする。ぼた餅が出来上がるのを待ちながら狸寝入りをしていたが、それと見抜かれるのがいやで、一回呼ばれても返事をしない。もう一度呼ばれたら返事をしようと思っていたら、制する人がいて呼ばれない。やがてぼた餅は食べられてしまいそうだ。はらはらしながら我慢も限界に達し、とんでもない時になって返事をする。この時の稚児の気持ちは誰にも察しがつくことだろう。

山の僧房生活にも馴れ、僧たちのアイドルたらんと意識しはじめた稚児が、食欲には勝てず、見栄のベールをかなぐり捨てて、本来の子供の姿をさらけ出したおかしさがある。

十三（上十三）田舎児桜ノ散ヲ見泣事〈田舎《ゐなか》の児《ちご》、桜《さくら》の散《ち》るを見《み》て泣《な》く事〉巻一―十三

是《これ》も今は昔《むかし》、田舎《ゐ中》の児の比叡《ひえ》の山へ登《のぼ》りたりけるが、桜のめでたく咲《さ》きたりけるに、風のはげしく吹《ふき》けるを見《み》て、この《此》児さめざめ《〱》と泣《な》きけるを見《み》て、僧のやはら寄《よ》りて、「など、かうは泣《な》かせ給ふぞ。この花の散《ち》るを惜《お》しう覚《おぼ》えさせ給《たまふ》か。桜ははかなき物にて、かく程《ほど》なくうつろひ候《さぶらふ》なり。されども、さのみぞ候《さぶら》ふ」と慰《なぐさ》めければ、「桜の散《ち》らんは、あながちにいかが《ゝ》せん、苦《くる》しからず。わが父《てゝ》の作《つくり》たる麦の花散《ち》りて、実《み》の入《い》らざらん、思《おも》ふがわびしき」と言《い》ひて、さくりあげて、「よよ《ゝ》」と泣《な》きければ、うたてしやな。

〈現代語訳〉

十三　田舎の稚児《ちご》が桜の散るのを見て泣くこと

これも今は昔の話だが、田舎の稚児が比叡の山に登って修行していた。桜が見事に咲いているところに、風がはげしく吹きつけているのを見て、この稚児がさめざめと泣いていた。それを見た僧が稚児のところにそっと歩み寄り、「どうしてそんなにお泣きになるの？　この花が散るのを惜しくお思いか？　桜ははかないもので、こうして間もなく散ってしまうの

です。でも、それだけのことです」と慰めたところ、稚児は、「桜が散るのは、どうするわけにもいかないのですから、かまいません。わたしの父が作った麦の花がこの風で散ってしまい、実が入らないのではないかと思うと、それがつらいのです」と言って、しゃくり上げて「わあわあ」と泣いたので、なんとがっかりした話ではないか。

〈語釈〉

○やはら　そっと。○うつろひ　「うつろふ」は移る＋ふ（接尾語・継続を表わす）。ここは花が散る意。○さのみぞ候ふ　それだけのことです。花が散るのは当たり前の自然現象なのだから、嘆くにはあたらないの意。○あながちに　しいて。あえて。○苦しからず　苦しくない。ちっともかまわない。○よよ　しゃくり上げて泣く声。わあわあ泣く声。○うたてし　心に添わないさまをいう語。いやだ。情けない。

〈参考〉

前話につづいて山の稚児の話。「花に嵐」のたとえのとおり、見事に咲いた桜の花が強風にあおられている。その木の下でさめざめと泣いている稚児。一幅の絵になりそうな場面である。それを見た一人の僧が、そっと稚児に近寄り、やさしく声をかけて慰める。花が散るのを惜しむのが当然だと考える風流な僧に対し、田舎出の稚児は桜の花など眼中にない。父親の作る麦の花が散って、収穫が減るのを心配し、悲しんでいるのである。幼くして家を離れ、僧団の中で寝起きする子供が、故郷にいる父親の生活を案ずる気持ちは健気《けなげ》である。しかしこの僧と稚児との生活感覚のギャップによる滑稽が本話の狙いである。本話の語り手は農民生活の実情にはまったく疎かった。「うたてしやな」という話末評語は好意のやり場を失った僧を代弁しつつ、筆者本人の感想であろう。

後世、安楽庵策伝《あんらくあんさくでん》の書いた『醒睡笑』巻の五「人はそだち」にも同様な話がある。人は生育環境によってものの見方が違うということで、比叡山の三人の稚児がそれぞれ三とおりの違った歌を詠む話もある。また、本話と同様の趣向の話もある。一つ左に掲載する。

小人《しょうにん》（児《ちご》）たちが集まって、い文字鎖《ぐさり》の遊びを始めた。菊千代丸という児が、「いがき（ざる）」ということばを出した。後見の法師の少納言が、それでは下品だと考えて、「斎垣《いがき》（神社の瑞垣《みずがき》）」と言い直して、「面白いことばを出された」と褒めると、菊千代丸は、「ここな少納言殿は、味噌を漉《こ》すいがきも知らないで」と言った。（やれやれ、顔から火が出たことだろう）（平凡社、東洋文庫、鈴木棠三訳）。

「文字鎖」は、尻取り遊びの一種である。原文では話末評語が「うたてや、つらに火が」とあり、本話の「うたてしやな」と類似する。

十四（上十四）小藤太聟ニオトセレタル事〈小藤太《ことうだ》、聟《むこ》におどさ《(せ)》れたる事〉巻一―十四

これも今は昔《(むかし)》、源大納言定房といひける人の許《もと》に、小藤太といふ《(云)》侍《さぶらひ》ありけり。

やがて女房にあひ具《ぐ》してぞありける。むすめも女房にてつかはれけり。この小藤太は殿の沙汰をしければ、三通《とを》り、四通《とほり》に居ひろげてぞありける。この《此》女《むすめ》の女房《めな》に生《なま》良《りやう》家《け》子《し》の通《かよ》ひけるありけり。宵《よひ》に忍びて局《つぼね》へ入《いり》にけり。暁より雨降《ふ》りて、え帰らで、局に忍《しのび》て臥《ふ》したりけり。

この《此》女《むすめ》の女房は上《うへ》へのぼりにけり。この《此》聟の君、屏風を立《たて》まはして寝《ね》たりける。春雨いつとなく降《ふ》りて、帰《かへる》べきやうもなくて、臥《ふ》したりけるに、この舅《しうと》の小藤太、この聟の君つれづれ《〳〵》にておはすらんとて、肴《さかなを》折敷《しき》に据《すへ》ゑて持《もち》て、いま片《かた》手に提《ひさげ》に酒を入《いれ》て、縁《ゑん》より入《い》らむは人見つべしと思《おもひ》て、奥《おく》の方よりさりげなくて持《も》て行《ゆ》くに、この《此》聟の君は、衣《きぬ》を引《ひき》かづきて、のけざまに臥《ふ》したりけり。この《此》女房のとく下《お》りよかしと、つれづれ《〳〵》に思《おも》ひて臥《ふ》したりける程に、奥《おく》の方《かた》より遣戸《やりど》をあけけ《ゝ》れば、疑《うたか》ひなくこの《此》女房の上《うへ》より下《お》るる《ゝ》ぞと思《おもひ》て、衣《きぬ》をば顔にかづきながら、あの物をかき出《い》だして、腹をそらして、けしけし《〳〵》とおどしければ、小藤太おびえて、なけされかへりける程に、肴《さかな》もうち散《ち》らし、酒もさながらうちこぼして、大ひげをささ《ゝ》げて、のけざまに臥《ふ》して倒《たを》れたり。頭《かしら》をあらう打《うち》て、まくれ入《いり》て臥《ふ》せりけりとか。

〈現代語訳〉

十四　小藤太が聟におどされたこと

これも今は昔のことだが、源大納言定房といった人のところに小藤太という侍がいた。そのまま大納言家に仕える女房と結婚して一緒に暮らしていた。その娘も女房として大納言家に使われていた。この小藤太は主家の事務をとりしきっていたので、ひととおりでなく勢力を拡大して威張っていた。この娘の女房のもとに通って来る若い良家の息子がいた。それがある宵に忍んで女房の部屋に入っていた。ところが、帰るべき時刻の暁から雨が降り出して、帰るに帰れず、女房の部屋に隠れて寝ていた。

この娘の女房は勤めで主人の部屋に出向いてしまった。そこでこの聟殿は屏風を立てまわして寝ていた。春雨がいつやむともなく降って、帰れそうもなく、寝ているところに、この舅《しゅうと》の小藤太は、この聟殿が退屈しておられるだろうと思い、肴《さかな》を盆にのせて持ち、もう片方の手に提《ひさげ》に酒を入れて、縁側から入れば人目につくに違いないと考え、奥の方からさりげなく持って行くと、この聟殿は夜着を引っかぶって仰向けに寝ていた。この女房が奥から早く下がって来てほしいと、所在なく思って寝ている時に、奥の方から引き戸を開けたので、てっきりこの女房が主人のところから下がって来たのだと思って、夜着を顔にかぶったまま、一物《いちもつ》をむき出して、腹をそらして、むくむくとおっ立てておどかしたので、小藤太はおびえてのけぞり返った。肴もまき散らし、酒もすっかりこぼして、大きな鬚《ひげ》を天井に向けて、仰向けにひっくり返って倒れてしまった。頭をひどく打って、目をまわしてのびてしまったとかいう話だ。

〈語釈〉

○**源大納言定房**　村上源氏（大治五年〈一一三〇〉～文治四年〈一一八八〉）、権中納言源雅兼の八男。右大臣雅定の猶子。正二位、大納言（『尊卑分脈』）、歌人。『千載集』に入集。○**小藤太**　藤原某。伝未詳。○**侍**　貴人の家に仕えて雑用を勤める人。○**やがて**　そのまま。○**女房**　貴人の家に仕える女。○**具す**　夫婦となる。連れ添う。ここは小藤太が大納言家に住み込みで仕え、同家の女房と結婚していたことをいう。○**殿の沙汰**　「沙汰」は物事の処置や手配の意。ここは主家の経営の実務をとりしきっていたこと。○**三通り、四通《とほり》に居ひろげて**　並大抵でなく勢力を広げて大きな顔をしていた意。『旧大系』の補注によれば、定房とほぼ同時代の藤原定家《ていか》の住居を例として、位・官職のうえでほとんど同じである定房の邸宅もたいして広大なものとは考えられないという。したがって定房の使用人である小藤太が、たとい勢力があったにしろ、それほど幾重にも住居を拡げ得たかは疑わしい。なお、各地の方言の例に鑑み、「居ひろがる」が威張ることを意味するものであろうという。そこで、「一通り」が「尋常」の意味であることから、「三通り、四通《とほり》」を「並大抵ではない」の意味ではなかろうかと述べている。○**生良家子**　若い良家の子弟。「生」は接頭語。未熟者、若輩の意。○**宵**　次の「暁」の語とともに、通い婚では、男性が女性の家に出かけて行くのが「宵」であり、帰って行くのが「暁」である。「宵」は夜に入ってから、夜中に至るまでの間。「暁」は丑の刻と寅の刻の間、すなわち午前三時から日の出まで、つまり夜明けまでを指す。○局《つぼね》　女房の部屋。○上《うへ》　主人（この場合、大納言）のいる部屋。○いつとなく　いつやむともなく。○折敷《をしき》　食器をのせるのに用いるへぎで作った角《かく》盆、または隅《すみ》切り盆。第三話に出る。○提《ひさげ》　鉉《つる》とつぎ口の付いた、鍋のような、やや小型の金属製の具。液体を入れて提《さ》げたり、温めたりした。後には酒専用となる。提げるのでこの名がある。○のけざまに　仰向けに。○とく　疾《と》く。はやく。○遣戸　左右に開けたてする戸。引き戸。両開きの戸は妻戸《つまど》という。びんびんと。○あの物　男根。玉茎のこと。○けしけしと　勢い強く勃《ぼっ》起するさまを表わす語。びんびんと。○おどしければ　『陽明本』、『版本』は「おこしければ」とあるので「起しければ」で「勃起させたので」の意になるが、底本、『書陵部本』、『龍門本』等は「おとしければ」とするから、「威《おど》したので」、あるいは「おどかしたので」と解すべきであろう。本話の題「おどされたる事」とも合う。だから小藤太はおびえたのである。○なされかへりける　のけぞり返るの意ではないかと考えられる。○大ひげをささげて　「大ひさげ」の誤脱かとする説（『集成』）もあるが、小藤太が立派な大きい鬚を生やしていたと見てよかろう。仰向けにひっくり返り、立派な大鬚を天井に向けての意。○まくれ　眩《まく》る。目がくらむ。気絶する。

〈参考〉

女房は主人の奥の間に行ったきり、なかなか戻って来ない。春雨に閉じ込められ、帰りそびれて退屈しきっていた聟君は、奥の方の引き戸を開けて、さりげなく入って来た舅の小藤太を、てっきり女房が戻って来たものと勘違いして、とんでもない姿態で迎える。一方、小藤太は思いもかけず、下半身だけ露出した聟に脅され、怯えて酒も肴も放り出し、仰向けに転倒して頭を強打し、目をまわしてしまう。

舅と聟との思惑違いと当て外れによる喜劇がこの話のテーマだが、前話の桜の花を見て泣く稚児と僧との思惑違いと、僧の当て外れとに通じるものがある。しかもなかなかのやり手で、勢力家で、大鬚を生やした大の男が、「生良家子」の聟の玉茎に脅されたという、先入観がひっくり返されたおかしみがある。

なお、『全註解』は、「この中の定房の没したのは文治四年（一一八八）六月だというのだから、ひょっとすると、ここは定房の没後に書かれた話かも知れない」とし、「この点は注意すべきだ」という。たしかに本書の成立年時と考え合わせると、本話の冒頭に言うほど「これも今は昔」の話ではないのではないか。そうだとすると、「今は昔」あるいは「これも今は昔」等の書き出しの意味も検討しなおす必要がありそうである。

十五（上十五）大童子鮭ヌスミタル事〈大童子《だいどうじ》、鮭《さけ》盗《（ぬす）》みたる事〉巻一―十五

これも今は昔、越後国《ゑちごのくに》より鮭を馬に負《（お）》ほせて、二十《にじふ（廿）》駄《だ》ばかり、粟田口《あはたぐち》より京へ追《（を）》ひ入《いれ》けり。それに、粟田口の鍛冶《かぢ》が居たるほどに、頂《（いたゝき）》禿《（は）》げたる大童子《だいどうじ》の、まみしぐれて、物むつかしう、うらら《（ゝ）》かにも見《（み）》えぬが、この《（此）》鮭の馬の中に走入《はしりいり》にけり。道は狭《（せは）》くて、馬なにかとひしめきける間《あひだ》、この《（此）》大童子、走《はしり》そひて、鮭《（さけ）》を二《ふたつ》引《ひき》抜《（ぬ）》きて、懐《（ふところ）》へ引《（ひ）》き入《（い）》れてけり。さて、さりげなくて走先立《はしりさきだち》けるを、この《（此）》鮭に具《（く）》したる男見《（み）》てけり。走先立《はしりさきだち》て、童のたてくびを取《とり》て、引《ひき》とど《（ゝ）》めて言《（い）》ふやう、「わ先生《（せんしやう）》は、いかでこの《（此）》鮭を盗《（ぬす）》むぞ」と言《（い）》ひければ、大童子、「さる事なし。何《（なに）》を証拠《（せうこ）》にて、かうはのたまふ《（給）》ぞ。わ主《（ぬし）》が取《とり》て、この《（此）》童に負《（お）》ほする也」と言《（い）》ふ。かくひしめく程に、上《（のぼ）》り下《（くだ）》る者《（もの）》、市《いち》をなして行《ゆき》もやらで見あひたり。

さる程に、この鮭の綱丁《（かうちやう）》、「まさしくわ先生《（せんしやう）》取《（と）》りて懐《（ふところ）》へ引入《ひきいれ》つ」と言《（い）》ふ。大童子はまた《（又）》、「わ主《（ぬし）》こそ盗《（ぬす）》みつれ」と言《（い）》ふ時に、この《（此）》鮭に付《つき》たる男、「詮《（せん）》ずる所、我も人も懐《（ふところ）》を見《（み）》ん」と言《（い）》ふ。大童子、「さまでやはあるべき」など言《（い）》ふ程に、この《（此）》男、袴《はかま》を脱《（ぬ）》ぎて、懐《（ふところ）》をひろげて、「くは《（わ）》、見《（み）》給へ」と言《（い）》ひて、ひしひし《（〳〵）》とす。

さて、この《(此)》男、大童子につかみつきて、「わ先生《(せんしやう)》、はや物脱《(ぬ)》ぎ給へ」と言《(い)》へば、童、「さま悪《(あ)》しとよ。さまであるべき事か」と言《(い)》ふを、この男、ただ《(ゞ)》脱《(ぬ)》がせに脱《(ぬ)》がせて、前《(まへ)》を引《ひき》あけたるに、腰に鮭《(さけ)》を二《ふたつ》、腹に添《(そ)》へてさしたり。男、「くはくは《(〱)》」と言《(い)》ひて、引出《ひきいだ》したりける時に、この《(此)》童子うち見《(み)》て、「あはれ、勿体《もつたい》なき主《(ぬし)》かな。こがやうに裸《(はたか)》になしてあさらんには、いかなる女御《にようご》、后《きさき》なりとも、腰《(こし)》に鮭の一、二尺なきやうはありなんや」と言《(い)》ひたりければ、そこら立《たち》どまりて見《(み)》ける者《(物)》ども、一度に「はつ」と笑《(わら)》ひけるとか。

〈現代語訳〉

十五　大童子が鮭を盗んだこと

これも今は昔のことだが、越後国《えちごのくに》から鮭《さけ》を馬に積んで、二十頭ほど、粟田口《あわたぐち》から京へと追い込んでいた。ところが、粟田口の刀鍛冶《かじ》が住んでいるあたりに、頭のてっぺんがはげた童子髪の年配の男で、目つきがしょぼしょぼして、何となくむさ苦しく、うさんくさい感じの者が、この鮭を積んだ馬の列の中に駆け込んで行った。道は狭くて、馬もどんどん進めず押し合っている間に、この大童子は馬のわきに走り寄って、鮭を二つ引き抜いて、懐《ふところ》へ押し込んだ。そしてしらばっくれて列の先の方へ走って行くのを、この鮭に付き添っていた男が見てしまった。男は走って前に出て、大童子の襟首《えりくび》をつかみ、引き止めて言うには、「おっさんは、なんでこの鮭を盗むんだ」。すると、大童子は、「そんなことはない。何を証拠にそんなことを言われるのか。おまえが取っておいて、このわしに罪を着せようというのだな」と言う。こうして言い合っているうちに、上り下りの人々が大勢集まって、通り過ぎもしないで見物していた。

そのうちに、この鮭の運搬人の頭《かしら》が、「確かにおっさんが取って懐に隠し込んだぞ」と言う。大童子がまた、「おまえこそ盗んだのだ」と言う時に、この鮭に付いて来た男が、「それなら、つまりは、わしもおまえも懐を見ることにしよう」と言う。大童子が、「そうまでしなくてもいいだろう」などと言っているうちに、この男が下袴《したばかま》を脱ぎ、懐をひろげて、「さあ、見なされ」と言って、はげしくつめ寄った。

さて、この男は大童子につかみかかって、「おっさんもさっさと脱ぎなされ」と言うと、大童子は、「みっともないよ。そうまでしなくてもいいじゃないか」と言うのを、この男がどしどし脱がせて、前を引きあけたところ、腰に鮭を二つ、腹にくっつけてもっていた。男が、「さあどうだ」と言って引っぱり出した時に、この大童子がちらっと見て、「ああ、なんとふとどきなことをするお人だ。こんなふうに裸にして捜しまわったら、いかに貴《とうと》い女御《にょうご》やお后様だって、腰に一、二尺のさけがないということがあるものか」と言ったので、大勢立ち止まって見ていた人々は、一度に「わあっ」と笑ったとかいう。

〈語釈〉

○**越後国**　現在の新潟県。○**鮭**　ここは越後産の塩鮭。○**二十駄**　荷を背負った二十頭の馬。「……駄」と助数詞の場合は一頭に背負わせるだけの荷の分量をいうが、ここは荷を背負った馬を指す。○**粟田口**　京都市東山区。東海道山科から京への入り口。○**粟田口の鍛冶**　鎌倉時代に名高い刀工一派がここに住んでいた。この一派の鍛えた刀は粟田《あわた》口物《ぐちもの》と呼ばれる。粟田口国頼《くにより》、同国家《くにいえ》、国綱《くにつな》、吉光《よしみつ》など名工が出た。○**大童子**　一般に寺院で召し使われる年とった童子をいうが、『新大系』の注に「この者はあるいは牛飼童などの類か」とある。おそらくそれであろう。童は易でいうと艮《ごん》であるから小男である。艮は方位でいうと丑《うし》寅《とら》（北東）である。つまり童子は丑寅の存在である。吉野裕子は『政事要略』巻二十九記載の陰陽式の土牛に関わる年中行事の土牛童子像の説明の中で、牛と童子との関係を指摘し、牛飼童に言及して、牛と童子とはワンセットなのであるという（『陰陽五行と童児祭祀』人文書院）。したがって牛飼は高齢になっても童子姿をしていたのである。○**まみしぐれて**　目がしょぼしょぼして。「まみ」は「目見」で目つき、目もとの意。「しぐる」は涙にぬれる意。昔は眼病が多く、涙目の者が多かった。この童子もそうかもしれない。○**物むつかしう**　何となくむさ苦しく。○**うららかに**　形容動詞。心に隠すところがない。はっきりしているさま。○**さりげなくて**　何もなかった様子で。○**たてくび**　うなじ。えりくび。首すじ。○**わ先生**《せんじやう》　親しみや軽い軽蔑の気持ちを含む対称代名詞。おまえさん。「わ」は接頭語。その人を親しんで呼ぶ対称の代名詞を作ったり、あるいは相手をさげすみ、ののしって呼ぶ時に言う語。○わ主《ぬし》　同等またはそれ以下の人に対して用いる対称の代名詞。きみ。あんた。○負ほす　罪を着せる。○ひしめく　騒ぎたてる。はげしく言い争う。○綱丁「こうてい」とも。奈良・平安時代、調、庸、雑物などを諸国から京へ運ぶ官物運納の責任者。また、荘園の年貢を本所・領家に送る人夫の長をもいう。ここは鮭の運搬責任者。○詮ずる所　つまるところ。要するに。○くは　感動詞。相手の注意を促す時に言う語。さあ。ほら。第六話にも「くは、これを御覧ぜよ」とある。○ひしひしと　少しもてごころを加えず、きびしく迫ること。「びしびしと」。また、着物などをふるう音、「ばさばさ」という説もある。第十二話では「むしゃむしゃ」とものを食べる音として用いられている。○くはくは　ほら、ほら。○勿体なき主　ふとどきなお人。○こがやうに　このように。○あさらんには　捜し求めるなら。○女御　「後宮《こうきゆう》」の女官で、天皇の寝所に伺候する女性。皇后（中宮）に次ぐ位。○鮭の一、二尺「鮭の一、二匹」と「裂《さけ》の一、二尺」とをかけた洒落《しやれ》。「裂」は女陰を指す。一尺は約三〇センチ。なお、「尺」は「鮭」や「鱈」などを数える単位の語でもある。○そこら　大勢。

〈参考〉

前話と本話とは卑猥な話のペアである。第十四話では良家の若き子息が玉茎をむき出しにして、予想外にも舅をおどし、本話では大童子が女御や后という高貴な女性の性器を引き合いに出して予想外の開き直りをし、見物人の哄笑を買う。これには勢い込んだ運搬人も責め立てる気を削がれたのではあるまいか。その後のことは何も書いてないが、大童子は第五話や第十一話の法師のように、その紛れに逃亡したものだろう。第五・六・十一話などは、いずれも集まっている者どもがワッと笑うという同じ趣向の話である。

荷駄の列、狭い道路の交通渋滞、それに乗じて鮭を盗む大童子のすばしこさ。それを見つけた運搬人の容赦ない責め立て。裸になってお互い見せ合おうと言って迫る搬送者に対し、ひたすら防衛にまわる大童子。とうとう無理矢理に脱がされて、鮭が出て来る場面。市をなす物見高い野次馬連。馬の鼻息や怒鳴り合う声も聞こえてきそうな街道の一場面が見事に躍動的に活写されている好篇である。都の入口に当る粟田口を舞台にした寸劇。野次馬は観客である。

十六（上十六）尼地蔵奉見事〈尼《あま》、地蔵《ぢざう》見《み》奉《たてまつ》る事〉巻一—十六

今は昔、丹後国《たんごのくに》に老尼ありけり。地蔵菩薩《ぢざうぼさつ》は暁《あかつき》ごとに歩《(あり)》き給《たまふ》といふ事をほのかに聞《(きこ)》きて、暁ごとに、地蔵見奉《(たてまつ)》らんとて、ひと世界を惑《(まと)》ひ歩《(あり)》くに、博打《ばくち》の打《(う)》ちほうけてゐたるが見《(み)》て、「尼公《あまぎみ》は寒《(さむ)》きに、何《(なに)》わざし給《たまふ》ぞ」といへば、「地蔵菩薩の暁に

歩《(あり)》き給なるに、あひ参《(まい)》らせんとて、かく歩《(あり)》くなり《(也)》」といへば、「地蔵の歩《(あり)》かせ給ふ道は、我《われ》こそ知《(し)》りたれ。いざ給へ。あはせ参《(まい)》らせん」といへば、「あはれ、うれしき事かな《(哉)》。地蔵の歩《(あり)》かせ給はん所へ、我を率《(い)》ておはせよ」といへば、「我に物を得《(え)》させ給へ。やがて率《(い)》て奉《(たてまつ)》らん」といひければ、「この《(此)》着《(き)》たる衣《きぬ》奉《(たてまつ)》らん」といへば、「さは、いざ給へ」とて、隣なる所へ率《(い)》て行《(い)》く。

尼悦《よろこび》て、急《(いそ)》ぎ行《いく》に、そこの子に地蔵といふ童《わらは》あり《(有)》けるを、それが親《(おや)》を知《(し)》りたりけるによりて、「地蔵は」と問《(と)》ひければ、親《(おや)》、「遊《(あそ)》びに往《(い)》ぬ。今《(いま)》来《(き)》なん」といへば、「くは、ここ《(こ)》なり。地蔵のおはします所は」といへば、尼、うれしくて、紬《(つむぎ)》の衣《(きぬ)》を脱《(ぬ)》ぎて取《(と)》らすれば、博打《(はくち)》は急《(いそ)》ぎて取《(と)》りて往《(い)》ぬ。

尼は地蔵見参《(まい)》らせんとてゐたれば、親《(おや)》どもは心得《(え)》ず、などこの童《(わらは)》を見《(み)》んと思ふらんと思程《おもふ》に、十ばかりなる童の来《(き)》たるを、「くは、地蔵よ」といへば、尼、見《(み)》るまま《(こ)》に、是非も知《(し)》らず臥《(ふ)》しまろびて、拝《(おか)》み入《いり》て、土にうつぶしたり。童、楉《(すはへ)》を持《もち》て遊《(あそ)》びけるままに来《(こ)》たりけるが、その楉《(すはへ)》して、手すさみの様に額《ひたひ》をかけば、額より顔《(かほ)》の上《(うへ)》まで裂《(さ)》けぬ。裂《(さ)》けたる中より、えもいはずめでたき地蔵の御顔見《(み)》え給《たまふ》。尼、拝《(おか)》み入《いり》てうち見《(み)》上《(あ)》げたれば、かくて立《たち》給へれば、涙を流《(なか)》して拝《(おか)》み入《いり》参《(まい)》らせて、やがて極楽へ参《まい》りにけり。

されば、心にだにも深念《ふかく》じつれば、仏も見《み》え給《たまふ》なりけると信ずべし。

〈現代語訳〉

十六　尼が地蔵を見奉ること

今は昔のことだが、丹後国に年老いた尼がいた。地蔵菩薩は毎朝早朝に各地を巡行なさるということを小耳にはさんで、毎度早朝に、地蔵を拝み申し上げようと思って、あたり一帯を夢中になって歩きまわっていると、博打《ばくち》に夢中になってぼうっとなっていた博打うちがこれを見て、「尼君はこの寒いのに、何をしていらっしゃる」と尋ねた。尼が「地蔵菩薩が朝早くにお歩きになるというから、お会い申そうと思って、こうして歩いています」と言うと、「地蔵が歩きなさる道なら、わしがよく知ってるよ。さあ、おいでなさい。会わせてあげよう」と言う。「まあ、うれしいこと。地蔵様がお通りになるところへ、わたしを連れて行って下さいな」と言うと、「何かお礼のものを下さいよ。そうしたらすぐにお連れしよう」と言うので、「この着ている着物を差し上げます」と言うと、「では、さあ、おいでなさい」と言って、隣の家に連れて行く。

尼は喜んで急いで行くと、そこの子供に地蔵という少年がいたが、博打うちはその子の親と懇意だったので、「地蔵は」と尋ねると、親は、「遊びに行ってるよ。もうじき帰るだろう」と言う。「ほら、ここだよ。地蔵がおいでになるところは」と博打うちが言うと、尼はうれしくて、紬《つむぎ》の着物を脱いでやると、博打うちは急いで受け取って行ってしまった。

尼は地蔵を拝もうと思って坐り込んでいるので、親たちは合点《がてん》がいかず、なぜうちの子に会おうと思うのかといぶかしがっていると、十歳ぐらいの子供が戻って来たのを、「ほら、地蔵だよ」と言うと、尼はそれを見た途端、無我夢中でころげるようにひれ伏して拝み、地面にうつぶした。子供は木の小枝を持って遊んでいたまま帰って来たが、その小枝で何げなく額《ひたい》をかくと、額から顔の上のあたりまで裂けてしまった。その裂けた中から、何ともいえないありがたい地蔵のお顔がお見えになる。尼はひたすら拝んで仰ぎ見上げると、こうして立っておられるので、感涙を流してひたすら拝み入って、そのまま極楽に往生した。

だから、心の中でだけでも深く祈っていれば、仏も姿を見せて下さるのだと信じなさい。

〈語釈〉

○丹後国　山陰道八ヵ国の一つ。現在の京都府の北部。○地蔵菩薩　釈迦仏から依頼されて、釈迦仏入滅後、弥勒仏《みろくぶつ》がこの世に出現するまでの間の無仏の時代に、六道の衆生を救い導く菩薩。「菩薩」は梵語《ぼんご》bodhisattva 菩提薩埵《ぼだいさつた》の略。仏の次の位の行者で、自分の悟りを求める（自利）とともに、衆生を教化し利益を与え（利他）、仏道を成就《じょうじゅ》しようと努めるもの。○暁　午前三時ごろから日の出まで、つまり夜が明けるまでの時を指す。第十四話に既出。○ひと世界　あたり一帯。「ひと」は全部。……じゅう、の意。第三話に「一庭《ひとには》」がある。○**惑《まど》ひ歩《あり》く**　さまよい歩く。○**博打**　盤《ばん》と賽《さい》を用いて、金品を賭《か》けて勝負を争うもの。賭《と》博《ばく》、博《ばく》奕《えき》。ここは博打をうつ人。それを職業とする人。博打うち。○**打ちほうけて**　勝負事に熱中して、他事を省みず、ばかのようになる。あることにすっかり取り付かれて、我を忘れる。賭戯について用いられる語のようである。○**いざ給へ**　「いざ来給へ」の略。○**やがて**　すぐに。○**さは**　それでは。それなら。○**くは**　感動詞。相手の注意をひきつける時に発する語。「さあ」。○**紬《つむぎ》**　紬糸を用いて織った絹布。紬糸は屑《くず》繭《まゆ》または真《ま》綿《わた》をつむいで撚《よ》りをかけた絹糸。丈夫である。○**是非も知らず**　我を忘れて。夢中になって。○**楉《すはへ》**　若枝のまっすぐなもの。後世、「ずはえ」とも。少年は棒を持って遊んでいたのである。その棒を持って帰って来た。○**手すさみ**　手遊み。「てすさび」の転。手慰み。手遊び。○**やがて**　そのままに。○**極楽**　阿弥陀仏の浄土。西方、十万億の仏国土を過ぎたかなたにあり、まったく苦しみのない安楽な世界。安養浄土、無量寿仏土などともいう。

〈参考〉

日本において地蔵信仰が盛んになるのは平安時代後期になってからである。本書では本話をはじめ、第四十四・四十五・七十・八十二・八十三話の計六話の地蔵説話を載せている。

本話に登場する詐欺的博打うちの話は第百十三話にもある。ここでは純真で信心一辺倒の老尼をだまし、紬の衣をまんまとせしめた博打うちの話を前半とし、つづいて、だまされた尼が生《しょう》身《じん》の地蔵菩薩の尊顔を拝し、その法悦の中でただちに極楽往生を遂げるという、まことに見事な信仰譚となっている。前話第十五話とは「童」の語を軸にして連絡している。

『今昔』巻十七は第一話から第三十二話までが地蔵説話である。第一話は西の京のある僧が生身の地蔵にめぐり合うことを願って諸国をめぐり、ついに常陸国で牛飼童に出会い、その童が地蔵の化身であったという、生身の地蔵に値遇《ちぐう》する話である。十四巻本『地蔵菩薩霊験記』巻一第三話は『今昔』のこの話と同話である。同書巻九第十二話、巻十第五話にも生身の地蔵に会う話がある。なお、日本撰述の偽経とされる『延命地蔵経』に「毎日晨朝《じんぢよう》入㆓於諸定㆒、遊㆓化六道㆒、抜㆑苦与㆑楽㆒」という記述があり、『往生要集』巻上「大文第二第七」に「地蔵菩薩は、毎日晨朝に恒沙《ごうしや》の定に入り、法界に周遍して苦の衆生《しゆじよう》を抜く」などとあり、早朝に地蔵と出会えると信じられていたようである。

額をかくと、額から顔の上まで裂けて、仏・菩薩の御顔が現われるという話は本書第百七話「宝志和尚の影の事」にもある。

十七（上十七）修行者逢百鬼夜行事〈修行者《しゆぎやうじや》、百鬼夜行《ひやくきやぎやう》に逢《あ》ふ事〉巻一―十七

今は昔、修行者のあり《(有)》けるが、津国《つのくに》まで行《(い)》きたりけるに、日暮《くれ》て、龍泉《(りうせん)》寺とて、大《おほき》なる寺の古《(ふ)》りたるが、人もなきあり《(有)》けり。これは人やど《(屋)》らぬ所といへども、その《(其)》

あたりにまた《(又)》宿《(やと)》るべき所なかりければ、如何《いかが》せんと思《おもひ》て、笈《(負)》打《うち》おろして、内に入《いり》てゐたり。

不動の呪《じゆ》を唱《(とな)》へゐたるに、夜中ばかりにやなり《(成)》ぬらんと思ふ程に、人々《(〱)》の声あまたして、来《(く)》る音《(をと)》すなり《(也)》。見れば、手ごとに火をともして、人百人ばかり《(斗)》この《(此)》堂の内に来《(き)》つどひたり。近《(ちか)》くて見《(み)》れば、目一つつきたりなど、様々《(〱)》なり。人にもあらず、あさましきもの《(物)》どもなりけり。あるい《(或)》は角おひたり。頭もえもいはず恐《(おそ)》ろしげなるもの《(物)》どもなり《(也)》。恐《(おそ)》ろしと思へども、すべきやう《(様)》もなくてゐたれば、おの《(を)》おの《(〱)》みなゐぬ。一人《(ひとり)》ぞまた所もなくて、えゐずして、火をうち《(打)》振《(ふ)》りて、我をつらつら《(〱)》と見て言《(い)》ふやう、「我《わが》ゐるべき座に、新《(あたら)》しき不動尊こそゐ給《たまひ》たれ。今夜ばかり《(斗)》は外《ほか》におはせ」とて、片手して我を引《ひつ》さげて、堂の軒の下に据《(すへ)》ゑつ。さる程に暁になりぬとて、この《(此)》人々《(〱)》、のの《(ゝ)》しりて帰《(かへり)》ぬ。

まことにあさましく恐《(おそ)》ろしかりける所かな、とく夜の明《あけ》よかし、去《(い)》なん、と思ふに、からうじて夜明《あけ》たり。うち見《(み)》まはしたれば、ありし寺もなし。はるばる《(〱)》とある野の来《(き)》しかたも見《(み)》えず、人の踏《(ふ)》み分《わけ》たる道も見《(み)》えず。行《ゆく》べき方《(かた)》もなければ、あさましと思《おもひ》てゐたる程に、まれまれ《(〱)》馬に乗《のり》たる人どもの、人あまた具《(く)》して出来《いでき》たり。いとうれしくて、「ここ《(こ)》はいづくとか申《まうす》」と問《(と)》へば、「などかくは問給《とひたまふ》ぞ。肥前国《ひぜんのくに》ぞかし」といへば、あさましきわざかなと思《おもひ》て、事のやうくはしく言《(い)》へば、この《(此)》馬《(寺)》なる人も、「いと希有《(けう)》の事かな。肥前国にとりても、これ《(是)》は奥《(おく)》の郡《こほり》なり。これ《(是)》は御館《(みたち)》へ参《(まい)》るなり」と言《(い)》へば、修行者悦《よろこび》て、「道も知候《しりさぶら》はぬに、さらば道まで《(迄)》も参《(まい)》らん」と言《(い)》ひて行《(い)》きければ、これ《(是)》より京へ行《いく》べき道など教《(をし)》へければ、船尋《(たつ)》ねて京へ上《(のほ)》りにけり。

さて、人どもに、「かかる《(こ)》あさましき事こそありしか。津の国の龍泉《(りうせん)》寺《(てら)》に宿《(やと)》りたりしを、鬼どもの来《(き)》て、所狭《(せは)》しとて、『新《(あたら)》しき不動尊、しばし雨《(あま)》だりにおはしませ』と言《(い)》ひて、かき抱《(いた)》きて、雨だりについ据《(す)》ゆと思《おもひ》しに、肥前国奥の郡にこそゐたりしか。かかる浅ましき事にこそあひたりしか」とぞ、京に来《(き)》て語《かたり》けるとぞ。

〈現代語訳〉

十七　修行者が百鬼夜行に逢《あ》うこと

今は昔のこと、ある修行者がいた。摂津国まで行ったところ、日が暮れて、龍泉寺といって大きな寺で、古くなって人も住んでいない寺があった。これは人も住まぬところだが、その近辺にほかに泊まれそうなところがなかったので、どうにもしかたがないと思って、笈《おい》をおろして中に入って腰を下ろしていた。

不動明王の呪文《じゆもん》を唱えていると、真夜中ごろになったかなと思う時分に、人々のがやがや言う声が多くして近づいて来る様子だ。見ると、手に手に火をともして、百人ほどがこの堂にやって来て集まった。近くで見ると、一つ目小僧《こぞう》など、いろいろなのがいる。人でもないし、気味悪い化け物どもである。あるいは角が生えている。頭の形も何ともいえず恐ろしげな者どもである。恐ろしいとは思うが、どうしようもなくて坐っていると、各自みな座についた。一人だけが居場所もなくて坐れないで、火を振り回しながらわたしをつくづくと見て言った。「わしの坐るべき場所に新しい不動尊が坐ってござる。今夜だけはほかの場所においで下され」と言って、片手でわたしを引っ下げて、堂の軒の下に置いた。そうこうしているうちに明け方になったというので、この人々はがやがや言いながら帰って行った。

何とも気味悪く恐ろしいところだな。早く夜が明けてくれ。出て行こう、と思っているうちに、やっとのことで夜が明けた。あたりを見まわしたところ、あの昨夜《ゆうべ》の寺もない。はるばると広い一面の野原で、自分がやって来た方角もわからず、人の踏み分けた道も見えない。どっちに向かって行ったらよいかもわからず、途方に暮れて坐り込んでいると、偶然、馬に乗った人たちが、お供を大勢つれてやって来た。何ともうれしくて、「ここは何というところですか」と尋ねると、「どうしてそんなことをお聞きなさるのか。肥前国ですぞ」と言うので、これはたまげた、と思い、事の次第を詳しく話した。この馬に乗った人も、「まったくめずらしいことですなあ。肥前国の中でも、ここは奥の方の郡ですよ。わたしは国司のお役所に参るところです」と言うので、修行者は喜んで、「道もわかりませんので、それでは途中までもついて参ります」と言ってついて行くと、ここから京へ行ける道などを教えてくれたので、便船をさがして京へ上った。

さて、人々に、「こんなびっくりしたことがあったのさ。摂津国の龍泉寺という寺に泊まったところ、鬼どもが来て、窮屈だと言って、『新しい不動様、しばらく軒下においでなされ』と言って、わたしを抱き上げて、軒下にほいと置いたと思ったのに、肥前国の奥の郡にいたんだよ。こんなとんでもない目に遭ったんだ」と、京に来て語ったということだ。

〈語釈〉

○修行者　「すぎやうざ」ともいう。仏道修行のために回国・巡礼・托鉢《たくはつ》・行脚《あんぎや》をする僧。○津国《つのくに》　摂津国《せつつのくに》（今の大阪府と兵庫県の一部）の古称。近世まで別称として用いる。○龍泉寺　諸本「りうせん」とする。「龍泉」を当てるが不明。『全註解』ではこの名は摂津国には見当たらないとし、河内国《かわちのくに》南河内郡にある龍泉寺の思い違いかもしれないとする。○笈《おひ》　修験者や行脚僧などが、仏具や衣服、食物などを入れて背負って歩く道具。箱形で短い脚が付いている。底本の表記「負」は背負うところから来たもの。○ゐたり　「ゐる」は坐る、しゃがむなど、腰を下ろす意。○不動の呪《じゆ》　不動明王に祈る呪文。不動明王は五大明王・八大明王の主尊。忿怒《ふんぬ》の形相《ぎようそう》で色は青黒く、右手に降魔《ごうま》の利剣、左手に羂索《けんさく》を持ち、背に火焔を負う。煩悩《ぼんのう》を焼き尽くし、悪を断じて善を修し、大智慧を授けて成仏させる働きがあるという。動揺しないから不動という。平安朝初期以来弘く信仰された。「呪」は「陀羅尼《だらに》」のこと。陀羅尼は梵語による呪文で、語の一字一字に無限の意味と功徳《くどく》があるとして唱えるもの。○**人百人ばかり**　人と見まがう百鬼夜行の意。○**あさまし**　不快な気持ちを表わす。ここではうす気味悪く、恐ろしい感じの意。○**つらつらと**　念を入れて事をなすさま。つくづくと。○**ののしる**　声高く騒ぐ。○**からうじて**　「からくして」の音便形。やっとのことで。○**まれまれ**　たまたま。ちょうど。○**具して**　「具す」は供として連れること。○**肥前国**　西海道七ヵ国の一つ。現在、一部佐賀県、一部長崎県に属する。○**この馬なる人**　底本「馬」を「寺」とする。諸本および意によりて改める。○**希有の事**　めずらしいこと。○**御館**　国司の館。国司の庁舎。○**船尋ねて**　都方面に行く便船を求めて。○**雨だり**　雨だれの落ちるところ。軒下。○**つい据ゆ**　「つきすゆ」の音便。ちょいとそこに据える。下に置く。「すゆ」は「すう」（ワ行下二段活用）がヤ行下二段活用に訛《なま》ったもの。

〈参考〉

「百鬼夜行」に遇《あ》うというめずらしい体験譚。百鬼夜行は一ツ目とか、角が生えているとか、いろいろな妖怪・変化《へんげ》のものが夜間、列をなして出歩くことをいう。『百鬼夜行絵巻』（室町時代）もある。本書第三話「瘤取り」の鬼も遠くから、どどめきながらやって来て、これより百鬼夜行だとする説（『集成』、『新大系』）があり、本書第百六十話「一条桟敷屋」も百鬼夜行の話である。『大鏡』「師輔伝《もろすけ》」には藤原師輔が百鬼夜行に遇い、尊勝陀羅尼《そんしょうだらに》を唱えて鬼難を避けた話がある。『今昔』巻十四第四十二話も、藤原常行《ときつら》が尊勝陀羅尼の験力《げんりき》によって百鬼夜行の難を逃れている。『打聞集《うちぎき》』第二十三話、『古本説話』巻下第五十一話、『真言伝』などにも『今昔』と同話があり、『宝物集』も「光行」のこととして同話を載せている。『江談抄』巻三第三十八話では藤原高藤が百鬼夜行に遇っている。

これらの話はいずれも尊勝陀羅尼の験力によって鬼難を免れたものであるが、本話は鬼の世界の不思議と不動の呪の不思議な験力を語るものであろう。不動の呪を唱えるものはそのまま不動明王と同体になるという驚くべき体験談である。また鬼という異界のもののスケールが人間界のそれと大きく違う驚きである。距離でいえば鬼がひとつまみで外に出したと思ったのが、摂津から肥前までの距離があった。時間でいえば浦嶋子《うらのしまこ》の他界での三年がこの世の三百年に相当するようなものだ。異界と人間界との相違を語る一つの型である。

なお、『拾芥抄《しゅうがいしょう》』では「百鬼夜行日、不㆑可㆓夜行㆒」として「正二、子。三四、午。五六、巳。七八、戌。九十、未。十一十二、辰」として各月の当夜を記しており、『下学集《かがくしゅう》』は「百鬼夜行、節分夜也」と書いている。現在節分の夜に行なわれる「鬼は外」の豆撒きはここから来たものであろうか。いずれにせよ、夜の暗さの恐怖から生まれたこわい話であったことは間違いない。しかし、本話は不思議と驚きを語るところに重点があり、あまりこわさを感じさせない。

十八（上十八）利仁暑預粥事〈利仁《としひと》、暑預《いも》粥《がゆ》の事〉　巻一―十八

今は昔、利仁の将軍の若《（わかゝ）》かりける時、その《（其）》時の一の人の御もと《（本）》に、恪勤者《かくごしや》で候《さぶらひ》けるに、正月に大饗《だいきやう》せられけるに、そのかみ、大饗はてて《（ゝ）》、とりばみといふ者《（物）》をば呼《（よ）》びて入《（い）》れずして、大饗のおろし米《ごめ》とて、給仕したる恪勤のものども食《くひ》けるなり《（也）》。その所に、年比《としごろ》になりて、きうしたる者《（物）》の中には、所えたる五位ありけり。そのおろし米《（こめ）》の座にて、芋粥すすり《（ゝ）》て、舌うちをして、「あはれ、いかで芋《（いも）》粥に飽《（あ）》かん」といひければ、利仁《（とし）》これ《（是）》を聞《（きゝ）》きて、「大夫殿《たいふ》、いまだ芋粥《（いもかゆ）》に飽《（あ）》かせ給はずや」と問《（ゝ）》ふ。五位、「いまだ飽《（あ）》き侍《はべ》らず」といへば、「飽《（あ）》かせ奉《（たてまつ）》りてんかし」といへば、「かしこく侍らん」とてやみぬ。

〈現代語訳〉

十八　利仁、暑預粥のこと

今は昔のこと、利仁将軍が若かった時、その時の摂関家のもとに侍として仕えていたが、正月に主人が大臣大饗をなさった。その当時は大饗宴が終わっても、残った物を食べる下賤の者どもを追い払って中に入れず、大饗のお下がり米《ごめ》といって、仕えている侍どもが食べた

のである。

その屋敷に長年にわたってお仕えしている者の中に、先輩顔にふるまう五位の侍がいた。そのお下がり物をいただく席で、芋粥をすすって、舌鼓を打って、「ああ、何とかして芋粥を存分に食いたいものだ」と言った。利仁がこれを聞いて、「大夫殿、まだ芋粥を存分に召し上がったことがないのですか」と尋ねた。五位が、「まだ、存分に食ったことがござらぬ」と言うので、「では飽きるほど御馳走して差し上げましょうな」と言ったので、「それはありがたいことじゃ」と言って、その場は終わった。

〈語釈〉

○暑預　暑預はやまのいも。文中は「芋」と表記。○利仁　生没年未詳。藤原氏魚名《うおな》流。鎮守府将軍・民部卿時長の男《なん》。母は越前国の人秦豊国《はたのとよくに》の女《むすめ》。宇多・醍醐帝のころの人物。上野介、上総介。延喜十五年（九一五）、鎮守府将軍、従四位下、左将監。武勇伝と死についてては『今昔』巻十四第四十五話（『打聞集』第十一話、『古事談』巻三第十五話は類話）にある。それによれば、文徳天皇の時代、利仁は勅命により新羅征討に出発するが、新羅の朝廷が唐から法全阿闍梨《はっせんあじゃり》を招き、調伏《ちょうぶく》の法を修したため、その法験によって死んだという。ただし、文徳天皇の御世というのは時代が合わない。『吾妻鏡《あずまかがみ》』『保元物語』『宝物集』『尊卑分脈』（『鞍馬寺縁起』を引く）等にも武勇の記述などがあり、伝説化された武将として後世にまで語られている。○一の人　摂政・関白の異称。朝廷の儀式で第一の座に着く人の意。

『宇治拾遺物語私註』には「昭宣公《しようせんこう》なるべし」とある。昭宣公は藤原基経の諡号。その可能性はある。○**恪勤者で**　諸本「恪勤（懃）して」とする。「恪勤者」は親王・大臣家などに仕える侍。恪《つつ》しみ勤《つと》めるの意。○**大饗**　平安時代、宮廷や貴顕の家で行なった大饗宴。ここは大臣大饗である。大臣大饗には臨時のものとしては任大臣の時、公卿《くぎよう》・殿上人《てんじようびと》を自邸に招き、寝殿の庇《ひさし》の間で行なったものがあるが、これは正月に行なう恒例の大臣大饗である。左大臣は正月四日、右大臣は五日に寝殿の母屋《もや》で行なった。○**そのかみ**　その当時。○**とりばみ**　取り食《は》み。鳥食み。大饗のあと、料理の残り物を庭に投げ出すのを取って食う下衆《げす》の者。「取り食みといふもの、男《をのこ》などのせむだにいとうたてあるを、御前には、女ぞ出でて取りける」（『枕草子』一四二）。○**おろし米**　おさがり米。○**年比**　長年。年来《としごろ》。○**きうしたる**　諸本「きうしたる」。『版本』は「きうじしたる」。「給（仕）したる」の意か。○**所えたる**　得意になる。○**五位**　勅許により昇殿できる人（殿上人）の末席に当たる。五位に叙せられることを叙爵という。○**芋粥**　山芋を薄く切り甘葛《あまずら》（つる草の一種で、煮つめて甘味料とする）の汁で炊いた粥。宮中や貴族の宴席などに用いた。酒宴後に出されたデザートのようなもの。○**あはれ**　感動詞。ああ。○**飽かん**　飽きたい。「飽く」は満足する。存分に食べる。○**大夫**　五位の通称。

さて、四、五日ばかりありて、曹司住《さうしず》みにてありける所へ、利仁来《き》ていふやう、

「いざ、させ《(ゝ)》給へ、湯浴《(あ)》みに、大夫殿《たいふ》」といへば、「いとかしこき事かな。今宵《(こよひ)》身のかゆく侍《はべり》つるに。乗物《のりもの》こそは侍らね」といへば、「ここ《(ゝ)》にあやしの馬具《(く)》して侍り」といへば、「あな、うれし、うれし《(〳〵)》」といひて、薄綿《(うすわた)》の衣《(きぬ)》二《ふたつ》ばかりに、青鈍《(あをにひ)》の指貫《(さしぬき)》の裾《(すそ)》破《(や)》れたるに、同《(おな)》じ色の狩《(かり)》衣《ぎぬ》の肩《(かた)》すこし落《おち》たるに、下《(した)》の袴《はかま》も着《(き)》ず、鼻高《(たか)》なるものの《(ゝ)》先《(さき)》は赤《(あか)》みて、穴のあたり濡《(ぬ)》ればみたるは、洟《(すゝはな)》をのごはぬなめりと見《(み)》ゆ。狩衣のうしろは帯に引《(ひ)》きゆがめられたるままに《(ゝ)》、引《ひき》もつくろはぬは、いみじう見苦《(くる)》し。を《(お)》かしけれども、先《(さき)》に立《(た)》てて《(ゝ)》、我も人も馬に乗《(の)》りて、河原ざまにうち出《いで》ぬ。五位の供《(とも)》には、あやしの童《わらは》だになし。利仁が供《(とも)》には調度《てうど》懸《(かけ)》、舎人《(とねり)》、雑色《(さうしき)》一人《(ひとり)》ぞあり《(有)》ける。河原打過《うちすぎ》て、粟田口《あはたぐち》にかか《(ゝ)》るに、「いづくへぞ」と問《(と)》へば、ただ《(ゝ)》「ここぞ、ここぞ《(〳〵)》」とて、山科《やましな》も過《すぎ》ぬ。「こはいかに。ここ《(ゝ)》ぞ、ここぞ《(〳〵)》とて、山科も過《(すく)》しつるは」といへば、「あしこ、あしこ《(〳〵)》」とて、関山《せきやま》も過《(す)》ぎぬ。「ここ《(ゝ)》ぞ、ここぞ《(〳〵)》」とて、三井寺《みゐでら》に知《(し)》りたる僧のもとへ行《(い)》きたれば、ここ《(ゝ)》に湯わかすかと思《おも》ふだにも、物ぐるほしう遠かりけりと思《おもふ》に、ここ《(ゝ)》にも湯ありげにもなし。「いづら、湯《(ゆ)》は」といへば、「まことは敦賀《(つるか)》へ率《(い)》て奉《(たてまつ)》るなり」といへば、「物ぐるほしうお《(お)》はしける。京にてさとの給《たま》はましかば、下人《げにん》なども具《(く)》すべかりけるを」といへば、利仁あざわらひて、「利仁《(とし)》独《ひとり》侍らば千人とおぼせ」といふ(云)。かくて物など食《くひ》ていそぎ出《いで》ぬ。そこにてぞ、利仁胡簶(やなくひ)取りて負(を)ひける。

〈現代語訳〉

さて、四、五日ほどして、五位が自分の部屋に下がっていたところへ、利仁が来て言った。「さあ、ご一緒に出かけましょう、お湯を浴びに。大夫殿」と言うので、「それはありがたいことじゃ。ゆうべはからだが痒《かゆ》かったから。しかし、乗り物がありませんが」と言うと、「ここに、粗末な馬ですが、用意して来ております」と言うと、「これは、うれしい、うれしい」と言って、薄い綿入れの着物を二枚ほど重ね、青鈍《あおにび》色の指貫袴《さしぬきばかま》の裾《すそ》が破れているのをはき、同じ色の狩衣《かりぎぬ》で、肩の折り目が少し型くずれしているのを着、下袴《したばかま》もはいていない。鼻の高い男で、その鼻先は赤らんでいて、穴のあたりが濡れて見えるのは、鼻水を拭いてないのだろうと思われる。狩衣の後ろは帯に引っぱられてゆがんだままで、直しもしないので、ひどく見苦しい。おかしいけれども、その五位を先に立てて、利仁も五位も馬に乗って、賀茂川の方に向かって出発した。五位の供にはみすぼらしい召使いの小者《こもの》すらいない。利仁の供には武具持ち、馬の口取り、雑役夫が一人ずついた。

賀茂の河原を過ぎ、粟田口《あわたぐち》にさしかかると、五位が「どこへ行くのですか」と尋ねたが、利仁はただ「すぐです、すぐです」と言って、山科《やましな》も通過してしまった。「これはとんでもないことです。すぐですよ、すぐですよ、と言って、山科も通り過ぎてしまったではありませんか」と言うと、「あそこ、あそこ」と言って、関山《せきやま》も過ぎてしまった。「ここです、ここです」と言って、三井寺にいる利仁の知り合いの僧のところに行ったので、ここで湯を沸かしているのか、と思うが、それにしても、とてつもなく遠く来たものだと思ったが、ここにも湯がありそうにもない。「どこですか、湯は」と言うと、「実は敦賀《つるが》にお連れ申すのです」と言う。「正気の沙汰とも思えません。京でそうおっしゃっていたら、当然下人なども連れて来ましたのに」と言うと、利仁は大声で笑って、「利仁が一人おりますれば、千人力とお思いください」と言う。こうして食事をとったりして急いで出立した。そこではじめて利仁は胡簶《やなぐい》を取って背負った。

〈語釈〉
○曹司住み　自分の部屋に居たこと。たぶん非番で用事がなく、暇だったのであろう。「曹《ぞう》司《し》」はここでは、貴族の邸内に設けられた従者用の部屋。○いざ、させ給へ　「いざ、せさせ給へ」の略。「いざ」は人を誘う語。さあ、参りましょう。○かしこき事　「かしこし」は自分にとって都合がよい、幸いだの意。○今宵　昨夜。昨晩。一日の境目が夕方だったので、夜が明けてから後は、前の晩をいう。○あやしの馬　粗末な馬。○青鈍《あをにび》　染め色の名。青みがかった縹色《はなだ》（薄い藍色《あい》）。○指貫《さしぬき》　指貫袴。衣冠・直衣《のうし》・狩衣などの時に着用された。裾《すそ》のまわりに組み紐をさし貫いて、はいてから紐をしぼってくくったのでこの名がある。○**狩衣**《かりぎぬ》　もと狩猟用の衣服であったが、平安時代には貴族の常用服となった。丸首の襟で、袖にくくりがあり、動きやすい。下に指貫袴をはき、普通は裾を袴の外に出して着た。○**肩すこし落たる**　着古して肩の折り目がくずれているのであろう。○**下の袴**　指貫袴の下にはく袴。色目《いろめ》（色合い）は十五歳までは濃い紫、成年者は紅、老人は白を用いたという。○**鼻高なるものの**　鼻が高いのは醜いとされたとする説（『新大系』）があるが、後世では、男性の場合、男根が大きく、精力が旺盛であるとの俗説がある（浄瑠璃・浮世草子）。この説が当時にもあったとすれば、五位は一応、精力旺盛そうな面もあるが、一方、鼻水をびしょつかせている、貧乏たらしい、みじめっぽい男としての両面のイメージで描写されていることになる。したがって、現代語訳では「鼻の高い男（もの）で」と訳したが、後者の説が適用されれば、「ものの」の訳は接続助詞の「……ではあるが」の意味となり、「鼻が高くて、精力旺盛そうではあるが、その鼻の先は、いわゆる赤っ鼻で」ということになろう。○**濡ればみ**　「ばむ」は接尾語。そのような性質を少し帯びるさまを表わす。○**洟**《すすはな》　鼻水。みずっぱな。○**河原ざま**　賀茂河原の方向。「ざま」は方角・方向を表わす接尾語。○**あやしの童**　みすぼらしい召使いの少年。以下の利仁の側の付き人との対照をなす。○**調度懸**《てうどかけ》　武具を持って随行する従者。○**舎人**《とねり》　馬の口取り。○**雑色**《ざうしき》　雑役をつとめる小者《こもの》。下男。○**粟田口**　京都市東山区粟田口。京都から東国への出口にあたる。第十五話に既出。○**山科**　京都市山科区。○**過しつるは**　「は」は終助詞。感動を表わす。○**関山**　逢坂山《おうさかやま》。京都と近江との境にあり、関所があったので関山といった。○**三井寺**　滋賀県大津市にある園城寺《おんじようじ》の別称。天台宗寺門《じもん》派の総本山。山門《さんもん》（延暦寺）に対し、寺門と呼ぶ。寺伝では大友皇子の発願により、その子大友与多《よた》王が天武天皇十五年（六八六）に建立したとされる。しかし、これは山門に対抗するための付会説で、事実は当地に住む大友村主《すぐり》氏の氏寺として奈良時代末ごろに創建されたものであろう（『國史大辞典』）という。貞観元年（八五九）智証大師円珍が延暦寺別院として再興し、根本道場となる。正暦四年（九九三）天台宗内の争いから延暦寺と分かれ、対立するようになり、山門・寺門の長い抗争の歴史がはじまる。たびたび戦火を受けたが、皇室や摂関家の帰依《きえ》を受け、後には源頼朝や徳川家の保護を受け復興している。三井寺の名の由来として、『元亨釈書』（巻二十八）は、寺の西岩に泉井があり、天智・天武・持統三天皇がこの井戸の水で産湯《うぶゆ》を使ったので、御井寺といったが、三皇が浴したということから「三井」となったという伝承を載せている。○**物ぐるほしう**　正気の沙汰ではない。馬鹿げている。○**敦賀**《つるが》　福井県敦賀市。三井寺からは北方二十里以上の距離。『尊卑分脈』に利仁の母は越前国の人秦豊国の女《むすめ》とあるので、ここは利仁の故郷であり、また聟になった舅の有仁の家の所在地。○**さとの給はましかば**　そうとおっしゃったならば。○**あざわらひて**　大声で笑って。○**独侍らば千人とおぼせ**　利仁が一騎当千の勇者であることをいっている。○**胡簶**《やなぐひ》　矢を入れて背負う武具。いよいよここからが危険な道中になることを示す。

かくて行程《ゆくほど》に、三津《(みつ)》の浜に狐の一《ひとつ》走《(はし)》り出《いで》たるを見《(み)》て、よきたより出来《いで(き)》たりとて、利仁、狐をおしか《(こ)》くれば、狐、身を投《(な)》げて逃《にぐ》れども、追《(を)》ひ責《(せ)》められて、え逃《(に)》げず。落《おち》か《(こ)》かりて、狐の尻足を取《とり》て引《ひき》あげつ。乗《のり》たる馬はいとかしこしとも見《(み)》えざりつれど《(共)》も、いみじき逸物《いちもつ》にてありければ、いくばくものばさずして捕《(とら)》へたる所に、この《(此)》五位、走《(はし)》らせて行《(い)》きつきたれば、狐を引《ひき》あげていふやう《(云様)》は、「わ狐、今夜《(こよひ)》の内に利仁が家の敦賀《(つるか)》にまかりていはむやうは、『俄《にはか》に客人《まらうと》を具《(く)》し奉《(たてまつ)》りて下《(くだ)》るなり《(也)》。明日の巳《み》の時に、高嶋辺に、をのこども迎《(むか)》へに、馬に鞍置《(を)》きて二疋具《(く)》してまうで来《(こ)》』といへ。もしいはぬもの《(物)》ならば。わ狐、ただ試《(こ)(心)》みよ。狐は変化《へんげ》あるもの《(物)》なれば、今日《(けふ)》のうちに行《ゆき》つきていへ」とて放《(はな)》てば、「荒涼《くわうりやう》の使かな《(哉)》」といふ。「よし御覧《ご(らん)》ぜよ。まからではよにあらじ」といふ《(云)》に、はやく狐、見返《(み)かへり》見返《(〳〵)》して、前に走行《はしりゆく》。「よくまかるめり」といふにあはせて、走先立《はしりさきだち》て失《(う)》せぬ。

かくてその《(其)》夜は道に留《とどま》りて、つとめてとく出《いで》て行程《ゆく》に、まことに巳時《みのとき》ばかりに、三十《(卅)》騎ばかり《(斗)》こりて来《(く)》るもの《(物)》あり。なにか《(こ)》あらんと見《(み)》るに、「をのこどもまうで来《(き)》たり」といへば、「不定《ふぢやう》の事かな《(哉)》」といふ《(云)》程に、ただ近《(こ)(ちか)》に近《(ちか)》くなり《(成)》て、はらはら《(〳〵)》と下《(お)》るる程《(こ)》に、「これ見《(み)》よ、まことにおはしたるは」といへば、利仁うちほほ《(こ)》ゑみて、

「何事《なに》ぞ」と問《(ゝ)》ふ。おとなしき郎等《らうどう》すす《(ゝ)》みて、「希有《けう》の事の候《さぶらひ》つるなり《(也)》」といふ。まづ、「馬はありや」といへば、「二疋《ひき》候《(さふら)》ふ」といふ《(云)》。食物《くひもの》などして来ければ、そのほどにおりゐて食《(く)》ふつい《(ゐ)》でに、おとなしき郎等のいふやう、「夜部《よべ》、希有《(けう)》の事の候《(さふら)》ひしなり《(也)》。戌《(いぬ)》の時ばかり《(斗)》に、大《だい》盤《(はん)》所の胸《(むね)》をきりにきりて病《(や)》ませ給《たまひ》しかば、いかなる事にかとて、俄《にはか》に僧召《(め)》さんなど、騒《(さは)》がせ給《たまひ》し程に、てづから仰《(おほ)》せ候《(さふら)》ふやう、『なにか騒《(さは)》がせ給《たまふ》。おのれは狐《(を)》なり《(也)》。別《べち》の事なし。この《(此)》五日三津《(みつ)》の浜にて、殿の下《(くだ)》らせ給《たまひ》つるにあひ奉《(たてまつ)》りたりつるに、逃《にげ》つれどえ逃《(に)》げで、捕《(とら)》へられ奉《(たてまつ)》りたりつるに、『今日《(けふ)》のうちに、我《(わ)》が家に行《(い)》き着《(つ)》きて、客人《まらうと》具《(く)》し奉《(たてまつ)》りてなん下《(くだ)》る。明日《(あす)》巳時に、馬二《ふたつ》に鞍《くら》置《(を)》きて具《(く)》して、をのこども高嶋の津に参《(まい)》りあへといへ。もし今日《(けふ)》のうちに行《(い)》き着《(つ)》きていはずは、からき目《(め)》見せんずるぞ』と仰《(おほ)》せられつるなり。をのこども、とくとく《(〳〵)》出《いで》立《たち》て参《(まい)》れ。遅《おそく》参《(まい)》らば、我は勘当《かんだう》かうぶりなん』と怖《(を)》ぢ騒《(さは)》がせ給《たまひ》つれば、をのこどもに召《(め)》し仰《(おほ)》せ候《(さふら)》ひつれば、例ざまにならせ給《たまひ》にき。その《(其)》後、鳥とと《(ゝ)》もに参《まゐり》候《(さふら)》ひつるなり《(也)》」といへば、利仁、うち笑《(ゑ)》みて、五位に見合《(みあ)》はすれば、五位、あさましと思《おもひ》たり。物など食《(く)》ひ果《(は)》てて《(ゝ)》、急《(いそ)》ぎ立《たち》て、暗々《(くらく〳〵)》に行《ゆき》つきぬ。「これ見《(み)》よ。まことなりけり」とあさみ合《(あ)》ひたり。

〈現代語訳〉

こうして行くうちに、三津の浜で狐が一匹跳び出して来たのを見て、よい使いが出て来たというので、利仁が狐に襲いかかると、狐はころがるようにして必死になって逃げるが、追いつめられて逃げきれない。利仁は馬から落ちかかるようにして、狐の後足をつかんで引き上げた。乗っていた馬はさほどすぐれたものとも見えなかったが、実はすばらしい駿馬《しゅんめ》だったので、いくらも逃がさずに捕まえたのだった。そこへ五位が馬を走らせて追い着いた。利仁は狐を引っぱり上げて、「狐よ、今夜じゅうにわしの家の敦賀に行って、『急にお客人をお連れして行くところだ。明日の午前十時ごろに、高島のあたりに、男どもが迎えに、鞍を置いた馬を二頭連れてやって来い』と言え。もし言わないようなら、わかるな。狐よ、やってみろ。狐は超能力があるものだから、今日じゅうに行き着いて言え」と言って放してやると、五位が「あてにならない使いだなあ」と言う。利仁は、「よろしい。見ていて下さい。絶対に行きますよ」と言うと、うまいこと、狐は振り返り振り返りしながら、先に走って行く。利仁が「うまくいくようだ」と言ったと思ったら、先に走り去って姿が見えなくなった。

こうしてその夜は道中で一泊し、翌早朝出発して行くと、本当に十時ごろに三十騎ほどが一団となってやって来るものがある。五位が何なのだろうと見ていると、「男どもがやって来た」と言うので、「まさか」と言っているうちに、もうどんどん近づいて、ばらばらっと馬から下りる時に、「ほれ、見ろ、本当においでになったぞ」と言う。利仁がほほ笑んで、「どうしたのだ」と尋ねる。年配の家来が進み出て、「変わったことがございましたのです」と言う。利仁がまず、「馬はあるか」と言うと、「二頭つれております」と言う。食物など用意して来たので、そのあたりに下りて坐って食っていると、年配の家来が話しはじめた。

「昨夜、変わったことがございました。夜の八時ごろ、奥方様が胸がきりきりとひどく痛んで苦しまれましたので、どうしたことかと、急いで祈禱の僧を招こうなどとお騒ぎになった時に、ご自分から仰せられますには、『どうしてお騒ぎになるのです。わたしは狐です。格別のことではありません。この五日、三津の浜で殿《との》がお下《くだ》りになったのにお会いいたしまして、逃げましたが逃げきれず、捕まえられてしまいました。その時、殿が『今日じゅうにわしの家に行き着いて、お客人をお連れして行くから、明日の朝十時ごろに、馬二頭に鞍を置いて連れて、男どもが高島の港に出迎えよと言え。もし今日じゅうに行き着いて言わないと、ひどい目に遭わせるぞ』と仰せられたのです。男《おのこ》ども、大急ぎで出発して行きなさい。遅くなると、わたしがお叱りを受けるでしょう』と、おびえてお騒ぎになったので、舅殿《しゅうとどの》が家来どもを呼んで仰せつけなさったところ、奥方様はもとどおりになられました。その後、鳥が鳴き出すと同時にやって参りました」と言う。利仁はにっこり笑って、五位に目くばせすると、五位はたまげたことだと思っている。やがて、食事をし終えて、急ぎ出立して、暗くなった時分に到着した。「ほれ見ろ。本当だったのだ」と驚き合っている。

〈語釈〉

○**三津の浜**　滋賀県大津市下坂本あたりの琵琶湖畔。○**たより**　使者。『書陵部本』、『版本』などは「使」とする。○**おしかくる**　襲いかかる。○**落かかりて**　馬から狐に落ちかかるようにして。『今昔』「馬ノ腹ニ落下《おちさがり》テ」。○**かしこし**　すぐれている。○**逸物**《いちもつ》　群を抜いてすぐれているもの。特に馬などについていう。○**のばさず**　逃げのびさせず。○**わ狐**　狐よ。「わ」は接頭語。相手に対して親愛の情を表わしたり、時に相手を軽んじて卑しむ場合に用いる。第七・十五話などに既出。○**利仁が家の敦賀**　『今昔』は「利仁ガ敦賀ノ家」。○**客人**《まらうと》　「稀人《まれひと》」の意。すなわち常に家に居らぬ人の意から。客。「と」は清音。後になり濁る。○**巳**《み》**の時**　午前十時ごろ。○**高嶋**　滋賀県高島市。琵琶湖の西岸の交通の要衝。○**をのこ**　下男。奉公人。○**もしいはぬものならば**　言いさした形。後出、狐が奥方の口を借りて言う「からき目見せんずるぞ」を補って解すべきであろう。○**変化**　一般には神仏が神通力によって仮に人の姿をとって現われることや、狐などの動物が姿を変えて現われる妖怪、化け物をいうが、この場合は神通力、超能力の意。○**荒涼の使**　「荒涼」は「広量」「荒量」とも書く。漠然としていること、取り留めのないことの意。ここでは、あてにならない使者。○**まからではよにあらじ**　行かないことは絶対にないだろう。「よに」は決して（下に打消しの語「じ」を伴う）の意の副詞。○**つとめて**　翌朝。○**こりて**　凝りかたまって。一団となって。○不定《ふぢやう》の事　思いがけないこと。意外なこと。○おとなしき　年長の。頭だった。○郎等《らうどう》　家来。従者。○希有《けう》　めずらしい。不思議な。○戌《いぬ》の時　午後八時ごろ。○大盤所《だいばんどころ》　貴人の奥方の称。食事を調進する台盤所を夫人があずかるところからいう。北の方。御台《みだい》所《どころ》。○僧召さん　加持祈禱をしてもらうために、僧を呼ぼう。○てづから　みずから。直接自分の手を下して物事をすることからいう。○この五日　底本は「此五日みつの浜にて」とあり、「五日」は前後の文字と比較して墨色が薄く、かつ細字で右側に傍書してあるので、後の書き入れと思われる。『書陵部本』は「此五日」と同筆で書かれているが、『陽明本』は「五日」の部分が欠字となっている。『新大系』の注がこの「五日」を「意味上は唐突で不審」とするように、大臣大饗は正月四日（左大臣）と五日（右大臣）であり、さらにその四、五日後に利仁が五位を誘い出しているのであるから、日数の計算が合わない。『今昔』は「此昼《このひる》」とする。○からき目　ひどい目。つらい思い。○勘当《かんだう》　本来の意味は、罪を勘《かんが》え、法に当てて罰する意。ここでは、お叱り。○例ざま　ふだんの様子。いつもどおり。狐の憑《つ》き物が落ちたのである。○鳥とともに　鶏鳴とともに。ニワトリは夜が明けないうちから鳴き出すので、夜明け前の早暁に出立したのである。第九十六話に同例がある。○あさまし　意外なことに驚く。○あさみ合ひたり　家人らが驚き合った。

五位は馬より下《(お)》りて、家のさまを見《(み)》るに、にぎは《(わ)》はしくめでたき事、物にも似《(に)》ず。

もと着《き》たる衣《きぬ》二《ふたつ》が上《うへ》に、利仁が宿衣《とのゐぎぬ》を着《き》せたれども、身の中《うち》しすきたるべければ、いみじう寒《さむ》げに思《おもひ》たるに、長炭櫃《なかすひつ》に火を多《おほふ》うおこしたり。畳《たゝみ》厚《あつ》らかに敷《し》きて、くだ物《もの》、食物《くひ》し設《まう》けて、楽《たの》しくおぼゆるに、「道の程寒《さむ》くおはしつらん」とて、練《ねり》色のきぬの、綿《わた》厚《あつ》らかなる、三つ引《ひ》き重《かさ》ねて持《も》て来《き》て、うち被《おほ》ひたるに、楽《たの》しとはおろかなり。物食《く》ひなどして、事《こと》しづまりたるに、舅《しうと》の有仁出《い》で来《き》ていふやう、「こはいかで、かくは渡《わた》らせ給へるぞ。これにあはせて、御使のさま、物狂《くるお》ほしうて、上《うへ》俄《にはか》に病《や》ませ奉《たてまつ》り給ふ、希有《けう》の事なり」といへば、利仁うち笑《わらひ》て、「物の心みんと思《おも》ひてしたりつる事を、まことにまうで来《き》て告《つ》げて侍《はべる》にこそあんなれ」といへば、舅《しうと》も笑《わら》ひて、「希有の事なり《也》」といふ。「具《く》し奉《たてまつ》らせ給《たまひ》つらん人は、この《此》おはします殿の御事か」といへば、「さに侍り。『芋粥にいまだ飽《あ》かず』と仰《おほせ》らるれば、飽《あ》かせ奉《たてまつ》らんとて、率《い》て奉《たてまつ》りたる」といへば、「やすき物に《と》も、え飽《あ》かせ給はざりけるよな」とて戯《たはふ》るれば、五位、「東山に湯わかしたりとて、人をはかりいで《こ》て、かくの給《たまふ》なり」などいひ戯《たはふ》れて、夜すこし更《ふけ》ぬれば、舅《しうと》も入《いり》ぬ。

寝所《ねどころ》とおぼしき所に、五位入《いり》て寝《ね》んとするに、綿四、五寸ばかり《斗》あるひたゝれ《宿衣敷》あり。我《わが》もとの薄綿《うすわた》はむ〔つ〕かしう、なにのあるにか《か》、痒《かゆ》き所も出《い》で来《く》る衣《きぬ》なれば、脱《ぬ》ぎ置《を》きて、練《ねり》色の衣《きぬ》三《みつ》が上《うへ》に、この直垂《ひたゝれ》引《ひ》き着《こ》て臥《ふ》したる心、いまだならはぬに、気もあげつべし。汗水《あせ》にて臥《ふ》したるに、又傍《かたはら》に人のはたらけば、「誰《た》そ」と問《と》へば、「『御足《あし》給へ』と候へば、参《まい》りつるなり《也》」といふ《云》。けはひ憎《にく》からねば、かき臥《ふ》せて、風のすく所に臥《ふ》せたり。かかる程《こ》に、物高《たか》くいふ声《こゑ》す。何事ぞと聞《き》けば、をのこの叫《さけ》びていふ《云》やう、「この辺《へん》の下人《げにん》、うけ給はれ。あすの卯時《うのとき》に、切口三寸、長《なか》さ五尺の芋、各《おのおの》一筋づつ持《こも》て参《まい》れ」といふなりけり。あさましう、おほのかにもいふ物かな《哉》と聞《きゝ》きて、寝入《ねいり》ぬ。

〈現代語訳〉

五位は馬から下りて、家の様子を見ると、裕福そうで立派で、他に比類もないほどである。もともと着ていた着物二枚の上に、利仁の夜着を着せてくれたが、なにせ下着をまともに着ていないから、すかすかして、何とも寒い感じがしたが、見ると、長いいろりに火がかんかん熾《おこ》してある。敷物を分厚く敷いて、酒の肴や食べ物が用意してあって、豪勢な気分になっていると、「道中がお寒かったでしょう」と言って、薄黄色の着物で、綿がふっくらと厚く入っているのを、三枚重ねて持って来て掛けてくれたので、何ともいえずいい気分だ。食事をしたりして一段落したところに、舅の有仁が出て来て、「これはまたどうしてこんなふうに突然おいでになったのですか。それとあわせて、お使いの様子も何とも奇妙で。奥方が急にお苦しみになり、驚きました」と言うと、利仁は笑って、「狐の心を試してみようと思ってしたことなのですが、本当にやって来て告げたのですね」と言うと、舅も笑って、「めずらしいことですな」と言う。「おつれ申された方というのは、ここにおいでになるお方のことですか」と言うので、「さようです。『芋粥をまだ腹いっぱい食べたことがない』とおっしゃるので、思いきり召し上がっていただこうと思い、お連れしたのです」と言うと、「そんなぞうさもないものにも、満腹なさらなかったのですね」と、軽口をたたく。五位は、「東山に湯を沸かしてあると言って、人をだまして連れ出して、こんなふうにおっしゃるのです」などと冗談を言って、やがて夜も少しふけたので、舅も奥に入った。

寝所と思われるところに、五位が入って寝ようとすると、そこに綿が四、五寸ほども入った夜着がある。自分がそれまで着ていた薄い綿入れの着物は、むさ苦しく、それに何がいるのか、痒いところも出てくるやつなので、脱いでおき、薄黄色の着物三枚の上に、この夜着を引き重ねて寝た気分は、まだ味わったこともないので、のぼせ上がってしまいそうだ。汗びっしょりで寝ていると、そばで人の動く気配がするので、「誰か」と尋ねると、「『おみ足をおさすりせよ』とのお言いつけですので、参りました」と言う。その様子がかわいいので、抱き寄せて、風の通るところに寝た。こうしているうちに、何か大声で言う声がする。何事かと聞くと、男が叫んで言っている。「このあたりの下人らよ、よく聞け。明朝卯《う》の時

（午前六時ごろ）に、切り口三寸、長さ五尺の芋を、めいめい一本ずつ持って来い」と言うのであった。えらい大げさにも言うものだなと聞いているうちに、寝入ってしまった。

〈語釈〉

○にぎははし　豊かだ。裕福だ。○めでたし　すばらしい。りっぱだ。ぜいたくだ。○宿衣《とのゐぎぬ》　本来は宿直の時の身じたくであるが、ここは夜着の類。○身の中《うち》しすきたるべければ　『今昔』では、「身ノ内シ透タリケレバ」とする。おなかがペコペコだったので、と空腹の意に解する説もあるが、五位の出発時の身じたくは、「薄綿の衣二《ふたつ》ばかり」と、裾が破れた指貫に、下の袴も着ていない状態だったことを考えると、下着を十分に着けていないので、すうすうした状態だったのだろう。○長炭櫃《ながすびつ》　長方形のいろり。○畳　古くは敷物の総称だが、中古には主として薄縁《うすべり》（へりをつけたござ）の類。○くだ物　「く」は「木」の転。「だ」は「の」と同義。木の物の意。果実。菓子。また酒の肴の総称。果実も菓子も含む。○楽し　物質的に満ち足りて快い。○練色《ねりいろ》　薄い黄色みを帯びた白。○楽しとはおろかなり　快適さは言葉で表現できない。「おろか」は「疎か」、おろそかの意。とてもその表現では言い尽くせない。○有仁　利仁の妻の父。越前敦賀の豪族であろう。姓氏未詳。○いかで、かくは渡らせ給へるぞ　『今昔』は「此ハ何《いか》ニ。俄《にはか》ニハ下《くだ》セ給《たまは》セテ」とする。○上　貴人の妻。奥方。自分の娘ではあるが、利仁の妻であるから敬称を用いたのである。○やすき物にも　底本、『陽明本』「やすき物とも」。『書陵部本』、『版本』により改める。○東山　京都市の東方に連なるなだらかな丘陵。この地名は本話では初出だが、『今昔』では利仁が五位を誘い出す時に、「去来《いざ》サセ給へ、大夫殿。東山ノ辺《ほとりに》湯涌《わか》シテ候所ニ」と言っている。○ひたゝれ　えりと袖とをつけ、綿を厚く入れた、直垂《ひたたれ》の形に似た夜具。傍注に「宿衣歟《か》」とある。『版本』は「宿衣」とする。○むつかしう　底本「むかしう」。『版本』により改める。むさ苦しく。○なにのあるにか　底本「なにのあかにか」。『版本』、『書陵部本』により改める。何がいるのか。おそらく虱《しらみ》でも住みついているのであろう。○いまだならはぬに　まだ体験したことがないので。「ならふ（慣らふ。習ふ）」は体験する意。○気もあげつべし　のぼせてしまいそうだ。○はたらけば　動くので。○御足給へ　お足をいただきなさい。お足をもんで差し上げなさいという意。つまり夜のお伽《とぎ》（なぐさみの相手）をしなさい、ということ。○けはひ　様子。態度。ものごし。○憎からねば　いとしいので。○かき臥せて　抱いて寝かせて。○下人《げにん》　しもべ。○卯時　午前六時ごろ。○切口三寸、長さ五尺の芋　切り口の直径が約九センチ、長さ約一・五メートルの山芋。○おほのかに　度が過ぎて大きい。大げさ。「おほのか」は「おほどか」の転。

暁がたに聞《き》けば、庭に莚《むしろ》しく音《をと》のするを、何《なに》わざするにかあらんと聞《き》くに、小屋《こや》当番《たうはん》よりはじめて、起《お》き立《たち》てゐたるほどに、蔀《しとみ》あげたるに、見《み》れば、長莚《なかむしろ》をぞ四、五枚敷《しき》たる。何《なに》の料《れう》にかあらんと見《み》る程に、下種《けす》男の、木のやうなる物を肩《かた》にうち掛《か》けて来《き》て、一筋《すち》置《を》きて去《い》ぬ。其後、うち続《つゝ》き持《も》て来《き》つつ《ゝ》置《を》くを見れば、まことに口二、三寸ばかり《斗》の芋《いも》の、五、六尺ばかりなるを、一筋《すち》づつ《ゝ》持《も》て来《き》て置《を》くとすれど、巳時《みのとき》まで置《を》きければ、ゐたる屋《や》と等《ひと》しく置《を》きなしつ。夜部《よべ》叫《さけ》びしは、はやうその辺《へん》にある下人のかぎりに、物言《い》ひ聞《き》かすとて、人呼《よ》びの岡とてある塚《つか》の上《うへ》にていふなりけり。ただ《ゝ》その声《こゑ》の及《をよ》ぶかぎりの、めぐりの下人のかぎりの持《も》て来《く》るにだに、さばかり多《おほ》かり。まして立《た》ち退《の》きたる従者《すさ》どもの多《おほ》さを思《おも》ひやるべし。あさましと見《み》たる程に、五石なはの釜《かま》を五《いつ》、六《むつ》舁《かき》もて来て、庭に杭《くゐ》ども打《う》ちて、据《すへ》ゑ渡《わた》したり。何の料《れう》ぞと見《み》る程に、しほぎぬの襖《あを》といふ物着《き》て、帯して、若《わか》やかにきたなげなき女どもの、白《しろ》く新《あたら》しき桶《をけ》に水を入《いれ》て、この《此》釜どもにさくさく《〳〵》と入《い》る。何ぞ、湯沸《わ》かすかと見《み》れば、この《此》水と見《み》るはみせんなりけり。若《わか》きをのこ《お》どもの、袂《たもと》より手出《いだ》したる、うすらかなる刀の長《なか》やかなる持《も》たるが、十余人ばかり《斗》出《い》で来《き》て、この《此》芋《いも》をむきつつ《ゝ》透《す》き切《ゝ》りに切《き》れば、はやく芋粥煮《に》るなりけりと見《み》るに、食《く》ふべき心地《ち》もせず、かへりては、うとましくなりに《成》たり。

さらさら《〳〵》とかへらかして、「芋粥《いもかゆ》出《い》でまうで来《き》にたり」といふ。「参《まい》らせよ」とて、まづ《(先)》大《おほき》なる土器《(かはらけ)》具《(く)》して、銀《(かね)》の提《ひさげ》の一斗ばかり入《いり》ぬべきに、三《みつ》、四《よつ》に入《いれ》て、「かつ《(且)》」とて持《(も)》て来《(き)》たるに、飽《(あ)》きて、一《ひと》もりをだにえ食《(く)》はず。「飽《(あ)》きにたり」といへば、いみじう笑《(わら)》ひて、集《(あつ)》まりてゐて、「客人《まらうと》殿の御徳《(とく)》に芋粥《(いもかゆ)》食《(く)》ひつ」といひあへり。かやうにする程に、向《むかひ》の長《(なか)》屋の軒に狐のさし覗《(のぞ)》きてゐたるを利仁見つけて、「かれ御覧ぜよ。候《さぶらひ》し狐の見参《(けさん)》するを」とて、「かれに物食《(く)》はせよ」といひければ、食《(く)》はするに、うち食《(く)》ひてけり。

かくて、よろづの事、たのしといへばおろかなり《(也)》。一月《ひとつき》ばかりありて上《(のぼ)》りけるに、褻《(け)》、納《(おさ)》めの装束《(さうぞく)》どもあまたくだり、また《(又)》、ただの《(こ)》八丈、綿《(わた)》、絹《(きぬ)》など、皮籠《かは(子)》どもに入《いれ》て取《(と)》らせ、はじめの夜の直垂、はたさらなり。馬に鞍置《(を)》きながら取《(と)》らせてこそ送《(をく)》りけれ。

きう者なれども、所につけて年比《としごろ》になりて許《(ゆる)》されたる者《(物)》は、さるもの《(こ)》お《(を)》のづからあるなり《(也)》けり。

〈現代語訳〉

まだ夜も明けぬころ、聞くと、庭にむしろを敷く音がする。いったい何をするのだろうと聞き耳を立てていると、小屋当番をはじめとして、みなが起きだしているらしい。そこで（邸の従者が）蔀《しとみ》を上げたので、見ると、長い筵《むしろ》が四、五枚敷いてある。何に使うものなのかと見ていると、下男《げなん》が木のようなものを肩にかついで来て、一本置いていった。その後、次々と続いて持って来て置くのを見ると、本当に切り口二、三寸ほどの芋、長さは五、六尺ほどもあるやつを、一本ずつ持って来て置くのだが、巳《み》の時（十時）ごろまで置き続けたので、五位が泊まっている家屋と同じ高さに積み上げてしまった。ゆうべ叫んだのは、実はその周辺にいる下人全員に伝達しようとして、人呼びの岡といわれている小高い塚の上で言っていたのであった。ただその声が届く範囲の周辺の下人だけが持って来るのでさえ、これほど多いのだ。ましてや、遠く離れたところに住んでいる従者どもの多さを想像してみるがいい。たまげたものだと思って見ていると、五石《こくい》入りの釜を五、六箇担《かつ》いで持って来て、庭に杭などを打って、ずらっと据え並べた。何のためだろうと見ているうちに、白い襖《あお》というものを着て、帯をしめた若々しくこぎれいな女どもが、白く新しい桶に水を入れて、この並んでいるいくつもの釜にざあざあと入れている。何だろう、湯を沸かすのか、と見ていると、この水だと思っていたのは味煎《みせん》だったのだ。若い男どもが袂《たもと》から手を出して、薄手の刀の長いのを持って、十余人ほど出て来て、この芋をむきながら、薄く削ぎ切りにしている。なんと、芋粥を煮るのだった、と見ると、もう食いたい気がしなくなって、それどころかいやになってしまった。

さあっと煮立たせて、「芋粥が出来上がりました」と言う。「さしあげなさい」と言って、まず大きなどんぶりをそえて、一斗ほども入りそうな金《かね》の提《ひさげ》三つ四つに入れて、「まずはお一つ」と言って持って来たが、うんざりして一杯さえも食えない。「もう十分です」と言うと、大笑いして、みなで集まって坐り込み、「お客様のおかげで芋粥にありついた」と言い合っていた。こうしていると、向かいの長屋の軒に狐がのぞいているのを利仁が見つけて、「あれを御覧なされ。あの時の狐が来ていますぞ」と言い、「あれに食わせてやれ」と言ったので、芋粥を食わせると、ぺろりと食ってしまった。

こうして、万事につけて裕福なことといったら、言葉などでは表現できない。一ヵ月ほどたって京に上った時に、ふだん着や晴れ着の装束《しょうぞく》などを何着も、また普通の八丈絹や綿《わた》、絹などをいくつもの行李《こうり》に入れて贈ってくれた。最初の夜に出した夜着類はもちろんのことだ。馬に鞍をつけたまま、鞍ごと与えて送ってくれたのである。

仕える身分の者であっても、その場に応じて長年になり、周囲から認められている者には、こういう幸運に遇う者もたまにはいるのだった。

〈語釈〉

○暁　夜が明けようとして、まだ暗い時分を指す。第十六話に既出。○小屋当番　諸本仮名書、通説に従い、「小屋当番」とする。「こや」を夜警の者の詰め所とする『叢書』の説により、夜警小屋にいた当番の侍のことと考える。『旧大系』は「夜警の初夜と後夜とに交替するものがあるから、或いは『後夜当番』か」ともいう。『今昔』にはこの部分はない。○蔀《しとみ》　格子《こうし》の片面に板を張った戸。光線・人目・風雨などを防ぐためのもの。上下二枚からなり、下一枚は固定させ、上一枚を外側に釣り上げて開閉したものが多い。これを「釣り蔀《じとみ》」「半《は》蔀《じとみ》」という。なお、蔀を上げたのは五位ではなく、邸の従者である。○何の料　何をするためのもの。「料」は材料。○下種男　身分の低い男。下衆とも書く。○巳時《みのとき》　午前十時ごろ。○ゐたる屋　五位が泊まっていた建物。○はやう　形容詞「はやし」の連用形が副詞的に用いられたもので、「けり」と呼応して、「はたと思い当たる」、「もともとそうだったのを今気づいた」という気持ちを表わす。「夜部叫びし」わけが、今わかったという意。第六話その他、用例が多い。○立ち退きたる従者　遠く離れたところに住んでいる従者。○五石《ごこく》なはの釜　五石入るほどの釜。「石《こく》」は物の容量の単位。一石は一升の百倍。一斗の十倍、約一八〇リットル。五石は約九〇〇リットル。これほど入る釜とは誇張した表現である。『今昔』は「斛納釜《こくなはのかま》」（一石入りの釜）とする。○しほぎぬの襖　「しほぎぬ」は「しろぎぬ」の誤写か。「しぼ絹」「縮絹」などの説があるが、『今昔』の「白キ布ノ襖」を参照し、「白布の襖」と考えておく。「襖《あを》」は武官が儀仗の日に着用した闕腋袍《けってきのほう》や、狩衣のこともいうが、ここは庶民が冬に着る袷《あわせ》または綿入れの衣をいう。○若やかに　底本「わかやかに」。「やか」の「か」は「う」を見《み》せ消《け》ちにして、「か」と傍書。○みせん　味煎・蜜煎。甘葛《あまずら》（アマチャヅル）の葉やつるを煎じた汁。また、このつるを冬に切り、滴下する液を集め、濃縮したものともいう。本種はウリ科の多年生草本だが、甘茶《あまちゃ》（ユキノシタ科の落葉灌木）と同じものとする説（『貞丈雑記《ていじょうざつき》』）もある。○さらさらとかへらかして　軽く煮立てて。『今昔』「サラ〳〵ト煮返シテ」、『新大系』の『今昔』と、同『宇治』も指摘するところだが、『厨事類記《ちゅうじるいき》』に「暑預粥ハ、ヨキイモヲ皮ムキテ、ウスクヘギ切天、ミセンヲワカシテイモヲイルベシ。イタクニルベカラズ。アマヅラ一合ニハ水二合バカリイレテニル也。云々」とある。つまり本書にあるように、芋は皮をむき、「透き切りに切」り、みせん一対水二の割合の汁で「さらさら」と軽く煮るのである。○土器《かはらけ》　うわ薬をかけずに焼く素焼きの陶器。○銀《かね》の提　底本表記は「かねの提」。『今昔』に「銀ノ提」とあり、『厨事類記』に「或説云」として薯蕷粥は「銀ノ提ニ入テ銀ノ匙ヲグシテマイラスベシト云云」とある。芋粥は普通、銀の提に盛ったものらしい。「提《ひさげ》」は銀・錫などで鍋のように作り、酒などを盛って杯に注《つ》ぐ器。注ぎ口と、提《さ》げるための鉉《つる》がついている。ひっ提《さ》げるのでこの名がある。○一斗　十升。一八リットル。一斗も入る提というのは相当大きなものであるから、鉉《つる》付きの大鍋状のものであろうか。○かつ（且）　意味ははっきりしないが、現代の方言（福岡・長崎・熊本地方等）に「且且（かつがつ）」がある。「できるとすぐ」の意である（『日本方言大辞典』小学館）。地方には都の古語が現代の口語として残っている例が多いので、そのような意味かもしれない。そうだとすると、「はい、出来上がり!!」というように解することができるだろう。また、『京都府方言辞典』（和泉書院）には、「カツカツ」（辛うじて。〈時間に間《ま》におうた〉）の用例もあるので、「はい、お待ちどおさま」と解してもよかろう。○御徳　おかげ。そのものの力を借りて事が実現する意を表わす。○長屋　棟《むね》の長い家。細長い形をした建物。また、主人の家に付属した建物で、中を仕切り、その家に仕える者が多数、起居できるようにしたもの。『今昔』は「向ヒナル屋ノ檐《のき》」。○見参　「げざん」は「げんざん」の発音無表記なので「げんざん」と発音した方がよい。目下の者が目上の人に対面すること。面会・対面の謙譲語。○たのし　心の満ち足りたさま。物質的に豊かなさま。「おろかなり」は形容として不十分であるさまを表わし、上の「といひければ」を受けて、そう表現してもそれで述べ尽くしたとは思えない、の意を表わす。○褻《け》、納めの装束　「褻《け》」は日常。平常。「納め」はしまっておくこと。つまりふだん着と晴れ着。○くだり　装束などの一組になったものを数える語。「領」の字で表記することがある。○八丈　絹布の一種。長さ八丈（現在では約二四メートルだが、時代によって差がある）ずつに織った絹。貢租《こうそ》としての規定による。『貞丈雑記』「八丈絹」の項に「『宇治拾遺』にも見えたり」として、本話の当該箇所と第三十三話を引き、「これは今の世八丈島より出る物にはあるべからず」とし、「古書に八丈絹と云ふは、壱疋の長さ八丈づつに織りたる絹の品有りしなるべし」と書いている。なお『庭訓《ていきん》往来《おうらい》』の「加賀絹、丹後精好、美濃上品、尾張八丈、信濃布、常陸紬《つむぎ》」を引いて、「八丈絹は古《いにしへ》尾張より出しなり。その一疋の長さ八丈ありしによりて八丈絹とは名付けしにや」と記している。後には伊豆八丈島で製する絹織物をいう。小田原の北条氏、および江戸幕府に貢租もしくは御用織として用いた。〇皮籠　皮を張った旅行用の籠。行李《こうり》やつづらの類で、衣類を収納したり、品物を運搬するのに用いた。〇はた　当然のことながら。もちろん。〇きう者　これには「給者」と「窮者」の二説がある。『全書』は「『窮者』と見ておく」として、五位のこととしている。『鑑賞日本古典文学』（角川書店）も『今昔』のこの箇所で五位と断言している。「窮者」とする説をとれば五位を指すものとして問題がないが、「給者」とした場合は給仕した者とみて、五位とも利仁ともとることができる。なお、『旧大系』の補注では「給者」を「給主」（領地の所有者）、「給所」（給与された領地）などと一連の語とみれば、「利仁・有仁らを指」すと述べて、後考をまつと書いている。「きう者」が五位を指すとするのか、利仁を指すとするのかは、主題と関係して考えることが必要であろう。本話の題目は「利仁暑預粥の事」（『今昔』も「利仁将軍若時、従京敦賀将行五位語」）となっているので、利仁が主体となっているとみるのが自然である。しかし、実際は五位中心で話が進行しているといえないこともない。特に話の後半においてはそうである。なお本話の結末部分では、「馬に鞍置きながら取らせて」送った人は利仁である。そこで、結語の「きう者なれども、云々」をその続きとして考えれば、この「きう者」は利仁というべきだろう。しかし、「所につけて年比《としごろ》になりて許されたる者」を話頭の「年比になりて、きうしたる者の中には、所えたる五位ありけり」と呼応する言葉ととれば、「きう者」は五位ということになり、どちらか一方に断言することはむずかしい。つまり、『全書』、『鑑賞日本古典文学』、『完訳日

本の古典』（小学館）、『新大系』、『新全集』などは「五位」を指すとし『旧全集』、『集成』、

『今昔物語集読解』（松尾拾、笠間書院）は利仁を指すと解している。筆者（増古）も現代語訳では「五位」とする立場をとったが、実際はいずれとも断定できないのが現状である。

〈参考〉

『今昔』巻二十六第十七話と同話。結語の解釈のつづきとなるが、本話の主題は何だろう。題から見れば、地方豪族の婿としての利仁の豪勢な生活描写が第一にあげられる。利仁は貴族政治が隆盛に向かう時期に武人として活躍した人物である。高級貴族から見た武人は一介の恪勤《かくご》者にすぎないが、すでに早くから班田制《はんでんせい》は崩壊し、土地の私有化がすすみ、大土地所有の富豪層が各地で土地経営によって諸生産手段を所有し、直営地経営のみならず、家族外労働力をも家父長制的な形の中に組み込み、直営地と小作地との二つの経営形態をも併せ持つ農業経営を行なっていたのである。戸田芳実『日本領主制成立史の研究』（岩波書店）によれば、それらの従事者が「下人」「従者」「所従」などという中世的身分に固定していったのだという。本話の「めぐりの下人のかぎりの持て来るにだに、さばかり多かり。まして立ち退きたる従者どもの多さを思ひやるべし」という文もそのことの中で理解できるだろう。利仁は藤原北家、魚名流に属するが、祖父の高房《たかふさ》が嘉祥二年（八四九）越前守となって以来、その子時長が民部卿・鎮守府将軍・越前国押領使《おうりようし》となり、やがてその地に根を下ろしたのではなかろうか。時長は越前国坂井郡長畝《のうね》郷（福井県坂井市）の豪族秦豊国の女《むすめ》を娶《めと》り、

利仁を生んだ。利仁は坂井郡を領し、その西方の敦賀郡の豪族であった有仁の婿となり、そこに留住しながら摂関家に出仕していたということだろう。その後、延喜十一年（九一一）上野介となり、以後、武蔵守、上総介等坂東の国司を歴任、この間、群盗蜂起の鎮圧に活躍（「鞍馬寺縁起」〈『尊卑分脈』所収〉）、また越前・能登・加賀の鎮守府将軍として武威を振るった。館跡の地が敦賀市御名《ごみよう》に所在するという（『郷土史事典　福井県』昌平社）。その間の、ある一時期の豪勢な生活の一場面が本話の一齣となったということだろう。

一方、五位はどうだろう。本話によれば、裾の破れた指貫袴を着け、肩線のくずれた狩衣を着て、厳寒の一月だというのに下の袴も着ず、水っぱなをたらしている貧乏くさい男に描かれている。だから芥川龍之介は「芋粥」で五位のことを、これ以下がないほどのみじめな男として描いている。しかし、池上洵一は「五位は決してみじめな存在ではなかった」という。何よりも彼は五位であるから、風采は上がらないが、だらしがなくて、すべてにかまわぬ男だというだけで、古参の侍として羽振りをきかせていたのであるという（『今昔物語集の研究』三省堂）。たしかに五位は貧乏だが、少なくとも「五位」の位を得ている。だから芥川龍之介の「芋粥」にあるようなみじめな存在ではなかったはずである。しかし、芋粥を思いっきり食うことはできなかった。おそらく当時は、ほとんどの人が、食いたいものを存分に食うことは不可能だったろう。利仁や地方の大豪族の有仁にとって、「やすき物」でも五位のごとき都の一官僚に芋粥は高嶺の花だった。芋粥は大饗の折に出される上等な御馳走の一品だから、終宴後のお下がりを楽しみとするしかなかった。

だから、「利仁、暑預粥の事」のテーマは実を得ている地方大豪族の莫大な財力と、位はあるが実を伴わない都の官僚の対比ということになろう。

十九（上十九）清徳聖奇特事〈清徳聖《せいとくひじり》、奇特《きどく》の事〉巻二―一

今は昔、清徳聖《(せいとくひしり)》といふ聖のありけるが、母の死《しに》たりければ、棺《(ひつき)》にうち入《いれ》て、ただ《(ゝ)》ひとり、愛宕《(あたご)》の山に持《も》て行《ゆき》て、大《おほき》なる石を四《よつ》の隅《(すみ)》に置《(を)》きて、その上にこの棺《(ひつき)》をうち置《(を)》きて、千手陀羅尼《せんじゆだらに》を片時《へんし》休《(やす)》む時もなく、うち寝《(ぬ)》る事もせず、物も食《(く)》はず、湯水も飲《(の)》まで、声絶《(こわた)》えもせず誦《ず》し奉《(たてまつ)》りて、この《(此)》棺《(ひつき)》をめぐる事三年になり《(成)》ぬ。

その年の春、夢ともなく、現《(うつゝ)》ともなく、ほのかに母の声にて、「この《(此)》陀羅尼を、かく夜昼《(よるひる)》誦《ずし》給へば、我はは《(ゝ)》やく男子《なんし》となりて、天に生《(むま)》れにしかども、おなじくは仏になりて告申《つげまう》さんとて、今までは告げ《(つ)》申さざ《(ゝ)》りつるぞ。今は仏になりて、告申《つげまうす》なり《(也)》」といふと聞《(き)》こゆる時、「さ思《おもひ》つる事なり。今ははやう成給《なりたまひ》ぬらん」とて、取《(と)》り出《(い)》でて《(ゝ)》、そこにて焼《(や)》きて、骨取《(と)》り集《(あつ)》めて埋《(うつ)》みて、上に石の卒塔婆《(そとは)》など立《(た)》てて《(ゝ)》、例のやう

にして、京へ出《(い)》づる道に、西京《にしのきやう》に水葱《(なき)》いと多《(おほ)》く生《(お)》ひたる所あり。

この《(此)》聖、困《(こう)》じて、物いと欲《(ほ)》しかりければ、道すがら折《をり》て食《くふ》ほどに、主《(ぬし)》の男出来《(いでき)》て見《(み)》れば、いと貴《(たうと)》げなる聖の、かくすず《(ゝ)》ろに折食《をり(く)》へば、あさましと思《おもひ》て、「いかにかくは召《(め)》すぞ」といふ。聖、「困《(こう)》じて苦《(くる)》しきまま《(ゝ)》に食《(く)》ふなり」といふ時に、「さらば、参《(まい)》りぬべくは、いますこしも、召《(め)》さまほしからんほど召《(め)》せ」といへば、三十筋ばかりむずむず《(〳〵)》と折食《をり(く)》ふ。この水葱《(なき)》は三町ばかり《(斗)》ぞ植《(う)》ゑ《(へ)》たりけるに、かく食《(く)》へば、いとあさましく、食《(く)》はんやうも見《(み)》まほしくて、「召《(め)》しつべくは、いくらも召《(め)》せ」といへば、「あな貴《(たうと)》」とて、うちゐざりうちゐざり《(〳〵)》、折《(お)》りつつ《(ゝ)》、三町をさながら食《(く)》ひつ。主の男、あさましう物食《(く)》ひつべき聖かなと思《おもひ》て、「しばしゐさせ給へ。物して召《(め)》させん」とて、白米一石取《(と)》り出《(い)》でて《(ゝ)》、飯《いひ》にして食《(く)》はせたれば、「年比《としごろ》、物も食《(く)》はで、困《(こう)》じたるに」とて、みな食《くひ》て出《(い)》でて《(ゝ)》去《(い)》ぬ。

この《(此)》男、いと浅ましと思《おもひ》て、これを人に語《(かた)》りけるを聞《(き)》き《(ゝ)》つつ《(ゝ)》、坊城《ばうじやう》の右の大殿《(おほ)との》に人の語《(かた)》り参らせければ、いかでかさはあらん、心得《(え)》ぬ事かな。呼《(よ)》びて物食《(く)》はせて見ん、とおぼして、「結縁《けちえん》のために物参《(まい)》らせてみん」とて、呼《(よ)》ばせ給《たまひ》ければ、いみじげなる聖、歩《(あゆ)》み参《(まい)》る。その尻《(しり)》に、餓鬼《がき》、畜生《ちくしやう》、虎《(とら)》、狼《(おほかみ)》、犬、烏《(からす)》、万《よろづ》の鳥獣共、千万《ちよろづ》と歩《(あゆ)》み続《(つゞ)》きて来《(き)》けるを、異人《(こと)ひと》の目に大方《おほ(かた)》え見《(み)》ず、ただ《(ゝ)》聖一人《(ひとり)》とのみ見けるに、この《(此)》大臣《(おとゞ)》見《(み)》つけ給《たまひ》て、さればこそ、いみじき聖にこそありけれ、めでたし、とおぼして、白米十石をおものにして、新《(あたら)》しき莚薦《むしろこも》に、折敷《(おしき)》、桶《(をけ)》、櫃《(ひつ)》などに入《いれ》て、いくいく《(〳〵)》と置《(を)》きて食《(く)》はせさせ給《たまひ》ければ、尻《(しり)》に立《(た)》ちたるもの《(物)》どもに食《(く)》はすれば、集《(あつま)》りて手をささげ《(ゝ)》て、みな食《(く)》ひつ。聖はつゆ食《(く)》はで、悦《よろこび》て出《(い)》でぬ。さればこそ、ただ《(ゝ)》人にはあらざりけり。仏などの変じて歩《(あり)》き給《たまふ》にや、とおぼしけり。異《(こと)》人の目には、ただ《(唯)》聖ひとりして食《くふ》とのみ見《(み)》えければ、いといと《(〳〵)》あさましき事に思ひけり。

さて、出《いで》て行《ゆく》程に、四条の北なる小路に、穢土《(ゑと)》をまる。この《(此)》尻《(しり)》に具《(ぐ)》したるもの、し散《(ちら)》したれば、ただ墨のやうに黒《(くろ)》き穢土《(ゑと)》を、隙《(ひま)》もなく《(し)》はるばる《(〳〵)》とし散《(ち)》らしたれば、下種《(げす)》などもきたながりて、その小路を糞《くそ》の小路と付《つけ》たりけるを、御門《みかど》聞《(き)》かせ給《たまひ》て、「その四条の南をばなにといふ」と問《(と)》はせ給ひければ、「綾小路《あやのこうぢ》となん申《まうす》」と申《まうし》ければ、「さらば、是をば錦小路といへかし。あまりきたなき名かな《(哉)》」と仰《おほせ》られけるよりしてぞ、錦小路とはいひける。

〈現代語訳〉

十九　清徳聖《せいとくひじり》の摩訶《まか》不思議なこと

今は昔のことだが、清徳聖という聖《ひじり》がいた。母親が死んだので、棺に入れて、たった一人で愛宕《あたご》の山に持って行き、大きな石を四隅に置いて、その上にこの棺をのせて置き、千手陀羅尼《せんじゅだらに》をちょっとの間も休まず、寝ることもせず、物も食わず、湯水も飲まず、声をとぎらせることもなく唱え続けて、この棺のまわりをめぐり続けて三年になった。

その年の春、夢ともなく、現《うつつ》ともなく、ほのかに母の声で、「この陀羅尼《だらに》を、こうして夜も昼もお唱えになったので、わたしはとうに男子に生まれ変わって、天上界に生まれていましたが、同じことなら仏になってからお知らせしようと思い、今まではお知らせしなかったのですよ。今は成仏《じょうぶつ》したのでお知らせするのです」と言うのが聞こえた。その時、聖は「そういうことだろうと思っていました。今はもう成仏なさっておられよう」と言って、母の遺体を棺から取り出し、そこで焼き、骨を拾い集めて埋め、その上に石の卒塔婆《そとうば》などを立てて、葬儀の礼を執り行ない、京に出かけた。その途中、西の京に水葱《なぎ》が実にたくさん生えているところがあった。

この聖は、疲れきって、食べ物が欲しくてたまらなかったので、歩きながらこの水葱を折って食べていると、そこへ畑の持ち主の男が出て来た。見ると、まことに貴げな聖が、こうしてむやみやたらと折って食べているので、驚いてしまい、「どうしてこのように召し上がるのですか」と尋ねた。聖は、「疲れて苦しいので食べているのです」と答えたので、「それでは、召し上がれるなら、もう少しでも、召し上がりたいだけ召し上がれ」と言うと、三十本ほど無造作に折って食べた。この水葱《なぎ》は三町ほどにわたって植えてあったが、こんなふうに食べるので、畑の主はすっかりたまげて、また、食いっぷりも見たくて、「召し上がれるなら、いくらでも召し上がれ」と言うと、「ああ、かたじけない」と言って、尻を地につけたまま、いざりいざりしながら進んで、折っては食い、折っては食って、三町の畑の水葱をすっかり食べてしまった。畑の主の男は、あきれた大食漢の聖だなと思い、「しばらくお待ち下さい。食べ物を用意して差し上げましょう」と言って、白米を一石取り出して、御飯にして食べさせたところ、「ここ何年も、物も食べず、疲れてしまったので」と言って、みな残らず食べて出て行った。

この畑の主の男は、すっかり驚いてしまい、このことを人に語った。それを次々に聞いて、ある人が藤原師輔卿《もろすけきょう》にお話し申し上げたところ、師輔卿はどうしてそのようなことがあろう。合点がいかぬな。ひとつ呼んで何か食わせてみよう、と思われて、「仏に御縁を結ぶために食事を差し上げてみよう」と言って、呼ばせなさったところ、いかにも尊げな聖が歩いて来る。その後ろに、餓鬼《がき》、畜生《ちくしょう》、虎、狼、犬、鳥など、ありとあらゆる鳥獣どもが数限りなく続いて歩いて来る。だが、ほかの人の目にはまったく見えない。ただ聖一人だけと見るのだが、この大臣はこの実体を見つけられて、「やっぱり大変すぐれた聖だったのだ。すばらしいことだ」と思われて、白米十石を御飯にして、新しい薦《こも》の敷物の上に、折敷《おしき》や桶《おけ》、櫃《ひつ》などに御飯を入れて、いくつもいくつも並べて置いて食べさせなさったところ、聖が後《あと》についていて来ている者どもに食わせるると、集まって手を差し上げて、みな食べてしまった。聖は少しも食べず、喜んで出て行った。「やっぱり、普通の人ではなかったのだ。仏などが姿を変えてお歩きになっておられるのか」とお思いになった。ほかの人の目には、ただ聖が一人で食べるというふうにだけ見えたので、なおいっそう驚いたことだと思った。

さて、聖は出て行くうちに、四条の北の小路で糞をたれた。実はこの後ろに連れている者どもがたれ散らしたので、まるで墨のように黒い大便を、すきまもなくずうっとたれ散らしたので、下人《げにん》などもきたながって、その小路を「糞の小路」と名づけていた。それを天皇がお聞きになり、「その四条の南は何と言うか」とお尋ねになったので、「綾小路《あやのこうじ》と申します」と申し上げると、「それでは、これを錦の小路と呼ぶがよい、あまりにきたない名だ」と仰せられたことから、錦小路と呼ぶようになったという。

〈語釈〉

○**清徳聖**　伝未詳。清徳は官僧にはならず、一定の寺院に居住せず、遊行《ゆぎょう》するか、山中に独居したりして修行し、人々の尊敬を得た。○**棺**　人の死体を入れる木製の箱。○**愛宕の山**　京都市の北西（京都市右京区嵯峨愛宕町）にある山。海抜九二四メートル。山頂に愛宕神社があり、防火の守護神とする。東方の比叡山と相対する。本朝七高山の一として、山林修行の霊地とされた。第百四話に「愛宕の聖」の話がある。○**千手陀羅尼**　千手観音の功徳を説いた陀羅尼。大悲心陀羅尼・大悲陀羅尼・大悲呪ともいう。八十二句ある。「千手観音」は六観音の一つ。千の慈眼と千の慈手を持ち、多くの衆生を救済する観音。「陀羅尼」は仏の教えの精要で、神秘的な力を持つと信ぜられる呪文。梵語 dhāraṇī の音写。総持・能持と訳す。第五話参照。○**男子となりて**　変成男子《へんじようなんし》のことを指す。仏の力によって女子が男子に生まれ変わること。女は五障があるため、そのままでは成仏が困難であるから、まず男身となって成仏するということ。「五障」とは、女人が持っている五種の障礙《しようげ》。すなわち、梵天王、帝釈天、魔王、転輪聖王《てんりんじようおう》、仏の地位を得られないこと。阿弥陀仏四十八願のうちの第三十五（『大無量寿経』）。『法華経』「提婆《だいば》達多《だつた》品《ぼん》」の龍女正覚《しようがく》の教えが名高い。○**天**　天上界。六道の一つ。人間界の上にあってすぐれた果報を受けた者が住む世界。しかし、これは迷いの世界であるから、生死《しようじ》の流《る》転《てん》は免れない。○**仏になりて**　成仏すること。「仏」は仏教上の真理を悟った者。究極の覚者。仏陀《ぶつだ》。○**卒塔婆**　梵語 stūpa の音写。高く顕われる意。霊廟の意。仏舎利を安置するため、また、死者の供養のために造った塔をいうが、後には供養として、上部に塔形の刻みをつけた墓の後ろに立てる板塔婆をいう。ここは石を五輪塔のように積んだものであろう。○**例のやうにして**　型どおりの埋葬の儀礼を行ない。○**西京**《にしのきやう》　朱雀《すざく》大路より西側半分の地帯。右京。東の京（左京）が市街地として栄えていたのに対し、西の京は湿地帯が多く、住宅地としては適さないので、農地が多かった。百六十一話に西の京の湿地帯を宅地造成した人の話がある。○**水葱**《なぎ》　水葵《みずあおい》の古名。ミズアオイ科の一年草。水湿地に生える。葉を食用とした。『和名抄』（巻十七）に「水葱　水菜可食也　奈木」とある。○**困《こう》じて**　疲れる。「困」の字音を「こう」と表記したところから成立した語というのが通説だが、『今昔』では「極」の字を用いているものが多いので、「極」の呉音ゴクが音便化したものとの説もある。○**すずろに**　むやみやたらに。「すずろ」は心の赴くままに、わけもなく行動するさま。○**あさまし**　意外なことに驚きあきれる意。第三・五話その他多出。○**参りぬべくは**　召し上がれるものならば。「参る」は「食ふ」「飲む」の尊敬語。基本的には謙譲語である「参る」が、奉仕者によって用意されたものを、奉仕を受ける貴人の動作として直接表わすことになって生じた尊敬語である。○**むずむずと**　はばかるところなく、無造作にするさまを表わす。○**三町**　一万坪余。「町」は土地の面積の単位。一町は太閤《たいこう》検地以前は三千六百歩。一歩は一坪と同じ、約三・三平方メートル。水葱は広大なところに植わっていたのだ。○**あな貴《たうと》**　ああ、ありがたや。「あな」は痛切に強い感動を表わす。「ああ」。「貴」は「たふとし」の語幹。○**ゐざり**　「ゐざる」は坐ったまま、膝や尻をついて進むこと。○**さながら**　すべて。ことごとく。○**物して**　何か食べ物を用意して。○**一石**　十斗。百升。○**坊城の右の大殿《おほとの》**　坊城の右大臣。藤原師輔（延喜八年〈九〇八〉～天徳四年〈九六〇〉）。忠平の次男。村上天皇の女御であった娘の安子が冷泉天皇を生み、外戚としての地位を固め、以後子孫が摂関を独占することとなる。作歌にもすぐれ、『後撰和歌集』以下の勅撰集に入集し、私家集『九条右丞相集《くじょううしょうじょうしゅう》』がある。日記『九暦《きゅうれき》』、『九条殿遺《ゆい》誡《かい》』などの著書があり、『九条年中行事』を著わし、九条流の有職故実の流儀を確立した。坊城は左京の二筋目の縦通りを「坊城小路」という。右京にも「西坊城小路」があるが、師輔邸はその辺にあったのであろう。○結縁《けちえん》　仏道と縁を結ぶこと。未来に救われる縁を結ぶこと。ここは出家者に食物を布施《ふせ》して仏縁を結ぼうとしたのである。○餓鬼　梵語 preta（死者）の漢訳。子孫の供え物（食物など）を期待している祖霊の意から、飢えて食物を待つ死者の観念となる。生前の悪行により、六道の一つである餓鬼道に堕《お》ち、たえず飢渇に苦しむという。○畜生　梵語 tiryagyoni の訳。六道の一つ、畜生道に堕ち、鳥獣虫魚などになった者。生前悪行の多い者が、死後、畜生に生まれ苦を受けるという。悪行の結果、死後に赴く三つの世界、地獄・餓鬼・畜生を三悪道・三悪趣という。○おもの　飲食物の敬称。ここは御飯。○莚薦　「莚《むしろ》」は藺《い》・蒲《がま》・藁《わら》・竹などで編んで作った敷物の総称。「薦《こも》」はイネ科の大形多年草である真菰《まこも》で編んだ敷物。いずれにせよ、植物を編んで作った敷物。○折敷　薄く削った板（へぎ）で作った角盆の類。第三・十四話、既出。○いくいくと　いくつもいくつも。たくさん。○穢土をまる　大便をする。「穢土」は糞の異名。「まる」は大小便をする、排泄する意。○隙もなく　底本「ひまもなく」、『書陵部本』、『版本』により改める。○下種《げす》　身分の低い者。○御門《みかど》　師輔が右大臣在任中のこととすれば村上天皇。ただし、錦小路への改名は後冷泉天皇の天喜二年（一〇五四）とされる。○錦小路　現存する錦小路が屎《くそ》小路と呼ばれていたのは事実のようである。尊経閣本『拾芥抄』では「屎《錦イ》小路」とあり、故実業書『拾芥抄』は「錦の小路」の項の右側に「(屎)(又具足ィ)」と注記する。『掌中歴《しょうちゅうれき》』の「京中指図」の図面、屎小路のところでは「天喜二年宣有号錦小路」とする。同書「条路大数」の条の説明には「具足小路、依天喜二年宣旨改名錦小路」とある。また、『二中歴』の「京兆歴条路」の項にも「具足小路、依二天喜二年宣旨一改名、錦小路」とある。ただし、『二中歴』は『掌中歴』から引いたものと思われる。ともかく、「具足小路」が正式名称であったであろう。おそらくその通りは糞便をしやすい条件があり、多くしてあったので、通称「屎小路」などと言われたものと考えられる。錦小路への改名は宣旨によるとあるのだから、本話のように天皇が直接関わられ、四条大路をはさんで南側の綾小路に対してふさわしい名称としてつけられたものであろう。

〈参考〉

本話は四段に分けて考えられる。第一段は母に死なれた清徳聖が、遺体を愛宕山に運び上げ、その棺のまわりを不眠不休で千手陀羅尼を唱えながら三年間もめぐり歩いたという超人的聖者の話である。その功徳によって母は成仏し、そのことを知った聖は遺体(骨)を茶毘《だび》に付し、埋葬、供養して下山する。

第二段は、三年間飲食を断って母の供養をした聖が、飢えのあまり道端の畑の水葱《なぎ》を折って食う。それを見た畑の持ち主が、欲しいだけ食べてよいと申し出ると、三町もの畑の水葱を全部食い尽くす。そこで畑の持ち主は白米一石を飯にして提供すると、それも全部平らげてしまう。

第三段は、この大食漢の聖の話が評判になって、ついに藤原師輔の耳に入る。師輔という人物も不思議な眼力の持ち主だった。『大鏡』「師輔伝」には、師輔が百鬼夜行に遇った話があり、供の者にはそれが見えず、師輔だけに見ることができたというのである。また、同じ「師輔伝」に「この九条殿、いとただ人《びと》にはおはしまさぬにや、思《おぼ》しめしよるゆく末のことなども、かなはぬはなくぞおはしましける」とあり、師輔という人物は、何か不思議な超能力のある人のように思われていたらしい。だから聖に提供した十石もの白米の飯を、聖について来た多くの餓鬼の異類が食い尽くすさまを見ることができたのである。

第四段は前段を受けて地名説話、「錦小路」の由来を語る。先に語釈の項で見たように、錦小路への改名は、『掌中歴』によれば、天喜二年（一〇五四）のことで、後冷泉天皇の時代であるから師輔には関わりがない。三年間もの不眠不休の行によって母を成仏させた希代の聖者、清徳聖の異様な施餓鬼行《せがきぎやう》と、不思議な眼力を持つ師輔とを連結させ、地名変更の由来に結びつけた話といえるだろう。

二十（上廿）静観僧正祈雨法験事〈静観僧正《じやうくわんそうじやう》、雨《あめ》を祈《いの》る法験《ほふげん》の事〉　巻二―二

今は昔、延喜《えんぎ》の御時、旱魃《かんばつ》したりけり《（る）》。六十人の貴僧を召《（め）》して大般若経《だいはんにやきやう》読《（よ）》ましめ

給《たまひ》けるに、僧ども黒烟《くろけぶり》を立《たて》て、験《(しるし)》あらはさんと祈《いのり》けれども、いたくのみ晴《はれ》まさりて、日つよく照《(て)》りければ、御門《みかど》を初《はじめ》て、大臣、公卿、百姓人民《ひやくしやうにんみん》、この一事より外《ほか》の歎《なげき》なかりけり。蔵人頭《くらうどのとう》を召《めし》よせて、静観僧正《じやうくわんそうじやう》に仰《(おほ)》せ下《(くた)》さるる《(ゝ)》やう、「ことさら思食《おぼしめ》さるる《(ゝ)》やうあり。如是《かくのごとく》、方々《(ゝ)》に御祈ども、させる験《(しるし)》なし。座を立《(た)》ちて、別に壁のもと《(本)》に立《(た)》ちて祈《(いの)》れ。おぼしめすやうあれば、とりわき仰《(おほ)》せつくるなり」と仰《(おほ)》せくだされければ、静観僧正、その《(其)》時は律師《りつし》にて、上に僧都《そうづ》、僧正、上﨟《じやうらふ》どもおはしけれども、面目限《かぎり》なくて、南殿《なんでん》の御階《みはし》よりくだりて、屏《(へい)》の本《もと》に北向に立《たち》て、香炉《かうろ》とりくびりて、額に香炉をあてて《(ゝ)》祈誓し給《たまふ》事、見る人さへくるしく思《(おも)》ひけり。

熱日《ねつじつ》のしばしもえさし出《(い)》でぬに、涙をながし、黒煙をたてて《(ゝ)》祈誓《(きせい)》し給《たまひ》ければ、香炉の烟空へあがりて、扇ばかりの黒雲になる。上達部《かんだちめ》は南殿にならび居《ゐ》、殿上人《てんじやうびと》は宜陽殿《ぎやうでん》に立《たち》て見《(み)》るに、上達部の御前《ごぜん》は美福門よりのぞく。かくのごとく見《(み)》る程に、その《(其)》雲むらなく大空にひきふたぎて、龍神震動し、電光大千界にみち、車軸《しやぢく》のごとくなる雨ふりて、天下たちまちにうるほひ、五穀豊饒《ほうぜう》にして、万木果をむすぶ。見聞の人、帰服せずといふ事なし。

さて、御門、大臣、公卿等、随喜して、僧都になし給へり。不思議の事なれば、末《すゑ》の世の物語と、かく記《しる》せるなり《也》。

〈現代語訳〉

二十　静観僧正が降雨を祈って効験を現わしたこと

今は昔のことだが、醍醐《だいご》天皇の御代《みよ》に日照りが続いた。六十人の貴僧を招いて大般若経《だいはんにやきょう》をお読ませになった。僧たちは護摩《ごま》を焚き黒煙をたてて、効験を現わそうと祈ったが、空はますますからりと晴れわたり、日が強く照りつけたので、天皇をはじめ、大臣、公卿《くぎょう》、一般の民衆にいたるまでもっぱらこのことばかり嘆いていた。そこで天皇は蔵人頭《くろうどのとう》を呼び寄せて、静観《じょうかん》僧正に仰せ下された。「格別に思《おぼ》し召される事情がある。このように貴僧の方々《かたがた》にお祈りなどをさせるが、たいした効《きき》めがない。あなたは座を立って、別に塀際に立って祈れ。天皇がお考えになる事情があって特別に仰せつけるのである」と御下命があった。静観僧正はその時はまだ律師で、上に僧都《そうず》、僧正《そうじょう》、上臈の高僧たちがおられたが、この上なく名誉なことで、紫宸殿《ししんでん》の階段を下りて、塀のもとに北向きに立って、香炉を固く握りしめ、額に香炉をあてて祈願なさるその様子は、見ている人までも息苦しく感じた。

暑い日ざしで、寸刻も外に出られないほどなのに、静観は涙を流し、黒煙を立てて祈願なさった。すると香炉の煙が空に立ちのぼり、やがて扇ほどの黒雲になった。上達部《かんだちめ》は紫宸殿に居並び、殿上人《てんじょうびと》は宜陽殿《ぎようでん》に立って見ている。上達部の御前駆の者どもは美福門からのぞいている。こうして見ているうちに、その黒雲は大空一面に広がりふさがって、龍神が震動し、稲妻が天下をかけめぐり、車軸のような大雨が降って、天下はたちまちにうるおい、穀物は豊かに実り、万木は果実を結んだ。これを見聞する人々はすべてみな敬服した。

さて、帝《みかど》も大臣も公卿たちも大喜びして、静観を僧都になさった。不思議なことなので、末の世の物語としてこのように書きつけたのである。

〈語釈〉

○延喜の御時　延喜年間（九〇一～九二三）は醍醐《だいご》天皇の代表的治世。広く醍醐天皇の治世全体（寛平九年〈八九七〉～延長八年〈九三〇〉）を指す。**○旱魃《かんばつ》**　日照り。『和名抄』に「魃、和名比天利乃加美《ひでりのかみ》、旱神也」とある。主に稲の移植・生育期の無雨状態。空梅雨《からつゆ》をいう。**○したりけり**　底本「したりける」。諸本により改める。**○大般若経**　「大般若波羅蜜多《だいはんにゃはらみった》経《きょう》」。唐の玄奘《げんじょう》の訳。六百巻。一切経の中で最も大部を占める経典。諸法皆空の義を説く諸部の般若経を合成して一部の経としたもの。玄奘はこの経を訳出完成した時、歓喜して「全く此れ鎮国の妙典、人天の大宝」であると言った。そのことから、後に攘災鎮護のために受持、安置供養され、転読尊重された。**○黒烟**　祈禱のために焚く護摩《ごま》の煙。護摩は梵語ホーマ（homa）。火祭の意。密教で、火炉を設け、乳木《にゆうぼく》を焚いて仏に祈ること。乳木は火勢を強くするために乳汁の多い白膠木《ぬるで》の木を用いる。息災・増益・降伏・敬愛などを祈願する修法。**○御門《みかど》**　醍醐天皇（元慶九年〈八八五〉～延長八年〈九三〇〉）。第六十代。**○百姓人《ひやくしやうにん》**

民《みん》　一般民衆。○なかりけり　底本「けり」の「り」は「れ」を見せ消ちにして「り」と傍書する。○蔵人頭《くらうどのとう》　大臣の兼任である別当《べっとう》に次ぐ蔵人所の長官。定員二名。一人は弁官《べんかん》から、一人は中将から補せられるのを常とした。前者を頭の弁《とうのべん》、後者を頭の中将という。貫首《かんじゅ》ともいう。○静観僧正　増命《ぞうみょう》（承和十年〈八四三〉～延長五年〈九二七〉）のこと。桑内安峯の子。京都の人。円仁から天台学を学び、円珍から密教の灌頂《かんじょう》を伝受した。昌泰二年（八九九）園城寺《おんじょうじ》の長吏、延喜六年（九〇六）（五年〈九〇五〉説もある）第十代天台座主《ざす》となり、延長三年（九二五）僧正に任ぜられる。法験をもって聞こえる。宇多天皇の戒師。著作として『宗論御八講』一巻、『胎蔵界口伝《たいぞうかいくでん》』一巻などがある。静観は諡号《しごう》。○律師　僧綱《そうごう》の一。僧正、僧都の下の僧官。僧綱は僧尼の綱維（規律）をつかさどる者の意で、僧尼を統理し、諸大寺を管理するために設けられた官職。○上﨟《じやうらふ》　年功を積んだ高僧。「﨟」は僧尼が受戒得度した後に重ねた年数、すなわち法の年齢、法﨟のこと。その上位の者を上﨟と称した。○南殿　紫宸殿。大内裏《だいだいり》の正殿。○御階《みはし》　紫宸殿の正面にある十八階段のことか。天皇専用のものなので、増命がそれを用いたとすれば特別に許可されたのであろう。○屏「壁」とあるのに同じ。○北向　易の八卦では後天易で北に水を配している。静観は意識して「水」の方角に向かって立ち、祈誓《す》したのである。○香炉《かうろ》　香を焚くのに用いる器具。ここは柄《え》のついた香炉であろう。他に据え香炉や釣り香炉など種々の形がある。○とりくびりて　しっかり握り締めて。「くびる」は締める、握り締める意。○上達部《かんだちめ》　公卿。摂政・関白・大臣・三位以上の人、および四位の参議。○**殿上人**　昇殿を許された人。四位・五位、および六位の蔵人《くろうど》。○**宜陽殿**　内裏の紫宸殿の東にある殿舎。儀陽殿とも記す。母屋には累代の御物《ぎょぶつ》の楽器・書籍・武器などを収蔵したので納殿《おさめどの》と呼んだ。『書陵部本』、『版本』などは「弓場《ゆば》殿」とし、本書底本も「弓場ィ」と右に傍書する。弓場殿は校書殿《きょうしょでん》の東廂の北の二間。校書殿は、東は紫宸殿、北は清涼殿に面する。○**御前**　御前駆。前駆の人々。○**美福門**　大内裏の外郭にある十二門の一つ。大内裏の南面、朱雀門の東にある門。しかし、これではあまりに遠すぎて覗く状態ではない。『打聞集』では「諸衛ハ春花門ヨリノゾク」とする。春花門は内裏外郭東南隅の門であるから覗くのはやや無理があるが、香炉の煙が上昇し雲となる様子は見えたであろう。○**ひきふたぎて**　覆うように広がり塞がって。「ひき」は接頭語。○**龍神**　仏法守護の「八部衆」の一つ。雨・水をつかさどる。○**大千界**　大千世界のこと。仏教語。須弥山《しゅみせん》を中心に日・月・四大州・四大海・六欲天・梵天などを含めた広大な範囲を一世界とし、これを千集めたものを「小千世界」、さらにそれを千集めたものを「中千世界」、さらにそれを千倍したものを「大千世界」という。ここではこの地上の全地域をいう。○**車軸のごとく**　雨脚が車の心棒のように太い雨。大雨の形容。○**五穀**　五種の穀物。米・麦・粟《あわ》・黍《きび》・豆の総称。異説もある。広義では、穀物の総称として用いる。○**果**　底本は「杲」として「菓」と傍書する。○**随喜**　仏教語。心からありがたく思うこと。○**僧都に**　底本は「と」を見せ消ちにして「に」と小字で傍書する。僧都は僧官である。僧綱《そうごう》の一つ。

僧正に次いで僧侶を統轄する者。大宝令（大宝元年〈七〇一〉）では俗人の従五位に準じていたが、弘安八年（一二八五）の制度で四位の殿上人に準じた。

〈参考〉

『打聞集』第四話と同話。ただし中島悦次は両話の出所は別であろうと思われるという。しかし、文章も話の構成もよく似ているので、直接の書承関係がないとしても、この話自体が相当に世間に流布していて、話の筋や叙述が固定化していたものと見ている（『全註解』）。なお、筆者は未見だが、長野甞一『宇治拾遺物語』（明治書院）は同類話に『昔物語治聞集』六をあげている。

本書の撰者は静観僧正（増命）に対して特に興味を抱いていたらしい。この僧正は次の第二十一話と第百五話でも活躍する。

ところで大自然の営みに対しては人間がいかに非力であるかは常に思い知らされるところである。とりわけ昔は旱魃や長雨、台風等に対処する手段は祈禱以外になかった。静観の時代もほぼ毎年五、六両月には「諸国旱魃」とか「天下旱魃」の記録があり、また八月、九月の秋の時期には大雨、長雨の記事がある。田植えのころの旱魃、収穫の時期の大雨や長雨、そのうえ疫病の流行などが重なると手の打ちようもなく、朝廷では諸社に奉幣したり、祈雨または止雨などの祈禱をくり返す他に術がなかった。祈禱には大勢の僧が参加するのであるから、静観が出席しているのは当然であろうが、このころの祈雨や止雨の祈禱に特に名が出るのは観賢《かんげん》僧都が多く、また聖宝《しょうぼう》の名も出るが静観の名はほとんど見受けられない。むしろ静観は治病に効験があったようである。右大臣源光は静観に観音法を修してもらって十年延命したので、静観は観音の化身だといわれたという（『扶桑略記』）。

さて、延喜十五年（九一五）という年は秋ごろから「天下に疱瘡が流行し、都鄙老少一として免れる者はなく、夭亡の輩が朝野に満ち」たといい、醍醐天皇も疱瘡にかかり、高熱、頭痛に苦しんだという。そこで天台座主増命を招請し、祈禱させた結果、「熱悩忽ちに散じ、聖体安慰」になったという。そこで天皇は増命を尊重し、少僧都位を授けた（『扶桑略記』）。『僧綱補任《そうごうぶにん》』は少僧都に任じた時を十月二十五日とし、「律師を経ず」と特記している。本話では「その時は律師にて」とあり、史実と相違する。また『北山抄』六は十一月二十一日の記事に載せ、「無儀式只給官符」としている。『華頂要略』は「十一月二十二日任僧都」とする。いずれにせよ、頃は冬の時期であるから、本話のように旱魃祈雨には関係がないというのが史実である。さらに翌十六年四月には法務大僧都に任じている。『扶桑略記』は祈禱の様子を「和尚合眼祈禱、香炉続烟、念誦連声」とする。本話の「涙をながし、黒煙をたてて祈誓し給ければ、香炉の烟空へあがりて」という記述と共通点がいささかありそうである。ちなみに『僧綱補任』の「律師を経ず」の記事であるが、増命は延喜十年（九一〇）三月に法橋《ほっきょう》に叙され、同年九月に法眼和尚位に任じられている。法橋は律師相当位であり、法眼《ほうげん》は僧都相当位なので、律師は経なかったが、その点は問題とすべきことではなかったと考えられる。

二十一（上廿一）同僧正大嶽ノ岩祈失事〈同《おなじき》僧正《そうじやう》、大嶽《おほたけ》の岩《いは》祈《いの》り失《うしな》ふ事〉巻二―三

今は昔、静観僧正は、西塔《さいたふ》の千手院《せんじゆゐん》といふ所に住《すみ》給へり。その所は南むきにて、大嶽《おほたけ》をまもる所にて有《あり》けり。大嶽《（たけ）》の乾《いぬゐ》の方のそひに、大成《おほきなる》巌《（いはほ）》あり。その《（其）》岩のあり様、龍の口をあきたるに似たりけり。その《（其）》岩の筋《（すぢ）》に向《むかひ》て住《すみ》ける僧ども、命もろくして、おほく死《しに》けり。しばらくは、いかにして死ぬやらんと、心も得《（え）》ざりける程に、「この《（此）》岩のある故《（ゆへ）》ぞ」と言《（い）》ひ立《たち》にけり。この《（此）》岩を毒龍の巌《いはほ》とぞ名付《づけ》たりける。これ《（是）》によりて、西塔の有様、ただ《（ゝ）》荒《（あ）》れに荒《（あ）》れのみまさりけり。この《（此）》千手院にも人多《（おほ）》く死《しに》ければ、住《すみ》わづらひけり。

この《（此）》巌を見《（み）》るに、まことに《（誠）》龍の大口をあきたるに似たり。人の言《（い）》ふ事はげにもさありけりと、僧正思《おもひ》給《たまひ》て、この《（此）》岩の方に向《むかひ》て、七日七夜加持し給《たまひ》ければ、七日といふ夜半ばかりに、空くもり、震動する事お《（を）》びたた《（ゝ）》し。大嶽に黒雲かか《（ゝ）》りて見《（み）》えず。しばらくあり《（有）》て空晴《はれ》ぬ。夜明《あけ》て、大嶽《（たけ）》を見《（み）》れば、毒龍《どくりゆうの》巌《いはほ》くだけて散失《ちりうせ》にけり。そ

れより後、西塔に人住《すみ》けれども、たた《(こ)》りなかりけり。西塔の僧どもは、件《くだん》の座主《ざす》をぞ、今にいたるまで貴《(たうと)》み拝《(おか)》みけるとぞ語《かたり》伝《つたへ》たる。不思議の事な《(也)》り。

〈現代語訳〉

二十一　同じ僧正が大嶽の岩を祈り失うこと

今は昔のことだが、静観僧正は西塔の千手院というところに住んでおられた。そのところは南方に向かって大比叡《だいひえい》を望む位置にあった。その大比叡の西北方のきわに大きな岩がある。その岩の恰好は龍が口を開けたさまに似ていた。その岩の筋向かいに住んでいた僧たちは短命で死ぬ者が多かった。しばらくの間は、どうして死ぬのだろうかと、わけもわからなかったが、「この岩があるせいだぞ」とうわさが立って評判になった。この岩を毒龍の巌と名付けたのである。このために西塔の有様はただ荒れに荒れていくばかりであった。この千手院でも人が大勢死んだので、住みかねる状態になっていった。

この巌を見ると、本当に龍が大口を開けているのに似ていた。世間の人が言うことはいかにももっともだったなあと、僧正は思われて、この岩の方に向かって、七日七夜加持祈禱《かじきとう》をなされたところ、ちょうど七日目の夜中ごろに、空がかき曇り、大地がすさまじく震動した。大比叡の峰には黒雲がかかって見えない。しばらくして空が晴れた。夜が明けて大比叡を見ると、毒龍の巌が砕けて飛び散ってなくなっていた。それ以後、西塔に人が住んだがたたりなどなかった。

西塔の僧たちは、この天台座主を今に至るまで尊び崇《あが》めていると語り伝えている。不思議なことである。

〈語釈〉

○**静観僧正**　前話（第二十話）参照。○**西塔**　比叡山三塔《とう》（東塔・西塔・横川《よかわ》）の一つ。根本中堂の西北方にあたる地域。千手院は平安末期に書かれたかとされる『叡岳要記』の「千手院」の項に「今之千手堂是也。今在二園城寺一」とあり、「葺檜皮五間、本願伝教大師。安置千手観音聖観音像一躰」とある。『寺門高僧記』十には「寛平聖主記曰」として増命（静観）についての記事に「千手院和尚語曰、云々」とあるので、増命が千手院に住していたことは確かであろう。ただし、『元亨釈書』が引く本話と同話の項には「坐二西塔釈迦院北菴一」とあり、『天台座主記』には「千光院」とあり、宇多上皇は「幸二千光院一」、増命から「受二阿闍梨位一」（『元亨釈書』）ともある。また『二中歴』には「西塔院主」とする記述もあるので、いずれにも止住したということであろう。なお、千手院が園城寺に在るという理由はさだかでないが、増命が園城寺の第五代長吏であったことと関係があろうか。○**大嶽**《おおたけ》　比叡山の最高峰大比叡（海抜八四八メートル）。「たけ」の表記は底本「たり」の「り」を見せ消ちにして「け」と傍書する。○**まもる**　「目（ま）守（も）る」の意で、じっと見つめることだが、ここは視野に入ることである。○**乾**《いぬゐ》　西北方。○**そひ**　かたわら。きわ。○**似たりけり**　「たりけり」は「たるなり」の「る」と「な」を見せ消ちにして「り」「け」と傍書する。○**死ぬやらん**　『書陵部本』、『版本』は「死ぬるやらん」。○**言ひ立つ**　うわさが広まる。評判になる。○**げにもさありけり**　実際にそのとおりだったのだ。○**加持**　梵語adhiṣṭhānaの訳。行者が仏神に感応することで、加は仏や菩薩の大悲が行者に加わること。持は行者が仏・菩薩の大悲の力を感じ受け止めることであるが、真言密教では印を結び、あるいは独鈷《とっこ》・三鈷・五鈷等の金剛杵《こんごうしょ》を執り、陀羅尼《だらに》を唱え、観念を凝らして仏力の加護を祈ること。祈禱。○**おびたたし**　ものすごい。勢いがはげしくて恐ろしいほどの意。「たたし」は清音。○**件**《くだん》**の座主**　「件の」は前に述べた事柄を一般的に知られているものとして示す語である。ここでは静観僧正が天台座主であることが周知の事柄であることを示すのであろう。「座主」は一山の事務を統括する者。ここでは天台座主。静観僧正（増命）は第十代天台座主。

〈参考〉

前話につづき、これも静観僧正の法験譚。静観僧正（増命）は時の代表的験者であった。天文・易筮《えきぜい》にもすぐれ、特に病気治癒にはすぐれた効験を現わした。前話においては熱烈な祈禱が雨をつかさどる龍神の感応するところとなり、「龍神震動し」、旱天たちまちに変じて降雨となって地上を潤した。ところで静観は『二中歴』第十三「一能歴・易筮」の項に「貞観僧都（正ィ）」として易筮にすぐれた人物に挙げられている。易によれば雷は震の象であり、震動・震奮する。第二十・二十一話にはともに龍が出てくるが、龍は雨をつかさどる神であり、その正体は雷である。雷の本性は震動である（第二十話に「龍神震動し」とある）。両話とも僧正の加持祈禱によって大震動とともに大奇蹟が起きた。話末にはともにその「不思議のこと」に対する驚嘆の気持ちが提示されている。

さて、本話は『往生極楽記』第六話、『扶桑略記』「寛平三年夏月」の条、『私聚百因縁《しじゆひやくいんねん》集《しゆう》』巻九第三話、『元亨釈書』巻十に同話がある。前三書はほぼ同文で、巌のさまを「舌の如し」と形容し、僧正が巌を遥かに望んで三日祈念したところ、一朝雷電して巌はことごとく破砕し、その隕片が今も路傍に残っているとしている。『元亨釈書』は静観が西塔の釈迦院北庵にいた時のこととし、その南の峯の側面に大巌があり、その形が蛇のようで、口も舌も皆備わり、まさに何物かを呑もうとする形勢であった、と具体的に記している。そして、前三書とともに古老の相伝として、学侶の夭亡はこの巌に呑まれるからであると語る。そこで静観は遥かに岩を望み、歎息して、七日祈念する。その終わりの日の午《うま》の時に震雷が俄に岩を撃ち砕き、それより後、夭亡する者がいなくなったという。

静観は前話においては善龍を動かし、本話においては悪龍を退治する偉大な法力の保持者として賛嘆されているのである。

二十二（上廿二）金峯山薄打事〈金峯山《きんぶせん》の薄打《はくうち》の事〉巻二―四

今は昔、七条に薄打《はくうち》あり。御嶽詣《みたけまうで》しけり。参《まい》りて、金崩《かなくずれ》を行《ゆ》いて見《み》れば、まことの金《かね》のやうにてありけり。うれしく思ひて、件《くだん》の金を取《と》りて、袖に包《つつ》みて家に帰《かへり》ぬ。

おろして見《み》れば、きら〳〵《きらきら》として、まことの金なりければ、ふしぎの事なり《也》。この《此》金取《と》るは、神鳴《なり》、地振《ぢしん》、雨降《ふ》りなどして、すこしもえ取《と》らざんなるに、これはさる事もなし。この《此》後《のち》もこの金を取《と》りて世中《よのなか》を過《す》ぐべしと、うれしくて、秤《はかり》にかけてみれば、十八両ぞありける。これを薄《はく》に打《う》つに、七、八千枚に打《う》ちつ。これを、まろげてみな買《か》はん人もがなと思ひて、しばらく持《もち》たる程に、「検非違使《けびゐし》なる人の、東寺の仏造《つく》らむとて、薄を多《おほ》く買はんと言《い》ふ」と告《つ》ぐる者《物》ありける。

悦《よろこび》て、懐《ふところ》にさし入《いれ》て行《ゆき》ぬ。「薄や召《め》す」と言《い》ひければ、「いくらばかり（斗）持《もち》たるぞ」と問《と》ひければ、「七、八千枚ばかり候《さぶらふ》」と言《い》ひければ、「持《もち》て参《まい》りたるか」と言《い》へば、「候《さぶらふ》」とて、懐より紙に包《つつ》みたるを取出《とりいだ》したり。見《み》れば、破《や》れず、広《ひろ》く、色いみじかりければ、広《ひろ》げて数《かぞ》へんとて見《み》れば、小《ちい》さき文字にて、「金御嶽《かねのみたけ》、金御嶽〳〵」とことごと《(〳〵)》く書か《(かゝ)》れたり。心も得《(え)》で、「この《(此)》書付《(かきつけ)》は何《(なに)》の料《(れう)》の書付ぞ」と問《(ゝ)》へば、薄打、「書付も候はず。何の料《(れう)》の書付《(かきつけ)》かは候はん」と言《(い)》へば、「現《(けん)》にあり、これを見《(み)》よ」とて見《(み)》するに、薄打見《(み)》れば、まことにあり。あさましき事かな《(哉)》と思ひて、口もえあかず。検非違使、「これはただ《(ゝ)》事にあらず。やうあるべし」とて、友を呼《(よ)》び具《(く)》して、金をば看督長《(かとのおさ)》に持《(も)》たせて、薄打《(うち)》具《(く)》して、大理《(裏)》のもとへ参《(まい)》りぬ。

件《くだん》の事どもを語《(かた)》り奉《(たてまつ)》れば、別当驚《(おとろ)》きて、「早《(はや)》く河原に率《(い)》て行《ゆき》て問《(と)》へ」と言《(い)》はれければ、検非違使ども河原に行《ゆき》て、よせばし掘《(ほ)》り立《(た)》て《(ゝ)》て、身をはたらかさぬやうにはりつけて、七十度《(〳〵)》のかうじをへければ、背《(せ)》中《(なか)》は紅の練単衣《(ねりひとへ)》を水にぬらして着《(き)》せたるやうに、みさみさ《(〳〵)》となり《(成)》てありけるを、重《(かさ)》ねて獄に入《いれ》たりければ、僅《わづか》に十日ばか《(斗)》りありて死にけり。薄をば金峯山に返して、もとの所に置《(を)》きけると語《(かた)》り伝《(つた)》へたり。

それよりして、人怖《(を)》ぢて、いよいよ《(〳〵)》件《くだん》の金取《(と)》らんと思《(おも)》ふ人なし。あな、おそろし。

〈現代語訳〉

二十二　金峯《きんぶ》山《せん》の箔打のこと

今は昔のことだが、京の七条に箔打ち職人がいた。その男が金峯山詣《もう》でをした。参詣して、金崩《かなくずれ》というところを通って行って、見ると、本物の金のようなものがあった。うれしくなって、その金を取って、袖に包んで家に持ち帰った。

すりつぶして粉にして見ると、きらきらと光って、本物の金だったので、「これは不思議だ。この金を取ると、雷鳴がしたり、地震が起きたり、雨が降ったりなどして、少しも取ることができないというのに、このたびはそんなこともない。これからもこの金を取って生活しよう」と、うれしくて、秤にかけて量ってみると、十八両もあった。これを箔に打ってみると、七、八千枚にもなった。これをひとまとめにしてみんな買おう、という人がいればいいなと思い、しばらく手元に置いていると、「検非違使《けびいし》をしている人が、東寺の仏を造ろうというので、箔を大量に買おうと言っている」と教えてくれる人がいた。

喜んで懐に入れて出かけて行った。「箔をお買いになりますか」と言うと、「どのくらい持っているのか」と尋ねたので、「七、八千枚ほどございます」と言ったところ、「持参しているのか」と言うので、「ございます」と言って、懐から紙に包んだのを取り出した。見ると、破れておらず、広くて、色も見事だったので、広げて数えようとして見ると、小さい文字で、「金の御嶽《かねのみたけ》、金の御嶽」と一枚一枚全部に書いてある。何のことかわけがわからず、「この書き付けは何のための書き付けか」と聞くと、箔打の男は「書き付けなどございません。何のための書き付けなどございましょうや」と言うと、「現にある。これを見ろ」と言って見せたので、箔打の男が見ると、本当にある。驚きあきれて、口もきけない。検非違使は、「これはただ事ではない。わけがあろう」と言い、同僚を呼び寄せて、金をば看督長《かどのおさ》に持たせて、箔打の男を連れて、検非違使の長官のもとに参上した。

最前のことなどをお話し申し上げると、長官は驚いて、「早く河原につれて行き訊問せよ」と言われたので、検非違使たちは河原に行って、寄せ柱用の穴を掘り、柱を立てて、身動きできないようにはりつけて、七十回の拷問《ごうもん》を加えたので、背中は紅の練単衣《ねりひとえ》を水に濡らして着せたように、血でびしょびしょになってしまった。それをさらに牢獄に入れたので、わずかに十日ほどで死んでしまった。箔は金峯山に返して、もとのところに置いたと語り伝えている。

それからして、人は恐れて、ますます例のその場所の金を取ろうと思う人はない。ああ、恐ろしい。

〈語釈〉

○**金峯山**　奈良県吉野郡の吉野山の主峯（海抜八五八メートル）。『万葉集』巻十三、3293に「み吉野の御金《みかね》の嶽《たけ》」と詠まれ、『令義解《りようのぎげ》』（僧尼令）に「山居在二金ノ嶺《ミタケ》一者」の記事がある。古くから山岳信仰の対象とされ、山上には蔵王権現を祀《まつ》る金峯山寺と地主神を祀る金峯神社があり、祭神は金鉱の守護神である金山彦命《かなやまひこのみこと》・金山姫命《かなやまびめのみこと》と伝えられる。金精明神《こんじょうみょうじん》とも呼ばれる。第五話に出る。ちなみに「峯」は「峰」の正字で、いずれを用いてもよい。○**薄打**　箔《はく》打ち職人。金・銀などを薄くのばして箔を作る職人。○**七条**　京都の七条通。現在の京都駅正面の横大通り。仏師や金属職人が多く住んだ。第五話に「七条町」として既出。○御嶽詣《みたけもうで》　金峯山に参詣すること。○金崩《かなくずれ》　山が崩れて、そこから金を産出する場所。地名となっていたかもしれない。『東大寺縁起』に仏像を鋳出したが黄金がなく塗金できずにいた時、「爰天平十九年二月自二下野国山一崩金流出之由奏レ之。其後称二彼所一□金崩」という記事がある。○おろして見れば　削り砕いて粉にして鑑定してみると。○ふしぎの事なり《（也）》　「ふしき」は底本「ふくき」の「く」を見せ消ちにして「し」と傍書する。○世中《よのなか》を過ぐ　生活する。○十八両　「両」は重さの単位。一両は三七・五グラムに相当する。「十八両」は六七五グラム。ただし、時代により、量るものにより、地方により一定であったわけではない。○まろげて　ひとまとめにして。「まろぐ」は丸くする。ひとまとめにする。○検非違使《けびゐし》　平安初期、弘仁年中（八一〇～八二四）に設置された令外官《りょうげのかん》で、京中の犯人の検挙や風俗取締りなどを行なった。今の裁判官と警察官とを兼ね、権限は強大であった。やがて、中央にならい大和国、武蔵国、その他の国や伊勢神宮その他の神社にも置かれるようになった。しかし平安末期、武士が台頭してから次第に有名無実化した。「けびゐし」は「けんびゐし」の撥音「ん」の無表記。その官庁は検非違使庁《けびいしのちょう》または使庁《しのちょう》と称し、別当《べっとう》・佐《すけ》・尉《じょう》・志《さかん》の四等官と、その下に看督長《かどのおさ》・案主長《あんじゅのおさ》・火長《かちょう》・下部《しもべ》などの職員がいた。○東寺　金光明四天王教王護国寺の通称。京都市南区九条町にある古義真言宗の寺院。東寺造営着工の時期は明らかでないが、平安遷都に際し、羅城門の左右に西寺とともに官寺として建てられた。弘仁十四年（八二三）空海に勅賜されてから真言密教の根本道場となった。○告ぐる者ありける『書陵部本』、『版本』は「ありけり」。○何の料　何のため。「料」は「ため、ためのもの」の意。第十八話既出。○やうあるべし　わけがあるのだろう。「やう」は理由、子細、事情、わけ。○看督長《かどのをさ》　検非違使の下級職員。本来の地位は左・右衛門府の火長《かちよう》（兵士十人の長）。『弘仁式《こうにんしき》』に京中非違の検察に左右各二人の看督長が従う規定がある。検非違使の成期には四人であったが、次第に増員され、摂関期には十六人、院政期には四十～五十人になった。主な任務は獄舎の管理、囚人の看守だが、検非違使の武力の中心として、犯人の追捕、住宅の検封・捜索などに活動した。使庁の権威を笠に着て不当な暴力行為を行なうこともあった。「カトノヲサ」（『色葉字類抄』）。○大理《だいり》　底本「大裏」。『書陵部本』、『陽明本』により改める。検非違使の別当（長官）の唐名。中納言または参議で、左右衛門督あるいは兵衛督が兼任した。○河原　賀茂川の川原。当時、拷問や処刑が行なわれた。○よせばし「よせばしら」に同じ。馬などをつなぐ柱。『和名抄』に、「柳、与勢波之良、繋㆑馬柱也」。これに容疑者をしばりつけて拷問したのである。○かうじ「勘事」の音便形とする説が多いが、「七十度」とあるのを考えると「拷じ・拷事」の意とする方がよい。「拷」はむちうつこと、拷問《ごうもん》の意。「勘事」は罪を取り調べる、罪を詰問する意。○練単衣《ねりひとえ》　練絹《ねりぎぬ》の一重の着物。練ってしなやかにした薄い着物。「練絹」は布を砧《きぬた》で打ったり、灰汁《あく》で煮たりして柔らかくした絹。生絹《すずし》の対。○みさみさ　ひどく濡れた様子。ぐしゃぐしゃしたさま。ビショビショ。

〈参考〉

金峯山は『万葉集』にも「み吉野の御金の嶽」と詠まれ、また『三宝絵』(下二二)にも東大寺の大仏に塗装する金を求めて、「ツテニキク、此山《このやま》ニ金アリト。願ハ分給《わかち》ヘ」と蔵王《ざおう》権現に祈願する話がある。それに対して蔵王は「此山ノ金ハ弥勒ノ世ニ用《もちゐ》ルベシ。我ハ只守ルナリ、分ガタシ」と断っている。金と関係が深い山とされるが、実際に金が産出したかどうかは不明である。

平安時代になると、清和・宇多両上皇の巡礼登山以来、金峯詣でが盛んになり、寛弘四年(一〇〇七)には道長も登拝。また頼通、師通の登山、埋経など、貴賤をわかたずさかんになった。この箔打の男も都からはるばる御嶽詣でをしたのだから、並の信心ではなかったろうが、欲に裏打ちされた利益信心だったから、身を亡ぼす結果となったのである。話の運びも迫真性があり、いかにも実話めいているが、神罰の畏怖と悪行へのいましめを語る——「あな、おそろし」の話である。しかし、考えてみれば箔打の男も、金峯山詣でをしなければ、このような目に遭わなかったのだから、何か、はめられた感があり、すっきりしない。御嶽の神もひどいではないかと言いたいところだが、出来心にせよ、欲心を起こしてはいけないという戒めの話と考えるのがよいだろう。

二十三（上廿三）用経荒巻事〈用経《もちつね》、荒巻《あらまき》の事〉巻二—五

今は昔、左京の大夫《（かみ）》なりける古《（ふる）》上達部《かんだちめ》ありけり。年老《おい》ていみじうふるめかしかりけり。下《（しも）》わたりなる家に歩《（あり）》きもせで籠《（こも）》りゐたりけり。その司《（つかさ）》の属《（さくわん）》にて、紀用経《きのもちつね》といふ者《（物）》有《あり》けり。長岡になん住《すみ》ける。司の　目《（め）さくわん》なれば、この大夫《（かみ）》のもとにも来《（き）》てなんおとつりける。

この《（此）》用経、大殿に参《（まい）》りて、贄殿《（にゑ）》にゐたるほどに、淡路守《あはぢのかみ》頼親《（よりちか）》が《（こ）》鯛の荒《（あら）》巻を多《（おほ）》く奉《（たてまつ）》りたりけるを、贄殿にもて参《（まい）》りたり。贄殿《（にゑ）》の預《（あつかり）》義澄《（よしすみ）》に、二巻《（まき）》用経乞《（こ）》ひ取《（と）》りて、間《（ま）》木にささげ《（こ）》て置《（を）》くとて、義澄《（よしすみ）》にいふやう、「これ、人して取《（と）》りに奉《（たてまつ）》らん折《（おり）》に、おこせ給へ」と言《（い）》ひ置《（を）》く。心の中《（うち）》に思《おもひ》けるやう、これわが司の大夫《（かみ）》に奉《（たてまつ）》りて、おとつり奉《（たてまつ）》らん、と思《おもひ》て、これを間木《（まき）》にささげ《（こ）》て、左京の大夫《（かみ）》のもとに行《（い）》きて見《（み）》れば、かんの君、出居《（いでい）》に客人《（まらうと）》二、三人ばかり来《（き）》て、あるじせんとて、ちくはら《（地火炉）》に火おこしなどして、我《わが》もとにて物食《（く）》はんとするに、はかばかしき魚もなし。鯉、鳥などようありげなり。

それに用経が申《まうす》やう、「用経《（もちつね）》がもとにこそ、津の国なる下人《げにん》の、鯛の荒巻《（あらまき）》三《みつ》もてま

うで来《き》たりつるを、一巻《まき》食《た》べ試《心》み侍《はべり》つるが、えもいはずめでたく候《さふら》ひつれば、今二巻《まき》はけがさで置《を》きて候《さふら》ふ。急《いそ》ぎてまうでつるに、下人の候はで、持《も》て参《まい》り候はざりつるなり《也》。ただ《ゝ》今《いま》取《と》りに遣《つか》はさんはいかに」と声《こゑ》高《たか》く、したり顔《かほ》に袖をつくろひ《い》て、口《くち》脇《わき》かいのごひなどして、ゐあがり覗《のぞ》きて申せば、大夫《かみ》、「さるべき物のなきに、いとよき事かな。とく取《と》りにやれ」とのたまふ《給》。客人《まらうと》どもも《ゝ》、「食《く》ふべき物の候《さふら》はざめるに、九月ばかり《斗》の事なれば、こ《此》のご《比》ろ鳥の味《あぢ》はひいとわろし、鯉はまだ出《い》で来《こ》ず。よき鯛は奇異《きい》の物なり《也》」など言《い》ひ合《あ》へり。

〈現代語訳〉

二十三　用経《もちつね》の荒巻《あらまき》のこと

今は昔のことだが、左京職の長官をしている古参の公卿がいた。年をとって、ひどく老け込んでいた。下京のあたりの家に出歩きもせず、閉じ籠っていた。その役所の四等官で、紀《きの》用経《もちつね》という者がいた。長岡に住んでいた。その役所の四等官なので、この長官のところにも来てご機嫌をとっていた。

この用経が宇治殿に伺って贄殿《にえどの》にいた時に、淡路守頼親《あわじのかみよりちか》が鯛《たい》の荒巻をたくさん献上したのを贄殿に持って来た。贄殿の管理人の義澄《よしずみ》に、用経は二巻《ふたまき》もらい受けて、長押《なげし》の上の棚にのせて置いて、義澄に、「これを使いの者を取りにうかがわせた時に渡して下さい」と言いおいた。心の中で、これをわしの役所の長官に差し上げて、ご機嫌をとろうと思い、これを棚にのせて、長官の邸《やしき》に行って見ると、長官殿は、客間に客人が二、三人ほど来ていて、御馳《ごち》走《そう》をしようとして、いろりに火をおこしたりして、自分の家で食事の用意をはじめたが、これといった魚もない。鯉か鳥などがあればいいのだがといった様子である。

そこで用経が申し出た。「用経のところに、摂津国《せつつのくに》の召使いが、鯛の荒巻を三つ持って参りました。ためしに一巻《ひとまき》食べてみましたところ、実においしゅうございましたので、あとの二巻は手をつけずに置いてございます。急いで参上いたしましたので、あいにく下人もおりませんで、お持ちいたしませんでした。ただ今すぐに取りにやろうと存じますが、いかがでございましょう」と声を張り上げて、得意顔で袖をつくろい、口の脇を拭いたりして、坐ったまま伸び上がり、覗《のぞ》き込んで申し上げると、長官は、「適当な物がない折に、それは大変結構。急いで取りにやれ」とおっしゃる。客人たちも、「いい食い物がないようなこの時期、九月ごろのこの季節では、鳥の味もまことによくない。鯉はまだ出ていない。立派な鯛とはめずらしいですな」などと言い合っている。

〈語釈〉

○左京の大夫　左京職《しき》の長官。左京職は平安京の朱雀大路より東の地域の戸籍、租税、訴訟、警察などをつかさどる役所。大夫はそこの長官。従四位相当官。音読みの場合は「ダイブ」。「タイフ」と読むと別の意になる。○**古上達部**《ふるかんだちめ》　上達部として年数を経た者。第二十話既出。上達部は公卿《くぎよう》の異称。摂政・関白・大臣と大・中納言・三位以上および四位の参議。○**下わたり**　下京のあたり。○**司**《つかさ》**の属**《さくわん》　左京職の四等官。大・少があり、大属は八位上、少属は八位下。○**紀用経**《きのもちつね》　伝未詳。『今昔』は「紀《き》ノ茂経《もちつね》」とする。○**長岡**　京都府長岡京市。京都の西南の郊外にあたる。平安京以前、一時都があった。『今昔』は「長岳《ながおか》」。○**目**《さくわん》　底本「め」。四等官であるが、官によって字が違い、左京職の「職」には「属」の字を用いる。「目《さかん》」は国司の四等官（大・少）に用いる字であるが、本書の筆者はここに流用している。○**おとつりける**　『陽明本』は「おこつりける」、『今昔』は「棍《おこつり》ケル」。「おこつる」はご機嫌をとる意。仮名は「お」「を」両用。○**大殿**　貴人の邸。『今昔』は「宇治殿」とする。すなわち藤原頼通とするに従う。○**贄殿**《にゑどの》　貴族の家で、魚や鳥などの食物を納めておいたり、食物を調理したりするところ。○**淡路守頼親**《あはぢのかみよりちか》　淡路国の国守源頼親。多田満仲の次男。大和源氏の祖。大和・周防・淡路・信濃等数ヵ国の受領を歴任。大和守には三度就任し、大和国に大勢力を持った。摂津国には居宅があり、所領も多かったので、そのためにかえって摂津守任官はできなかった。晩年、三度目の大和守の時、子息の頼房が興福寺大衆と合戦し、それがもとで永承五年（一〇五〇）頼親は土佐に配流された。○**荒巻**　藁《わら》やこもなどで巻き包んだ魚。○**預**　底本「あつかり」。管理者。○**義澄**　底本「よしすみ」。『今昔』の表記に従う。伝未詳。○**間木**《まき》　長押《なげし》の上に設けた棚。○**おこせ給へ**　渡して下さい。「おこす」は他動詞下二段。第六十九話には四段活用の例がある。後には次第に四段活用が優勢になる。○かんの君「かみ（大夫）の君」の撥音便。左京大夫。○出居《いでゐ》 客間。応接間。寝殿造の母屋の、南の庇の間に設けられた。「でゐ」ともいう。○客人《まらうと》 「稀人《まれひと》」の意。すなわち常に家に居らぬ人の意から。客。「と」は清音。近代から濁る。○あるじせん 「あるじす」は客をもてなすこと。ごちそうする。○ちくはら 傍注に「地火炉《ちかろ》」とある。『書陵部本』、『陽明本』は「ちくわら」で、いずれも同様の傍記がある。『版本』、『今昔』は「地火炉」。「地火炉」は囲炉裏《いろり》の類。○津の国 摂津の国。大阪府および兵庫県の一部。その面している海は鯛のよい漁場でもあり、先述のように源頼親はそこに居宅と多くの所領を有していた。○下人《げにん》 下男、しもべ。第十八話既出。○したり顔 得意顔。○ゐあがり 『陽明本』「ゐのあかり」（「の」は見せ消ち）。ひざまずいて腰を浮かし、伸び上がったさま。○鳥 雉《きじ》や山鳥などの野鳥。脂がのっておいしくなるのは冬。○鯉 鯉も冬の食物。○奇異の物 めずらしい物。

用経、馬控《(ひか)》へたる童《わらは》を呼《(よ)》び取《(と)》りて、「馬をば御門の腋《わき》につなぎて、ただ《(ゝ)》今《(いま)》走《はしり》て、大殿に参りて、贄殿の預《(あつかり)》の主《(ぬし)》に、『その置《(を)》きつる荒《(あら)》巻ただ《(ゝ)》今《(いま)》お《(を)》こせ給へ』とささ《(ゝ)》めきて、時かはさず持《(も)》て来《(こ)》。ほかに寄《(よ)》るな。とく走《(はし)》れ」とてやりつ。さて、「まな板洗《あら》ひて持《も》て参《まゐ》れ」と声《こゑ》高《たか》く言《い》ひて、やがて、「用経、今日《けふ》の包丁《はうちやう》は仕《つか》まつらん」と云《いひ》て、真魚箸《まなはし》削《けづ》り、鞘《さや》なる刀抜《ぬ》いて設《まう》けつつ、「あな久し、いづら、来《き》ぬや」など、心もとながりゐたり。「遅《をそ》し遅《〳〵》し」と言《い》ひゐたる程に、やりつる童、木の枝に荒巻《あらまき》二《ふたつ》結《ゆひ》つけて持《も》て来《き》たり。「いとかしこく、あはれ、飛《と》ぶがごと走《はしり》てまうで来《き》たる童かな」とほめて、取《と》りて、まな板の上にうち置《を》きて、ことごと《〳〵》しく大鯉作《つく》らんやうに、左右の袖つくろひ、くく《ゝ》りひき結《ゆ》ひ、片膝《かたひさ》立《た》て、今片膝《かた》伏《ふ》せて、いみじくつきづき《〳〵》しくゐなして、荒巻《あら》の縄《なは》をふつふつ《〳〵》と押《を》し切《き》りて、刀して藁を押《ゝ》し開《ひら》くに、ほろほろ《〳〵》と物どもこぼれて落《お》つる物は、平足駄《ひらあしだ》、古《ふる》ひきれ、古草鞋《ふるわらうつ》、古沓《くつ》、かやうの物のかぎりあるに、用経あきれて、刀も真魚箸《まなはし》もうち捨《す》てて《ゝ》、沓もはきあへず逃《にげ》ていぬ。

左京の大夫《かみ》も客人《まらうと》も、あきれて、目も口もあきてゐたり。前なる侍どもも《ゝ》あさましくて、目《め》を見《み》かはしてゐなみたる顔《かほ》ども、いとあやしげなり。物食《く》ひ、酒飲《の》みつる遊《あそ》びも、みなすさまじくなり《成》て、一人《ひとり》立《た》ち、二人《ふたり》立《た》ち、みな立《たち》ていぬ。左京の大夫《かみ》のいはく、「このをのこをば、かくえもいはぬ物狂《ものくるひ》とは知《し》りたりつれども、司のかみとて来睦《きむつ》びつれば、よしとは思はねど、追《をう》ふべき事もあらねば、さと見《み》てあるに、かか《(こ)》るわざをして謀《(はか)》らんをば、いかが《(こ)》すべき。物あしき人ははかなき事につけても《(こ)》かかるなり《(也)》。いかに世の人聞《(き)》き伝《(つた)》へて、世《(よ)》の笑《(わら)》ひぐさにせんとすらん」と、空を仰《(あふ)》ぎて嘆《(なけ)》き給ふ事かぎりなし。

〈現代語訳〉

用経は馬の手綱《たづな》を取っている童《わらわ》を呼び寄せ、「馬を御門の脇につないで、今すぐ走って宇治殿のお邸に行き、贄殿の管理人に、『あの置いておいた荒巻を今すぐ渡して下さい』と耳打ちして、すぐに持って来い。ほかに寄り道するな。早く走って行け」と言って取りにやった。それから、「まな板を洗って持って参れ」と声高《こわだか》に言って、すぐに、「今日の料理は用経がいたしましょう」と言い、真魚箸《まなばし》を削り、鞘《さや》から庖丁を抜いて用意しながら、「ああ、だいぶ手間どる。どこに行ったのか。帰って来たか」などと、待ち遠しがっていた。「遅い、遅い」と言っているうちに、使いにやった童が、木の枝に荒巻を二つ結びつけて持って来た。「偉いぞ。やあ、飛ぶように走って行って来たなあ」とほめて、受け取って、まな板の上に置き、仰々しく大鯉でも料理するように、左右の袖を整え、括《くく》り紐を引きしめ、片膝を立て、もう一方の膝を伏せて、いかにも大鯉を調理するのにふさわしいように構えて、荒巻の縄をぶつぶつと押し切り、庖丁で藁《わら》を押し開くと、ばらばらっと、いろいろな物がこぼれ落ちて来た。歯の低い下駄《げた》、古草履《ふるぞうり》、古《ふる》わらじ、古沓《ふるぐつ》、そんなものばかりだった。用経はあつけにとられて、庖丁も真魚箸《まなばし》もほうり出し、沓を履くのもそこそこに、あわてて逃げて行ってしまった。

左京の大夫も客人もあきれて、目も口もぽかんと開けたままだった。前に控えている侍どももびっくりして、互いに目を見かわして居並んでいる顔といったら、何とも珍妙である。食ったり、酒を飲んだりの遊宴もすっかり興ざめしてしまって、一人立ち、二人立ち、皆立ち去って行く。左京大夫が言うには、「この男を、こんなお話にならない阿呆者《あほうもの》とは知っていたが、自分を役所の長官と立てて、よくなついて来ていたので、よいとは思わないが、追い払うほどのこともないので、それはそれとして見ていたが、こんなひどいことをして人をだますとは、どうしたらよかろう。自分のように運の悪い者は、ちょっとしたことにつけてもこんな目に遭うのだ。どんなふうに世間の人が聞き伝えて、物笑いの種にすることだろう」と、空を仰いでしきりと嘆かれる。

〈語釈〉

○預の主に　「に」は底本「こ」を見せ消ち、「に」と傍記。**○時かはさず**　時を移さず。「かはす（変はす）」は時について用い、多く打消しの助動詞を伴う。移す、変えるの意。**○まな板**　真魚板。魚や鳥を庖丁で料理する時の板。**○包丁**　料理人。「庖」は台所、調理場の意。「丁」は使丁などの丁で、その仕事に従う人の意。また中国古代の有名な料理人の固有名詞とする説もある。『荘子』（養生主）に、「庖丁、為㆓文恵君㆒解㆑牛」として、文恵君のために、上手に牛を解体した話がある。転じて料理、料理用の刀「庖丁刀《ほうちょうがたな》」の略となる。料理には種々の作法があった。「園の別当入道は、さうなき庖丁者なり。……皆人、別当入道の庖丁を見ばやと思へども」（『徒然草』二百三十一段）。○**真魚箸《まなばし》**　魚を料理する時に使用する箸。昔は木箸、後には竹や鉄製のものになった。調理人は魚を素手で扱わず、この真魚箸で取り扱うのが作法であった。○**いづら、来ぬや**　いったいどこまで行ったというのだ。帰って来たか。「いづら」は「どこか」という意の指示代名詞。不定称だが、期待する行為が実現しない、期待がはずれた場合の疑惑の情がこめられた語という。「来ぬや」の「ぬ」は完了の助動詞。○**心もとながる**　待ち遠しがる。○**ことごとしく**　ぎょうぎょうしく。○**くくりひき結ひ**　袖のくくり紐を引き締めて。○**つきづきしくゐなして**　いかにもたいそうな料理をするのにふさわしい恰好で構えて。「つきづきし」は似つかわしい、ふさわしい意。この辺り、用経の得意になって大げさに料理する様子を表わす。「ゐなして」の「なす」（接尾語）は、「ことさらに……する」、「……しないでもいいのにと思っているのに……する」の意を表わす語。○**平足駄**　歯の低い下駄。高足駄の対。ここは歯のすり減ってぺたんこになった下駄のことであろう。○**古ひきれ**　古い尻切れぞうり。『版本』など流布本系諸本は「しきれ」、古本系諸本は「ひきれ」、『今昔』は「尻切」。爪先の部分の幅が広く、かかとに当たる後ろの部分をせまく編んだわら草履。また、後ろの方が切れた尻の短い草履。尻の短いのは速く歩くためであるという。○草鞋《わらうづ》　「わらうづ」は「わらぐつ」の変化したもの。わらで作った履物。○あさましくて　あまりのことにあきれて。第三・十七話等多出。○ゐなみたる　居並んだ。○すさまじくなりて　興ざめて。つまらなくなって。○物狂《ものくるひ》　『書陵部本』「しれ物くるひ」。『版本』「しれものくるひ」。気が狂った者め、馬鹿なやつめ。○さと見てあるに　そのままにして見ていたが。『今昔』は「只来レバ来ルト見テ有ツル也」。○物あしき人　①運の悪い人。ついてない者（左京の大夫自身）、②「下種《げす》な人」とする説（『全註解』）がある。ここは①に従う。○せんとすらん　『版本』「せんずらん」。

用経は馬に乗《のり》て、馳《(は)》せ散《(ち)》らして、殿に参《まゐり》て、贄殿《(にゑ)どの》の預《(あつかり)》義澄《(よしすみ)》にあひて、「この《(此)》荒《(あら)》巻《まき)》をば惜《(お)》しとおぼさば、おいらかに取《(と)》り給《たまひ》てはあらで、かか《(ゝ)》る事をしいで給へる」と泣《(な)》きぬばかりに恨《(うら)》みのの《(ゝ)》しる事かぎりなし。義澄《(よしすみ)》がいはく、「こは、いかにのたま《(給)》ふ事ぞ。荒巻《(あらまき)》は奉《(たてまつ)》りて後、あからさまに宿《(やと)》にまかりつとて、お《(を)》のがを《(お)》のこに言《(い)》ふやう、『左京の守の主《(ぬし)》のもとから、荒巻取《(と)》りにお《(を)》こせたらば、取《とり》て使に取《(と)》らせよ』と言《(い)》ひ置《(を)》きて、まかでて《(ゝ)》、ただ《(ゝ)》今帰《かへり》参《(まい)》りて見《(み)》るに、荒巻《(あらまき)》なければ、『いづち去《(い)》ぬるぞ』と問《(と)》ふに、『しかじか《(〳〵)》の御使ありつれば、のたま《(給)》はせつるやうに、取《(と)》りて奉《(たてまつ)》りつる』と言《(い)》ひつれば、『さにこそはあんなれ』と聞《(き)》き《(ゝ)》てなん侍る。事のやうを知《(し)》らず」

と言《い》へば、「さらば、かひなくとも、言《い》ひ預《あつ》けつらん主を呼《よ》びて問《とひ》給へ」と言《い》へば、男を呼《よ》びて問《と》はんとするに、出《い》でて去《い》にけり。膳部《かしはで》なる男が言《い》ふやう、「おのれらが部屋《へや》に入《いり》ゐて聞《きこ》きつれば、この若主《わかぬし》たちの、『間木《まき》にささげられたる荒巻《あらまき》こそあれ。こは誰《た》が置《を》きたるぞ。なんの料《れう》ぞ』と問ひつれば、誰《たれ》にかありつらん、『左京の属《さくはん》の主のなり《也》』と言《い》ひつれば、『さては、ことにもあらず、すべきやうあり』とて、取《と》りおろして、鯛をばみな切《き》り参《まい》りて、かはりに、古尻切《ふるしりきれ》、平足駄《ひらあしだ》などをこそ入《いれ》て、間木《まき》に置《を》かると聞《きこ》き侍《はべり》つれ」と語《かた》れば、用経聞《きき》て、叱《しか》りののしる事かぎりなし。この声を聞《きこ》きて、人々、「いとほし」とは言《い》はで、笑《わらひ》ののしる。用経しわびて、かく笑《わら》ひののしられんほどは、ありかじと思《おも》ひて、長岡の家に籠《こも》りゐたり。その《其》後、左京の大夫《かみ》の家にもえ行《い》かずなりにけるとかや。

〈現代語訳〉

用経は馬に乗って、むちゃくちゃに走らせて大殿に参り、贄殿の管理人の義澄に会い、「この荒巻をくださるのが惜しいと思われるなら、穏当なやり方でお取りになればいいのに、こんなひどいことをなさるとは」と、泣かんばかりに恨み、大騒ぎしまくる。義澄は「これは、いったい何を言われる。荒巻は差し上げてから、ちょっと宿に下ろうと思って、下部《しもべ》の男に『左京の長官殿のところから、荒巻を取りによこしたなら、取って使いの者に渡せ』と言い置いて、退出して、たった今帰って来て見ると、荒巻がないので、『どこへやったのか』と聞くと、『これこれのお使いが来たので、仰せのとおり取って差し上げました』と言ったので、『なるほど、そうだったのか』と聞いて思っていた次第です。それ以外に事情はわかりません」と言う。「それなら、今さらしかたがないにしろ、その頼んで預けたとかいう男を呼んで聞いて下さい」と言うと、男を呼んで尋ねようとするが、その男は出て行ってしまっていた。食膳を扱う男が言うには、「わたくしどもが部屋の中にいて聞いておりましたら、この邸《やしき》の若い侍たちが、『棚にのっている荒巻があるぞ。これは誰が置いたのだ。何のためだ』と尋ねましたら、誰だったでしょうか、『左京職《しき》の属《さかん》の君のだ』と言いました。すると『それじゃ、かまわん。こうしてやろう』と言って、取りおろして、鯛《たい》をみな切って食べ、その代わりに古草履や下駄などを入れて、棚に置かれるという話でした」と語ると、用経はそれを聞いて大声を上げて怒りまくった。この声を聞いて人々は「気の毒に」とは言わず、かえってわいわい笑い合った。用経はどうしてよいかわからなくて、このように笑い騒がれる間は出歩くまいと思い、長岡の家に閉じ籠っていた。その後は、左京職の長官の家にも行かれなくなってしまったとかいうことだ。

〈語釈〉

○おいらかに　形容動詞。穏やかに。○あからさまに　ちょっと。○膳部《かしはで》　食膳のことをつかさどる人。「膳《かしは》」は古来カシワの葉で食器を作ったところからいう。「部《で》」は人の意。○若《わか》主《ぬし》たち　若い人、男たち。『今昔』は「此ノ殿ノ若キ侍ノ主《ヌシ》タチノ勇ミ寵《オゴリ》タル」とする。この邸の若い侍連中である。○ことにもあらず　何のこともない。たいしたこともない。○しわびて　為佗《しわ》びて。処置に苦しんで。途方に暮れて。

〈参考〉

『今昔』巻二十八第三十話と同話。本話は笑話の一面を持っているが、世間の冷たい現実の一面をも覗かせる話である。中心人物は、当時の小役人の紀用経。それに対するに用経の上司である古上達部の左京大夫某である。この両者が世間の物笑いの種となった話である。

用経はいつの世にもいる調子のよいごますり男で、何とかして役所の長官に取り入ろうと日夜腐心している。たまたま手に入れた鯛の荒巻で、早速、長官殿に「おとつり奉らん」と喜び勇んだ。一方、長官は「年老ていみじうふるめかし」い、「古上達部」で、下京の辺にある家に「歩きもせで籠りゐ」る男である。常日頃自分を「物あしき人」と考え、身の不遇をかこっている人物だから、実際にはいかに用経が取り入ってもたいした見返りは期待できるはずもないのだが。

その大夫の邸に二、三の客人があった。隆盛な家には人の出入りが盛んだが、「歩きもせで籠りゐ」る老人の館に訪問客などはめずらしい。長官は喜んだであろうが、さて御馳走をふるまうにも、これといったものがない。そこに用経が鯛の荒巻を持って来ると申し出たのだから、渡りに舟で、主客共に大喜び。長官は「いとよき事かな。とく取りにやれ」とのたまう。用経は得意になって、料理の仕度をし、さて、持って来させた荒巻をほどくと、とんでもない汚いものばかりがこぼれ出る。

　これはまさに一篇の笑い話ではある。しかし用経にとっても、左京大夫にとってもこれは悲劇である。この大失態に客人たちはいたたまれず、こそこそと帰って行く。仕えている侍どももどうしてよいかわからず、顔を見合わせるばかりである。左京大夫は用経が自分を馬鹿にしてたくらんだものと思い込み、世間の笑い物になることをひたすら嘆く。一方、用経は大殿の邸に馬で駆け込んで怒り狂うが、結局は邸の若侍どもに馬鹿にされ、悪質ないたずらにひっかかったことになる。この気の毒な事態に人々はかえって大笑いしたというのである。その後、用経は家に閉じ籠り、ついに長官の家にも行けなくなってしまう。本話は前半の用経の威勢のよさと、後半の逼塞状況の対照があざやかに描けており、他の登場人物もそれぞれに活写されているが、人の不幸をおもしろがり、笑うという、いつに変わらぬ人間性の負の一面をも覗かせる一篇である。

二十四（上廿四）厚行死人ヲ家ヨリ出ス事〈厚行《あつゆき》、死人《しにん》を家《いへ》より出《いだ》す事〉巻二―六

昔《（むかし）》、右近将監下野厚行《うこんのしやうげんしもつけのあつゆき》といふ者《（物）》ありけり。競馬《けいば》によく乗《（の）》りけり。帝王《みかど》よりはじめ

まゐ《(い)》らせて、おぼえことにすぐれたりけり。朱雀院《しゆじやくのゐん》の御時より村上《むらかみ》の御門《みかど》の御時なんどは、盛《さかり》にいみじき舎人《とねり》にて、人もゆるし思《おもひ》けり。年たかくなりて、西京《にしのきやう》に住《(す)》みけり。

隣なりける人、俄《にはか》に死《しに》けるに、この《(此)》厚行とぶらひに行《ゆき》て、その《(其)》子にあひて、別《わかれ》の間《あひだ》の事ども《(共)》とぶらひけるに、「この《(此)》死《しに》たる親を出《いだ》さんに、門《かど》あしき方にむかへり。さればとて、さてあるべきにあらず。門よりこそ出すべき事にてあれ」と言《(い)》ふを聞き《(きゝ)》て、厚行が言《(い)》ふやう、「あしき方より出《(いた)》さん事、ことに然《しかる》べからず。かつは、あまたの御子たちのため、ことにいまはしかるべし。厚行がへだての垣をやぶりて、それより出《いだ》し奉《(たてまつ)》らん。かつは、生《(い)》き給《たまひ》たりし時、ことにふれて情《なさけ》のみありし人なり《(也)》。かか《(ゝ)》るを《(お)》りだにも、その恩を報じ申さずは、なにをもてか報《(むく)》ひ申さん」と言《(い)》へば、子どもの言《(い)》ふやう、「無為《ぶゐ》なる人の家より出さん事、あるべきにあらず。忌《いみ》の方《かた》なり《(成)》とも、我《わが》門よりこそ出《(いた)》さめ」といへども、「僻事《ひがこと》なし給《たまひ》そ。ただ《(ゝ)》厚行が門より出し奉《たてまつら》ん」と言《(い)》ひて帰《かへり》ぬ。

我《わが》子どもに言《(い)》ふやう、「隣の主《(ぬし)》の死《しに》たる、いとほ《(お)》しければ、とぶらひに行《ゆき》たりつるに、あの子どもの言《(い)》ふやう、『忌の方なれども、門は一《ひとつ》なれば、これよりこそ出《(い)》ださめ』とわびつれば、いとほ《(お)》しく思ひて、『中の垣を破《やぶり》て、我門より出し給へ』と言《(い)》ひつる」と言《(い)》ふに、妻子ども聞き《(きゝ)》て、「不思議《(儀)》の事し給《たまふ》親かな《(哉)》。いみじき穀断《(た)》ちの聖《ひじり》なりとも、かか《(ゝ)》る事する人やはあるべき。身思はぬと言《(い)》ひながら、我家の門より隣の死人出す人やある。かへすがへす《(返々)》もあるまじき事なり《(也)》」とみな言《(い)》ひあへり。厚行、「僻事な言《(い)》ひあひそ。ただ《(ゝ)》厚行がせんやうにまかせてみ給へ。物忌し、くすしく忌《(い)》むやつは、命もみじかく、はかばか《(〳〵)》しき事なし。ただ《(ゝ)》物忌《(い)》まぬは、命《(いのち)》も長《(なか)》く、子孫もさかゆ。いたく物忌《(い)》み、くすしきは人と言《(い)》はず。恩を思《おもひ》しり、身を忘《(わす)》るる《(ゝ)》をこそ人とは言《(い)》へ。天道《てんたう》もこれをぞ恵《(めく)》み給《たまふ》らん。よしなきことな言《(い)》ひあひそ」とて、下人《げにん》どもも呼《(よ)》びて、中の檜垣《ひがき》をただ《(ゝ)》こぼちにこぼちて、それよりぞ出させける。

さて、その事世に聞《(き)》こえて、殿原《とのばら》もあさみほめ給ひけり。さてその《(其)》後、九十ばかり《(斗)》まで保《(たも)》ちてぞ死《しに》ける。それが子どもにいたるまで、みな命長《(なか)》くて、下野氏の子孫は、舎人《とねり》の中にもおぼえあるとぞ。

〈現代語訳〉

二十四　厚行が死人を家から出すこと

昔、右近将監《うこんのしょうげん》の下野厚行《しもつけのあつゆき》という者がいた。競馬によく出場する名騎手だった。天皇をはじめ、上の方々の信任が特に厚かった。朱雀院の御代から村上帝の御代にかけては、全盛期でならした舎人《とねり》として、世人も認めていた。年をとってからは西の京に住んでいた。

隣に住んでいた人が急死したので、この厚行が弔問に行き、その子に会って、亡くなった時の模様などを尋ねたりして、悔やみを述べたりした時、その子が「この死んだ父を送り出すのに、門が悪い方角に向いているのです。そうかといって、このままにしておくわけにもいきません。やはり門から出さねばなりません」と言う。それを聞いて厚行が、「悪い方角から出棺するとは、それはまことにまずい。そのうえ、大勢のお子さん方のためにいかにも不吉なことです。わたしの家との境の垣根を壊して、そこからお出ししましょう。そのわけは、御存命中は何かにつけてお心をかけて下さった方です。せめてこういう時だけでも、その御恩返しをしなくては、何をもって御恩返しができましょう」と言った。故人の子は「何事もない人の家から出棺するなどとは、とんでもないことです。不吉な方角でも、わたしの家の門から何としても出します」と言ったが、厚行は「まずいことをなさいますな。どうでもわたしの家の門からお出ししましょう」と言って帰った。

さて厚行は自分の家の子供に言った。「隣の主人が亡くなり、気の毒なので弔問に行ったところ、そこの子供が言うには、『方角が悪いが、門は一つなので、そこから出棺します』と嘆いたので、不憫《ふびん》になり、『わたしの家との境の垣根を壊して、わたしの家の門からお出しなさい』と言ってきたよ」と話すと、妻子たちはそれを聞いて、「お父さんは不思議なことをなさるのね。いくら立派な穀断ちの聖でも、こんなことをする人がいるでしょうか。いくらわが身を考えないとはいっても、自分の家の門から隣の死人を送り出す人がおりましょうか。どう考えても、とんでもないことです」と口をそろえて言い合った。厚行は、「まちがったことを言い合うなよ。ただわしがするとおりにまかせておいてごらん。物忌みをし、頑固にかつぐやつは命も短く、たいしてよいこともない。ただ、あまり気にしない人は命も長く、子孫も栄えるものだ。やたらと物を忌み、頑固なのはまともな人とはいえない。恩を思い知り、わが身を忘れて恩を返す者こそ人というものだ。天の神もこういう人をお恵み下さるだろう。つまらぬことを言い合うなよ」と言って、下人どもを呼んで、境の檜垣《ひがき》をどんどん壊して、そこから死人を運び出させた。

ところで、そのことが世間の評判になって、上司の方々もあきれたりおほめになったりした。それからその後、厚行は九十歳ぐらいまで生き長らえて死んだ。その子供に至るまでみな長命で、下野《しもつけ》氏の子孫は舎人《とねり》の中でも評判がよいということだ。

〈語釈〉

○**右近将監**《うこんのしやうげん》　右近衛府《うこのえふ》の三等官。近衛府は「六衛府」の一つで、左右に分かれ、内裏内郭諸門の守護・行幸の供奉《ぐぶ》をつかさどる役所。○**下野厚行**　『江家次第《ごうけしだい》』（十九）、『今昔』、『地下家伝《じげかでん》』（十五）は「敦行」と表記する。生没年未詳。朱雀・村上朝に活躍した近衛舎人。『地下家伝』は左近衛将監とする。馬術の名手。○競馬　くらべうま、こまくらべ。二頭の馬を走らせて、その遅速で勝負を決める競技。もと毎年五月の節会《せちえ》に、天覧の下に武徳殿左右近《さうこんの》馬場《ばば》で行なわれた公事《くじ》。騎者は左右の近衛、随身《ずいじん》から選ばれた。○朱雀院　第六十一代天皇（延長元年〈九二三〉〜天暦六年〈九五二〉）。醍醐天皇の十一男。母は藤原基経の女《むすめ》、穏子《やすこ》。延長八年（九三〇）八歳で即位。天慶九年（九四六）村上帝に譲位。○村上の御門《みかど》　第六十二代天皇（延長四年〈九二六〉〜康保四年〈九六七〉）。醍醐天皇の十四男。朱雀天皇の同母弟。天慶九年（九四六）二十一歳で即位。その治世はのちに醍醐天皇の治世とともに延喜・天暦の聖代と称され、平安朝の理想的な盛時とされた。○舎人《とねり》　天皇や皇族などに仕えて護衛や宿直に当たり、雑役にたずさわる下級官人。ここでは、近衛府の下級官吏。『今昔』には「下毛野ノ敦行ト云フ近衛舎人」とある。○西京《にしのきやう》　朱雀大路より西側の一帯。右京。○別《わかれ》の間《あひだ》の事ども　死別の時のことなど。『今昔』「死ノ間ノ事共」。○門あしき方　門の方位が葬式を出すのに悪い方角。陰陽道でいう不吉な方位に当たっていること。○さてあるべきにあらず　「さてある」はそのままでいる意。そのままの状態でいるわけにはいかない。即ち、死体をそのまま家に置いておくわけにはいかない。○かつは　副詞。一つには。理由の一つとしては。○いまはしかる　「いまはし」は不吉でいやなこと。○報《むく》ひ　中世以降、「むくゆ」（ヤ行上二）から転じてハ行上二・ハ行四段活用も認められる。ここはそのいずれか不明。この用法は第九十二話等、他の箇所にもある。○無為　無異。異状のないこと。平穏。無事。○**忌**《いみ》**の方**《かた》　忌むべき方角。凶の方角。○**僻事**《ひがごと》　間違ったこと。○**わびつれば**　嘆いたので。困っていたので。『書陵部本』「いひつれば」。『版本』「云つれば」。○**不思議**　常識では考えられないようなこと。『今昔』「希有《ケウ》ノ事」。○**穀断ちの聖**　修行や立願などのために穀類を食べず、木の実などを食する高徳の僧。第百四十五話に出る。○**くすしく忌むやつ**　かたくなに物忌み（凶兆異変のあった時やある種の日時、方角を避けるために家にこもること）するやつ。「くすし」は几帳面すぎること。頑固なさま。○**恩を思**《おもひ》**しり、身を忘るるをこそ人とはいへ**　これと同様の思想が第九十二話「五色の鹿の事」にある。「恩を知るをもて人倫とす」。○**天道**《てんたう》　天の神。天地を主宰する神。○**檜垣**《ひがき》　ヒノキの薄い板を「あじろ」のように斜めに編んで張った垣根。○**こぼつ**　壊す。破る。○**殿原**　身分の高い男性に対する敬称。殿たち。「ばら」は複数を表わす接尾語。おそらく厚行の上司などの人々であろう。『今昔』は「可然人《しかるべき》」。○**下野氏**　下毛野《しもつけの》氏《うじ》。古代の豪族で、『日本書紀』によれば、崇神天皇の皇子の豊城入彦命《とよきいりひこのみこと》（豊木入日子命）を始祖とするというが、平安時代以降は下級武官の氏族として、近衛府の舎人、院・摂関家の随身《ずいじん》として活躍した。供奉《ぐぶ》・警固の任にあたり、貴人に近侍することから、馬術や鷹飼《たかがい》などにすぐれた。

〈参考〉

『今昔』巻二十第四十四話と同話。

下野厚行が隣家の主人の死棺を自分の家の門から送り出させた話。生活全般が陰陽道の吉凶の判断に規制されていたこの時代、特に死の穢《けが》れを忌み嫌う当時の常識に反し、あえて死《し》穢《え》の忌みをいとわず、家人の反対を押し切って、隣人の生前の恩義に報いるため、こうした行為に及んだ厚行は、あきれられたり、ほめられたりしている。厚行の合理的および義理を重んじる報恩の行為の結果は、人にとって最も望ましい長寿と子孫繁昌という形で報いられた。

しかし、厚行は物忌みということをまったく否定していたわけではない。隣家の故人の子に対しては「あしき方より出さん事、ことに然べからず」と言い、残された子らのために「ことにいまはしかるべし」と言っている。だが、反対する自分の家人には、頑固に御《ご》幣《へい》担《かつ》ぎをする「やつは、命もみじかく、はかばかしき事なし」と言い、あまり気にしない人の方が長命で、子孫も栄えるものだと説得し、はたしてそのとおりになったのである。

厚行のこの合理的思想と報恩の行為に、本書の編者は共感を覚えたものと思われる。本書第六十二・百・百八十八話に登場する武正《たけまさ》という人物は厚行から六代目の子孫である。また、『今昔』巻十九第二十六話には敦行（厚行）の息子の公助が騎射をして失敗し、年老いた敦行に打擲折檻《ちょうちゃくせっかん》される話がある。息子の公助は親孝行であったので、世間からも「讃メ貴」ばれ、「止事無《やむごとな》キ舎人トシテ、子孫モ繁昌」したと語り伝えられている。ただし、前述の武正は公助流の子孫ではない。なお、後世の『徒然草』第九十一段にも「吉凶は人によりて、日によらず」と、同様の思想が見られる。

二十五（上廿五）鼻長僧事〈鼻長き僧の事〉　巻二―七

　昔、池の尾に禅珍内供《ぜんちんないぐ》といふ僧住《すみ》ける。真言なんどよく習《（なら）》ひて、年久しく行《おこなひ》て、貴《たふ》とかりければ、世の人々《（〳〵）》、さまざま《（〳〵）》の祈をせさせければ、身の徳ゆたかにて、堂も僧坊もすこしも荒《（あ）》れたる所なし。仏供《ぶく》、御燈《みとう》なども絶《（た）》えず、折節《（おりふし）》の僧膳、寺の講演、しげく行はせければ、寺中の僧坊にひまなく僧も住《（す）》みにぎはひけり。湯屋《ゆや》には湯《（ゆ）》わかさぬ日なく、浴《（あ）》みのの《（ゝ）》しりけり。また《（又）》、そのあたりに小家《こいへ》ども多《（おほ）》く出《（い）》で来《（き）》て、里も賑《（にきは）》ひけり。

　さて、この内供は鼻長かりけり。五、六寸ばかりなりければ、頤《（おとかひ）》よりさがりてぞ見《（み）》えける。色は赤紫にて、大柑子《おほかうじ》の膚《（はた）》のやうに、つぶだちてふくれたり。痒《（かゆ）》がる事かぎりなし。提《ひさげ》に湯をかへらかして、折敷《をしき》を鼻さし入《いる》ばかりゑり通《（とを）》して、火の炎《（ほのを）》の顔《（かほ）》に当《（あた）》らぬやうにして、その折敷の穴より鼻をさし出《（い）》でて《（ゝ）》、提の湯にさし入《いれ》て、よくよく《（〳〵）》ゆでて《（ゝ）》引《ひき》あげたれば、色は濃《（こ）》き紫色なり《（也）》。それを、そばざまに臥《ふし》て、下《（した）》に物をあてて《（ゝ）》、人に踏《（ふ）》ますれば、つぶだちたる穴ごとに、煙《けぶり》のやうなる物出《（い）》づ。それをいたく踏《ふ》めば、白き虫の穴ごとにさし出《いづ》るを、毛抜《けぬき》にて抜《ぬ》けば、四分《斗》ばかりなる白《しろ》き虫を、穴ごとに取《と》りいだす。その跡は穴《あな》だにあきて見《み》ゆ。それをまた《又》、おなじ湯に入《いれ》て、さらめかし沸《わ》かすに、茹《ゆ》づれば鼻小《ちい》さくしぼみあがりて、ただの《こ》人の鼻のやうになりぬ。また《又》、二、三日に、なれば、さきのごとくに腫《は》れて、大きになり《成》ぬ。

かくのごとくしつつ《こ》、腫《はれ》たる日数は多《おほ》くありければ、物食《くひ》ける時は、弟子の法師に、平《たひら》なる板の一尺《斗》ばかりなるが、広さ一寸ばかりなるを、鼻の下《した》にさし入《いれ》て、向《む》かひゐて、上《かみ》ざまへ持《も》て上《あ》げさせて、物食《く》ひ果《は》つるまではありけり。異人《ことひと》して持《も》て上《あ》げさする折《お》りは、あしく持《も》て上《あ》げければ、腹を立《た》てて物も食《く》はず。さればこの《此》法師一人を定《さた》めて、物食《く》ふたびごとに持《も》て上《あ》げさす。それに、心地《ち》あしくて、この法師出《い》でざりける折《お》りに、朝粥《かゆ》食《く》はんとするに、鼻を持《も》て上《あ》ぐる人なかりければ、「いかにせん」なむど言《い》ふほどに、使《つか》ひける童《わらは》の、「我はよく持《も》て上《あ》げ参《まい》らせてん。更にその御房にはよも劣《をと》らじ」と言《い》ふを、弟子の法師聞《きこ》きて、「この童のかく申《まうす》」と言《い》へば、中大童子《ちゆうだいどうじ》にて、みめもきたなげなくありければ、上《うへ》に召《め》し上《あ》げてありけるに、この童、鼻持《も》て上《あ》げの木を取《とり》て、うるはしく向《む》かひゐて、よき程に、高からず低《ひ》きからず持《も》たげて、粥《こ》をすすらすれば、この《此》内供、「いみじき上手にてありけり。例の法師にはまさりたり」とて、粥《(かゆ)》をすす《(ゝ)》る程に、この童、鼻《(はな)》をひんとて、そばざまに向《むき》て、鼻《(はな)》をひるほどに、手ふるひて、鼻もたげの木ゆるぎて、鼻はづれて、粥の中へ鼻ふたりとうち入《(い)》れつ。内供が顔にも、童の顔《(かほ)》にも、粥とばしりて、ひと物かか《(ゝ)》りぬ。内供、大《おほき》に腹立《だち》て、頭、顔《(かほ)》にかか《(ゝ)》りたる粥を紙にてのごひつつ《(ゝ)》、「お《(を)》のれは、まがまが《(〳〵)》しかりける心持《(も)》ちたる者《(物)》かな。心なしのかたゐ《(ひ)》とは、お《(を)》のれがやうなる者《(物)》をいふぞかし。我《われ》ならぬやごつなき人の御鼻にもこそ参《(まい)》れ。それには、かくやはせんずる。うたてなりける心なしの痴《(し)》れ者《(物)》かな。お《(を)》のれ、立《(た)》て立て《(〳〵)》」とて、追《おひ》たてければ、立《(た)》つまま《(ゝ)》に、「世の人の、かか《(ゝ)》る鼻持《(も)》ちたるがおはしまさばこそ、鼻《(はな)》もたげにも参《(まい)》らめ。を《(お)》この事のたま《(給)》へる御房かな」と言《(い)》ひければ、弟子どもは、物《(ものゝ)》のうしろに逃《にげ》のきてぞ笑《(わら)》ひける。

〈現代語訳〉

二十五　鼻の長い僧のこと

昔、池の尾に禅珍内供という僧が住んでいた。真言秘密の祈禱法などをよく習得して、長年修行して高徳の僧であったので、世間の人々はいろいろな祈禱をしてもらい、そのため、収入も多く、堂も僧の住居も少しも傷んだところがない。仏前への供え物やお燈明《とうみょう》なども絶えないで、時節ごとの僧侶への食膳もよく、寺の説法などもしきりに行なわせたので、寺中の房舎にはすきまもないほど大勢の僧が住み、にぎわっていた。浴室では湯を沸かさない日がなく、大勢がにぎやかに湯あみをしていた。また、その周辺には小さな人家が多くできて、村里もにぎわっていた。

ところで、この内供は鼻が長かったのである。五、六寸（一五〜一八センチ）ほどもあったので、あごから下にたれ下がって見えたものだ。色は赤紫で、大きなみかんの皮のように、ぶつぶつと粒立ってふくれていた。痒がって痒がって大変だった。提《ひさげ》に湯を煮えたぎらせて、折敷《おしき》に鼻がさし通るだけの穴をくりぬいて、熱気が顔に当たらぬようにして、その折敷の穴から鼻を差し出して、提の湯に差し入れて、よくよく茹《ゆ》でてから引き上げると、色は濃い紫色になっている。それを横向きに寝て、下に物を当てて人に踏ませると、ぶつぶつ粒立ったどの穴からも煙のような物が出てくる。それをもっと強く踏むと、白い虫が各穴から頭を出してくる。それを毛抜で抜くと、四分（約一センチ二ミリ）ほどの白い虫をそれぞれの穴から取り出すことになる。そのあとは穴まであいて見える。その鼻をまた同じ湯に入れて、さらさらっと沸かして茹で上げると、鼻は小さくしぼんで、普通の人の鼻のようになる。ところが、二、三日すると、また前のように腫《は》れて、大きくなってしまう。

このようなことのくり返しで、腫れ上がっている日数が多かったので、物を食べる時は、弟子の法師に、長さ一尺（三〇センチ）ほど、幅一寸（三センチ）余ぐらいの平らな板を鼻の下に差し入れて、向き合って坐り、上の方に持ち上げさせて、食べ終わるまでそうさせていた。別の人に持ち上げさせる時は、まずく持ち上げたので、腹を立てて何も食べない。そこで、この法師一人を決めて、食事のたびごとに持ち上げさせていた。ところが、この法師が気分が悪くて出て来なかった時に、朝粥《あさがゆ》を食おうとしたが、鼻を持ち上げる人がいない。弟子たちが「どうしよう」などと言っていると、召使いの童《わらわ》が、「私がうまく持ち上げてさしあげましょう。いつものお坊さんより下手だなどということは絶対にないと思います」と言うのを、内供の弟子の法師が聞いて、「この童がこんなことを申しております」と伝える。この童は中大童子で、外見もこぎれいだったので、奥座敷の方に召し上げて使っていたのである。そこで、この童が鼻を持ち上げる木を取って、行儀よくきちんと向かい合って坐り、ほどよい具合に、高すぎもせず、低すぎもせず持ち上げて、粥をすすらせると、この内供は「実にうまいものだ、いつもの法師よりうまいくらいだ」と言って粥をすすっているうちに、この童がくしゃみをしようとして、横を向いてはくしょんとやった。その時、手が震えて、鼻を持ち上げる木が揺れて鼻がはずれて、粥の中へぼちゃっと入ってしまった。内供の顔にも、童の顔にも、粥が飛び散って一面にかかった。内供はかんかんに怒り、頭や顔にかかった粥を紙で拭き取りながら、「おまえは、実にいまいましい根性まがりのやつだ。無分別のろくでなしとはおまえのような者を言うんだぞ。これがわしと違って高貴な人のお鼻を持ち上げに参上するとしたら、それにはこうはすまい。けしからん不用意な馬鹿者め。さっさと出て行け」と言って追い立てたので、立って行きながら、「この世の中で、こんな鼻を持った方がいらっしゃるなら、それこそ鼻を持ち上げにも伺いましょうが、馬鹿なことをおっしゃるお坊様だこと」と言ったので、弟子たちは物陰に逃げ込んで笑ったということだ。

〈語釈〉

○池の尾　京都府宇治市内の地名。市の東部。南西流する宇治川を隔てて、東は滋賀県大津市、南は綴喜《つづき》郡宇治田原町に接する。醍醐笠取山地の丘陵地帯で、西部に六歌仙の一人喜撰《きせん》法師隠棲地と伝える喜撰山（四一六メートル）がある。ここの寺には醍醐寺関係の寺を想定する説もあるが不明。大津市に隣接するところから、また次項に述べる理由から、天台系寺院の可能性が高いと考える。現在は集落の西部に浄土宗正楽寺がある。○禅珍内供　伝未詳。『版本』は「善珍」。『今昔』は題は「禅珍」、本文は「禅智」。『旧大系』の『今昔』は「二十五三昧根本結縁過去帳」（『大日本史料』寛仁元年六月十日条所引）に出る「禅珍大徳」を年代から見て適当な時期の人物かとするが不明。内供《ないぐ》は内供奉《ないぐぶ》の略。宮中の内道場《ないどうじょう》に供奉《ぐぶ》し、毎年大極殿で行なわれる御斎会《ごさいえ》の読師となったり、また夜居《よい》の僧となったりした知徳兼備の僧。「ないく」と清音で読む説もある。最初は宗派を限らなかったが、密教系の僧が多く、文和四年（一三五五）成立の『釈家官班記《しゃっけかんぱんき》』の「内供奉」の項によれば、「如二当時一者、山門三口、園城七口、各為二相伝之職一歟」とある。この作品の成立は『宇治』より時代が下るが、本話の語られた時代も天台系の僧が多かったとすれば、禅珍の住んだ池の尾の寺も天台、特に三井寺系の寺であった可能性が強い。○真言　梵語 mantra の訳。真言秘密の法。仏や菩薩の本誓《ほんぜい》を表わす秘密の語で、呪《じゆ》・陀羅尼《だらに》と同じ。仏の言葉は真実の言葉であるところからいう。この陀羅尼呪《だらにじゆ》を唱えて加持《かじ》祈禱をする。○行《おこなひ》て　修行して。○徳　収入。所得。○仏供《ぶく》　仏前の供え物。「ぶく」は「ぶっく」の促音無表記なので「ぶっく」と発音する場合が多かったかとも考えられるが、『日葡辞書』には「Bucu」「Buccu」の両用の表記がある。「ぶつぐ」とも読む。○御燈《みとう》　みあかし。仏に供える燈明。『今昔』は「常灯」。○僧膳　僧侶をもてなす食膳。『今昔』は「僧共《そうぐ》（供）」。○講演　経典を講義して仏法を説くこと。説経。『今昔』は「講説」。○湯屋《ゆや》　寺院付属の浴場。湯浴みをし、また休憩をも兼ねた寺院の建物。○浴みののしりけり　大勢でにぎやかに湯浴みをしていた。「ののしる」は声高く言い騒ぐ意。○頤《おとがひ》　あご。○大柑子《おほかうじ》　「柑子」はみかんの類。夏みかんのようなものであろう。「だいかうじ（こうじ）」と読む説もある。第三話に既出。○提《ひさげ》　鉉《つる》とつぎ口の付いたナベに似て、やや小型の金属製の器具。水や酒などを入れて提げたのでこの名がある。第十四・十八話に既出。○折敷《をしき》　薄く削った板（へぎ）で作った角盆。または隅《すみ》切り盆。食器を載せるのに用いた。第三・十四話等に既出。○ゑり通す　えぐって穴をあける。「ゑる」はくりぬく、えぐる。○そばざま　側方。側面。○いたく　強く。○白き虫　白い脂肪のかたまり。毛穴から白い脂肪のかたまりがニョキニョキ出て来るのであろう。○四分約一センチ二ミリ。○さらめかし　サラサラと音をたてて。しゅんしゅんと沸騰させて。「めかす」は……のようにする意の接尾語。なお、次の「に」は「ミ」とあるが、文意から「ニ（に）」ととる。○しぼみあがりて　すっかり縮んで。「あ（上）がる」は、終わる、完成する意。○一尺《いっしゃく》　約三〇・三センチ。○一寸《いっすん》　約三・〇三センチ。○向かひゐて　相対して坐って。「ゐる」は坐ること。○持て上げ　この言い方が本話には頻出する。『全集』では『徒然草』第二十二段で、兼好が時代が下るにつれて言葉も卑しくなる例として、昔は「車もたげよ」「火かかげよ」と言ったのに、このごろは「もてあげよ」「かきあげよ」と言うと述べている例をあげ、兼好よりも一世紀も前に「もてあげ」という俗化現象がすでにあったことになり、この鼻長説話にふさわしいくだけた語句として、興味深く注目される、としている。○異人《ことひと》　別の人。鼻持ち上げ役以外の人。○あしく　『書陵部本』、『版本』は「あらく」。○上げければ　底本「あけゝれば」の「ゝ」を見せ消ちにして「け」を傍書。○それに　接続詞。ところが。しかるに。○更に　断じて。絶対に。次に出る「よも」（まさか・よもや）とともに下の打消しの「じ」にかかる。○中大童子《ちゅうだいどうじ》　「童子」は寺院にいて、雑用に使われた少年を指すが、年齢や職掌や身分によって、中童子・大童子などの区別があり、大師について業を習う者と習わぬ者とがあった。中童子がおおむね少年であるのに対して、大童子は、童形《どうぎょう》ではあるが、年齢が高く、老齢の者もいた。ここは大童子まではゆかぬが、中童子では年のいった者であったのであろうか。『今昔』は「中童子」。○みめ　見た目。外見。○うるはしく　きちんと行儀よく。○低きからず　現代語の「ひくい」はこの「ひきし」から転成したものであるが、一般に中古以前には「ひきし」という形は認められない。中古には形容動詞「ひきなり」があるが、中古の和文では、低いの意味には「短し」「浅し」などが用いられている。「ひきし」の形は十三、四世紀以後に成立したものと推定され、本例は古いものの一つといえるだろう。なお、「ひくし」は室町末期に成立したものといわれる。○持《も》たげて　「もたぐ」は「もちあ（上）ぐ」の約だが、先述したように、兼好はこの言い方をよしとしたようである。○鼻をひんとて　くしゃみをしようと。「はなをひる」「はなひる（嚔る）」は、くしゃみをすること。○ふたり　物の落ちる音。ぱしゃり。ぽとり。ぽとん。『今昔』「ふたと」。○ひと物　いっぱい。一面に。「ひと」は全体の意の接頭語。第三話に「一庭《ひとには》」（庭じゅう）がある。○まがまがし　いまいましい。憎らしい。○心なしのかたゐ　分別のないやつ。「かたゐ」は乞食。物もらい。また、人をののしって言う語。「片」は不完全、「居」は坐る意から来た語ともいう。○やごつなき人　高貴な人。「やごつなし」は「やごとなし」の転。「やむごとなし」に同じ。『版本』「やごとなき」。『今昔』「止事無キ」。○うたてなり　「うたて」はいとわしい、いやだ、の意。○をこ　ばか。

〈参考〉
『今昔』巻二十八第二十話と同文的同話。話の導入として、まず禅珍内供とその住む寺の様子が語られる。この寺は禅珍の加持祈禱のおかげで繁盛し、僧房には多くの僧を住まわせ、宗教行事も盛んで、門前町まで開けたという。その賑々《にぎにぎ》しい繁栄ぶりを一転させ、「さて、この内供は鼻長かりけり」という内供の弱点——異常性に話が変わる。本話では、この赤紫の長い鼻の扱いに紙数をさき、具体的で生々しい描写が際立っている。『源氏物語』（末摘花）に見るように、長く、赤色の鼻は笑いの対象であった。そして、最後にこの高僧に強烈なパンチを見舞ったのが、鼻持ちに新たに参上した中大童子の言葉であった。「中大童子」という語は言い得て妙である。「中童子」の少年ならば、この捨てぜりふははたして思いついたであろうか。恐れて逃げ出すのが精一杯のところではなかろうか。また年のいった「大童子」であれば、自分の今後の身の振り方などを思い、分別が先だって、口先まで出かかってもここまで大胆には言い出しにくいだろう。とすれば、本書のこの「中大童子」なる語は、作者が意識して使用したかどうかは別として、まさに適切な語というべきである。ちなみに『今昔』は「中童子」とする。

宮中の道場にも出仕し、多くの帰依者に仰がれ、お布施も多く入り、寺院経営にも長《た》けた知徳兼備の高僧の禅珍が、いざ自分のこととなると見えないものがある。ここではつい自分の鼻の特異性を忘れ、また対等に対処すべきでない相手に対して、感情にまかせて怒りを爆発させる。この人間の弱さが高僧内供にもなくなってはいなかった。またこの怒りを受けて追い立てやり返した童子の反応。この緊迫したやりとりのおかしみが本話の焦点であろう。

られた童子は内供に向かって、立ち際に捨てぜりふを投げかけた。内供はこの一撃に打ちのめされたであろうが、弟子どもはさすがに師の前で笑うわけにはゆかず、「物のうしろに逃のきて」笑ったという。『今昔』では童は分別者らしく、追い立てられてから、「隠《かく》レニ行《ゆき》テ、『世ノ人ノ此《かか》ル鼻ツキ有ル人ノ御《おはせ》バコソハ、云々』」と言っている。ここは『宇治』のこの場面の方が、いっそうパンチがきいていておもしろい。

これは一つの「笑い話」であるが、内供の側に立てば悲劇である。内供は己れの現実——外的異常のみならず、人格的不完全さ——を認識せざるを得なかったのであるから。「笑い」には往々にして残酷性が伴う。本話は芥川龍之介の「鼻」の素材として有名である。芥川の「鼻」はこの「笑い話」の要素は傍に置き、内供の劣等感と、また傍観者のエゴイズムと、はたまた内供の安堵感といった人間心理の動きに焦点を置いた小説となっている。

二十六（上廿六）晴明封蔵人少将事〈晴明《せいめい》、蔵人《くらうど》の少将《せうしやう》を封《ふう》ずる事〉巻二—八

むかし、晴明、陣《ぢん》に参《(まい)》りたりけるに、前《(さき)》花やかに追《(を)》はせて、殿上人《てんじやうびと》の参《(まい)》りけるを、見《(み)》れば、蔵人《くらうど》の少将とて、まだ若《(わか)》く花やかなる人の、みめまことに清《(きよ)》げにて、車より降《(お)》りて、内《うち》に参《(まい)》りたりける程《ほど》に、この少将の上《(うへ)》に烏《からす》の飛《とび》て通《(とを)》りけるが、穢土《(ゑと)》をし

かけるを、晴明、きと見《(み)》て、あはれ、世にもあひ、年なども若《(わか)》くて、みめもよき人にこそあんめれ、式《(しき)》にうてけるにか、この烏《(からす)》は式神《(しき)がみ》にこそあり《(有)》けれと思《(おも)》ふに、しかるべくて、この《(此)》少将の生《(い)》くべき報やありけん、いとほ《(お)》しう晴明が覚《おぼえ》て、少将のそばへ歩《(あゆ)》み寄《(よ)》りて、「御前《おまへ》へ参《(まい)》らせ給《たまふ》か。さかしく申《まうす》やうなれども、なにか参《(まい)》らせ給《(たま)》ふ。殿は今夜えすぐさせ給はじと見《(み)》奉《たてまつ》るぞ。然《しかる》べくて、お《(を)》のれには見《(み)》えさせ給《たまひ》つるなり。いざさ《(こ)》せ給へ。物試《(心)》みん」とて、一《(ひと)》つ車に乗《(の)》りければ、少将わななきて、「あさましき事かな《(哉)》。さらば助《(たす)》け給へ」とて、一《(ひと)》つ車に乗《のり》て、少将の里へ出《(い)》でぬ。申《さる》の時ばかり《(斗)》の事にてありければ、かく出《(い)》でなどしつる程に日も暮《くれ》ぬ。

晴明、少将をつと抱《(いた)》きて、身固《(かた)》めをし、また《(又)》、なに事か、つぶつぶ《(〳〵)》と夜一夜いも寝《(ね)》ず、声《(こゑ)》絶《(た)》えもせず、読《(よ)》みきかせ、加持《(かち)》しけり。秋の夜の長《ながき》に、よくよく《(〳〵)》したりければ、暁《あかつき》がたに戸をはたはた《(〳〵)》と叩《(たゝ)》きけるに、「あれ、人出《いだ》して聞《(き)》かせ給へ」とて、聞《(き)》かせければ、この少将のあひ聟《むこ》にて、蔵人の五位のありけるも、同《(おな)》じ家に、あなたこなたに据《(す)》ゑ《(へ)》たりけるが、この《(此)》少将をばよき聟とてかしづき、今ひとりをば事の外に思《おもひ》おとしたりければ、妬《(ねた)》がりて、陰陽師《おんやうじ》をかたらひて、式《(しき)》をふせたりけるなり《(也)》。

さて、その少将は死なんとしけるを、晴明が見付《みつけ》て、夜一夜祈《いのり》たりければ、そのふせける陰陽師のもとより人の来《(き)》て、たかやか《(う)》に「心のまどひけるまま《(こ)》に、よしなく、まもり強《(つよ)》かりける人の御ために、仰《おほせ》をそむかじとて、式《(しき)》ふせて、すでに式神《(しき)》かへりて、お《(を)》のれ、ただ今《(こ)(いま)》、式《(しき)》にうてて死侍《(こ)しにはべり》ぬ。すまじかりける事をして」と言《(い)》ひけるを、晴明、「これ聞《(き)》かせ給へ。夜《よ》べ《(部)》見付《つけ》まゐ《(い)》らせざらましかば、かやうにこそ候《さぶら》はまし」と言《(い)》ひて、その使に人をそへてやりて、聞き《(きこ)》ければ、「陰陽師はやがて死《しに》けり」とぞ言《(い)》ひける。式《(しき)》ふせさせける聟をば、しうと、やがて追《(を)》ひ《(い)》捨《(す)》てけるとぞ。晴明には泣《(な)》く泣く《(〳〵)》悦《よろこび》て、多《(おほ)》くの事どもしてもあかずぞ悦《(よろこ)》びける。だれとはおぼえず、大納言までなり給ひけるとぞ。

〈現代語訳〉

二十六　晴明が蔵人少将を魔力から守ること

昔、安《あ》倍晴明《べのせいめい》が宮中の近衛府の武士の詰め所に向かっていた時に、華やかに先払いをさせて殿上人が参内《さんだい》して来た。見ると蔵人の少将といって、まだ若く華やかな人で、外見もまことにきれいな人が牛車《ぎっしゃ》から降りて、内裏に参上するところであった。その時この少将の上を烏が飛んで通り過ぎたが、その際少将に糞《ふん》をしかけたのを、晴明がさっと見つけ、「ああ、世間にも認められ、若くて、みめかたちもよい方のようだが、式神《しきがみ》にやられたのではあるまいか、この烏はまさに式神に違いない」と思った。しかるべき因縁があって、この少将は生き長らえる果報があったのであろうか、晴明は気の毒に思えて、少将のそばへ歩み寄り、「主上の御前に参上なさるのですか。さしでがましく言うようですが、参上なさってはいけません。あなたは今夜一夜を無事にお過ごしになれまいと拝察いたしますぞ。わけがあって、私にはわかったのです。さあ、おいで下さい。一つ試してみましょう」と言ってこの少将の車に乗ったので、少将はぶるぶる震えて、「恐ろしいことになってしまいました。それではどうか助けて下さい」と言って、ひとつ車に同乗して少将の自宅に向かった。申の時(午後四時)ごろのことだったので、こうして宮中から退出したりしているうちに日も暮れた。

晴明は少将をしっかりと抱き締め、身固めの呪法を行ない、また何事かぶつぶつとひと晩中寝もしないで、声も絶やさず呪言を読み聞かせ、加持祈禱を行なった。秋の夜長をこうしてよくよく加持したところ、夜も明けるかと思われるころ、戸をばたばたと叩く音がする。「あれ、誰かを出してお聞かせなされ」と言って聞かせると、この少将の相聟で、蔵人の五位がいて、同じ家の別々のところに住まわせていたが、この少将の方をよい聟だと言って大事にし、もう一人の方は格段と軽視していたので、妬ましく思い、陰陽師を仲間に引き入れて、式神をひそかに使って少将を呪い殺そうとしたのであった。

そのために、その少将はあやうく死ぬところだったのを晴明が見つけて、ひと晩中祈ったので、その式神をひそかに使った陰陽師のもとから使いの者が来て、大声で、「心の迷いにまかせて、御身の守りの強かったお方に対して、頼まれた方の仰せにそむくまいなどと、ひそかに式神を使いましたが、その式神がいつのまにか帰って来て、いまや自分が式神に打たれて死んでしまいます。してはいけなかったことをして」と言ったので、晴明が、「これをお聞きなさいませ。昨夜私が見つけて差し上げなかったなら、このような目に遭われたでしょう」と言って、その使いに人をつけてやり、様子を聞いたところ、「陰陽師は調伏《ちょうぶく》に失敗してすぐに死んでしまった」ということだった。式神で調伏させた聟は、舅《しゅうと》がただちに追い出してしまったとか。晴明には涙を流して喜び、多くの謝礼をしてもなおしきれないと言って喜んだ。少将とは誰のことかわからないが、大納言まで昇進なさったとかいう話である。

〈語釈〉

○**晴明**　安倍晴明。延喜二十一年（九二一）～寛弘二年（一〇〇五）。平安中期の著名な陰陽師。大膳大夫益材《ますき》の子。天文・暦道の大家賀茂忠行《かものただゆき》とその子の保憲《やすのり》について天文道を学び、天文博士となる。主計権助、左京権大夫、穀倉院別当、従四位下。陰陽道家の土御門《つちみかど》家の祖。易占・祈禱の名手としてさまざまな逸話があり、本書にも第百二十六・百二十七・百八十四話に再出。○**陣**　陣の座。宮中で公事《くじ》や酒宴の時に公卿が参列する場。本来は紫宸殿の東にある宜陽殿《ぎようでん》の公卿の座を指していうが、平安中期以降は、左右の近衛の公卿の座をいう。この話は晴明が陣に出かけて行く時のことであるから、晴明の家の位置（土御門北・西洞院東）から見て左近の陣のあたりであろうか。○前花《さき》やかに追はせて　威勢よく先払いの声をかけさせて。「前追ふ」は貴人の行く先を先払いすること。○殿上人　勅許により清涼殿の「殿上の間」にのぼることを許された者。四位・五位および六位の蔵人を指す。第二十話に既出。○蔵人の少将　近衛少将で五位の蔵人を兼ねた人。近衛少将は近衛府の次官で正五位下に相当する。蔵人は蔵人所の職員。○内《うち》　内裏、宮中。○穢土《ゑど》　糞。○きと　ちょっと。ちらっと。○世にもあひ　「世にあふ」は世に用いられる。羽振りが良い意。○式神《しきがみ》　式神・識神。陰陽師が使役する鬼神。陰陽師の命令に従って変幻自在、不思議な術をなすという。しきじん。○うてけるにか　うたれたのか。「うつ」は自動詞下二段。負ける、圧倒される、神に罰せられるの意。○しかるべくて　そうなるべき理由（めぐりあわせ。前世からの因縁）があって。ここは、晴明に救われるべき因縁があって。○さかしく　こざかしく。えらそうに。○なにか参らせ給ふ　なんで参内などなさいますか。「それどころではありませんぞ」の意味がこもる。○今夜えすぐさせ給はじ　今夜をお過ごしになれないでしょう。つまり、今夜中に死んでしまわれるでしょう。今夜限りの命の意。○いざさせ給へ　さあ、おいで下さい。第十八話に既出。○物試みん　一つやってみましょう。できるだけの手段を講じてみましょうの意。○少将の里　少将の私邸。○申《さる》の時　午後四時前後。○つと　しっかりと。ひしと。○身固《かた》め　身を健全に守るための呪法。身を守るための陰陽師の加持法。

○**つぶつぶと**　口の中でぶつぶつ言うこと。経文や呪文を唱えるさまを表わす。○**加持**　加持祈禱。真言密教で行なう呪法で、手に印を結び、金剛杵《こんごうしょ》を握り、陀羅尼《だらに》を唱えながら、事物を浄化し、仏力の加護を祈って、物怪《もののけ》の退散をはかること。ここは陰陽道家のまじないの作法。第二十一話に既出。○**暁**　夜中過ぎ。「あけぼの」より早い時刻。第一・三・十四・十六話等に既出。○**はたはたと**　物を続けざまに打つ音。ばたばたと。○**あひ聟**　妻の姉妹の夫。○**蔵人の五位**　六位の蔵人で、任期（六年）が満ちて五位に叙せられ、蔵人を退任し、殿上から地下《じげ》（殿上の間に立ち入りができない）になったもの。五位の蔵人は定員が三名であったため、欠員がなくて地下に下ることが多く、当人にとっては寂しいことだった。「蔵人の五位」と「五位の蔵人」とは異なる。「五位の蔵人」は蔵人頭に次いで、蔵人所の次官に当たり、五位の殿上人中から、出自も能力もすぐれた者が選ばれた。○**据ゑたりけるが**　住まわせていたが。「据う」はずっと住まわせる、住み着かせるの意。○**陰陽師**　「おんみやうじ」とも。陰陽寮の職員で天文暦数を算定したり、日時、方角、土地などの吉凶を占った。後には民間で卜占《ぼくせん》や加持祈禱を行なう呪術者をもいう。第百二十二・百二十六・百四十話等に出る。○**式をふせたりける**　式神を使って相手を調伏する術を行なったこと。「ふす（伏す）」は祈り出してひそませる意。○**たかやかに**　底本および『陽明本』は「たかやうに」。「う」は「か」の誤写と見て、『書陵部本』、『版本』により改める。○**まもり強かりける人**　蔵人の少将を指す。晴明の法力が強くてよく守っていたことをいう。○**やがて**　そのまま。○大納言　太政官の次官。大臣に次いで政治に参与し、宣旨の奏上をつかさどった。序・第四・十一話等に既出。

〈参考〉

安倍晴明の験力の卓抜さを語る話。

安倍晴明は現代でも一時ブームになった人気のある歴史上の人物である。晴明は生存中から著名な陰陽師だった。しかし、その実像はよくわかっていない。備中介、左京権大夫、穀倉院別当、大膳大夫等の役職に任じているのであるから、中級官人としての人生を送ったことは確かである。

晴明は一条天皇の時代には「蔵人所陰陽師」の任にあり、天皇の急病に際して禊祓《みそぎはらえ》を行なって験《げん》があったとされ、また天皇の行動についての吉凶を占っていた。平安時代にはこうした卜占や病気快癒のための呪術が盛んに行なわれた。一方、呪詛《じゆそ》もまた行なわれた。『日本紀略』や『百錬抄』、『小右記』などには法師陰陽師による呪詛の記事も散見する。本話は呪詛によって一命を危くされた蔵人少将が、晴明の験力によって救われた話である。

晴明がその生存中から「道之傑出者」(『権記《ごんき》』長保二年十月十一日条)と言われ、時代は降るが、『玉葉《ぎよくよう》』(承安三年一月十三日の条)には「上古保憲・晴明之時」の記事などがあり、このことからも陰陽道の歴史の中で傑出した人物であったことは疑いない。唯一現存する平安朝期の陰陽書『占事略決《せんじりやくけつ》』は晴明の著作である。

やがて時を経るに従って晴明の神秘性は増幅され、超人的なさまざまな説話が語られていく。晴明が人の前世や未来を見抜き、また闇の世界をも見通す力があったとする逸話は、『大鏡』（花山院）、『今昔』（巻二十四）、鴨長明『無名抄《むみょうしょう》』（第二十話）、『古事談』（巻六第六十二・六十四話）、『古今著聞集』（巻七「術道」第九）等にも記されている。村山修一「古代日本の陰陽道」（『陰陽道叢書Ⅰ』名著出版）によれば、後世、晴明の子孫が繁栄したために、超能力者として伝説化されたのであるというが、ついに晴明には狐を母とする出生譚まで生まれ、近世に入ると浄瑠璃や歌舞伎などに「信田妻《しのだづま》」の演目で上演され、ますます尾鰭《おひれ》が付いて語られていく。しかし、晴明が陰陽道の第一人者となったのは晩年に近く、従四位下に叙せられたのは八十歳の高齢に達するころであり、繁田信一（「安倍晴明の実像」『陰陽道の講義』〈嵯峨野書院〉所収）によれば、もし晴明が「長寿を保ちえなかったならば、現代にまで伝わるほどの名声を勝ちえることはなかったかもしれない」ということである。

ところで、式神とは陰陽師が使う鬼神であるといわれ、『大鏡』花山天皇の出家の場面では、晴明が「式神一人内裏に参れ」と式神に命じ、「目には見えぬもの」（式神）が戸を押し開けて、晴明に答えている。『今昔』巻二十四第十六話には播磨国の法師陰陽師が二人の識神（式神）を連れて晴明のところにやって来る話がある。また、式神は、本話にあるように呪詛に使った場合、失敗すると呪詛を命じた者のところに戻って行き、命令者を殺してしまう恐ろしいもののようであるが、繁田信一によれば、「現実には、晴明が式神を使ったという記録はなく、また式神そのものについての記録もほとんど残されていない」（前掲書）ということである。当時の陰陽師は童子を連れていたので、そのような童子が式神と思われていたのであろうという。また、野田幸三郎は「式神」「識神」は、当時一般に六壬《ろくじん》式占が行なわれていたので、式占・式盤から生まれた観念であろうかとする（『陰陽道の一側面――平安中期を中心として』『陰陽道叢書I』所収）。

本書では晴明の話はこの他に第百二十六・百二十七・百八十四話にある。

二十七（上廿七）季通欲逢事事〈季通《すゑみち》、事《こと》に逢《あ》はんとする事〉巻二―九

昔《(むかし)》、駿河前司《するがのぜんじ》橘《たちばなの》季通といふ者《(物)》ありき。それが若《(わか)》かりける時、さるべき所なりける女房《にようばう》を忍《しのび》て行《ゆき》かよひける程《ほど》に、そこに有《あり》ける侍ども、「なま六位の、家人《けにん》にてあらぬが、宵《(よひ)》暁にこの殿へ出入《いでいる》事わびし。これ、たて籠《(こ)》めて勘《(かう)》ぜん」といふ事を、集《(あつ)》まりて言《(い)》ひあはせけり。

かか《(ゝ)》る事をも知《(し)》らで、例の事なれば、小舎人童《こどねりわらは》一人具《(く)》して局《つぼね》に入《いり》ぬ。童をば、「暁、迎《むかへ》に来《(こ)》よ」とて返しやりつ。この《(此)》打《(う)》たんとするをのこども、うかが《(ゝ)》ひまもりければ、「例のぬし来《(き)》て局に入《いり》ぬるは」と告《つげ》まはして、かなたこなたの門どもをさしま

はして、鍵《(かぎ)》取《(と)》り置《(を)》きて、侍どもひき杖《づゑ》して、築地《ついぢ》の崩《(くづ)》れなどのある所に立《たち》ふたがりてまもりけるを、その局の女《(め)》の童《わらは》けしきとりて、主《しゆう》の女房に、「かか《(ゝ)》る事の候《(さふらふ)》は、いかなる事にか候《さぶらふ》らん」と告《つげ》ければ、主の女房も聞《(きゝ)》き驚《おどろき》、二人《(ふたり)》臥《(ふ)》したりけるが、起《(お)》きて、季通も装束《さうぞく》してゐたり。女房、うへにのぼりて尋ぬれば、侍どもの心合《あは》せてするとは言《(い)》ひながら、主《しゆう》の男も空知《(し)》らずしておはする事と聞《きき》えて、すべきやうなくて、局に帰りて泣《(な)》きゐたり。

季通、いみじきわざかな、恥をみてんず、と思へども、すべきやうなし。女《(め)》の童を出《いだ》して、出《いで》て去《(い)》ぬべき少《(すこ)》しの隙《(ひま)》やある、と見《(み)》せけれども、「さやうの隙《(ひま)》ある所には、四、五人づつ《(ゝ)》括《(くゝ)》りをあげ、稜《(そば)》をはさみて、太刀をはき、杖を脇挟《(わきはさ)》みつ《(ゝ)》、みな立《(た)》てりければ、出《いづ》べきやうもなし」と言《(い)》ひけり。

この《(此)》駿河前司はいみじう力ぞ強《(つよ)》かりける。いかが《(ゝ)》せん、明《あけ》ぬとも、この局に籠《(こも)》りゐてこそは、引《(ひ)》き出《(い)》でに入来《いり(こ)》んものと取《(と)》り合《(あ)》ひて死《(し)》なめ。さりとも、夜明《あけ》て後、我ぞ人ぞと知《(し)》りなん後には、ともかくもえせじ。従者《(すんさ)》ども呼《(よ)》びにやりてこそ出《いで》ても行《(ゆ)》かめ、と思《おもひ》ゐたりけり。暁《あかつき》にこの童の来《(き)》て、心も得《(え)》ず、門叩《(たゝ)》きなどして、わが小舎人童と心得《(え)》られて、捕《(とら)》へ縛《(しば)》られやせんずらんと、それぞ不便《(ふ)びん》に覚《おぼえ》ければ、女《(め)》の童を出《いだ》して、もしや聞《きき》つくるとうかが《(こ)》ひけるをも、侍ども、はしたなく言《(い)》ひければ、泣《(な)》きつつ帰《(こ)(かへ)》りて、かが《(こ)》まりゐたり。

〈現代語訳〉

二十七　季通が事件に遭遇するところだったこと

昔、駿河前司《するがのぜんじ》橘季通という者がいた。それが若かったころ、それ相当のれっきとしたところに仕えている女のもとに忍んで通っていた時に、その屋敷にいた侍どもが、「たかが新米の六位風情《ふぜい》で、この家の家来でもないやつが、夜ごと朝ごとにこの屋敷へ出入りするのはおもしろくない。こいつを閉じ込めて痛い目に遭わせてやろう」ということを、集まって相談していた。

そんなこととも知らず、いつものことなので、小侍一人を連れて女の部屋に入った。その供の少年小舎人童に「明け方に迎えに来い」と言って帰してやった。季通をやっつけようとする男どもは様子をうかがい見守っていたので、「例のやつが来て女の部屋に入ったぞ」と触れまわり、あちこちの門を閉めてまわって、鍵《かぎ》を取って置き、侍連中は警棒を引きずって歩き、土塀の崩れたところなどに立ちふさがって見張っていた。それをその部屋の女の童《めわらわ》が感づいて、主人の女房に、「こんなことがございますが、どうしたことでございましょう」と告げたので、主人の女も聞いて驚き、季通と二人で寝ていたが、起きて、季通も身支度を整えて坐っていた。女は奥御殿の方に上《のぼ》って尋ねると、侍どもが示し合わせてしていることだとはいいながら、主人も知って知らぬふりをしていらっしゃることだとわかり、どうしようもなくて、部屋に帰って泣いていた。

季通は、えらいことになったぞ、恥をかきそうだ、と思うがどうしようもない。女の童を出して、どこか出て行けそうな小さなすきまでもないか、と探させたが、「そういうすきまのあるところには侍どもが四、五人ずつ、袴《はかま》の裾を高く括《くく》り上げ、股立《ももだち》をとって、太刀《たち》を腰につけ、杖を脇に抱えてみな立っているので、出られそうもありません」と言った。

この駿河の前司は大変力が強かった。どうしようもない、夜が明けてもこの部屋に籠《こも》ったままでいて、おれを引っぱり出しに入って来る者と取っ組み合って死のう。それにしても、夜が明けてから、おれだ、あいつだと人の見分けがついてからでは、どうにもできなかろう。家来どもを呼びにやって、なんとか出て行こう、と思っていた。夜明け方に召使いの童が来て、わけも知らず、門を叩いたりして、おれの小舎人童だとわかってしまって、捕まえられ縛られやしないだろうかと、それがかわいそうに思われたので、女の童を出して、ひょっとしたら小舎人童が来るのを聞きつけるかと様子をうかがったが、それをも侍どもは手厳しく咎めたので、泣きながら帰って来てうずくまっていた。

〈語釈〉

○駿河前司　駿河国（現在の静岡県の中央部にあたる）の前任の国司。○橘季通　生年未詳

～康平三年（一〇六〇）。則光の子。駿河守。従五位上。『後拾遺集』、『金葉集』に入集している歌人。父や兄（則長）もともに歌人。○さるべき　りっぱな。れっきとした。○女房　貴人の家に仕え、一室を与えられて暮らしている女性。○なま六位　六位になりたての者。「なま（生《なま》）」は接頭語で不完全な、いい加減な、などの意を表わす。ここは若い、六位になりたてなどの軽侮の意を含む。このころ、季通は六位だったのであろう。『今昔』巻二十三第十六話の同話は「其所ニ有ケル侍共、生々六位ナドノ有ケルガ」とする。これによれば「なま六位」は季通を襲おうとする侍共を指すことになる。○家人　家に仕えて主従の間柄にある者。家来。○宵暁　朝晩に。夜の時間は「ゆふべ（夕べ）」→「よひ（宵）」→「よなか（夜半）」→「あかつき（暁）」→「あした（朝）」であった。宵に女の家を訪れて共に一夜を過ごした男が、女に別れを告げて自宅に帰る時刻が「あかつき」であり、「あけぼの」より早い時刻で、まだ暗いころをいう。「宵」は第十二・十四話、「暁」は第一・三・十四話等参照。○わびし　おもしろくない。○たて籠めて　閉《た》て込む。閉じこめる。○勘ぜん　こらしめてやろう。「勘ず、拷ず」は拷問にかけて調べる意。ここは痛い目に遭わせてやろうの意。○小舎人童《こどねりわらは》　近衛の中将・少将が召し連れる少年で、牛車《ぎっしゃ》の先などに立つ。転じて、一般に公家や武家で、身辺の雑用を務める召使いの少年をもいう。ここは後者。小侍。○局《つぼね》　女房の部屋。○例のぬし　いつもの男。季通を指す。○局に入ぬるは　女房の部屋に入ったぞ。「は」は終助詞。文末につき感動の意を表わす。○さしまはして　門の錠をさしてまわって。○**ひき杖**　杖を引きずって持つこと。○**築地**　築《つ》き土《ひじ》（泥）。土塀。柱を立て、板を心《しん》としてドロで塗り固め、屋根に瓦をふいた。土塀の崩れた箇所からは出入りできたので、そこから逃亡できないように立ちふさがったのである。○**女の童**　召使いの少女。小間使いの少女。○**けしきとりて**　様子を見てとって。気づいて。「けしきとる」は「けしき（気色）を取る」が一語化したもの。「けしきどる」と連濁した形もある。○**二人**　季通と女房。○**うへ**　主人の居所。○**空知らず**　わざと知らないふりを装うこと。そしらぬふりをすること。そらとぼけて、知って知らないふりをする。○**いみじきわざかな**　とんでもないことになったぞ。これはえらいことになったぞ。「いみじ」はこの場合、望ましくないさまについて言う。○**恥をみてんず**　恥をかくことになるだろう。「み（見）てんず」は「見てんとす」の約。「て」は完了の助動詞「つ」の未然形。「ん（む）ず」は未来の仮想された事柄。予想・推量の意を表わす助動詞。○**括《くく》り**　指貫《さしぬき》（袴の一種、第十八話に既出）の裾《すそ》に付けてあるひも。裾を括り寄せて結ぶもの。○**稜《そば》**　袴の股立《ももだち》（袴の左右の腰の、あき縫い止めの部分）。「稜をはさむ」は動作に便利なように、股立をかかげて帯にはさむこと。○**いかがせん**　どうしようもない。しかたがない。○**明《あけ》ぬとも、この局に籠りゐて**　夜が明ける前に男は女のもとを去るのが当時の習慣。ここで季通は、夜が明けてもこのまま部屋にいて決戦しようと思うのである。○**従者《ずんざ》**　「ずんざ」は「ずさ」の変化したもの。家来。お供。○**不便**　かわいそう。○**もしや聞《きき》つくる**　ひょっとしたら小舎人童の来る音を聞きつけるか。

『今昔』巻二十三第十六話「若シヤ来ル」。○はしたなく　ここは、無情に、心ない、むごい
の意。突慳貪《つっけんどん》に厳しく咎めだてされたのであろう。

か《(こ)》かる程に、暁方《(あかつきかた)》になりぬらんと思《(おも)》ふほどに、この《(此)》童、いかにしてか入《いり》けん、入《いり》来《(く)》る音《(をと)》するを、侍、「誰《(た)》そ、その童は」とけしきとりて問《(と)》へば、あしくいらへなんずと思《おもひ》ゐたるほどに、「御《(み)》読《(と)》経の僧の童子に侍《はべり》」と名《(な)》のる。さ名《(な)》のられて、「とく過《すぎ》よ」と言《(い)》ふ。かしこくいらへつるもの《(物)》かな。寄《(よ)》り来《(き)》て、例《(れい)》呼《(よ)》ぶ女《(め)》の童の名や呼《(よ)》ばんずらんと、また《(又)》、それを思《おもひ》ゐたる程に、寄《(よ)》りも来《(こ)》で、過《すぎ》てい去《(い)》ぬ。この《(此)》童も心得《(え)》てけり。うるせきやつぞかし。さ心得《(え)》ては、さりとも、たばかる事あらんずらんと、童の心を知《(し)》りたれば、たのもしく思《おもひ》たる程に、大路《おほち》に女声《こゑ》して、「引剝《(ひはき)》ありて、人殺《(ころ)》すや」とをめく。それを聞《(きゝ)》て、この立《(た)》てる侍ども、「あれ、からめよや。けしうはあらじ」と言《(い)》ひて、みな走《(はし)》りかか《(こ)》りて、門をもえ開《(あ)》けあへず、崩《(くつ)》れより走《(はし)》り出《(い)》でつつ、「いづかたへ去《(い)》ぬるぞ」、「こなた」、「かなた」と尋《たづね》騒《(さは)》ぐ程に、この《(此)》童のはかる事よ、と思《おもひ》ければ、走出《はしりいで》て見《(み)》るに、門をば疑《(うたか)》はず、崩《(くつ)》れのもとにかたへはとまりて、とかく言《(い)》ふ程に、門のもとに走《はしり》寄《(よ)》りて、鎖《(しやう)》をねぢて引《ひき》抜《(ぬ)》きて、あくるま

〔ま〕に走《はしり》のきて、築地走《(はし)》り過《(す)》ぐる程にぞこ《(此)》の童は走《はしり》あひたる。

具《(く)》して三町ばかり《(斗)》走《はしり》のびて、例《(れい)》のやうにのどかに歩《(あゆ)》みて、「いかにしたりつる事ぞ」と言《(い)》ひければ、「門どもの例ならずささ《(こ)》れたるにあはせて、崩《(くつ)》れに侍共の立《たち》ふたがりて、きびしげに尋《たづね》問《(と)》ひ候《(さふらひ)》つれば、そこにては「御読経の僧の童子」と名のり侍《はべ》りつれば、いて侍つるを、それよりまかり帰《かへり》て、とかくやせましと思給《おもひたまへ》つれども、参《(まい)》りたりと知《(し)》られ奉《(たてまつ)》らでは、あしかりぬべくおぼえ侍りつれば、声を聞《(き)》かれ奉《(たてまつ)》りて、帰出《かへりいで》て、この《(此)》隣なる女童《(めらは)》のくそまりゐて侍《はべる》を、しや頭《がしら》を取《(と)》りて打《(う)》ちふせて、衣《(きぬ)》を剝《(は)》ぎ侍りつれば、を《(お)》めき候《さぶらひ》つる声《(こゑ)》につきて、人々《(〱)》出《(い)》でまうで来《(き)》つれば、今はさりとも出《いで》させ給《たまひ》ぬらんと思ひて、こなたざまに参《(まい)》りあひつるなり」とぞ言《(い)》ひける。

童部《わらはべ》なれども、かしこく、うるせきものは、かか《(こ)》る事をぞしける。

〈現代語訳〉

そうこうしているうちに、明け方近くになったかと思うところに、この童が、どうやって入ったのか、やって来る音がする。と、侍が「誰だ、その童は」と、気がついて尋ねるので、下手に答えるのではないかとはらはらしていると、「御読経《みどきよう》の僧のお供の童子です」と名のる。そう名のられて、侍は「早く行け」と言う。これはうまく答えたものだ。だが、今度はこの部屋の近くにやって来て、いつも呼ぶ女《め》の童の名を呼ぶだろうと、またそれを心配していると、近づいても来ないで、通り過ぎて行く。この童もわかっているぞ。気の利くやつだな。そうとわかっていれば、なんとか計略があるのだろうと、童の心を知っているので、頼もしく思っていると、大路で女の声で、「追いはぎだ！　人殺し！」とわめく。それを聞いて、この立っていた侍どもは、「それ、つかまえろ。かまうまい」と言って、みな走り出して、門は開けてもいられないので、土塀の崩れたところから走り出ながら、「どっちへ行った」、「こっちか」、「あっちだ」と尋ね騒いでいるうちに、季通は「これはこの童の計略だぞ」と思ったので、走り出てみると、門には錠が掛けてあるので、門は心配ないと考え、土塀の崩れたところに一部の者がとどまって、あれこれ言っている。そこで季通は門のところに走り寄って、錠をねじって引き抜いて、開けるやいなや走り去り、土塀の側を走り過ぎるあたりでこの童は走って来て一緒になった。

連れだって三町ほど走って逃げのびて、ふだんのようにゆっくりと歩いて、「いったいどんなふうにやったのだ」と言うと、「門がどれもいつもと違って鍵がかかっているうえに、土塀の崩れたところに侍どもが立ちふさがって、厳しく尋問いたしましたので、そこでは『御読経の僧の童子です』と名のりましたら入れてくれました。それから帰って、あれこれ何とかしようかと存じましたが、ともかく私が参っていることをわかっていただかなくてはまずかろうと思われましたので、私の声を聞いていただいてから、また外に出て行き、するとこの隣の女の童が大便をしてしゃがんでいましたので、そいつの頭をつかんで打ち倒し、着物を剝ぎ取りましたら、大声でわめきました。その声を聞いて人々が出て参りましたので、もはやいくら何でも脱出なさったことだろうと思い、こちらの方にやって来てお逢いしたのです」と言った。

子供ではあるが、賢く機転の利く者はこういうことをしたのである。

〈語釈〉

○**けしきとりて**　気づいて。本話に既出。○**あしくいらへなんず**　まずい返事をするだろう。『版本』は「あらくいらへなんず」。「いらふ」は答える意。○**かしこくいらへつるものかな**　うまく答えたものだ。○**うるせきやつ**　気が利くやつ。「うるせし」は機転が利く。賢い、有能だの意。○**さりとも**　まさか。よもや。悲観すべき状況の中でひとすじの希望をいだく場合に用いる語。○**たばかる**　謀る。「た」は接頭語。くふうする。○**引剝**　追いはぎ。『今昔』は「引剝有《ひきはぎある》ニ」○**人殺すや**　「や」は終助詞。間投助詞とする説もある。人殺しだ！　人殺し！　○**をめく**　わめく。大声で叫ぶ。○**からめよや**　つかまえろ。「搦《から》む」は捕えて縛る。逮捕する意。○**けしうはあらじ**　異《け》（怪）しくはあらじ。さしつかえない。「けしう」は形容詞「けし」の連用形「けしく」のウ音便の副詞化したもの。ここは守りの場を離れてそちらに行ってもさしつかえなかろうの意。○え開けあへず　開けようとしても開けられない。「あへ（ふ）」は完全に終わりまで何かをしおおせる意の接尾語。「あへず」はしようとしてできない、しきれないの意。ここは門の錠が掛けてあり、鍵をとってあるので、急に開けようとしても開けられないのである。○かたへ　片方。一部分。『今昔』「崩《くづれ》ノ許《もと》ニ少々ハ留リテ」。○あくるままに　底本「あくるまに」。『書陵部本』、『陽明本』、『版本』「あくるまゝに」によって改める。開けるやいなや。「ままに」は「……するや否や」「……するなりすぐに」の意を表わす。『今昔』は「門《かど》ヲ開《ひら》クマヽ」。「あくるま」とすると、開いたすきまからの意となろう。○走あひたる　走って来合わせた。○三町　約三三〇メートル弱。一町は約一〇九メートル。○走《はしり》のびて　走って逃げのびて。○例のやうに　ふだんのように。○いて侍《はべり》つるを　「出で侍つるを」（『新大系』）とすると意味が取りにくいので、『今昔』の「入テ候ツレバ」に従って、屋敷内に入れてくれたので、と解する。○とかくやせまし　「とかく」はあれやこれや、いろいろとの意の副詞。「せ」はサ変動詞未然形。「まし」はためらいを表わす助動詞。「……したものであろうか。……したらどうだろう」の意。○思給《おもひたまへ》　「給ふ」は補助動詞下二段。謙譲の語。「思ふ」に付くことが多い。○くそまりゐて侍《はべる》を　しゃがんで糞をしておりましたのを。『版本』は「くほまりゐて侍るを」。○しや頭《がしら》　「しや」は接頭語。卑しめののしって言う語。『今昔』は「シヤ髪《かみ》」。

〈参考〉

『今昔』巻二十三第十六話とほぼ同文的同話。『今昔』では強力譚として採録され、その前話第十五話は季通の父則光の勇武を語る話である。則光・季通父子ともに剛勇の者であったことを一対の話として前後に続けて収録している。特に季通については、「此ノ季通思量リ賢ク力ナドゾ極ク強カリケル」と評して、智勇ともにすぐれた人物として描いている。

一方、『宇治』では、前話（第二十六話）の、危く呪殺されるところであった蔵人少将が、時の陰陽道の権威であった安倍晴明の呪力により一命を助けられたという話を承《う》けた形になっている。本話は剛勇の季通が一介の供の童子にすぎない者の機智と機転とによって、からくも危難を脱し得たという好対照をなす話として採録されている。

『今昔』では話末評語において「童部ナレドモ此《か》ク賢キ奴ハ難有キ者也」と言うが、さらに続けて「此ノ季通ハ陸奥前司則光朝臣ノ子也。此《これ》モ心太《こころふと》ク力有ケレバ、此クモ逃也」として、結果的には季通の豪胆と剛力とに重点を置いた書き方をしているが、本書では話末を「童部なれども、かしこく、うるせきものは、かかる事をぞしける」と結んで、少年の智力に重点を置いた書き方をしており、この話に対する両書の違いが見てとれる。

この話は、季通が通っていた女房の貴人の家で、侍どもが外部者の男に対する反感と焼き餅とで徒党を組み、季通を襲撃しようとした場面や、女房と季通の緊迫した不安と焦躁感などが迫真的でよく書けている。また、女房が仕える主人も知って知らぬふりをして黙認し、それ陰で侍どもの味方をしている点など、いかにもありそうな話でおもしろい。ところが、それが年端《としは》も行かぬ童子一人の智恵にまんまと出し抜かれたというのだから、実によくできた話である。それぞれの人物の動きや心情を対比して記している。なお、『今昔』第十五話の則光の話は、本書では第百三十二話に載っている。

最後に季通の『後拾遺集』と『金葉集』に収録された歌をあげておく。

『後拾遺集』巻十　哀傷

560　橘則長（筆者注・季通の兄、母は清少納言）、越《こし》にてかくれ侍りにける頃、相模がもとにつかはしける　橘季通

思ひ出づや思ひ出づるに悲しきは別れながらの別れなりけり

巻十八　雑四

1041　則光朝臣の供に陸奥国《みちのくに》に下りて、武隈《たけくま》の松をよみ侍りける　橘季通

武隈の松は二木《ふたき》をみやこ人いかゞ（と）問はばみきとこたへむ

『金葉集』巻七　恋部上

閏《うるう》五月はべりける年人をかたらひけるに、後の五月すぎてなど申しければ　橘季通

なぞもかくこひぢにたちて菖蒲草《あやめぐさ》あまりながびく五月《さつき》なるらん

なお、本話の題名で「季通欲逢事事」の「欲」は、「する」と読んでおく。これは筆者（増古）の高校時代の恩師高田喜好氏の教えによる。

二十八（上廿八）袴垂合保昌事〈袴垂《はかまだれ》、保昌《やすまさ》に合《あ》ふ事〉　巻二―十

昔《むかし》、袴垂《はかまたれ》とて、いみじき盗人の大将軍ありけり。十月《斗》ばかりに、衣《きぬ》の用なりければ、衣すこしまうけんとて、さるべき所々《く》うかがひ歩《あり》きけるに、夜中ばかりに、人みなしづまり果《は》てて《こ》のち、月の朧《おぼろ》なるに、衣《きぬ》あまた着《き》たりけるぬしの、指貫《さしぬき》の稜《そば》挟《はさ》みて、絹《きぬ》の狩衣《かりぎぬ》めきたる着《き》て、ただ一《こ》人《ひとり》笛吹《ふき》て、行《ゆ》きもやらず練《ね》り行《ゆけ》ば、あはれ、これ《是》こそ、我に衣《きぬ》得《え》させんとて、出《いで》たる人なめりと思ひて、走《はしり》かかり《こ》て衣《きぬ》を剥《はか》んと思《おも》ふに、あやしく物の恐《おそ》ろしく覚《おぼ》えければ、添《そ》ひて二、三町ばかり行《い》けども、我に人こそ付《つき》たると思《おもひ》たる気色《けしき》もなし。いよいよ《く》笛を吹《ふき》て行《い》けば、試《心》みんと思《おもひ》て、足を高《たか》くして走《はしり》よりたるに、笛を吹《ふき》ながら見《み》かへりたる気色《けしき》、とりかかる《こ》べくも覚《おぼ》えざりければ、走《はしり》のきぬ。

かやうにあまたたび《こ》、とざまかうざまにするに、露《つゆ》ばかりも騒《さは》ぎたる気色《けしき》なし。希《け》有《う》の人かなと思ひて、十余町ばかり具《く》して行《いく》。さりとてあらんやはと思《おもひ》て、刀を抜《ぬ》きて走《はしり》かかり《こ》たる時に、その度《たひ》笛を吹《ふき》やみて、立帰《たちかへり》て、「こは何者《なにもの》ぞ」と問《と》ふに、心も失《う》せて、我《われ》にもあらで、ついゐられぬ。また《又》、「いかなるものぞ」と問《こ》へば、今

は逃《に》ぐとも、よも逃《に》がさじと覚《おぼ》えければ、「引剥《ひはぎ》に候《さぶら》ふ」と言《い》へば、「何者《もの》ぞ」と問《と》へば、「字《あさな》、袴垂《たれ》となん言《い》はれ候《さぶら》ふ」と答《こた》ふれば、「さ言《い》ふ者《もの》有《あり》と聞《き》くぞ。あやふげに希有のやつかな」と言《い》ひて、「ともにまうで来《こ》」とばかり言《い》ひかけて、また《又》、同《おな》じやうに笛吹《ふき》て行《ゆく》。

この《此》人の気色《けしき》、今は逃《に》ぐとも逃《に》がさじと覚えければ、鬼に神《しん》とられたるやうにて、ともに行程《ゆく》に、家に行《ゆき》つきぬ。いづこぞと思へば、摂津前司保昌といふ人なりけり。家の内《うち》に呼《よ》び入《いれ》て、綿厚《あつ》き衣一《きぬひとつ》を給はりて、「衣《きぬ》の用あらん時は参《まい》りて申せ。心も知《し》らざらん人に取《と》りかかりて、汝《なんぢ》、あやまちすな」とありしこそ《》、あさましく、むくつけく、おそろしかりしか。いみじかりし人の有様なりと《也》、捕《とら》へられて後《のち》語《かた》りける。

〈現代語訳〉

二十八　袴垂《はかまだれ》が保昌にあうこと

昔、袴垂といってものすごい盗人の首領がいた。十月ごろに着る物が必要になったので、それを少し手に入れようと思い、ものになりそうな所々を物色して歩いていた。と、夜中ごろ、人々がみなすっかり寝静まってから、月がおぼろに照る道を着物を何枚も着ていそうな人が、指貫袴《さしぬきばかま》の股立《ももだち》をとって、絹の狩衣《かりぎぬ》のようなものを着て、ただ一人笛を吹いて、通り過ぎるともなくゆっくりと歩いて行く。それを見て、しめしめ、こいつこそおれに着物をくれようということで出て来た人だろう、と思い、走りかかって着物を剝ぎ取ろうと思うが、不思議とそら恐ろしく感じたので、あとをつけて二、三町ほど行ったが、誰かが自分のあとをつけていると気付いた様子もない。いよいよ興に入って笛を吹きながら行くので、ひとつやってみようと思い、足音高く走り寄ったところ、笛を吹きながらこちらを振り返って見た様子は、とうてい襲いかかれそうには思えなかったので、急いで逃げ去った。

このように何度も、あれこれやってみるが、少しも動じた様子がない。妙な人だと思い、十余町ほどついて行く。そうかといって、このままおめおめ引き下がれるものかと思い、刀を抜いて走りかかったその時、今度は笛を吹くのをやめ、立ち戻って、「きさま、何者だ」と尋ねた。とたんにぼうっとなって、思わずその場にへたりこんでしまった。また「なにやつだ」と聞いたので、今となっては逃げても、よもや逃がしてはくれまい、と思われたので、「追剝《おいはぎ》でございます」と言うと、「名は何と言う」と聞くので、「普通には袴垂《はかまだれ》と言われております」と答えると、「そういう者がいるとは聞いているぞ。物騒な、とんでもないやつだな」と言って、「一緒について来い」とだけ言いかけて、また同じように笛を吹いて行く。

この人の様子では、今は逃げても逃がしはすまいと思えたので、まるで鬼に魂を取られたようになって一緒に行くうちに、その人の家に行き着いた。いったいどこだろうと思ったら、摂津の前司保昌《やすまさ》という人の家だった。袴垂を家の中に呼び入れて、厚い綿入れの着物を一枚くださって、「着物が入り用の時はやって来て申せ。気心もわからない人に打ってかかって、おまえ、ひどい目に遭うな」と言われたが、いやはや何とも言えず気味が悪く、恐ろしかった。すばらしい風采の方だった、と捕えられてから後に袴垂が語ったという。

〈語釈〉

○**袴垂**　平安中期の伝説的大盗賊。伝未詳。世に「袴垂保輔《やすすけ》」といわれ、袴垂と藤原保輔が同一人のようにいわれたが、別人である。両者ともに大盗賊であったことから結びつけられたものと考えられる。保輔は「盗人の長」（第百二十五話）、「強盗の張本」（『尊卑分脈』）といわれ、本話に登場する保昌の兄弟である。○**大将軍**　首領。○**十月**　孟冬。冬のはじめの月で、冬用の着物がほしくなる時期である。○**まうけん**　「まうく」は必要な事物をあらかじめ用意すること、入手すること。○**着たりけなるぬし**　「りけ」は底本「る」を見せ消ちにして、「りけ」と傍書。『書陵部本』は「きたりけなる」、『陽明本』は「きたるなる」、『版本』「きたりける」。ここは「着たりげなる」（着ていそうな）の意にとる。「ぬし」は人をいう敬語。○**指貫**《さしぬき》　「指貫の袴」の略。袴の一種。裾《すそ》のまわりに通した紐を、くるぶしのところでしばるようにしたもの。第十八話に既出。○**稜挟**《そば》**みて**　袴の股立《ももだち》を取って。「股立」は袴の左右の腰の、あきの縫い止めの部分。「股立を取る」というのは、動作に便利なように、「股立」をかかげて帯にはさむこと。第二十七話参照。**○狩衣《かりぎぬ》**　もとは狩の時に用いた衣服。後に貴族の常服となり、絹・綾・織物などで、はなやかに仕立てられた。狩衣では参内《さんだい》は許されないが、院参は許された。後世、公家・武家の礼服となる。第十八話参照。**○練り行《ゆく》**　ゆっくり歩く。**○二、三町**　二〇〇～三〇〇メートル余。一町は約一〇九メートル。**○付《つき》たる**　二冊本系統のものは「付たる」。『版本』は上の「こそ」を受けて「つきたれ」。『今昔』は「(こそ)付《つき》ニタレ」。**○足を高くして**　『今昔』は「足音ヲ高クシテ」。**○とざまかうざま**　あれやこれや。あれこれ。**○希有の人**　不思議な人。**○さりとてあらんやは**　そうかといって、このままですませるわけにはいかない。「やは」は反語の助詞。**○心も失せて**　驚いて気が遠くなり。『今昔』は「心モ肝《きも》モ失《う》セテ、只《ただ》死ヌ許《ばかり》怖《おそろ》シク思《おぼ》ヱケレバ」。**○我《われ》にもあらで**　茫然自失の状態で。**○ついゐられぬ**　「つき居る」の音便。かしこまる。坐る。「れ」は自発の助動詞。思わず知らずかしこまってしまった。ひとりでにひざまずいてしまった。**○引剝《ひはぎ》**　追剝。第二十七話参照。**○字《あざな》**　通称。あだな。**○鬼に神《しん》とられたるやうにて**　「神」は精神・魂。『今昔』は「鬼神《きじん》ニ被取《とら》ルト云《いふ》ラム様ニテ」。**○摂津前司保昌**　藤原保昌。天徳二年（九五八）～長元九年（一〇三六）。平安中期の中級貴族。南家《なんけ》武智麻《むちま》呂《ろ》流、大納言元方の孫で右京大夫致忠《むねただ》の子。母は醍醐天皇の皇子源元明の女《むすめ》。肥前守、大和守、丹後守、摂津守などを歴任。道長・頼通に家司《けいし》として仕え、寛弘八年（一〇一一）八月、従四位下に叙される（『御堂関白記《みどうかんぱくき》』、『小右記』）。和泉式部の夫。『尊卑分脈』には正四位下とあり、「歌人、勇士武略之長」とする。弟に「強盗の張本」といわれた保輔がいる（第百二十五話）。第百三十五話に再出。○むくつけく　気味が悪く。「むくつけし」ははかり知れない恐ろしさについていう語。○いみじかりし　「いみじ」はここではほめる気持をいう語。すばらしい、たいしたものだの意。

〈参考〉

『今昔』巻二十五第七話とほぼ同文的同話。前々話から危難に遭う話が続く。前話は、橘季通が召し使いの少年の機転によって侍どもの陰謀による危地をからくも脱出した話であったが、本話は「盗人の大将軍」として世間を騒がせ、恐れられた袴垂が、保昌の威厳と温情により助けられるという話である。貴人が強盗にやられそうになって、なんとか助かるというのが話としては普通だが、ここはその反対で、大強盗が貴人の威圧に腰を抜かし、その温情を受けるという点が意表を衝いておもしろい。

月の朧に照らす夜、狩衣、指貫のいでたちで、笛を吹きながらゆっくりと歩む貴人の姿は、まさに一幅の絵である。それを袴垂は「これこそ、我に衣得させんとて、出《い》でたる人なめり」と一人合点する。「盗人にも三分の理」というが、まさにそのようなところだろうか。しかし、やがてこの貴人の発する不思議な力に気圧《けお》され、一喝されて腰を抜かし、かくして「鬼に神とられたるやうに」して貴人の家までついて行く。衣を与えられ、戒告を受けて解放された。この温情あふれる言葉をかけてくれた保昌の勇気と仁慈を、後日、袴垂が捕えられてから語ったという、盗賊による保昌の賛嘆譚というべきだろう。

　一方、保昌の実像の一面はいかなるものであったろう。「強盗張本、本朝第一の武略、追討の宣旨を蒙ること十五度」（『尊卑分脈』）といわれた大盗賊の弟の保輔は、保昌三十歳ごろに捕えられ、禁獄されて自害し、父の致忠《むねただ》は、保昌四十歳のころに殺人の罪によって佐渡国に流されている（『小右記』長保元年十二月廿五日「致忠朝臣肱禁将上、但不脱巾、依宣旨令候左衛門射場者」、廿八日「昨被行配流事、〈中略〉致忠朝臣配佐渡」）。このような条件下で保昌の人生街道は決して平坦であったとはいえなかろう。長野甞一『今昔物語集論考』（笠間書院）によれば、「保昌は同じ藤原氏ながら南家武智麿流で、祖父元方が北家との権力争いに敗れてより、全くうだつの上がらぬ家系である。かかる恩怨を忘れて自己の保身と出世をはかったのが兄保昌であり、かかる屈辱と圧迫に堪え切れず、強盗の張本となって反社会的な行為に出たのが弟保輔である」と言い、「この兄弟は全く反する人生街道を歩いたのだが、兄は弟の心事に対して同情と、少なからぬ共感をすらいだいていたらしい」と推測している。そして、袴垂に対する温情も、「同じ大盗を弟に持つ保昌の複雑な心情を語っていると思う」と述べている。

　また、志村有弘は『説話文学の構想と伝承』（明治書院）において次のように言う。袴垂がついて行った「摂津前司保昌」は、保昌が摂津守であったのは長元年間（一〇二八～三七）で、特に『大日本史』（摂津国司の条）に載せられている「長元七年（一〇三四）」という時点に焦点を合わせると、保昌は七十七歳という高齢で、しかも、その二年後の長元九年には他界している。だから、「摂津前司」とあるのに注目すれば、この話は「内容それ自体信憑性を欠くか、あるいは保昌死後に成立したものとなる」と指摘し、「おそらく本説話の成立は、保昌死後に形成されたものであろう」と述べている。

ともあれ、本話は二人の会話にも迫真性があり、状況描写も見事で、すぐれた一篇というべきであろう。

二十九（上廿九）明衡欲逢殃事〈明衡《あきひら》、殃《わざはひ》に逢《あ》はんとする事〉巻二—十一

昔《むかし》、博士《はかせ》にて大学頭《だいがくのかみ》明衡といふ人ありき。若《わか》かりける時、さるべき所に宮仕《みやづかへ》ける女房をかたらひて、その所に入臥《いりふ》さん事便《びん》なかりければ、その傍《かたはら》にありける下種《げす》の家を借《かり》て、「女房かたらひ出《いだ》して臥《ふ》さん」と言《い》ひければ、男あるじはなくて、妻ばかり《斗》ありけるが、「いとやすき事」とて、お《を》のれが臥《ふ》す所よりほかに臥《ふす》べき所のなかりければ、我《わが》臥《ふ》し所をさりて、女房の局《つぼね》の畳を取《と》り寄《よ》せて、寝《ね》にけり。家あるじの男、我《わが》妻の密男《みそかおとこ》すると聞《きこ》きて、「その密男《みそか》、今宵《こよひ》なん逢《あ》はんとかまふる」と告《つ》ぐる人ありければ、来《こ》んを構《かま》へて殺さんと思ひて、妻には、「遠く物へ行《ゆき》て、いま《今》

四、五日帰《かへる》まじき」と言《い》ひて、そら行《い》きをして、うかが《ゝ》ふ夜にてぞありける。

家あるじの男、夜ふけて立聞《たちき》くに、男女の忍《しのび》て物言《い》ふ気色《けしき》しけり。さればよ、隠《かく》し男《をとこ》来《き》にけりと思《おもひ》て、みそかに入《いり》てうかが《ゝ》ひ見《み》るに、我寝所《わがねどころ》に、男、女と臥《ふし》たり。暗《くら》ければ、たしかに気色《けしき》見《み》えず。男のいびきする方《かた》へ、やはらのぼりて、刀を逆手《さかて》に抜《ぬ》き持《も》ちて、腹の上とおぼしきほどを探《さく》りて、突《つ》かんと思《おもひ》て、腕《かいな》を持《もち》あげて、突《つ》き立《た》てんとする程に、月影の板間《いたま》より漏《も》りたりけるに、指貫《さしぬき》のくく《ゝ》り長《なか》やかにて、ふと見《み》えければ、それにきと思《おもふ》やう、我妻《わがつま》のもとには、かやうに指貫着《き》たる人はよも来《こ》じもの《物》を。もし人違《たか》へしたらんは、いとほ《お》しく不便《ふびん》なるべき事と思ひ《ゝ》て、手を引《ひ》き返して、着《き》たる衣《きぬ》などを探《さく》りけるほどに、女房ふとおどろきて、「ここに人の音《をと》するは、誰《た》そ」と忍《しのび》やかに言《い》ふけはひ、我妻にはあらざりければ、さればよと思《おもひ》て居退《ゐの》きける程に、この臥《ふし》たる男もおどろきて、「誰《た》そ、誰《〳〵》そ」と問《と》ふ声《こゑ》を聞《き》き《ゝ》て、我妻の下《しも》なる所に臥《ふ》して、「我《わが》男の気色《けしき》のあやしかりつるは。それがみそかに来《き》て、人違《たか》へなどするにや」と覚《おほ》えける程《ほと》に、おどろき騒《さは》ぎて、「あれは誰《た》そ。盗人か」などのの《ゝ》しる声の、我妻にてありければ、異《こと》人々《〳〵》の臥《ふ》したるにこそと思《おもひ》て、走出《はしりいで》て、妻がもとにいきて、髪を取《と》りて引《ひき》ふせて、「いかなる事ぞ」と問《ゝ》ひければ、妻、さればよと思《おもひ》て、「かしこう、いみじきあやまちすらんに。かしこには、上臈《じやうらふ》の、今夜ばかり《(斗)》とて、借《か》らせ給《たまひ》つれば、貸《(か)》し奉《(たてまつ)》りて、我はここ《(ゝ)》にこそ臥《(ふ)》したれ。希有のわざする男かな」とのの《(ゝ)》しる時にぞ、明衡もおどろきて、「いかなる事ぞ」と問《とひ》ければ、その《(其)》時に、男出《いで》きて言《(い)》ふやう、「おのれ《(を)》は甲斐殿《かひどの》の雑色《ざふしき》なにがしと申者《まうす》にて候《さぶらふ》。一家《いつけ》の君おはしけるを知《(し)》り奉《(たてまつ)》らで、ほとほと《(〳〵)》あやまちをなむ仕《(つかまつ)》るべく候《さぶらひ》つるに。希有《(けう)》に御指貫のくくり《(ゝ)》を見つけつつ《(ゝ)》、しかじか《(〳〵)》思給《おもひたまへ》てなん、腕《(かいな)》を引《ひき》しじめて候《さぶらひ》つる」と言《(云)》て、いみじう侘《わび》ける。

甲斐殿といふ《(云)》人は、この明衡の妹の男なりけり。思《おもひ》かけぬ指貫《(さしぬき)》のくくり《(ゝ)》の徳に、希有《(けう)》の命をこそ生《(い)》きたりければ、かかれ《(ゝ)》ば人は忍《しのぶ》と言《(い)》ひながら、あやしの所には立《たち》よるまじきなり。

〈現代語訳〉

二十九　明衡《あきひら》が災いに遭《あ》おうとすること

昔、文章博士《もんじようはかせ》で大学頭《だいがくのかみ》の明衡という人がいた。若かった時、相当な高貴なお邸《やしき》に宮仕えしていた女房と深い仲になり、その女の部屋に入って寝るのも不都合だったので、その近くにあった下賤の者の家を借りて、「女房を誘い出して寝たいのだが」と言うと、ちょうど主人がいなくて、妻だけがいて、「いいですよ」と言い、自分が寝るところ以外に寝場所がなかったので、自分の寝所をあけて、女房の部屋の薄縁《うすべり》を取り寄せて敷き、二人はそこに寝た。その家の主人は、自分の妻が間男《まおとこ》を持っていると聞き、しかも「その間男が今夜逢おうとたくらんでいるぞ」と告げる人がいたので、来るのを待ち構えて殺してやろうと思い、妻には、「遠方に出かけるので、あと四、五日は帰れないぞ」と言って、出かけたふりをして、その夜、様子をうかがっていた。

その主人の男が、夜更けに立ち聞きすると、男女がひそひそと語り合う気配がした。「やっぱりそうか。隠し男が来たんだ」と思い、こっそり中に入って様子をうかがってみると、自分の寝所に男が女と寝ている。暗いので、はっきりとは様子が見えない。男のいびきのする方へそっと這い寄って、刀を逆手に抜き持って、腹の上と思われるあたりを探って、突こうと思い、腕をふり上げて突き立てようとした時、月の光が屋根板の隙間からさし込んで、指貫《さしぬき》の括《くく》りの紐の長々としたのがふと目に入った。それではっとして、「おれの妻のところには、このような指貫を着るような人がまさか来ることはあるまい。もし人違いでもしたら、気の毒だし、まずいことになるぞ」と思い、手を引っ込めて、着ているものなどを探っていると、寝ていた女房がふと目を覚まして、「ここに人の気配がするけど、どなた」とひそやかに言う様子が自分の妻ではなかったので、やっぱりと思って引き下がった。するとこの寝ていた男も目を覚まし、「誰だ。誰だ」と問うた。その声を聞いて、自分の妻は勝手元で寝ていて、「夫の今日の様子はおかしかったわ。もしやこっそりやって来て、人違いでもするんじゃないかしら」と思ったので、はっととび起き騒ぎだし、「おまえは誰。どろぼうか」などと騒ぎたてる声が自分の妻だったので、「では、別の人々が寝ていたのだ」と思い、走り出て妻のところに行って、髪を摑《つか》んで押さえつけ、「これはいったいどういうことだ」と聞いた。妻は、やっぱりそうか、と思い、「よかった。とんでもない間違いをするところだったわ。あそこには、身分の高いお方が今夜だけとおっしゃってお借りになったので、お貸し申して、私はここに寝ていたのよ。あきれたことをする男ね」と騒ぎたてたその時、明衡も驚いて、「どういうことなのだ」と尋ねた。その時、男が出て来て、「私は甲斐殿の召使いでなにがしと申す者です。御一門のお方がおられるとは存じませんで、すんでのところで間違いをしでかすところでございましたが、たまたま御指貫の括《くく》りの紐を見つけて、これこれ考えまして、腕を引っ込めた次第でございます」と言って、ひどく恐縮した。
甲斐殿という人は、この明衡の妹の夫であった。思いがけない指貫の括りのおかげで、あぶない命が助かったので、だから、人は忍び歩きをするとはいっても、下賤な者のところには立ち寄ってはならないということである。

〈語釈〉

○博士《はかせ》　官名。大学寮には明経《みょうぎょう》博士・紀伝博士（のちに文章《もんじょう》博士）・明法《みょうぼう》博士・算博士・音博士があり、陰陽寮には陰陽博士・暦博士・天文博士・漏刻博士などがある。学生《がくしょう》に教授し、試験を課する役。ここは文章博士。○**大学頭**　大学寮の長官。従五位上相当官。○**明衡**　永延二年（九八八）～治暦二年（一〇六六）。生年は一説に永祚元年（九八九）。藤原敦信の子。母は良峰英材の女《むすめ》。出雲守、式部少輔、康平五年（一〇六二）文章博士。以後、東宮学士、大学頭などを歴任、従四位下に至る。後冷泉朝第一の詩人・文人。その博学は抜群で、歌人としてもすぐれ、著作も多く、『本朝文粋《ほんちょうもんずい》』、『明衡往来《めいごうおうらい》』（『雲州往来』、『明衡消息』、『雲州消息』とも）、『新猿楽記《しんさるがくき》』などがある。○**さるべき所**　りっぱな、れっきとした身分の邸。○**かたらひて**　「語らふ」は親しく交わる。男女が互いに言いかわす。契る。○**下種**　身分の低い者。下人。使用人。第十九話に既出。○**畳**　敷物の総称。今の薄縁《うすべり》のようなもの。○**密男**《みそかおとこ》　ひそかに人妻のもとに通う男。まおとこ。また、その男と関係すること。○**帰**《かへる》**まじき**　帰れそうにない。「まじ」は否定的な予想を表わす助動詞。連体止めにしてあるのは、留守に心を引かれる気持ちを込めた表現か。○**そら行き**　出かけたふりをする。○**さればよ**　予想していたとおりだった場合に用いる語。やっぱりそうだったな。○**みそか**　「ひそか」と同義。こっそり。○**やはら**　『版本』「やをら」。そっと、第十三話既出。○**月影**　月の光。月の光が家の外張りの板と板との隙間からさし込んで来たのである。粗末な家の様子がうかがわれる。○**指貫のくくり**　指貫袴の括りの紐。袴の一種で、裾《すそ》のまわりに組み紐を通して、はいてから紐をしぼって括るもの。その紐をいう。『今昔』「指貫ノ扶《くくり》ノ、長ヤカデ物ニ懸《かかり》タルニ」とあり、脱いだ指貫袴を何かにかけておいたものであろう。その括りの紐が長くたれ下がっていたものか。第十八・二十八話既出。○きと　さっと。すぐに。なお、次の「不便なるべき事と」の「と」は、底本「を」。その「を」を見せ消ちにして「と」と傍書。○居退《ゐの》く　その場から退く。○下《しも》なる所　下《しも》の勝手もとの方。入口や台所のような場所。○かしこう　「かしこし」の連用形のウ音便。事の意外さに驚き、また、その結果が幸いだったことを喜ぶ気持ちを表わして陳述副詞的に用いる。よくもまあ。○上臈　身分の高い人。上流階級の人。下臈《げらう》の対。なお、次の「借らせ」の「ら」は、底本「ゝ」を見せ消ちにして「ら」と傍書。○ののしる　騒ぎたてる。第十七・二十三話等多出。○甲斐殿　甲斐守殿。末文に「甲斐殿といふ人は、この明衡の妹の男なりけり」とあり、『今昔』では「藤原公業《きんなり》ト云人也ケリ」と明記する。公業（生年未詳～万寿五年〈一〇二八〉）は藤原有国の子。本名は景能。母は越前守斯成の女《むすめ》。『尊卑分脈』には公業の息、経衡の母の項に「広業卿女」と記し、一本に「山城守敦信の女」とするとある。これでみると、公業の妻の一人に明衡の姉妹がいたことになり、実話性が増す。○雑色　小者。下男。第十八話に既出。○なにがし　自称で、男性が謙称に用いる。『今昔』は「某丸《それがしまろ》」とする。○一家《いつけ》の君　御一門のお方。明衡はこの雑色の主君の義兄弟。○ほとほと　もう少しのところで。あやうく（……するところだった）。すんでのところで。○見つけつつ　諸本は「見付て」「見つけて」。『今昔』は「見付候テ」。「見つけて」の誤写か。○思給《おもひたまへ》　「給」は謙譲・自卑を表わす補助動詞。もっぱら会話文中に用いられ、多く動詞「見る」「聞く」「思ふ」につける。下二段活用。第二十七話に既出。○引《ひき》しじめて　「しじむ」は縮める意。引っ込めて。○徳におかげで。○忍ぶ　忍び歩き。人目に立たぬように隠れて女の所へなど通うこと。○あやしの所　賤しい者のところ。

〈参考〉

『今昔』巻二十六第四話と同文的同話。藤原明衡が九死に一生を得た話。

冒頭の「明衡といふ人ありき」の「き」に注目すれば、『今昔』でも「明衡ト云博士有キ」と同じ直接経験を回想する助動詞が用いられている。前話の第二十八話でも話末に「『汝、あやまちすな』とありしこそ……おそろしかりしか。いみじかりし人の」と同じ助動詞の「き」が用いられ、第二十七話でも「橘季通といふ者ありき」とあって、この三話は一連の助動詞使用話といえる。しかし、これらはいずれも本書の撰者の直接経験を意味するものではなく、典拠となったものの表記を踏襲したものとされる。おそらくこの三話は典拠を同じくするものではあるまいか。あるいは橘季通・藤原保昌・藤原明衡のいずれもが、著名で、撰者にとっても読者にとっても、心情的に親しみを感じる人物であったということとも関係がありそうである。

　ところで、本話は『今昔』と比較すると、『今昔』の方が描写がより具体的である。例えば、明衡が交渉して泊めてもらった下種の家は『今昔』では「狭キ小屋ナレバ」とあって、いかにも月の光が板の隙間から洩れ入るにふさわしい粗末なものらしく、その月光も「屋ノ上ノ板間ヨリ」洩れているので、雨でも降れば雨漏りもしそうな貧しい庶民の小屋であることがわかる。本来なら貴人など泊まるようなところではない。明衡も女房もよほど切実に逢いたかったものとみえる。

また、明衡が殺されずにすんだきっかけとなったのが、本話では単に指貫の括りの長いのがふと目に留まったとするだけだが、『今昔』では「指貫ノ扶《くくり》ノ、長ヤカデ物ニ懸《かかり》タルニ」とあり、明衡が袴を脱ぎ、それを何かに掛けておき、その裾の紐が長くたれ下がっていたのがふと目に留まったとする。そのうえ、明衡と女房が臥しているあたりからは、「極《いみじ》ク娥《うるはし》キ香」が匂って来、さらに二人の着物を探ると、『今昔』では柔らかで上等の絹製の衣であり、また女房が忍びやかに言う気配も「ヤハラカニテ」、自分の妻ではないことが明白になる。なお、男が明衡を「一家の君」であると言うが、それがわかった理由を本書では語っていない。『今昔』では、男が明衡の声を聞いてただちに「其ノ人也ケリ」とわかった理由を後文に明記している。すなわち、「其ノ甲斐殿ト云ハ、此ノ明衡ノ妹ノ男ニテ、藤原公業ト云人也ケリ。此ノ男ハ其ノ人ノ雑色也ケレバ、常ニ明衡ノ許《もと》ニ使ニ来《きた》リケレバ、明暮レ見ユル男也ケリ」とあって、男は明衡邸に主人の使いとして日頃出入りし、その邸の主人である明衡の声を聞き知っていたというのである。

ところで、教訓色の薄い本書が、話末に「人は忍《しのぶ》といひながら、あやしの所には立よるまじきなり」という教訓を付加している。しかしこれもおそらく典拠となった原典にあったのをそのまま引いたものであろう。『今昔』も同様に述べているが、『今昔』ではさらに明衡が助かったのは、「宿世《すくせ》ノ報」によるのであり、ここでは死なないという前世からの因縁があったから殺されなかったのだ、として、すべてはみな「宿報」によるのだと結論づけている。この点も両話の大きな違いである。

　ここまで、第二十六話から続けて四話、災難に遭う話が続いたが、本話が最も「希有の命」を生きた現実味のある話といえるだろう。

　この話が事実だとして、明衡がこの時一命を落としていたら、後年の明衡の学者・詩人としての業績はなかったことになる。

　ところで、明衡の父敦信（山城、肥後の国守）は学才にも詩文の才にもすぐれていたが、儒門の出でなかったために一地方官として生涯を終えた。父は自分でかなわなかった学問の夢を明衡に託し、勉学に努めさせたが、儒門の出身者には差をつけられ、明衡が対策（官吏登用試験）に及第した時は、すでに四十歳を越えていたという。明衡は官位も遅々として進まず、正五位下のまま十七年も据え置かれた。彼は大学頭の申状《もうしじょう》（上申書）に「齢臨㆓素髪㆒位沉㆓緋衫㆒」と記して、素髪（白髪）になってもまだ緋衫《ひさん》を着る五位であることを嘆いている（『本朝続文粋』）。また、七十歳を過ぎてようやく従四位下に叙されたことを嘆き、さらに加階昇進を申請し、「先父敦信殿下侍読の功と、明衡の献策幷びに式部少輔の労とによつて」さらに加階昇進されんことを願い、その中文に次のように述べている。すなわち、

「明衡久しく五品に沈み、尚書廷尉の顕官を拝せず、今一階を増すもなほ後進浅労の末座に列す。鵙退《げきたい》（鷁退）の嘆、運命を恥づべし。ここに身五代に仕へ、北堂の勤いまだ休せず、齢《よわい》七旬を過ぐ。西崦の景すでに傾く……」（原漢文・『本朝続文粋』「奏状」）と、老年になってもなお卑官であることを嘆いている。明衡は卓越した学才を持ちながら、結局、従四位下で人生を終えたのである。治暦元年（一〇六五）から病を得、翌年九月に文章博士を辞し、間もなく没している。七十九歳だった。

明衡は年号の勘申《かんじん》や対策、奏状、願文《がんもん》、詩序等を多く残しているが、彼の名を後世まで不滅なものとしたのは『本朝文粋』十四巻の編纂である。これは弘仁期（八一〇～八二四）から長元年間（一〇二八～一〇三七）に至る二百余年間の詩文四百二十七篇を収めている。後代の作品に与えた影響の大きさははかり知れない。明衡の作品は『本朝続文粋』、『本朝無題詩』などに見え、歌人としてもすぐれ、『後拾遺集』に二首入集している。

なお、明衡の編になるものに『明衡往来《めいごう》』がある。漢文で記された書簡文二百余篇を収録し、題を添えて配列し、範例としたもので、教科書として用いられたものであろう。

また彼の著わした『新猿楽記』は当時としては異色の作品というべきものである。猿楽の種類と名人とを列挙し、その特色を述べている。その冒頭に「予廿余季ヨリ以還《コノカタ》、歴二ヘ観ルニ東西ノ二京一、今夜《コヨヒノ》猿楽見物許《バカリ》之見事者、於二古今一未レ有」といい、呪師、侏儒舞《ひきひとまい》、田楽等々の芸能をあげている。また、その猿楽見物に来た右衛門という人物一家の人々について述べ、さまざまな人間模様を描いている。このことからみても、学才のみならず、明衡の好奇心は多方面に及び、因襲にとらわれない、型破りのタイプの人物であったことがうかがえる。慎重さを欠いた行動もあったようで、軽率でしかも深刻な失敗を二度も犯している。『左経記《さけいき》』によれば、長元七年（一〇三四）十一月、彼がまだ若かった日のことであるが、省試の時、試験場に近づいて、監督官が一寸席をはずした隙に、外部から二、三の受験生に答案の答えを教え、そのかどで処罰されている。翌年六月、旱魃のための恩赦により優免された。

また、長久二年（一〇四一）三月、『春記《しゅんき》』によると、省試に落第した藤原行善が申文を奉って愁訴したことがあった。その内容がまことに見事で、とうてい行善には書けそうもないものだったので、調査したところ明衡が教えたことが発覚し、問題になった。

こうしたことは彼のすぐれた学才と博識と、さらに不羈《ふき》の性格とが作用し合った結果、かえって汚点を残したといえようが、『春記』の作者は明衡の人となりを「件人本性不落居」と評し、「時々有如レ此之事」（同年三月十八日の記事）と評している。彼には軽率なところがあったようで、ある若き日の一夜、本話にあるように、下種の人妻に話をつけ、ひどいあばらやの小屋を借り、危険な逢い引きをしたというのも、あながち実話でないとはいえないだろう。

川口久雄『平安朝日本漢文学史の研究』下（明治書院）参照。

三十（上卅）唐卒都婆ニ血付事〈唐《もろこしの》卒都婆《そとば》に血《ち》付《つ》く事〉巻二―十二

昔《(むかし)》、唐《(もろこし)》に大《おほき》なる山ありけり。その山の頂《(いたゝき)》に大《おほき》なる卒都婆《そとば》一《ひとつ》立《(た)》てりけり。その山《(やま)》の麓《ふもと》の里に年八十ばかり《(斗)》なる女住《すみ》けるが、日に一度、その山の峯《(みね)》にある卒都婆をかならず見けり。高《(たか)》く大《おほき》なる山なれば、麓より峯《(みね)》へ登《(のほ)》るほど、さがしく、はげしく、道遠かりけるを、雨降《(ふ)》り、雪降《(ふ)》り、風吹《(ふ)》き、雷《いかづち》鳴《(な)》り、しみ氷《(こほ)》りたるにも、また《(又)》、暑《(あつ)》く、苦《(くる)》しき夏も、一日も欠《(かゝ)》さず、かならず登《(のほ)》りて、この《(此)》卒都婆を見けり。

かくするを人え知《(し)》らざりけるに、若《(わか)》き男《をのこ》ども、童部《わらはべ》の、夏暑《(あつ)》かりける比《ころ》、峯に登《(のほ)》りて、卒都婆のもとに居つつ涼《(こ)(すゝ)》みけるに、この《(此)》女、汗《(あせ)》をのごひて、腰二重《(ふたへ)》なる者の、杖にすがりて、卒都婆《(そとは)》のもとに来《(き)》て、卒都婆《(そとは)》をめぐりければ、拝《(おか)》み奉《(たてまつ)》るかと見《(み)》れば、卒都婆《(そとは)》をうちめぐりては、すなはち《(則)》、帰《かへり》々《(〱)》する事、一度にもあらず、あまたたび、この《(此)》涼《(すゝ)》む男どもに見《(み)》えにけり。「この《(此)》女は何の心ありて、かくは苦《(くる)》しきにするにか」とあやしがりて、「今日《(けふ)》見《(み)》えば、この《(此)》事を問《(と)》はん」と言《(い)》ひ合《あはせ》ける程《ほど》に、常の事なれば、この《(此)》女、はふ《(う)》はふ《(〱)》登《(のほ)》りけり。男ども、女に言《(い)》ふやう、「わ女は、何の心によりて、我らが涼《(すす)》みに来《(く)》るだに、暑《(あつ)》く、苦《(くる)》しく、大事なる道を、涼《(すゝ)》まんと思《(おも)》ふによりて登《のぼ》り来《く》るだにこそあれ、涼《すゝ》む事もなし。別にする事もなくて、卒都婆《そとば》を見《み》めぐるを事にて、日々《ゝ》に登《のぼ》り降《お》るるこそ《ゝ》、あやしき女のしわざなれ、この《此》故《ゆへ》知《し》らせ給へ」と言《い》ひければ、この《此》女、「若《わか》き主《ぬし》たちは、あやしと思《おもひ》給ふらん。かくまうで来《き》て、この《此》卒都婆《そとば》見《み》る事は、このごろ《此比》の事にしも侍らず。物の心知《し》りはじめてより後、この《此》七十余年、日ごとにかく登《のぼ》りて、卒都婆《そとば》を見奉《たてまつ》るなり《也》」と問《ゝ》へば、「その事のあやしく侍《はべる》なり。その《其》ゆゑ《へ》をのたまへ」と言《い》へば、「おのれ《を》が親は百二十《廿》にてなん失《う》せ侍《はべり》にし。祖父《おほぢ》は百三十《卅》ばかり《斗》にてぞ失《う》せ給へりし。それがまた《又》父、祖父などは、二百余ばかり《斗》までぞ生《い》きて侍《はべり》ける。その人々《〳〵》の言《い》ひお《を》かれたりけるとて、『この《此》卒都婆に血のつかん折《おり》になん、この《此》山は崩《くつ》れて、深《ふか》き海となるべき』となん、父の申《まうし》お《を》かれしかば、麓に侍る身なれば、山崩《くづれ》なば、うちおほはれて、死《しに》もぞすると思へば、もし血つかば、逃《にげ》てのかんとて、かく日毎《ごと》に見侍《はべる》なり」と言《い》へば、この《此》聞《き》く男ども、を《お》こがり、あざけりて、「恐《おそろ》しき事かな。崩《くつ》れん時は告《つげ》給へ」など笑《わらひ》けるをも、我《われ》をあざけりて言《い》ふとも心得《え》ずして、「さらなり《也》。いかでかは我独《われひとり》逃《にげ》んと思《おもひ》て、告《つげ》申さざ《ゝ》るべき」と言《い》ひて、帰《かへり》くだりにけり。

この《此》男ども、「この《此》女は今日《けふ》はよも来《こ》じ、明日《あす》また《又》来《き》て見《み》んに、おどして走《はし》らせて笑《わら》はん」と言《い》ひ合《あはせ》て、血をあやして、卒都婆《そとは》によく塗《ぬ》りつけて、この《此》男ども《共》帰《かへり》おりて、里の者《物》どもに、「この《此》麓なる女の、日ごとに峯に登《のほ》りて、卒都婆《そとは》見《み》るを、あやしさに問《と》へば、『しかしか《〳〵》』なん言《い》へば、明日《あす》、おどして走《はし》らせんとて、卒都婆《そとは》に血を塗《ぬり》つるなり《也》。さぞ崩《くつ》るらんものや」など言《い》ひ笑《わらふ》を、里の者《物》ども聞《きこ》き伝《つたへ》て、を《お》こなる事のためしに引《ひ》き笑《わらひ》けり。

かくてまたの《又》日、女登《のほ》りて見《み》るに、卒都婆《そとは》に血のおほらかに付《つき》たりければ、女うち見《み》るまま《ゝ》に色を違《たか》へて、倒《たう》れまろび、走《はし》り帰《かへり》て、叫《さけ》び言《い》ふやう、「この《此》里の人々《〳〵》、とく逃《に》げのきて、命生《い》きよ。この《此》山はただ《ゝ》今崩《くつ》れて、深《ふか》き海となりなんとす」と、あまねく告《つ》げまはして、家に行《いき》て、子、孫ども《共》に家の具足《ぐそく》ども負《お》ほせ持《も》たせて、お《を》のれも持《もち》て、手まどひして里移《うつ》りしぬ。これ《是》を見《み》て、血つけし男ども、手を打《うち》て笑《わらひ》などする程に、その事ともなく、ざざ《ゝ》めき、のの《ゝ》しりあひたり。風の吹《ふ》きくるか、雷《いかづち》の鳴《な》るかと思《おもひ》あやしむ程に、空もつつ《ゝ》闇《やみ》に成《なり》て、あさましく、おそろしげにて、この《此》山揺《ゆる》ぎたちにけり。「こはいかに、いかに《〳〵》」とのの《ゝ》しりあひたる程に、ただ《ゝ》崩《くつ》れに崩《くづれ》もてゆけば、「女はまことしけるもの《物》を」など言《い》ひて、逃《に》げ、逃げ《〳〵》得《え》たる者《物》もあれども、親のゆくへ《ゑ》も知《し》らず、子をも失《うしな》ひ、家の物の具も知《し》らずなどして、を《お》めき叫《さけ》びあひたり。この《(此)》女ひとりぞ、子、孫《まご》も引《ひき》具《(く)》して、家の物の具一《ひとつ》も失《(うし)》なはずして、かねて逃《にげ》のきて、しづかにゐたりける。

かくて、この山みな崩《(くつ)》れて、深《(ふか)》き海となり《(成)》にければ、これをあざけり笑《わらひ》し者《(物)》どもは、皆死《しに》けり。あさましき事なりかし。

〈現代語訳〉

三十　唐の卒都婆に血が付くこと

昔、唐の国に大きな山があった。その山の頂上に大きな塔が一基立っていた。その山の麓《ふもと》の村に年のほど八十くらいの女が住んでいたが、日に一度、その山の峯にある塔を必ず見るのだった。高く大きな山なので、麓から頂上に登る道は、険しく急で、遠かったが、雨が降っても、雪が降っても、風が吹き、雷が鳴っても、凍りつく寒い時も、また暑くて苦しい夏も、一日も欠かさず必ず登ってこの塔を見るのだった。

こうしていることを人はまったく知らなかったが、ある時、若者や少年らが、夏の暑い時分に、山に登って塔の下に腰を下ろして涼んでいると、この女が汗を拭きながら、腰を二重に曲げ、杖にすがって塔のもとに来て、塔の周囲を回ったので、拝むのかなと思って見ていると、塔のまわりを回ってはすぐに帰ってしまう。それが一度や二度ではない。この涼む男どもは何度もそういうことに出くわしたのだった。「この女はどういうつもりで、登るのが苦しいのにこんなことをするのだろうか」と不審に思い、「今日来たらこのことを聞いてみよう」と話し合っていたところに、いつものことなので、この女が這うようにしてやっとこさ登って来た。そこで男どもは女に言った。「おばあちゃんは、どういうわけで、おれたちが涼みに来るのでさえ、暑くて苦しくて大変な道なのに、涼もうと思って登って来るのならともかく、涼むこともないし、そうかといって、これといって別にすることもなく、ただ塔を見て回るのを仕事にして、毎日登り下りするのですか。どうもわけがわからない。この理由を教えて下さいよ」と言った。するとこの女は、「若いお前さんたちは、変だと思いなさるだろう。こうしてやって来て、この塔を見るのは、このごろになって始めたことではないのだよ。物心がついてから、この七十年余り、毎日こうして登って塔を拝見するのじゃ」と言ったので、「そのことが不思議なのです。そのわけを話して下さい」と尋ねた。すると、「わたしの親は百二十歳で亡くなりました。祖父は百三十歳ほどで亡くなられた。そのまた父や祖父などは二百年以上も生きておったそうじゃ。その人々が言い残しておかれたのだと言って、『この塔に血が付く時にこそ、この山は崩れて必ず深い海になる』と父が言い残しておかれたので、わたしは麓に住む身なので、山が崩れたらその下敷きになって死ぬのじゃないかと思うので、もし血が付いたら逃げて行こうと、こうして毎日見ておるのじゃ」と言った。これを聞いた男どもは、馬鹿ばかしがってあざ笑い、「恐ろしいことだねえ。崩れる時は教えて下さいよ」などと笑ったのを、自分を馬鹿にして笑って言うとも気がつかず、「もちろんよ。なんだって自分一人逃げようなんて思って、知らせないってことがあるものかね」と言って山を下りて行った。

　この男どもは、「このばあさんは今日はまさか来なかろう。明日また来て見る時に、びっくりさせて走り回らせ、笑ってやろう」と言い合わせて、血を出して塔によく塗り付けて、この男どもは山を下り、里の者どもに、「この麓にいる女が、毎日山に登って塔を見るので、不思議に思ってわけを聞くと、これこれだと言うので、明日、おどして走らせてやろうと、塔に血を塗ってやった。さぞ崩れることだろうよ」などと言って笑うのを、里の者どもも聞き伝えて、馬鹿げたことの引き合いに出して笑ったのだった。

　こうして次の日、女が登って見ると、塔に血がべったり付いている。それを見たとたん女は顔色を変えて、倒れころび、走って帰り、叫んで言った。「この村の衆よ、早く逃げて、助かっておくれ。この山はもうすぐ崩れて、深い海になってしまうよ」と、村中にふれまわって家に行き、子や孫どもに家財道具を背負わせ持たせて、自分も持って、あわてふためいて引っ越して行った。これを見て、血を塗った男どもが手を叩いて笑ったりしていると、何ということもなくあたりがざわざわして、騒がしくなってきた。風が吹いてくるのか、雷が鳴るのかとあやしんでいるうちに、空もまっ暗になり、ものすごく恐ろしい感じで、この山が震動しながら盛り上がった。「こりゃどうした。どうした」と騒ぎ合っているうちに、どんどんがら崩れてくるので、「ばあさんの言ったことは本当だったのだなあ」などと言って逃げ、逃げおおせた者もいるが、親の行方もわからず、子供を亡くし、家財道具などかまっているどころではなく、わめき叫び合っていた。この女ひとりが子や孫を引き連れて、家財道具の一つもなくさず、前もって逃げのびて静かに落ち着いていた。

　こうして、この山はすっかり崩れて深い海になってしまったので、これをあざ笑った連中はみんな死んでしまった。思いもかけない驚くことだったよ。

〈語釈〉

○唐《もろこし》　古く、日本から中国を呼んだ称。『今昔』は「震旦《しんだん》ノ□代ニ□洲ト云フ所」とする。『淮《え》南子《なんじ》』二、『述異記《じゅついき》』上、『捜神記《そうじんき》』十三等に類話があり、『淮南子』は「歴陽」、『述異記』は「和州歴陽」、『捜神記』は「由拳県秦時長水県」のこととする。○卒都婆　梵語stūpaの音写。高く顕われる意。方墳、円塚、霊廟などと訳す。仏舎利を奉安したり、伽藍の荘厳《しょうごん》を表示したり、供養、墓標《ぼひょう》などのために築いた塔。後世、供養として墓の後に立てる板塔婆をいうが、ここは前者。おそらく何かのしるしとして建てた塔であろう。訳文では「塔」とした。第十九話に既出。○さがしく　「嶮《さが》し」は、けわしい意。○はげしく　険しい意。『今昔』は「嶮《さがし》ク気《け》悪《あし》クシテ」。○腰二重なる者　ひどく腰が曲がっている者の形容。○すなはち　すぐに。○この事を　『書陵部本』、『版本』に「を」なし。○言ひ合《あはせ》ける　「言ひ合《あ》ひける」とも読めるが『書陵部本』、『版本』の「いひ合せける」に従う。○はふはふ　這ふ這ふ。這うようにしてやっと。○わ女　「わ」は接頭語。親愛または軽侮の意を表わす。ここは前者。第七話「わ主」、第十五話「わ先生」「わ主」、第十八話「わ狐」など多出。『今昔』は「嫗《オウナ》」。○若き主たちは　『今昔』は「此ノ比《ごろ》ノ若キ人ハ」。○あやしと思給ふらん　諸本「げにあやしと思給ふらん」。○と問へば　『版本』「と候へば」。○生きて　「二百余ばかりまでぞ生き《い》て侍ける」の「いきて」の「き」は、底本「ま」を見せ消ちにして「き」と傍書。○死《しに》もぞする　「もぞ」は係助詞「も」＋係助詞「ぞ」で、万一の場合を心配して言う語。死ぬのではないか。死んだら大変だ。死ぬといけない。○見侍《はべる》なり　『版本』「見るなり」。○をこがり　馬鹿だと思い。馬鹿にして。○さらなり　言うまでもありません。もちろんです。○おどして　怖がらせ、びっくりさせて。○あやして　「あやす」は血や汗などをしたたらせる、流すの意。ここは何か動物の血でも持って来て、そそぎかけ、塗り付けたのであろう。○しかしか　指示副詞「しか」の畳語。これこれ。かくかく。このように。具体的な内容を明かさず、その代用として用いる。後世は「しかじか」と言う。○さぞ崩るらんものや　さぞかし崩れることだろうよ。老婆の言ったことを馬鹿にした男どもの言葉。『今昔』では話を聞いた里の者どもの言葉になっている。○おほらかに　たくさん。多量。○色を違へ　顔色を変えて、血相を変えて。○家の具足　家財道具。○手まどひ　手の置き場もわからなくなるほどうろたえること。あわてふためくさま。○その事ともなく　格別どうということもないのだが。○ざざめき　「ざざめく」は擬声語「ざざ」に接尾語「めく」

の付いた語。騒がしい音を立てる、ざわめく意。○ののしりあひたり　大きな音があちこちからしてきた意。『今昔』は「世界サラメキ喤《ののし》リ合《あひ》タリ」。○つつ闇　まっ暗闇。『今昔』は「ツ、暗《くら》」。○揺《ゆる》ぎたちにけり　揺れながら立った。震動しながら膨れ上がった意か。あるいは単に震動しはじめた意にもとれる。『今昔』は「動キ立《たち》タリ」。○こはいかに、いかに　二度目の「いかに」は「〳〵」になっているので、「こはいかに、こはいかに」とも読める。『今昔』は「此レハ何〻《いかにいか》ニ」。これはどうしたことだ。どうしたんだ。○をめき「をめく（喚く）」は大きな声を出す。わめく。○かねて　前もって。

〈参考〉

『今昔』巻十第三十六話とほぼ同文的同話。

この話の出典として、中国の『淮南子』巻二「俶真篇」、『述異記』巻上の歴陽湖の由来談、秦の始皇帝時代の出来事の記事といわれる『捜神記』巻十三の話等が指摘されている。いずれも登場人物の中心は老婆（老嫗・老姥）である。『淮南子』では、城門の閾《しきみ》に血が付いていたらすぐ北山に逃げ登れと言われた老嫗が、それ以来、門の閾を見ていると、そのことを知った門番が雞《にわとり》の血を付けておく。『述異記』では姥に厚遇された一書生が、県門の石亀の眼に血が出たらこの地が陥没して湖になると教え、姥からそれを聞いた門吏が硃《しゅ》を石亀の眼に塗る。『捜神記』では城門に血が付くと大地が陥没して深い湖になるという童謡がはやり、門衛の隊長が犬の血を塗っておく。するとたちまち予言どおりの災害が起こり、老婆はそれを免れることができたという話である。

朝鮮半島にも「広浦伝説」や「長淵湖の話」があり、広浦伝説では、一杯飲み屋の老婆が飲食を施したお礼として「山の墓の前の童子石像の眼から血が流れ出たら避難しなさい」と教え、そのことを聞いた悪童どもが、老婆をからかうために、像の眼に血の色の染料を塗ったところ、実際に災害が生じたという話である（孫晋泰編『朝鮮民譚集』）。長淵湖の話も同様である。これは「童子石像の眼に血が流れたら」ということになっている（金奉鉉『朝鮮の伝説』）。

日本では徳島県小松島市のお亀磯の伝説（『阿波の伝説』〈『日本の伝説』16、角川書店〉）や長崎県小値賀《おじか》島の西方にある高麗曾根（蓬萊曾根その他種々の呼び名がある）という島の伝説（『長崎の伝説』〈同上28〉）や、大分県別府湾にあったという瓜生《うりゅう》島・大久光島・東住吉島等の島々の沈没の話（松谷みよ子『日本の伝説』下、講談社文庫）などがある。どの話も老婆が主役で、しかも老婆は昔からの言い伝えや夢告を信じて災害を逃れ、反対に、いたずらをした不信心者どもが遭難し、亡びてしまう話である。日本の話はいずれも「えびす様の顔」や「えびす堂に祀《まつ》ってある鹿の顔」とか、「蛭子《ひるこ》さんの鹿の目」が赤くなると島が沈むという予言があり、悪戯者《いたずらもの》が予言を無視して、ベンガラや丹粉を塗りつけると、きまって災害が起こり、老婆は救われるという構成になっている。日本においては、これらの島々が沈没したのは事実のようであり、別府湾ではその調査が行なわれたとのことである。この他に新潟県では「名立《なだち》崩れ」と称する「一駅の人馬鶏犬ことごとく海底に没入す」（橘南谿《なんけい》『東西遊記』）といわれる大災害が近世に起こっている。しかし、災害が起こる前に「……に血が付く」「……が赤くなる」という型の予言がなされているのは、中国・朝鮮・日本の西部に限られているらしい。したがって、これらの話は右の地域を囲む同心円圏において、共通の発想のもとに、あるいは中国の古い伝承の影響のもとに語られたものといえるだろう。なお、日本の話には「血」が付くという表現は用いられていない。単に「赤」いものが前兆として用いられ、そのためにはベンガラや丹粉が塗られている。一般的に肉食の習慣があった地域とそれが比較的少なかった地域との違いかと考えられる。

なお、本話は文章表現のうえからもすぐれた一篇といえる。老婆は「高く大《おほき》なる山」に登って行く。「麓より峯へ登る」に従って、「さがしく、はげしく、道遠かりけるを」それでも老婆は登る。「雨降り、雪降り、風吹き、雷鳴り、しみ氷りたるにも、また、暑く、苦しき夏も、一日も欠かさず、かならず登りて、この卒都婆を見」に来るのである。老婆が山に登る様子を描くこの切れ切れの文節からは、腰を二重に曲げて登る老婆の、とぎれとぎれの苦しい息づかいが聞こえてくるようである。そこには現代にも通じる災害への恐怖と、その予知への強い願望がみてとれる。一方、いつの時代にも変わらぬ、先人の知恵を迷信として退けようとする、若者の合理主義的姿勢も巧みに描き出されている。ともあれ、山は崩れた。自然災害は不意に襲ってくる。作者はこのあたりのことを「風の吹きくるか、雷の鳴るかと思《おもひ》あやしむ程に、空もつつ闇《やみ》に成て、あさましく、おそろしげにて、この山揺ぎ立ちにけり」として、天変地異の起こり方を簡潔に的確に表現している。結びはさらにあっさりと「かくて、この山みな崩れて、深き海となりにければ、これをあざけり笑し者どもは、皆死けり。あさましき事なりかし」と終えている。『今昔』はこの事件を「奇異ノ事也」と言い、「然レバ、年老《おい》タラム人ノ云ハム事ヲバ、可信《しんずべ》キ也」という教訓を添えている。

三十一（上卅一）ナリムラ強力ノ学士ニ逢事〈成村《なりむら》、強力《がうりき》の学士《がくし》に逢《あ》ふ事〉巻二―十三

昔、成村《なりむら》といふ相撲《すまひ》ありけり。時に国々《〳〵》の相撲ども上《のぼり》あつまりて、相撲節《すまひのせち》待《ま》ちける程《ほど》、朱雀門《しゆじやくもん》に集《あつ》まりて涼《すゞ》みけるが、その《其》辺《へん》あそび行《ゆく》に、大学の東門を過《すぎ》て、南ざまに行《ゆ》かんとしけるを、大学の衆《しゆう》どももあまた東門に出《いで》て涼《すゞ》み立《た》てりけるに、この《此》相撲どもの過《すぐ》るを通《とほ》さじとて、「鳴《な》り制《せい》せん、鳴《な》り高《たか》し」と言《い》ひて、立《た》ち塞《ふた》がりて、通《とを》さざりければ、さすがにやごつなき所の衆どものする事《こと》なれば、破《やぶり》てもえ通《とを》らぬに、たけ低《ひき》らかなる衆の、冠《かむり》、うへのきぬ、異人よりは少《すこ》しよろしきが、中にすぐれて立出《たちいで》て、いたく制するがあり《有》けるを、成村《なりむら》は見《み》つめてけり。「いざいざ《〳〵》帰《かへり》なむ」とて、もとの朱雀門に帰《かへ》りぬ。

そこにて言《(云)》ふ、「この《(此)》大学の衆、憎《(にく)》きやつどもかな。何の心にわれらをば通《(とを)》さじとはするぞ。ただ《(ゝ)》通《(とを)》らんと思《おもひ》つれども、さもあれ、今日《(けふ)》は通《(とを)》らで、明日《(あす)》通《(とを)》らんと思《おもふ》なり。たけ低《(ひき)》やかにて、中に勝《すぐれ》て、『鳴《(な)》り制《(せい)》せん』と言《(い)》ひて、通《(とを)》さじと立《(た)》ち塞《(ふた)》がる男、憎《(にく)》きやつなり《(也)》。明日《(あす)》通《(とを)》らんにも、かならず今日《(けふ)》のやうにせんずらん。何主《(なにぬし)》、その男が尻鼻《しりばな》、血あゆばかり、かならず蹴給《(けたま)》へ」と言《(い)》へば、さ言《(い)》はるる《(ゝ)》相撲《すまひ》、脇《(わき)》を掻《(か)》きて、「お《(を)》のれらが蹴《け》てんには、いかにも生《(い)》かじもの《(物)》を、嗷議《がうぎ》にてこそいかめ」と言《(い)》ひけり。この《(此)》「尻蹴《(け)》よ」と言《(い)》はるる《(ゝ)》相撲は、おぼえある力、異《(こと)》人よりはすぐれ、走《はしり》とくなどありけるを見《(み)》て、成村《(なりむら)》も言《(い)》ふなりけり。さてその日は各《おのおの》家々に帰《かへり》ぬ。

〈現代語訳〉

三十一　成村が強力の学士に逢うこと

昔、成村という相撲取《すもうとり》がいた。折しも諸国の相撲取どもが上京し、集まって、相撲節《すまいのせち》を待っていた折に、みなで朱雀門に集まって涼んでいたが、その辺を遊び歩いて、大学寮の東の門を通り過ぎ、南の方に行こうとした。すると、大学の学生らも大勢東の門に出て涼んで立っていた時で、この相撲取どもが通り過ぎるのを通すまいとして、「うるさいぞ、静かにしろ」と言って、立ちふさがって通さなかった。何といってもさすがに格別な身分の方々の子弟のすることなので、突き破って通ることもできない。すると、中に背の低い学生で、冠や上《うえ》の衣《きぬ》（袍）が他の学生よりは少しよいものを身につけている者で、中でもいちだんと立ちはだかってはげしく制止する男がいた。成村はそれをしっかりと見ておいた。そして「さあさあ帰ろう」と言って、もとの朱雀門に引き返した。

そこで成村が言った。「この大学の学生らは、なんとも憎いやつらだ。いったいどういうつもりで我々を通すまいとするんだ。かまわず押し通ってやろうと思ったが、ともかく、今日は通らないで、明日通ろうと思うのだ。背が低くて、中でもひときわ『うるさいぞ』と言って、通すまいと立ちふさがった男は憎いやつだ。明日通ろうとする時にも、きっと今日のようにするだろう。○○君、ひとつその男の尻っぺたを血の出るほど必ず蹴とばしてくれたまえ」と言うと、そう言われた相撲取は得意そうに脇をかいて、「わしが蹴るからには、とても生きてはおれんぞ。力ずくで通って行こう」と言った。この「尻を蹴とばせ」と言われた相撲取は、人にすぐれた評判の力持ちで、走るのも速いなどというのを見て、成村も声をかけたのであった。さてその日はめいめい家に帰った。

〈語釈〉

○成村　真髪成村《まかみのなりむら》。生没年未詳。『今昔』巻二十三第二十一話に「陸奥国ニ真髪ノ成村ト云老《おい》ノ相撲人有ケリ。真髪為村ガ父、此ノ有ル経則ガ祖父也」とあり、同巻第二十五話に「成村ハ常陸国《ひたちのくに》ノ相撲也。村上ノ御時ヨリ取上《とりのぼり》テ最手《ほて》ニ立タル也。大キサ力敢テ並ブ者無シ」とある。また「成村ト云ハ、只今有ル最手《ほて》為成《ためなり》ガ父也」とする。『二中歴』「一能歴」、相撲の項に真井成村の名が見える。『新全集』、『今昔』注では真井の「井」が「甘」の誤写なら「まかむ（み）」で、同人であろうとする。なお、『今昔』第二十一話にある「真髪為村ガ父」というのは、第二十五話にいう「最手為成ガ父」とするのが正しいか、あるいは為成の兄弟に為村という人物がいたかと考えられる。『小右記』長元四年（一〇三一）七月二十八日に「左㝡手真髪為成可止」の記事がある。成村・為成の父子は相撲の最高位の最手《ほて》であった。○**相撲**《すまひ》　相撲取。力士。○**相撲節**《すまひのせち》　相撲の節会《せちえ》。毎年主として七月に行なわれた宮中の儀式としての相撲行事。国司に命じて、その国の力の強そうな者を毎年選んで出場させた。○**朱雀門**　平安京大内裏外郭十二門の一つ。南面中央にあって大内裏の正門にあたる。ここから朱雀大路が南下する。○**その辺**《へん》**あそび行**《ゆく》**に**　『今昔』では、「各宿所《おのおのとのゐどころ》ニ返《かへり》ナントテ遊《あそ》ビ行《ありく》ニ」とする。「あそび行《ゆく》」はぶらぶら歩いて行く意。○**大学**　大学寮。「式部省」に属して、紀伝・明経・明法・算・音・書の諸道を教授する官吏養成の最高教育機関。二条の南、朱雀大路の東、神泉苑の西に四町の地を占めていた。本話では「大学の東門を過て、南ざまに行かんとしけるを」とあるが、『今昔』では「東様《ひむがしざま》ニ二条ヲ行《ゆき》テ美福《びふく》ヲ下《くだ》リニ」と経路を具体的に記す。○**大学の衆**　大学寮の学生たち。学生は寮内に寄宿する規定があった。○**鳴**《な》**り制せん、鳴り高し**　「鳴り」は音声。特に、騒がしい声や音をいう。ここは騒がしいのを制止していう語。やかましいぞ、静かにしろという意。『源氏物語』「小女」に「鳴り高し、鳴り止まむ」とあり、『西宮記《せいきゆうき》』や神楽歌の歌詞にもあり、日常語であったらしい。○やごつなき所の衆　身分の高い人々の子弟。第二十五話に「やごつなき人の御鼻」などとある。○たけ低らかなる　背が低い。○冠　「かうぶり」「かがふり」「かんぶり」「かんむり」「かむり」等の読みがある。○うへのきぬ　袍のこと。束帯（正装）の上着。○立出て　『書陵部本』、『版本』「いてたちて」、陽明本「出立て」。○いたく制する　はげしく制止する。○何の心に　どういうつもりで。○さもあれ　それはそれとして。まず。ともかくも。○せんずらん　しようとするだろう。『書陵部本』「せん」。「せんとすらん」の略形。『今昔』は「制セムトスラム」。○何主　誰君。特定の相撲に呼びかけたのだが、筆者に具体的な名前がわからないので、それに代えた語。○尻鼻　尻っぺた。尻の端。○血あゆ　血が出る。「あゆ」は、したたり出る、流れる意。自動詞下二段。第三十話に他動詞四段「あやす」がある。○脇を掻きて　脇の下のあたりをさする。得意になったり、気負ってものを言う時などのしぐさ。○おのれら　「おのれ」に同じ。わたし。『書陵部本』、『版本』には「ら」なし。○嗷議　暴行・乱暴の意だが、ここは力ずくで押し通ろうの意。○おぼえある力　評判の力。「おぼえ」は武技などが身についていて、自信があること。

　また《(又)》の日になりて、昨日参《(まい)》らざりし相撲など、あまた召《(め)》し集《(あつ)》めて、人がちになり《(成)》て、通《(とを)》らんとかまふるを、大学の衆もさや心得《(え)》にけん、昨日よりは人多《(おほ)》くなりて、かしがましう、「鳴《な》り制《せい》せん」と言《い》ひたてりけるに、この《此》相撲ども、うち群《む》れて歩《あゆ》みかか《こ》りたり。昨日すぐれて制せし大学の衆、例《れい》の事なれば、すぐれて大路中《おほちのなか》に立《たち》て、過《す》ぐさじと思《おも》ふ気色《けしき》したり。成村《なりむら》、「尻蹴《しりけ》よ」と言《い》ひつる相撲に目をくはせければ、この《此》相撲、人よりたけ高《たか》く大きに、若《わか》く勇《いさ》みたるをのこ《こ》にて、くくり高《たか》やかにかき上《あ》げて、さし進《すゝ》み歩《あゆ》み寄《よ》る。それに続《つゞ》きて異《こと》相撲《すまひ》も、ただ通《こ》《とを》りに通《とを》らんとするを、かの衆どもも通《こ》《とを》さじとする程に、尻蹴《け》んとする相撲、かく言《い》ふ衆《しゅ》に走《はし》りかか《こ》りて、蹴倒《けたを》さんと、足をいたくもたげたるを、この《此》衆は、目《め》をかけて、背《せ》をたわ《は》めてちがひければ、蹴はづして、足の高《たか》く上《あか》りて、のけざまになるやうにしたる足を、大学の衆とりてけり。その相撲《すまひ》を、細《ほそ》き杖などを人の持《もち》たるやうに引《ひ》きさげて、かたへの相撲《すまひ》に走《はしり》かか《こ》りければ、それを見《み》て、かたへの相撲《すまひ》逃《にげ》けるを、追《おひ》かけて、大学にさげたる相撲をば投《な》げけ《こ》れば、ふりぬきて、二、三段ば《斗》かり投《な》げられて、倒《たう》れ伏《ふ》しにけり。身砕《くだ》けて起《お》き上《あか》るべくもなくなり《成》ぬ。それをば知《し》らず、成村《なりむら》があるかたざまへ走《はしり》かか《こ》りければ、成村《なりむら》、目《め》をかけて逃《にげ》けり。心もお《を》かず追《を》《い》ひければ、朱雀門の方《かた》ざまに走《はしり》て、脇の門より走入《はしりいる》を、やがてつめて走《はしり》かか《こ》りければ、捕《とら》へられぬと思《おもひ》て、式部省の築地《ついぢ》越《こ》えけるを、引《ひき》とど《こ》めんとて手をさしやりたりけるに、はやく越《こえ》ければ、異《（こと）》所をばえ捕《（とら）》へず、片《（かた）》足すこし下《（さか）》りたりける踵《（きひす）》を、沓《くつ》加《（くは）》へながら捕《（とら）》へたりければ、沓の踵《（きひす）》に足の皮を取《（と）》り加《（くは）》へて、沓の踵《（きひす）》を刀にて切《きり》たるやうに、引切《ひききり》て取《（と）》りてけり。成村《（なりむら）》、築地の内に越《（こ）》え立《（た）》ちて、足を見《（み）》ければ、血走《（はし）》りてとど《（ゝ）》まるべくもなし。沓の踵《くびす》切《（き）》れて失《（う）》せにけり。我を追《おひ》ける大学の衆、あさましく力ある者《（物）》にてありけるなめり。尻蹴《（け）》つる相撲をも、人杖《ひとづゑ》につかれて、投《（な）》げ砕《（くた）》くめり。世中《よのなか》ひろければ、かか《（ゝ）》る者《（物）》のあるこそ恐《（おそ）》ろしき事なれ。投《なげ》られたる相撲《（すまひ）》は死入《しにいり》たりければ、物にかき入《いれ》て、担《（にな）》ひて持《（も）》て行《（ゆ）》きけり。

この《（此）》成村《（なりむら）》、方《（かた）》の将《（すけ）》に、「しかじか《（く）》の事《（こと）》なん候《さぶらひ》つる。かの大学の衆はいみじき相撲に候《（さふら）》ふめり。成村《（なりむら）》と申《まうす》とも、あふべき心地《（ち）》仕《つかまつ》らず」と語《（かた）》りければ、方《（かた）》の将《（すけ）》は宣旨《せんじ》申《まうし》下《（くた）》して、「式部の丞《（そう）》なりとも、その道に堪《（た）》へたらんはといふ事あれば、まして大学の衆は何条《なんでふ》事かあらん」とて、いみじう尋求《たづねもと》められけれども、その人とも聞《（きこ）》えずしてやみにけり。

〈現代語訳〉

翌日になって、昨日《きのう》来なかった相撲取などを大勢呼び集めて、人数も増えて、今日こそは通ろうと企てているのを、大学の学生らもそれと気づいたのであろう、昨日よりは大勢になって、やかましく、「静かにしろ」と叫びたてている。そこにこの相撲取どもは一団となって通りかかった。昨日特に目立って邪魔をした大学の学生が、例によってひときわ大路のまん中に立って、通すまいと思う様子をしている。成村が、「尻を蹴ろ」と言った相撲取に目くばせをしたので、この相撲取は人より背が高く大きくて、若く血気盛んな男で、袴の括《くく》り紐を高々と上げて結び、ぐいぐいと押し進み近寄って行く。それに続いてほかの相撲取もしゃにむに通ろうとする。それをあの大学の連中も通すまいとする。そうするうちに、尻を蹴ろうとする相撲取が、がなりたてている学生に走りかかって、蹴倒そうと足を高く上げた。それをこの学生は見定めて、背をかがめて体をかわしたので、蹴りそこなって足が高く上がり、仰向けざまになった足を大学の学生はつかまえた。そしてその相撲取を人がまるで細い杖を持っているかのように引っ提げて、傍にいる相撲取に走りかかったので、それを見て傍にいた相撲取は逃げたが、追いかけて、その手に提げている相撲取をほうり投げ、振り飛ばした。相撲取は二、三段ほども投げられて、倒れ伏してしまった。からだが砕けて、起き上がることもできなくなった。そんなことには目もくれず、今度は成村のいる方へ走りかかって来たので、成村はそれを見い見い逃げた。何のためらいもなく追って来るので、成村は朱雀門の方に走って行き、脇の門から中に逃げ込む。それをすぐに追いつめて走りかかって来たので、つかまえられてしまうと思い、式部省の土塀を飛び越えた。学生はそれを引き止めようとして手を差し伸ばしたが、成村が一瞬早く越えたので、ほかのところはつかまえられず、片足の少し下がっていたかかとを、沓と一緒につかまえたので、沓のかかとに足の皮をつけたまま、沓のかかとをまるで刀で切ったかのように、引き切って取ってしまった。成村は築地の内側に飛び越えて、立ったまま足を見ると、血が吹き出して止まりそうもない。沓のかかとが切れてなくなってしまった。自分を追って来た大学の学生はおそろしく力がある者だったようだ。尻を蹴った相撲取も人間杖にされて、投げ砕いたようだ。世の中は広いから、こういう者もいるので恐ろしいことだ。投げられた相撲取は死んだようになってしまったので、物に抱え入れて、担って持って行った。

この成村は自分の属する近衛府の次将に、「これこれのことがありました。あの大学の学生はすばらしい相撲取のようです。たといわたくしと申しましても、とても取り組む気にはなれません」と語ったので、味方の次将は宣旨《せんじ》を申請して、「式部省《しきぶ》の丞《じょう》であっても、その道にすぐれている者は召し出すということがあるのだから、まして大学の学生なら何の差し支えがあろう」と言って、あちこち探し求められたけれども、誰だともわからずに終わってしまったそうだ。

〈語釈〉

○**人がち**　大人数。人がたくさんいること。○**かまふるを**　企てるのを。○**さや心得にけんそう**と心得たのであろうか。○**気色**　様子。○**目をくはせければ**　目くばせをしたので。○

くくり高やかにかき上げて　袴の裾《すそ》に通してある括り紐を、行動しやすいように高くかき上げて上の方で結び。「くくり」は第二十三・二十七・二十九話等に既出。○目をかけて　目をつけて。ねらって。○背をたわめてちがひければ　背をかがめて逃れたので。「たわむ（撓む）」は曲げる、たわませる意。「ちがふ（違ふ）」ははずれる、逃れる、会わないようにする意。○のけざまに　仰《あお》のけざまに。仰向けに。○かたへ　かたわら。そば。仲間。『今昔』は「異相撲」。○ふりぬきて　振り放して。振り飛ばして。『今昔』は「振《ふり》メキテ」。○二、三段　段は距離の単位。一段は六間《けん》、約一一メートル。ここでは二〇～三〇メートルも遠くに投げ飛ばされたことになる。「話半分」とはいってもオーバーすぎる。『今昔』は「二、三丈」（六～九メートル）とする。この方が現実的。○それをば知らず　そんなことにはかまわず。○心もおかず　気にもかけず。遠慮しないで。『今昔』は「所モ不置《おかず》」（間近に）とある。○やがて　すぐに。○つめて　追いつめて。すぐ近くまで追って来て。○式部省「八省」の一つ。礼式・文官の勤務状況・叙位・賜禄などをつかさどった。大学寮もその管轄である。○築地《ついぢ》　土塀。第二十七話に既出。○異所《ことどころ》　他の箇所。○踵《きびす》を、沓《くつ》加へながら　かかとを沓と一緒に。『今昔』は「踵《きびす》ヲ沓履乍《くつはきなが》ラ」。○沓の踵を刀にて切《きり》たるやうに　『今昔』は「沓ヲモ踵ヲモ刀ヲ以テ切タル様ニ」。すぱっと鋭く切り取られたのである。○あさましく　驚きあきれるほど。○人杖につかれて　人間杖としてつかれて。人間杖にされて。『書陵部本』、『版本』は「人杖につかひて」。『今昔』は「人杖ニ仕《つか》ヒテ」。○方《かた》の将《すけ》　味方の次将。成村が所属する左近衛府の中将または少将。節会で審判を務めた。『書陵部本』は「かたの助」。○あふ　立ち向かう。戦う。○宣旨　天皇のお言葉を述べ伝える公文書。ここでは宣旨を下賜されるように申請し、宣旨をいただいて。○式部の丞　式部省の第三等官。本書、『書陵部本』、『龍門本』は「式部のそう」。『版本』は「式部の省」。ここは『今昔』「式部丞《しきぶの》」の表記に従って改めた。○その道に堪《た》へたらんはといふ事あれば　『今昔』は「其ノ道ニ堪《たへ》タラム者ヲバ可召《めすべ》シト云フ事有リ」。○何条《なんでふ》事かあらん　何の差し支えがあろう。相撲人として召し出してもかまわない。

〈参考〉

『今昔』巻二十三第二十一話と同文的同話。

本書には都の町かどで起きた小事件をとりあげる話があるが、ここもその一つ。平安の都の夕暮の乱闘。一方は文官の卵の大学寮の学生、一方は地方から召集された相撲取。学生は夕涼みをするにしても、「冠、うへのきぬ」をつけて、正装で涼んでいる。そこへ地方出の相撲取の一群が、日暮れに近い京の都を見物がてらガヤガヤ通りかかる。『今昔』によれば、この時の相撲取らの服装は「皆水干《すいかん》装束ニテ、純《もとほし》ヲ解《とき》テ、押入烏帽子《おしいれえぼうし》共《ども》ニテ、打群《うちむれ》テ過《すぐ》ル」とある。水干は院政期ごろからは下級貴族の略服となるが、この当時は民間の服である。この水干を着、しかもその紐を解いて、襟元はあけっぴろげ、帽子に頭をつっ込んだ、だらしない恰好で群がり通る。ワイワイ、ガヤガヤ言う声はだみ声で、言葉も訛り、そのしぐさも文化人を自負する学生たちには我慢がならない。そこで、自分らの縄張りである大学寮の東門の前を、こんな連中に通させてはなるものかと立ちふさがる。相撲取からみると、彼らは「やごつなき所の衆」であるというコンプレックスがあるので、当日は引き揚げるが、さて、腕力にかけては相撲人としてのプライドがある。このまま引き下がるわけにはいかない。ひとつ、あの学生どものリーダーをこっぴどくやっつけようということになったが、結果は予想外の逆転劇になってしまった、というのがこの話である。相撲人のリーダー格である真髪成村の話は『今昔』に本話と同話である巻二十三第二十一話の他に同巻第二十五話にもある。

もともと相撲は自然発生的なもので、人間社会成立と共にあったというべきであろうが、公式記録としては『日本書紀』や『続日本紀《しよくにほんぎ》』にもあり、古くから公の場で行なわれていた。節会として宮中の公式行事に定着した時期は明確にしがたいが、『続日本紀』の養老三年（七一九）七月四日の記事に「初テ置ク二抜出ノ司ヲ一」とある。相撲人は上代では防人《さきもり》の間から選ばれ、平安時代には左右近衛の舎人《とねり》が諸国に相撲使（部領使《ことりづかい》）として遣わされ、国司によって一般人の中からその国の強力の者が選進されたのである。人選は往々にして難航したようで、集めるのが困難であったらしい。「式部の丞なりとも……まして大学の衆は何条事かあらん」という本話の記述も、相撲が取れそうな者なら誰でもよいということで、地方から連れて来るのに難渋した史実を裏づけるものであろう。

節会の期日は時代によって一定しないが、清和天皇の貞観四年（八六二）には相撲節を「七月上旬之内」（『三代実録』同年七月十六日の条）と定めている。しかしその後も一定せず、七月二十日過ぎに行なわれることが多かった。当日は音楽の演奏もあり、華やかな行事であったらしい。

相撲人は左右それぞれの近衛府に所属させられ、その中で最高の者を最手《ほて》といった。成村は左の最手であり、その子の為成も最手になっていて（『今昔』第二十五話）、孫の経則（同第二十一話）も相撲人であったというから、世襲的な者もいたのであろう。

なお、貞観十年（八六八）以前は相撲の監督官省は式部省であったが、以後は兵部省に移っている（『三代実録』貞観十年六月二十八日の条に「廿八日庚寅。制。相撲節。永隷ニ兵部省一」とある）。

本話については長野甞一『今昔物語集の鑑賞と批評』（明治書院）、同『今昔物語集論考』（笠間書院）に詳しい論考がある。

三十二（上卅二）柿木ニ仏現スル事〈柿木《かきのき》に仏現《ほとけげん》ずる事〉　巻二—十四

昔、延喜《えんぎ》の御門御時《みかどのおんとき》、五条《ごでう》の天神のあたりに、大《おほき》なる柿の木の実ならぬあり。その木の上《（うへ）》に仏あらはれておはします。京中の人こぞりて参《（まい）》りけり。馬、車も立《（た）》てあへず、人もせきあへず、拝《(おか)》みのの《(ゝ)》しる。かくするほどに、五、六日あるに、右大臣殿心得《(え)》ずおぼし給《たまひ》ける間《(あひた)》、まことの仏の、世の末に出給《いでたまふ》べきにあらず、我行《われゆき》て試《(心)》みんとおぼして、日《ひ》の装束《さうぞく》うるはしくして、檳榔《(ひりやう)》の車に乗《のり》て、御後前《しりさき》おほく具《(く)》して、集《(あつ)》まりつどひたる者《(物)》どものけさせて、車かけはづして、榻《しぢ》を立《(た)》てて《(ゝ)》、木ずゑを目もたた《(ゝ)》かず、あからめもせずしてまもりて、一時《ひとゝき》ばかり《(斗)》おはするに、この《(此)》仏、しばしこそ花も降《(ふ)》らせ、光をも放《(はな)》ち給《たまひ》けれ、あまりにあまりにまもられて、しわびて、大《おほき》なるくそとびの羽折《(お)》れたる、土に落《(お)》ちて、惑《(まと)》ひふためくを、童ども寄《(よ)》りて打《(う)》ち殺《(ころ)》してけり。大臣《(おとゝ)》は「さればこそ」とて帰給《かへりたまひ》ぬ。

さて、時の人、この《(此)》大臣《(をとゝ)》を、「いみじくかしこき人にておはします」とそのの《(ゝ)》しりける。

〈現代語訳〉

三十二　柿の木に仏が出現すること

昔、醍醐天皇の御時、五条の天神のあたりに、大きな柿の木で実のならないのがあった。その木の上に仏が現われておられる。京中の人がこぞってお参りした。馬も車も止める隙間もなく、人も立ち止まっていられないほどで、大騒ぎをして拝んでいる。こうしているうちに五、六日たったが、右大臣殿がどうしても合点がいかぬと思われ、「本当の仏が末世の現代に出現なさるはずがない。ひとつ自分が行って調べてみよう」と思われて、正装の束帯《の》をきちんとつけ、檳榔《びろう》毛《げ》の車に乗り、前後の供を多く連れて、群がっている群衆を退かして、車から牛をはずし、轅《ながえ》を榻《しじ》に載せ、梢をまたたきもせず、わき目もふらず、じっと見つめて一時《ひととき》（二時間）ほどそうしておられた。この仏はしばらくの間は花も降らせたり、光をも放っておられたが、あまりにも、あまりにも見つめられて、困ってしまい、翼が折れた大きな屎鳶《くそとび》になって地面に落ち、まごついてバタバタしているのを、子供たちが寄ってたかって打ち殺してしまった。大臣は「やっぱり思ったとおりだった」と言って帰って行かれた。

そこで、当時の人々はこの大臣を、「実に賢い人でいらっしゃる」と評判し合った。

〈語釈〉

○延喜《えんぎ》の御門《みかど》　醍醐天皇。「延喜」（九〇一～九二三）はその代表的な年号。宇多天皇の第一皇子。寛平九年（八九七）～延長八年（九三〇）在位。同八年没、四十六歳。「延喜の治《ち》」といわれ、後の村上天皇の天暦年間（九四七～九五七）とともによく治まった聖代として後世並び称せられた。第二十話に既出。○五条の天神　京都市下京区西洞院松原通り（旧五条通り）にある神社。祭神は少彦名命《すくなひこなのみこと》。天照大神《あまてらすおおみかみ》、大己貴命《おおなむちのみこと》を配祀《はいし》する。社伝によれば古くは天使社と称したといい、「天神」は「テンシン」と読むのが正しいといわれる。平安遷都の際の創建とも、弘法大師の創建とも伝える。後に『源平盛衰記』や『義経記《ぎけいき》』にも文覚《もんがく》との故事や牛若丸と弁慶の話に出てくる。『徒然草』には「主上の御悩、大方、世中《よのなか》の騒がしき時は、五条の天神に靫《ゆぎ》をかけらる」（第二百三段）とあり、疫病に関わる神と考えられていたらしい。古来、医薬・禁厭《きんえん》・除災の神として信仰されたという。『今昔』では「五条ノ道祖神」とする。五条の道祖神は今は天神社の近くの別のところにあるが、元は社域が広く、同所に所在したらしい。○柿の木の実ならぬ　『今昔』は「不成《なら》ヌ柿ノ木」とする。実のならない柿の木。実のならない木というのは、『万葉集』巻二、101に「玉かづら実成らぬ木にはちはやぶる神ぞつくといふ成らぬ木ごとに」という歌があり、これは実のならぬ木を、男に靡《なび》こうとしない女にたとえたものだが、実のならない木には神が依りつくという俗信があったものと思われる。特に柿は実がたくさんなるのが普通だから、実のならない柿の木というのは特異な存在と考えられたのであろう。『梁塵秘抄』二―三百十二では「根本中堂へ参る道」の途中、（西坂に）「熟《な》らぬ柿の木」があった。『今昔』巻十三第八話の「西坂ノ柿ノ木」も同じものである。また、同書巻二十八第四十話に「宇治ノ北ニ、不成《なら》ヌ柿ノ木ト云フ木有リ」というのがあり、実のならない柿の木は変わっているから特に神聖視されたのかもしれない。○せきあへず　せき止められないほどで。「あへ」は、接尾語「あふ」（下二）の未然形。完全に……しおおせる、の意。多く打消しの語句を伴う。○ののしる　騒ぎたてる。『書陵部本』は「ののしり」、『版本』は「ののしりけり」。第十七・二十五話等多出。○右大臣殿　源　光《みなもとのひかる》か。『今昔』の同話によれば「其時ニ、光ノ大臣ト云フ人有リ。深草ノ天皇ノ御子《みこ》也。身ノ才賢ク、智《さとり》明《あきら》カ也ケル人」とある。光は仁明《にんみょう》天皇の皇子。承和十三年（八四六）～延喜十三年（九一三）。貞観二年（八六〇）従四位上。諸官を歴任し、元慶八年（八八四）正四位下、参議。寛平三年（八九一）中納言、従三位。大納言を経て、延喜元年（九〇一）菅原道真左遷ののち右大臣、皇太子傅、右近衛大将、左近衛大将等を歴任。延喜九年（九〇九）藤原時平没後、廟堂の首班となる。同十三年三月十二日、狩猟の途次死没。六十八歳。贈正一位。**○世の末**　末の世で末法《まっぽう》の世の意か。仏教では釈迦の入滅後、仏法は正法《しょうぼう》・像法《ぞうぼう》・末法の三時を経て衰滅するという思想があった。時の長さについては諸説があり、正法五百年、像法千年とか、正法・像法ともに千年とする説等が広く受け入れられていた。最澄が正法千年説を採って以来、永承七年（一〇五二）に末法に入ると考えられていた。それに従えば光の時代はまだ末法には入っていない。『今昔』は「木の末」（梢の意か）とする。**○日の装束**　昼の装束。束帯姿。朝廷の公事《くじ》の時に着用する正装。宿直《とのい》の装束に対していう。**○うるはしく**　「うるはし」は正式だ、立派だ。きちんとしているの意。**○檳榔《びりやう》の車**　檳榔毛の車。「びらう」、「びんらう」とも。牛車《ぎつしや》の一種。白く晒《さら》して細かく裂いた檳榔（実際は檳榔樹《びんろうじゅ》ではなく、蒲葵《びろう》で、ヤシ科の大高木）の葉で車の箱の全体を葺《ふ》き覆ったもの。菅《すげ》を代用することもある。上皇・親王・大臣以下四位以上、女房・高僧などが用いた。**○御後前《しりさき》**　随従者と先駆けの供の者。『書陵部本』、『版本』は「御前」。『今昔』は「前駈《ぜんくう》」。**○車かけはづして**　「懸《か》け外《はず》す」は車を牛から引きはずす意。**○榻《しぢ》を立て**

「榻」は牛をはずした時、牛車の軛《くびき》を載せる台。乗り降りの際は踏み台にする。その台を立てて轅《ながえ》をそれに載せたのである。○あからめ　目を横にそらすこと。わき見。○まもりて　「まもる」は目を離さずに、じっと見つめること。○一時《ひととき》　「いつとき」とも読む。『今昔』のルビに従う。今の二時間。○しわびて　「しわぶ」は処置に苦しむ、もてあます意。第二十三話に既出。○くそとび　屎鳶。ワシタカ科の鳥。「のすり」の異名。また、ワシタカ科の「ちょうげんぼう」ともいう。二十巻本『和名抄』巻七に「鴟《とび》」として「爾雅云　一名レ鵟音狂、漢語抄云久曾止比」とし、今俗に馬糞鳶《まぐそとび》とか馬糞鷹《まぐそたか》とか、あるいは長元坊というもので、大虫を喰う鷹であるとし、また「喜食レ鼠而大目者也」とする。『色葉字類抄』は「鵟《のすり》」を「クソトビ」と訓じている。○ふためく　ばたばたする。○さればこそ　予想や予言が的中したことを表わす語。案の定。やはりそうだった。○ののしりける　盛んに評判した。『今昔』は「讃《ほ》メ申《まう》シケリ」。第十七・二十五話等多出。

〈参考〉

『今昔』巻二十第三話と同話。

五条の天神社付近に生えていた実のならない柿の木に仏が出現し、京中の人がこぞってお参りしたという記事で始まるこの話は、どこか不思議であやしい雰囲気を漂わせる。昔も今も人情は変わらない。噂がうわさを呼び、お参りする人は日増しにふえて、周辺は人馬でごった返している。この実のならぬ柿の木は『今昔』では「五条ノ道祖神《さへのかみ》ノ在《まし》マス所」に生えているとある。天神社と道祖神は今は少し離れた別の場所にあるが、当時は天神の社域は広く、道祖神も同じ敷地に祀られていたと考えられる。柿の木はその社域に生えていたのであろう。ちなみに、五条の道祖神は第一話で、身分の低い神として出ている。実のならぬ柿の木については、語釈の項で触れたが、実のならぬというのは神霊が取り憑いているといわれ、柿の木は普通は多産のはずなのに、それがならないというのであれば、特に不思議で、そこから神聖な存在と考えられたかもしれない。田中貴子『あやかし考』（平凡社）は「境界の柿木」という項で、実のならない柿の木が特に境界に植えられたものかもしれないとしている。

その木の上に仏が出現したのである。『今昔』によれば、この仏は「微妙《めでた》キ光ヲ放チ、様々ノ花ナドヲ令降《ふらしめ》ナドシテ、極《きはめ》テ貴《たふと》」い仏だという。右大臣源光はそれを「心得ずおぼし給」い、「まことの仏の、世の末に出給《いでたまふ》べきにあらず」と判断した。『今昔』では、「実《まこと》ノ仏ノ此《か》ク俄《にはか》ニ木《き》ノ末《すゑ》ニ可出給《いでたまふべ》キ様無シ。此《こ》ハ天狗ナドノ所為《しよゐ》ニコソ有《ある》メレ」と判断し、天狗などの行なう「外術《げずつ》ハ七日《なぬか》ニハ不過《すぎ》ズ」と言い、本話でも五、六日たってから光はそこに出かけて行っている。

正装をして、高位高官の乗用車の檳榔毛の車に乗り、供揃えも美々しく出かけ、民衆を退け、木の上の仏と相対した。梢をじっと見つめ続けて、二時間ほどもそのままおられたので、さすがのにせ仏も参ってしまい、正体を現わした。なんと、それがクソトビだったというのである。仏敵である天狗が鵄《とび》に化ける話が『今昔』巻二十第十一話にあるが、本話では、トビもトビ、羽が折れたみじめなクソトビになって落ちて来たというのだからおもしろい。トビは子供らが寄ってたかって打ち殺した。大臣は納得して帰って行かれた。当時の人はこの大臣を「いみじくかしこき人にておはします」と称賛したという。『今昔』ではこの大臣について、話の始めに「身ノ才《ざい》賢《かしこ》ク、智《さとり》明《あきら》カ也ケル人」として紹介し、だから「此ノ仏ノ現《げん》ジ給《たま》フ事ヲ、頗《すこぶ》ル不心得《こころえ》ズ思ヒ給」うたのだといっている。

ところで、源光については角田文衞『紫式部とその時代』（角川書店）に「右大臣源光の怪死」という論文がある。光は時の朝廷における第一の重臣で、上位に摂政・関白・左大臣のいない「一の上《かみ》」の右大臣であった。角田は藤原忠平《ただひら》の日記「貞信公記」の抄本の記事を取り上げ、それには、右大臣が延喜十三年（九一三）三月二日、突然倒れて人事不省に陥り、同十二日に死去し、十八日に天皇にその旨を奏上したとして、ごく自然の死のように書かれているという。しかし、『日本紀略』には、「三月十二日、乙卯、右大臣源朝臣光薨、年六十八号西三条大臣、狩猟之間、馳入泥中、其骸不見、薨奏」とあり、『尊卑文脈』には「鷲《（鷹カ）》狩之間、馳入壍中薨、其骸不見云々」とあるので、これから判断すると、源光は普通の死に方をしたのではない。光は当時は右大臣、正二位、左近衛大将で、執政の首位にあり、六十八歳という当時としては高齢で、鷹狩りをするほど元気満々たる男だから、「貞信公記」で記されたように脳卒中で倒れ、その十日後に死んだというのならそれもわかるが、それ以外の自然死は考えがたい。そこで角田は光のこの不思議な死をまれにみる兇悪な、完全犯罪の暗殺事件であるとみている。光は過去に静観《じょうかん》僧正の祈禱修法によって寿命を延ばしてもらったという逸話もあり、これも暗殺事件に関連してたくみに作られた話であろうという。光は三月二日、鷹狩りの際に殺され、その主謀者は諸般の事情を検討した結果、あの、淡々と日記にしるした藤原忠平であろうと角田は推定している。

なお、『歴代編年集成』第十五「醍醐天皇」の項には、「同三年《(昌泰)》庚申正月廿五日、源光卿河原院木上有金色仏、守落之」という記事があり、ここは河原院《かわらのいん》の木の上で、河原院も話題の多い場所であるが、これは本話と似た話である。

また、五条天神社が五条の道祖神とともに疫病防塞に関わる神として五条通に沿ってあったのは、この地が境界の地であったことと無縁ではない。此岸である京の町と彼岸である清《きよ》水《みず》観音の浄土世界および葬地である鳥辺野《とりべの》の死者の世界との境界であった。これについては瀬田勝哉「五条天神と祇園社――『義経記』成立の頃」(「武蔵大学人文学会雑誌」17巻4号)に詳しい。また「柿の木」については多くの論考があるが、今井敬潤『柿の民俗誌』(初芝文庫)が参考になる。なお、この話に限ると、冷静に行動する右大臣に対しての称賛の話とも、町かどの一つの逸話とも読める。一方『今昔』は天狗話として掲載する。

三十三（上卅三）　大太郎盗人事〈大太郎《だいたらう》、盗人《ぬすびと》の事〉　巻三―一

昔、大太郎とて、いみじき盗人の大将軍《だいしやうぐん》ありけり。それが京へ上《のぼ》りて、物盗《と》りぬべき所あらば、入《いり》て物盗《と》らむと思《おもひ》て、うかが《こ》ひ歩《あり》きけるほどに、めぐりもあばれ、門などもかたか《へ》たは倒《たう》れたる、横様《よこざま》に寄《よ》せかけたる所の、あだげなるに、男といふものは一人も見《み》えずして、女のかぎりにて、張《はり》物多《おほ》く取《と》り散《ち》らしてあるにあはせて、八丈《はちぢやう》売《う》るもの《物》などあまた呼《よ》び入《いれ》て、絹《きぬ》多《おほ》く取《と》り出《い》でて、選《え》りかへさせつつ《こ》物どもを買《か》へば、物多《おほ》かりける所かなと思《おもひ》て、立《た》ち止《と》まりて見入《みいる》れば、折《おり》しも風の南の簾《すだれ》を吹《ふき》あげたるに、簾《すたれ》のうちに、何《なに》の入《いり》たりとは見《み》えねども、皮子《かはご》のいと高《たか》くうち積《つ》まれたる前《まへ》に、蓋《ふた》あきて、絹なめりと見《み》ゆる物、とり散《ち》らしてあり。これを見《み》て、うれしきわざかな。天道《たう》の我《われ》に物をたぶなり《也》けりと思《おもひ》て、走《はしり》帰りて、八丈一疋《いつぴき》人に借《か》りて、持《も》て来《き》て売《う》るとて、近《ちか》く寄《よ》りて見《み》れば、内にも外《ほか》にも男といふものは一人もなし。ただ《こ》女どものかぎりして、見《み》れば皮子も多《おほ》かり。物は見《み》えねど、うづたかく蓋《ふた》おほはれ、絹《きぬ》なども殊《こと》の外《ほか》にあり。布うち散《ち》らしなどして、いみじく物多《おほ》くありげなる所かな《哉》と見《み》ゆ。高《たか》く言《い》ひて、八丈をば売《う》らで、持《も》ちて帰《かへり》て、主《ぬし》に取《と》らせて、

同類《どうるい》どもに、「かか《(ゝ)》る所こそあれ」と言《(い)》ひまはして、その夜来《(き)》て、門に入《(い)》らんとするに、たぎり湯を面《(おもて)》にかくるやうに覚《(おほ)》えて、ふつとえ入《(い)》らず。「こはいかなる事ぞ」とて、集《(あつま)》りて入《(い)》らんとすれど、せめて物のおそろしかりければ、「あるやうあらん。今宵《(こよひ)》は入《(い)》らじ」とて、帰《かへり》にけり。

〈現代語訳〉

三十三　大太郎、盗人のこと

昔、大太郎といって、すごい盗賊の首領がいた。それが京へ上《のぼ》って、物のありそうなめぼしいところがあったら、入って盗ってやろうと思い、様子をうかがって歩いているうちに、周囲も荒れて、門なども片一方は倒れて横の方に寄せかけてある、もろそうな家があった。男という者は一人も見えず、女だけで、布を張って干したものがたくさん取り散らかしてある。そのうえ、八丈絹を売る商人などを大勢呼び入れて、選び換えさせながらいろいろ買っている。ずいぶん物が多いところだぞと思い、立ち止まって覗き込むと、ちょうど折しも、風が南の簾《すだれ》を吹き上げた。簾の内に、何が入っているかは見えないが、皮行李《かわごうり》がうずたかく積んである前に、蓋《ふた》が開いて、絹らしく見える物が取り散らかしてある。これを見て、「ありがたい。御《お》天道《てんと》様《さま》がおれに物を下さるのだ」と思って、走って帰り、八丈絹一疋を人に借りて、持って来て売るということで、近く寄って見ると、内にも外にも男という者は一人もいない。ただ女どもばかりで、見ると皮行李も多い。中身は見えないが、うずたかく蓋《ふた》で覆ってあり、絹などもことのほかに多くある。布をあちこちに雑然と置いたりして、ずいぶんたんまり物がありそうなところだなとみえる。値段を高く言って、八丈絹は売らずに持って帰り、持ち主に返して、仲間どもに、「こんなところがあるぞ」と触れ回して、その夜来て、門に入ろうとすると、熱湯を顔にかけるように感じて、どうにも入れない。「これはどういうことだ」と言って、では一団となって入ろうとするが、ひどくそら恐ろしい感じがするので、「何かわけがあるのだろう。今夜は入るのをやめておこう」と言って、引き揚げた。

〈語釈〉

○**大太郎**　伝未詳。伝説的な盗賊の首領。○**盗人の大将軍**　第二十八話「袴垂《はかまだれ》」も同じ表現で紹介されている。○**めぐりもあばれ**　屋敷のまわりが荒れ果てて。「あばる（荒る）」は荒れ朽ちる、荒廃する意。第八話に既出。○**かたかた**　片方。片一方。○**あだげなる**　形容動詞。もろそう。あぶなげ。○**張物**《はりもの》　洗った布地に糊をつけ、板張りまたは伸子《しんし》張《ばり》にして干したもの。○**八丈**　絹織物の一種、八丈絹の略。一疋《いっぴき》の長さが八丈（約二四メートル）であることから出た語かといわれ、尾張（愛知県）・美濃（岐阜県）の名産。第十八話に既出。○**物多**《おほ》**かりける所**　底本は「る」の右に「なイ」と傍書。○**見入れば**　『書陵部本』、『版本』によって「みいるれば」と読む。○**皮子**　皮籠。まわりに皮を張った籠。後には竹編みしただけのものや紙張りのものもいう。行李《こうり》や葛籠《つづら》（つづらふじの蔓《つる》や竹などで編んだ衣類を入れる籠）の類。第十八話に既出。○**天道**　天地を支配する神。上帝。第二十四話に既出。○**一疋**　「疋《ひき》」は布地、特に絹織物を数える語。時代により変化があるが、一般に二反（布の種類や時代により一定しない）。古くは「反《たん》」は五丈二尺や四丈二尺と定められていたが、後には一人分の衣服に要する量で、絹布の場合は幅は約一尺（三〇センチ）、長さは三丈ないし三丈二尺（「丈」は約三メートル）、約一八メートル。○**外**《ほか》　読み方は『版本』の表記が「ほか」とあるので、それに従う。後出に「ほか」の表記がある。○**同類**　仲間。○**たぎり湯**　煮えたぎった湯。熱湯。○**ふつと**　副詞。下に打消しの表現を伴う。急に。にわかに。全然。まったく。○**せめて**　非常に。自分の心にぐっと迫るような感じで。○**あるやうあらん**　何かそれなりのわけがあるのだろう。

つとめて、「さても、いかなりつる事ぞ」とて、同類など具《（く）》して、売《（う）》る物など持《（も）》たせて来《（き）》て見《（み）》るに、いかにもわづらはしき事なし。物多《（おほ）》くあるを、女どものかぎりして、取《（と）》り出《（い）》で取《（と）》り納《（おさ）》めすれば、ことにもあらずと返《かへす》が《（ゝ）》へす思《おもひ》見《（み）》ふせて、また《（又）》暮《（く）》るれば、よくよく《（〳〵）》した《（ゝ）》ためて、入《（い）》らんとするに、なほ《（を）》恐《（おそ）》ろしく覚《おぼえ》てえ入《（い）》らず。「わ主《（ぬし）》、まづ入《（い）》れ入《（〳〵）》れ」と言《（い）》ひたちて、今宵《（こよひ）》もなほ《（猶）》入《（い）》らずなりぬ。

また《又》つとめても、同《おな》じやうに見《み》ゆるに、なほ《を》気色《けしき》異《け》なる物も見えず。ただ《ゝ》われが臆《おく》病にて覚《おほ》ゆるなめりとて、また《又》その《其》夜、よくしたた《ゝ》めて行向《ゆきむかひ》て立《た》てるに、日《ひ》比《ごろ》よりもなほ《猶》物恐《おそ》ろしかりければ、「こは、いかなる事ぞ」と言《い》ひて、帰《かへ》りて言《い》ふやうは、「事を起《おこ》したらん人こそは、先《まづ》入《い》らめ。先《まづ》大太郎が入《いる》べき」と言《い》ひければ、「さも言《い》はれたり」とて、身をなきになして入《いり》ぬ。それに取《と》りつきて、かたへも入《いり》ぬ。入《い》りたれども、なほ《猶》物の恐《おそ》ろしければ、やはら歩《あゆ》み寄《よ》りて見《み》れば、あばらなる屋の内《うち》に、火ともしたり。母屋《もや》の際《きは》にかけたる簾をば下《お》ろして、簾の外《ほか》に火をばともしたり。まことに皮子多《おほ》かり。かの簾の中の恐《おそ》ろしく覚《おほ》ゆるにあはせて、簾の内に、矢を爪《つま》よる音のするが、その矢の来《き》て、身に立《た》つ心地《ち》して、言《い》ふばかりなく恐《おそ》ろしく覚《おほ》えて、帰《かへり》出《い》づるも、背《せ》をそらしたるやうに覚《おほ》えて、かまへて出《い》でえて、汗《あせ》をのごひて、「こはいかなる事ぞ。あさましく恐《おそ》ろしかりつる爪《つま》よりの音哉《かな》」と言《い》ひあはせて帰《かへり》ぬ。

〈現代語訳〉

翌朝、「それにしても、どういうことだったのだ」ということで、仲間連中をつれて、売る物などを持たせて来てみたが、いっこうに気味の悪いことなどない。たくさん物があって、それを女どもだけで取り出したりしまったりしているので、これなら何のこともないとよくよく見届けて、また日が暮れると、準備万端整えて、さて入ろうとしたが、やはり恐ろしい感じがして入れない。「お前がまず先に入れ、入れ」と立ったまま言い合って、この夜もやはり入らずに終わってしまった。

また翌朝も、同じように見えて、やはり格別違った様子の物も見えない。ただ、自分が臆病なので恐ろしく感じるのだろうと思い、またその夜、よく支度をしてその家に出かけて行き、表に立ってみると、今までよりももっと恐ろしかったので、「これはいったいどうしたことか」と言って、戻ってから「今度のことを起こしたおれがまず入ろう。まずは大太郎が入ろうぞ」と言うと、「よくぞ言われた」ということで、死んだ気になって中に入った。それに取りついて仲間も入った。入りはしたものの、やはりなんだか恐ろしい。そこで、そっと歩み寄って見ると、荒れ果てた家の中に火がともっている。母屋の端に掛けてある簾《すだれ》を下ろして、簾の外側に火がともしてある。実に皮行李がたくさんある。あの簾の中が恐ろしい感じなのだが、と思ったその時、簾の内側で矢を点検する爪縒《つまよ》りの音が聞こえ、今にもその矢が飛んで来て、身体に突き刺さるような感じがして、なんとも言いようもなく恐ろしく感じて、帰り出るにも、後ろから背中を引っぱられるような感じで、背をそり返らせるようにして、やっとのことで表に出ることができた。汗を拭いて、「これはいったいどうしたことだ。なんとも恐ろしかったなあ、あの爪縒りの音は」と言い合って帰って行った。

〈語釈〉

○つとめて　翌朝。第十八話に既出。○わづらはしき事　めんどうなこと。押し込み強盗をするのに妨げになりそうなこと。○ことにもあらず　何のこともない。○見ふせて　「見ふす」は見極めること。よくよく見届けて。○したためて　準備して。○わ主《ぬし》　おまえ。普通、対等以下の相手に対して用いる対称代名詞。第七・十五話に既出。○言ひたちて　立ったままでものを言う。恐ろしい感じがするので先に入るのを立ったまま互いに押しつけ合っているのである。○気色《けしき》異《け》なる物　様子の変わったもの。「気色」は様子。第五・二十八話等多出。「異《け》なる」は特別違うの意。○事を起したらん人こそは、先入らめ　今度のことを言い出した人こそが、まず入ろう。ここは、仲間の言とする説（『新大系』、『新全集』）があるが、互いに先に入るのを押しつけ合っていて埒《らち》が明かないので、仕方なく大太郎が言った言葉と考える。○さも言はれたり　よくぞ言われた。これも大太郎の言ととる説もあるが、仲間が喜んで納得した言ととる。○取りつきて　『書陵部本』は「とりつゞきて」。○かたへ　仲間。○やはら　そっと。第十三話に既出。○あばらなる屋　荒れ果てた家屋。「あばらなる」は家などが荒廃しているさまを表わす形容動詞。本話冒頭部に動詞「あばれ」（下二）がある。○母屋《もや》　建物の中心部分。特に寝殿造の「寝殿」で「庇《ひさし》」の内側の部分。○矢を爪《つま》よる　矢を左手の指先にのせ、右手の指先でひねりながら、矢のゆがみや羽根の具合、鏃《やじり》などを調べる。○かまへて　なんとかして。○爪よりの音哉　『陽明本』、『書陵部本』も同じ。「音哉」を『版本』は「をとや」。

そのつとめて、その家の傍《(かたはら)》に大太郎《(たらう)》が知《(し)》りたりける者《(もの)》の有《あり》ける家に行《ゆき》たれば、見《(み)》つけて、いみじく饗応《(きやうよう)》して、「いつ上《(のぼ)》り給へるぞ。おぼつかなく侍りつる」など言《(い)》へば、「ただ今《(こ)》まうで来《(き)》つるままに、まうで来《(き)》たるなり《(也)》」と言《(い)》へば、「土器《(かはらけ)》参《(まゐ)》らせん」とて、酒沸《(わ)》かして、黒《(くろ)》き土器《(かはらけ)》の大《おほき》なるを盃にして、土器《(かはらけ)》取《(と)》りて、大太郎にさして、家あるじ飲《(の)》みて、土器《(かはらけ)》渡《(わた)》しつ。大太郎《(らう)》取《(と)》りて、酒を一土器《ひと(かはらけ)》受《(う)》けて、持《(も)》ちながら、「この北には誰《(た)》が居《(ゐ)》給へるぞ」と言《(い)》へば、驚《(おどろ)》きたる気色《けしき》にて、「まだ知《(し)》らぬか。大《(おほ)》矢のすけたけのぶの、この《(此)》比《ごろ》上《(のぼ)》りて居《(ゐ)》られたるなり《(也)》」と言《(い)》ふに、さは、入《いり》たらましかば、みな数《かず》を尽《(つく)》して射殺《(ころ)》されなまし、と思《おもひ》けるに、物も覚《(おぼ)》えず憶《おく》して、その受《(う)》けたる酒を、家あるじに頭よりうちかけて、立走《たち(はし)》りける。物はうつぶしに倒《(たを)》れにけり。家《(いへ)》あるじあさましと思《おもひ》て、「こは、いかに、いかに《(〳〵)》」と言《(い)》ひけれど、返《(かへ)》り見《(み)》だにもせずして、逃《にげ》て去《(い)》にけり。

大太郎が捕《(と)》られて、武者《(むさ)》の城の恐《(おそ)》ろしきよしを語《(かた)》りけるなり《(也)》。

〈現代語訳〉

その翌朝、その家のそばに大太郎の知り合いが住んでいたので、その知人の家に行くと、大太郎を見つけて、たいそうもてなしてくれて、「いつ上京なさったか。待ち遠しかったですよ」などと言うので、「ただ今上京しましたので、その足でうかがった次第です」と言うと、「一献《こん》差し上げましょう」と言って、酒に燗《かん》をつけ、黒い土器の大きいのを盃《さかずき》にして、それを取って大太郎に差し、次に主人が飲んで、また大太郎に渡した。大太郎が受け取って、酒をなみなみと盃いっぱいに受けて持ちながら、「この北隣には誰が住んでおられるのか」と言うと、驚いた様子で、「まだ知らないのか。大矢のすけたけのぶがこのごろ上京してそこにおられるのだ」と言うので、そのとたんに、では、そこに押し入っていたら、全員残らず射殺されたことだろう、と思うと、前後不覚に陥るほどおびえて、その受けた酒を家の主人に頭からぶっかけて、逃げ出した。酒席にあったものはひっくり返ってしまった。主人はびっくりして、「これは、どうしたのだ、どうしたことだ」と言ったが、振り向きもせず、逃げて行ってしまった。

後に大太郎がつかまって、武士の館の恐ろしいことを語ったのである。

〈語釈〉

○饗応《きやうよう》 「きやうおう」ともいう。酒食を準備してもてなすこと。第四話に既出。○おぼつかなく「おぼつかなし」は気がかりだ、待ち遠しいの意。もとは（意味などが）はっきりしないこと。序・第十一話に既出。○**土器《かはらけ》参らせん**　「土器」は素焼きの盃。ここは、お酒を差し上げましょうの意。第三・十八話に既出。○**一土器**　盃になみなみといっぱい。「一《ひと》」は接頭語。……全体、いっぱいに満ちる意。第三話に「一庭《ひとには》」（庭じゅう）がある。○**大矢のすけたけのぶ**　伝未詳。「大矢」は普通のよりも長い矢のことで、ここは長い矢を射る強弓《ごうきゅう》の名手の字《あざな》、諢名《あだな》であろう。「すけ」は令制で長官《かみ》に次ぐ第二等官。衛府の次官であった「たけのぶ」という弓の名手の名であろうが、不明。『私註』は「大矢佐武信」とする。○**数《かず》を尽《つく》して**　ありったけ。全員。○**ましかば……まし**　仮定に基づく推量を表わす助動詞「まし」の活用形。……しただろう。○**物も覚えず**　どうしていいかわからない。正常な判断ができないほど。○**憶して**　『書陵部本』、『陽明本』ともに「憶」と表記するが、『版本』の表記「臆」の代用字と考える。おじけて、おじおそれて。○**武者《むさ》の城**　武士の館。

〈参考〉

大太郎については実在の人物かどうかも不明であるが、本書第二十八話の冒頭の「袴垂」を「大太郎」に置き換えただけで、両者の冒頭はまったく同文である。袴垂は藤原保昌《やすまさ》に追剝強盗をしようとして、その威力に屈し、目的を果たせなかったが、本話の大太郎も同じく「大矢のすけたけのぶ」という強弓の名手の目に見えない威力に圧《お》されて、押し入り強盗の目的を果たせなかった。いつの時代にも盗賊はいるが、平安時代の盗賊の跋扈《ばっこ》は他のどの時代に比べても劣らない。

本書には先の第二十八話、後出の第百十七・百二十三・百二十五・百三十二・百八十九・百九十七話等に盗賊の話がある。『今昔』巻二十九「本朝付悪行」はその多くが盗人の話である。巻二十九以外の巻にも盗賊の話は載っている。

山には山賊、道中には追剥、海には海賊と、至るところに盗賊はおり、地方では国司の館が襲われることもあった。地方にも京中にも群盗が出没し、その規模も大きく、例えば天慶五年（九四二）六月二十九日の記事（『本朝世紀』）では「近日京中群盗多聞」とあって、滝口武者を毎夜四人、諸衛《しょえ》と検非違使《けびいし》にそえて巡警させている。神社や仏閣、宮中にも盗賊が入り、天暦元年（九四七）二月二十六日には群盗が賀茂斎院に入っており（『日本紀略』、『貞信公記抄』）、同じく四月十日には兵庫寮に入って多数のものが盗まれている。同じく天暦二年三月二十七日には強盗が右近衛府の曹司《ぞうし》に入っているし、最も治政のよかったといわれる村上天皇のこの時代にも強盗が頻々と宮中に入っている。

『小右記』の天元五年（九八二）二月二十七日の記事には天皇の言として、「仰云、日者京師不閑、足可驚恠、群盗盈巷、殺害連日云々」とあり、続けて同二月二十八日には「近日強盗殺害放火者連日不断」の記事がある。時代は下るが、長久元年（一〇四〇）五月二十二日の『春記』によれば、記者の藤原資房《すけふさ》が宿直していた時のこととして、天皇が大殿南の戸外におられ、女房らもそこに居た時に、窃盗が夜の大殿の中に入り、御衣《ぎょい》を取って、女房らと出合い、あわてて取った物を板敷の下に落として逃げた記事があり、警備の厳しいはずの宮中も安閑としてはいられない状態だったようである。記録では、盗賊の記事は枚挙に遑《いとま》がない。平安の都はまさに不安の都だったといっても過言ではないだろう。

今も昔も、比較的簡単にひと稼ぎできるのは、地方よりも都の方がいいようだ。そのようなわけで、大太郎も京に上《のぼ》ってひと稼ぎしようとしたのである。「いみじき盗人の大将軍」とあるから、盗賊団の頭目だったわけだ。大太郎はさすがに泥棒の達人だけあって、目に見えない危険を察知する能力にすぐれていた。

泥棒は入ろうとする家を前もって偵察するというが、大太郎もどこかよいところがないかと物色して歩いているうちに、物資が豊かそうで、しかも女ばかりの世帯があった。「しめた。お天道様がおれにこいつを下さろうというのだ」と思う。まさに「盗人にも三分の理」というところである。さっそく商人になりすまし、邸内に入り、女しかいないことを確認し、仲間と語らって押し込もうとするが、なんともいえぬ恐怖にかられて引き揚げる。二晩目も試みたがやはり駄目だった。三日目の夜、今度こそはと意を決して邸内に入るが、「矢を爪よる音」を聞き、その恐ろしさにやっとのことで逃げ帰る。この辺の描写はまことに迫真的で見事である。達人は達人を知るというが、この「爪より」の主を早くから見ずして察した大太郎はさすがに「いみじき盗人の大将軍」であった。

翌日、大太郎はその家の付近に住んでいる知人を訪ね、例の家の主について聞き出して仰天し、前後も知らず逃げ出すが、その知人は大太郎が盗賊の首領だということを知らなかったらしい。盗賊も日常は普通の人の顔をしているということである。この時代の犯罪については、谷森饒男『検非違使を中心としたる平安時代の警察状態』（柏書房）が古典的名著である。

三十四（上卅四）藤大納言忠家物言女放屁《尾》事〈藤大納言忠家《とうのだいなごんただいへ》の物言《ものい》ふ女《をんな》、放屁《はうひ》の事〉 巻三—二

今《いま》は昔《むかし》、藤大納言忠家と言《い》ひける人、いまだ殿上人におはしける時、びび《ゝ》しき色好《この》みなりける女房ともの《物》言《い》ひて、夜更《ふ》くる程《ほど》に、月は昼《ひる》よりも明《あかゝ》かりけるに、堪《た》へかねて、御《み》簾《す》をうちかづきて、長押《なけし》の上《うへ》にのぼりて、肩をかきて引《ひき》寄《よ》せられける程に、髪を振《ふ》りかけて、「あな、さまあし」と言《い》ひて、くるめきける程に、いと高《たか》く鳴《な》らしてけり。女房は言《い》ふにも堪《た》へず、くたくた《〱》として寄《よ》り臥《ふ》しにけり。この《此》大納言、「心憂《う》き事にもあひぬるもの《物》かな。世にありても何にかはせん。出家せん」とて、御簾《す》の裾《すそ》を少《すこ》しかき上《あ》げて、ぬき足《あし》をして、疑《うたが》ひなく出家せんと思《おも》ひて、二間《けん》ばかりは行《ゆく》程に、そもそも《抑》その女房あやまちせんからに、出家すべきやうやはあると思《おも》ふ

心また(又)つきて、たた(ゝ)たた(〱)と走(はし)りて出《いで》られにけり。女房はいかが(ゝ)なりけん、知(し)らずとか。

〈現代語訳〉

三十四　藤大納言忠家と逢引《あいびき》中の女がおならをしたこと

今は昔の話だが、藤大納言忠家という人が、まだ殿上人でいらっしゃった時、美しくはなやかで粋《いき》な女房と語り合い、夜がふけていくうちに、月は昼よりも明るいほどに皓々《こうこう》と照っていたので、その風情《ふぜい》に堪えかねて、御簾《みす》を持ち上げてくぐり、敷居の上にのぼって母屋の中《うち》に入り、女の肩を抱えて引き寄せなさった。すると、女は髪を振りかけて、「まあ、みっともないわ」と言って、あわてて身もだえしているうちに、すごい音で一発鳴らしてしまった。女房は何も言えず、へなへなとなってその場に伏してしまった。この大納言は、「なさけない目に遭ったものだなあ。この世にこうしていても何になろうか。出家しよう」と思って、御簾の裾を少し持ち上げて、ぬき足さし足、しのび足で、「絶対に出家するぞ」と思って、二間《けん》ほど行くうちに、「それにしても、あの女房がへまをしたからといって、自分が出家しなければならぬわけがあろうか」と思う心がまた起こって、タタタタッと走って出て行ってしまわれた。女房はどうなったか、わからないということだ。

〈語釈〉

○藤大納言忠家　藤原忠家。長元六年（一〇三三）～寛治五年（一〇九一）長家の次男。道長の孫。正二位大納言。母は近江守源高雅の女懿子《むすめよしこ》。『後拾遺集』に入集。寛治四年（一〇九〇）出家、翌五年没、五十九歳。子の俊忠―俊成―定家と続き、和歌の二条家の祖。大納言は太政官《だいじょうかん》の次官。右大臣の下。国政に参与して可否を奏上し、天皇の仰せを伝達した。第四話に既出。○殿上人　清涼殿の「殿上の間」に上ることを許された者。四位・五位の中で昇殿を許された者。および五位・六位の蔵人《くろうど》。第二十・二十六話に既出。○びびしき　美しく、はなやかな。○色好み　恋愛の情趣をよく解する人。○うちかづきて　「うち」は接頭語。被《かず》くは頭にかぶること。○長押《なげし》　寝殿造などで、母屋《もや》と庇《ひさし》の境として、柱と柱の間に横に長く渡した材木。上部のものを上《かみ〈うわ〉》長押《なげし》、下のものを下長押《しもなげし》という。下長押は幅が広く、廂より一段高くなっていて、廂の間から母屋へ上るところにある。『徒然草』第百五段にも「なみなみにはあらぬと見ゆる男、女と長押に尻掛けて、物語りするさまこそ……」とあり、本話と共通する情景が描かれている。ただし、本話では、二人は「長押の上にのぼり」というのであるから、すでに母屋の内に入っている状況とみられる。○あな、さまあし　まあ、みっともない。『版本』は「あな、あさまし」。○くるめきける程に　あわてて体をよじって忠家の手から逃れようとした時に。「くるめく」はあわてて騒ぎ回る意。○鳴らしてけり　おならをしてしまった。○言ふにも堪へず　何も言うこともできず。○二間《にけん》　「間《けん〈ま〉》」

は建物の柱と柱の間をいう語で、柱の間の寸法には関係ない。○せんからに　したからといって。「からに」は接尾語。……だからといって。○たたたたと　急いで走るさま。「たたたっと」と解してもよい。「ただただだと」（一目散に、ひたすらに）と解する説もある。

〈参考〉

放屁の事――いわゆる屁ひり話というのはどんな話でもおかしい。本話は悲喜こもごもの滑稽譚というところだろう。放屁した女房にはおかしいがまことに気の毒なことだし、忠家の軽率な思考も行動も失笑を買う。このような貴族にまつわる滑稽譚をとり上げるところに本書の特色がある。

放屁ということは生理現象の一つだから、決しておかしなことでも忌むべきことでもないはずだが、人前で屁をひるということは、古来、行儀が悪く、好ましくないこととされていたようだ。『今昔』巻二十八第十話には秦武員《はたのたけかず》という近衛舎人《こんえのとねり》が、禅林寺の僧正の御前で高らかに放屁した話がある。僧正をはじめ陪席の僧侶らが気まずくなり、黙ってしまった時、武員が「哀レ、死《し》バヤ」（ああ、死んでしまいたい）と言って一座の者が爆笑したすきに逃げてしまったという話である。『今物語』第五十一話にも高貴な女性の大爆屁の話がある。『沙石集』巻六の八にも若き女房が説法聴聞の際に「堂ノ中モ響《ひびく》ホドニ」放屁し、臭いも「事ノ外ニ」すごかった話などがある。

昔話には放屁とその効用の話が数多く語られる。どの道、放屁話はおかしいが、本話のように派手でもてる女性や高貴な女性の放屁というのはいちだんとおかしいものだ。しかし、その屁一発を喰らって出家を思い立つというのもおかしい。また、何歩かぬき足しながら行くうちに、その馬鹿らしさに気づき、「タタタタッ」と床板を鳴らしながら駈け出した若き日の忠家の姿も髣髴《ほうふつ》とする。本書の撰者はこれが歌道の最高権威である俊成の祖父の話であるということを念頭に置きながら、「女のほうもその後どうなったか知らんという、全く尻すぼまりの屁のような」（『旧全集』の評）この一エピソードを記したのではないだろうか。

三十五（上卅五）小式部内侍定頼卿ノ経ニメテタル事〈小式部内侍《こしきぶのないし》、定頼卿《さだよりのきやう》の経《きやう》にめでたる事〉　巻三―三

今《（いま）》は昔、小式部内侍に定頼中納言《ちゆうなごん》もの《（物）》言《（い）》ひわたりけり。それにまた《（又）》、時の関白通《（かよ）》ひ給《たまひ》けり。局《つぼね》に入《いり》て、臥《（ふ）》し給《たまひ》たりけるを、知《（し）》らざりけるにや、中納言寄《（よ）》り来《（き）》て叩《（たゝ）》きけるを、局の人、「かく」とや言《（い）》ひたりけん、沓《くつ》をはきて行《ゆき》けるが、すこし歩《（あゆ）》みのきて、経をはたとうちあげて読《（よ）》みたりけり。二声ばかりまでは、小式部内侍、きと耳をたつるやうにしければ、この《（此）》入《いり》て臥《（ふ）》し給へる人、あやしとおぼしける程《ほど》に、すこし声遠《（とを）》うなるやうにて、四声五声《（こゑ）》ばかり行《（ゆ）》きもやらで読《（よ）》みたりける時、「う」と言《（い）》ひて、うしろ様《ざま》にこそ臥《ふ》しかへりたりけれ。

この入臥《いりふ》し給へる人の、「さばかり堪《た》へがたう、恥《は》づかしかりし事こそなかりしか」と、後にのたま（給）ひけるとかや。

〈現代語訳〉

三十五　小式部内侍が定頼卿の誦経《ずきょう》に感嘆すること

今は昔のことだが、小式部内侍に定頼中納言が長年の間、情を通わしていた。それにまた時の関白教通《のりみち》卿も通っておられた。ある時、関白が小式部の部屋に入って臥しておられたのを、知らなかったのか、中納言がやって来て部屋の戸を叩いたので、小式部の部屋付きの者が、「これこれ」と事情を話したのであろうか、沓《くつ》をはいて帰って行ったが、少し歩いて行ってから、突然お経を朗々と声高く誦《よ》んだ。二声くらいまでは、小式部内侍がはっと耳をそばだてるようにしたので、この入って臥しておられた関白も、変だと思っておられるうちに、少し声が遠ざかるようで、かといって行き過ぎてしまいもせず、四声五声誦《ず》した時、内侍が「うっ」と泣き声を洩らして後ろ向きに寝返ってしまった。

この入って臥しておられた方が、「あれほど堪えがたく、恥ずかしいことはなかったよ」と、後になって仰せられたとかいうことである。

〈語釈〉

○小式部内侍　生年未詳〜万寿二年（一〇二五）十一月ころ没（『栄花物語』）。二十六、七歳か。橘道貞の女《むすめ》。母は和泉式部（第一話）。母とともに一条天皇中宮上東門院に仕えた。関白藤原教通の子静円《じょうえん》を生み、頼宗、定頼らにも愛された。後に滋井頭中将公成《きんなり》の子（頼仁阿闍梨）を生み、間もなく没した。『後拾遺集』初出。「大江山……」の歌は『小倉百人一首』にとられ有名である。○定頼中納言　藤原氏。正暦三年（九九二）〜寛徳二年（一〇四五）一月十九日。五十四歳（森本元子説）。四条大納言公任《きんとう》の長男。母は村上天皇皇子四品昭平《あきひら》親王の女。寛弘四年（一〇〇七）十六歳で叙爵。右中弁・蔵人頭《くろうどのとう》などを経て正二位権中納言兵部卿に至る。寛徳元年（一〇四四）六月、病のため官を辞し、出家、翌二年没。父から受けた四条宮に住み、四条中納言と呼ばれた。父公任の才能を受け継ぎ、特に物名《もののな》歌にすぐれ、能書家で、誦経の名手でもあった。容姿端麗で小式部内侍、大弐三位、相模らとも親しかった。小式部内侍にたわむれ、「大江山」の歌を詠みかけられて返歌につまったりと、逸話の多い人物である。当時の典型的な貴族歌人で、中古三十六歌仙の一人。『後拾遺集』以下勅撰集に四十六首入る。『百人一首』に「朝ぼらけ宇治の川霧たえだえにあらはれわたる瀬々のあじろ木」が入る。中納言は太政官《だいじょうかん》の次官。大納言に次ぐ。従三位相当。第六話に既出。○もの言ひわたりけり　「もの言ふ」は男女が情を通わせる意。「わたる」は長い間……する、……し続ける、意の補助動詞。○時の関白　藤原教通《のりみち》。長徳二年（九九六）〜承保二年（一〇七五）。道長の三男。母は左大臣源雅信の女、従一位倫子《ともこ》。妻は公任の女。権中納言、権大納言を経て治安元年（一〇二一）内大臣。永承二年（一〇四七）右大臣、康平三年（一〇六〇）左大臣、治暦四年（一〇六八）関白、延久二年（一〇七〇）太政大臣。承保二年（一〇七五）九月二十五日没、八十歳。贈正一位。○**局**　殿舎の中で仕切りを隔てて設けた部屋。第九・十四話等に既出。ここは小式部の部屋。○**はたと**　急に。突然。「はったと」。○**うちあげて**　声をいちだんと高く張り上げて。「うちあぐ」は声を高く張り上げる意。○**きと**　さっと。すぐに。『日葡辞書』「キット――急いで、あわてて、急に」。「きっと」の促音無表記で、「きっと」と発音すべきか。○**行きもやらで**　行ってしまいもせず。「やる」は上接動詞（ここでは「行く」）の表わすことを十分に成し遂げる意の補助動詞。多く否定語を伴う（ここでは「で」）。○「**う**」　こらえきれずに出した泣き声。

〈**参考**〉

前話に続いての、貴族にまつわる艶笑譚の一つ。

『古事談』巻二第七十七話「頼宗・定頼ト好色ノ女房ノ事」がほぼ同話である。本話が「時の関白」（藤原教通）とするところを『古事談』ではその異母兄頼宗とし、小式部内侍とするところを上東門院の好色の女房（割注で「或説小式部内侍云云」）とする。そして『古事談』では、この件で頼宗が「ひそかに万事を思ふに、定頼に劣るべからざるに、安からざる事なり」と考え、たちまちに発心《ほっしん》し、法華経を覚ったということになっている。いずれにせよ、定頼は多才の人であったが、とりわけ誦経の声の美しさは評判だったようである。『古事談』巻二第七十八話には陽勝仙人《ようしょう》が定頼の誦経を聴聞した話がある。

ところで、小式部内侍は『古事談』が「好色の女房」とするように、頼宗・教通・定頼・公成ら、多くの貴顕の紳士と交渉があった。本話では関白教通が来訪し、すでに小式部内侍と「臥し」ている時に定頼が来て、それと知らされ、法華経を声を上げて読み、それに小式部内侍が感泣して、後ろ向きに寝返ってしまったという話である。教通は後年、「あれほど恥ずかしいことはなかった」と語ったということだが、このことは教通が虚仮《こけ》にされた思いと、また定頼の誦経のめでたさに感動したこととが入り交じった複雑な思いを伝えている。この話が実話かどうかはわからないが、教通と定頼との縁はきわめて深い。定頼は妹が教通の室で、従一位太政大臣信長、正二位権大納言信家、権大僧都静覚《じょうかく》らの母である。一方、小式部内侍は教通との間に権僧正静円《じょうえん》を生み、定頼の孫（長男経家の子）権少僧都公円《こうえん》は母が教通の女《むすめ》で、小式部内侍の生んだ静円僧正の嗣子となっている。また定頼の女は後に離縁したが、教通の長男信長の室であった。

ところで、すでに語釈の項でもふれたが、定頼と小式部内侍とのことは『俊頼髄脳』、『袋草紙』上、『十訓抄』巻三第一話、『古今著聞集』（巻五第六「和歌」）等に有名な話がある。母の和泉式部が藤原保昌の妻になり、任国丹後に下った時、京に歌合《うたあわせ》があり、小式部内侍がその歌人に選ばれた。定頼が小式部内侍をからかって、「丹後へやった使いは帰って来ましたか。待ち遠しいことでしょう」と言ってその局の前を通り過ぎようとしたところ、小式部が御簾の中から少し身を乗り出して、定頼の直衣《のうし》の袖を引き止め、「大江山いくのの道の遠ければまだふみもみずあまの橋立」と詠みかけた。定頼はとっさのことに思いがけなく、即座に返歌ができず、袖を振り切って逃げたという話である。小式部はこのころ十代の半ばであったろうといわれているが、当意即妙の歌に対し、定頼はなすすべもなかったというのがこの話のおちである。なお、教通と小式部内侍のことは第八十一話にある。

三十六（上卅六）山伏舟祈返事〈山伏《やまぶし》、舟祈《ふねいの》り返《かへ》す事〉巻三—四

これも今は昔、越前国甲楽城《(かぶらき)》の渡《(わたり)》といふ所に、渡《(わた)》りせむとて者《(物)》ども集《(あつま)》りたるに、山伏あり。けいたう房といふ僧なりけり。熊野《くまの》、御嶽《(みたけ)》はいふ《(云)》に及ばず、白山《しらやま》、伯耆《はうき》の大山《だいせん》、出雲《いづも》の鰐淵《(わにふち)》、大方《おほ(かた)》修行し残したる所なかりけり。

それにこの甲楽城《(かぶらき)》の渡《わたり》に行《ゆき》て、渡《(わた)》らむとするに、渡《わたり》せんとする者《(物)》雲霞《うんか》のごとし。おの《(を)》おの《(〳〵)》の物を取《(と)》りて渡《(わた)》す。このけいたう房、「渡《(わた)》せ」と言《(い)》ふに、渡《(わた)》し守、聞《(き)》き《(こ)》も入《(い)》れで漕《(こ)》ぎ出《い(ツ)》。その時にこの山臥、「いかにかくは無下《むげ》にはあるぞ」といへども、大方《おほ(かた)》耳にも聞《(き)》き入《(い)》れずして漕《(こ)》ぎ出《いだ》す。その《(其)》時に、けいたう房、歯を食《(く)》ひ合《(あ)》はせて、念珠を

もみちぎる。この《此》渡《わた》し守見返《みかへ》りて、をこの事と思《おもひ》たる気色《けしき》にて、三、四町ばかり行《ゆ》くを、けいたう房見やりて、足を砂子《すなこ》に脛《はぎ》の半《なか》らばかり《斗》踏《ふ》み入《いれ》て、目も赤《あか》くにらみなして、数珠《すゞ》を砕《くだ》けぬと揉《も》みちぎりて、「召《め》し返《かへ》せ、召し返せ」と叫《さけ》ぶ。なほ《猶》行過《ゆきすぐ》る時に、けいたう房、袈裟《けさ》と念珠とを取《と》り合《あはせ》て、汀《みぎは》近《ちか》く歩《あゆ》み寄《よ》りて、「護法、召返《めしかへ》せ、召返《めしかへ》さずは、ながく三宝に別《わかれ》奉《たてまつ》らん」と叫《さけ》びて、この袈裟を海に投《な》げ入《いれ》んとす。それを見《み》て、この《此》集《つと》ひゐたる者《物》ども、色を失《うしな》ひて立《た》てり。

〈現代語訳〉

三十六　山伏が舟を祈り返したこと

これも今は昔のことだが、越前国甲楽城《こうらき》の渡し場というところに、海を渡ろうとして人々が集まっている中に一人の山伏がいた。けいとう房という僧であった。熊野、御嶽《みたけ》はいうまでもなく、白山や伯耆《ほうき》の大山《だいせん》、出雲の鰐淵《わにぶち》など、大方もって修行し残したところはないという男だった。

そのようなわけで、この僧がこの甲楽城の渡し場に行って、渡ろうとすると、渡ろうとする人々が雲霞《うんか》のごとく群がっている。各自から舟賃を取って渡すのである。このけいとう房が「渡せ」と言うが、渡し守は聞きも入れずに漕《こ》ぎ出した。その時にこの山伏は「なんでこんなひどいことをするのだ」と言うが、およそ耳にも聞き入れずに漕ぎ出して行く。その時に、けいとう房は歯を食いしばって数珠を力いっぱいもみにもむ。この渡し守は振り返って、馬鹿ばかしいことだと思っている様子で、三、四町ばかり漕いで行くのを、けいとう房は遠くに見やって、足を砂に脛《すね》の半分ほども踏み込んで、血走った目でにらみつけて、数珠を砕けてしまうばかりに力いっぱいもみにもみ、「連れ戻せ、連れ戻せ」と叫ぶ。それでもなお行ってしまおうとする時に、けいとう房は、袈裟と念珠とを一緒に持って、汀《みぎわ》近くに歩み寄り、「護法善神よ、あの舟を連れ戻してくれ。連れ戻さねば、おれは永久に仏法とお別れしよう」と叫んで、この袈裟を海に投げ入れようとする。それを見て、この集まっていた者どもは、顔色を失い青ざめて立っていた。

〈語釈〉

○**越前国**　北陸道七ヵ国の一国。現在の福井県の北半部。○**甲楽城の渡**　若狭《わかさ》湾東岸に位置する。「蕪木」とも書く。発音は、「カブラキ」であろう。敦賀渡海の渡し船の出発地であった。『太平記』巻十八「越前府軍并金崎後攻事」と「金崎城落事」にも見える。○**山伏**　仏道修行のため、山野に起き臥しする僧。修験者のこと。ここは後者。山臥とも書く。第五話に既出。○**けいたう房**　伝未詳。表記も不明。○**熊野**　紀伊半島の東南部にある熊野三山を指す。すなわち熊野本宮大社（熊野坐《にます》神社・本宮）、熊野速玉《はやたま》大社（熊野速玉神社・新宮）、熊野那智大社（熊野夫須美《ふすみ》神社・那智）。修験道の根拠地の一つ。寛治四年（一〇九〇）白河上皇の熊野詣でにあたり、園城寺《おんじょうじ》の僧増誉《ぞうよ》が先達を勤めて以来、園城寺に統轄され、後十四世紀初頭、増誉が開基した聖護院《しょうごいん》門跡の傘下に入り、本山派と呼ばれるようになった。○御嶽《みたけ》　奈良県吉野山の金峯山《きんぷせん》の異称。山岳信仰の道場で修験道の本山の一つ。第五・二十二話に既出。○白山　加賀・越前・美濃・飛騨四ヵ国（現在の石川県・福井県・岐阜県）にまたがって聳える山。富士山・立山とともに日本三名山の一つ。養老元年（七一七）、泰澄《たいちょう》の開創した霊山として信仰されている。『五代歌枕』、『初学抄』など多くの歌学書は所在を越前に分類している。「こしのしらやま知らねども」（『古今和歌集』391）、「雪ふかきこしのしら山」（『後拾遺集』1222）、「そこととも見えずこしのしら山」（『夫木《ふぼく》和歌抄』7161）。古くは「しらやま」と呼ばれた。第五話に既出。○伯耆の大山　伯耆は山陰道八ヵ国の一つ。現在の鳥取県の西部。大山は鳥取県西部、中国山地北側にある死火山。群峰中の最高峰剣ヶ峰《けんがみね》は標高一七二九メートル。中国地方の最高峰。通称伯耆大山、伯耆富士、大神岳、火神岳、角磐山（『伯耆大山寺縁起』）等ともいう。古来霊山として尊崇され、山岳修験の道場として栄えた大山寺（天台宗）がある。同寺の縁起によれば、兜率天《とそつてん》から落ちた磐石が三つに割れ、一つは熊野山、一つは金峯山、最後の一つが大山になったという伝承がある。このことは、ここが熊野・金峯と並ぶ修験の地であることを示す。○出雲の鰐淵　出雲は山陰道八ヵ国の一つ。現在の島根県の東部。鰐淵寺《がくえんじ》は出雲大社の背山にあたる出雲市別所町にある。伯耆大山寺とともに山陰を代表する天台宗寺院。出雲大社との関係を深め、大社とともに寺運を伸ばし、盛時には四十二坊があったという。『梁塵秘抄』二―二百九十七「聖の住所はどこどこぞ」の中に「箕面よ勝尾よ……出雲の鰐淵や……熊野の那智とかや」とあり、やはり修験の地である。○**雲霞**《うんか》　多数が群をなしていること。「雲霞のごとし」は大勢の人が群がっているさまをいう。○**無下**《むげ》　それより下が無い意から、まったくひどいさま、最低の意。「無下に」の形で用いられることが多い。『日葡辞書』に「ムゲニ――みじめに、同情の念を催すほどに、また、無法に」とある。○**もみちぎる**　はげしくもむ。「ちぎる」は接尾語的用法で、動詞に付き、その表わす動作を強めていう働きをする。盛んに……する。○**をこの事**　馬鹿げたこと。第二十五話に既出。○**三、四町**　三〇〇～四〇〇メートル。「町」は、ここでは距離の単位で、一町は約一〇九メートル。○**砂子**　砂。○**にらみなして**　にらみつけて。「なして」の「なす」はコトサラニ……スルの意を表わす接尾語。○**砕けぬと**　砕けてしまうほどに。○**袈裟**　梵語 kāṣāya の音写。不正雑色の意。僧が衣の上に肩からかける長方形の布。第六話に既出。○**護法**　護法童子、護法天童。護法善神の使者。仏法や仏法に仕える者を守護する鬼神。童子の姿をしている。第九話に既出。○**三宝**　仏・法・僧の総称。「三宝に別《わかれ》奉らん」は仏法を捨て、仏法と縁を切ろう」の意。仏道の修行者として、最も恐ろしいことを口にしているのである。

かくいふほどに、風も吹《（ふ）》かぬに、この行《ゆく》舟のこなたへ寄《（よ）》り来《（く）》。それを見《（み）》てけいたう房、「寄《(よ)》るめるは、寄るめるは。はやう率《(出)》ておはせ、はやう率ておはせ」とすはなちをして、見《(み)》る者色を違《(たが)》へたり。かくいふ程に、一町が内に寄《(よ)》り来《(き)》たり。その時、けいたう房、「さて、今はうち返《(かへ)》せ。うち返せ」と叫《(さけ)》ぶ。その時に集《(つと)》ひて見る者《(物)》ども、一声《(こゑ)》に、「無慙《(むざう)》の申《まうし》やうかな。ゆゆし《(こ)》き罪に候。さておはしませ、さておはしませ」と言《(い)》ふ時、けいたう房、今すこし気色《(けしき)》変はりて、「はや打返し給へ」と叫《(さけ)》ぶ時に、この《(此)》渡舟に二十《(廿)》余人の渡《(わた)》る者《(もの)》、づぶりと投《(な)》げ返しぬ。その時けいたう房、汗《(あせ)》を押《(こ)》しのごひて、「あな、いたのやつばら《(原)》や。まだ知《(し)》らぬか」と言《(い)》ひて立《たち》帰《かへり》にけり。

世の末《(すゑ)》なれども、三宝《さんぼう》おはしましけりとなむ。

〈現代語訳〉

こう言っているうちに、風も吹かないのに、この行く舟がこちらへ寄って来る。それを見てけいとう房は「近寄って来るぞ。近寄って来るぞ。はやくつれて来て下され。はやく連れて来て下され」と念珠を振り廻し、それを見る者は顔色を変えた。こう言っているうちに舟は一町たらずの中に近寄って来た。その時、けいとう房が「さあて、今度はひっくり返せ、ひっくり返せ」と叫ぶ。その時に集まって見ていた者どもが声をそろえて、「それはあんまりひどい言いようだ。恐ろしい罪でもござるぞ。そのままにしておきなされ。そのままに」と言う時、けいとう房はいま少し様子が変わり、「早くひっくり返して下され」と叫んだ。するとその時、この渡し舟に乗っていた二十人余りの者をざぶんと海に放り込んだ。その時けいとう房は、汗を押し拭《ぬぐ》って、「ああ、みじめなやつらだ。仏法の威力をまだ知らぬか」と言って立ち去って行った。

末法の世ではあるが、仏法はなおあらたかでましますのだということである。

〈語釈〉

○**寄るめるは**　寄って来るようだぞ。「める（めり）」ははっきり断定しないで、自分にはこう見えると推定したり、あるいは断定できることを、わざと断定しないで遠回しに表現する助動詞。「は」は詠嘆の終助詞。『書陵部本』は「よかめるは」とする。○**率ておはせ**　本書および『陽明本』は「出おはせ」。『書陵部本』、『版本』の「いておはせ」に従って、「率《ゐ》て」とみて改める。○**すはなちをして**　諸注不明とする。『旧大系』の補注は「珠放《ず》ち」または「素放ち」で、念珠を片手に持って空を切る仕草をいうのではないかとする。念珠を振り廻している意と解した。○**無慚《むざう》**　「むざん」の音便。「慚（慙）」は恥じること。無慚は仏教語で、罪を犯して、みずから心に恥じないこと。残酷、無慈悲なこと。○**ゆゆしき罪**　とんでもない大きな罪。「ゆゆし」は並大抵でない、いまわしいの意。○**さておはしませ**　そのままにしておきなさい。「さて」はそういう状態で、そのままでの意の副詞。○**づぶりと**

投げ返しぬ　どぶんと海に放り込んだ。主語は護法童子。〇**いたのやつばら**　「いた」は「いたし」の語幹。みじめだ。「やつばら」の「ばら」は接尾語。複数の人を卑しんでいう語。やつら。〇**世の末**　末の世で末法の世の意。末世。末法の世には仏法が滅尽するといわれるが、ここでは、まだ仏法の力が明らかに示されている意。第三十二話既出、参照。

〈参考〉

本話はまず①「けいたう房」の紹介から始まり、ついで②甲楽城の渡し場での事件に及ぶ。船賃を払わず、無銭乗船を決め込んだ「けいたう房」を乗せず、渡し守は舟を出す。③(a)それに怒った「けいたう房」は護法童子に舟を召し返すように要求して祈るが、船頭は祈禱の力など信ぜず、平気で舟を漕いで行く。まわりに集まった群衆は固唾《かたず》をのんで見守る。(b)さらに怒った「けいたう房」は、袈裟と念珠をつかみ、護法童子に強要し、舟を召し返さねば仏法を棄てるぞと叫んで、袈裟を海に投げ込もうとする。その場に居合わせた群衆は、なんと恐るべき冒瀆の言葉かと、顔色を変えて立ちすくんだ。

袈裟は山伏の所持品の中で最も神聖で大切なものである。袈裟は「仏身なり、仏心なり、解脱服と称し、福田衣と称し……まさに受持頂戴すべし」(『正法眼蔵《しょうぼうげんぞう》』「袈裟功徳」)とあるように、仏道に入った者にとっては最も尊いものである。また「たとい戯笑のため利益のために身に著せる、かならず得道因縁なり」(同上)ともあって、悪戯で身に着けても、あるいは功利的目的であっても、ひとたび身に着ければいつか必ず仏道を成就するという尊い物である。それを海に投げ込んで、仏法とお別れするぞと言うのであるから、途方もない理不尽な要求を護法童子につきつけているのである。見ている群衆が驚き恐れ、顔色を変えても不思議ではない。このような不敬の大罪を犯そうという「けいたう房」には、たちどころに仏罰が下ってしかるべきである。ところが、それどころか、驚くことに「風も吹かぬに、この行舟《ゆく》」が、こなたへ寄って来るではないか。「けいたう房」はさらに「早く、早く」と護法童子をせき立て、群衆はこの異常事態に否応なしに直面する。④舟が岸から一〇〇メートルそこそこに近づいて来ると、「けいたう房」は、今度は舟をひっくり返すようにと護法童子に要請する。見ている群衆は恐ろしい罪になるからやめろと一斉に言う。乗員は二十人余り。泳げない者や老人、女、子供もいるだろう。見る者一同が一斉に止めるのも無理はない。だが「けいたう房」はいちだんと気色ばみ、「早くひっくり返してくれ」と叫ぶ。とたんに舟はひっくり返り、乗船の全員が水中に投げ出された。「けいたう房」は汗を押し拭い、「馬鹿なやつらめ、おれ様の験力を思い知ったか」と言いながら、立ち去って行く。

まさにこれは「けいたう房」独壇場の活劇といえるだろう。作品としては活き活きとした描写で成功している。だが、本話の末尾は「世の末なれども、三宝おはしましけりとなむ」という簡単な短文で締め括られているだけで、話の内容に関する総括はない。群衆が異口同音に発した「無慙なゆゆしき罪」の結末はどうなってしまったのだろう。あの大罪を犯したはずの山伏はどこに「立ち帰」ったのか、ともかく何事もなく退場し、このよからぬ祈禱についての批評も批判もない。むしろこの祈禱の効験と、ゆゆしき罪となるべき祈禱を容認し納受して、その霊験を現わした三宝の実在を遠慮がちながら確認する言葉で括られているのである。つまり山伏の罪深き行為が三宝の実在を説明するという皮肉な結果になってしまっている。その事実を作者は一応肯定しているととってよいだろう。作者は倫理・道徳・善悪の判断をひとまず脇に置いて、山伏の活躍を熱気と興奮を交えた筆致で活写する。撰者は倫理とか道徳とか、説教とかいうことが嫌いなようだ。宗教的なことには距離を置こうとしている。世の末には仏・法・僧がなくなるはずなのに「三宝おはしましけりとなむ」というが、これはいかにも冷淡に突き放した言い方であって、主体的に確信をもって発言しているとはいえない。単純に字面だけ読めば、本話は一見、山伏の験力に対する驚愕と、三宝の霊験顕示の話のように見えるが、三宝顕在の事実の容認には作者はどうも積極的には与《くみ》していないようである。「他人がそう言っているのであって、俺は知らないよ」という雰囲気である。作者はもともと奇蹟などということは本気で信じていないのではなかろうか。この不思議な、まるで活劇でも見るような、躍動感あふれる話を聞いた作者は、話のおもしろさにひかれてこの話を採録したのであって、それ以上のコメントは控えさせていただくという姿勢である。この態度が本書全体を通じた一つの特性といえるだろう。あるいはまたこの話を、山伏を主役とし、群衆を観客に見立てた芝居の一場面にたとえることができる。山伏が舞台から立ち去ることによって話は終わる。

これとよく似た話として、『全註解』は『太平記』巻二の阿新丸《くまわかまる》が佐渡島を逃れようとした時、山伏が船を祈り返して助けて乗せたという話をあげている。法力による不思議な話であるが、この時は山伏は数珠を押しもみ、祈って風を吹かせている。本話では「風も吹かぬに」舟が戻って来るのだから、いっそう話としては不思議でおもしろい。

三十七（上卅七）鳥羽僧正与国俊戯事〈鳥羽僧正《とばのそうじやう》、国俊《くにとし》と戯《たはぶ》れの事〉巻三―五

これ《(是)》も今は昔、法輪院《ほふりんゐん》大僧正覚猷《かくいう》といふ人おはしけり。その甥《(勢)》に陸奥前司《むつのぜんじ》国俊、僧正のもとへ行《ゆき》て、「参《(まい)》りてこそ候《さぶら》へ」といはせければ、「ただ《(唯)》今見参《げんざん》すべし。そなたにしばしおはせ」とありければ、待居《まち》たるに、二時《ふたとき》ばかり《(斗)》まで出《いで》あはねば、なま腹だた《(こ)》しうおぼえて、出《いで》なんと思《おもひ》て、供《(く)》に具したる雑色《ざふしき》を呼《(よ)》びければ、出来《いで(き)》たるに、「沓持《くつ(も)》て来《(こ)》」といひければ、持《(も)》て来《(き)》たるをはきて、「出《いで》なん」といふを、この《(此)》雑色がいふやう、「僧正の御房の、『陸奥殿に申《まうし》たれば、『疾《(と)》う乗《(の)》れ』とあるぞ。その《(其)》車率《(い)》て来《(こ)》』とて、『小御門《こみかど》より出《いで》ん』と仰事候《おほせごとさぶらひ》つれば、やうぞ候《(さふらふ)》らんとて、牛飼の者奉《(たてまつ)》りて候へば、『待《(ま)》たせ給へと申せ。時のほどぞあらんずる。やがて帰《かへり》来《(こ)》んずるぞ』とて、はやう奉《(たてまつ)》りて、出《いで》させ給候《たまひさぶらひ》つるにて候《(さふらふ)》。かうて、一時《ひととき》には過候《すぎ(さふらひ)》

ぬらん」といへば、「わ雑色《ざふしき》は不覚《ふかく》のやつかな。『御車をかく召《（め）》しの候《（さぶら）》ふは』と、我にいひてこそ、貸《（か）》し申さめ。不覚《（ふかく）》なり《（也）》」といへば、「うちさし退《（の）》きたる人にもおはしまさず。やがて御尻切《おんしきれ》奉《（たてまつ）》りて、『きときと《（〱）》よく申《まうし》たるぞ』と仰事候《おほせごとさぶら》へば、力及《および》候はざりつる」といひければ、陸奥の前司《（せんし）》帰《かへり》上《（のほ）》りて、いかにせんと思《おもひ》まはすに、僧正は、定《（さた）》まりたる事にて、湯舟《ゆぶね》に藁《わら》をこまごま《（〱）》と切《（き）》りて、一《ひと》はた入《いれ》て、それが上《（うへ）》に莚《むしろ》を敷《（し）》きて、歩《（あり）》きまはりては、左右《（さう）》なく湯殿へ行《ゆき》て、裸《（はたか）》になり《（成）》て、「えさい、かさい、とりふすま」といひて、湯舟《（ゆふね）》にさくとのけざまに臥事《ふす》をぞし給《たまひ》ける。

〈現代語訳〉

鳥羽僧正が国俊と戯れのこと

これも今は昔のことだが、法輪院《ほうりんいん》大僧正覚猷《かくゆう》という人がおられた。その甥《おい》にあたる陸奥《むつ》の前司《ぜんじ》国俊が僧正のところに行って、「参上いたしました」と取次の者に言わせた。すると「すぐにお会いしましょう。しばらくそちらにおいで下さい」ということだったので、待っていたが、二時《ふたとき》（四時間）ほども出て来ない。そこでいささかむかっ腹が立ってきて、もう帰ろうと思い、供に連れて来た下男を呼んだらやって来た。それに「沓《くつ》を持って来い」と言うと、持って来たのを履いて、「帰るぞ」と言うと、この召使いが、「僧正様が、『陸奥殿《むつどの》に話したら、『さっさと乗れ』ということだ。その車を引いて来い』と言われ、『小門から出るぞ』と仰せられましたので、何かわけがあるのだろうと思い、牛飼童《うしかいわらわ》がお乗せいたしました。すると僧正様は『お待ちになってて下さいと申し上げよ。一時《ひととき》（二時間）くらいのことだろう。すぐに帰って来るからな』と言われて、とうにお乗りになってお出かけになられたのでございます。それからもう一時《ひととき》は過ぎたことでございましょう」と言う。「おまえはなんと気の利かないやつだ。『僧正様がお車をこれこれでお使いになるということですが』と私に言ってからお貸しするものだ。まぬけめ」と言うと、「縁遠い方でもいらっしゃいません。それに、すぐにお草履《ぞうり》をお履きになって、『たしかに、たしかによく申しつけたぞ』と仰せられましたので、どうしようもありませんでした」と言ったので、陸奥の前司はもとの部屋に戻って、さてどうしたものかと思案をめぐらした。そういえば、僧正殿はいつもきまって、浴槽に藁《わら》を細かく切っていっぱい入れ、それの上に莚《むしろ》を敷いて、外出しては帰ってすぐに湯殿に行き、裸になって、「えっさい、かっさい、とりふすま!!」と言って、湯槽《ゆぶね》にさっと仰向けに寝るということをなさっていた。

〈語釈〉

○法輪院大僧正覚猷　天喜元年（一〇五三）～保延六年（一一四〇）。平安時代後期天台宗の高僧。源隆国の子（源隆国は本書の序にある『宇治大納言』の作者）。宇治大僧正覚円《かくえん》（関白藤原頼通の子）の弟子。鳥羽《とば》離宮《りきゅう》内の証金剛院《しょうこんごういん》別当に任ぜられ、ここに住んだので鳥羽僧正と呼ばれた。また園城寺《おんじょうじ》に法輪院を造って住み、法輪院僧正とも呼ばれた。長承三年（一一三四）大僧正。保延四年（一一三八）十月二十七日、八十六歳で第四十七代天台座主に任じられたが、同二十九日に座主職を辞退し、同六年九月十五日没。八十八歳。○甥　底本「勢」。諸本により改める。○陸奥前司国俊　陸奥前司は前の陸奥国の国司。国俊は『尊卑分脈』によれば源隆国の五男。中将、従三位とするが、『本朝世紀』によれば、「隆国卿第六子」とあり、従五位上とする。承保元年（一〇七四）右衛門佐、同二年民部権大輔。承暦二年（一〇七八）従五位上、応徳二年（一〇八五）備後介、同三年三河守、承徳二年（一〇九八）陸奥守（不赴任国）。白河天皇の時、殿上に侍して乱闘の事があり、殿上の籍を削られた。承徳三年（一〇九九）三月十八日没。享年未詳（以上『本朝世紀』）。したがって覚猷の甥とするのは誤りで、覚猷の兄にあたる。○見参《げんざん》　対面の謙称。お目にかかること。第十八話に既出。○二時《ふたとき》　四時間。一時は今の二時間。○なま腹だたしう　「なま腹立たしく」の音便。「なま」は接頭語。不完全な、少し、どことなく、などの意を表わす。いささか腹が立って、の意。○雑色《ざふしき》　走り使いする下男。第十八・二十九話に既出。○小御門《こみかど》　正面以外の脇門など、小さい門の敬称。○やうぞ候らん　何かわけがあるのだろう。「やう」は子細、わけ、事情。○牛飼の者奉りて　牛飼童のこと。牛飼童は狩衣《かりぎぬ》を着、鞭《むち》を持ち、頭はたれ髪にして、成人でも童のなりをしていた。「奉りて」は、『書陵部本』、『版本』には「のせたてまつりて」とある。○時のほど　二時間ぐらい。○やがて　すぐに。第十六・二十三・

二十六・三十一話等に既出。○**はやう奉りて**　とうにお乗りになって。「はやう」は「はやく」の音便。もう、とうに、の意。第十九話に既出。「奉る」は乗るの意の尊敬語。○**かうて**　かくての音便。こうして。このようにして。○**わ雑色**　対称の代名詞。「わ」は接頭語。親しみやさげすみ、ののしって呼ぶ時に使う。第七・十五・十八・三十三話等に既出。○**不覚**　おろか。馬鹿。○**うちさし退《の》きたる人**　疎遠の人。さし退くは疎遠になる、関係がうすいの意。「うち」も「さし」も接頭語。○**尻切《しきれ》**　藁で作った草履の一種。「しりきれ」の約。後ろの方が切れた尻の短い草履類の称。「しきり」ともいう。第二十三話に既出。○**きときと**　「きっと」の重言。たしかにきっと。○**一《ひと》はた**　器物にいっぱい。○**歩きまはりては**　外出して来ては。「歩く」は出歩く、外出するの意。○**左右《さう》なく**　ためらわずに。○**えさい、かさい、とりふすま**　諸注、呪文または掛け声かとするが不明とする。ただし、浴槽に藁を細かく切ったものを入れて、その上に莚を敷いてあるというのであるから、それを藁を集めて作った鳥の巣（鳥衾）に見立て、「一切合財、鳥衾！」とでも誦《とな》えたのではないだろうか。これは僧正の健康法か疲労回復法と考えられる。この行為について、『新大系』、『新全集』は『明月記』の元久元年（一二〇四）十一月二十九日条の記事をあげている。それによれば藤原定家が九条兼実《くじょうかねざね》から次のようなことを聞いたという。「骨を病む事は、湯槽に馬の食する物を入れて、温湯を入れて、上に席《むしろ》を敷きてむす、第一たすかる事なり。此の事を試むべし」。神経痛や骨の痛みの治療にこうしたことが行なわれていたものとみえる。

現代でも民間療法として通用しそうである。なお、本位田重美『精解宇治拾遺物語』（清水書院）は、「えさい、かさい」を「一切合財」ではなかろうか（筆者も同意見）とし、「とりふすま」は鳥毛ふすまで、今日の羽根布団であろうという。○さく　さっと、あるいは飛び込む時の音の意か。○のけざまに　仰向けに。

陸奥前司、寄《(よ)》りて莚を引《ひき》あげて見《(み)》れば、まことに藁《(わら)》をこまごま《(〳〵)》と切《(き)》り入《いれ》たり。それを湯殿の垂《(たれ)》布《ぬの》を解《(と)》きおろして、この《(此)》藁《(わら)》をみな取《(と)》り入《いれ》て、よく包《(つゝ)》みて、その湯舟に湯《ゆ》桶《をけ》を下《(した)》に取《(と)》り入《いれ》て、それが上に囲碁盤《ゐごばん》を裏《(うら)》返して置《(を)》きて、莚を引《ひき》おほひて、さりげなくて、垂布《たれぬの》に包《(つゝ)》みたる藁をば大門の腋《わき》に隠《(かく)》し置《(を)》きて、待《まち》ゐたる程に、二時余《あまり》ありて、僧正、小門より帰《かへる》音《(をと)》しければ、ちがひて大門へ出《いで》て、帰《かへり》たる車呼《(よ)》び寄《(よ)》せて、車の尻にこの包《(つゝ)》みたる藁を入《いれ》て、家へはやらかにやりて、おりて、「この《(此)》藁《(わら)》を牛のあちこちあるき困《(こう)》じたるに食《(く)》はせよ」とて、牛飼童《うしかひわらは》に取《(と)》らせつ。

僧正は例の事なれば、衣《きぬ》脱《(ぬ)》ぐ程もなく、例の湯殿へ入《いり》て、「えさい、かさい、とりふすま」といひて、湯舟へ躍《(おと)》り入《いり》て、のけざまに、ゆくりもなく臥《(ふ)》したるに、碁《(棊)》盤の足《(あし)》のいかりさし上《(あか)》りたるに、尻骨を荒《(あら)》う突《(つ)》きて、年たかうなりたる人の、死入《しにいり》て、さし反《そ》りて臥《ふし》たりけるが、その後《其》、音《をと》なかりければ、近《ちか》う使《つか》ふ僧寄《よ》りて見《み》れば、目を上《かみ》に見つけて、死入《しにいり》て寝《ね》たり。「こはいかに」といへど、いらへもせず、寄《よ》りて、顔《かほ》に水吹《ふ》きなどして、とばかりありてぞ、息の下《した》に、おろおろいは《へ》れける。

このたはぶれ、いとはしたなかりけるにや。

〈現代語訳〉

陸奥の前司が湯舟のそばに寄って莚《むしろ》を引き上げて見ると、本当に藁《わら》をこまごまと切って入れてある。それを湯殿の垂れ布を解き下ろし、この藁をすべて取り込んで、よく包み、その湯舟に湯桶を下に入れて、それの上に囲碁盤《いごばん》を裏返して置き、莚を引きかぶせて、何食わぬ顔で、垂れ布に包んでおいた藁は大門のわきに隠して置き、そうして待っていると、二時《ふたとき》（四時間）あまりたって、僧正が小門から帰って来る音がした。そこで、入れ違いに大門に出て、帰って来た車を呼び寄せ、車の後部にこの包んでおいた藁を入れて、大急ぎで家へ車を走らせ、降りるや、「この藁を、牛もあちこち歩き疲れたろうから食わせてやれ」と言って、牛飼童に渡した。

さて、僧正は、いつものことなので、着物を脱ぐのももどかしく、例の湯殿に入り、「えっさい、かっさい、とりふすま!!」と言って、湯舟に飛び込み、何の疑いもなく仰向けに寝たところ、碁盤の脚の角ばって突き出たところに、尻の骨をひどく打ちつけ、何しろ歳《とし》も歳、高齢なので、死んだようになって、そり返って倒れていた。その後、何の物音もしないので、身近に召し使っている僧が近寄って見ると、僧正は目を上の方に向けて開けたまま、気絶している。「これはどうなさいましたか」と言っても返事もしない。側に寄って、顔に水を吹きかけたりして、しばらくたってから、やっと苦しい息の下で、もにょもにょと言われたのである。

このいたずらは、あんまりひどすぎたのではなかろうか。

〈語釈〉

○垂布《たれぬの》　垂れ下げた布。湯殿の入口にでもある暖簾《のれん》の類か。○さりげなくて　何もなかった様子で。○はや（早）らかに　速度を上げて。形容動詞。○あるき困《こう》じたるに　「あるき」の「る」は「か」ともとれるが、筆尾が止めてあるので、「る」と判じた。『陽明本』は「か」か不明、『書陵部本』、『版本』は「ありき」。「困《こう》ず」は……して疲れるの意。第十九話に既出。○ゆくりもなく　不用意に。突然。○いかりさし上りたるに　上向きにとがり突き出ているところに。「いかる」は角だつ、とがり突き出るの意。○死入《しにいり》て　まったく死んだようになって。気絶して。○さし反《そ》りて　のけぞって。「さし」は接頭語。○とばかりありて　しばらくして。「とばかり」はちょっとの間、しばらく、の意の副詞。○おろおろ　はっきりしないさまをいう。副詞。○はしたなかりけるにや　ひどすぎたのではなかろうか。

「はしたなし」はここでは無情だ、心ない、むごい、の意。

〈参考〉

語釈の項で書いたように、鳥羽僧正覚猷と国俊とは共に源隆国の子で、国俊は僧正の兄にあたる。鳥羽僧正は『古今著聞集』巻十一に「ちかき世にはならびなき絵書《ゑかき》なり」とあり、絵画の才にすぐれ、鳥羽僧正筆と伝えられる図像もあり、京都高山寺蔵の「鳥獣戯画」は僧正の作とする伝承もあるが、確実なところはわからない。『古今著聞集』には僧正が法勝寺の扉の絵を描いたことや、また、寺に納める米の品質が下がり、中味が乏しいのを、辻風が吹いて、米俵が吹き上げられるさまに描いたという話もあって、風刺画家的な、いかにもユーモアに富んだ人物であることがわかる。後世、ざれ絵（戯画）を「鳥羽絵」と称するようになったのは、この僧正にちなんでつけられたものである。また、漫画の祖とも称されている。相当に奇抜な性格の持ち主だったのであろう。覚猷は晩年、八十六歳の時に、第四十七代天台座主に任じられたが、わずか三日でその職を辞している。没年までまだ二年あるので、その理由はわからない。あまり地位、職分に執着しない人柄だったのかとも考えられる。

兄の国俊は地方官を歴任し、最終の官位が従五位上で、陸奥守在任のままで没したらしい。ただし、実際には当地に行っていない。白河天皇の時（延久四年〈一〇七二〉～応徳三年〈一〇八六〉）に、殿上で乱闘したというので、殿上の籍を削られるという事件を起こしている。『本朝世紀』は彼の没時を承徳三年（一〇九九）三月と記しているが、享年は不明である。覚猷が保延六年（一一四〇）に八十八歳で没しているから、その兄である国俊の没時に、覚猷は四十六、七歳、国俊の兄の俊明は五十六歳であったから、『叢書』は、「五十歳前後か」と推定している。したがって、国俊が白河天皇の時に殿上で乱闘したのは、二十代の後半から三十代にかけての年頃で、分別のない年ではない。国俊の血気と性格がなさせた業《わざ》であろう。官位があまり上らなかったのもそうしたことに遠因があったかもしれない。ともあれ、兄弟ともに意表を衝く行動に出るところは、父の隆国譲りといえそうである。隆国は蔵人頭として天皇の御装束に奉仕したとき、まず天皇の御玉茎を探り奉り、毎度それをやめなかったという（『古事談』巻一第五十四話）。また、頼通の宇治の別邸に出仕する時、小馬に乗ったまま出入し、「これは馬ではなくて足駄だから御免下され」と言い、頼通も奥に入れられ許容した（同書巻二第六十二話）等という逸話もあり、剽軽《ひょうきん》な一面を有する人物であった。この父にしてこの子らあり、というところだが、本話末にあるように、国俊のしたこの仕返しは度が過ぎた危険ないたずらであった。

さて、覚猷が飛び込んで仰向けになったという風呂は、いうまでもなく蒸し風呂である。湯を沸かして入る現代の風呂ではない。彼の寺坊の湯殿の具体的な構造はわからないが、中野栄三『入浴・銭湯の歴史』（雄山閣）に広島県の海岸近くの風呂の話があり、それによれば、「床に海藻を敷き、その上に莚を敷」いて、その上に裸で木枕をして横になるのだといい、また古くは石菖《せきしよう》という草を敷くのもあったという。海藻を敷いた形のものは昭和初期まで残っていたとのことである。覚猷の時代は遥か八、九百年も昔のことであるが、基本的な構造はあまり変わらなかったのではあるまいか。つまり、この海藻の代わりに藁を細かく切って湯舟に入れ、その上に莚を敷いて蒸すというものであったろう。彼が外出から帰ってすぐ飛び込んだ時、蒸気が通っていたかどうかはわからない。高僧の帰りを待って、召使いの僧らが準備していたことも想像される。ともかく、風呂に入るのには褌《ふんどし》をしたままであったということである。

三十八（上卅八）絵仏師良秀家ノ焼ヲ見テ悦事〈絵仏師良秀《ゑぶつしりやうしう》、家《いへ》の焼《や》くるを見《み》て悦《よろこ》ぶ事〉
巻三―六

これ《(是)》も今は昔《(むかし)》、絵仏師良秀といふ《(云)》ありける。家の隣《となり》より火出来《いで(き)》て、風お《(を)》しおほひて責《(せ)》めければ、逃出《にげいで》て、大路《おほち》へ出《いで》にけり。人の書《(か)》かす仏もおはしけり。また《(又)》、衣《きぬ》着《(き)》ぬ妻子などもさながら内にあり《(有)》けり。それも知《(し)》らず、ただ《(ゝ)》逃出《にげ(い)》でたるを事《(こと)》にして、向《(むか)》ひのつらに立《(た)》てり。

見《(み)》れば、すでに我家に移《(うつ)》りて、煙、ほのほ《(を)》くゆりけるまで、大方《おほ(かた)》向《(むか)》ひのつらに立《たち》て眺《なか》めければ、あさましき事とて、人ども来《き》とぶらひけれど、騒《さは》がず。「いかに」と人いひければ、向《むか》ひに立《た》ちて、家の焼《や》くるを見《み》て、うちうなづきて、時々《ゝ》笑《わら》ひけり。「あはれ、しつるせうとくかな。年ごろ《比》はわろく書《か》きけるもの《物》かな」といふ《云》時に、とぶらひに来《き》たる者《もの》ども、「こは、いかに、かくては立《たち》給へるぞ。あさましき事かな。物のつき給へるか」といひければ、「なんでう物のつくべきぞ。年比《ごろ》、不動尊の火焔をあしく書けるなり《也》。今見《み》れば、かうこそ燃《も》えけれと心得《え》つるなり。これこそせうとくよ。この道を立《た》てて世《こ》にあらんには、仏だによく書奉《かきたてまつ》らば、百千の家も出来《いで》なん。わたうたちこそ、させる能《のう》もおはせねば、物をも惜《お》しみ給へ」といひ《云》て、あざ笑《わらひ》てこそ立《た》てりけれ。

その《其》後にや、良秀がよぢり不動とて、今に人々《〳》めであへり。

〈現代語訳〉

三十八　絵仏師良秀が家の焼けるのを見て喜ぶこと

これも今は昔のことだが、絵仏師の良秀という者がいた。隣家から出火して、風が吹きつけて火が迫って来たので、逃げ出して大路に出た。人が注文して描かせた仏画も置いてあった。また着物もろくに着ていない妻子などもそのまま家の中にいた。それもかまわず、ただ自分だけ逃げ出したのをよいことにして、道の向かい側に立っていた。

見ると、火はすでに我が家に燃え移って、煙や炎が立ちのぼるまで、そのまま向かい側に立って眺めていた。これは大変だというので、人々が見舞いに来たが、少しも騒がない。「どうなさったのですか」と人が言ったが、向かい側に立ったまま、自分の家の焼けるのを見てうなずいて、ときどき笑っている。「ああ、これは大もうけをしたぞ。今まで下手に描いていたものよ」と言う。その時、火事見舞いに来た者どもが、「これは、どうして、こんなふうにして立っておられるのか。あきれたことだ。何かの霊でも取り憑《つ》きなさったか」と言うと、「なんでそんなものが憑くはずがあるものか。今まで長いこと不動尊の火焔を下手に描いていたのだ。今見ると、このように燃えるのだとわかったのだ。これこそ大もうけだ。仏画描きとしてやっていくには、仏さえよく描き申せば、家なんか百も千もできるだろう。おまえさんたちこそ、これといった才能ももっておられないから、物をば惜しみなさるのだ」と言って、あざ笑って立っていた。

その後のことであろうか。「良秀のよじり不動」といって、今でも人々がほめたたえ合っている。

〈語釈〉

○絵仏師良秀　絵仏師は平安中期以降、寺院の絵所に所属して、仏画を専門に描いた絵師。僧籍をもつ者も、また在俗の沙弥《しゃみ》もいた。良秀は伝未詳。『十訓抄』（巻六第三十五話）には

「絵仏師良秀といふ僧有けり」とある。『書陵部本』傍注に「明実トモ」とある。なお、良秀を『旧大系』は「よしひで」とよむ。○風おしおほひて　風が覆いかぶさるように吹きつけて。○大路　大通り。室町期ごろまで「おほち」と清音。○衣《きぬ》着ぬ妻子　『十訓抄』は「物も打ちかづかぬ妻子」。○さながら　そのまま。○それも知らず　それもかまわず。○向ひのつら　通りの向かい側。○くゆりけるまで　「くゆる」はくすぶるの意。○あさましき事　たいへんなこと。「あさまし」は「あさむ」（びっくりする）の形容詞。後出の「あさましき事」は、あきれたこと。第三・十・十七話等多出。○あはれ、しつるせうとくかな　ああ、大変なもうけものをしたぞ。「やったぞ!!」という気持ち。「せうとく」は所徳。『十訓抄』は「所得」と表記。得をすること。うまいことをすること。○わろく　「わろし」は巧みでない、下手だ、の意。第三・十話等に既出。○物のつき給へるか　何かの霊でも取り憑きなさったか。物が憑くというのは、物の怪《け》や神仏などが乗り移る、取り憑くこと。第三話に既出。○不動尊　不動明王《みようおう》。五大明王（五大尊）あるいは八大明王の一つで、その主尊。忿怒の形相で、右手には降魔《ごうま》の利剣を持ち、左手には人心を迷わせ仏道修行を妨げる悪魔を繋縛《けばく》する羂索《けんさく》を握り、背に火焔を負う姿で表わされる。忿怒尊の代表的な仏である。○この道を立てて　絵仏師としての仕事に従事して。○世にあらんには　生きていこうとするからには。○わたうたち　おまえさんたち。「わたう」（吾党・和党）は対称の人称代名詞。少し見下す気持ちで親しんで呼ぶ語。おまえ。○させる能もおはせねば　これというほどのたいした才能もおありでないから。「させる」は下に打消しの語を伴う連体詞。○よぢり不動　背後の火焔のよじれた曲線が写実的で迫真の見事な不動尊の絵。

〈参考〉

『十訓抄』巻六第三十五話とほぼ同文的同話。『全註解』は、この話が両書に直接の関係があるとは思えないとして、他のある書から、それぞれ文を取捨して採用したのではあるまいかと評している。

さて、本話がここに採録されたのは、前話を承けてのことと考えられる。前話では、「ちかき世にはならびなき絵書」（『古今著聞集』巻十一〈三百九十五話〉）と称された鳥羽僧正の奇行を採り上げた。それに相対するのが絵仏師良秀の常識を逸脱した行為である。鳥羽僧正は天台座主にも任じ、最高位の僧で、いわばやんごとなき「絵書」であったから、世俗の生活の心配などはほとんどなかったであろう。外出して帰った時は蒸し風呂に入っていい気分になっていればよい身分である。

しかし、本話の良秀は、妻子を抱え、仏画一枚描いていくらの収入を得るかが問題になるような厳しい生活である。鳥羽僧正とはまさに対照的な立場の絵師である。隣家から出火し、良秀が逃げ出した時、妻子は「衣着ぬ」ままにまだ家の中にいたという。「衣着ぬ妻子」については、「極貧によるみじめな姿を示すものか」とする説もあるが（『新大系』）、地方によっては夜、裸で寝るところもあるようだから、単にろくなものを着ていない状態だったと考えた方がよかろう。少なくとも「人の書かする仏も」あり、また妻子もいたのだから、なんとか暮らしも立つ程度の家ではあったろう。

ともあれ、本話のテーマは、愛情も財産もすべてを捨てて芸道に徹する男の、いわば芸術家魂を描くというところにあると思われる。だが、彼が火炎の筆法を会得《えとく》し、「これこそは所得よ」と言い、これで百千の家もできるとうそぶく俗物画家であったことも見逃せない。芥川龍之介は本話を素材として「地獄変」を書いた。

三十九（上卅九）虎ノ鰐取タル事〈虎《とら》の鰐《わに》取《と》りたる事〉巻三―七

これも今は昔、筑紫《つくし》の人、商《(あきなひ)》しに新羅《しらぎ》に渡りけるが、商《(あきなひ)》果《(は)》てて《(ゝ)》帰《かへる》道《(みち)》に、山の根に沿《(そ)》ひて、舟に水汲《(く)》み入《いれ》んとて、水の流《(なか)》れ出《いで》たる所に、舟をとど《(ゝ)》めて水を汲《(く)》む。その《(其)》程、舟に乗《(の)》りたる者《(物)》、舟ばたにゐて、うつぶして海を見《(み)》れば、山の影《(かけ)》うつりたり。高《(たか)》き岸の三、四十丈ばかりあまりたる上《(うへ)》に、虎つづ《(ゝ)》まりゐて、物をうかが《(ゝ)》ふ。その影、水にうつりたり。その《(其)》時に人々《(〳〵)》に告《(つ)》げて、水汲《(く)》む者《(物)》を急《(いそ)》ぎ呼《(よ)》び乗《(の)》せて、手ごとに櫓《ろ》を押し《(ゝ)》て、急《(いそ)》ぎて舟を出《(い)》だす。その《(其)》時に、虎躍《(おと)》りおりて舟に乗《(の)》るに、舟はとく出《(い)》づ。虎《(とら)》は落《(お)》ち来《(く)》る程のありければ、いま一丈ばかりをえ躍《(おと)》りつかで、海に落《おち》入《いり》ぬ。

舟を漕《こぎ》て急《いそ》ぎて行《ゆく》まま《ゝ》に、この《此》虎に目をかけて見《み》る。しばしばかり《斗》ありて、虎海より出《い》で来《き》ぬ。泳《をよ》ぎて陸《くか》ざまに上《のほ》りて、汀《みぎは》に平《ひら》なる石の上《うへ》に登《のほ》るを見《み》れば、左の前足《まへあし》を膝《ひさ》より嚙《か》み食切《くひき》られて、血あゆ。鰐《わに》に食《く》ひ切《き》られたるなり《也》けりと見《み》る程に、その切《き》れたる所を水に浸《ひた》して、ひらがりを《お》るを、いかにするにかと見《み》る程に、沖の方より、鰐《わに》、虎の方《かた》をさして来《く》ると見《み》る程に、虎、右の前《まへ》足をもて、鰐《わに》の頭に爪を打《う》ち立《た》てて《ゝ》、陸《くが》ざまに投《な》げあぐれば、一丈ばかり浜に投《な》げあげられぬ。のけざまになりてふためく。頤《おとかひ》の下《した》を躍《おと》りかか《ゝ》りて食《くひ》て、二《ふた》たび三たびばかりうち振《ふ》りて、なへなへ《〳〵》となして、肩《かた》にうちかけて、手を立《た》てたるやうなる岩の五、六丈あるを、三《みつ》の足をもちて、下《くた》り坂を走《はし》るがごとく登《のほ》りて行《ゆ》けば、舟のうちなる者《物》ども、これがしわざを見《み》るに、なからは死入《しにいり》ぬ。舟に飛《とび》かか《ゝ》りたらましかば、いみじき剣《つるぎ》、刀を抜《ぬ》きてあふとも、かばかり力強《つよ》く早《はや》からんには、何《なに》わざをすべきぞと思《おも》ふに、肝心《きもこころ》失《う》せて、舟漕《こ》ぐ空もなくてなん、筑紫《つくし》には帰りけるとかや。

〈現代語訳〉

三十九　虎が鰐を取ったこと

これも今は昔のことだが、筑紫の人が商売をしに新羅に渡った。商売が終わっての帰り道、海岸の山の麓《ふもと》に沿って漕いで行き、舟に水を汲み入れようとして、水の流れ出ているところに舟を止めて水を汲んだ。

その間、舟に乗っていた者が舷《ふなばた》にいて、うつ伏して海を見ると、山の影が映っている。見ると、三、四十丈以上もある高い断崖の上に、虎がうずくまっていて、何やらねらっている。その影が水に映っていた。その時に人々に知らせ、水を汲みに行った者を急いで呼び乗せ、手に手に櫓を押して、大急ぎで舟を出した。その時に虎は身を躍らせて飛び降りて、舟に乗ろうとしたが、間一髪、舟が早く岸を離れた。虎は落ちて来るまでに間があったので、あと一丈ほどのところを飛びつけず、海に落ち込んだ。

舟を漕いで急いで逃げながら、この虎を注意して見ていると、しばらくしてから、虎が海から出て来た。泳いで陸に上がって、水際にある平らな石の上に登った。見ると、左の前足を膝《ひざ》から嚙み切られて、血がしたたっている。やや、鰐《わに》に食い切られたのだな、と見ていると、その切れたところを水に浸《ひた》して腹這《はらば》っている。どうするつもりなのかと見ていると、沖の方から鰐が虎の方を目がけてやって来る、と見る間に、虎が右の前足で鰐の頭に爪を打ち立てて、陸の方に投げ上げる。鰐は一丈ばかり浜に投げ上げられた。仰向けになってばたばたしている。そこへ、頤《あご》の下に躍りかかって食いつき、二、三回ほど振り回して、くたくたにしてから肩に引っ掛けて、まるで手を立てたような断崖絶壁の、高さ五、六丈もあるところを、三本足でもって、下り坂を走るかのように勢いよく登って行く。舟の中にいた者どもはこの仕業《しわざ》を見て、半分は生きた心地もしなかった。あの虎が舟に飛びかかっていたら、どんなにすごい剣や刀で対抗しても、これほど力強く、すばやいのでは、とてもかなうはずはないと思うと、気も遠くなって、舟を漕ぐのもうわの空で、筑紫に帰って来たとかいうことだ。

〈語釈〉
○**筑紫**《つくし》　筑前・筑後の古称。九州の異称。○**新羅**　朝鮮半島の古国名。四世紀中ごろ、朝鮮南東部に建国され、慶州に都した。六世紀に任那《みまな》を滅ぼし、百済《くだら》・高句麗《こうくり》と対立しつつ興隆し、三国時代を現出。七世紀には朝鮮を統一したが、九三五年高麗《こうらい》に滅ぼされた。○**山の根**　山の根元。山の麓《ふもと》。○**三、四十丈**　「丈」は長さの単位。一丈は約三メートル。約九〇メートルから一二〇メートル。○**つづまりゐて**　「つづまる」は小さく縮まる意。ここは身を低くして獲物に飛びかかろうとする姿勢。○**血あゆ**　血がしたたる。「あゆ」はしたたり出る、流れる意。第三十一話に既出。○**鰐**　鮫《さめ》のこと。鰐鮫、ワニザメ。○**ひらがりをる**　身体を平たくしている。○**ふためく**　ばたばたする。○**なへなへとなして**　ぐったりするほど弱らせて。『版本』は「なよなよとなして」。○**剣、刀**　「剣」は諸刃《もろは》の刀、「刀」は古くは片刃の刃物をいう。『今昔』は「極《いみじ》キ弓箭兵杖ヲ持テ、千人ノ軍《いくさ》防クトモ更ニ益不有《あら》ジ、……大刀《たち》刀《かたな》ヲ抜テ向会フトモ……」。○肝《きも》心失せて　肝をつぶして。

〈参考〉

『今昔』巻二十九第三十一話と同文的同話。異国の虎の意外な知恵の話を誇張的に記す。

舟に襲いかかろうとして断崖の上で身構える猛虎。それを発見してあわてて逃げ、あやういところで虎口《ここう》を脱《のが》れた日本の商人たち。目測を誤って海中に飛び込み、左前足を鰐鮫に食いちぎられた虎。ところが虎は自分の足から流れ出る血で鮫をおびき寄せ、見事に右の前足の爪を突き立てて捕え、陸に放り上げ、喉元を食い切り、肩に担いで三本足で悠々と絶壁を駆け登って行く。船中の人は肝をつぶし、うわの空で、やっと筑紫に帰り着いたという。これは朝鮮半島と九州間で交易をしていた日本の商人が、実際に体験した話を聞いた形になっている。博多と釜山《プサン》の間は約二〇〇キロしかないから、古くから商人の行き来が頻繁であったことはいうまでもない。また、虎の話は本書の第百五十五話と第百五十六話とにある。第百五十五話は新羅国の虎、第百五十六話は唐の国の虎の話である。

虎は古いところでは『日本書紀』天武朱鳥元年（六八六）四月十九日の条に、新羅のたてまつる調《みつぎ》の中に「虎豹皮」として出てくる。『万葉集』巻十六（3885）の「乞食者《ほがいびと》の詠《うた》」の中には「虎といふ神」としてあるが、日本には生きた虎そのものはいなかった。まさに話に聞く猛獣である。本話はこの虎の恐怖を語って話を終えるが、『今昔』ではさらに続けて、この虎に船中に飛び込まれていたら、一人残らず全員が食い殺されてしまい、家に帰って妻子の顔を見ることもかなわず、また千人の軍勢で防いでも防ぎきれなかったろうと述べて虎の力の強さ、足の速さに驚嘆している。そして、教訓として、鰐は海中の賢者だから、海に落ちた虎の足を食い切ったが、さらに欲を起こして虎を丸ごと食おうとして陸に近づいたから落命したのだと評している。だから万事がこのようなもので、「人此レヲ聞《きき》テ、余リノ事ハ可止《とどむべ》シ、只吉《ただよ》キ程ニテ可有《あるべ》キ也、トゾ人語リ伝ヘタルトヤ」と結ぶ。いずれにせよ、本話の緊迫感、臨場感あふれる描写は見事である。

四十（上四十）樵夫哥事〈樵夫《きこり》、歌《うた》の事〉　巻三—八

今は昔《（むかし）》、木こりの、山守《やまもり》に斧《（よき）》を取《（と）》られて、わびし、心うしと思《おもひ》て、頬《（つら）》杖《づゑ》うちつきてをりける。山守《（もり）》見《（み）》て、「さるべき事《（こと）》を申せ。とらせん」と言《（い）》ひければ、

悪《（あ）》しきだになきはわりなき世中《よのなか》に斧《（よき）》を取《（と）》られて我いかにせん

と詠《（よ）》みたりければ、山守《（もり）》、返しせんと思《おもひ》て、「うう《（こ）》う《（〳〵）》」とうめきけれど、えせざりけり。さて、斧《（よき）》返《（かへ）》し取《（と）》らせてければ、うれしと思《おもひ》けりとぞ。

人はただ歌《（こ）》をかまへて詠《（よ）》むべしと見《（み）》えたり。

〈現代語訳〉

四十　木こりが歌を詠むこと

今は昔のことだが、木こりが山の番人に斧を取り上げられて、困った、情けないことになったと思って、あれこれ考えながら頬杖《ほおづえ》をついていた。山の番人がそれを見て、「何かひとつ気の利いたことでも言ってみろ。そうしたら返してやるぞ」と言ったので、

悪しきだに……悪い、粗末な物でさえ、物がなくては困る世の中に、よき物〈斧《よき》〉を取られてしまって、私はどうしたらよかろう

と詠んだので、山の番人は返歌をしようと思って、「うううう」とうめいたが、どうしてもできなかった。それで斧を返してよこしたので、木こりはうれしいと思ったという。

だから人はもっぱら常日頃心がけて歌を詠めるようにするのがよいと思われる。

〈語釈〉

○山守　山の番人。○斧《よき》　伐採に使用する鉄製の縦斧《たておの》。

〈参考〉

『古本説話』第十八話とほぼ同文的同話。『醒睡笑』巻五「姚心《きやしやごころ》」二十九話も同じ話である。

本書では前話で動物（虎）が自分の負傷した傷から流れ出る血を利用して、仇討ちと食料

の獲得とを同時になし遂げた。その意外性と驚嘆すべき知恵という二点を承けて本話がある。おそらく盗伐目的で山に入った木こりが、山の管理人の山守に見つかって斧を取り上げられた。山守は、何か気の利いたことでも言えたら斧を返してやるぞと言う。山守にはいささか歌詠の心得があったものと思われる。無教養なはずの木こりに何が言えるものか。ところが木こりは手の込んだ修辞を駆使して歌を詠んだ。「悪しき」と「よき（斧）」の対比、また「わりなき」（つらい）に斧の縁語「割りなき」を掛け連想させ、また「われ」の「わ」で頭韻をそろえ、「悪しき」「なき」「わりなき」「よき」で脚韻をふみ、また木こりの「木」をも連想させる。山守は木こりを見くびっていただけに、この手の込んだ歌に返歌できず、呻《うめ》くのみで、結局斧は返してやった。木こりは日常の糧を得るための大切な道具（斧）を取り戻した。この驚くべき知恵と技、その意外性という点が前話に共通する。これがいわゆる歌徳説話である。

　本話から始まり、この先、和歌説話が四話続く。話の配列の順も『古本説話』とほぼ同じだが、直接の引用関係はわからない。散佚《さんいつ》文献から両書が別々に引用したと考えるのが妥当だろう。

四十一（上四十一）伯母事〈伯《はく》の母《はは》の事〉巻三—九

今《いま》は昔、多気《たけ》の大夫《たゆふ》といふ者《もの》の《こ》、常陸《ひたち》より上《のぼ》りて、うれへする比《ころ》、むかひに越前《ゑちぜんの》守《かみ》といふ人のもとにぎやくすしけり。こ《此》の越前守は伯母《はくのはは》とて、よにめでたき人、歌よみの親《おや》なり。妻は伊勢の大輔《太夫》、姫君《ひめきみ》たちあまたあるべし。

多気《たけ》の大夫《たゆふ》、つれづれ《く》におぼゆれば、聴聞《ちやうもん》に参《まい》りたりけるに、御簾《みす》を風の吹上《ふきあ》げたるに、なべてならず美《うつく》しき人の、紅《くれなゐ》の一重《ひとへ》がさね着《き》たるを見《み》るより、この人を妻《め》にせばやと、いりもみ思ひければ、その家の上童《うへわらは》を語《かた》らひて、問《と》ひ聞《き》けば、「大《おほ》姫《ひめ》御前《こせん》の紅は奉《たてまつ》りたる」と語《かた》りければ、それに語《かた》らひつきて、「われに盗《ぬす》ませよ」と言《い》ふに、「思《おも》ひかけず、えせじ」と言《い》ひければ、「さらば、その乳母《めのと》を知《し》らせよ」と言《い》ひければ、「それは、さも申《まうし》てん」とて知《し》らせてけり。さて、いみじく語《かた》らひて、金《かね》百両取《と》らせなどして、「こ《此》の姫君《ひめきみ》を盗《ぬす》ませよ」と責《せ》め言《い》ひければ、さるべき契《ちぎり》にやありけん、盗《ぬす》ませてけり。

やがて乳母《めのと》うち具《ぐ》して、常陸《ひたち》へ急《いそ》ぎ下《くた》りにけり。あとに泣《な》き悲《かな》しめどかひもなし。程経《ほとへ》て乳母《めのと》お《を》とづれたり。あさましく心憂《う》しと思《おも》へども、言《い》ふかひなき事なれば、時々《(〳)》うちおとづれて過《(す)》ぎけり。伯《(はく)》の母、常陸《(ひたち)》へかく言《(い)》ひやり給《たまふ》。

にほひきや都《(宮こ)》の花は東路《(あつまち)》にこちの返《(かへ)》しの風のつけしは

返《(かへ)》し、姉《(あね)》、

吹返《ふき(かへ)》すこちの返《(かへ)》しは身にしみき都の花のしるべと思《(おも)》ふに

〈現代語訳〉

四十一　伯の母のこと

今は昔のことだが、多気の大夫という者が、訴訟のために常陸から上京していた時に、向かいにある越前守という人のところで、逆修《ぎやくしゆ》の仏事を行なっていた。この越前守は、神祇伯康資王《やすすけおう》の母という、まことにすぐれた歌人の親である。妻は伊勢大輔《いせのたいふ》で、大勢の姫君たちがいたようである。

多気の大夫は退屈していたので、仏事を聴聞しに伺っていた時に、風が御簾《みす》を吹き上げた。すると、並々ならぬ美しい人が、紅色の一重《ひとえ》がさねを着ているのが目に入った。それ以来、「どうしてもこの女性を妻にしたい」とはげしく思いつめ、その家の召使いの少女を口説いて聞き出した。「大姫君が紅《くれない》のお召し物を着ておられました」と話したので、その少女をうまく手懐《てなず》けて、「わしにその姫君を盗ませてくれよ」と言うと、「とんでもない。そんなことはできません」と言うので、「それなら、その姫君の乳母《めのと》を教えてくれ」と言うと、「それは、いかにも申しましょう」と言って教えてくれた。そこでその乳母を熱心に口説いて、言いくるめ、金百両を与えたりして、「この姫君にそっと会わせてくれ」としきりに言ったので、そうなるべき前世からの縁があったのであろうか、ついにひそかに姫君を会わせてしまった。

大夫はそのまま乳母も連れて、急ぎ常陸に下ってしまった。そのあとで、家の者たちは泣き悲しんだが、どうしようもない。しばらくして乳母が手紙をよこした。情けなく、悲しいことだとは思っても、しかたがないことなので、ときどき便りをして過ぎていった。伯の母は常陸にこのように言っておやりになる。

にほひきや……春に吹く東風《こち》の返しの西風にことづけてやった都の花の香りが、あなたのお住まいの東国に届いて薫っているでしょうか

姉からの返事、

吹きかへす……東風の返しとして都から吹き返して来た西風は身にしみて感じました。なつかしい都の花のゆかりのものと思いますと

〈語釈〉

○多気《たけ》の大夫《たいふ》　平維幹《これもと》（幹）。鎮守府将軍国香《くにか》の孫。陸奥守繁盛《しげもり》の三男（『尊卑分脈』）。『常陸大掾伝記《ひたちだいじょうでんき》』や『常陸大掾系図』の一本、また「石川系図」などには貞盛《さだもり》の子とするも

のがある。従五位下、平大夫と称した。大夫は五位の称。五位の場合はタイフと発音するが、古本系統の諸本（本書および『書陵部本』、『陽明本』）ともに「たゆふ」と表記する。常陸国多気（現つくば市）に居住したので多気の大夫と称した。水漏大夫、平将軍ともいう。**○常陸**《ひたち》　関東地方の一国。今の茨城県。**○うれへ**　愁い。訴訟。**○越前守**　越前は筑前の誤りか。筑前守高階成順《たかしなのなりのぶ》。明順《あきのぶ》の男。正五位下。出家して乗蓮《じょうれん》という。長久元年（一〇四〇）八月十四日没。若い時から信仰心が深く、慈悲心の厚い人だったという。**○ぎやくすしけり**　古本系統（本書、『書陵部本』、『陽明本』）および『古本説話』はこれと同じ。『版本』は「経誦しけり」とする。「逆修《ぎやくす》しけり」とすれば、逆修（生きているうちに、あらかじめ死後の冥福や往生を願って行なう仏事）をしたの意。「く」を「う」の誤写とみれば「経誦しけり」とも解することができる。ここは前者として解する。**○伯母**《はくのはは》　成順の長女。後冷泉院の后（四条宮）寛子《かんし》の女房。筑前と呼ばれた。生没年未詳。神祇伯延信王《のぶざねおう》との間に神祇伯康資王（寛治四年〈一〇九〇〉没）を生み、伯の母といわれる。『後拾遺集』以下に入集の歌人。家集『康資王母集』（『伯母集』）がある。二人の姉妹筑前乳母・源兼俊《かねとし》の母も勅撰集入集の歌人である。**○伊勢の大輔**　『和歌大辞典』等は「いせのおおすけ」「いせのたいふ」とよむ。神祇伯祭主大中臣輔親《おおなかとみのすけちか》の女《むすめ》。生没年未詳。一条天皇中宮彰子（上東門院）に仕えた。大中臣家は代々歌人の家として知られる。中古三十六歌仙の一人。『後拾遺集』以下の勅撰集入集の歌人。代表歌として「古《いにしへ》の奈良の都の八重桜今日九重に匂ひぬるかな」

が有名である。家集に『伊勢大輔集』がある。○一重《ひとへ》がさね　単衣《ひとえ》を表着《うわぎ》の下に重ねて着るもので、「単衣《ひとへぎぬ》」を二枚以上重ねて袖口、裾を捻り返してある。○いりもみ思ひければ　激しく身をもむほどに思ったので。「いりもむ」は煎《い》るようにはげしく気をもんでじりじりする意。○上童　御殿で奥向きの雑用に使う少女。○語《かた》らひて　「語《かた》らふ」は説得して仲間にすること。誘いかけて一味にすること。その先の「語らひつく」は話をして取り入る、話をして依頼する意。○大姫御前《おほひめごぜん》　貴人の長女。姉姫様。「御前」は敬称。○奉りたる　お召しになっている。○盗ませよ　こっそり会わせてくれ。○百両　「両」は重さの単位。時代により地方によって異なり、一定しない。○さるべき契《ちぎり》　そうなるべき運命。「契」は前世から決まっている運命。宿命。○おとづれたり　便りをよこした。○にほひきや……　この歌は『後拾遺集』巻十九「雑五」に「あづまに侍りけるはらからの許にたよりにつけてつかはしける　源兼俊母」として出る。○吹返《ふき》す……　この歌は『後拾遺集』「雑五」に、前の歌の次に「かへし　康資王母」として出る。

年月隔《(へたゝ)》たりて、伯《(はく)》の母《(はゝ)》、常陸《(ひたち)》の守《(かみ)》の妻《(め)》にて下《(くた)》りけるに、姉《(あね)》は失《(う)》せにけり。女《(むすめ)》二人《(ふたり)》あり《(有)》けるが、かくと聞《きき》て参《(まい)》りたりけり。田舎人《ゐなかびと》とも見《(み)》えず、いみじくしめやかに、はづかしげによかりけり。常陸《(ひたち)》の守《(かみ)》の上《(うへ)》を、昔の人に似《(に)》させ給《たまひ》たりけるとて、いみじく泣《(な)》きあひたりけり。四年が間《(あいた)》、名聞《(みやうもん)》にも思《(おも)》ひたらず、用事《(ようじ)》なども言《(い)》はざりけり。

任果《(は)》て《(ゝ)》て上《(のぼ)》る折《(おり)》に、常陸《(ひたち)》の守《(かみ)》、「むげなりける者《(物)》どもかな。かくなん上《(のぼ)》る、と言《(い)》ひにやれ」と、男には言《(い)》はれて、伯の母《(はゝ)》、上《(のぼ)》る由《(よし)》、言《(い)》ひ〔に〕やりたりければ、「承《(うけたまは)》りぬ。参候《まゐりさぶら》はん」とて、明後日《(あさて)》上《(のぼ)》らんとての日、参《(まい)》りたりけり。えもいはぬ馬、一《ひとつ》を宝《(たから)》にするほどの馬十疋づつ《(ゝ)》、二人《(ふたり)》して、また《(又)》、皮子《かはご》負《(おほ)》せたる馬ども百疋づつ《(ゝ)》、二人《(ふたり)》して奉《(たてまつ)》りたり。何《(なに)》とも思《おもひ》たらず、かばか《(斗)》りのことしたりとも思《(おも)》はず、うち奉《(たてまつ)》りて帰《かへり》にけり。常陸《(ひたち)》の守《(かみ)》の「ありける常陸四年が間の物は何《(なに)》ならず。その《(其)》皮子の物どもして、よろづの功徳《(くとく)》も何《(なに)》もし給《たまひ》けれ。ゆゆ《(ゝ)》しかりける者《(物)》どもの心の大《(おほ)》きさ、広《(ひろ)》さかな」と語《(かた)》られけるとぞ。

この《(此)》伊勢《(いせ)》の大輔《(たゆふ)》の子孫は、めでたきさいはひ《(い)》人多《(おほ)》く出《(い)》で来《(き)》給《たまひ》たるに、大姫君《(公)》のかく田舎《(ゐ中)》人になられたりける、哀《あはれ》に心憂《(う)》くこそ。

〈現代語訳〉

年月が過ぎて、伯の母は常陸守の妻となって下ったが、その時はすでに姉は亡くなっていた。娘が二人いたが、伯の母が常陸国に下って来たと聞いて訪ねて来た。田舎人とも見えず、まことにしとやかで、当方がひけ目を感じるほどすぐれて美しかった。常陸守の奥方である伯の母を「亡き母に似ていらっしゃいます」と言ってひどく泣き合うのだった。国守の任期の四年間、叔母が国守の妻であることをさして名誉とも思っていない様子で、頼み事なども言って来なかった。

任期が終わって上京する時に、常陸守が、「(あれきり何も言って来ないとは)あきれた娘たちだなあ。こうして今や上京すると言いにやれ」と夫に言われて、伯の母が上京する旨を言いにやった。すると二人は、「わかりました。お伺いいたします」と言って、明後日上京するという日にやって来た。何とも言えないすばらしい馬で、一頭でも宝にするほどの馬を十頭ずつ二人で、また皮籠《かわご》を背負わせた馬を百頭ずつ、これも二人で差し出した。これほどの贈り物をも別にどうということもなく、こんなに豪儀なことをしたとも思わず、国守に差し上げて帰って行った。常陸守は「これまでの常陸在任中の四年間に手に入れたものは、この餞別《せんべつ》に較べれば物の数ではない。その皮籠に入っている品々によって、あの二人の娘らはあらゆる功徳も何もかもなさったのだ。なんとも驚くばかり心の大きな、広い者どもだなあ」と語られたということだ。

この伊勢の大輔《たいふ》の子孫は、すばらしい幸運な人々が輩出なさったが、大姫君がこのように田舎人になってしまわれたのは、お気の毒で情けないことだ。

〈語釈〉
○**常陸の守《かみ》**　常陸国は上総国、上野国とともに親王が任ぜられることになっていたので、守は現地には行かず、介《すけ》（次官）が任国に下り、実質上、守の立場にあった。森本元子「常陸介藤原基房と伯母」（「和歌史研究会会報」16号、昭和四十年二月）はこれを朝経《あさつね》の子基房《もとふさ》（常陸守、正四位下、歌人〈『尊卑分脈』〉）とする。○**はづかしげ**　こちらが気がひけるほどりっぱだ。すてきだ。○**よかりけり**　「よし」は好ましい、美しい意。○**上**　奥方。北の方。○**昔の人**　亡くなった人。故人。娘たちの母のこと。○**四年が間**　国司の任期は四年間だったので、こういう。○**名聞**　名誉。○**用事**　頼み事。国司の地位を利用しての陳情なども指すか。○**むげなりける者どもかな**　とんでもないあきれた者どもだなあ。「むげなり」はなんとも言いようがなくひどい意。国守の親属であることを名誉にも思わず、頼りにもしない娘たちの態度にあきれた言葉。○**言ひにやりたりければ**　底本「に」ナシ。諸本により補う。○**えもいはぬ馬**　何とも言えないほどのすばらしいよい馬。○**皮子**　皮籠。まわりに皮を張った箱。転じて、紙張りのものや行李《こうり》の類をもいう。餞別の品、絹などが入っていると思われる。○**その皮子の物どもして**　諸本、その後に「こそ」があある。第八・三十三話に既出。底本は脱落したものか。○**ゆゆしかりける**　ひととおりでない。文法的にはその方が正しい。先の「むげなりける者ども」と真反対のほめ言葉。格別にりっぱだ。

〈参考〉

『古本説話』第二十話と同文的同話。

風が御簾を吹き上げるという偶然のなせるわざによって、美しい姫君をかいま見るという冒頭から話が展開する。この箇所は、「かいま見型」(『源氏物語』では光源氏が後の紫の上を発見する場面〈若紫〉や柏木が女三の宮をかいま見る場面など)と、安積山《あさかやま》伝説(『今昔』巻三十第八話)のような「略奪結婚型」を含む話の影響がある。

『今昔』巻十五第三十五話(『法華験記』巻下九十五、『拾遺往生伝』巻中九)によれば、伯の母の父高階成順はきわめて信心深い人で、入道して後は住居を仏堂に改造して、仏事をなし、その講莚《こうえん》には京中の貴賤の道俗・男女が集まって、結縁のために聴聞したというから、本話の冒頭の場面の展開もありうることである。

ところで、『尊卑分脈』によれば、伯の母は成順の長女で二人の妹があることになっている。ところが、伯の母は延信王と結婚し、康資王を生み、後に常陸守(介)藤原基房の妻となり、任国に下ったことがほぼ明らかである(森本元子「常陸介藤原基房と伯母」〈前掲〉)。任国在中にも都の貴人たちとの間に歌のやりとりがあり、帰京後もかなり長命で、初期院政期の女流歌人の第一人者として晩年まで活躍している。

では、多気の大夫と結婚し、二人の娘を残して常陸で早逝したという大姫君は誰か。保坂都『大中臣家の歌人群』(武蔵野書院)によれば、

○伊勢大輔
- ○筑前乳母
- ○康資王母
- ○源兼俊母

とあり、長女に筑前乳母を想定している。筑前乳母は後三条院の皇女俊子《としこ》内親王家の女房で、『後拾遺集』、『金葉集』に歌がとられており、『金葉集』巻一「春」の五十三番歌の詞書には、堀河院の御時の花見の歌が「前斎宮筑前乳母」としてみえる。俊子内親王が斎宮に卜《ぼく》定《じょう》されたのが延久元年（一〇六九）であるから、時間的にみると、多気の大夫に奪われて早逝した姫君と考えるのは無理があるようなので、この人物に想定するのは難しい。

では、この話がまったく根拠のないものであるかというと、そうともいえない。すでに語釈の項で書いたが、本話の中の「にほひきや」の歌が、『後拾遺集』では伯の母の作ではなく、源兼俊の母の作となっており、本話で姉の歌としてある「吹《ふき》かへす」の歌が、「にほひきや……」の返歌として康資王の母が詠んだものとなっている。これは伯の母が常陸守（介）基房の妻となり、東国に下っている時に、都にいる妹の源兼俊の母が歌を贈り、それに伯の母が応えて贈った歌とするのが正しいと考えるべきである。

ところが、本話にあるような事情が『康資王母集』に載っている。

「故ありし人のあづまにとどまりて侍りしに、のぼりに別れをしみ侍りしに、あふぎとらせ侍りし」という詞書で、

雲井にて月をながめむ便りにも思ひ出てはあふきてもみよ

とあって、これは伯の母の夫が任期を終えて常陸国から上京する折に、あづまに留まっていた「故ありし人」に形見として扇を贈ったという歌である。この「故ありし人」を大姫君が生んだ二人の娘と考えれば、本話は史実である。だが、この大姫君は誰であるかはわからない。田舎人になった大姫君は系譜から抹殺されてしまったのであろうか。ちなみに、伯の母が常陸介基房の妻となって常陸に下った時期を、保坂都は延久六年（一〇七四）以前の五、六年間のある年のことと推察し、森本元子は康平三年（一〇六〇）ころから四年後（康平七年）までかと推定している。

最後になったが、この話には本書第十八話に出る利仁の妻の実家の豪勢な生活と同様、地方豪族の実力と富とに舌を巻く都人の心情が表われている。また、その反面、大姫君が田舎人になってしまったのを心憂しとする、地方を見下げるという両者の意識が見える。また、常陸守の「常陸四年が間の物は何ならず。云々」という言葉からは、「受領《ずりやう》ハ倒ルル所ニ土ヲ爴《つか》メ」（『今昔』巻二十八第三十八話）という受領根性の強欲ぶりも見て取れる。なお、本話の歌が『後拾遺集』にとられていることから、これらの歌の背後にある、うわさ話の物語化と見ることもできる。

四十二（上四十二）同人仏事事〈同人《どうにん》、仏事《ぶつじ》の事〉　巻三―十

今《（いま）》は昔《（むかし）》、伯の母《（はゝ）》、仏供養《（くやう）》しけり。永縁僧正《やうえんそうじやう》を請《（しやう）》じて、さまざま《（〳〵）》の物どもを奉《（たてまつ）》る中に、紫《（むらさき）》の薄様《（うすやう）》に包《（つゝ）》みたる物あり。あけて見《（み）》れば、

朽《くち》にける長柄《（なから）》の橋の橋柱《（はしくら）》法《（のり）》のためにも渡《（わた）》しつるかな

長柄《（なから）》の橋《（はし）》の切《（きれ）》なりけり。

またの日、まだつとめて、若狭《わかさの》阿闍梨《（あさり）》こくゐんといふ人、歌よみなるが来《（き）》たり。あはれ、このことを聞《（きゝ）》きたるよ、と僧正おぼすに、懐《（ふところ）》より名簿《（みやうふ）》を引《（ひ）》き出《（い）》で《（ゝ）》て奉《（たてまつ）》る。「この橋の切《（きれ）》、給はらん」と申《まうす》。僧正、「かばかりの希有《けう》の物は、いかでか」とて、「何《（なに）》しにか取《（と）》らせ給はん、口惜《（くちお）》し」とて帰《かへり》にけり。

すきずき《（〳〵）》しく、あはれなる事どもなり。

〈現代語訳〉

四十二　同人の仏事のこと

今は昔のことだが、伯の母が仏像の開眼供養《かいげんくよう》をした。永縁僧正《ようえんそうじょう》をお招きして、お布施《ふせ》とし

ていろいろの物を差し上げた中に、紫の薄い鳥《と》の子《こ》紙に包んだものがあった。開けて見ると、

　朽ちにける……朽ちてしまったあの長柄川の橋の橋柱を仏法のためにお布施としてお渡ししますよ

なんと、それは長柄川の橋の木切れであった。

すると、翌日の早朝、若狭阿闍梨《あじゃり》隆源《りゅうげん》という歌人でもある人がやって来た。「ははあ、さてはこの話を聞いたな」と僧正が思われると、はたして懐《ふところ》から入門願の名簿を取り出して差し出した。そして「この橋の切れ端をいただきとう存じます」と申す。僧正は、「これほど珍しい物をどうして差し上げられようぞ」と言うと、「いかにも、どうしてわたしにお渡し下されましょう。ごもっともですが、残念です」と言って帰って行った。

歌道に熱心で、感動させられる話である。

〈語釈〉

○仏供養　仏像が出来上がった時の法要。開眼供養《かいげんくよう》のこと。○永縁僧正　藤原永相《ながすけ》の子。永承三年（一〇四八）～天治二年（一一二五）。保安二年（一一二一）に興福寺の別当となる。天治元年（一一二四）権僧正《ごんのそうじょう》に任じられる。晩年花林院に住み、花林院権僧正とも呼ばれ、歌人としても有名で、「初音《はつね》」の名歌によって、「初音の僧正」ともいわれた。『金葉集』以下の勅撰集に二十六首入集。『法華百座聞書抄』に、天仁三年（一一一〇）二月二十

八日の最初の説法に大安寺僧都永□（縁カ）の行なったものが記されている。○薄様　薄く漉《す》いた鳥の子紙。鳥の子紙はガンピとコウゾとを混ぜて漉いたもので、薄様・中様・厚様と三通りあった。○「朽にける……」の歌　「長柄の橋」は摂津国西成郡（今の大阪市大淀区）を流れていた長柄川に架けられていた橋。『日本後紀』弘仁三年（八一二）六月己丑（三日）の条に「遣レ使造ニ摂津国長柄橋一」の記事があり、このころ造られたらしいが、『文徳実録《もんとくじつろく》』仁寿三年（八五三）戊辰（十一日）に「摂津国奏言。長柄三国両河。頃年橋梁断絶。人馬不レ通。請准ニ堀江川一置ニ二隻船一。以通ニ済渡一。許レ之」とあり、当時はすでに損壊していたことがわかる。歌枕として古くから愛好され、『古今集』序にもあり、また集中四首に詠まれている。『袋草紙』や『愚秘抄』にはその鉋屑《かんなくず》を一本能因《のういん》法師が錦の袋に入れて珍重した話や、『源家長日記』には、長柄橋の橋柱の切れを持っているという滝口盛房という男が歌を添えて献上したのを、後鳥羽上皇が文台にして和歌所に置かれたということが記されている。この橋柱の文台については『古今著聞集』巻五（第六「和歌」）一〇四話、『続後撰和歌集』巻六にも出る。「渡し」は橋の縁語で、布施として渡す、というのと仏法済度（彼岸に渡す）の意とが掛けてある。○まだつとめて　『版本』には「まだ」がない。翌朝早く。○若狭阿闍梨こくゐん　『書陵部本』「うくゐん」。『版本』は「覚縁」。『古本説話』は「わさのあさりうくゐん」とし、傍注で「わかさのあさりりうくゐん」と訂正している。『書陵部本』は重複する「り」を落としたものとみえる。本書の底本も重複の「り」を落とし「う」

を「こ」と誤写したものとみて、『古本説話』の傍記に従って、ここは「隆源」とみておく。隆源は生没年未詳。堀河・鳥羽天皇のころの人。若狭守藤原通宗《みちむね》の次男。三井寺の僧で若狭阿闍梨と号した。歌人、歌学者としても有名で、『後拾遺集』の撰者通俊《みちとし》（本書第十話）は叔父。六条家の顕季《あきすえ》の妻は叔母。『後拾遺集』の編纂をたすけ書写したという記事が『袋草紙』（巻二）にある。数々の歌合に列し、永縁とともに堀河百首の歌の作者。著書に『隆源口伝』一巻がある。○名簿《みやうぶ》　門弟になるとき、または従属を示すしるしとして差し出す名札。姓名・官位・年月日などを書く。ここは隆源が永縁の弟子となる礼をとったもの。「名付《なづ》き」ともいう。○希有　珍しい。『陽明本』は「希重《きちょう》」。本底本は「重」を見せ消ちにして「有」と傍書。諸本「希有」。『古本説話』は「きてう」。○すきずきし　風流だ。

〈参考〉

前話に続き、伯の母に関する和歌説話。『古本説話』第二十一話と同文的同話。収録の順序も同じ。

伯の母が仏供養に際し、種々の布施をしたが、その品々の中に歌枕で名高い長柄の橋の朽《くち》木《き》の端があった。その橋柱の切れ端をめぐる二人の歌僧のやりとりがおもしろく、歌道に深く心を寄せる「すき」の心に作者は感動したのである。鴨長明（蓮胤《れんいん》）は『方丈記』で「仏ノ教へ給フ趣キハ、事ニ触レテ執心ナカレトナリ」といい、執着心は仏者にとって戒むべきことであるといった。だが、それはそれとして、歌人たちにとって歌は生命をかけるほどのものであった。長明は、自分の歌が『新古今集』に十首入ったことを「生死の余執にも成るばかりうれしく侍る也」（『無名抄』）といっている。「但し、あはれ、無益の事かな」という自省の言葉も付加しているが。

『古本説話』第二十六話には、藤原長能《ながとう》が自分の歌の欠点を公任に指摘され、失意の中に病死した話があり、『無名抄』には宮内卿が歌作に没頭し、その苦悩が積もって若死にした話もある。語釈の項でもふれたところだが、『愚秘抄』（巻下）には、能因が錦の袋に入れて頸にかけていた長柄の橋のかんなくずを、天皇が所望なさり、能因が惜しんで奉らなかったのを、夜陰に乗じて勅使どもが行って奪い取り、能因は足摺りをして悲しんだという話がある。『愚秘抄』の作者はこのことを「優にぞ覚侍る。これさながら道をおもくする故也」と述べて、本話の作者と同様に「優なる事」であるとしている。歌にゆかりの物事を重んじ、歌道に深く心を寄せることは、「すきずきしく、あはれなる事」だったのである。

ところで、伯の母から橋柱の切れを渡された永縁は、ある時「聞くたびにめづらしければ郭公《ほととぎす》いつも初音《はつね》のここちこそすれ」（『金葉集』巻二「夏」）という歌を詠んだ。「初音の僧正」と呼ばれたのはこの歌によるのであるが、彼は琵琶法師らに種々の品物を与えて、この歌をあちこちで歌わせたという剽軽《ひょうきん》な逸話が残っている（『無名抄』第二十八話）。

また、隆源に関していえば、父の通宗について『尊卑分脈』が、その母は少納言家業《いえなり》の女《むすめ》であるが、実母は筑前守高階成順の女であるとしている点が見逃せない。そうだとすれば伯の母は成順の女であるから、隆源の父通宗は伯の母の甥であり、隆源は伯の母にとって甥の子ということになる。伯の母が仏事を行ない、永縁が布施として長柄の橋の切れ端を受けたという情報をいち早く入手したのは、このような関係によるものとも考えられる。

四十三（上四十三）藤六事〈藤六《とうろく》の事〉巻三―十一

今は昔、藤六《とうろく》といふ歌よみありけり。下種《げす》の家に入《いり》て、人もなかりける折《おり》を見つけて、入《いり》にけり。鍋《なへ》に煮《に》ける物をすくひ食《く》ひける程に、家あるじの女、水を汲《く》みて、大路《おほち》の方《かた》より来《き》て見《み》れば、かくすくひ食《く》へば、「いかに、かく人もなき所に入《い》りて、かくする物をば参《まい》るぞ。あなうたてや、藤六にこそいましけれ。さらば歌よみ給へ」と言《い》ひければ、

むかしより阿弥陀仏《あみだほとけ》のちかひにて煮《に》ゆる物をばすくふとぞ知《し》る

とこそ詠《よ》みたりけれ。

〈現代語訳〉

四十三　藤六のこと

今は昔のことだが、藤六という歌人がいた。卑《いや》しい者の家に入って、誰もいない時を見計らって中に入った。鍋に煮てある物をすくって食べているところに、その家のおかみさんが水を汲んで、大通りの方から帰って来た。見ると、男がこうして鍋からすくって食べているので、「あれまあ、こんな人もいないところに入って、せっかく煮たものを食べるとは。まあ、いやだ。藤六様ではないですか。それなら歌をお詠みなされ」と言ったので、

むかしより……昔から阿弥陀仏は地獄の釜で煮られる衆生を救い取るという誓いをたてられたということを、わたしは知っています。（だから私も釜の煮物を匙《かい》ですくっているのです）

と詠んだのであった。

〈語釈〉

○藤六　藤原弘経《ひろつね》の男《なん》。輔相《すけみ》。藤六と称したのは弘経の六男のゆえか。あるいは六位の六か不明とされるが、『尊卑分脈』には三男とする。長良《ながら》の孫。摂政・太政大臣基経《もとつね》と二条の后高子《たかいこ》の甥。隠題の物名《もののな》歌人として知られ、『藤六集』一巻がある。○下種　身分の低い者。素性の卑しい者。○うたてや　形容詞「うたてし」の語幹「うたて」に間投助詞「や」が付いたもの。ああ情けないことよ。悲しいことよ。困ったなあ。○むかしより……　阿弥陀仏が過去世に法蔵菩薩であった時に、いっさいの生ある者を救うという願を立てた。その「誓ひ」にしゃもじの「匙《かひ》」を掛け、「救ふ」に鍋の中の煮物を「掬《すく》ふ」を掛ける。また地獄の

釜で煮られる罪人と鍋の中の煮物が掛けてある。本文については、「すくひ食《く》へば」の「食《く》」は底本「候」を見せ消ちにして「く」と傍書。「人もなき所に入《い》りて」の「い」は底本「か」を見せ消ちにして「い」と傍書。

〈参考〉

『古本説話』第二十五話と同文的同話。

第四十話から続いた歌を主題とした説話はここで終わる。

隠題の物名歌《もののなうた》の作者として有名な藤六の話。すでに語釈の項で述べたが、藤六の本名は輔《すけ》相《み》である。藤六と称されたのは弘経の六男説と無官の六位説とがある。しかし『尊卑分脈』には兄二人が記載され、彼については「無官、号藤六、歌人也」とあるので、おそらく無官の六位だったのではないだろうか。輔相は贈太政大臣長良の孫であり、摂政・太政大臣基経と二条の后高子の甥で、父は正四位、兄は二人とも従五位である。本人だけが無官だったのには、それなりの理由があったのだろう。思うにそれは当人の不羈《ふき》奔放な所業にあったのではなかろうか。本話では、下種の家に入って、鍋の中の煮物を盗み食いして、その場を下種女に見つかり、歌を所望されたというのだから、この話が事実であれば、京の町中でも相当に顔が売れた常軌逸脱男だったということになる。そして詠んだのが、恐れ多くも「阿弥陀仏」を引き合いに出した、人を食ったような歌である。たしかに人の意表を衝いたうまい物名歌である。

『藤六集』一巻に載る全三十九首はすべてが物名もしくは俳諧歌であり、『拾遺集』の「物名」歌に藤六の歌とするものがあるが、作者名の記されていないものの大半も藤六の作であろうと考えられている。『袋草紙』巻三には藤六が牢獄の前を通り過ぎようとして囚人につかまり、獄門の中に連れ込まれて、囚人から「あなたは我が国のすぐれた歌人だと聞いている〈本朝ノ歌仙之由承之〉。獄門の前に植えてある菊を題にして一首詠んでくれ」と言われて、即座に歌を詠み、獄囚は感嘆して放免してくれた、という話を載せている。『藤六集』の最後の歌は、ある春の日、土佐守の家に行って、押鮎《おしあゆ》を食おうという時、まず歌を詠めと言われて詠んだ歌であるが、宴会の席で詠んだり、人の求めに応じて即興に機転の利いたおもしろい歌を詠んだりして受けた男だったと考えられる。藤六の名は後代に人を笑わせる人物の名にもなったらしい（大島建彦「咄の者の源流」〈「國語と國文學」34巻11号、昭和三十二年十月〉）。研究としては他に山口博「藤原輔相について」（「和歌文学研究」7号）、同「藤六集考」（同8号）がある。

四十四（上四十四）多田新発郎等事〈多田《ただ》の新発郎等《しんぼちろうどう》の事〉　巻三―十二

これ《（是）》も今は昔、多田満仲《ただのみつなか》のもとに、たけくあしき郎等あり《（有）》けり。物の命を殺《（ころ）》すをもて業《わざ》とす。野に出《いで》、山に入《いり》て、鹿を狩《（か）》り、鳥を捕《（と）》りて、いささ《（こ）》かの善根《ぜんごん》する事なし。

ある時、出《(い)》でて狩するあひだ、馬を馳《はせ》て鹿を追ふ。矢をはげ、弓を引《ひき》て、鹿にしたがひて走《(はし)》らせて行《(ゆ)》く道に、寺ありけり。その前《(まへ)》を過《(す)》ぐる程に、きと見やりたれば、内に地蔵立《(た)》ち給へり。左の手をもちて弓を取《(と)》り、右の手して笠を脱《(ぬ)》ぎて、いささか帰依《きえ》の心をいたして、馳《(は)》せ過《すぎ》にけり。

その後、いくばくの年を経《(へ)》ずして、病《やまひ》つきて、日比《ひごろ》よく苦《(くる)》しみわづらひて、命絶《(た)》えぬ。冥途《めいど》に行《ゆき》むかひて、炎魔《えんま》の庁《ちやう》に召《(め)》されぬ。見《(み)》れば、多《(おほ)》くの罪人、罪の軽重《きやうぢゆう》にしたがひて、打《うち》せため、罪せらるる事、いといみじ。我《わが》一生の罪業《ざいごふ》を思《おもひ》つづくるに、涙落《(お)》ちてせんかたなし。

かかる程に、一人の僧出来《いで(き)》たりて、のたまはく、「汝を助《(たす)》けんと思《(おも)》ふなり《(也)》。はやく故郷に帰《かへり》て、罪を懺悔《さんげ》すべし」とのたま《(給)》ふ。僧に問《(と)》ひ奉《(たてまつ)》りていはく、「これ《(是)》はたれの人の、かくは仰《おほせ》らるるぞ」と。僧答《(こた)》へ給はく、「我は、汝鹿を追《おひ》て、寺の前を過《すぎ》しに、寺の中にありて、汝に見《(み)》えし地蔵菩薩なり《(也)》。なんぢ罪業深重《ざいごふじんぢゆう》なりといへども、いささか我に帰依の心を起《(お)》こしし業《ごふ》によりて、我、今、汝を助《(たす)》けんとするなり《(也)》」とのたま《(給)》ふと思《おもひ》て、よみがへりて後は、殺生《せつしやう》をながく断《(た)》ちて、地蔵菩薩につかうまつりけり。

〈現代語訳〉

四十四　新たに仏門に入った多田（満仲）の家来のこと

これも今は昔のことだが、多田満仲《ただのみつなか》のもとに、勇ましくて荒々しい家来がいた。もっぱら生き物を殺すのが仕事だった。野に出、山に入っては鹿を狩り、鳥を捕え、少しもよい行ないをすることがなかった。

ある時、狩をしに出かけ、馬を駆って鹿を追った。矢をつがえ、弓を引いて、鹿の後を追って走らせて行く途中に寺があった。その前を通り過ぎる時、ちらっと見やると、その中に地蔵様が立っておられる。そこで左手に弓を持ち、右の手で笠を脱いで、少しばかり帰依《きえ》の心を示して走り過ぎて行った。

その後、何年もたたないで病気になり、幾日もひどく苦しみわずらって死んだ。冥途に行って、閻魔大王の法廷に呼び出された。見ると大勢の罪人が、生前の罪の軽重に従って打ちさいなまれ、罰せられること、ものすごい。そこで、自分の一生の罪深い行為を思い続けると、涙が落ちてどうしようもない。

こうしていると、一人の僧が出て来て仰せられた。「おまえを助けようと思うのだ。早く故郷に帰って、罪を懺悔《ざんげ》せよ」と。そこで僧にお尋ね申し上げて、「これはいったいどなた様がこのように仰せられるのですか」と言うと、僧が答えられる。「自分は、おまえが鹿を追って寺の前を通り過ぎた時に、寺の中にあっておまえに見えた地蔵菩薩である。おまえの罪深い行為は計り知れぬほど重いが、わずかばかり私に帰依の心を起こしたその功徳《くどく》によって、私が今、おまえを助けようとするのだ」と仰せられたと思うや生き返った。その後は殺生をまったくやめて、地蔵菩薩にお仕え申したのであった。

〈語釈〉

○新発　新発意《しんぼち》。発心《ほっしん》して新たに仏門に入った人。○多田満仲　清和源氏。延喜十二年（九一二）～長徳三年（九九七）。経基王《つねもとおう》の長子。摂津・越前・伊予・美濃・信濃・武蔵・下野・陸奥等、諸国の守を歴任し、鎮守府将軍、正四位下となる。武略に長じ、摂津の多田（兵庫県川西市）に住し、多田と号した。寛和二年（九八六）七十五歳で出家した。法名満慶。出家については『今昔』巻十九第四話にある。多田院を建立。歌人。『拾遺集』に一首入集。没後従三位を贈られる。○たけくあしき　「たけし」は強い、勇ましい、荒々しいの意。「あし」は性質が荒々しい、強暴の意。○郎等　家来。主人と血縁関係がなく、代々その家に仕える家臣。所領を持たない従者。第十八話に既出。○善根　仏語。よい結果を受けるはずの所業。慈悲の行為。○はげ　「矧《は》ぐ」は弓に矢をつがえること。○きと　ちょっと。ちらりと。○地蔵　地蔵菩薩。第十六話に既出。○帰依　神仏を信仰してその力に頼ること。○日比　数日。幾日も。○冥途　死者の霊魂が行くというところ。冥界。○炎魔の

庁　閻魔大王の法廷。閻魔は Yama の音写。Yama-rāja（ヤマラージア）の略。死後の世界の支配者で、死者の罪を裁く地獄の主。地蔵菩薩の化身などとする説もある。○せため「せたむ」は責める、さいなむ。○懺悔　仏語。犯した罪を仏の前に告白し、悔い改めること。

〈参考〉

『今昔』巻十七第二十四話と同話。また十四巻本『地蔵菩薩三国霊験記』巻九第一話も同話である。

源満仲の郎等で、殺生を業とし、一つとして善業をしたことのない男が病死し、閻魔の庁に召される。多くの罪人が呵責《かしやく》されているのを見て、生前の罪業を思い、悲嘆にくれていると、一人の僧が現われ、それによって救われ解放されて蘇生したという話である。男は生前、狩の途次、寺の中に見えた地蔵像にちょっと一礼した功徳で救われたのであり、助けてくれた僧はその地蔵菩薩であったという。地蔵信仰は奈良時代からすでに見られるが、盛んになったのは平安中期以後、特に民間にも浸透し、浄土教の隆盛とともに盛んになるのである。地蔵説話や地蔵霊験譚には本話にあるように冥界に行き、地蔵菩薩に助けられて蘇生するという話が多い。

『旧全集』中の『今昔』の本話に関する解説には、『(散佚原）地蔵菩薩霊験記《じぞうぼさつれいげんき》』に、十四巻本の原拠となった同話が収録されていて、『今昔』と本書のこの話が構成されるにあたり、参照に供された可能性もあろうと述べている。『地蔵菩薩感応伝』巻下第十二話もやや簡略であるが同話である。筆者は未見だが、宗性《そうしょう》の『地蔵菩薩感応抄』（建長五年〈一二五三〉成立）には例示的に引用されているという（齋藤徹也『一四巻本地蔵菩薩霊験記』巻九第一話〈三弥井書店〉の解説）。

なお、『一四巻本霊験記』では本話の「多田新発郎等」を「多田満仲ノ家ノ子紀義冬《キノヨシフユ》」とする（『感応伝』には「将軍満仲源公有二家臣紀ノ義冬一」とある）。「家ノ子」は郎等と違い、惣領家と血縁関係にある家臣である。本書では地蔵菩薩は男に「早く故郷に帰って、罪を懺悔すべし」と言うが、『霊験記』では「『早旧里《ハヤクフルサト》ニ皈《カヘリ》テ、常ニナス罪ヲ懺悔スベシ』トテ御手ヲ伸《ノベ》、南方《ナンハウ》ニ指ヲ示シ給ヒヌ」とする。地蔵菩薩の浄土は南方にあるとされる（『十輪経』）、『霊異記』では冥界は北方にあるように書かれている（巻上第五話）。

この郎等は蘇生後は永く殺生を断ち、地蔵菩薩に仕えたということで、これは殺生悪徳不善の徒をも救い給うという地蔵の慈悲を説く話になっている。

多田満仲は『今昔』巻十九第四話で「数《あまた》ノ郎等ヲ山ニ遣《やり》、鹿ヲ令狩《からしむ》ル事隙無《ひまな》シ」と言われているが、本話もこのような背景のもとで語られた話の一つではないだろうか。

四十五（上四十五）因幡国別当地蔵作差事〈因幡《いなば》の国《くに》の別当《べったう》、地蔵《ぢざう》作《つく》り差《さ》す事〉　巻三―十三

これも今は昔《むかし》、因幡国高草《たかくさ》の郡《こほり》さかの里に伽藍《がらん》あり。国隆寺《こくりう》と名《な》づく。この《此》国の前《さき》の国司ちかなが造れるなり。

そこに年老《おい》たるもの語《かた》り伝《つた》へていはく、この《此》寺に別当《べつたう》ありき。家に仏師《ぶつし》を呼《よ》びて、地蔵を造《つく》らするほどに、別当が妻、異男《こと》に語《かた》らはれて、跡をくらうして失《うせ》ぬ。別当心を惑《まと》はして、仏の事をも、仏師をも知《し》らで、里村《さとむら》に手を分《わ》かちて尋《たづね》もとむる間《あひた》、七、八日を経《へ》ぬ。仏師ども檀那《だんな》を失《うしな》ひて、空を仰《あふ》ぎて、手をいたづらにしてゐたり。その寺の専当《せんたう》法師、これを見《み》て、善心を起《お》こして、食物《くい》を求《もとめ》て、仏師に食《く》はせて、わづかに地蔵の木作《きづくり》ばかりをし奉《たてまつ》りて、彩色《さいしき》、瓔珞《やうらく》をばえせず。

その後《のち》、この《此》専当法師病付《つき》て、命終《をはり》ぬ。妻子悲《かな》しみ泣《なき》て、棺に入《いれ》ながら、捨《すて》ずして置《おき》て、なほ《猶》これを見《み》るに、死《しに》て六日といふ日の未《ひつじ》の時ばかりに、にはかにこの《此》棺はたらく。見《み》る人、おぢ恐《おそ》れて逃《にげ》さりぬ。妻、泣悲《なきかな》しみて、あけて見《み》れば、法師よみがへりて、水を口に入《いれ》、やうやう《〳〵》程《ほと》経《へ》て、〔冥途《めいど》の物がたりす。「大なる鬼二人きたりて我をとらへて」追立《おひたて》て、広《ひろ》き野を行《ゆく》に、白《しろ》き衣《きぬ》着《き》たる僧出《い》で来《き》て、『鬼ども、この法師とく許《ゆる》せ。我は地蔵菩薩なり《也》。因幡国《いなばのくに》の国隆寺《こくりう》にて、われを造《つくり》し僧なり。仏師等、食物なくて、日比《ひごろ》経《(へ)》しに、この《(此)》法師、信心をいたして、食物を求《(もと)》めて、仏師等を供養《くやう》して、我《(わ)》が像を造《(つく)》らしめたり。この《(此)》恩忘《(わす)》れがたし。必《かならず》許《(ゆる)》すべきもの《(物)》なり』とのたまふ程に、鬼共許《(ゆる)》しをはりぬ。ねんごろに道教《(をし)》へて帰《(かへ)》しつと見《(み)》て、生《(い)》き返《(かへ)》りたるなり《(也)》」と言《(い)》ふ。

その《(其)》後、この《(此)》地蔵菩薩を妻子ども綵色《さいしき》し、供養し奉《(たてまつ)》りて、ながく帰依《きえ》し奉《(たてまつ)》りける。今、この《(此)》寺におはします。

〈現代語訳〉

四十五　因幡国の別当が地蔵を作り残したこと

これも今は昔のことだが、因幡国《いなばのくに》高草の郡《こおり》野坂の里に寺院があった。国隆寺《こくりゅうじ》といった。この国の前の国司ちかなが造ったのである。

そこに住むある老人が次のようなことを語り伝えて言った。——この寺に別当がいた。家に仏師を呼んで、地蔵菩薩の像を造らせている時に、別当の妻がよその男にうまいこと誘い出されて、行方をくらましてしまった。別当はすっかり動転して、仏のことも、仏師のこともほったらかして、村里に手分けをして捜し求めているうちに、七、八日もたってしまった。仏師らは施主の檀那を失って、空を仰ぎ、途方にくれて手をこまぬいているばかりだった。その寺の専当法師がこの様子を見て、善心を起こし、食べ物を手に入れてこの仏師らに食べさせ、やっと地蔵の木作りだけを仕上げ申したが、彩色や飾りつけまではできなかった。

その後、この専当法師は病気になって死んだ。妻子は泣き悲しんで、棺に入れたまま、野辺送りはせずそのまま置いておき、なおもこれを見ていると、死んで六日目という日の未の時（午後二時）ごろに、急にこの棺が動いた。見た人は恐れこわがって逃げてしまった。妻は泣き悲しみながら開けて見ると、法師は生き返って、水を口に入れて、ややしばらく時がたってから、冥途の話を始めた。「大きな鬼が二人来て、わしを捕えて追いたてて、広い野原を行くと、白い衣を着た僧が出て来て、『鬼どもよ、この法師を早く許してやれ。私は地蔵菩薩である。これは因幡国の国隆寺で私を造った僧であるぞ。仏師らが食う物もなくて何日も困っていた時に、この法師が深い信心をもって食い物を求め、仏師らに提供して私の像を造らせたのである。この恩は忘れがたい。必ず許さねばならぬ』と仰せられたので、鬼どもが許してくれた。丁寧に道を教えて帰してくれたと思って気がつくと、生き返ったのだ」と言う。

その後、この地蔵菩薩を妻子らが彩色し、供養し、長く信仰申し上げた。その像は今もこの寺に安置されている。

〈語釈〉

○因幡国　鳥取県の東部。なお、表題の中の「作り差す」は途中まで作り残すの意。○高草の郡　鳥取県の東部の古郡名。後、明治二十九年（一八九六）に気多《けた》郡と合併して気高《けたか》郡となり、現在は鳥取市の一部。○さかの里　『今昔』巻十七第二十五話は「野《の》坂《さか》ノ郷《かう》」、『一四巻本地蔵菩薩霊験記』巻一第四話は「野坂ノ郷」、『続群書類従』本は「野坂郷」。『和名抄』の高草郡に野坂郷があるから、上の「の」が落ちたものと思われる。○伽藍　梵語 saṃghārāma の音写。僧伽藍摩の略。衆園・僧園または精舎《しょうじゃ》と訳す。僧侶が住んで仏道を修行するところ。寺。寺院。○国隆寺　現存しないが、『旧大系』の『宇治』補注四〇によると、地名辞書所引因幡志記載の「国隆寺之地蔵」について次のようにいう。「小原村ノ辻堂ニ安置ス是也　長二尺五寸余木像ナリ寺跡ハ小原村ノ後ノ山上ニアリ」とし、「尤モ古作殊勝ナル仏軀ナリ其時代考ヘ難シ」とする。なお、国隆寺はもと、野坂にあって、国隆という名の示すとおり、因幡の国分寺の支院として建立されたものらしいという。また、地蔵像が安置されている辻堂は道路から約一〇〇メートルほど北側の山を登った部落の中にある小堂で、鎌倉期のものと思われる木の地蔵尊一体が現存するが、これが本話にいう地蔵像かどうかは不明であるとする。○ちかな（が）　伝未詳。「が」を人名の一部とする説と助詞とする説がある。『今昔』は「彼《か》ノ国ノ前《さき》ノ介□千包《ちかね》」。『霊験記』は「因幡《いなば》ノ前司介親《すけちか》」。『権《ごん》記《き》』寛弘四年（一〇〇七）十月二十九日の条に因幡介千兼《ちかね》が百姓の愁訴により、因幡守橘行《ゆき》平《ひら》に殺害された記事があり、『新全集』、『旧大系』等の注はこの人物を擬すべきかとする。これは検非違使《けびいし》の別当で、これとは別。〇**別当**　大寺院の事務を統轄した者。寺の長官。第二十二話に既出するが、これは検非違使《けびいし》の別当で、これとは別。〇**仏師**　仏像を彫刻する者。〇**知らで**　世話をせず、かまわないで。〇**檀那**　梵語 dāna の音写。与えること。布施の意であるが、中国・日本では布施者。檀家の人、施主、仏教の後援者の意に用いられる。檀越《だんおつ》（梵語 dāna-pati　施主）との混用かとされる（中村元『佛教語大辞典』東京書籍）。『今昔』は「檀越《だんをつ》ノ俸テ無キニ依《より》テ、物食《くふ》コト無クシテ、既ニ餓《うゑ》ヌ」とする。〇**専当法師**　寺の雑務をつかさどる下役の法師。妻帯が普通だった。〇**木作《きづくり》**　材木を必要な形に削ること。ここでは木彫そのものはできたのである。〇**瓔珞《やうらく》**　仏像や天蓋《てんがい》などに下げる装飾。頭に着けるのを「瓔」、身に着けるのを「珞」といい、もとはインド人の装飾。〇**六日といふ日**　六日目。『霊験記』は「十六日」。〇**未《ひつじ》の時**　午後二時ごろ。〇**はたらく**　動く。〇**冥途**　死者の霊魂が行くというところ。「冥途」から「我をとらへて」まで、底本脱。『書陵部本』、『陽明本』により補う。〇**白き衣着たる僧**　『霊験記』は「白色《びやくしき》ノ衣《ころも》ノ袈裟《けさ》ノ僧」。『新全集』は「まだ彩色を施されていない素彫りの状態であることを物語っている状態」と解している。『今昔』は「一人ノ小僧《こぞう》」とする。〇**供養**　三宝《さんぼう》（仏・法・僧）または死者の霊などに物を供えること。ここでは仏師に食物を供給したこと。〇**帰依**　神仏を深く信仰して、その力に頼ること。第四十四話に既出。

〈参考〉

『今昔』巻十七第二十五話と同文的同話。『一四巻本地蔵菩薩霊験記』巻一第四話も同話だが、これは「付タリ」として倶生神《くしようじん》のことが載っている。三書ともに多少の違いがあるが、地蔵菩薩の助けによって、地獄から蘇生した地蔵菩薩霊験譚で、前話（四十四話）と同じ構成である。前話と本話との説話配列の順も『今昔』と同じ。これは国隆寺の地蔵菩薩の縁起を語るものである。

別当法師が妻の失踪に動転して探索のために、仏像を造ることも、仏師の世話も放り出してあわてふためくさまは滑稽でもあり、気の毒でもある。だが、その妻の駆け落ちがなかったら、専当法師の冥土語りも、蘇生もなかったことになるので、人生の幸、不幸やめぐり合わせというのはどんなところにあるかわからない。ここからは人生の運の不思議も読み取ることができるだろう。専当法師は「地獄（『霊験記』によれば「阿鼻獄《あびごく》」）で仏に会う」という諺《ことわざ》どおり、地蔵菩薩に会って助けてもらったが、当の地蔵は「木作《きづくり》」だけで彩色もしていなかったので、「白き衣」の姿で出現する。本話では、この像を専当法師の妻子どもが彩色し、供養したとある。『今昔』と『霊験記』では、地蔵が法師に像の彩色と完成、供養とを依頼している。『今昔』では、地蔵が、「別当法師は我が像を完成させることはあるまい」から、やってくれと言うところがおもしろい。

前話と同じく、これも『（散佚原）地蔵菩薩霊験記』に収録され、『今昔』とともにこの話の構成に参照されたのではないかと考えられている。既述したように、『今昔』と本話は、ともに前話と本話との記載の順が同じなので、原典もそのような順序の構成になっていたのではないかと考えられる。

四十六（上四十六）　伏見修理大夫俊綱事　〈伏見修理大夫《ふしみのしゆりのだいぶ》俊綱《としつな》の事〉　巻三―十四

　これ《(是)》も今は昔《(むかし)》、伏見修理大《(太)》夫は宇治殿《うぢどの》の御子にておはす。あまり公達《きんだち》多《(おほ)》くおはしければ、やうを変《(か)》へて、橘《たちばなの》俊遠《としとほ》といふ人の子になし申《まうし》て、蔵人《くらうど》になして、十五にて尾張守《をはりのかみ》になし給《たまひ》てけり。それに尾張に下《(くた)》りて国おこなひけるに、その比《ころ》、熱田神《あつたのかみ》、いちはやくおはしまして、おの《(を)》づから笠をも脱《(ぬ)》がず、馬の鼻《(はな)》を向《(む)》け、無礼をいたすものを、やがてたち所に罰せさせおはしましければ、大宮司の威勢、国司にもまさりて、国の者共おぢ恐《(おそ)》れたりけり。

　それに、この国の司くだりて、国の沙汰《(さた)》どもあるに、大宮司、われはと思ひてゐたるを、国司とがめて、「いかに大宮司ならんからに、国にはらまれては、見参《げんざん》にも参《(まゐ)》らぬぞ」と言《(い)》ふに、「さきざき《(〳〵)》さる事なし」とてゐたりければ、国司むつかりて、

「国司も国司にこそよれ、我らにあひては、かうは言《い》ふぞ」とて、いやみ思《おもひ》て、「知《し》らん所ども点《こ》ぜよ」など言《い》ふ時に、人ありて、大宮司に言《い》ふ。「まことにも、国司と申《まうす》に、かかる人おはす。見参に参《まい》らせ給へ」と言《い》ひければ、「さらば」と言《い》ひて、衣冠《くわん》に衣出《きぬいた》して、供《とも》の者《物》ども三十《卅》人ばかり具《ぐ》して、国司のがり向《む》かひぬ。国司出《いで》あひ、対面して、人どもを呼《よ》びて、「きやつ、たしかに召《め》し籠《こ》めて、勘当《かんだう》せよ。神官といはんからに、国中にはらまれて、いかに奇怪《きくわい》をばいたす」とて、召《め》したてて、結《ゆ》ふ程に籠《こ》めて勘当す。

その時、大宮司、「心憂《う》き事に候。御神はおはしまさぬか。下臈《げらふ》の無礼《むらい》をいたすだに、立所《たちどころ》に罰せさせおはしますに、大宮司をかくせさせて御覧《らん》ずるは」と泣《な》く泣く《〳〵》くどきて、まどろみたる夢に、熱田《あつた》の仰《おほせ》らるるやう、「この《此》事にお《を》きては、我《わが》力《ちから》及ばぬなり《也》。その故は、僧ありき。法花経を千部読《よ》みて、我《われ》に法楽《ほふらく》せんとせしに、百余部はよみ奉《たてまつ》りたりき。国の者《もの》ども貴《たうと》がりて、この《此》僧に帰依《きえ》しあひたりしを、汝、むつかしがりて、その《其》僧を追払《おひはら》ひてき。それに、この《此》僧、悪心をおこして、『我、この国の守となりて、この答《たふ》をせん』とて生《む》まれきて、今、国司になりてければ、我《わが》力及《をよ》ばず。その先生《せんじやう》の僧を俊綱《すんがう》と言《い》ひしに、この国司も俊綱と言《い》ふなり」と、夢に仰《おほ》せありけり。

人の悪心はよしなき事なりと。

〈現代語訳〉

四十六　伏見修理大夫俊綱《ふしみのしゆりのだいぶとしつな》のこと

これも今は昔の話だが、伏見修理大夫は宇治殿の御子でおられる。あまり御子様方が大勢おられたので、養子に出して橘俊遠《たちばなのとしとお》という人の子になさって、蔵人《くろうど》にし、十五歳で尾張《おわり》の国守になさったのであった。そこで尾張国に下って国政を執ったのであるが、そのころ、熱田の神は神威あらたかで厳《きび》しくましまして、うっかり笠をも脱がず、馬の鼻先を向けたり、無礼な行ないをする者には、その場でたちどころに神罰を下されたので、大宮司《だいぐうじ》の威勢は国司にもまさり、その国の者どもは恐れこわがっていた。

そのところにこの国司が下って来て、政務を執り行なったが、大宮司は「われこそは」と思い上がっているのを、それを国司がとがめて、「いかに大宮司だからといって、この国に生まれたからには、自分に挨拶に来ないという法があるか」と言ったが、「これまでにそういう先例がない」と言って放っておいた。そこで国司は腹を立てて、「国司といっても国司によりけりだ。自分に向かって、よくも言えたものだ」と言って気分を害して憎らしがり、「大宮司の領地を点検し、不正なところは没収せよ」と命じた。その時、ある人が大宮司に言った。「いかにも、国司と申しても、こういう人もおられるのです。ここはひとまずご挨拶にお伺いなさいませ」と忠告したので、「それでは」と言って、衣冠の礼装で出《いだ》し衣《ぎぬ》にして、供の者どもを三十人ばかり召し連れて国司のもとに向かった。国司は出て来て対面し、臣下の者どもを呼んで、「あいつをしっかりとひっ捕《とら》え、処罰せよ。神官だからといって、この国に生まれて、いかにも不届きなことをする」と言って引っ立てて、しばるほど厳重に押し込めて処罰した。

その時、大宮司は「情けないことでございます。神様はおいでにならないのですか。下賤の者が無礼なことをするのでさえ、たちどころに処罰なさいますのに、大宮司をこんなひどい目に遭わせて、黙って御覧になっておられるとは」と、泣き泣きくどき訴えて、まどろんだ夢の中で、熱田神のお告げがあった。「このことについては、わしの力ではどうにもならぬのだ。そのわけは、昔、ある僧がいた。その僧は法華経を千部読んで、わしにたむけて供養しようとして、百余部は読み奉った。国の者どもが敬って、この僧に帰依し合ったのを、おまえがいやがってその僧を追い払ってしまった。そこでこの僧は憎悪心を起こして、『自分は来世でこの国の守に生まれ変わってこの仕返しをしてやろう』と言って、生まれて来て、今、国司になっているのだから、わしの力ではどうにもできぬのだ。その前世の僧は俊《すん》綱《ごう》といったが、今のこの国司も俊綱《としつな》というのだ」と、夢の中で仰せられたのであった。

人の悪心はよくないことだとか。

〈語釈〉

○**伏見修理大夫**　藤原俊綱。長元元年（一〇二八）～寛治八年（一〇九四）。頼通の子。母は源祇子《まさこ》（姓には諸説あり、確かなところは不明）。頼通が正妻隆姫《たかひめ》をはばかって讃岐守橘俊遠の養子にしたといわれるが、後に藤原氏に戻った。官は正四位上修理大夫に終わったが、伏見に自慢の豪邸を構え、貴顕の人々が参会し、和歌の会もよく行なわれたという（『今鏡』巻四「藤波の上」）。歌は『後拾遺集』以下に十二首入る。本書第七十一話にもその富裕な生活ぶりが書かれている。「修理大夫《しゅりのだいぶ》」は修理《しゅり》職《しき》（宮中の修理・造営をつかさどる役所）の長官。職《しき》と坊《ぼう》の長官は「ダイブ」と読む。○**宇治殿**　藤原頼通。道長の長男。第九話に既出。○**公達**　貴族の子息。○**やうを変へて**　様子を変えて。ここは養子に出したこと。○**橘俊遠**　大和守俊済の子。従四位下。讃岐守。生没年未詳。○**蔵人**　「蔵人所」の職員。天皇に近侍して、機密の文書や訴訟をつかさどる令外官《りょうげのかん》。後には天皇の衣食をはじめ、日常の雑事、宮中の伝宣、進奏、諸儀式全般を管掌する職となり、有能な人材が任じられた。○**尾張守**　尾張国（愛知県の西部）の長官。○**国おこなひけるに**　国政を執ったところ。○**熱田神**　熱田神宮の祭神。名古屋市熱田区に鎮座。旧官幣大社。三種の神器の一つである草《くさ》薙剣《なぎのつるぎ》を祀り、伊勢神宮に次ぐ由緒ある大社。相殿《あいどの》に天照大神・素戔嗚尊《すさのおのみこと》・日本武尊《やまとたけるのみこと》・宮《みや》簀媛命《ずひめのみこと》・建稲種命《たけいなたねのみこと》の五柱を祀る。○**いちはやく**　「逸早し」は厳しい、はげしいの意。○**おのづから**　たまたま。偶然。うっかり。○**やがて**　そのまま、すぐに。○**大宮司**　伊勢大神宮および熱田・宇佐・阿蘇・香椎《かしい》・宗像《むなかた》・気比《けひ》・香取《かとり》・鹿島《かしま》などの神宮・神社の神職の長。ここは熱田大宮司。もと尾張氏がつとめたが、平安時代末・院政時代初期に藤原氏が大宮司職に就き、尾張氏は祝詞師《のりとし》職として、権宮司《ごんのぐうじ》に補せられた。○国司　大化改新以後、日本六十六ヵ国および壱岐《いき》・対馬《つしま》に置かれた地方官、ここは尾張守。○ならんからに　だからといって。なお、底本は「ならんかゝに」の「ゝ」を見せ消ちにして「ら」とする。「ゝ」は文意から「ら」とみる。○国にはらまれて　この国に生まれて。○見参　お目にかかること。第三十七話に既出。○むつかりて　腹を立てて。機嫌を悪くして。○我らにあひては　『書陵部本』は「我らにあひては」、『陽明本』は「我にあひては」。「我ら」の「ら」はこの場合特に意味がない接尾語。○いやみ思《おもひ》て　「いやむ（否む）」は、いとう、嫌う、いやがるなどの意。不快に思い。○知らん所ども点ぜよ　領地を点検せよ。「点ず」は調べる意。調査して不法の領地を没収せよの意。熱田神宮の社領は尾張一帯に棋布《きふ》し、美濃の地方にまで及んだ。○衣冠　平安中期以後、宮廷で正装の束帯に準じて着用された略式の礼装。冠・袍《ほう》・指《さし》貫《ぬき》・下袴《したばかま》・浅沓《あさぐつ》からなる。笏《しやく》の代わりに檜扇《ひおうぎ》を持つ。○衣出して　「出《い》だし衣」のこと。「直衣《なおし》」や「狩衣《かりぎぬ》」などの下に着る「袿《うちぎ》」や「衵《あこめ》」の前の裾を、指貫に着こめずに、その裾を袍や直衣の下からわざと少し出して着ること。一種のしゃれた着方であった。やがてハレの時の着方になり、若い殿上人の間に流行し、中には三重五重にも出した。○国司のがり　国司のところに。「がり」は接尾語。……のもとに、……のところに。○きやつ　人称代名詞。あいつ。○召し籠めて　監禁して。○勘当　罪を勘《かんが》え、法に当てて罰する意。第十八話に既出。○神官といはんからに　神官だからといって。「からに」は接尾語。……だからといっての意。○はらまれて　「孕まる」は生まれ出る。育てられるの意。○奇怪　不埒《ふらち》だ。けしからぬ。○結ふ程に　しばるほど厳重に、と解したが、『書陵部本』は「ゆふねに」とある。「湯槽に」とも解される。○下臈　身分や地位の低い者。もとは「臈」（僧が出家受戒以後、「安居《あんご》」の功を積んだ年数を数える語。また、その年数）を積むことが浅く、地位の低い僧の意。○法花経　妙法蓮華経のこと。第一話「八巻」で解説。○法楽　経を読んだり、音楽を奏したりして神・仏を楽しませること。○帰依　神仏を深く信仰して、その力に頼ること。第四十四話に既出。○むつかしがりて　いやがり、腹を立てて。先に「国司むつかりて」とある。「憤《むつか》る」は動詞。「むつかしがる」は形容詞「むつかし」に接尾語「がる」（そのように感じるの意）が付いたもの。○悪心　人を恨み呪《のろ》う心。悪念。○荅《たふ》　返報。意趣返し。○先生《せんしやう》　前生《ぜんじやう》。この世に生まれる前の世。○よしなき事　つまらないこと。利益にならないこと。

〈参考〉

前話の冥界蘇生説話を承けて、輪廻転生《りんねてんしよう》・宿報譚に移る。

この話は『今鏡』巻四「藤波の上」第四「伏見の雪のあした」と七巻本『宝物集』巻五に掲載する。『今鏡』は「この修理大夫の昔尾張の国に俊綱《すんがう》といひける聖《ひじり》にておはしけるを」

と、その前生の事件から語り出し、『宝物集』では、俊綱聖人《しゅんこうしょうにん》が熱田大宮司のもとに寄付を募りに行ったところ、酒宴中だった大宮司が酔いのまぎれに立腹し、俊綱に水をかけて追い出したので、国司に転生した俊綱が、大宮司に水をかけたという報復譚になっている。さらに大宮司が熱田明神に訴えて呪咀したところ、明神が示現によってその因果を説き、かつ、明神は俊綱聖人から聖人の存生時に多くの法施を受けたので、神罰を下すことができないと語っている。因果の理は厳然たるもので、大明神といえども力が及ばないということはいうまでもないが、神もプレゼントには弱いというところがおもしろい。

ところで、熱田神宮の社領は平安中期以降拡大し、古来の神戸《かんべ》や神田《しんでん》も荘園化し、尾張国一帯に広く多くの荘園を擁するに至っている。『熱田神宮社領一覧』(『國史大辞典』)によれば、それがいかに広大なものであったかが了解されよう。『新全集』の本話の評が、熱田神宮の国衙《こくが》領の侵犯に手の施しようもなく、黙認せざるを得なかった歴代の尾張守の鬱憤《うっぷん》を解消させるために仕組まれた報復譚であるとし、また俊綱が「十五歳」という異様な若さで国守に就任したというのは、生まれ変わった俊綱が、報復したい相手の存命中に国守になる必要があったためだといっているが、まさにそのとおりであるといえるだろう。ただし、そのことは時の最高権力者頼通の子息であるという設定でなければできないことでもあった。

なお、俊綱は第七十一話に、またその生母祇子は第六十話に登場する。

四十七（上四十七）長門前司女葬送時帰本処事〈長門前司《ながとのぜんじ》の女《むすめ》、葬送《さうそう》の時《とき》、本処《ほんじよ》に帰《かへ》る事〉

巻三―十五

今は昔、長門前司《ながとのぜんじ》といひける人の、女《むすめ》二人ありけるが、姉は人の妻にてありける。妹はいと若《(わか)》くて、宮仕《みやづかへ》ぞしけるが、後には家に居《ゐ》たりけり。わざとありつきたる男もなくて、ただ《(ゝ)》時々《(〳〵)》通《(かよ)》ふ人などぞありける。高辻室町《たかつじむろまち》わたりにぞ家はありける。父母もなくなり《(成)》て、奥《(おく)》の方《(かた)》には姉ぞゐたりける。南の面《(おもて)》の西の方《(かた)》なる妻戸口にぞ、常に人に会《(あ)》ひ、物など言《(い)》ふ所なりける。

二十《(廿)》七、八ばかりなりける年、いみじくわづらひて、失《(う)》せにけり。奥《(おく)》はところせしとて、その妻戸口にて、やがて臥《(ふ)》したりける。さてあるべき事ならねば、姉などしたて《(ゝ)》て、鳥辺野《とりべの》へ率《(い)》て往《(い)》ぬ。さて、例の作法にとかくせんとて、車より取《(と)》りおろすに、櫃《(ひつ)》かろがろ《(〳〵)》として、蓋《(ふた)》いささ《(ゝ)》か開《(あ)》きたり。あやしくて、開《(あ)》けて見《(み)》るに、いかにもいかにも《(〳〵)》露《つゆ》物なかりけり。道などにて落《おち》などすべき事にもあらぬに、いかなる事にかと心得《(え)》ず、あさまし。すべき方《(かた)》もなくて、さりとてあらんやはとて、人々《(〳〵)》走《はしり》帰《かへり》て、道にお《(を)》のづからやと見れども、あるべきならねば、家へ帰《かへり》ぬ。

「もしや」と見《み》れば、この《此》妻戸口に、もとのやうにてうち臥《ふ》したり。いとあさましくも、恐《おそ》ろしくて、親《した》しき人々《ゝ》集《あつ》まりて、「いかが《ゝ》すべき」と言《い》ひあはせ騒《さは》ぐ程に、夜もいたく更《ふ》けぬれば、「いかが《ゝ》せん」とて、夜明《あけ》て、また《又》櫃《ひつ》に入《いれ》て、この度《たび》はよく実《まこと》にしたた《ゝ》めて、夜《よ》さりいかにもなど思《おもひ》てある程に、夕つかた見《み》る程に、この《此》櫃の蓋《ふた》細《ほそ》めに開《あ》きたりけり。いみじく恐《おそ》ろしく、ずちなけれど、親《した》しき人々《ゝ》、「近《ちか》くてよく見《み》ん」とて、寄《よ》りて見《み》れば、櫃《ひつき》より出《い》でて《ゝ》、また《又》妻戸口に臥《ふ》したり。「いとど《ゝ》あさましきわざかな」とて、また《又》かき入《い》れんとて、よろづにすれど、さらにさらに《〳〵》揺《ゆる》がず。土《つち》より生《お》ひたる大木などを、引《ひ》き揺《ゆる》がさんやうなれば、すべき方《かた》なくて、ただ《ゝ》ここ《ゝ》にあらんとてかと思《おもひ》て、おとなしき人寄《よ》りて言《い》ふ、「ただ《ゝ》ここ《ゝ》にあらんとおぼすか。さらばやがてここ《ゝ》にも置《を》き奉《たてまつ》らん。かくては、いと見苦《みくる》しかりなん」とて、妻戸口の板敷をこぼちて、そこに下《おろ》さんとしければ、いと軽《かろ》らかに下《おろ》されたれば、すべなくて、その妻戸口一間を板敷《いたしき》などとりのけ、毀《こほ》ちて、そこに埋《うつ》みて、高々《たか〳〵》と塚にてあり。家の人々《ゝ》も、さてあひゐてあらん、物むつかしく覚《おぼ》えて、みなほかへ渡《わた》りにけり。

さて年月経《へ》にければ、寝殿《しんてん》も皆《みな》こぼれ失《う》せにけり。いかなる事にか、この《此》塚のかたはら近《ちか》くは、下種《げす》などもえゐ〔つ〕かず、むつかしき事ありと見伝《つた》へて、大方《おほかた》人もえゐつかねば、そこはただその塚《つか》一《ひとつ》ぞある。高辻《たかつじ》よりは北、室町《むろまち》よりは西、高辻おもてに六、七間ばかりが程《ほど》は小家もなくて、その塚一《ひとつ》ぞ高々《たかだか》としてありける。いかにしたる事にか、塚《つか》の上に神の社《やしろ》をぞ一《ひとつ》いはひ据《す》ゑてあなる。この比《ごろ》も今にありとなん。

〈現代語訳〉

四十七　長門《ながと》の前司《ぜんじ》の娘が葬送の時、もとの場所に帰ること

今は昔のことだが、長門の前司といった人に娘が二人いたが、姉は人の妻であった。妹はとても若いころは宮仕えをしていたが、後にはやめて家にいたのだった。特に決まった夫もおらず、ただときどき通って来る男などがいた。高辻室町《たかつじむろまち》のあたりに家があった。両親も亡くなって、建物の奥の方には姉が住んでいた。妹の方は寝殿の南面の西の方の妻戸口の部屋が、いつも男に会ったり、語らいなどするところであった。

この妹が二十七、八ぐらいになった年に、ひどくわずらって死んでしまった。奥ではなんとなく鬱陶《うっとう》しいというので、その妻戸口の間《ま》にそのまま横たわっていた。しかし、そのままにはしておけないので、姉などが葬送の支度をして、鳥辺野へ連れて行った。さて、葬儀の

しきたりにのっとって執り行なおうということで、車から取り下ろしてみると、柩《ひつぎ》が軽々として、蓋が少し開いている。変に思って開けて見ると、なんともはや、中には何も入っていない。途中で落ちたりするはずもないのに、どうしたことなのか納得がいかず、唖然とするばかり。どうしようもなくて、そうかといって、このままにしてもおけまいということで、人々が走り帰って、ひょっとして道に落ちていはしまいかと見たけれど、あるはずもないので、家へ帰った。

「もしや」と思って見ると、この妻戸口の間にもとのように死骸《しがい》が横たわっている。何ともびっくりもし、恐ろしくもなって、親しい人々が集まって、「どうしたらよいか」と話し合い、騒ぐうちに、夜もだいぶ更《ふ》けたので、「これではどうしようもない」ということで、夜が明けてからまた柩に入れて、今度はよくよく念入りに納めて、夜分になったら葬儀をしようなどと思っているうちに、夕方見ると、この柩の蓋が細めに開いている。ひどく恐ろしく、どうしようもないが、親しい人々が「近くに寄ってよく見よう」ということで、そばに寄って見ると、死体は柩から出て、また妻戸口の間に横たわっている。「いやはや驚きあきれたことだわい」と言って、またかつぎ入れようと、さまざま手を尽くしたが、いっこうにびくともしない。まるで土から生え出た大木などを引き揺るがそうとするようなので、手の施しようもなく、どうしてもここにいたいというのだろうかと考え、分別のある年長者がそばに寄って「どうしてもここにいたいとお思いか。それならこのままここに置いて差し上げよう。しかし、このままではいかにも見苦しいでしょう」と言って、妻戸口の板敷を毀《こわ》して、そこに下ろそうとすると、今度はいとも軽々と下ろされたので、やむを得ず、その妻戸口の間を板敷など取り払い、毀して、そこに埋めて高々と塚にした。家の人々も、そのようにして死骸を埋めた塚を見て暮らすのも気味が悪くて、みなほかへ移ってしまった。

かくして歳月がたったので、寝殿もみな毀れてなくなってしまった。どういうわけか、この塚のそば近くは下賤の者なども居つくこともできず、気味の悪いことがあると言い伝えて、まったく人も住みつくことができないので、そこにはただその塚一つあるだけである。高辻《たかつじ》よりは北、室町よりは西、高辻小路に面して六、七間くらいの間は小家もなくて、その塚一つだけが高々としてあった。どうしたことなのか、塚の上に神の社を一宇《う》造り祀ってあるということだ。このごろでもまだあるという。

〈語釈〉

○**長門前司**　長門国（山口県の西北部）の以前の国司。誰であるかは不明。○**宮仕**　宮中に仕えること。貴人の家に仕えること。奉公。○**わざとありつきたる男**　特に夫として決まった男。「わざと」はとりたてて、特に。「ありつく」は住みつく。ここは女の家に夫として住むこと。○**高辻室町**　京都の高辻通り（五条大路の北を東西に通る）と室町通り（東洞院通りと西洞院通りとの中間にあった小路。南北に通る）との交差する辺。○**奥の方**　寝殿の奥。○**南の面の西の方なる妻戸口**　寝殿の南面の庇《ひさし》の間の、西側にある妻戸の口。「妻戸」

は両開きの戸。○常に人に会ひ、物など言ふ所　そこでいつも通って来る男に会い、恋の語らいなどをするところ。○ところせし　精神的に窮屈だ。気づまりだ。死体を置くのが鬱陶しくていやだったのであろう。○やがて　そのまま。○さてあるべき事ならねば　そのままにしておくわけにもいかないので。○したてて　葬送の支度を為《し》立てて。用意して。○鳥辺野　鳥部野。京都市東山区、鴨川以東、東山に至る一帯の野で、平安時代以来の火葬場と墓地があった。鳥辺山ともいった。北の蓮台野《れんだいの》、西の化野《あだしの》とともに茶毘《だび》所、埋葬地。藤原道長もここで茶毘に付された。○例の作法　葬儀。○櫃　蓋のある大きな箱。ここは柩。○さりとてあらんやは　そうかといって、そのままにしておけようか。○おのづからや　ひょっとして（落ちていはしまいか）。○あるべきならねば　あるはずもないので。○もとのやうにてうち臥したり　底本の表記は「もとのやうにうちふしたり」とあって、「て」を傍書。後に書き入れたのかもしれない。『書陵部本』は「もとのやうに候てうちふしたり」、『版本』は「もとのやうにてうちふしたり」。○いかがせん　どうしようもない。○したためて　処理して。つまり納棺して。○夜さり　今夜。今晩。夜。「夜さりいかにも」は夜になんとかしよう。当時は葬儀は夜行なった。○ずちなけれど　「術無けれど」、困り果てたが。「ずちなし」はなすすべもなく困り果てる。苦しい意。○いとどあさましきわざかな　ますます奇っ怪至極なことよ。「あさまし」は意外だの意。特に悪い方に予想外だった時の気持ちを表わす語。第三・五話等多出。○おとなしき人　年長に見える人。おもだっている人。「おとなしき」は第十八話に既出。○やがて　このまま。第七・十四話等多出。○すべなくて　他にどうしようもなくて。やむなく。○とりのけ　底本は「さりのけ」の「さ」を見せ消ちにして「と」と傍書。『陽明本』は「さりのけ」、『書陵部本』、『版本』は「とりのけ」。○さてあひゐてあらん　そのようにして塚と向かい合っているのは。○物むつかしく　なんとなく気味が悪く。なんとなくいとわしく。「もの」は接頭語。○寝殿　正殿。寝殿造りの最も主要な建物で、主人の住むところ。敷地の中央に南面して建つ。○下種　下賤の者。第十九・二十九話に既出。○えゐつかず　底本「つ」ナシ。諸本により補う。○高辻おもて　高辻通りに面して。○いはひ据ゑて　社を一宇《いちう》建立して。

〈参考〉

前話では前世における俊綱の執念が現世において実現したという話であったが、本話は死して後の一人の女の執念を語る怪談といえるだろう。この女が住んでいたとされる下京区高辻通室町には繁昌神社がある。これは弁財天を祀ったものというが、『雍州府志《ようしゅうふし》』二には「一説に」として本話と同じ記事を載せている。今は境内の北西にある小祠がこの女の葬所と伝えられているという。『雍州府志』によれば、女の父は出雲前司某という者で、女が死んだ時、鳥辺山に葬ろうとしたが死体がどうしても動かないので、やむを得ずじかにその処に葬り、その後、社を建ててこれを祀ったということである。

本話では、父母亡き後の二人姉妹という設定で、姉は正式な夫を持って、邸の奥の方にこの家の主婦として住んでいたが、妹は妻戸口の部屋が与えられ、そこで恋人に逢う程度のひそかな存在であった。若くして死んだこの地味で薄幸な娘が、何故にこの妻戸口にこれほど執着したか、そのわけはわからないが、それが彼女にとっての「生の証し」であったのかもしれない。単なる怪談として読み過ごしてしまえない惻隠《そくいん》の情をそそられる話である。大島建彦は『集成』で、本話には「人が持ったり作ったりすると、何かよくないことがおこる」土地とされる「クセチ」のいわれについて説いている話であると述べる。

四十八（上四十八）雀報恩事〈雀《すずめ》、報恩《ほうおん》の事〉　巻三―十六

今は昔《むかし》、春つかた、日《こ》うららかなりけるに、六十ばかり《斗》の女のありけるが、虫うち取《と》りてゐたりけるに、庭に雀の子《こ》歩《あり》きけるを、童部《わらはべ》、石を取《と》りて打《うち》たれば、あたりて、腰をうち折《お》られにけり。羽をふためかして惑《まと》ふ程に、烏《からす》のかけり歩《あり》きければ、「あな心憂《う》。烏《からす》取《と》りてん」とて、この《此》女、急《いそ》ぎ取《と》りて、息《いき》しかけなどして、物食《く》はす。小桶に入《いれ》て、夜《よる》を《お》さむ。明《あく》れば米《こめ》食《く》はせ、銅《あかがね》、薬にこそげて食《く》はせなどすれば、子ども孫など、「あはれ、女《をん》な刀自《とし》は老《おい》て雀飼《か》はるる《ゝ》」とて、にくみ笑《わら》ふ。

かくて月比《つきごろ》よくつくろへば、やうやう《〵》躍《おと》り歩《あり》く。雀《すゝめ》の心《こゝろ》にも、かく養《やしな》ひ生《い》けたるを、

いみじくうれしうれし《(〳〵)》と思《おもひ》けり、あからさまにもの《(物)》へ行《(い)》くとても、人に「この《(此)》雀《(すゝめ)》見《(み)》よ、物食《(く)》はせよ」など言《(い)》ひ置《(を)》きければ、子、孫など、「あはれ、なむでふ《(う)》、雀飼《(か)》はるる《(ゝ)》」とてにくみ笑《(わら)》へども、「さはれ、いとほ《(お)》しければ」とて飼《かふ》ほどに、飛《(と)》ぶほどになり《(成)》にけり。「今はよも烏に取《(と)》られじ」とて、外に出《(い)》でて《(ゝ)》、手に据ゑ《(すへ)》て、「飛《とび》やする、見《(み)》ん」とて、ささ《(ゝ)》げたれば、ふらふら《(〳〵)》と飛《(と)》びて去《(い)》ぬ。女、多《(おほ)》くの月比《ごろ》日比《ごろ》、暮《(く)》るればを《(お)》さめ、明《あく》れば物食《(く)》はせならひて、「あはれや、飛《とび》て去《(い)》ぬるよ。また来やすると見《(み)》ん」など、つれづれ《(〳〵)》に思《おもひ》て言《(い)》ひければ、人に笑《(わら)》はれけり。

〈現代語訳〉

四十八　雀の恩返しのこと

今は昔のことだが、春のころ、うららかな日差しの中で、六十ほどの老女が虱《しらみ》を取っていた時に、庭に雀の子がチョンチョン歩いているのを、子供が石を拾って投げつけた。すると当たって腰の骨を折られてしまった。羽をばたつかせてあわてていると、空に烏《からす》が飛びまわっている。「まあ、大変、烏が捕《(と)》ってしまう」と、この老女は急いで取り上げ、息を吹きかけたりして餌を食べさせた。小鳥籠に入れて夜になったら休ませ、夜が明けると米を食わせ、銅を削って薬として食わせなどしたので、子供や孫などが、「やあ、おばあさんは、あんな年になって雀を飼いなさる」と言ってひやかして笑う。
こうして幾月もよく介抱したので、次第にはねまわるようになった。雀の心にも、このように養って生かしてくれたのを、とてもうれしい、うれしいと思ったのである。ちょっとよそへ行く時も、家の者に、「この雀のめんどうを見ておくれ。餌《えさ》をやっておくれ」などと言い残して行くので、子や孫などは、「ああ、なんだって雀などお飼いになるんですか」とひやかして笑うが、「だって、かわいそうだからよ」と言って飼ううちに、飛べるくらいになった。「もう今は鳥には捕られまい」と言って、外に出て、手にとまらせ、「飛ぶだろうか、試してみよう」と言って、手を高く上げると、ふらふらと飛んで行ってしまった。老女は、幾月も何日も、日が暮れるとしまい、夜が明ければ餌をやりなどして来たので「ああ、飛んで行ってしまったよ。また来るかどうか見ていよう」などと、手持ちぶさたで寂しくて、言ったので、みなに笑われてしまった。

〈語釈〉

○春つかた　春のころ。「つ」は格助詞「……の」。「沖つ白波」「冬つ方」など。○虫　諸注は「虱《しらみ》」とする。「蚤《のみ》」はピョンピョンはねるので、のんびりと坐り込んで取ってはいられない。虱は衣類の縫い目などに隠れていて動きが鈍いから取り易い。第十八話で五位の着ていたものは「痒《かゆ》き所も出で来る衣《きぬ》」とあったが、これも虱であろう。昔は虱が多かった。○雀の子　「子」を底本は「こ」とするが、『書陵部本』、『版本』は「し」。『陽明本』は「志《こ》」

とする。ここは底本の「こ」に従って、子供の意に解した。「し歩く」と読む場合は歩きまわる、の意。○**ふためかして**　バタバタさせて。「めかす」は「……のようにする」という意の接尾語。第三十九話に「ふためく」がある。○**かけり歩き**　飛び翔《かけ》りまわり。○**息《いき》しかけ**　子供が体を痛くした時などに、その部分に息を吹きかけたり、なでさすったりして「ちちんぷいぷい」と唱《とな》えたりするが、そのような痛みをやわらげる応急処置であろう。○**小桶**　籠桶。小鳥を入れておく小さな籠。また、その籠を入れる木箱。『日葡辞書』は「couoqe（小桶・籠桶）小さな桶。また（籠桶）、鳥籠を納める木箱」とする。『和訓栞《わくんのしおり》』は「こをけ　籠桶の義。小鳥の籠にいへり」。『新大系』注は「小」は当字《あてじ》で「籠（こ）」の意か、とする。○**銅、薬にこそげて**　銅を削って薬として。「こそぐ」は削りそぐ意。削って粉末にしたのである。自然銅は折傷や散血、止痛、接骨に効があるとされ、『和漢三才図会』巻五九「自然銅」の項に、「折傷を治し、血を散じ痛みを止め、能く骨を接《つ》ぐ。人有りて自然銅を以て翔を折りたる胡雁に飼ひしに、後、遂に飛び去る」（原漢文）とある。「ただし、接骨の後は常服すべからず」と注記している。○**女な刀自**　「刀自」は「戸主《とぬし》」の意で、婦人が家内のことをつかさどるところから、一家の主婦をいう。また女性を尊敬して呼ぶ語。ここは「うちのおばあさん」というところであろう。○**にくみ笑ふ**　ここは「憎む」意ではなく、ひやかし半分で笑ったのであろう。「にくむ」には反対する意がある。○**つくろへば**　治療したので。○**うれしうれし**　底本は「うれしく」と読めるが、諸本に照らし、「く」を踊り字とみる。○あからさまに　ちょっと。第二十三話に既出。○なむでふ　どうして。なんだって。○さはれ　「さはあれ」の略。「しかし、でも」「いや、それはともかく」などの意。○いとほしければ　かわいそうだから。「いとほし」はかわいそうだ、不憫だ、いたわしいの意。○飛ぶほどに　底本は「教ほどに」の「教」を見せ消ちにして「とふ」と傍書する。○よも　まさか。よもや。下に否定の語句を伴う。ここは「取られじ」。○飛やする　底本「教やする」の「教」を見せ消ちにして「飛」と傍書する。○つれづれに思て　「つれづれ(徒然)」はすることがなくて寂しいこと、所在ないこと。ここでは朝夕に世話をしてきた雀がいなくなって手持ちぶさたになっていること。

さて、二十《廿》日ばかりありて、この《此》女のゐたる方に、雀《すゝめ》のいたく鳴《な》く声しければ、この《此》雀《すゝめ》こそいたく鳴《な》くなれ、ありし雀の来《く》るにやあらんと思《おも》ひて、出《い》でて《ゝ》見《み》れば、雀なり《也》。「あはれに忘《わす》れず来たるこそ、あはれなれ」と言《い》ふほどに、女の顔を打《うち》見て、口より露《斗》ばかりの物を落《お》とし置《を》くやうにして、飛《とび》て去《い》ぬ。女、「なにか《し》あらむ、雀の落《お》として去《い》ぬる物は」とて、寄《よ》りて見《み》れば、瓢《ひさこ》の種《たね》をただ《ゝ》一《ひとつ》落《お》として置《を》きたり。「持《も》て来《き》たる様こそあらめ」とて、取《と》りて持《も》ちたり。「あな、いみじ。雀の物取《とり》て宝にし給《たまふ》」とて、子ども笑《わら》へば、「さはれ、植《うゑ》てみん」とて、植《うへ》ゑたれば、秋になるまま《ゝ》に、いみじく多《おほ》く生《おい》ひひろごりて、なべての杓《ひさご》にも似《に》ず、大《おほき》に多《おほ》くなりたり。女、悦《よろこび》興《けう》じて、里隣《さとどなり》の人々《〳〵》も食《く》はせ、とれにもとれにも《〳〵》尽《つ》きもせず多《おほ》かり。笑《わら》ひし子、孫も、これを明《あ》け暮《く》れ食《くひ》てあり。一里《ひとさと》配《くば》りなどして、はてには、まことにすぐれて大《おほき》なる七《なな》つ、八《やつ》は、杓《ひさこ》にせんと思《おもひ》て、内につりつけて置《を》きたり。

さて、月比《つきごろ》へて、「今はよくなり《成》ぬらん」とて見《み》れば、よくなりにけり。取《と》りおろして、口あけんとするに、すこし重《をも》し。あやしけれども、切《き》りあけて見《み》れば、物ひとはた入《いり》たり。「何《なに》に《ゝ》かあるらん」とて、移《うつ》して見《み》れば、白米の入《いり》たるなり《也》。思《おもひ》かけず、あさましと思《おもひ》て、大《おほき》なる物にみなを移《うつ》したるに、同《おな》じやうに入《いり》てあれば、「ただ《ゝ》ごとにはあらざりけり。雀のしたるにこそ」と、あさましく、うれしければ、物に入《いれ》て隠《かく》し置《を》きて、残《のこ》りの杓《ひさご》どもを見《み》れば、同《おな》じやうに入《いり》てあり。これを移《うつ》し移し《〳〵》使《つか》へば、せんかたなく多《おほ》かり。さて、まことにたのしき人になりにける。隣里《となりざと》の人も見あさみ、いみじき事にうらやみけり。

〈現代語訳〉

それから、二十日ほどたって、この女のいる近くで、雀がしきりと鳴く声がしたので、

「雀がずいぶん鳴いているわ、あのせんだっての雀が来たのかしら」と思って、外に出て見ると、あの雀である。「まあ、忘れずに来てくれたなんて、感心だこと」と言っていると、雀は女の顔を見て、口から露ほどの小さな物を落とし置くようにして飛んで行ってしまった。女は「何かしら、雀が落として行ったものは」と近寄って見ると、瓢《ひさご》の種をただ一粒落として置いてある。「持って来たのには何かわけがあるのだろう」と言って、取って持っていた。「やあ、大変だ。雀が持って来た物を拾って宝にしておられるぞ」と子供らは笑うが、「ともかく、植えてみよう」と言って植えたところ、秋になるにつれて、実にいっぱいに生え広がって、普通の瓢とは違って大きくたくさん実がなった。女は大喜びして、隣近所の人々にも食べさせたが、どれにもどれにも限りもなくたくさんなっている。笑った子や孫らもこれを明け暮れ食べている。村中に配ったりして、しまいには、特にすぐれて大きい七つ八つは容器《いれもの》にしようと考え、家の中にぶらさげておいた。

さて、幾月かして、「もうよい具合になったろう」と思って見てみると、いかにも程よくなっている。取り下ろして、口を開けようとすると、少し重い。おかしいなと思ったが、切り開けてみると、何やらいっぱい入っている。「何なのだろう」と、中の物を別の容器に移して見ると、白米が入っているのだ。これは思いがけず、驚いた、と思って、大きな容器にすっかり移したが、またもや同じように入っているので、「これはただ事ではないわい。きっと雀がしたのにちがいない」と、びっくりもし、うれしくもあって、その瓢箪《ひょうたん》は何かに入れて隠しておき、あとの残りの瓢を見ると、これらにもやはり同じように入っている。これを他の容器に移し移し使うが、始末におえないほどの量である。かくして女は大変な富豪になった。近隣の里人も見て驚き、たいしたものだとうらやましがった。

〈語釈〉

○**いたく**　ひどく。はなはだしく。非常に。○**あはれに……あはれなれ**　この「あはれ」（感動する言葉）の繰り返しは、雀に対する女の思い入れと、雀が帰って来てくれた喜びと、興奮とを表わしている。○**露**　わずかなこと。少しばかりのことを表わす語。○**なににかあらむ**　底本は「なにしかあらむ」。諸本により改める。○**瓢**　ユウガオ・ヒョウタン・トウガンなどの総称。また、ヒョウタンの果実の内部を刳《く》って乾燥させたもので、酒などを入れる容器とし、またひしゃくなどにも用いた。炭取り（少量の炭を入れておくもの）にも用いる。なお、底本は「ひさこ」を「杓」（しゃく）の字に当てる。杓は水などを汲むひしゃくのこと。本書の現代語訳では「瓢」の字を用いた。「杓」は室町期以後は「ひさご」と発音するがそれ以前は「ひさこ」。○**様こそあらめ**　何かわけがあるのだろう。「様」は子細、わけ、事情の意。○**あな、いみじ**　やあ、大変だ。「いみじ」は善悪にかかわらず、程度が普通でないことを表わす。第十八・十九・二十二話等多出。○**雀の物取て**　『陽明本』、『版本』は「雀の物えて」。○**さはれ**　譲歩的な心持ちを表わす。それはそうだけど、ともかく。前段に既出。○**里隣の人々も**　『書陵部本』、『版本』は「里隣の人にも」。○**とれにも**

とれにも《(〳〵)》　底本「とれにも〳〵」。『書陵部本』、『陽明本』、『版本』は「とれとも〳〵」。○一里　里じゅう。「一」は……全体、……じゅうの意。第三話に「一庭《ひとには》」がある。○ひとはた　一杯。器物にいっぱい。第三十七話に既出。○入《いり》てあれば……入《いり》てあり　『版本』は「いれてあれば……いれてあり」。○せんかたなく　どうしようもないほど。○たのしき人　富裕な人。『版本』は「たのもしき人」。○見あさみ　見てびっくりし。「あさむ」は意外なことに驚く、あきれかえる意。第三・二十四話等に既出。

この《(此)》隣にありける女の子どもの言《(い)》ふやう、「おなじ事なれど、人はかくこそあれ。はかばか《(〳〵)》しき事もえし出《(い)》で給はぬ」など言《(い)》はれて、隣の女、この《(此)》女《をん》なのもとに来《(き)》たりて、「さてもさても《(〳〵)》、こはいかなりし事ぞ。雀のなどはほの聞《(き)》けど、よくはえ知《(し)》らねば、もとありけんまま《(ゝ)》にのたまへ《(給)》」と言《(い)》へば、「杓《(ひさこ)》の種《(たね)》を一《ひとつ》落《(おと)》したりし、植《うゑ》たりしよりある事なり《(也)》」とて、こまかにも言《(い)》はぬを、なほ《(猶)》、「ありのまま《(ゝ)》にこまかにのたまへ」と切《(せつ)》に問《(と)》へば、心せばく隠《(かく)》すべき事かは、と思《おもひ》て、「かうかう《(〳〵)》、腰《(こし)》折《(お)》れたる雀のありしを、飼生《かひいけ》たりしを、うれしと思《おもひ》けるにや、杓《ひさこ》の種を一《ひとつ》持《(も)》ちて来《きた》りしを、植《(う)》ゑ《(へ)》たれば、かくなりたるなり《(也)》」と言《(い)》へば、「その種《(たね)》、ただ《(ゝ)》一《ひとつ》賜《(た)》べ」と言《(い)》へば、「それに入《いり》たる米などは参《(まい)》らせん。種はあるべきことにもあらず。さらにえなん散《(ち)》らすまじ」とて取《(と)》らせねば、我《われ》もいかで腰折《(お)》れたらん雀見付《つけ》て飼《(か)》はんと思《(おも)》ひて、目をたてて《(ゝ)》見《(み)》れど、腰《(こし)》折《をれ》たる雀さらに見《(み)》えず。つとめてごとにうかが《(ゝ)》ひ見《(み)》れば、背戸《(せと)》の方《(かた)》に米の散《(ち)》りたるを食《くふ》とて、雀の躍《(おと)》り歩《(あり)》くを、石を取《(と)》りて、もしやとて打《(う)》てば、あまたの中にたび《(度)》たび《(〳〵)》打《(う)》てば、お《(を)》のづから打《(う)》ち当《(あ)》てられて、え飛《(と)》ばぬあり。悦《よろこび》て寄《(よ)》りて、腰よくうち折《をり》て後に、取《とり》て物食《(く)》はせ、薬食《(く)》はせなどして置《(を)》きたり。一《ひとつ》が徳をだにこそみれ、ましてあまたならば、いかにたのしからん。あの隣の女にはまさりて、子どもにほめられんと思《おもひ》て、この《(此)》内に米撒《(ま)》きて、うかが《(ゝ)》ひゐたれば、雀ども集《(あつ)》まりて食《くひ》に来《(き)》たれば、また《(又)》打《(う)》ち打ち《(〳〵)》しければ、三打折《みつうちをり》ぬ。今《(いま)》はかばかりにてありなん、と思《おもひ》て、腰折《をれ》たる雀三《みつ》ばかり《(斗)》、桶《をけ》に取入《とりいれ》て、銅《あかがね》こそげて食《(く)》はせなどして、月比《ごろ》ふるほどに、皆《(みな)》よくなり《(成)》にたれば、悦《よろこび》て外《(と)》に取出《とりいで》たれば、ふらふら《(〳〵)》と飛《とび》て皆《(みな)》去《(い)》ぬ。いみじきわざしつと思《(おも)》ふ。雀は腰うち折《(お)》られて、かく月比《ごろ》籠《(こ)》め置《(を)》きたるを、よにねたしと思《(おも)》ひけり。

さて、十日ばかり《(斗)》ありて、この《(此)》雀ども来《(き)》たれば、悦《よろこび》て、まづ口に物やくはへたると見《(み)》るに、杓《(ひさこ)》の種《(たね)》を一《ひとつ》づつ《(ゝ)》みな落《(をと)》して去《(い)》ぬ。さればよと、うれしくて、取《(と)》りて三《み》ところに急《(いそ)》ぎ植《うゑ》てけり。例《(れい)》よりもするする《(〳〵)》と生《おひ》たちて、いみじく大《おほき》になりたり。これはいと多《おほ》くもならず、七《ななつ》、八《やつ》ぞなりたる。女、笑《え》みまげて見《み》て、子どもに言《い》ふやう、『はかばかしき事《〳〵》、し出《い》でず』と言《い》ひしかど、我はこの隣の女にはまさりなん」と言《い》へば、げにさもあらなんと思《おも》ひたり。これは数《かず》の少《すく》なければ、米多《おほ》く取《と》らんとて、人にも食《く》はせず、我も食《く》はず。子どもが言《い》ふやう、「隣の女《をん》なは、里《さと》隣《となり》の人にも食《く》はせ、我も食《く》ひなどこそせしか。これはまして三《みつ》が種なり。我も人にも食《く》はせらるべきなり」と言《い》へば、さもと思《おもひ》て、近《ちか》き隣の人にも食《く》はせ、我も子どもにももろともに食《く》はせんとて、おほらかに煮《に》て食《く》ふに、にがき事物にも似《に》ず。黄蘗《きわた》などのやうにて心《ここ》ちまどふ。食《く》ひと食《く》ひたる人々《〳〵》も、子どもも《こ》我も、物をつきて惑《まと》ふ程《ほど》に、隣の人共もみな心地《ち》を損《そん》じて、来集《きあつ》まりて、「こはいかなる物を食《く》はせつるぞ。あな恐《おそ》ろし。露ば《斗》かりけふんの口に寄《よ》りたるものも、物をつき惑《まと》ひあひて、死《し》ぬべくこそあれ」と、腹だちて、言《い》ひせためんと思《おも》ひて来《き》たれば、主《ぬし》の女をはじめて、子どもも《こ》皆《みな》物覚《おぼ》えず、つき散《ち》らしてふせり合《あ》ひたり。言《い》ふかひなくてともに帰《かへり》ぬ。二、三日も過《す》ぎぬれば、誰々《たれ〳〵》も心地《ち》直《なを》りにたり。女思《おも》ふやう、皆米《みな》にならんとしけるもの《物》を、急《いそ》ぎて食《く》ひたれば、かくあやしかりけるなめり、と思《おもひ》て、残《のこ》りをばみなつりつけて置《を》きたり。

〈現代語訳〉

この隣に住んでいた女の子供が言うには、「同じ年寄りでも、隣のおばあさんはあんなによくやっている。うちのおばあさんはこれといったこともおできにならぬ」などと言われて、隣の女はこの女のところにやって来て、「いやはやどうも、これはいったいどうしたってことですか。雀がどうとかしたなどとうすうす聞きましたが、よくはわかりませんので、初めからあったとおりに話して下さいよ」と言うので、「雀が瓢《ひさご》の種を一粒落して行ったのでそれを植えてからこうなったのです」と詳しくは言わない。そこでなおも「ありのままに、もっと詳しくお話し下さいよ」と、しきりに尋ねるので、料簡《りょうけん》狭く隠すことでもあるまい、と思って、「実は、これこれ、腰を折られた雀がいたのを、飼って生かしてやったのを、うれしいと思ったのでしょうか、瓢の種を一つ持って来たのを植えたらば、こういうふうになったのです」と言うと、「その種をたった一粒でいいから下さい」と言う。「いやあ、その瓢に入っている米などは差し上げましょう。種はとんでもない。よそに分けるわけにはいきません」と言ってやらない。そこで隣の女は、それでは、自分も何とかして腰の折れた雀を見つけて飼おう、と思い、目をこらして見てみるが、腰の折れている雀などいっこうに見つからない。毎朝早く様子をうかがって見ていると、裏口の方に、米が散りこぼれているのを食おうとして、雀がちょこちょこ飛びまわっている。そこで石を拾って「もしや」と思って投げつけると、たくさんいる雀に向かって何度も投げたので、たまたま打ち当てられて、飛べなくなったのがいる。喜んでそばに寄り、腰の骨をよくよく折ってから、取り上げて物を食わせ、薬を食わせたりしておいた。「一羽でさえあんなに徳をしたのだ。まして何羽もならどんなに大金持ちになるだろう。あの隣の女どころでなく、子供にほめられるだろう」と思い、戸口の内側に米を撒《ま》いて様子をうかがっていると、雀どもが集まって食いに来た。そこで、また何度も石をぶつけると、三羽の腰を折った。「もうこのくらいでいいだろう」と思い、腰骨の折れた雀を三羽ほど鳥籠に取り入れ、銅を削って食わせたりして幾月かたった。やがてみなよくなったので、喜んで外に取り出すと、みなふらふらと飛んで行った。たいしたことをしたぞと思った。だが、雀の方は腰を打ち折られて、こんなに幾月も閉じ込めておかれたのを、実に癪《しゃく》にさわると思っていた。

さて、十日ほどたって、この雀どもがやって来たので、女は喜んで、まず、「口に何かくわえていないか」と見てみると、瓢の種を一粒ずつみなが落として行ってしまった。「それ、思ったとおりだ」とうれしくて、それを取って三ヵ所に急いで植えた。普通のよりもするすると早く生長し、非常に大きくなった。しかし実はたいして多くもならず、七つ八つなっていた。女はそれを見て相好《そうごう》を崩して子供に言った。「おまえたちは私のことを『これといってろくなこともできない』と言ったが、私は隣のおばあさんより偉いだろう」と言うと、子供たちもいかにもそうあってほしいと思っていた。これは数が少なかったので、米を多く取ろうということで、人にも食わせず、自分も食わない。そこで子供が、「隣のおばあさんは隣近所の人にも食わせ、自分も食べたりしたじゃないですか。これはまして三つの種です。自分も食べ、人にもふるまわれるべきですよ」と言ったので、それもそうだと思い、隣近所の人にも食べさせ、自分も子供にも一緒に食べさせようと、たくさん煮て食べたところ、その苦いことといったらない。まるで黄蘗《きはだ》なんかのようで気分が悪くなった。これを食べた者は全員、子供も自分もみな吐いて苦しんでいると、隣の人たちも全員気分を悪くして集まって来た。「これはいったい何という物を食わせたのだ。ああ恐ろしい。煮た湯気がほんのちょっと口にあたっただけの者も、吐いて苦しがって、死にそうな騒ぎだったぞ」と、腹を立てて、ひとつ文句を言ってこらしめてやろうと思って来たところ、当の女をはじめとして、子供らもみな気を失ったようになって、吐き散らしてごろごろ寝ている。これではどうしようもなくて、みな帰って行った。二、三日もすると、誰も彼も、みな気分が治った。そこで女は考えた。みな米になろうとしていたのに、急いで食べたから、こんな変なことになったのだろう、と思い、残りの実はみなつり下げておいた。

〈語釈〉

○**それに入《いり》たる**　『版本』は「それにいれたる」。そのようにも読める。○**あるべきことにもあらず**　とんでもない。そんなことはできません。○**えなん散らすまじ**　他に分けることなどできません。○**つとめて**　早朝。第十八・三十三・四十二話等多出。○**背戸**　裏口。○**徳**

得、富。第二十五話に既出。○たのしからん　裕福になるだろう。「たのし」は豊かに富んでいること。前節に既出。『版本』は「たのもしからん」。○この内　底本は「此内」。「この内」には「籠の内」、「戸の内」などの説がある。雪の日に雀を捕える方法として、籠に仕掛けをし、その下に米を撒いておく方法があるが、ここは石を打ちつけて捕えるのであるから、「戸の内」とみて、戸口のすぐ内側かその付近と考えたらよいだろう。○今はかばかりにてありなん　もうこれくらいでいいだろう。○いみじきわざしつ　すばらしいことをしたぞ。「いみじ」はこの場合ほめる気持ちや喜びを表わす。自分で自分のしたことを、たいしたことをやったぞ、と考えて満足している。第三・十九話等多出。○よに　実に。非常に。○ねたし　憎らしい。癪にさわる。○さればよ　予測が的中したときに用いる語。そうれやっぱり思ったとおりだ。はたして。○笑みまげて　うれしくて笑みをこぼし。相好を崩して。「笑み曲ぐ」は『日葡辞書』には「Yemimague, uru eta. エミマゲ、グル、ゲタ（笑みまげ、ぐる、げた）大口をあけて笑う。Mimimoto made yemimaguete, &c.（耳もとまで笑みまげて、云々）」。この老女の、無知で欲深な様子がよくわかる。○さもあらなん　そうあってほしい。「なん」は終助詞。動詞の未然形について、他に対して希望し、期待する意を表わす。直前の「まさりなん」の「なん」は完了の助動詞「ぬ」の未然形に推量・意志の助動詞「む」が付いたもの。○隣の女なは　『書陵部本』、『版本』は「隣の女房は」。○さも　他人の言葉に賛成の意を表わす語。いかにもそうだ。○隣の人にも　底本は「人」の下の踊り字を見せ消ちにして「に」と傍書。○おほらかに　たくさん。多量。第三十話に既出。○にがき事　底本は「わかき事」の「わ」を見せ消ちにして「に」と傍書。○黄《き》蘗《わだ》　中世以後、底本の表記のとおり「キワダ」と発音。「黄《き》皮《はだ》」の意。ミカン科の落葉高木で、木の内皮が黄色いところからいう。黄の染色剤および健胃剤などの薬用にする。味は苦い。○物をつきて惑ふ　食べ物を吐いて苦しむ。「つく」は吐く、もどす意。○惑ふ程に　底本は「程と」の「と」を見せ消ちにして「に」と傍書する。○けふん　『角川古語大辞典』は「けぶん」と濁音で読ませている。湯気、あるいは発散する気の意か、とする。『新大系』は「けぶり（煙）」に同じとし、「ん」は「り」の音便であるという。○せためん　責めよう。「せたむ」は責める、さいなむ意。○ともに帰ぬ　底本および他の古本は「とも帰ぬ」。『版本』により改める。

さて、月比《ごろ》経《（へ）》て、今はよくなりぬらんとて、移《（うつ）》し入《（い）》れん料《（れう）》の桶ども《（共）》具《（く）》して、部屋《（へや）》に入《いる》。うれしければ、歯《（は）》もなき口して耳のもとまで一人笑《（ひとりえ）》みして、桶を寄《（よ）》せて移《（うつ）》しければ、虻《（あふ）》、蜂《（はち）》、むかで、とかげ、蛇《（くちなは）》など出《（い）》でて《（ゝ）》、目鼻《（はな）》とも言《（い）》はず、一《（ひと）》身《み》に取《（と）》りつきて刺《（さ）》せども、女、痛《（いた）》さもおぼえず、ただ《（ゝ）》、米《（こめ）》のこぼれかか《（ゝ）》るぞと思ひて、「しばし待《（ま）》ち給へ、雀よ。少《（すこ）》しづつ《（ゝ）》取《（と）》らん、少しづつ取らん」と言《（い）》ふ。七《ななつ》、八《やつ》の杓《（ひさこ）》より、そこらの毒虫ども出《いで》て、子どもをも刺《さ》し食《く》ひ、女をば刺《さ》し殺《ころ》してけり。雀の腰を打《う》ち折《お》られて、ねたしと思《おもひ》て、万《よろづ》の虫《むし》どもを語《かた》らひて入《いれ》たりけるなり《也》。隣の雀はもと腰折《お》れて、烏《からす》の食《くひ》ぬべかりしを、養《やしな》ひ生《い》けたれば、うれしと思《おも》ひけるなり。
されば、物うらやみはすまじき事なり《也》。

〈現代語訳〉

さて、幾月かたって、「もうよくなっているだろう」と、米を移し入れるための桶などを持って部屋に入った。うれしいので、歯もない口を、耳もとまで大きく開けて、一人ほくそ笑んで、桶を手元に引き寄せて中身を移したところ、虻《あぶ》、蜂、むかで、とかげ、蛇などが出て来て、目といわず、鼻といわず、全身に取りついて刺すが、女は痛さも感じない。ただ、米がこぼれかかるのだと思い、「ちょっと待っておくれ、雀よ。少しずつ取るから」と言う。七つ八つの瓢から大量の毒虫どもが出て来て、子供をも刺し食い、女をば刺し殺してしまった。雀が腰を打ち折られてくやしいと思い、あらゆる虫どもを仲間に引き入れ、瓢の中に入れておいたのであった。隣の雀は、もともと腰が折れて、烏が取って食ってしまうところだったのを、養って生かしてやったので、うれしいと思ったのである。だから、人のことを羨ましがってはならないということである。

〈語釈〉

○移し入れん料　「料」はため、ためのもの。用品。第十八・二十二話等多出。○一身《ひとみ》　身体全体。「一」は……全体。……じゅうの意。○少しづつ取らん、少しづつ取らん　底本は「すこしづゝとらん〳〵」。「少しづつ取らん、取らん」とも読める。○そこら　たくさん。第六・十五話等。○食ぬべかりしを　『版本』は「命とりぬべかりしを」。

〈参考〉

これは「隣の爺」型の「腰折雀」として有名な昔話である。ドイツのメルヘン研究者ライエンは昔話を「信じられないふしぎな要素をもった物語」（『関敬吾著作集』6「序章」、同朋舎出版）と定義したが、これは雀が恩返しをし、また一方で意趣返しもしたというおもしろくて不思議な話である。関敬吾は「腰折雀」の分類は、動物報恩譚で、おそらく大陸から移入されたものであろうとしている。たしかに、この型の話は朝鮮半島、中国、ウイグル、チベット、モンゴルなどアジア諸民族間で語られているという。しかし、「雀」は燕や鶴、カササギ、コウノトリなどと異なっていて、日本のものだけのようである。また瓢の他にスイカの種とするのもあるという。なお、『集成』中の『宇治拾遺物語』の付録「昔話『腰折雀』伝承分布表」によれば、この型の話は日本では東北地方から九州まで、全国にわたって広く分布している。

江戸時代になって盛んに語られるようになった「舌切雀」の原型ではないかと考えられて

いるが、関敬吾は、そのことに関してはなお研究を要する問題であろうという。

一般に「隣の爺」型の昔話は「ほとんどすべて隣人間の争いで、正直な一家と不正直な一家との富を中心とする羨望と嫉妬が主題」(『日本民俗文化大系』10、小学館)であるとされるが、ここに出る二人の老女の場合も、やさしいよい女が「たのしき人」になり、その富を羨望した隣の女が残虐な行為をして報復を受けるという典型的な因果応報の話になっている。しかし、見方によっては、この悪い老女もはじめから悪女であったわけではない。子供にそそのかされ、子供によく思われたいために残虐な行為に及ぶのである。

この話は若き者に対する老いゆく者の負い目をも感じさせる辛い話である。二人の老女に対して、それぞれの子供は必ずしも好意的な言動をしているわけではない。前の幸運な女の場合も、子供は母親である老女に向かって「なんでいい年をして雀なんか飼われるのさ」と言って「にくみ笑」い、また老女が雀の持って来た瓢の種を大切に持っていると、「いやだなあ、雀のくれたものなんか大事にして」と言って馬鹿にする。だが、この場合は結果がうまくいったから、「笑ひし子、孫も」喜んで、なった瓢の実を「明け暮れ食」っているのである。

しかし、隣の女は、子供に、「同じ年寄りでも隣のおばあさんはすばらしい。それに比べてうちのばあちゃんはだめだ」と言われて、「子どもにほめられんと思て」あの愚行に出るのである。石を投げつけて、三羽の雀の腰を折るのは、残虐で、許しがたい行為である。ところで、冒頭部で石を投げて雀の腰を折ったあの悪童どもはどうなったのだろう。彼らは何の罰を受けることもなく、かえって、前の老女の幸運を引き出す役になっているではないか。それに比して、この隣の老女は、ついに刺し殺される悲惨な運命になる。本書第三話の「こぶとりの翁」の話でも、何も悪いことをしていない「隣の翁」が両頬に瘤をつけられるという不運に遭っている。だから、この話も、「こぶとり」の話と同じく、話末語にあるとおり、単に「されば、物うらやみはすまじき事なり」という教訓を引き出すためだけのお話ということになる。

　しかし、先に指摘したように、ここでは「老境」にある者の孤独感、疎外感と、若者の無遠慮な老者に対する言動の対比とを見逃すことができない。老いた者には若さに対するひけ目のような感情がある。若者（強者）によく思われたいと願う「へつらいの心」を抱きがちである。前者の老女も、若者の言動に対して、「さはれ、いとほしければ」とか、「さはれ、植てみん」などと言いわけがましいことを言っている。隣の女は、「あの隣の女にはまさりて、子どもにほめられん」と思って三羽の雀の腰を折るのである。衰え、力を失《な》くしていく者と、力を持って隆盛に向かう若者との間の、いかんともしがたい力の対立・相剋が示されている。これはいつの時代にも変わらぬ構図であろう。『孝経』が書かれ、『孝子伝』が編まれ、仏教には『孝子経』があり、『今昔』（巻九・巻十九）やその他の説話集中にも、多くの孝養譚が語られねばならないゆえんであろう。「老い」の辛さが感じられる話でもある。

四十九（上四十九）小野篁広才事〈小野篁《をののたかむら》、広才《くわうさい》の事〉巻三―十七

今は昔《（むかし）》、小野篁《をののたかむら》といふ人おはしけり。嵯峨《さが》の御門《みかど》の御時に、内裏《だいり》に札《ふだ》を立《（た）》てたりけるに、「無悪善」と書《（か）》きたりけり。御門、篁に「読《（よ）》め」と仰《（おほ）》せられたりければ、「読《（よ）》みは読《（よ）》み候《（さふら）》ひなん。されど、恐《おそれ》にて候《さぶら》へば、え申《まうし》　候《（さふら）》はじ」と奏しければ、「ただ《（ゝ）》申《まう》せ」とたびたび《（ゝ）》仰《おほせ》られければ、「『さがなくてよからん』と申《まうし》て候《さぶらふ》ぞ。されば君をのろひまゐ《（い）》らせてなり」と申《まうし》ければ、「これは、お《（を）》のれ放《（はな）》ちては、誰《（たれ）》か書《かか》ん」と仰《（おほ）》せられければ、「さればこそ、申《まうし》候《さぶら》はじとは申《まうし》て候《さぶらひ》つれ」と申《まうす》に、御門、「さて、なにも書《（か）》きたらん物は、読《（よ）》みてんや」と仰《おほせ》られければ、「何に《（なにゝ）》ても読《（よ）》み候《（さふら）》ひなん」と申《まうし》ければ、片仮名の子文字《（ねもし）》を十二書か《（かゝ）》せ給《たまひ》て、「読《（よ）》め」と仰《おほせ》られければ、「ねこの子《こ》のこねこ、しし《（ゝ）》の子の子じし《（ゝ）》」と読《（よ）》みたりければ、御門ほほ《（ゝ）》ゑ《（え）》ませ給ひて、事なくてやみにけり。

〈現代語訳〉

四十九　小野篁の博識なこと

今は昔のことだが、小野篁という人がおられた。嵯峨天皇の御代《みよ》に、内裏に札を立ててあったが、それに「無悪善」と書いてあった。天皇が篁に、「読め」と仰せられたところ、篁は「読むことはお読みしましょう。しかし、畏《おそ》れ多いことでございますから、申し上げることはできません」と奏上した。ところが天皇は「かまわぬ、ともかく申せ」とたびたび仰せられたので、「『さがなくてよからん』と申しております。すると、君を呪《のろ》い申し上げてのことでございます」と申し上げた。「これは、おまえをおいて、ほかに誰が書く者がいるか」と仰せられたので、「それだからこそ、申し上げませんと申したのでございます」とお答えした。すると天皇は、「それでは、何でも書いてあるものはたしかに読めるか」と仰せられたので、「何であってもお読みいたしましょう」と申し上げた。すると、片仮名の子《ね》という文字を十二お書きになり、「読め」と仰せられたので、「猫の子の子猫、獅子《しし》の子の子獅子」と読んだので、天皇は微笑《ほほえ》まれて、何のおとがめもなくてすんだのであった。

〈語釈〉

○小野篁　延暦二十一年（八〇二）～仁寿二年（八五二）。参議小野岑守《みねもり》の子。東宮学士、参議、左大弁、従三位。野相公《やしょうこう》とか野宰相と呼ばれた。書にもすぐれ、詩人としても学者としても秀でて、「小野篁詩家之宗匠」（『三代実録』元慶四年八月三十日の条）といわれるほどであった。遣唐副使に任ぜられたが、大使藤原常嗣《つねつぐ》と不和になり、病と称して乗船せず、嵯峨天皇の怒りを受けて隠岐《おき》に流された。その後許され、本爵に復した。英才であったが、自由奔放な人柄で野狂とも呼ばれた。〇嵯峨の御門《みかど》 第五十二代天皇。延暦五年（七八六）～承和九年（八四二）。桓武天皇の皇子。大同四年（八〇九）即位。弘仁十四年（八二三）譲位。漢詩文、書にすぐれ、三筆の一人。宮廷儀礼と詩文などの文化を奨励し、『凌雲集《りょううんしゅう》』『文華秀麗集《ぶんかしゅうれいしゅう》』を勅撰し、世にいう弘仁文化の華を開いた。〇内裏 皇居。〇札 立て札。「ふだ」は「文板《ふみいた》」の意。「ふむだ」から「ふだ」に変化。〇御門《みかど》 天皇に対する尊称。直接その身を指さず、居所についていう語。〇さがなくてよからん 「さが」は生まれつき。性質の意。人の性質は善悪共にあり、どちらにも通じる。易林本『節用集』に「無レ悪」を「サガナシ」と訓じている（『旧大系』注）が、ここでもそう読んで、「嵯峨なし」に掛けたのである。即ち、ここでは「嵯峨《さが》」に「悪」の読みの「さが」を掛けて、嵯峨天皇はいなくてよいだろう、の意に解した、博学篁の機転の読みといえるだろう。〇のろひまゐらせてなり『書陵部本』、『版本』は「のろひまいらせて候なり」。〇片仮名の子文字 当時は片仮名のネに「子」を用いた。音は「シ」、訓は「コ」「ネ」。〇十二書かせ給て 『版本』は「十二かゝせて給て」。この場合、他の者に書かせて、それを篁に賜ったことになる。

〈参考〉

小野篁の博識、英才ぶりを語る話。

天皇は篁が立て札の文字を解読するのを聞き、いったんは立腹したが、自分で出した謎を見事に解いた篁の才を愛《め》で、「ほほゑませ給」うた。学識、詩文共にすぐれ、最高の知識人であった嵯峨天皇と、それにふさわしい臣、篁との緊張対決・交流の一場面である。『世継《よつぎ》物語』とは同文的同話。これは「さがなくばよけん」と読んでいる。他に『江談抄』巻三、『十訓抄』巻七第六話、『東斎随筆《とうさいずいひつ》』人事類、『きのふはけふの物語』上などに類話があり、広く語られた話だったらしい。ところで、この話は実話かというと、そうではない。「嵯峨」は天皇に対しての諡《おくりな》、天皇没後に贈られる称号なので、天皇の生前に「嵯峨天皇」とは呼ばれていない。このことからすると、この話は、後になって（平安後期か？）虚構された話といえる。

天皇が「子」文字を読ませられたというのは本話と『世継物語』と『きのふはけふの物語』に出る話で、『江談抄』では八箇の難問が出されている。『十訓抄』と『東斎随筆』はその中の「一伏三仰不来待書暗降雨慕漏寝」を取り上げて、「ツキヨニハコヌヒトマタルカキクモリ（かきくらし〈『十訓抄』〉）アメモフラナンコヒツツモネン（侘つつもねん〈『十訓抄』〉）と詠んでいる。また天皇が篁を処罰しようとした時、篁は天皇に対《むか》い、「けっしてそのようなことはなさるべきではない。才学の道が今より後、絶えてしまうでしょう」（『江談抄』）（『十訓抄』と『東斎随筆』は、そのような御疑いがあると「智臣朝にすみがたくや」）と申し上げ、天皇も「尤以道理也」と認めたという。篁は逸話の多い人。篁にはその詩文の才が白楽天にも匹敵するという話もあり、また我が朝に仕えながら、同時に閻魔王宮の冥官でもあって、この世と冥界とを往復したなどという話も知られている。現代でも、京都六道《ろくどう》珍皇寺《ちんのうじ》（京都市東山区）には篁が夜毎に冥界に通う時通ったといわれる井戸がある（現在は塀の間から庭の向こうに眺めるだけで、直接そばには寄って見られない）。また、嵯峨の清《せい》涼寺《りようじ》（京都市右京区）内には夜明けに冥界から帰って来たという石碑がある。

五十（上五十）平貞文本院侍従等事〈平貞文《たひらのさだふん》、本院侍従等《ほんゐんのじじゆうら》の事〉巻三—十八

今は昔、兵衛佐《ひやうゑのすけ》平貞文をば平中《へいちう》といふ。色好《この》みにて、宮仕《つか》へ人はさらなり、人のむすめなど、忍《しの》びて見《み》ぬはなかりけり。思ひかけて、文やる程《ほど》の人の、なびかぬはなかりけるに、本院侍従《ほんゐんのじじゆう》といふ《云》は、村上の御母后《はははきさき》の女房なり《也》。世の色好《この》みにてありけるに、文やるに、にくからず返《かへり》ごとはしながら、逢《あ》ふ事はなかりけり。しばしこそあらめ、つひ《ゐ》にはさりとも、と思《おもひ》て、もの《物》のあはれなる夕暮《くれ》の空、また《又》、月の明《あか》き夜など、艶《えん》に人の目とど《こ》めつべき程《ほど》をはからひつつ《こ》、お《を》とづれければ、女も見知《みし》りて、情《なさけ》は交《か》はしながら、心をばゆるさず、つれなくて、はしたなからぬほどにいらへつつ《こ》、人ゐまじり、苦《くる》しかるまじき所にては、もの《物》言《い》ひなどはしながら、めでたくのがれつつ《こ》、心も許《ゆる》さぬを、男《おとこ》はさも知《し》らで、かくのみ過《す》ぐる心もとなくて、

常《つね》よりもしげくお《を》とづれて、「参《まい》らん」と言《い》ひお《を》こせたりけるに、例《れい》の、はしたなからずいらへたれば、四月のつごもり比《ごろ》に、雨おどろおどろしく降《ふ》りて、もの《(物)》恐《おそ》ろしげなるに、かか《こ》る折《おり》に行《ゆ》きたらばこそ、あはれとも思《おも》はめと思ひて出《い》でぬ。

道すがら、堪《た》へ難《かた》き雨を、これに行《い》きたらんに、あはで返す事よもと、たのもしく思ひて、局《つぼね》に行《ゆ》きたれば、人出《い》で来《き》て、「上《うへ》になれば、案内《あんない》申さん」とて、端《はし》の方《かた》に入《い》れて去《い》ぬ。見《み》れば、物のうしろに火ほのかにともして、宿直物《とのゐもの》とおぼしき衣、伏籠《ふせこ》にかけて、たき物しめたるにほひ、なべてならず、いとど心《こ》にくく《こ》て、身にしみていみじと思《おも》ふに、人帰《かへり》て、「ただい《こ》ま、おりさせ給《たまふ》」と言《い》ふ。うれしさ限《かき》りなし。すなはちおりたり。「かか《こ》る雨にはいかに」など言《い》へば、「これにさはらんは、無下《むけ》に浅《あさ》き事にこそ」など言《い》ひ交《か》はして、近《ちか》く寄《よ》りて、髪《かみ》をさぐれば、氷《こほり》をのしかけたらんやうに、ひやや《こ》かにて、あたりめでたき事限《かき》りなし。なにやかやと、えも言《い》はぬ事ども言《い》ひかはして、疑《うたか》ひなく思《おも》ふに、「あはれ、遣戸《やりど》を開《あ》けながら忘《わす》れて来《き》にける。つとめて、『誰《たれ》か開《あ》けながらは出《いで》にけるぞ』など、わづらはしき事になりなんず。たてて《こ》帰《かへ》らん。ほどもあるまじ」と言《い》へば、さることと《こ》思《おもひ》て、かばかりうちとけにたれば、心やすくて、衣《きぬ》をとど《こ》めて参《まい》らせぬ。まことに遣戸《やりど》たつる音《をと》して、こなたへ来《く》らんと待《まつ》ほどに、音《をと》もせで、奥《おく》ざまへ入《いり》ぬ。それに、心もとなく、あさましく、うつし心も失《う》せ果《は》てて、はひも入《い》りぬべけれど、すべき方もなくて、やりつるくやしさを思へど、かひなければ、泣《な》く泣《〳〵》く暁近《あか月ちか》く出《い》でぬ。家に行《ゆき》て、思《おも》ひあかして、すかしおきつる心憂《う》さ、書《か》きつづけてやりたれど、「何しにか、すかさん。帰らんとせしに、召《め》ししかば、後にも」など言《い》ひて過《す》ごしつ。

大方《おほかた》、ま近《ちか》き事はあるまじきなめり。今はさは、この人の、わろく、うとましからんことを見《み》て、思《おも》ひうとまばや。かくのみ心づくしに思はでありなん、と思《おもひ》て、随身《すいしん》を呼《よ》びて、「その人のひすましの皮籠持《かはこも》て行《い》かん、奪ひ取《はいと》りて、我に見《み》せよ」と言《い》ひければ、日ごろ添《そ》ひてうかが《ゝ》ひて、からうじて逃《に》げけるを、追《を》ひて奪ひ取《はいと》りて、主《しう》に取《と》らせつ。

平中《へいちう》悦《よろこび》て、隠《かく》れに持《も》て行《ゆ》きて見《み》れば、香《かう》なる薄《うす》物の、三重かさねなるに包《つゝ》みたり。香《かう》ばしき事たぐひなし。引《ひ》き解《と》きてあくるに、香《かう》ばしさたとへんかたなし。見《み》れば、沈《ちん》・丁子《ちやうじ》を濃《こ》く煎《せん》じて入《い》れたり。また《又》、薫物《たきもの》を多《おほ》くまろがしつつ《ゝ》あまた入《い》れたり。さるまま《ゝ》に、香《かう》ばしさ推《を》しはかるべし。見るに、いとあさまし。ゆゆ《ゝ》しげに しおきたらば、それに見飽《みあ》きて、心もや慰《なくさ》むとこそ思《おも》ひつれ。こはいかなる事ぞ。

かく心ある人やはある。ただ人とも覚《おぼ》えぬありさまかな、と、いと死《し》ぬばかり思《おも》へど、かひなし。わが見《み》んとしもやは思ふべきに、と、かかる心ばせを見てのちは、いよいよほけほけしく思《おも》ひければど、つひ《ゐ》に逢《あ》はでやみにけり。

「我身ながらも、かれに、よに恥《は》ぢがましく、ねたく覚《おぼ》えし」と、平中《へいちう》、みそかに人としのびて語《かた》りけるとぞ。

〈現代語訳〉

五十　平貞文と本院の侍従らのこと

今は昔のことだが、兵衛佐《ひょうえのすけ》平貞文を平中《へいちゅう》といった。多情な男で、宮仕えをしている女はもちろんのこと、それ以外の、人目にふれぬ娘なども、こっそりと逢わない女はなかった。思いをかけて恋文をやるほどの女で、なびかない者はなかったが、その中で、本院《ほんいん》の侍従《じじゅう》というのは、村上天皇の御母后に仕える女房で、これまた評判の多情な女性であったが、平中が恋文をやると、すげなくはない、思わせぶりな返事はしながら、逢うことはなかった。「しばらくの間はそうしていようが、結局は何とかなるだろう」と、平中は思い、しみじみと趣き深い夕暮れの空のころとか、また月の明るい夜など、いかにもロマンチックなムードたっぷりで、女が目をとめそうなよいころあいを見はからっては訪れたので、女も平中の気持ちを察して、好意的なつきあいはするが、心からはうち解けず、さりげなく、あたりさわりのない程度に返事をしては、他の人が居合わせ、差し支えなさそうなところでは言葉を交わしなどしながら、うまく平中をかわして、心を許そうとはしない。男はそうとも知らず、こんな中途半端な状態で過ぎてゆくのがじれったくて、いつもよりも頻繁に便りをして、「お伺いしますよ」と言ってよこしたが、女の方は例のようにあたりさわりのない返事をしていたので、四月の末ごろに、雨がものすごく降って、なんとも恐ろしそうな折に、こんな時に行ったら、きっと感動してくれるだろうと思って出かけて行った。

道みち、これほど堪えがたい雨の中を、こんな時に行ったならば、よもや、逢わないで帰すことはあるまい、と期待して女の居室に行くと、人が出て来て、「奥に上っておりますので、お取り次ぎいたしましょう」と言って、平中を部屋の隅の方に通して出て行く。見ると、物の陰に燈火がほのかにともしてあって、夜着と思われる衣類を伏籠《ふせご》にかけて、香を焚きしめている匂いが何ともいえずすばらしい。ますます奥ゆかしく感じて、身にしみてつくづくいいなあと思っていると、先ほどの人が帰って来て、「ただ今すぐにお戻りになります」と言う。うれしくてたまらない。すぐに下がって来て、「こんなひどい雨なのに、どうして」などと言うので、「これしきの雨で来られないようでは、はなはだ愛情が浅いということですよ」などと言葉を交わして、近寄って髪を探ると、まるで氷を伸ばしてかけたようにひんやりとして、手ざわりの感触のすばらしいことといったらない。あれやこれやと、言うに言われぬ愛の語らいをし合って、今や疑いなく女が身をまかすだろうと思った時、「あら、引き戸を開けたまま、閉め忘れて来てしまったわ。朝になって、『誰かが開け放したままで出て行ったぞ』などと、面倒なことになりましょう。閉めて来ます。すぐ戻ります」と言うので、もっともなことだと思い、これほどすっかりうち解けているのだからと、気安く、女の上衣《うわぎ》を脱ぎ置かせて、行かせた。本当に引き戸を閉める音がして、戻って来るだろうと待っていると、音もしないで、奥の方へ入ってしまった。それで、気が気でなく、情けなく、正気も失せるほど動顚《どうてん》して、女の行った方へ這ってでも行きたいほどだが、どうしようもなく、女を行かせた悔しさを思うが、今さら取り返しがつかないので、泣く泣く明け方近く外へ出た。

家に帰って、夜が明けるまで悩み抜いて、自分をだまして置き去りにした恨み言を綿々と書き連ねてやったが、「どうして、だましなどいたしましょう。帰ろうとしましたら、奥からお呼びがあったので。また後ほど」などと言って過ぎてしまった。

およそ近いうちにこの女と結ばれることはまずあるまい。今となっては、この女のまずい、いやだと思うようなことを見て、嫌いになりたいものだ。こんなに気をもんで悩むのはもうたくさんだ、と思い、随身《ずいじん》を呼んで、「彼女の便器係の下女が、例の箱を持って行く時、それを奪い取って私に見せよ」と言った。そこで随身は数日来その下女をつけまわし、様子をうかがって、やっとのこと逃げたのを、追いかけて奪い取り、主人に差し出した。

平中は喜んで、人目につかぬところに持って行き、開けて見ると、黄色がかった薄赤色の薄織物を三重に重ねたものに包んである。そのよい匂いたるやたとえようもない。解いて開けて見ると、たとえようもないほどよい香りがする。見ると、沈《じん》、丁子《ちょうじ》などの香料を濃く煎じて入れてある。また、練香《ねりこう》をたくさんまるめていっぱい入れてある。だから、その香ばしさたるや想像できよう。それを見て、啞然《あぜん》たる思いである。あの人が、大小便をきたならしくして置いたなら、それを見て愛想が尽きて、気持ちの整理もつくと思ったのに。「これはいったいどうしたことだ。これほど心配りをする人がいるだろうか。普通の人間のすることとは思えないほどだ」と、ますます死ぬほどに思いこがれたが、どうにもならない。「まさか私が見ようとは思うはずもないのに」と、これほどの心遣いを見てからは、いよいよ頭がぼけてしまいそうなほどに恋しく思ったが、ついに契《ちぎり》を結ぶことなく終わってしまった。「自分ながら、あの人に対してまことに恥さらしで、残念に思ったよ」と、平中はひそかに人とこっそりと話したとか。

〈語釈〉

○**兵衛佐平貞文**　兵衛佐は兵衛府の次官。『今昔』は「定文」。桓武天皇四世の孫。従四位上右近衛中将好風《よしかぜ》の子。貞観十六年（八七四）十一月二十一日、父好風とともに臣籍に下る（『三代実録』）。生年未詳～延長元年（九二三）九月没。参河介、侍従、右馬助、左兵衛佐などを歴任、従五位上。『古今集』以下の勅撰集に二十六首入集。中古三十六歌仙の一人。通称「平中（仲）」。「平中」の由来は三人兄弟の中にあたるとする説（『十訓抄』巻一第二十九話）、父好風が中将だったので、「平中将の子」の意から生じたとする説（萩谷朴『平中全講』、同朋舎出版）などがあるが定かでない。在原業平《ありわらのなりひら》とともに「平中」「在中」と並称された。○色好み　恋愛の情趣をよく解する人。異性を引きつける資質と才能をもっている粋人。○宮仕へ人　宮中に仕える人、また貴人の家に仕える人。○人のむすめ　宮仕えに出ない在宅の姫。○本院侍従　本院は藤原時平（貞観十三年〈八七一〉～延喜九年〈九〇九〉）のこと。侍従は女房名。父か兄が侍従であったのであろう。『今昔』巻三十第一話では「本院ノ大臣《おとど》ト申ス人御《おはし》ケリ。其ノ家ニ侍従ノ君ト云若キ女房有ケリ」とあり、時平邸の一女房である。従来、在原業平の子の棟梁《むねやな》（生年未詳～寛平十年〈八九八〉没）の女《むすめ》で、はじめ藤原国経《くにつね》の妻として滋幹《しげもと》を生み、後、国経の甥時平の北の方として敦忠《あつただ》を生んだ女性（『今昔』巻二十二第八話）とする説があるが、確証はない。なお、『本院侍従集』の歌人は時代が少し下るので、これも別人。複数存在した「本院侍従」と称する女性の一人とすべきであろう。○村上の御母后　村上天皇（延長四年〈九二六〉～康保四年〈九六七〉）。在位・天慶九年〈九四六〉～康保四年〈九六七〉は醍醐天皇の第十四皇子。御母后は藤原基経の女《むすめ》穏《やす》子《こ》（仁和元年〈八八五〉～天暦八年〈九五四〉）。穏子は朱雀・村上両天皇の生母。○しばしこそあらめ、つひにはさりとも　しばらくはそうしているだろうが、結局はなんとかなる（会える）だろう。○艶に　人をロマンチックな気分に誘うような。恋愛を誘うようなムードがある。○人の目とどめつべき程　女がこちらを意識しないではいられないような頃合い。○つれなくて　そ知らぬ顔で。何の反応も示さず。○はしたなからぬほど　無愛想でない程度に。○苦しかるまじき所　差し支えなさそうなところ。○心もとなくて　じれったくて。○四月のつごもり比《ごろ》　「つごもり（晦）」は「つきごもり」の約。月末ごろ。『今昔』は「五月ノ廿日余ノ程ニ成テ、雨隙《ひまな》無ク降テ、極《いみじ》ク暗カリケル夜」とする。○おどろおどろしく　驚くほど。いかにも恐ろしいほど。○局　殿舎の中にある仕切り部屋。ここは本院侍従の居室。第九・十四・二十七話等に既出。○人　本院侍従に仕えている女の童《め》《わらわ》。○上　村上天皇の御母后穏子の住居。奥。○案内　とりつぎ。○宿直物《とのゐもの》　宿直の時に用いる衣服・夜具など。夜着。第十八話に既出。○伏籠《ふせご》　半球形の大きな籠で、伏せておいて、上に衣をかけ、中に「火取り」（香炉の類。香を焚くのに用い、外側は木、内側は銅または陶器で、上を銅の籠網で覆ったもの）を置き、香を焚いて衣服に焚きしめたり、衣を乾かしたりするのに用いる。○たき物　種々の香を合わせて作った練香。○すなはち　すぐに。第九・三十話に既出。○これにさはらんは　これしきの雨に妨げられるようでは。○無下《むげ》に　最低だ。○氷をのしかけたらんやうに　氷を伸ばしてかけたように。『今昔』は「凍《こほり》ヲ延《の》ベタル様《やう》ニ氷《ひや》ヤカニテ」。『世継物語』は「こほりをのしかけたるやうにひやゝかにて」。○あたり　「当たり」。手の感触。手ざわり。○えも言はぬ事ども　言うに言われないすてきなこと。愛の睦《むつ》言《ごと》。○遣戸《やりど》　引き戸。第十四話に既出。○つとめて　朝になって。第十八・三十三・四十二話に既出。○**ほどもあるまじ**　いくらも（時間が）かかりますまい。○**さること**　もっともなことだ。○**衣をとどめて参らせぬ**　『今昔』には、平中が「では早く行ってらっしゃい」と言い、「女起《おき》テ上ニ着タル衣《きぬ》ヲバ脱置《ぬぎおき》テ、単衣袴《ひとへはかま》許《ばかり》ヲ着《き》テ行《ゆき》ヌ」とある。「女が上着をのこして平仲に差上げた」（『全註解』）、あるいは「衣を残して、平中にお渡しした」（『新大系』）とする解釈があるが、本書では、平中が「では上衣ぐらい脱いで行けよ」と言うことで、女も平中を安心させようと、「では脱いで置いておくわ」ということになり、平中も気安く女を行かせた、というように解しておく。○**心もとなく**　気が気でない。気がかりで。○**あさましく**　「あさまし」は予期に反した時の気持ちを表わす語。ここは、あきれ返って、どうしてよいかわからない状態。第十七・十九・二十三話等多出。○**うつし心**　現し心。正気。○**はひも入りぬべけれど**　這ってでも奥に入って行きたいが。○**暁**《あかつき》　夜半から夜明け近くまで。まだ暗い時刻で「あけぼの」より早い時刻。宵に女の家を訪れた男が帰るべき時刻。第一・三・十四・二十七話等多出。○**すかしおきつる**　だまして置き去りにした。「すかす」はだます意。○**帰らんとせしに、召ししかば**　底本および『陽明本』は「帰らんとをしこめししかは」。「をしこ」は、『書陵部本』、『版本』を参照して「せしに」と改める。○**随身**《ずいじん》　高位・高官の者が外出の時、護衛としてつき従った近衛府の舎人《とねり》。身分によってその数は決められていた。平中は兵衛佐《ひょうえのすけ》なので、二人の随身がいたか。○**ひすまし**　「樋《ひ》を洗《す》ます」意で、宮中で便所の清掃などをした身分の低い女。○**皮籠**《かはご》　この場合は便器を入れた箱。第八・三十三・四十一話等。○香なる薄物　「香」は香色の略。黄みを帯びた淡紅色。「薄物」は薄い織物。紗《しや》・羅《ら》の類の総称。○沈《ぢん》。丁子《ちやうじ》　「沈」は沈香。アジアの熱帯地方に産する香木。伽羅《きやら》ともいう。「丁子」は丁子香の略。丁子は熱帯産のフトモモ科の常緑高木で、つぼみを乾燥して香料などにする。丁字の形をしている。○薫物《たきもの》　種々の香木をひいて粉にしたものを練り合わせたもの。丸めて作るので、「まろがす」といった。○香ばしさ推しはかるべし　底本「香ばしき」の「き」を見せ消ちにして「さ」と傍書。○ゆゆしげにしおきたらば　気持ちが悪くなりそうに大小便がしてあったならば。「ゆゆし」はこの場合忌まわしい意。○ほけほけしく　心が呆けてしまうほどに。○かれに　あの人（本院侍従）に対して。○人としのびて　『書陵部本』、『版本』は「人にしのひて」とある。

〈参考〉

『今昔』巻三十第一話、『世継物語』、『十訓抄』巻一第二十九話と同話。

前話では学者で不羈な人といわれた小野篁が、その学識と機智とによって苦境を免れた話である。本話ではそれと対照的な色男、平貞文が登場する。美貌の才女本院侍従は、その平中を手玉に取り、機智によって平中の手を見事に逃れる。

平中は在原業平とともに「『在中、平中』とつがひて世のすきものといはれ」（『十訓抄』巻一第二十九話）たという色好みの男で、『平中物語』の主人公である。これは『伊勢物語』を念頭に置いて書かれたもの（『旧全集』の『平中物語』解説）といわれ、『伊勢』の業平は高貴な女性との交渉が多く、「雅《みや》び男《を》」の典型であったのに対し、平中が相手にするのは、多く中流の女であった。平中自身の官位も思うにまかせず、死の前年の延喜二十二年（九二二）にかろうじて従五位上に叙されたのであるから、歌と恋に生きるより他に術がなかった男といえるだろう。したがって、歌人としての業績がなかったなら、単に色好みの「烏滸《をこ》の男」で終わっていたことと思われる。

平中の逸話は『大和物語』に四話あり、『源氏物語』「末摘花《すえつむはな》」、『古本説話』巻上第十九話などにもあるが、滑稽で不体裁な恋の失敗者として描かれる。

ところで、既述したように、本話は『今昔』、『世継物語』、『十訓抄』に採られている。『十訓抄』は簡略でその概要を記すのみであるが、『今昔』と『世継』は両書ほぼ同文的同話で、本話よりも具体的で詳細な叙述がある。例えば、本書では女の「わろく、うとましからんことを見て、思ひうとまばや」と婉曲的に表現しているのに対し、『今昔』では平中が女をあきらめるために、「女の排泄物を入れた箱の中を引っかきまわしてみたならば、いやになれるだろう」と言い、『世継』はその箱の中を「見、かぎなどして、おもひとまりなん」と言っている。また便器の箱を奪うにあたっては、本書では随身に命じてやらせているが、『今昔』と『世継』では、恥も外聞もなく、平中自身が女の童をつけまわして奪取している。その奪った箱を平中が恐る恐る開けると、なんと、とたんにえも言えぬよい匂いが立ちのぼるではないか。中を覗くと、尿に見せかけて薄黄色の水が入っている。また親指大の黄黒い二、三寸ほどの丸い物が三つほどころがっていて、平中はそれを木の端で突き刺して匂いをかぐ。微に入り細を穿《うが》つ入念な状況描写である。かくしてついに平中は恋の病にかかり『今昔』では死んでしまう。『世継』は病にはなるが死なない。『今昔』と『世継』はまったく同じではないが、かなり近い関係にあるようである。一方、本書の語り口は、両書に比べて、さらりとして、どぎつさがなく、品がいい。この品のよさが『宇治』の一つの特徴である。

これは男の本懐である栄達のコースからはずれ、また恋にも破れた貴種のみやび男が、晩年、「みそかに人としのびて語」った話だったのであろうか。

五十一（上五十一）一条摂政哥事〈一条摂政《いちでうせつしやう》歌《うた》の事〉巻三―十九

今《いま》は昔《むかし》、一条摂政とは、東三条殿《とうさんでうどの》の兄におはします。御かたちよりはじめ、心用《もち》ひなどめでたく、才《さえ》・有様《ありさま》、まことしくおはしまし、また、色めかしく、女をも多《おほ》く御覧《らん》じ興《けう》ぜさせ給《たまひ》けるに、すこし軽々《きやうきやう》におぼえさせ給《たまひ》ければ、御名を隠《かく》させ給《たまひ》て、大蔵《おほくら》の丞《せう》豊蔭《とよかけ》と名《な》のりて、上《うへ》ならぬ女のがりは、御文《ふみ》もつかはしける。懸想《けさう》せさせ給《たまひ》、逢《あ》はせ給《たまひ》もしけるに、皆人、さ心得《え》て、知《し》り参《まい》らせたり。

やむごとなく、よき人の姫君《ひめ》のもとへおはしましそめにけり。乳母《めのと》・母などを語《かた》らひて、父には知《し》らせさせ給はぬほどに、聞き《きゝ》つけて、いみじく腹立《た》ちて、母をせため、爪《つま》はじきをして、いたくのたまひければ、「さることなし」とあらがひて、「まだしき由《よし》の文書《か》きてたべ」と、母君《はゝきみ》のわび申《まうし》たりければ、

人知《し》れず身はいそげども《共》年を経《へ》てなど越《こ》えがたき逢坂《あふさか》の関

とて、つかはしたりければ、父に見《み》すれば、さては、そらごとなりけりと思《おも》ひて、返し、父《ちゝ》のしける、

あづま路《ぢ》に行《ゆ》きかふ人にあらぬ身はいつかは越《こ》えむ逢坂の関

豊蔭《とよかけ》見《み》て、ほほゑ《ゝえ》まれけんかしと、御集《ぎよしふ》にあり、をかしく《お》。

〈現代語訳〉

五十一　一条摂政が歌を詠むこと

今は昔のことだが、一条の摂政という方は東三条殿《とうさんじようどの》の兄君であられます。ご容貌をはじめとして、お心づかいなどもすぐれ、学識やふるまいもご立派であられ、一方では色好みらしく、多くの女性ともお逢いになり、楽しんでおられたが、その際、少し軽々しいこととお考えになられたので、実名をお隠しになり、大蔵丞豊蔭《おおくらのじようとよかげ》と名のって、身分の高からぬ女のも

とにはお手紙を遣わされた。思いをもかけられたり、またお逢いにもなられたが、誰もかもみなさよう心得て、承知申し上げていた。

ある時、高貴で立派な人の姫君のもとへ通い始められた。姫君の乳母や母などを抱き込んで、父には知らせないようになさったが、そのうち父君が聞きつけて、たいそう立腹し、母を責めたて、非難してさんざんにおっしゃったので、母君は「そのようなことはございませんと否定して、一条摂政に「まだ逢っていないという意味の手紙を書いて下さいませ」と、困って申し上げたので、

人知れず……（心ひそかにあなたに逢いたいと、我が身は道を急いでいるのに、何年たっても、男女が逢うという逢坂の関はどうして越えがたいのでしょうか）

と詠んで姫君に遣わしたので、それを父に見せると、それではあの噂はうそだったのだなと思い、返歌を父が詠んだ。

あづま路に……（私は東国に行き来する身ではありませんから、いつ逢坂の関を越えてお逢いすることがございましょうか。おそらくお逢いすることはないでしょう）

この歌を豊蔭が見て、ほほ笑まれたであろうと、「一条摂政御集」に書いてある。おもしろい話だ。

〈語釈〉

○一条摂政　藤原伊尹（これまさ、または、これただ）。延長二年（九二四）～天禄三年

（九七二）。右大臣師輔《もろすけ》の長男。母は武蔵守藤原経邦《つねくに》の女盛子《むすめもりこ》。兼通・兼家の同母兄。同母妹安子《やすこ》は村上天皇の中宮、冷泉・円融両天皇の母。円融天皇即位により、娘の冷泉帝の女御懐《かね》子《こ》所生の師貞親王《もろさだ》（花山天皇）が東宮に立ち、当代、次代の外戚として権力を握った。天禄元年（九七〇）右大臣、摂政。同二年正二位太政大臣に至る。才学・和歌にすぐれ、『後撰集』以下の勅撰集に三十七首入集。家集に『一条摂政御集』（別称『豊蔭集』）がある。謙徳公と諡号《しごう》。○**東三条殿**　藤原兼家。延長七年（九二九）～永祚二年（九九〇）。師輔の三男。母は伊尹と同じ。摂政、関白、太政大臣、従一位。法興院、東三条と号す。子女には道隆、道綱、道兼、道長、超子《とおこ》（三条天皇母）、詮子《あきこ》（一条天皇母）らがいる。○**才**　学問、特に漢学。学才。○**色めかしく**　「色めかし」は動詞「色めく」の形容詞化。色好みらしい。○**興ぜさせ給けるに**　『書陵部本』、『版本』は「興ぜさせ給けるが」。○**軽々に**　（身分からして）軽々しいふるまいと。○**おぼえさせ**　底本は「おほくさせ」の「く」を見せ消ちにして、「え」と傍書。諸本は「おぼえさせ」。○**名のりて**　底本は「なのり○て」、『書陵部本』、『版本』は「なのりて」、『陽明本』は「なのり」。○**女のがり**　女のもと。「がり」は「……のところへ」の意。○**懸想**　想いをかけること。恋い慕うこと。○**せため**　責めさいなみ。第四十八話に「言ひせためん」。○**爪はじき**　人さし指の爪を親指のハラにかけて強くはじくこと。気にくわない時、いやがる時のしぐさ。○**あらがひて**　抗弁して。否定して。諍《あらが》う。○**わび申**　「わぶ」は困るの意。困って申し上げた。○**など越えがたき**　底本は

「と」の右に「そィ」と傍書。『書陵部本』、『陽明本』も底本と同じ。○逢坂の関　歌枕の一。滋賀県大津の逢坂山にあった関所。「関山」「関の戸山」などの別名がある。東国から京都への出入口にあたり、歌では同音の「逢ふ」に掛けて用いられることが多い。○あづま路に……『新大系』は「あづま路に行きかふ人」を伊尹にとっている。その解釈からみると、「わが夫《つま》の行き通う路（あづま路）に通って来る人でないあなたは、いつ逢坂の関を越えることがありましょうか」の意となる。○豊蔭見《とよかけみ》て　『版本』は「とよみけるをみて」。○御集　『一条摂政御集』。藤原伊尹の家集。

〈参考〉

前話は思うようにならないで恋に破れた平中の話だったが、この話は一転して余裕綽々《しやくしやく》として「やむごとなく、よき人の姫君」を手に入れた伊尹の話である。

本話にある二首の歌は、『後撰集』恋三（731・732）にあり、そこでは伊尹と小野好古《よしふる》朝臣の女《むすめ》との贈答歌となっている。『一条摂政御集』では、ほぼ本話と似た内容の話になっている。

伊尹という人物は、なかなかおもしろい人であったようだ。『一条摂政御集』は「おほくらのしさうくらはしのとよかげ、くちをしきげすなれど、わかかりけるとき、女のもとにいひやりけることどもをかきあつめたるなり」という一文で始まる。総歌数は百九十四首で、冒頭から第四十一首までは、伊尹自身が恋歌を物語風に仕立てて書いたものかといわれている。大蔵省の史生《ししょう》倉橋豊景と名のり、大蔵省の一卑官の立場で歌集を編むというのは、師輔の長男として極官まで昇りつめた人物であるだけに、ある意味で余裕と自信のなせるわざともいえるが、剽軽《ひょうきん》なところもある人柄だったのではなかろうか。歌人としても認められ、天暦五年（九五一）には二十八歳にして和歌所の別当に任じられ、梨壺《なしつぼ》の五人を寄人《よりゅうど》として『後撰集』を撰した。

『大鏡』「伊尹伝」によれば、「帝の御舅《をぢ》・東宮の御祖父《おほぢ》にて摂政せさせたまへば、世の中はわが御心にかなはぬことなく、過差《くわさ》ことのほかに好ませたまひ」とあり、華美を好み、才気煥発《かんぱつ》な人物であったらしいが、「大臣になり栄えたまひて三年、いと若くてうせおはしましたること」とあるように、天禄元年（九七〇）に右大臣に、翌天禄二年、四十八歳で太政大臣に任じられたが、その翌年に薨《こう》じた。『栄花物語』では「水をのみきこしめせど」と記している。いわゆる飲水病で、今日でいう糖尿病のことと考えられている。『大鏡』には「いと若くてうせおはしましたること」は、「ただ、御かたち、身の才《ざえ》、何事もあまりすぐれさせたまへれば、御命のえとどのはせたまはざりけるにこそ」とある。『続古事談』巻二にも「一条摂政はみめいみじくおはしけり」とあり、外見、風貌もすぐれ、歌の世界でも華やいだ存在だっただけに、その早世は惜しまれたのである。その結果、次期政権は弟の兼家一系に移る。しかし、文学の世界では、その子挙賢《たかかた》・義孝《よしたか》二兄弟の逸話は説話集等に語り継がれる。一条朝の四納言の一人、行成《ゆきなり》は義孝の子である。行成はとりわけ書にすぐれ、小野道風・藤原佐理《すけまさ》とともに三蹟の一人にあげられ、書風は世尊寺流として後世に伝わる。

閑話休題、本話の「よき人の姫君」が小野好古の娘であったとすれば、小野家にとっては上流貴族の若殿である伊尹は婿として決して悪い相手ではなかったはずである。娘の母親と乳母は喜んで伊尹を迎えたであろうが、堅物の父親は色好みで名高い男に娘の将来をまかせるのが不安で、頑固に反対し、「いみじく腹立ちて、母をせため、爪《つま》はじきをし」て反対したのであろう。そこで母親が、伊尹に「まだしき由の文」を書いてほしいと願い、伊尹は「人知れず……」の歌を書いてやったというわけである。父はそれを見て、「さては、そらごとなりけりと思」い、父が娘に代わって返歌をしている。『一条摂政御集』では返歌を娘に書かせている。本話の末尾は「豊蔭見て、ほほゑまれけんかしと、御集にあり」として「をかしく」で結ぶ。洒脱な結びである。『御集』では「女、かたはらいたかりけんかし、人のおやのあはれなることよ」とあって、世の父親たるものすべてに該当しそうなパンチの利いた言葉である。

五十二（上五十二）狐家ニ火付事〈狐《きつね》、家《いへ》に火《ひ》付《つ》くる事〉巻三―二十

今は昔《（むかし）》、甲《か》斐国《ひのくに》に、館《（たち）》の侍なりけるものの《（こ）》、夕ぐれに館を出《（い）》でて《（こ）》、家ざまに行《ゆき》けるに、道に狐のあひたりけるを、追《おひ》かけて、引目《ひきめ》して射《（い）》ければ、狐の腰に射あてて《（こ）》

けり。狐、射《(い)》まろばかされて、鳴《なき》わびて、腰《(こし)》を引《ひき》つつ《(ゝ)》草に入《いり》にけり。この《(此)》男、引目《(ひきめ)》をとりて行《ゆく》ほど《(程)》に、この狐、腰を引《(ひ)》きて先《(さき)》にたちて行《ゆく》に、また《(又)》射《(い)》んとすれば、失《うせ》にけり。

家、いま四、五町と見《み》えて行《ゆく》ほど《(程)》に、この《(此)》狐、二町ばかり《(斗)》先だちて、火をくはへて走《はしり》ければ、「火をくはへて走《(はし)》るは、いかなる事ぞ」とて、馬をも走《はし》らせけれども、家のもとに走《はしり》よりて、人になりて、火を家につけてけり。人のつくるにこそありけれとて、矢をはげて走らせけれども、つけはてて《(ゝ)》ければ、狐に成《なり》て、草の中に走《(はし)》り入て失《うせ》にけり。さて、家焼《やけ》にけり。

かかる《(ゝ)》ものも、たちまちに仇《(あた)》を報《(むくう)》ふなり。これを聞《(きゝ)》きて、かやうのものをば、かまへて調《(てう)》ずまじきなり。

〈現代語訳〉

五十二　狐が家に火をつけること

今は昔のことだが、甲斐《かい》国の国守の官邸に仕えていた侍が、夕暮れにそこを出て、自宅に向かう途中で狐に出会った。それを追いかけて引目の矢で射ると、狐の腰に当たった。狐は射ころがされて、痛がって鳴き、腰を引きずりながら草むらに入ってしまった。この男は引目の矢を拾い上げて進んで行くと、この狐が腰を引きずりながら先に立って行くので、また射ようとすると、姿が消えてしまった。

我が家があと四、五町先だと思われるところで、この狐が二町ほど先に立って、火をくわえて走って行くので、「火をくわえて走っているが、これはどうしたことだ」と思い、馬も走らせたが、狐は我が家のそばに走り寄って、人の姿になって家に火をつけてしまった。人がつけたのだったぞ、と思って、矢をつがえて馬を走らせたが、火をつけきってしまうと、今度はもとの狐になって、草の中に走り込んで姿を消してしまった。そんなわけで、家は焼けてしまった。

このような狐のようなものでも、すぐに仇《あだ》返しをするのだ。この話を聞いて、このような動物などをも決していためつけてはならないのだ。

〈語釈〉

○甲斐国　現在の山梨県。○館　ここは国守の官邸のことか。所在地は現在の笛吹市。○引目「響目《ひびきめ》」の略。射た時に高い音を響かせるところからいう鏑《かぶら》（丸く長い形で、中を空洞にし、表面に数個の穴をあけたもので、矢が飛ぶ時に鋭く高い音をたてる）の一種。朴《ほお》または桐《きり》の木で作り、長さは一四～一五センチから三〇センチに及ぶ大形の鏑。ここはその鏑をつけた矢。殺傷用ではなく、犬追物《いぬおうもの》や笠懸《かさかけ》に用い、その音によって魔除けなどに用いた。○射まろばかされて　射ころがされて。引目矢だから体に突き刺さってはいない。○鳴わびて苦しがって鳴き。○**四、五町**　四〇〇〜五〇〇メートル。一町は約一〇九メートル。第二十七・二十八話等に既出。○**矢をはげて**　弓に矢をつがえて。「はぐ」は矢を弓につがえる、はめる意。第七・四十四話に既出。○**かまへて**　（禁止表現と呼応して）決して。○**調ずこらしめる。**

〈参考〉

狐の変化《へんげ》、報復譚。狐は古く中国では祥瑞《しょうずい》の獣と考えられ、日本でも『日本書紀』、『続日本紀』においては瑞獣とみられていたらしい。また稲荷神の使いの霊獣として尊ばれもするが、一方、化けて人を誑《たぶら》かす妖獣でもある。本書第十八話では、利仁の奥方に乗り移り、また本話の次の第五十三話でも女に取り憑《つ》いている。

本話は狐が仇を報じた話であるが、このような報復譚はすでに『霊異記』巻中第四十話にある。それによれば、橘奈良麻呂が鷹狩りをした折に狐の子を見つけ、捕まえて木で串刺しにして狐の穴の入口に立てておいた。それを知った母狐は、奈良麻呂の子を捕まえ、同様に串刺しにして仕返しをしたという。

本話では道で出会った狐を、侍が引目矢で射たので、射られた狐は人の姿に化けて侍の家に放火したというのである。狐が人に化ける話は昔から数多くある。「善家秘記」（九一八年ごろ成立。『扶桑略記』所収）の賀陽良藤《かやのよしふじ》の話は有名である。また『今昔』にも妖狐譚が多い。巻二十七には狐が女に変化した話が続く。また、狐は口から火を吐くとか、尻尾を地に撃ちつけて火を出すとか、馬の骨をくわえて火をともすなどともいわれる。もともと狐と火とは深い関係にある。

このことは本書第十八話でも述べたが、狐は古来、五行思想では土徳の動物とされた。毛色が黄色で、黄色は土気の色であるところからといわれる。五行循環の思想で相生《そうじよう》の原理でいうと、「土」は「火生土《かしようど》」であるから、火と土徳の獣である狐とは切っても切れない関係にある。しかし、火が土（狐）を生ずるのであって、本話のように狐が火を出すというのは論理上逆である。このことについて、吉野裕子は『狐』（法政大学出版局、昭和五十五年。第八章）において、時とともに「火生土」の理は忘れ去られ、ただ古来、狐と火の間には密接な関係があるところから、狐と火との関係ある点にだけ注意が向けられ、狐が火を誘い出すという転倒した話が出てくるのであるという旨を論じている。例証として本話をあげて、「出来心で、ふっとおどした狐に自分の家を焼かれてしまうという奇抜な着想は、唐突に出てくるものではない。その背景には『狐といえば火』という根づよい連想が日本民族の間に上から下まで浸透し、定着していたからに他ならない」と述べている。

ともかく、意味もなく動物をいじめるのはよくないという教訓話である。

五十三（上五十三）狐人ニ付テシトキ食事〈狐《きつね》、人《ひと》に付《つ》きてしとぎ食《く》ふ事〉　巻四—一

昔《(むかし)》、物の怪《(け)》わづらひし所に、物の怪《(け)》わたし候《さぶらふ》程《ほど》に、物の怪《(もののゝけ)》物付《ものつき》につきて言《(い)》ふやう、「お《(を)》のれは、たた《(ゝ)》りの物の怪《(もののゝけ)》にても侍らず。うかれてまかり通《(とを)》りつる狐なり。塚屋に子どもなど侍るが、物《(もの)》を欲《(ほ)》しがりつれば、かやうの所には食《(く)》ひ物ちろぼふ《(う)》ものぞかしとて、まうで来《(き)》つるなり《(也)》。しとぎばし食《(た)》べてまかりなん」と言《(い)》へば、しとぎをせさせて、一折敷《ひと(おしき)》取《(と)》らせたれば、すこし食《(く)》ひて、「あな、むまや、むまや《(〳〵)》」と言《(い)》ふ。「この《(此)》女の、しとぎ欲《(ほ)》しかりければ、そら物つきて、かく言《(い)》ふ」と憎《(にく)》みあへり。「紙給はりて、これ包《(つゝ)》みてまかりて、たうめや子どもなどに食《(く)》はせん」と言《(い)》へば、紙を二枚ひきちがへて、包《(つゝ)》みたれば、大きやかなるを、腰《(こし)》についはさみたれば、胸《(むね)》にさし上《(あ)》がりてあり。かくて、「追《(を)》ひ給へ、まかりなん」と験者《げんじゃ》に言《(い)》へば、「追《(を)》へ、追へ《(〳〵)》」と言《(い)》へば、立《たち》あがりて、倒《(たう)》れ伏《(ふ)》しぬ。しばしばかりありて、やがて起《(お)》き上《(あ)》がりたるに、懐《(ふところ)》なる物さらになし。失《(う)》せにけるこそ不思議《(ふしぎ)》なれ。

〈現代語訳〉

五十三　狐が人に付いてしとぎを食うこと

昔、物《もの》の怪《け》に憑《つ》かれた病人のいる家で、祈禱によってその物の怪を寄《よ》り人《びと》に乗り移らせている時に、物の怪がその寄り人に乗り移って言った。「自分は祟《たた》りをする物の怪ではありません。これといったあてもなく通りかかった狐です。塚穴の家に子供などがおりますが、食べ物を欲しがりましたので、このようなところには食べ物が散らばっているものだと思い、やって来たのです。しとぎなど食べて帰りましょう」と言うので、しとぎを作らせて、お盆にいっぱい与えてやると、少し食べて、「ああ、うまいなあ、うまいなあ」と言う。「この寄り人の女が自分がしとぎを食べたかったので、狐が憑いたふりをしてこんなことを言うのだ」と、人々は憎らしがった。

「紙をいただいて、これを包んで帰り、ばあさんや子供などに食わせよう」と言うので、紙を二枚引き違えて包んだところ、大きな包みになった。腰にちょいとはさむと胸もとまでさし上がっている。こうして、「私を追って下さい。退散いたします」と修験者に言うので、「出て行け、出て行け」と言うと、寄り人は立ち上がって倒れ伏した。しばらくしてほどなく起き上がったが、懐《ふところ》に入れたものはまるっきりなくなっている。なくなってしまったのはなんとも不思議なことだ。

〈語釈〉

○物の怪　人にとり憑いて悩ますという死霊《しりょう》・生き霊などの類。「もの」は鬼神や霊など超自然的な恐ろしいものの意。○物の怪わたし候程に　『版本』は「物のけわたしゝ程に」。○物《もの》「わたす」は物の怪を加持祈禱によって寄り人（憑坐《よりまし》）に一時的に乗り移らせること。

付《つき》　修験者が生き霊や死霊を祈り伏せる時に、一時的にそれらを乗り移らせる人。寄り人。憑坐。○塚屋　一般には墓守の住む小屋をいうが、ここは狐の塚穴の住処《すみか》をいったものと思われる。○ちろぼふ　散りぼう、散らばる。○しとぎばし　しとぎでも。「しとぎ」は神前に供える餅。祭餅のこと。浄米の粉を水でこねて長い卵形にしたもの。また、糯米《もちごめ》を蒸して少しつき、長円形に丸めたもの。祭祀の供物とされたものであるから、墓地に供えられて、狐はそれを食料とすることもあったろう。そこで「しとぎ」が欲しいと要求したのである。「ばし」は副助詞で、いろいろある中から一つを取り上げて示す意。……でも。○食《た》べて「食《た》ぶ」は飲食する意の謙譲語または丁寧語で、上位者から頂く（賜《た》ぶ）意から、頂いて飲食する、恩恵を得て飲食する意になった。さらには「飲む」「食ふ」の丁寧語となる。○一折敷　折敷にいっぱい。「一《ひと》」はいっぱいに満ちる意。第三・十六・四十八話等に既出。「折敷」は薄く削った板（へぎ）で作った角盆の類。隅切りにしたものもある。第三・十四・十九話等に既出。○そら物つきて　物の怪が憑いたふりをして。「そら」は虚構のさまを表わす。うその意を表わす接頭語。○たうめ　専女《とうめ》。老女。老狐。○ひきちがへて　「ひきちがふ」は十文字に交差する。○験者　「げんざ」ともいう。加持や祈禱に効験のある僧侶や修験道の行者。ここは物の怪を追い出す祈禱をする者。

〈参考〉

前話に続き、これも狐の不思議な話。

狐憑《っ》きは、狐が霊力のあるものと考えられていたところから、狐の霊がとり憑いたといわれる一種の精神病といわれるが、この種の話は昔から多く語られている。筆者が、実際に見聞したという古老から直接聞いた話だから、それほど昔のことではないが、狐憑きから狐を追い出すということが実際に行なわれていた。狐の好物とされる蚕《かいこ》の蛹《さなぎ》や油揚げなどを狐憑きの人の前に出し、狐憑きがそれをウマイウマイと言って食べたら、「さあ、狐が憑いたのに違いない。燻《いぶ》し出そう」と言って、杉の葉で燻したり、殴ったりしてひどい目に遭わせたという。近年まで農家の座敷や庭先で実際に行なわれていたわけだが、本話では物の怪が憑いたということで、祈禱が行なわれたのである。本話では寄り人の女が、自分の正体は物の怪ではなく、「狐」だと名のり、「しとぎ」が食べたいと言って、しとぎを作らせ、食べた後、塚屋《つかや》で待っている「たうめ」や子供などにもみやげにしようと言って、残りを紙に包んでもらう。「たうめ」とは老女や狐のことをいう語だが、ここでは老婆狐のことであろう。はじめは「この女がしとぎが食べたかったので、狐が憑いたふりをしたのだろう」と人々が憎らしがったというが、昔は餅など貴重な御馳走で、ふだんはなかなか食べられなかったのである。

　その餅が、狐の寄り人の女の懐から忽然《こつぜん》と消え失せていたというところにこの話の鍵がある。不思議な話だが、真実味をもって語られ、また信じられたものであろう。

五十四（上五十四）佐渡国ニ有金事〈佐渡《さど》の国《くに》に金有《こがねあ》る事〉　巻四―二

能登国《のとのくに》には鉄《くろがね》といふものの《（ゝ）》、素鉄《（すかね）》といふ程なるを取《とり》て、守《かみ》に取《（と）》らする者《（もの）》、六十人ぞあんなる。実房《（さね）ふさ》といふ守の任《にん》に、鉄取《（くろかねと）》り六十人が長《をさ》なりける者《（もの）》の《（ゝ）》、「佐渡国にこそ金《（こかね）》の花咲《（さ）》きたる所はありしか」と人にいひけるを、守伝《（つた）》へ聞《（きゝ）》て、その男を守呼《（よ）》び取《（と）》りて、物取《（と）》らせなどして、すかし問《とひ》ければ、「佐渡《（さと）》の国にはまことの金の侍《はべる》なり。候《さぶらひ》し所を見置《（みを）》きて侍《はべる》なり」といへば、「さらば行《（い）》きて取《（と）》りて来《（き）》なんや」といへば、「遣《（つか）》はさばまかり候《さぶら》はん」といふ。「さらば、舟を出《（いた）》したてん」といふに、「人をば給はり候はじ。ただ《（ゞ）》小舟一《ひとつ》と食《（く）》ひ物すこしとを給《たまは》りて、まかりいたりて、もしやと、取《（と）》りて参《（まい）》らん」といへば、ただ《（ゞ）》これがいふにまかせて、人にも知《（し）》らせず、小舟一《ひとつ》と食《（く）》ふべき物すこしとを取《（と）》らせたりければ、それをえて、佐渡国へ渡《（わた）》りにけり。

一月《ひとつき》ばかりありて、うち忘《（わす）》れたるほどに、この男ふと来《（き）》て、守に目を見《（み）》あはせたりければ、守心得《（え）》て、人づてには取《（と）》らで、みづから出合《いであひ》たりければ、袖うつしに黒《（くろ）》ばみたるさいでに包《（つゝ）》みたる物を取《（と）》らせたりければ、守、重《（をも）》げに引《（ひ）》き下《（さ）》げて、懐《（ふところ）》にひき入《いれ》て帰《（かへ）》り入《いり》にけり。

その後《(のち)》、その《(其)》金取《(かねと)》りの男は、いづちともなく失《(う)》せにけり。よろづに尋《(たつね)》けれども、行方《ゆくへ》も知《(し)》らず、やみにけり。いかに思ひて失《うせ》たりといふ事を知《(し)》らず。金のあり所を問《(と)》ひ尋《たづね》やすると思《おもひ》けるにやとぞ疑《(うたか)》ひける。その金は、千両ばかりありけるとぞ、語《(かた)》り伝《(つた)》へたる。かか《(こ)》れば、佐渡国には金《こがね》ありけるよしと、能登国の者《(もの)》ども語《(かた)》りけるとぞ。

〈現代語訳〉

五十四　佐渡国に金《こがね》があること

能登国には鉄というもので、まだ精錬していない鉱石を採って、国守に献上する者が六十人いるという。実房《さねふさ》という人が国守であった時に、鉄採り六十人の頭《かしら》であった者が、「佐渡国には金《こがね》の花が咲いているところがあったぞ」と人に言ったのを国守が伝え聞いて、その男を呼び寄せ、物など与えたりして、うまいこと誘導して尋ねると、「佐渡国には正真正銘の金がありました。あった場所を見届けております」と言うので、「それでは行って採って来ないか」と言うと、「私を派遣して下さるなら行って参りましょう」と言う。「ならば、舟を用意してやろう」と言うと、「他の者はつけないで下さい。ただ小舟一艘《いっそう》と食料を少しいただいて、あちらに着きまして、うまくいったら採って参りましょう」と言う。そこでただこの男の言うとおりにして、誰にも知らせず、小舟一艘と食料少しとを与えたところ、それを見て、佐渡国へ渡って行った。

ひと月ほどたって、忘れていたころ、この男が不意にやって来て、国守に目くばせしたので、国守も悟って、人づてには受け取らず、自分から出て行って迎えると、袖移しに黒ずんだ布切れに包んだものを渡したので、国守は重そうにひっ提げて、懐《ふところ》に押し込んで邸内に入ってしまった。

その後、その金採りの男は、どこへともなく姿を消してしまった。八方手を尽くして捜したが、どこに行ったかわからず、そのままになってしまった。何と思っていなくなったのかはわからない。金のありかを問い尋ねでもすると思ったのかと国守は疑った。男の持って来た金は千両ほどあったと語り伝えている。こういうわけで、佐渡国には金があったのだということを、能登国の人々は話していたということだ。

〈語釈〉

○**能登国**　現在の石川県の北部。○**鉄**　黒色の金属の意から「くろがね」という。○**素鉄**　精錬してない鉄。○**六十人**　『今昔』巻二十六第十五話では「六人」。○**あんなる**　「あるなる」の撥音便。「なる」は伝聞の助動詞。いると聞いている。○**実房**　藤原方正《まさただ》の子。蔵人、式部丞、能登守、従五位上。能登守着任は治安元年（一〇二一）ころかとの説あり（『新大系』）。ただし、『今昔』巻二十六第十二話に源行任《ゆきとう》の次に藤原実房が能登守になった記事がある。源行任は『御堂関白記』寛弘七年（一〇一〇）閏二月十九日の条に「能登守行任申下任国由云々」の記述があるので、実房が行任解任直後に国守になっていたとすれば長和三年（一〇一四）から寛仁二年（一〇一八）の間とみられる（『旧全集』注）。○佐渡国　今の新潟県の一部。佐渡島。○金の花咲きたる所　黄金をたくさん産出するところ。大伴家《やか》持《もち》の「天皇《すめろぎ》の御代栄えむと東《あづま》なるみちのく山に金花咲く」（『万葉集』巻十八、4097）を踏まえた表現か。「ありしか」の「しか」は過去の体験を表わす助動詞「き」の已然形。○すかし問ければ　うまく誘導して尋ねたので。「すかす」は欺き誘う、だます、おだてる意。○まことの金　『書陵部本』、『版本』は「まことに金」。○給りて　底本は「給らて」。「ら」を見せ消ちにして「り」と傍書。『書陵部本』、『陽明本』は「給候て」。『版本』は「たまはり候て」。○もしやと　うまくいったら。○それをえて　底本は「それをみて」。「み」の右側に「え歟」と傍書。それに従う。『版本』は「それをもて」。○一月ばかりありて　『今昔』「二十日余リ一月許《ひとつきばかり》ヲ有《あり》テ」。○袖うつしに　自分の袖から相手の袖の中に、他人に見られないように物を渡すこと。○さいで　「さきで（割出・裂出）」の音便。布を裁って出た余りぎれ。布類の切れ端。

〈参考〉

『今昔』巻二十六第十五話と同文的同話である。

前話は土徳の獣である狐の話であった。本話はそれを承けて、五行循環の相生《そうじょう》の理でいくと、「土生金《どしようごん》」の「金」の話である。

能登国では鉄が採れた。『新猿楽記』や『庭訓往来』にある「能登釜」は有名である。佐渡では鉄の他に金・銀・銅・鉛なども産出し、十ヵ所以上にのぼる鉱山がある。『佐渡志』十五「物産」、『佐渡年代記』一、「佐渡年代記抜書」三、『佐渡風土記』中などに記事があるが、『今昔』や本書の記事が最も古いものといわれる。この話の鉱山は真野町《まのまち》（今の佐渡市）の西三川《にしみかわ》の金山だとする説がある。西三川の上流の笹川地区には金山・笹川の地があり、江戸期になると砂金採取で広く知られた。佐渡は一般に銀山の方が有名だが、金井町とか金丸とか黄金山などの地名もあって、金採取地としても重要であった。

ところで、この話は、能登の国守が、他国の佐渡に金が出ることを聞きつけ、その話をした採鉱夫の長を取り込んで、他国である佐渡に金の盗掘に行かせる話である。「転んでもただでは起きぬ」のが受領《ずりよう》根性だといわれ、『今昔』巻二十八第三十八話の藤原陳忠《のぶただ》の話がよくその例に引かれる。陳忠が暴政をしたかどうかはわからないが、苛斂誅求《かれんちゆうきゆう》をし、莫大な財産を築く国司が多かった。それを使って権力者に貢ぎ、また次の任国を手に入れようとするのであるから、その循環は断ち切りがたい。本話の藤原実房は、『今昔』巻二十六第十二話では、ものわかりのよい国司として描かれている。しかし、彼とても、能登国の国司の時、手に入れた霊帯――持っていると財産家になるという不思議な帯――を時の関白に献上している。実房が実際どのような国司であったかはわからないが、金採りの男がその後行方をくらましたというのも、他国での盗掘をさらに要求されるのを恐れたからであろう。

五十五（上五十五）薬師寺別当事〈薬師寺《やくしじ》の別当《べつたう》の事〉巻四―三

今は昔、薬師寺の別当僧都といふ人ありけり。別当はしけれども、ことに寺の物もつかはで、極楽に生れん事をなん願《(ねか)》ひける。

年老《としおい》、病《(やまひ)》して、死ぬるきざみになりて、念仏して消《(き)》えいらんとす。無下《むげ》にかぎりと見《(み)》ゆるほどに、よろしうなりて、弟子を呼《(よ)》びて云《いふ》やう、「見るやうに、念仏は他念なく申《まうし》て死《(し)》ぬれば、極楽の迎《(むか)》へいますらんと待《(ま)》たるる《(こ)》に、極楽の迎《(むか)》へは見《(み)》えずして、火の車を寄《(よ)》す。『こはなんぞ。かくは思はず。何《(なに)》の罪によりて、地獄の迎《むかへ》は来《(き)》たるぞ』と言《(い)》ひつれば、車につきたる鬼ども《(共)》の言《(い)》ふやう、『この《(此)》寺の物を一年《ひと(とせ)》五斗借《(か)》りて、いまだ返《(かへ)》さねば、その《(其)》罪によりて、この迎《(むか)》へは得《(え)》たるなり《(也)》』と言《(い)》ひつれば、我《われ》言《(い)》ひつるは、『さばかりの罪にては、地獄《(ちこく)》に落《おつ》べきやうなし。その物を返してん』と言《(い)》へば、火車《ひのくるま》を寄《(よ)》せて待《まつ》なり。されば、とくとく《(〳〵)》一石誦経《いっこく(すきやう)》にせよ」と言《(い)》ひければ、弟子ども手まどひをして、言《(い)》ふまま《(こ)》に誦経にしつ。その鐘の声のする折《(おり)》、火車帰《ひのくるまかへり》ぬ。

さて、とばかりありて、「火の車帰《かへり》て、極楽の迎《むか》へ、今なんおはする」とて、手をすりて悦《よろこび》つつ終《(こ)(を)》はりにけり。

その坊は、薬師寺の大門の北の脇にある坊なり。今《(いま)》にそのかた失《(う)》せずしてあり。さばかり程の物使《(つか)》ひたるにだに、火車《ひのくるま》迎《(むか)》へに来《(き)》たる。まして、寺の物を心のままに使《(つか)》ひたる諸寺の別当の、地獄《(ぢごく)》の迎《(むか)》へこそ思《(おも)》ひやらるれ。

〈現代語訳〉

五十五　薬師寺の別当のこと

今は昔のことだが、薬師寺の別当僧都という人がいた。別当はしていたが、ことさら寺の物も使わず、ひたすら極楽に生まれることを願っていた。

年をとり、病気になって、いよいよ死ぬ間際になって、念仏をして息を引き取ろうとした。これが限りかと見える時に少し持ちなおして、弟子を呼んで言うには、「みなも見ているように、念仏をひたすら一心に唱えて死ぬのだから、極楽の迎えがおいでになるだろうと待っていると、極楽の迎えは見えずに、火の車をよこした。『これはいったいどうしたことだ。こんなはずはない。何の罪によって地獄の迎えが来たのか』と言うと、車について来ている鬼どもが言うには、『この寺の米を先年五斗借りて、まだ返さないので、その罪によって、この迎えが来たのだ』と言ったので、自分が、『それくらいの罪では地獄に堕ちるなどというわけがない。その物を返してしまおう』と言うと、鬼どもは火の車を近づけたまま待っている。そこで、早く早く、米一石を誦経料に寄進せよ」と言ったので、弟子どもはあわてふためいて、言うとおりに誦経料にした。その供養の鐘の音がする時、火の車は帰った。それで、しばらくしてから、「火の車が帰って、極楽の迎えが今こそおいでになった」と言って、手をすり合わせて悦びながら亡くなった。

その僧都の住居は、薬師寺の大門の北側の近くにある坊である。今でもその建物はなくならずにある。その程度のわずかな物を私用に使ってさえも、火の車が迎えに来るのだ。まして、寺の物を思いのままに私用した諸寺の別当の地獄の迎えのほどが思いやられることである。

〈語釈〉

○薬師寺　奈良市西ノ京町にある法相宗《ほっそうしゅう》大本山。南都七大寺の一つ。天武天皇の発願《ほつがん》、持統・文武両天皇の造営。文武二年（六九八）藤原京に造られたが、養老二年（七一八）に平城京に移された。○別当僧都　別当である僧都。別当は大寺の事務を統括した者。僧都は僧正に次ぐ僧官。『日本往生極楽記』（九八三～九八四年ごろ成立）九は「僧都済源《さいげん》」、『今昔』巻十五第四話は「済源僧都」とする。○死ぬるきざみ　死の間際。「きざみ」は時、おり。○無下に　まったく。○他念なく　ほかのことを考えることなく。○火の車　火がついて燃えている車。生前悪事を行なった亡者《もうじや》を地獄に連れて行き、炎熱苦を受けさせるという。火車《かしや》。○鬼　ここは地獄の獄卒である鬼。第三話に出る鬼とは別系のもの。○五斗　「斗」は容積の単位で一升の十倍、約一八リットル。『日本往生極楽記』には五石とあり、更にその十倍になっている。○一石　米一石（十斗）を誦経料として納めよというのである。五斗借りたのに対して、その倍の一石を返すというのであるから、利息をつけて返済するのである。「一石」は約一八〇リットル。○手まどひをして　あわてふためいて。第三十話に既出。○鐘の声　誦経に合わせて打つ鐘の音。○とばかりありて　しばらくして。「とばかり」はちょっとの間。しばらく。第六・三十七話等に既出。○その坊は　僧都の住居は。○大門　総門。正門。『今昔』は「薬師寺ノ東ノ門ノ北ノ脇ニ有ル房」とする。○今に　『陽明本』は「いまだ」。○かた　形のこと。ここは坊、建物を指す。

〈参考〉

『今昔』巻十五第四話とほぼ同文的同話。『今昔』は一部補入した部分がある。またこの別当僧都の名を済源《さいげん》とする。『日本往生極楽記』九にも済源の往生話があるが、簡略で、地獄の火車の迎えの件はなく、米五石を返済し、当時往生確認の要件とされた「室に香気あり、空に音楽あり」という状況の中で命終《めいしゆう》している。『元亨釈書』（一三二二年までの日本仏教の略史）巻十「感進」二「薬師寺済源」の項も『極楽記』とほぼ同様である。なお、『今昔』は済源の死去を応和四年（九六四）七月五日のこととし、八十三歳であったと記す。『日本紀略』も同じ。『元亨釈書』は四月五日とする。『僧綱補任』などは天徳四年(九六〇)四月五日、七十六歳とする。いずれが正しいかは不明。

前話は佐渡国の金をうまいこと入手した能登国守実房の話だったが、ここは一転して、寺からわずかな借米をして返済しなかったために、あわや地獄の火に責められるところだった薬師寺の別当僧都の話に変わる。大寺の別当ともなれば、寺の財物は自由に流用できると考えられるが、「仏物己用罪」というのはきわめて恐るべき罪であり、本書の第百十二話もそうした話である。すでに『霊異記』にもこの類の話が数話あり、上巻第二十話では、わずか薪一束を他人に与えた罪により牛に転生し、また中巻第九話では自分で作った寺の物を借用して返済しなかったために、やはり牛に生まれて、労働によってその負債を償わされている。

本話の別当僧都は、平生、極楽往生を願って他念なく念仏し、寺務をつかさどって生涯を全うしたのであるから、わずか五斗の米を私用に供したくらい何ほどのこともないように思えるが、そうではないのである。だから、本話にいうように、「まして、寺の物を心のままに使ひたる諸寺の別当の、地獄の迎へこそ思ひやら」れるものである。

五十六(上五十六) 妹背嶋事〈妹背嶋《いもせじま》の事〉 巻四—四

土左国《とさのくに》幡多《はた》の郡《こほり》に住《す》む下種《げす》ありけり。お《を》のが国にはあらで、異《こと》国に田を作《つくり》けるが、お《を》のが住《す》む国に苗代《なはしろ》をして、植《うう》べき程になりければ、その苗を舟に入《いれ》て、植ゑ《うへ》ん人どもに食《く》はすべき物よりはじめて、鍋《なべ》、釜《かま》、鋤《すき》、鍬《くは》、犂《からすき》などいふ物にいたるまで、家の具を舟に取《と》り積《つ》みて、十一、二ばかりなる男子《おのこご》、女子《をんなご》、二人の子を舟のまもりめに乗《の》せ置《を》きて、父母は「植ゑ《うへ》んといふ者《物》雇《やと》はん」とて、陸《くが》にあからさまにのぼりにけり。

舟をばあからさまに思《おもひ》て、すこし引《ひ》き据ゑ《すへ》て、つながずしてお《を》きたりけるに、この《此》童部《わらはへ》ども、舟底《ふな(そこ)》に寝入《(ね)いり》にけり。潮《しほ》の満《み》ちければ、舟は浮《うき》たりけるを、はなつきに少《すこ》し吹《ふき》出《い》だされたりける程に、干塩《ひしほ》に引《ひ》かれて、はるかに湊《みなと》へ出《いで》にけり。沖にては、いとど《ゝ》風吹《ふき》まさりければ、帆をあげたる様にてゆく。その《其》時に童部起《お》きて見《み》るに、かか《ゝ》りたる方もなき沖に出《い》できければ、泣《な》き惑《まと》へども、すべき方もなし。いづかたとも知《し》らず、ただ《ゝ》吹《ふ》かれて行《ゆき》にけり。

さるほどに、父母は人ども雇《やと》ひ集《あつ》めて、舟に乗《の》らんとて来《き》て見《み》るに、舟なし。しばしは風隠《かざかく》れにさし隠《かく》したるかと見《み》る程に、呼《よ》び騒《さは》げども、誰《たれ》かはいらへん。浦々《うら〳〵》求《もと》めけれどもなかりければ、いふかひなくてやみにけり。

〈現代語訳〉

五十六　妹背島のこと

土佐国幡多郡《とさのくにはたのこおり》に住む身分の低い者がいた。自分の国ではなく、よその国に田を作っていた。自分が住む国に苗代を作り、植えるのにほどよい時分になったので、その苗を舟に入れ、田植えの手伝い人どもに食べさせる物をはじめとして、鍋《なべ》・釜《かま》・鋤《すき》・鍬《くわ》・犂《からすき》などという物に至るまで、家財道具を舟に積み込んで、十一、二歳ほどの男の子と女の子の二人を舟の留守番に乗せておき、父母は「田植えの手伝いを雇おう」ということで、陸にちょっと上がった。

舟は、ちょっとの間だからと思って、少し陸に引き上げておいて、つながずに置いたのだが、子供たちは舟底で寝込んでしまった。やがて潮が満ちて来たので、舟は浮き上がった。そこに突風が吹き、少し押し出されたところ、今度は引き潮にひかれて、はるかな沖に出てしまった。沖ではますます風が吹きつのったので、まるで帆を上げたように進んで行く。その時に子供らが起きて見ると、どこにも舟をつなぎとめるところもない沖合いに出ていたので、あわてて泣き騒いだが、どうしようもない。どの方向に行くともわからず、ただ風に吹かれるままに流されて行った。

さて一方、両親は田植えの助人《すけつと》を雇い集めて、舟に乗ろうとして来て見ると、舟がない。

しばらくは、風の当たらないところに隠してあるのかと思って捜して見ていたが、子の名を呼んで大騒ぎをしても何の応答もない。あちらの浦、こちらの浦と捜し求めたが見つからなかったので、どうしようもなくてついにあきらめた。

〈語釈〉

○土左国幡多の郡　高知県の西南部。宿毛《すくも》市・土佐清水市などを含む。西は豊後水道を隔てて九州に相対し、九州文化の影響が大きい。**○下種**　身分の低い者。第十九・二十九・四十三話等に既出。**○苗代**　稲の種を蒔いて苗を育てるところ。**○鋤**　土を掘り起こす手用の農具。**○鍬**　田畑を耕したり、除草、畦作りなどに用いる農具。**○犂**　牛馬にひかせて田畑を耕すのに用いる農具。『今昔』には「馬歯《うまぐは》、辛鋤《からすき》、鎌、鍬、斧、鐇《たつぎ》ナド」とある。**○十一、二ばかりなる男子、女子**　『今昔』は「十四、五歳許《ばかりあるをのこご》有男子、其《それ》ガ弟《おとうと》ニ十二、三歳許《ばかりある》有女子《をむなご》」とする。**○まもりめ**　「守り目」で番人。見張り。**○あからさまに**　本格的でないこと。ちょっと。第二十三・四十八話に既出。次行の「あからさまに思て」は、『書陵部本』には「あからさまと思ひて」とある。**○引き据ゑて**　浜辺に引き上げておいて。**○はなつきに**　「鼻突に」。「突然出あいがしらに」とか「まともに」など諸説あるが、突風の意に解しておく。『今昔』は「放《はな》ツ風《き》ニ」、『叢書』は「陸から沖へ吹き出す風の義ではないか」とする。**○湊**　『今昔』は「遥ニ南ノ澳《おき》ニ」とする。『国文叢書本』の注には「湊は澳の誤写なるべし」とある。ここは『今昔』に従い、沖合いの意にとる。**○かかりたる方もなき沖**　「かかる」は舟がかりする意。碇泊《ていはく》するにもしようもない沖。○人ども雇ひ集めて　『今昔』は「殖女《うゑめ》モ不雇得《やとひえず》シテ」とあり、意味が反対になる。この後の両親の二重の落胆を示す伏線か。本話も「人ども雇ひ集めで」と読めば『今昔』と同義になる。○風隠れ　風陰。風の当たらないところ。○さし隠し「さし」は接頭語。隠す意。○いふかひなくてやみにけりどうしようもなくて、そのままになってしまった。

かくて、この舟は、はるかの沖にありける嶋に吹付《ふきつけ》てけり。童部ども泣《な》く泣《〳〵》降《お》りて、舟つなぎて見《み》れば、いかにも人なし。帰《かへる》べき方《かた》もおぼえねば、嶋におりて言《い》ひけるやう、「今はすべきかたなし。さりとては、命を捨《す》つべきにあらず。この食《く》ひ物のあらむかぎりこそ、すこしづつも食《くひ》て生《い》きたらめ。これ尽《つ》きなば、いかにして命《いのち》はあるべきぞ。いざ、この苗の枯《か》れぬさきに植《う》ゑん」と言《い》ひければ、「げにも」とて、水の流《なか》れのありける所の、田に作《つく》りぬべきを求《もと》め出《いだ》して、鋤《すき》、鍬《くは》はありければ、木伐《き》りて、庵《いほり》など作《つく》りけり。なり物の木の折《おり》になりたる多《おほ》かりければ、それを取食《とりくひ》て、明《あか》し暮《く》らすほどに、秋にもなりにけり。さるべきにやありけん、作《つくり》たる田のよくて、こなたに作《つくり》たるにも殊《こと》の外《ほか》まさりたりければ、多《おほ》く刈《かり》置《を》きなどして、さりとてあるべきならねば、妻男《めおとこ》になりにけり。男子《おのこゝ》、女子《をんなご》あまた生《う》みつゞ《こ》けて、また《又》それが妻男《おとこ》になりなりしつゝ《へ》《こ》、大きなる嶋なりければ、田畠も多《おほ》く作《つくり》て、この比《此》《ごろ》は、その妹背《いもせ》が生《う》み続《つゞ》けたりける人ども、嶋《しま》にあまるばかりになりてぞあんなる。

妹背《いもせ》嶋《じま》とて、土左国の南の沖にあるとぞ人語《かた》りし。

〈現代語訳〉

こうして、この舟は、はるか沖にある島に吹きつけられてしまった。子供らは泣く泣く降りて、舟をつないで見てみたが、まったく人がいない。帰るにもどうやって帰ったらよいかわからないので、島に降り立って言うには、「今はもうどうしようもない。そうかといって死ぬわけにもいかない。この食べ物があるうちは少しずつでも食べて生きていられようが、これがなくなったら、どうして生きていかれよう。さあ、この苗が枯れないうちに植えようよ」と言うと、「本当にそうだ」と言って、水の流れがあるところで、田に作るのによさそうな場所を探し出して、鋤や鍬はあったから（耕して植え）、木を伐《き》って粗末な小屋などを作った。季節に応じて実のなる木が多かったので、それを取って食べながら過ごしていくうちに、やがて秋にもなった。そうなるべき前世からの因縁でもあったのか、作った田が豊作で、本土で作ったのよりもずっとよい出来だったので、たくさん刈り収めて置いたりして、いつまでもこのままでもいられないので、二人は夫婦になった。男の子や女の子をたくさん生み続けて、それがまた次々に夫婦になっていきながら、大きな島だったので、田畠も多く作り、このごろは、その兄妹が生み続けた人たちが島にあふれるほどになっているという。

これは妹背《いもせ》島《じま》といって、土佐国の南の沖にあると人が語った。

〈語釈〉

○はるかの沖　『今昔』は「遥《はるか》ニ南ノ沖」、『書陵部本』『版本』は「はるかの南の沖」。話末の「土左国の南の沖」に照応する。○いかにも　まったく。○言ひけるやう　『今昔』では以下の言葉を「女子ノ云ク」とし、この妹の言葉を聞いて、男子が「只、何《いか》ニモ汝ガ云《いは》ンニ随《したがは》ム、現《げ》ニ可然《さるべき》事也」と応じている。年齢が若くても、女子の方が現実的・実際的である。○鋤、鍬はありければ　この後、次の「木伐りて」までの間に脱文があるらしい。鋤や鍬は土を掘り返したりする道具で、木を伐るものではない。『今昔』には「鋤・鍬ナド皆有《あり》ケレバ、苗ノ有《あり》ケル限リ皆殖《うゑ》テケリ。然《さ》テ、〔斧・〕鐇《たつぎ》ナド有《あり》ケレバ、木伐《こり》テ菴《いほり》ナド造《つくり》テ」とあり、もとはこれに近い内容であったと考えられる。○なり物の木　果実のなる木。○さるべきにやありけん　そうなるべき前世からの因縁があったのであろうか。○さりとてあるべきならねば　そうかといって、そのままでいるわけにもいかないから。『今昔』では「妹《いも》兄《せ》過《すぐ》ス程ニ、漸《やうや》ク年来《としごろ》ニ成《なり》ヌレバ、然《さ》リトテ可有《あるべき》事ニ非《あら》ネバ、妹兄、夫婦《めをうと》ニ成ヌ」とある。

○妹背嶋　宿毛湾にある沖の島といわれ、鵜来《うぐる》島・姫島の属島を合わせた三島の総称。

〈参考〉

『今昔』巻二十六第十話と同文的同話だが、『今昔』の方が具体的である。五行循環思想の相生《そうじょう》の理でいくと、これは前々話の金を承けて「金生水《ごんしょうすい》」の水の話であるといえる。

　両親のわずかな不注意から、大海を漂流することになった兄妹と、子供を捜し求めて騒ぐ親の姿に読者も共感する。しかし、兄妹は運強く無人島に漂着し、そこを開拓してたくましく生きていく。兄妹は結ばれて、子孫を増やし、島の経営に成功し、繁栄するめでたい話となる。妹背嶋の名の由来説話である。

　大林太良はこの話に兄妹漂着モチーフとしてインドネシア、沖縄、土佐をつなぐ黒潮の道に沿う系譜を指摘する（『旧全集』月報37）。また『集成』の注では、部族の始祖に関する説話として近親相姦のモチーフがあることを指摘し、我が国の事例としては兄妹相姦の類型が最も多いとしている。また東南アジア、中国南方苗《ミヤオ》系の人々の伝承する伏羲《ふっき》・女媧《じょか》等の洪水創世神話、朝鮮等の洪水伝説との関連も見逃せない。大島建彦編『集成』の『宇治』の付録にはこの類の多くの参考文献が収録してある。なお、遠いところでは、旧約聖書のノアの方《はこ》舟《ぶね》の話などもこの類にあげられよう。

　『今昔』ではこの兄妹の運命を「前生ノ宿世《ぜんしやう》」によるものであろうという。本書では「さりとてあるべきならねば」といい、成り行きで夫婦になったといっているのがおもしろい。

五十七（上五十七）石橋下蛇事〈石橋《いしばし》の下《した》の蛇《くちなは》の事〉巻四―五

この《(此)》近《(ちか)》くの事なるべし。女ありけり。雲林院《うりんゐん》の菩提《(薩)》講に、大宮を上《(のぼ)》りに参《(まゐ)》りける程に、西院《さいゐん》の辺《(へん)》ちかくなり《(成)》て、石橋ありけり。水のほとりを二十《(廿)》あまり三十《(卅)》ばかりの女房、中結《(ゆ)》ひて歩《(あゆ)》み行《(ゆ)》くが、石橋を踏《(ふ)》み返して過《すぎ》ぬるあとに、踏《(ふ)》み返《(かへ)》されたる橋の下《(した)》に、斑《(またら)》なる小蛇《(こくちなは)》のきりきり《(〳〵)》としてゐたれば、石の下《(した)》に蛇《(くちなは)》のありけると見《(み)》るほどに、この《(此)》踏《(ふ)》み返したる女の後《(しり)》に立《たち》てゆらゆら《(〳〵)》とこの蛇《(くちなは)》のゆけば、後《(しり)》なる女の見《(み)》るにあやしくて、いかに思《おもひ》て行《ゆく》にかあらん。踏《(ふ)》み出《(い)》だされたるを悪《(あ)》しと思《おもひ》て、それが報答《ほうたふ》せんと思ふにや。これがせんやう見《(み)》むとて、後《(しり)》に立《(た)》ちて行《ゆく》に、この《(此)》女、時々《(〳〵)》は見返《(かへ)》りなどすれども、我供《わが(とも)》に蛇《(くちなは)》のあるとも知《(し)》らぬげなり。また《(又)》、同《(おな)》じやうに行《ゆく》人あれども、蛇《(くちなは)》の女に具《(く)》して行《ゆく》を見《(み)》つけいふ人もなし。ただ最《(こ)》初見《(み)》つけつる女の目にのみ見《(み)》えければ、これがしなさんやう見《(み)》んと思《おもひ》て、この女の尻を離《(はな)》れず歩《(あゆ)》み行《ゆく》ほど《(程)》に、雲林《(うりん)》院に参《(まゐ)》りつきぬ。

〈現代語訳〉

五十七　石橋の下の蛇のこと

近ごろのことであろう。ある女がいた。雲林院《うりんいん》の菩提講《ぼだいこう》にあずかるために、大宮大路を上って行った。やがて西院《さいいん》のあたり近くなって、石橋があった。川のほとりを、年のころ二十《はたち》過ぎ、三十くらいの年かっこうの女が、腰帯を締めて歩いて行き、石橋を踏み返して通り過ぎた。すると、その踏み返された橋の下に、まだらの蛇がとぐろを巻いていた。「石の下に蛇がいたわ」と思って見ていると、この踏み返した女の後ににょろにょろとこの蛇がついて行くので、後から行く女はこれを見て変に思い、「いったいどういうつもりでついて行くのかしら。石橋の下から踏んで外に出されたのが癪《しゃく》にさわって、その仕返しをしようというのかしら。とにかく、この蛇が何をするのか、このなりゆきを見てみよう」と思い、後ろについて行くと、この女はときどき振り返ったりなどするが、自分の後に蛇がついて来るとも気づかぬ様子である。また、同じように道を行く人がいるが、蛇が女について行くのを見つけて口にする人もいない。ただ最初に見つけた女の目にだけ見えたので、この蛇が何をしようとするのか見届けよう、と思い、この女の後を離れずに歩いて行くうちに、雲林院に行き着いた。

〈語釈〉

○蛇　底本は「虵」。蛇の俗字。○雲林院　京都市北区紫野にあった天台宗の寺院。もと淳和天皇の離宮で、紫野院と呼ばれた。のち、仁明天皇の皇子常康《つねやす》親王が住み、遍照《へんじょう》がその後を受け、寺とした。のち、村上天皇の勅願により造塔、造仏がなされ、貴族たちにも信仰されて栄えた。現在は大徳寺の南に紫野雲林院《うんりんいん》町があり、観音堂一宇が残る。○**菩提講**　底本は「菩薩講」と表記。以下すべて同じ。諸本により改める。極楽に往生し、菩提（仏果）を得るために法華経を講説する法会。毎年三月二十一日に行なわれた。「雲林院の菩提講に詣でて侍りしかば」（『大鏡』序）とあるように、『大鏡』の物語の場に設定されている。『今昔』巻十五第二十二話にも出る。○**大宮**　大宮大路。朱雀《すざく》大路を中心に、大内裏の東側に接して東大宮大路、西側に接して西大宮大路が南北に通じていた。両説あるが、西院の位置から、ここは西大宮大路とする通説が適当か。次の「上《のぼ》り」は北に向かうこと。○**西院**　淳和天皇の後院として造られた離宮で、淳和院とも呼ばれた。『拾芥抄《しゅうがいしょう》』には「四条北、西大宮東」とあり、現在の京都市右京区西院淳和院町付近がその地にあたる。後に尼寺となる。○**中結ひて**　中結いをして。「中結ひ」は衣の裾が行動の邪魔にならないように、衣を少し引き上げて、腰のあたりに帯を締めること。第百七十六話に「僧正、中結ひ打ちして」とある。○**小蛇**　『版本』は「くちなは」。○**きりきりと**　堅くとぐろを巻く形容。○**報答せん**　仕返しをしよう。「報」の音は漢音ハウ、呉音ホウ。中世ではホウの呉音が一般的である。○**しなさんやう**　たくらんでしようとするさま。「なさ」は補助動詞「なす」の未然形。意識して……する、わざと……する、の意を表わす。

寺の板敷《いたじき》に上《のぼ》りて、この《此》女居ぬれば、この《此》蛇《虵》も上《のぼ》りて傍《かたはら》にわだかまり臥《ふ》したれど、これを見つけ騒《さは》ぐ人なし。希有《けう》のわざかなと、目を放《はな》たず見《み》るほど《程》に、講果《かうは》てぬれば、女、立《た》ち出《いつ》るに従《したか》ひて、蛇《くちなは》も続《つゝ》きて出《いで》ぬ。この《此》女、これがしなさんやう見《み》んとて、尻にたちて京ざまに出《い》でぬ。下《しも》ざまに行《ゆき》とまりて家あり。その家に入《い》れば、蛇《くちなは》も具《ぐ》して入《いり》ぬ。これぞこれが家なりけると思《おも》ふに、昼《ひる》はする方《かた》もなきなめり、夜《よる》こそとかくする事もあらんずらめ、これが夜《よる》の有様《ありさま》を見ばやと思《おも》ふに、見《み》るべきやうもなければ、その家に歩《あゆ》み寄《よ》りて、「田舎《ゐ中》より上《のぼ》る人の、行《ゆ》き泊《とま》るべき所も候はぬを、今宵《こよひ》ばかり《斗》宿《やと》させ給《たまひ》なんや」と言《い》へば、この蛇《くちなは》のつきたる女を家主《あるし》と思ふに、「ここ《ゝ》に宿《やと》り給《たまふ》人あり」と言《い》へば、老《おい》たる女出《い》で来《き》て、「誰《たれ》かのたまふ《給》ぞ」と言《い》へば、これぞ家主《あるし》なりけると思ひて、「今宵《こよひ》ばかり《斗》、宿借《やとか》り申《まうす》なり」と言《い》ふ。「よく侍《はべり》なん。入《いり》ておはせ」と言《い》ふ。うれしと思《おもひ》て、入《いり》て見《み》れば、板敷《いたしき》のあるに上《のぼ》りて、この《此》女ゐたり。蛇《くちなは》は《ゝ》板敷の下《しも》に、柱のもとにわだかまりてあり。目《め》をつけて見《み》れば、この《此》女をまもりあげて、この《此》蛇《くちなは》は《ゝ》ゐたり。蛇つきたる女、「殿にあるやうは」など、物語《かたり》しゐたり。宮仕《みやづかへ》する者《物》なりと見《み》る。

かかる《ゝ》ほどに、日ただ《ゝ》暮《く》れに暮《くれ》て、暗《くら》くなりぬれ《成》ば、蛇《くちなは》の有様《ありさま》を見《み》るべきやうもなくて、この《此》家主とおぼゆる女に言《い》ふやう、「かく宿《やと》させ給へるかはりに、緒《を》やあ る、績《う》みて奉《たてまつ》らん。火ともし給へ」と言《い》へば、「うれしくのたまひ《給》たり」とて、火 ともしつ。緒取出《おとりいだ》してあづけたれば、それを績《う》みつつ《こ》見《み》れば、この《此》女臥《ふ》しぬめり。 今《いま》や寄《よ》らんずらんと見《み》れども、近《ちか》くは寄《よ》らず。この事やがても告《つ》げばやと思へども、 告《つ》げたらば、我《わが》ためも悪《あ》しくやあらんと思《おもひ》て、もの《物》も言《い》はで、しなさんやう見《み》んと て、夜中の過《すぐ》るまでまもりゐたれども、つひ《ゐ》に見《み》ゆるかたもなきほど《程》に、火消《きえ》ぬれ ば、この《此》女も寝《ね》ぬ。

〈現代語訳〉

寺の板の間に上ってこの女が坐ると、この蛇も上ってすぐ側でとぐろを巻いて寝ているが、これを見つけて騒ぐ人もいない。不思議なことだなあと、目をそらさず見ていると、講が終わったので、女が立って出て行くのにつれて、蛇も続いて出て行った。これを見ていた女は、この蛇が何をしようとするのか、見届けようと、後をつけて京の方へ出て行った。下《しも》京《ぎょう》の方に行きついて一軒の家がある。その家に女が入ると、蛇も一緒について入った。これがこの女の家なんだ、と思うが、蛇は昼間は何もしないだろう。夜こそ何かすることもあろう。ひとつこの蛇の夜の様子が見たいものだと思うが、見るすべもないので、その家に歩み寄って、「田舎から上京した者ですが、行って泊まれるところもございませんので、今夜一晩だけ泊めていただけませんか」と言った。すると、この蛇が憑いている女がこの家の主人だと思っていたのに、その女が、「ここにお泊まりなさる人がおりますよ」と言う。すると一人の老女が出て来て、「どなたがそうおっしゃるのですか」と言う。さてはこれがこの家の主人なのだと思い、「今晩だけ宿をお借りしたいのです」と言う。「よろしゅうございますよ。お入りなさいませ」と言う。うれしいと思って入って見ると、板の間《ま》のあるところに上がってこの女が坐っている。蛇は板の間の下の柱のもとにとぐろを巻いている。気をつけて見ると、蛇は鎌首をもたげてじっとこの女を見つめている。蛇憑きの女は、「御殿の様子はね」などと話をしている。官仕えをしている者と思われる。

こうしているうちに、日はたちまち暮れて、暗くなってしまったので、蛇の様子を見るべきすべもなく、そこでこの家主と思われる女に「こうして泊めていただくお礼に、緒《お》がありますか、あれば縒《よ》って差し上げましょう。明かりをつけて下さいな」と言うと、「まあ、うれしいことをおっしゃる」と言って、明かりをともした。緒を取り出してよこしたので、それを縒りながら見ていると、この女は寝てしまったらしい。今こそ蛇が寄っていくだろうと見ているが、近くには寄っていかない。このことをすぐにも知らせたいと思うが、知らせたら、自分にもまずいことになるのではないかと思い、何も言わず、どうするかその有様を見ようと、夜中過ぎまでじっと見つめていたが、ついにどうにも見えないほどに灯火が消えてしまったので、この女も寝た。

〈語釈〉

○わだかまり　蛇がとぐろを巻いて。○希有のわざかな　不思議なことだなあ。「希有」は珍しい、不思議だの意。第十七・十八・二十八話等に既出。○京ざま　京の方。「さま」は……の方角への意の接尾語。なお雲林院は一条通りの北側に位置していたので、都の郊外に当たる。都の区域は一条通りより南側。○下ざま　下京の方面。○とかくする事　あれやこれや、いろいろとすること。○宿させ給《たまひ》なんや　『版本』は「やどさせ給はなんや」。○まもりあげて　じっと目を離さずに見上げて。「まもる」は「目守《まも》る」で、目を離さずに、じっと見つめる意。第三十二話に既出。○殿にあるやうは　「殿」は勤め先の御殿。御殿での様子はね。○緒　「麻《を》」と同源の語かといわれ、ここでは麻または苧《からむし》の茎や皮で作った繊維。それから作った糸をもいう。その繊維を紡いで糸にすることを「績《う》む」という。

明《あけ》て後、いかが《(ゝ)》あらんと思《おもひ》て、惑《(まと)》ひ起《(お)》きて見《(み)》れば、この《(此)》女、よきほど《(程)》に寝起《(ねお)》きて、ともかくもなげにて、家あるじとおぼゆる女に言《(い)》ふやう、「今宵《(こよひ)》、夢をこそ見《(み)》つれ」と言《(い)》へば、「いかに見給へるぞ」と問《(と)》へば、「この寝《(ね)》たる枕上《まくらがみ》に、人のゐると思《おもひ》て見《(み)》れば、腰《(こし)》より上《(かみ)》は人にて、下《(しも)》は蛇《(くちなは)》なる女の、清《(きよ)》げなるがゐて言《(い)》ふやう、『お《(を)》のれは、人を恨《(うら)》めしと思ひし程に、かく蛇《(くちなは)》の身を受《(う)》けて、石橋の下に多《(おほ)》くの年《(とし)》を過《(す)》ぐして、わびしと思《(おも)》ひゐたるほどに、お《(を)》のれが重《(をも)》しの石を踏《(ふ)》み返し給ひしに助《(たす)》けられて、石のその苦をまぬかれて、うれしと思ひ給《たまへ》しかば、この人のおはしつかん所を見《(み)》お《(を)》き奉《(たてまつ)》りて、よろこびも申さむと思《おもひ》て、御供に参《(まい)》りしほどに、菩提《(薩)》講の庭に参《(まい)》り給《たまひ》ければ、その御供に参《(まい)》りたるによりて、あひがたき法をうけ給《たまは》りたるによりて、多《(おほ)》く罪をさへ滅《(ほろ)》ぼして、その力にて人に生《(む)》まれ侍《はべる》べき功徳《くどく》の近《(ちか)》くなり侍ればば、いよいよ《(〳〵)》悦《よろこび》をいただ《(ゝ)》きて、かくて参《(まい)》りたるなり《(也)》。この報《(むくひ)》いには、物よくあらせ奉《(たてまつ)》りて、よき男《(おとこ)》などあはせ奉《(たてまつ)》るべきなり』と言《(い)》ふとなん見《(み)》つる」と語《(かた)》るに、あさましくなりて、この《(此)》宿《(やと)》りたる女の言《(い)》ふやう、「まことは、お《(を)》のれは田舎《(ゐ中)》より上《(のぼ)》りたるにも侍らず、そこそこ《(〳〵)》に侍るものなり《(也)》。それが、昨日、菩提《(薩)》講に参り侍《はべり》し道に、その程に行《ゆき》あひ給たりしかば、後《(しり)》に立《たち》て歩《(あゆ)》みまかりしに、大宮のその程の川の石橋を踏《(ふ)》み返《かへ》されたりし下より、まだらなりし小蛇《(こくちなは)》の出《(い)》で来《(き)》て、御供に参《まゐり》しを、かくと告《(つ)》げ申さむと思ひしかども、告《(つ)》げ奉《(たてまつ)》りては、我《わが》ためも悪事《あしきこと》にてもやあらんずらんと恐《(おそ)》ろしくて、え申さざ《(ゝ)》りしなり《(也)》。まことに講の庭にもその蛇《(くちなは)》侍《はべり》しかども、人もえ見《(み)》つけざりしなり《(也)》。果《(は)》てて《(ゝ)》出《いで》給ひし折《(おり)》、また《(又)》具《ぐ》し奉《(たてまつ)》りたりしかば、なりはてんやうゆかしくて、思《おもひ》もかけず、今宵《(こよひ)》ここ《(ゝ)》にて夜を明《あか》し侍りつるなり《(也)》。この夜中過《すぐ》るまでは、この《(此)》蛇柱《(虵)》のもとに侍《はべり》つるが、明《あけ》て見《(み)》侍《はべり》つれば、蛇《(くちなは)》も見《(み)》え侍らざりしなり《(也)》。それにあはせて、かか《(ゝ)》る夢がたりをし給へば、あさましく、恐《(おそ)》ろしくて、かくあらはし申《まうす》なり。今よりは、これをついでにて何事《(なに)》も申さん」など言《(い)》ひ語《(かた)》らひて、後はつねに行通《ゆき(かよ)》ひつつ《(ゝ)》、知《(し)》る人になんなり《(成)》にけり。

さて、この女、よに物よくなり《(成)》て、この比《ごろ》は何《(なに)》とは知《(し)》らず、大殿《おほいどの》の下家司《しもけいし》のいみじく徳あるが妻になり《(成)》て、よろづ事叶《ことかなひ》てぞ有《あり》ける。尋《たづね》ばかくれあらじかしとぞ。

〈現代語訳〉

夜が明けてから、どうなっているだろうかと思って、あわてて起きてみると、この女はほどよい時分に起き出して、別に何ともなさそうな様子で、その家の主人と思われる女に話している。「ゆうべ夢を見ましたのよ」と言うと、「どんな夢を御覧になったの」と聞く。「この私の寝ている枕もとに人がいるなと思って、見ると、腰から上は人で、下は蛇の、きれいな女が坐っていて、言うには、『私はある人を恨めしいと思ったために、このように蛇の身に生まれ変わり、石橋の下で長年過ごし、つらいと思っておりましたところ、昨日、私の重しの石をあなたが踏み返して下さったおかげで、石の苦しみを免れて、うれしく存じましたので、このお方がお着きになるところを見届けてお礼を申し上げようと思い、お供いたしましたところ、菩提講の場においでになりましたので、そのお供に参ったおかげで、めったに遇い難い尊い仏法を承ることができ、そのために多くの罪までも消滅し、その法力で人間に生まれ変わることができる功徳が近くなりましたので、ますますありがたく存じまして、こうして伺ったのです。このお礼には、運をよくして差し上げて、立派な殿御《とのご》と結婚させてあげますよ』と言う夢を見たのです」と語った。これを聞いてびっくりし、ここに泊まった女が言うには、「本当は、私は田舎《いなか》から上京した者ではございません。これこれのところに住んでいる者です。ところが、昨日、菩提講に参りました道で、途中であなたに行き合いましたので、後について歩いて行きますと、大宮のあの辺の川の石橋を踏み返され、その下からまだらの小蛇が出て来て、お供について参りました。それをこうとお知らせしようと思いましたが、お知らせしては、自分にとっても悪いことがあるのではないかと恐ろしくて、申し上げられなかったのです。そういえば、講の席にもその蛇はおりましたが、誰も見つけることができなかったのです。講が終わり、出て行かれた時、またあなたについて行きましたので、どうなることか見届けたくて、思いもかけず、昨夜はここで夜を明かしてしまったのです。この夜中過ぎるまでは、この蛇は柱のもとにおりましたが、夜が明けて見ますと、蛇も見えませんでした。それに合わせて、こういう夢のお話をなさるので、驚きもし、恐ろしくもなって、こうして打ち明けるのでございます。これからはこれを御縁に何でもお話しいたしましょう」などと語り合って、その後は常に行き来をして知り合いになったのである。
ところで、この女はたいそう運がよくなり、このごろは何という人かは知らないが、大臣家の下家司で非常に裕福な者の妻になって、万事思いのままに暮らしている。尋ねてみれば、きっとすぐにわかるだろうということだ。

〈語釈〉

○惑ひ起きて　あわてて起きて。蛇の行動を見そこなったかと思ってあわてたのである。○よきほどに　適当な時分に。○いかに見給へるぞ　どのような夢を御覧になったのですか。「給へる」の「る」は底本「ハ」を見せ消ちにして「る」と傍書。『陽明本』は「見給へハそ」。『書陵部本』、『版本』は「る」。○かく蛇の身を受けて　このように蛇身に生まれ変わって。仏教の輪廻転生《りんねてんしょう》の思想により、畜生道に堕ちたのである。○わびし　こらえがたく苦しく、つらい。第十二・十三・二十七・四十話等に既出。○思ひ給《たまへ》しかば　ここの「給」は下二段活用で謙譲を表わす。○よろこび　お礼。感謝の気持ち。○庭　場所。物事を行なうための場。○あひがたき法　出合うことが難しい仏法。生物は六道《ろくどう》（六種の世界―地獄・餓鬼・畜生・修羅・人・天）に輪廻して、人間に生まれることはなかなか難しい。また人間に生まれても仏道に出合うことはさらに難しいといわれる。『雑阿含経《ぞうあごんきょう》』巻十五には盲亀が百年に一度大海の表に顔を出し、海面を漂う浮木の孔に出会うのが難しいように、人間界に生まれるのは難しいという。『法華経』化城喩品《けじょうゆぼん》第七には「世尊甚希有　難レ可レ得二値遇一」とあり、同経、妙荘厳王本事品《みょうしょうごんのうほんじぼん》第二十七にも「仏難レ得レ値、如二優曇鉢羅華一、又如三一眼之亀値二浮木孔一」とある。「六道講式」にも「人身ハ受ケ難ク、仏法ハ値《あ》ヒ難シ」とあり、ここでは、畜生である蛇の身で、仏法に出合えたよろこびを語っている。なお次の「うけ給り」（承り）は、底本「うけ給ひ」。諸本に従って改める。お聞きして。うかがって。○功徳　現在または未来に幸福をもたらすよい行為。第四十一話に既出。○悦をいただきて　感謝の気持ちを持って。「いただく」は「ささげ持つ」の意に解するが、「いだきて」とか「いたして」の誤写かとする説（『全書』）もある。○あさましくなりて　びっくりして。「あさまし」は意外なことに驚くこと。第十七・十九話等多出。○そこそこに　しかじかのところに。その場所を明示しないでいう語。○なりはてんやうゆかしくて　どうなるのか事の結末が知りたくて。「ゆかし」は知りたいという意。○ついでにて　ご縁として。○なんなりにけり　『書陵部本』、『版本』は「なん成（なり）にける」。○よに物よくなりて　本当に幸せになって。「よに」は程度のはなはだしいさまを表わす副詞。「物よし」は運がよい意。○大殿　大臣家。○下家司　家司《けいし》。親王や内親王家、摂政・関白家および三位以上の公卿の家で、事務をつかさどる職員をいうが、平安中期以降は権門勢家の政所《まんどころ》や侍所《さむらいどころ》などの職員をいい、四位、五位の者を上家司、それ以下の者を下家司といった。○徳　財産、富。

〈参考〉

本話は起・承・転・結の四段に分けられる。

石橋を踏み返した女の後をつけて行く蛇と、それを見て、好奇心に駆られて後を追う女とが雲林院に到着する第一段。菩提講の間も女の側を離れず、帰宅する女をなおも追い続ける蛇の第二段。ここで次第に不気味さが増す。第三段では夜中の蛇の恐るべき行動に対する期待感が、後をつけた女とともにこの話の行方を追う読者にも高まっていく。第四段の意外な結末。はからずも菩提講の場に居合わせることになった蛇が、法華経を聴聞した功徳によって生前の罪を滅することができ、再び人間界に生まれることができるようになったということと、その蛇の報恩によって女が幸運を手に入れたというハッピーエンドの結びである。「尋《たづね》ばかくれあらじかしとぞ」という話末が、本書編者の言葉かどうか判明しないので、この話の時と場は想定できないが、ともかく、世俗説話的部分と、滅罪生善・輪廻転生を説く仏教説話的部分とがうまく混合し、成功した話であるといえる。宿世譚《すくせたん》という点で前話と関連しているともいえるだろう。

ちなみに、蛇身を受けた女が法華八講を聴聞して浄土に往生した話が『今昔』巻十三第四十三話にあり、また法華経書写供養の功徳によって蛇身を免れる話も同書・巻十四第一～四話に載る。このような話が語られるもとには、『法華経』提婆達多品《だいばだったぼん》に説く竜女成仏の教説があると考えられる。

ところで、本話とは関係ないが、昔話には蛇の祟りの話が多い一方、蛇と福運という話もあり、特に金運にありつけるという話も多いという（松谷みよ子『木霊・蛇』立風書房）。

気味が悪い物に対して、それを恐れ、あえて逆転させて幸運という反対の事柄を求める心理が働くためではなかろうか。

五十八（上五十八）東北院菩提《(薩)》講聖事〈東北院菩《とうぼくゐんぼ》提講《だいかう》の聖《ひじり》の事〉巻四―六

東北院《とうぼくゐん》の菩提《(薩)》講はじめける聖《ひじり》は、もとはいみじき悪人にて、人屋《ひとや》に七度《ななたび》ぞ入《いり》たりける。七度《(たひ)》といひける度《(たひ)》、検非違使《けびゐし》ども集《(あつま)》りて、「これはいみじき悪人なり《(也)》。一、二度人屋にゐんだに、人としてはよかるべき事かは。まして、いくそばくの犯《(おか)》しをして、かく七度《(たひ)》までは、あさましくゆゆ《(ゝ)》しき事なり《(也)》。このたび、これが足切《きり》てん」とさだめて、足切《(き)》りに出《いで》ゆきて、切《(き)》らんとするほどに、いみじき相人《さうにん》ありけり。それがもの《(物)》へ行《(い)》きけるが、この《(此)》足《(あし)》切《(き)》らむとする者《(もの)》に寄《(よ)》りて言《(い)》ふやう、「この人、おのれ《(を)》に許《(ゆる)》されよ。これ《(是)》はかならず往生《わうじやう》すべき相ある人なり」と言《(い)》ひければ、「よしなき事言《(い)》ふ、ものも覚《(おほ)》えぬ相する御房かな」と言《(い)》ひて、ただ《(ゝ)》切《きり》に切《(き)》らむとすれば、その切《(き)》らんとする足《(あし)》の上《(うへ)》にのぼりて、「この足《(あし)》のかはりに、わが足を切《(き)》れ。往生すべき相ある者《(もの)》の《(ゝ)》足《(あし)》切《(き)》らせては、いかでか見《(み)》んや。おうおう《(〱)》」とを《(お)》めきければ、切《(き)》らんとする者《(物)》ども、しあつかひて、検非違使に、「かうかう《(へ)》の事侍《はべり》」と言《(い)》ひければ、やんごとなき相人の言《(い)》ふ事なれば、さすがに用《(もち)》ひずもなくて、別当《べつたう》に「かかる《(こ)》事なんある」と申《まうし》ければ、「さらば、許《(ゆる)》してよ」とて許《(ゆる)》されにけり。その時、この盗人《ぬすびと》、心おこして、法師になり《(成)》て、いみじき聖《ひじり》になり《(成)》て、この《(此)》菩提《(薩)》講は始《(はし)》めたるなり《(也)》。まことにかなひて、いみじく終《をはり》とりてこそ失《(う)》せにけれ。

かかれ《(こ)》ば、高名《(かうみやう)》せんずる人は、その相ありとも、おぼろけの相人の見《(み)》る事にてもあらざりけり。始《(はし)》めお《(を)》きたる講も今日《(けふ)》まで絶《(た)》えぬは、まことにあはれなる事なりかし。

〈現代語訳〉

五十八　東北院の菩提講の聖のこと

東北院の菩提講を始めた聖《ひじり》は、もとはものすごい悪人で、牢屋《ろうや》に七回も入ったという。七度目といった時、検非違使《けびいし》どもが集まって、「これはとんでもない悪人だ。一、二度牢屋に入るのでさえ、人としてよいはずはない。まして何度も罪を犯して、こうして七度までも入るとは、あきれ返ったひどいことだ。今回はこいつの足を切ってしまおう」と決めて、足を切りに出かけて行き、切ろうとする時に、そこにすぐれた人相見がいた。それがよそに行くところだったが、この足を切ろうとする者に近寄って、「この人を私に免じて許して下さい。この人は必ず極楽往生する人相の人だ」と言ったところ、「つまらんことを言う、わけもわからぬ人相見のお坊さんだ」と言って、今にも切ろうとしたので、その切ろうとする足の上にのぼって、「この足の代わりに、わしの足を切れ、必ず往生する人相のある者の足が切られるのを、どうして見ておられよう。おうおう」とわめいたので、切ろうとする者どもも困ってしまい、検非違使に、「これこれのことがございます」と言った。名の知られたえらい人相見の言うことなので、さすがに用いないわけにもいかず、長官に「このようなことがあるのですが」と申し上げると、「それでは、許してやれ」ということで、許された。その時この盗人は発心《ほっしん》して法師になり、やがて後にはすぐれた聖になって、この菩提講を始めたのである。まことに人相見の言ったとおりで、立派な臨終を迎えて亡くなったという。

だから、将来名をあげるような人は、たといその相を持っていても、ぼんくらな人相見には見抜けることではないのだ。その聖が始めておいた講も今日まで絶えず続いているのは、まことにすばらしいことである。

〈語釈〉

○東北院　道長の女《むすめ》上東門院彰子《あきこ》の発願《ほつがん》により長元三年（一〇三〇）八月に創建された常《じょう》行堂《ぎょうどう》。道長の建立した法成寺《ほうじょうじ》の東北隅にあったことによる名。『扶桑略記』長元三年八月二十一日の「上東門院供養東北院」の願文には「鳳城東面鴨水西頭」とあり、平安京の東京極大路の東、一条大路末の南側にあった。康平元年（一〇五八）に焼亡、同四年七月に再建。『栄花物語』には「年ごとの九月には御念仏せさせたまふ」（歌合）とあり、『今鏡』にも九月十三日から始められる念仏会の記事があり、東北院の念仏会は知られていた。『今昔』は雲林院のこととする。○菩提講　底本は「菩薩講」と表記。以下すべて同じ。諸本により改める。極楽往生を願って法華経を講説する法会。毎年三月二十一日に行なわれた。前話（第五十七話）に既出。○聖　高徳の僧。伝未詳。『今昔』巻十五第二十二話には「本《もと》、鎮西《ちんぜい》ノ人也。極《きはめ》タル盗人也ケレバ、被捕《とらへら》レテ獄《ひとや》ニ七度被禁《きんぜられ》タリケルニ」とある。○人屋　牢獄。○検非違使　平安時代に設けられた令外官《りようげのかん》の一つ。非法や違法を検察する役。京中の犯罪を取り締まり、訴訟や裁判をつかさどる職で、強権を振るった。「けんびゐし」、「けんぴゐし」ともいう。第二十二話等に既出。○いくそばく　多く。数知れず。「ば」「く」は接尾語。○ゆゆしき事　ひととおりでないこと。第五・三十六話等多出。○足切てん　中国古代の肉刑の一つに「刖《げつ》」（足切りの刑）がある。刖者《げつしや》について『周礼《しゆらい》』に「墨者は門を守らしめ、劓《ぎ》者は関を守らしめ、宮者は内を守らしめ、刖者は囿《ゆう》（御苑）を守らしめ、云々」とある。足の膝蓋骨《しつがいこつ》を切り去る刑罰というが、日本でのこのころの「足切り」は実際どのようなものであったかよくわからない。本当に足を切ってしまうのであろうか。手を切るという刑は実際に行なわれていたようである。『玉葉』（巻三十）治承三年（一一七九）五月十九日の条に「今日、廷尉等群ヲ二集大理門辺一、切二強盗之輩右手一云々、十二人」の記事がある。○相

人　人相を見る人。○おのれに許されよ　自分に免じて許して下さい。○往生　死後、極楽浄土に往《い》って生まれること。○よしなき事　理由がないこと。わけのわからない、たわけたこと。○いかでか見んや　どうして見ていられようか。○をめきければ　わめいたので。「をめく」は「を」という声を出すの意。○しあつかひて　もてあまして。始末に困って。○用ひずもなくて　取り上げないわけにもいかず。○別当　ここは検非違使庁の長官。第二十二・四十五・五十五話等に既出。○心おこして　発心して。仏道に入り、修行しようという気持ちを起こして。○法師　仏法に精通し、衆生《しゅじょう》の師となる者のこと。僧侶。○まことにかなひて　本当に人相見の予見どおりになって。『版本』は「相かなひて」。○いみじく終とりて　立派に臨終を迎えて。往生を遂げたのである。なお、「いみじ」は、程度のはなはだしい意であるが、本話での「いみじき悪人」の場合は、非常に悪いの意に、「いみじき相人」は、大変すぐれたの意に用いる。○高名せんずる人　将来名をあげるような人。『今昔』は「往生可為《すべ》キ人」。○おぼろけの　並の。平凡な。

〈参考〉

『今昔』巻十五第二十二話と同話。ただし語釈の項で指摘したが、本話が「東北院菩提講の聖の事」とするのに対して、『今昔』では雲林院の菩提講を始めた聖人の往生話となっていて、場所が異なる。なお、東北院は念仏会が有名。

牢獄に七度も入ったという、いみじき悪人の発心、往生譚である。これ以上の悪行を阻止するために、足切りの刑によって歩行不能にされるところを、偶然来合わせたすぐれた相人《そうにん》のおかげで、あやうく処刑を免れた男が、その相人の予言どおりに発心し、立派な聖となって菩提講を始め、見事に往生を遂げた話。

処刑寸前にすぐれた相人が通りかかったという幸運と、相人が往生の相ある者と判断した機縁、これらがなければ、極悪人として生涯を終えていたかもしれない男の、まことに感慨深い往生譚である。悪に強い者は善にも強いというが、相人の予言が思い込みとなって、善に回心《えしん》したということともいえよう。本話は、また菩提講の起源譚とも、すぐれた人相見の話とも、悪が横行していた時代の話ともとらえることができる。一方『今昔』は往生話の一つとして掲載する。

五十九（上五十九）三川入道遁世之間事〈三川《みかは》の入道《にふだう》、遁世《とんせい》の間《あひだ》の事〉巻四—七

参河入道《みかはのにふだう》、いまだ俗にてありける折《(おり)》、もとの妻をば去《(さ)》りつつ《(ゝ)》、若《(わか)》くかたちよき女に思《おも》ひつきて、それを妻にて三河《(川)》へ率《(い)》て下《(くだ)》りけるほどに、その女、久《(ひさ)》しくわづらひて、よかりけるかたちも衰《(おとろ)》へて、失《(う)》せにけるを、かなしさのあまりに、とかくもせで、夜《(よる)》も昼《(ひる)》も語《(かた)》らひ臥《(ふ)》して、口を吸《(すい)》ひたりけるに、あさましき香《か》の口より出《いで》きたりける

にぞ、疎《うと》む心出《い》で来《き》て、泣《な》く泣《〳〵》く葬《はふ》りてける。

それより、世は憂《う》きもの《物》にこそありけれと思《おも》ひなりけるに、三河《川の》国に風祭《かざまつり》といふ事をしけるに、生贄《いけにゑ》といふ事に、猪を生《い》けながらおろしけるを見《み》て、この国退《の》きなんと思《おも》ふ心付《つき》てけり。雉《きじ》を生《いけ》ながら捕《とら》へて人の出《い》で来《き》たりけるを、「いざ、この雉、生《い》けながら作《つく》りて食《く》はん。今すこし、味《あぢ》はひやよきと試《心》みん」と言《い》ひければ、いかでか心に入《い》らんと思《おもひ》たる郎等《らうどう》の、物も覚《おぼ》えぬが、「いみじく侍《はべり》なん。いかでか味《あぢ》はひまさらぬやうはあらん」などはやし言《い》ひけり。すこしものの《ゝ》心知《し》りたる者《物》は、あさましき事をも言《い》ふなど思《おもひ》けり。

かくて前にて生《い》けながら毛をむしらせければ、しばしはふたふた《〳〵》とするを、押《をさ》へて、ただ《ゝ》むしりにむしりければ、鳥の、目より血の涙をたれて、目をしばたた《ゝ》きて、これかれに見合《みあ》はせけるを見《み》て、え堪《た》へずして、立《た》ちて退《の》く者《もの》もありけり。「これがかく鳴《なく》こと」と興《ゝ》じ笑《わら》ひて、いとど《ゝ》情《なさけ》なげにむしる者《もの》もあり。むしり果《は》てておろさせければ、刀にしたがひて血のつぶつぶ《〳〵》と出《い》で来《き》けるを、のごひのごひ《〳〵》おろしければ、あさましく堪《た》へがたげなる声《こゑ》を出《いだ》して死《しに》はててければ、おろし果《は》てて《ゝ》、「炒《い》り焼《や》きなどして試《心》みよ」とて、人に試《心》みさせければ、「ことの外《ほか》に侍《はべり》けり。死《しに》たるをおろして炒《い》り焼《や》きしたるには、これはまさりたり」など言《い》ひけるを、つくづく《く》と見聞《きこ》きて、涙をながして、声を立《た》てて《ゝ》を《お》めきけるに、「うまし」など言《い》ひける者《もの》ども、したく違《たか》ひにけり。さて、やがてその日、国府《こふ》を出《い》でて《ゝ》、京に上《のぼ》りて法師になりにけり。道《だう》心《しん》のおこりければ、よく心を固《かた》めんとて、かか《ゝ》る希有《けう》の事をしてみけるなり《也》。

乞食《こつじき》といふ事しけるに、ある家に、食物《くひもの》えもいはずして、庭に畳《たゝみ》を敷《し》きて、物を食《く》はせければ、この《此》畳《たゝみ》にゐて食《く》はんとしけるほどに、簾《すだれ》を巻上《まきあげ》たりける内に、よく装束《しやうぞ》きたる女のゐたるを見《み》ければ、わが去《さ》りにし古《ふる》き妻なりけり。「あの乞丐《かたい》、かくてあらんを見《み》んと思《おも》ひしぞ」と言《い》ひて、見合《みあはせ》たりけるを、恥《はつ》かしとも苦《くる》しとも思《おもひ》たる気色《けしき》もなくて、「あな、たふと《う》」と《ゝ》言《い》ひて、物よくうち食《く》ひて帰《かへり》にけり。

ありがたき心なりかし《也》。道心をかたくおこしてければ、さる事にあひたるも、苦《くる》しとも思《おも》はざりけるなり。

〈現代語訳〉

五十九　三河の入道が遁世《とんせい》した事情のこと

三河入道（大江定基《おおえのさだもと》）がまだ俗人であったころ、本妻を離縁して、若くて美貌の女に思いを寄せ、それを妻として三河へ連れて下ったが、その女は長い間わずらって、美しかった容貌も衰え、死んでしまった。定基は悲しみのあまり、葬送することもせず、夜も昼も共寝して口を吸ったりしたが、そのうちにひどい臭いが口から出て来たので、いやになる気持ちが起こってきて、泣く泣く葬った。

それ以来、この世はつらいものだったのだと思うようになったが、そのころ、三河国では風祭という事をしていたが、生贄《いけにえ》ということで猪《いのしし》を生きたまま切り裂いたのを見て、この国を去ろうと思う気になった。折しも雉《きじ》を生け捕りにして持って来た人がいたので、定基が、「さあ、この雉を生けづくりにして食おう。殺したのを食うよりはもう少し味がよいのではないか、試してみよう」と言ったので、なんとかして定基に気に入られようと思っている家来で、物もわきまえない男が、「それはいいですね。どうして、もっと味がよくないなんてことがありましょう」などとはやしたてた。少し分別のある者は、ひどいことを言うものだ、などと思った。

こうして、目の前で生きたまま毛をむしらせたので、しばらくはバタバタとあばれるのを、押さえつけて、ただどんどんむしっていく。鳥は目から血の涙をたらして、目をしばたいて、あちこちに命乞いのまばたきをする。それを見て、堪えられないで立ち去る者もあった。「こいつがこんなに鳴くぞ」とおもしろがって笑い、ますます情け容赦もなくむしる者もいる。すっかりむしり終わって切り分けさせると、包丁を入れるにつれて血がどくどくと出て来るのを、ふきふき切り裂いたので、なんとも堪えがたげな悲鳴をあげて死んでしまった。すっかり切り分け終わって、「炒《い》ったり焼いたりして食ってみろ」と言って味見をさせたところ、「とてもうまいです。死んだのを料理して炒り焼きしたのとは格段に違います」などと言ったのを、定基はじっと見聞きして、涙を流し、「わあ」と声を上げて泣いたので、「うまいです」などと言った者どもは、あてがはずれてしまった。そこでその日すぐに定基は国府《こう》を出て、京に上り、法師になってしまった。仏道を求める心が起きたので、その心を堅固にしようとして、このような変わったことをしてみたのである。

乞食《こつじき》ということをした時のこと、ある家で食物をなんともいえぬほど見事に調《ととの》えて、庭に敷物を敷いて食べさせた。そこでその敷物に坐って食べようとした時に、簾《すだれ》を巻き上げた奥に、立派に着飾った女が坐っている。見ると、自分が離縁した先の妻であった。彼女は「あの乞食め、こういうざまになるのを見てやろうと思っていたよ」と言って目を見合わせたが、入道は恥ずかしいともつらいとも思う様子もなくて、「ああ、ありがたいこと」と言って、出された物をよく食べて帰って行った。まことに見事な尊い心であることよ。仏道心を堅く起こしていたので、このような目に遭っても、つらいとも思わなかったのである。

〈語釈〉

○参河入道　俗名大江定基。応和二年（九六二）～長元七年（一〇三四）。参議左大弁斉光《ただみつ》

の子。蔵人を経て三河守。寛和二年（九八六）出家（『尊卑分脈』）。ただし、この年は寂心《じゃくしん》（慶滋保胤《よししげのやすたね》）の出家の年でもあるので不審。永延二年（九八八）説（『百錬抄』）もあり、この方が妥当か。寂心と源信に師事。法名寂照《じゃくしょう》。長保五年（一〇〇三）に入宋《にっそう》（他の説もある）。宋の皇帝真宗から円通《えんつう》大師の号を与えられた。長元七年（一〇三四）杭州で没した。七十三歳。歌は『後拾遺集』、『詞花集』、『新古今集』などに入集。**○三河**　現在の愛知県東部。**○とかくもせで**　葬儀もしないで。『今昔』は「久ク葬送スル事无《な》クシテ」。**○あさましき香**　ひどい悪臭。「あさまし」は事の意外さに驚きあきれた感じを表わす語。よい悪いにかかわらず使われるが、特に悪い方に予想外だった時の気持ちを表わす語。第三・十・十七話等多出。**○風祭**　秋の収穫期の暴風を鎮めるために風の神を祀る。二百十日の前後に行なわれた。奈良県にある竜田神社と広瀬神社の風祭は有名。**○生贄**　生きたまま神に供える生物。**○おろしけるを**　「おろす」は魚肉（ここは猪）を切り裂くこと。**○いかでか**　願望の意を表わす語。なんとかして。**○心に入らん**　気に入られよう。**○はやし言ひけり**　はやしたてて言った。『今昔』には「勧メ云ケレバ」とある。**○ふたふたと**　バタバタと。**○血の涙をたれて**　大変に苦しい表情をして。**○これかれに見合はせける**　この人、あの人と、周囲で眺めている人に命乞いの視線を送る。**○刀にしたがひて**　庖丁が入るにつれて。**○つぶつぶと**　粒になってほとばしるさま。ぼたぼた。**○ことの外に侍けり**　格別においしゅうございます。**○死たるをおろして**　『版本』は「しゝたるおろして」。『書陵部本』、『陽明本』

は「死たるをろして」。○つくづくと　じっとまわりの様子を見たり、考えこんだりすること。○をめきけるに　わめいたので。「をめく」は第二十七・三十・五十八話に既出。○したく違ひにけり　あてがはずれてしまった。「したく」はあらかじめ計画すること。○国府　国司の役所。またその所在地。三河国の国府は『和名抄』に「参河国府在二宝飫《ほい》郡一行程上十一日、下六日」とある。現在の豊川市国府町。○道心　仏道を求める心。菩提心。○希有　思いがけない。普通と違っている。○乞食　僧が人家の門に立ち、食を乞いながら修行の行脚《あんぎや》をすること。托鉢とも頭陀《ずだ》ともいう。○えもいはずして　何とも言えないほどすばらしく調えて。「えもいはず」は「言うに言われぬ」の意から、普通でない、すばらしいの意。第十六・二十三・四十一話等に既出。○畳　現在の薄縁《うすべり》、莚《むしろ》の類。第十八・二十九話等に既出。○よく装束《しやうぞ》きたる　りっぱに着飾った。『版本』は「よき装束きたる」。○乞丐《かたゐ》　こじきの意であるが、ここは人をののしっていう語。○見合たりけるを　『版本』の「みあはせたりけるを」の読みに従う。○あな、たふと　ああ、ありがたいことよ。○ありがたき心　まれに見る尊い心。

〈参考〉

前話の無名の悪人の発心・出家譚を承け、それとは対照的に本話は宋の皇帝から大師号を賜った大江定基の発心・出家の経緯を語る話である。

本妻を離別し、若い美人を妻に迎えて任国に赴いた大江定基が、その愛妻に先立たれて、道心を起こし、出家するまでの経緯を語る話である。若い妻が長患いをして、「よかりけるかたちも衰へて」死んだ後、定基は悲しみに暮れ、葬ることもせず、夜も昼も添寝して「口を吸」った時、ひどい腐臭が出て来たので、やっとあきらめて埋葬する気になる。この死体の変化の描写を『集成』は「仏教の九相観《くそうかん》の影響をうけたとも考えられる」とする。九相観とは人の屍体が次第にその様相を変え、腐乱して、ついに白骨と化すまでの九段階の様相を指す。

この愛妻の死を契機として、「世は憂きものにこそありけれ」と感じ、また、三河国の風祭という残酷な風習を知り、国司の任を辞する決心をし、さらに道心を固めるべく、雉を生きたまま調理するさまを見て、法師となる。乞食行をしてたまたま前妻の供養を受け、前妻から辱《はずかし》めを受けるが、動揺することなく、見事な道心ぶりだったという。『今昔』巻十九第二話の前半が本話と同文的同話である。『今昔』ではこれに続けて、三河入道寂照となった定基の後日譚を載せているが、本書第百七十二話にその一部がある。ともに同原拠の話であろうが、『今昔』は寂照という人物に焦点を当ててまとめ、本書は後半部分を一連の仏教説話の一つとして、特に第百七十三話と共に飛鉢説話として一対になすべく、分割して採録したのではないかと考えられる。

ともあれ、この話は、入宋し、再び故国日本の土を踏むことなく没した寂照の感動的人生に共感した人々によって語られ、広められたものであろう。『続本朝往生伝』三十三、『今鏡』巻九、『発心集』巻二第四、『宝物集』（渡宋時の歌や辞世の詩がある）、『撰集抄』巻九第二、『古事談』巻三、『十訓抄』巻十、『古今著聞集』巻五、『元亨釈書』巻十六、『源平盛衰記』巻七、『三国伝記』巻十一第二十四等々にも記述がある。歌人としても文人としてもすぐれ、『西岡虎之助著作集』（三一書房）第三巻「文化史の研究一」には「入宋僧寂照についての研究」がある。

六十（上六十）進命婦清水詣事〈進命婦《しんのみやうぶ》、清水詣《きよみづまうで》の事〉巻四―八

今《（いま）》は昔《（むかし）》、進命婦《しんのみやうぶ》若《（わか）》かりける時、常に清水へ参《（まい）》りける間、師の僧清《（きよ）》かりけり。八十の者《（もの）》なり《（也）》。法花経を八万四千余部読《よみ》奉《（たてまつ）》りたる者なり《（也）》。この《（此）》女房を見て、欲心を起《（お）》こして、たちまち病になりて、すでに死なんとするあひだ、弟子どもあやしみをなして問《とひ》て曰《（いは）》く、「この病の有様《（ありさま）》、うちまかせたる事にあらず。おぼしめす事のあるか。仰《（おほ）》せられずはよしなき事なり」と言《（い）》ふ。この《（此）》時語《（かた）》りて曰《（いは）》く、「まことは、京より御堂へ参《（まい）》らるる《（ゝ）》女房に、近《（ちか）》づきなれて、物を申さばやと思《おもひ》しより、この《（此）》三ケ年、不食の病になりて、今はすでに蛇道に落《おち》なんずる。心憂《（う）》き事なり《（也）》」と言《（い）》ふ。

ここ《（ゝ）》に弟子一人、進命婦のもとへ行《ゆき》て、この事を言《（い）》ふ時に、女、程なく来《（き）》たれり。

病者《びやうじや》頭《かしら》も剃《そ》らで年月を送《をく》りたるあひだ、鬚《ひげ》、髪《かみ》、銀《しろがね》の針を立《た》てたるやうにて、鬼のごとく、されどもこの女、恐《おそ》るる《ゝ》気色《けしき》なくして言《い》ふやう、「年ごろ頼《たの》み奉《たてまつ》る心ざし浅《あさ》からず。何事《なに》に候《さふらふ》とも、いかでか仰《おほせ》られん事、そむき奉《たてまつ》らん。御身くづほ《お》れさせ給はざりし先《さき》に、などか仰《おほ》せられざりし」と言《い》ふ時に、この《此》僧、かき起《お》こされて、念珠《ねんず》を取《と》りて、押《を》しもみて言《い》ふやう《様》、「うれしく来《き》たらせ給《たまひ》たり。八万余部読《よ》み奉《たてまつ》りたる法花経の最第一の文《もん》をば、御前に奉《たてまつ》る。俗《ぞく》を生《う》ませ給はば《ゝ》、関白《くわんばく》、摂政を生《う》ませ給へ。女を生《う》ませ給はば《ゝ》、女御《にようご》、后《きさき》を生《うま》せ給へ。僧を生《う》ませ給《たま》はば《ゝ》、法務《ほふむ》の大僧正を生《う》ませ給へ」と言《い》ひ終《お》はりて、すなはち死《しに》ぬ。

その《其》後、この女房、宇治殿に思はれ参《まい》らせて、はたして京極大殿、四条宮、三井の覚円座主《ざす》を生《う》み奉《たてまつ》れりとぞ。

〈現代語訳〉

六十　進命婦《しんのみようぶ》の清水詣《きよみずまい》りのこと

今は昔のことだが、進命婦が若かったころ、常に清水寺へ参詣していたが、師の僧というのは一生不犯《ふぼん》の僧で、齢《よわい》八十の者であった。法華経を八万四千部以上読み申し上げた人である。ところが、この女房を見て愛欲の心を起こし、たちまちに病気になり、もはや死にそうになったので、弟子どもが不審に思い、師に向かって尋ねた。「この御病気の御様子はただごとではありません。何かお気にかかることでもございますか。仰せにならなければとんでもないことになります」と言った。この時、師の僧が語って言うには、「本当は、京から御堂に参詣されるこれこれの女性に近づき親しんで、心の内を打ち明けたいと思ってからこの三年というもの、食事が喉《のど》を通らなくなって、今はもう蛇道に堕ちそうだ。つらいことだ」と言う。

そこで一人の弟子が進命婦のところへ行って、このことを話した。すると女は間もなくやって来た。病人は頭も剃らず年月を過ごしたので、鬚《ひげ》や髪が銀の針を立てたようで、まるで鬼のようである。しかしこの女は恐れる様子もなく、「長年にわたってお頼り申し上げる気持ちは浅いものではありません。何事でございましょうとも、どうして仰せになることにそむきなどいたしましょう。これほど衰弱なさらないうちに、どうしておっしゃって下さらなかったのです」と言った。その時この僧は助け起こされて、数珠《じゅず》を取り、さらさらと押し揉《も》んで言うには、「おいで下さって本当にうれしいです。生涯で八万余部読み申し上げた法華経の中で一番功徳のある文言をあなたに差し上げます。あなたが俗人をお生みになるなら、関白、摂政をお生みになるように。女をお生みになるなら、女御、后をお生みになるように。また僧をお生みになるなら、法務の大僧正をお生みになるように」と言い終わって、そのまま死んだ。

その後、この女は宇治殿に愛されて、はたして京極の大殿、四条の宮、三井寺《みいでら》の覚円座主《かくえんざす》をお生みになったという。

〈語釈〉

○**進命婦**　藤原祇子《まさこ》。『尊卑分脈』には藤原師実《もろざね》の母として因幡守種成《たねしげ》の女《むすめ》とある。具平《ともひら》親王の子源頼成《よりしげ》（藤原伊祐《これすけ》の養子）の女とする説もある。関白頼通との間に定綱・忠綱・俊綱（第四十六話に出る）・覚円・寛子《ひろこ》・師実《もろざね》を生む。天喜元年（一〇五三）没。同二年従二位を贈られた。『栄花物語』（「殿上の花見」、「根合せ」）に記事がある。○**清水**　京都市東山区にある音羽山清水寺。坂上田村麻呂《さかのうえのたむらまろ》の創建。本尊は十一面観音。○**師の僧**　信徒を導く立場にある僧。ここは進命婦と師檀の関係にある僧。○**清かりけり**　一生不犯で童貞を守った。『古事談』（巻二第九十二話）は「浄行八旬者也」と注記する。○**法花経**　『妙法蓮華経』。大乗経典の一。鳩摩羅什《くまらじゅう》の訳。八巻、二十八品。諸大乗経の中で最も高遠な妙法を示した経という。第一・四十六話に既出。○**八万四千余部読奉り**　『古事談』には「於法花経転読八万四千部」と注記。「転読」は大部の経典を読む時、その一部すなわち経典の題目と品《ほん》名と訳者名とを読み、その巻の初めと中と終わりの数行を読むこと。「真読《しんどく》」の対。○**うちまかせたる事にあらず**　そのまま放っておけるようなことではない。普通ひととおりのことではない。『古事談』は「此御病体非㆓普通事㆒」とする。○**蛇道**　六道の一つである畜生道に属する蛇身の世界。愛欲の執着心を持ったまま死ぬと、蛇に生まれ変わるといわれる。よく知られる道成寺《どうじやうじ》縁起は男に執心した女が蛇身に化した伝説である。○くづほれさせ給はざりし先に　衰弱なさらないうちに。「くづほる」は衰える、衰弱する意。○かき起こされて　抱き起こされて。○念珠　数珠。○最第一の文　法華経の中で一番功徳のある文句。『法華経』は法師品第十に釈尊が薬王菩薩に告げて「我所説諸経而於此経中法華最第一（わが説ける所の諸の経あり、しかも、この経の中において、法華は最も第一なり）」と言っている。このことから、我が国では仏の説いた経典の中で、最もすぐれた経典と考えられていた。この最第一の経典である『法華経』の中で最も功徳のある文を奉るというのである。『全註解』は「観世音菩薩普門品」第二十五（いわゆる『観音経』）の「若《も》し女人ありて、設《も》し男を求めんと欲して、観世音菩薩を礼拝し供養せば、便《すなは》ち福徳・智慧の児を生まん。設《も》し女を求めんと欲せば、便ち端正有相の女の、宿《むかし》、徳本を殖《う》ゑしをもて衆人に愛敬《あいぎやう》せらるるを生まん」（岩波文庫本読み下し）の部分をあげている。○俗　俗人。出家していない世間の人。○関白　天下の政治を「関《あづか》り白《まう》す」の意。天皇を補佐して、政務を総裁する最高位の官職。第三十五話に既出。○摂政　幼帝あるいは女帝の時、天皇に代わって政治を行なう職。第五十一話に既出。○女御　皇后（中宮）につぐ天皇の配偶者。第十五話に既出。○法務の大僧正　「法務」は僧侶の職名で、一山の法事や僧尼の度縁《どえん》などの事務を統括する最高の要職。「大僧正」は僧綱の一つで、僧官の最高位。○宇治殿　藤原頼通。正暦三年（九九二）～延久六年（一〇七四）。八十三歳。道長の長男。摂政、関白、太政大臣、准《じゆ》三后《さんごう》、従一位。永承七年（一〇五二）、道長から伝領した宇治の別業を寺に改めて平等院となし、翌、天喜元年に阿弥陀堂（鳳凰堂）を完成させた。第九・四十六話に既出。〇**京極大殿**　藤原師実。長久三年（一〇四二）～康和三年（一一〇一）。六十歳。頼通の三男。母は贈従二位祇子。摂政、関白、太政大臣、従一位。詩歌・音楽・書などにすぐれ、歌集『京極関白集』がある。〇**四条宮**　藤原寛子。長元九年（一〇三六）～大治二年（一一二七）。九十二歳。頼通の女《むすめ》。後冷泉天皇の后。和歌に造詣が深く、天喜四年（一〇五六）四月、寛子の主催した皇后宮春秋歌合は有名である。〇**三井の覚円座主**　頼通の六男。長元四年（一〇三一）～承徳二年（一〇九八）。六十八歳。三井寺の明尊《みようそん》大僧正の法嗣。康平六年（一〇六三）園城寺《おんじようじ》の長吏《ちようり》となり、治暦元年（一〇六五）大僧正に任ず。承暦元年（一〇七七）天台座主に任ぜられたが、叡山の衆徒の阻止に遭い、三日間だけその職にあり、ただちに辞して帰ったという。皇室、貴顕の尊崇を受け、宇治に住んだので宇治僧正と呼ばれた。

〈参考〉

『古事談』巻二第九十一話（または九十二話）「進ノ命婦、師ノ僧ニ恋慕セラルル事」（『古典文庫』）と同文的同話。題名からいうと、『古事談』は話の前半に重心がある。

進命婦は本書第四十六話と第七十一話に出る伏見修理大夫俊綱の生母である。進命婦は清水寺を信仰し、常々参詣していたが、その時の師の僧は『法華経』を八万四千余部も読んだという八十余歳の生涯不犯の僧であった。『法華経』二十八品をそれほどの回数真読するのは不可能であろうから、ここは『古事談』がいうように転読したものであろう。それにしても大変な修行者である。おそらく多くの貴顕から尊崇された高僧であったであろう。

ところが、こともあろうに、この老僧が、若き進命婦に恋慕の心を抱き、それを誰かに打ち明けることもならず、ついに恋の病になり、食物も喉を通らなくなって、死ぬばかりになってしまった。弟子の僧らは原因不明の師の病をあやしんで、そのわけを尋ねる。老僧は意を決して、三年来の食欲不振の原因となった恋の病を打ち明け、自分はこのまま妄執を抱いて死ねば、蛇道に堕ちるのではないかと嘆く。

弟子の一人がさっそく進命婦のもとに行き、事の次第を告げる。進命婦はただちに病僧のもとに駆けつける。鬼のごとく醜怪で、恐ろしいさまに変わり果てた老僧に、若き命婦は「恐るる気色」もなくやさしく言葉をかける。老僧は喜び感謝して、自分がこれまで修行した最高の功徳を命婦に与えると言って、彼女を予祝して死ぬ。この話は一生不犯の老僧の恋の物語である。人は、どれほど修行したからといって、煩悩から完全に脱却できるものではない。恋は人の本性に根ざしたものであるから、生涯不犯を貫こうとする者は、常にその危険を避けるべく努力し続けねばならない。本話は『古事談』の題目に（「進ノ命婦、師ノ僧ニ恋慕セラルル事」）とあるように、その前半は師の僧の老いらくの恋がテーマである。しかし、その実、本話の究極の語りは、老僧が「八万余部読み奉りたる法花経の最第一の文を」命婦に与え、その結果、その功徳によって、彼女が女としての最高の幸運をつかんだということである。時の最高権力者、関白頼通に愛されて、摂政・関白、皇后、法務の大僧正の母になったという、その不思議な因縁を語るのが本話の主眼である。出自も明白でない命婦が、『栄花物語』（巻三十一「殿上の花見」）にいうように、「いかなる世のやうにか」（どういう男女の縁というものか）、関白殿が、その母である「尼上（道長の妻、倫子《ともこ》）の御方に候ふ人（進命婦）を忍びつついみじうおぼしめすといふこと出で来て、つねにただならで子など生みたまふ」という奇《く》しき幸運を物語るものである。

頼通の正妻隆姫《たかひめ》には子がなかった。源憲定《のりさだ》の娘との間に長男通房《みちふさ》が生まれ、頼通の後継者として成人したが、長久五年（一〇四四）四月に十八歳の若さで死ぬ（『今鏡』巻四「藤波の上」第四「梅の匂ひ」）。結局、祇子所生の師実が頼通の後継者となった。このことは、命婦が日頃信仰していた清水観音と、老僧から譲られた『法華経』の「観世音菩薩普門品」（語釈に既述）の功徳によるものである、ということで、したがって老僧の恋はそれを言うためのものだったのであろう。こう考えてくると、『古事談』の題名よりも、『宇治』の題名の方が適切だと考えられる。

ただし本話の形成過程を考えると、本話は、命婦が玉の輿《こし》に乗り、子女たちが栄達を遂げて後に、後人によって作られた可能性が強い。命婦がなぜ幸運を得たのかの理由づけとして、師僧の恋と『法華経』の験徳を設定したとみる。本話は事実譚の型式をとるが、虚構化された話とみる方がよい。

坂本賞三『藤原頼通の時代』（平凡社）が参考によい。

六十一（上六十一）業遠朝臣蘇生事〈業遠朝臣《なりとほあそん》、蘇生《そせい》の事〉巻四―九

これも今は昔《むかし》、業遠朝臣死《しぬ》る時、御堂の入道殿仰《おほせ》られけるは、「言《い》ひ置《を》くべき事あらんかし、不便《ふびん》の事なり」とて、解脱寺《げだつじ》の観修《くわんじゆ》僧正を召《め》して、業遠が家にむかひ給《たまひ》て、加持《かぢ》する間《あひだ》、死人、忽《たちまち》に蘇生して、要事を言《い》ひて後、また《又》目を閉《とぢ》てけりとか。

〈現代語訳〉

六十一　業遠朝臣《なりとお》が蘇生すること

これも今は昔のことだが、業遠朝臣が死んだ時、御堂の入道殿が仰せになったことには、「言い残しておきたいこともあろうぞ。かわいそうなことよ」と言って、解脱寺《げだつじ》の観修《かんじゆ》僧正を呼んで、業遠の家に出かけて行かれ、祈禱をおさせになった。すると死人はたちまちに生き返って、必要なことを言ってから、また目を閉じたとかいうことだ。

〈語釈〉

○**業遠朝臣**　天延三年（九七五）～寛弘七年（一〇一〇）。高階《たかしな》氏。左右衛門権佐敏忠《としただ》の子。美濃・丹波・越中等の守。春宮亮《とうぐうのすけ》。正四位下。『権記』寛弘七年四月十日の記事では「寅時、春宮権亮従四位上高階朝臣業遠卒、卅六」とする。「朝臣」は五位以上の廷臣に対する敬称。○**御堂の入道**　藤原道長。康保三年（九六六）～万寿四年（一〇二七）。兼家の子。摂政、太政大臣、従一位。氏長者。寛仁三年（一〇一九）出家。法名行観、後に行覚と改める。死去の様子が『栄花物語』巻三十「つるのはやし」にある。○**解脱寺**　京都市左京区岩倉長谷町にあったという寺。土地の伝承では、長谷《ながたに》東方の山麓小松原の地とし、寺の閼《あ》伽《か》井《い》と称する井水があるというが、『山城名勝志』は「土人云、長谷聖護院御山庄西側ヨリ長谷川ニ傍《そひ》テ北ニ行事《ゆくこと》五町許《ばかり》ニ平地アリ、是旧跡也、近年迄礎石多有云々」とする。正確な所在地も創建年時も不明。『御堂関白記』長保元年（九九九）八月二十七日の条に「日来《ひごろ》参二長谷寺斎一、而依レ有二犬産穢一留了」の記事があり、同年九月三十日の条に「以二権僧正（観修）一、於二長谷一、三七日初修善云々」の記事があるので、このころまでには創建されていたことがわかる。『権記』長保三年（一〇〇一）一月三十日の条に「大僧正観修房解脱寺也」とあり、同年二月十日の条にも「大僧正出レ自二解脱寺一有二消息一」とあるので、観修が住していたことがわかる。『扶桑略記』長保四年七月十七日の記事に「大僧正観修、年五十八、供二養解脱寺内常行堂一、（中略）解脱寺者、東三条院禅定太后為レ誓二護国家一所二建立一也、山隣二叡岳之西頭一、（中略）寺鎮二帝城之北面一」とあり、東三条院藤原詮子の御願寺であった。ちなみに、藤原公任《きんとう》はこの解脱寺で出家し（『日本紀略』万寿三年正月四日条）、多年解脱寺に住み、念仏していたという（『扶桑略記』長久二年正月一日の条）。○観修僧正　天慶八年（九四五）～寛弘五年（一〇〇八）。天台僧。勧修と書くものもある。紀氏。左京の人。十一歳で比叡山に登り、静祐《じょうゆう》に従い、後に三井寺の余慶《よぎょう》（本書第百四十二話に出る）の弟子となる。加持祈禱にすぐれた。寛弘五年七月八日没。六十四歳（五十九歳説、六十五歳説もある）。長谷僧正、木幡大僧正ともいわれ、寛仁三年（一〇一九）智静《ちじょう》の諡号を賜る。○加持　梵語adhiṣṭhānaの訳語。真言密教で行なう祈禱のこと。第二十一・二十六話に既出。

〈参考〉

『古事談』巻三第五十七話と同文的同話。死にぎわの遺言という点で前話と共通する。観修の加持法験の威力を語る話だが、諸注の指摘するように、観修は業遠より二年先に死んでいるから、内容や人物関係に誤伝があるかと考えられる。観修が加持祈禱の行法にすぐれていた話は『元亨釈書』巻四や『本朝高僧伝』巻四十九などに詳述されている。

なお、『古事談』では、「召₂具観修僧都₁、向₂業遠之宅₁給」とあって、道長が自ら観修僧都を連れて業遠の宅に出向いたことがはっきりしているが、本話ではその点がやや曖昧。ともあれ、この話では、道長が当時有験の第一人者であった観修を連れて業遠の家に行き、加持祈禱を行なわせ、それによってすでに死んでいた業遠は一時蘇生して遺言をして再び死んでいる。時の最高権力者である道長が、ほぼ十歳年下の中流貴族である業遠のために、はたしてそれほど手厚い処遇をしたであろうかと、ふと不審に思われないこともないが、やはりありえないことではなかったらしい。業遠は道長にとって心許せる大切な部下であった。

　業遠はその短い生涯の間、道長によく仕えた。例えば長保六年（一〇〇四）七月十五日の『御堂関白記』には、道長主催の法華三十講の五巻目に「業遠朝臣」が酒肴を設けている。また同年九月五日の記事によれば「丹波守業遠」は羅城門を造営し、そのことによって重任《ちょうにん》されている（『日本紀略』にもある）。寛弘二年九月十日には業遠に豊楽院《ぶらくいん》を造営させている。業遠はまた寛弘四年八月十二日に道長の金峯《きんぷ》山《せん》詣での帰途に随従している。また寛弘五年三月四日には道長は業遠宅に宿泊している（「従㆓業遠宅㆒還来参㆓大内㆒」）。寛弘六年十月二十二日の『日本紀略』には、東宮、業遠宅より故左大臣源雅信宅（道長の妻倫子の家）に遷御の記事がある。同十一月二十七日には「殿上人業遠朝□〔臣脱〕、傅以下上達〔部脱〕悉参入」して敦良《あつなが》親王の御産養に奉仕していると道長は記す（『御堂関白記』）。翌七年（一〇一〇）三月十八日に紫《し》宸殿《しんでん》において釈迦三尊七仏薬師像および千部法華経の供養があり、業遠がそれを行事している。同月三十日に業遠は病気を理由に丹波守を辞退し（以上、『御堂関白記』）、その十日後の四月十日に三十六歳の若さで死去している（これに関して『関白記』には記事がない）。生前の業遠は「大殿無双《むそう》者也」（『小右記』寛仁二年〈一〇一八〉十二月七日）といわれるとおり、死のきわまで道長によく仕え、最も信頼のおける腹心の部下であった。道長は業遠の死後も故業遠の高倉宅で法華三十講を催している（『小右記』長和五年〈一〇一六〉

五月七日）。

以上のようなことから推察すると、道長が業遠危篤の報を聞いて、時の最も有験の高僧を召し連れて、業遠の家に出向いたというのはあり得ることである。ただし、既述したように、観修は業遠の死に先立つこと二年前に死去しているから、誰か別の高徳有験の僧であったのかもしれないし、あるいは事実あり得ることとしてこの話が作られ、語られたのかもしれない。『真言伝』巻五「大僧正智静」にも同話がある（智静は観修の諡号）。

この話は、道長の部下に対する心やさしい配慮のできる人物であった逸話の一つともみることができる。

六十二（上六十二）篤昌忠恒等事〈篤昌《あつまさ》、忠恒《ただつね》等の事〉巻四—十

これ《(是)》も今は昔《(むかし)》、民部大輔《みんぶのたいふ》篤昌といふ者《(もの)》有《あり》けるを、法性寺殿御時《ほつしやうじどののおんとき》、蔵人所《くらうどどころ》の所司に、よしすけとかや云《いふ》者ありけり。件《くだん》の篤昌を役《やく》に催しけるを、「我はかやうの役はすべきものにもあらず」とて参《(まい)》らざりけるを、所司、小舎人《こどねり》をあまた付《つけ》て、呵法《かはふ》に催しければ、参《まゐり》にけり。

さて、先《まづ》、所司に「物申さむ」と呼《(よ)》びければ、出《いで》あひにけるに、この世ならず腹

立《だち》て、「かやうの役に催《(もよほ)》し給ふは、いかなる事ぞ。先《まづ》、篤昌をばいかなる者《(物)》と知《(し)》り給《たまひ》たるぞ。承《うけたまは》らん」と、しきりに責《(せ)》めけれど、しばしは物も言《(い)》はでゐたりけるを、しかりて、「のたま《(給)》へ。先《まづ》、篤昌がありやうをうけ給《たま》はらん」といたう責《(せ)》めければ、「別《べち》の事候《さぶら》はず。民部大輔《みんぶの(太)たいふ》五位の、鼻《(はな)》赤《(あか)》きにこそ知《(し)》り申《(まうし)》たれ」と言《(い)》ひたりければ、「をう」と言《(い)》ひて逃《にげ》にけり。

また《(又)》、この《(此)》所司がゐたりける前《(まへ)》を、忠恒《(たゝつね)》といふ随身《ずいじん》、ことやうにて、ねり通《(とを)》りけるを見《(み)》て、「わりある随身の姿《(すかた)》かな」と忍《(しの)》びやかに言《(い)》ひけるを、耳とく聞《きき》て、随身、所司が前《(まへ)》に立帰《たちかへり》て、「わりあるとは、いかにのたまふ事ぞ」と、とがめければ、「我は、人のわりのありなしも、え知《(し)》らぬに、ただ今《(ゝいま)》、武正府生《ふしやう》の通《(とを)》られつるを、この人々《(〳〵)》、『わりなきもの《(こ)》の様体《(やうたい)》かな』と言《(い)》ひ合《(あ)》はれつるに、少《(すこ)》しも似給はねば、さてはもし、わりのおはするかと思《(おも)》ひて申《まうし》たりつるなり」と言《(い)》ひたりければ、忠恒《(たゝつね)》、「をう」と言《(い)》ひて逃《(に)》げにけり。

この《(此)》所司をば「荒《(あら)》所司」とぞ付《(つ)》けたりけるとか。

〈現代語訳〉

六十二　篤昌、忠恒らのこと

これも今は昔のことだが、民部大輔《みんぶのたいふ》篤昌という者がいたが、法性寺《ほっしょうじ》殿の御時、蔵人所《くろうどどころ》の所司によしすけとかいう者がいた。その男が、例の篤昌を労役に出るように召し出したが、篤昌は「わしはこのような労役をするような者ではない」と言って行かなかった。そこで所司は下役人を大勢つけて厳しく責めたてたので、やって来た。

そこで、篤昌はまず所司に「尋ねたいことがある」と呼んで、所司に出会うと、ものすごく腹を立てて、「このような労役に召し出しなさるとは、どういうことなのか。まず、この篤昌をばいかなる者と思っておられるのか。うかがおう」としきりに責めたてたが、所司はしばらくは何も言わずに坐っていた。篤昌は声を荒らげて、「さあ、仰せられい。まずは、篤昌のことをどのようなものとお考えか、うかがおう」と、ひどく責めたので、「これといって格別のことはございません。民部大輔の五位で、鼻の赤い方だと存じております」と言ったので、篤昌は「おう」と言って逃げて行った。

またある時、この所司が坐っている前を、忠恒《ただつね》という随身《ずいじん》が一風変わった恰好《かっこう》でゆったりと通って行ったのを見て、「わりある随身の姿よ」とひそやかに言ったのを、耳ざとく聞きつけて、随身は所司の前に引き返して来て、「わりあるとはどういうつもりで言われたのか」ととがめた。すると所司は「私は人のわりありも、わりなしも、よくわかりませんが、たった今、武正府生が通って行かれたのを、ここにいる人たちが、『わりなき者の姿よ（なんとまあ見事な姿だこと）』と言い合ったところでした。その様子と少しも似ておられないので、さてはもしかしたら、わりがおありなのかと思って申したのです」と言ったので、忠恒は「おう」と言って逃げてしまった。

この所司を人は「荒所司《あらしよし》」と呼んだとかいうことである。

〈語釈〉

○**民部大輔**　民部省の次官。正五位下に相当する官。民部省は戸籍・租税・厚生・土木・交通などを管理した。○**篤昌**　古本系の諸本は「篤」に作る。「篤」に改める。下総守藤原範《のり》綱《つな》の子。伊予守も務めた。○**法性寺殿**　諸本によって「ほふ（う）しやうじどの」との読みがある。藤原忠通。永長二年（一〇九七）～長寛二年（一一六四）。摂政・関白忠実《ただざね》の長男。母は右大臣源顕房《あきふさ》の女《むすめ》。摂政、関白、太政大臣、従一位。応保二年（一一六二）法性寺殿で出家。法名円観。晩年法性寺殿に住んだので、「法性寺殿」と称された。○**蔵人所**　天皇に近侍し、殿上一切のことをはじめ、伝宣、進奏、儀式その他をつかさどる令外官《りようげのかん》。平安時代中期以後、宮中の蔵人所にならって、春宮《とうぐう》、上皇、摂関家などにも蔵人所が置かれた。○**所司**　官庁の役人。各官庁の職員。○**よしすけ**　伝未詳。○**件の**　『版本』は「件者」。○**役**　夫役、労役。○**催しける**　「催す」は徴集する。召し出す。○**役は**　底本は「便に」を見せ消ちにして「役は」と傍書する。○**小舎人《ことねり》**　蔵人所の下級の職員。出納《しゆつのう》の下にあって殿上の雑事に召し使われた。『版本』は「舎人」。○呵法に　手厳しく。○しかりて　腹を立てて大声を出し。荒々しい声を出して。○ありやう　先の「いかなる者」と同じことで、自分がどのような立場の者であるかということ。○忠恒　伝未詳。『旧大系』は『兵範記』仁平二年（一一五二）十月五日の「随身忠常」、同十一月十五日「近衛忠常」、保元三年（一一五八）四月二十日「殿下近衛忠常」などとあるのをあげて、忠常の誤りであろうとみる。○随身　平安時代以後、高位・高官の者が外出する時、供奉《ぐぶ》した近衛府の舎人。官位によって人数の定めがあった。第五十話に既出。○ことやうにて　異様にて。変わった様子で。○ねり通りけるを　身をくねらせて、ゆったりと歩いて通ったのを。○わりある　「わりなし」の反対だということで、所司が考えついた語。「わりなし」は元来、理屈が立たないの意だが、格別だ、すぐれているの意である。したがってここでは、その反対で、なんともいただけない恰好だという悪口。○武正府生　下野武正《しもつけのたけまさ》。白河院の随身下野武忠の子。関白藤原忠実・忠通に仕えた名随身。後に右近衛将曹（『地下家伝』巻十五）となる。「府生」は六衛府および「検非違使」の下役。第百・百八十八話に出る。○荒所司　荒々しい所司。

〈参考〉

荒所司と呼ばれたよしすけの機転の利いた皮肉な応答の話二題。いずれも腹を立てた方が負けるいい例。

篤昌も忠恒も自分はひとかどの者であると自負していた。それを踏みにじられたとばかりに篤昌は立腹し、居丈高《いたけだか》によしすけに詰め寄ったところ、いつも気にしている自分の「赤鼻」を持ち出され、肩すかしをくらった形で退散する。――第二十五話の鼻の長い僧の話や『源氏物語』（「末摘花」）にあるように、赤鼻は滑稽な容貌と見られていた――忠恒は目立ちたがりやの気取り男だったのであろう。それが皮肉たっぷりにやり込められてこれも退散。おもしろい小話二題というところである。

ちなみに、篤昌の赤鼻は『古今著聞集』巻十六（五百七十五話）に「此敦正は鼻のおほきにて赤かりけるを」とあり、周知のことであった。また、忠恒の話で引き合いに出された武正はこれも『古今著聞集』同巻（五百十三話）に「武正は容儀などもよかりければ、ゆゝしき名誉のものにてぞ侍ける」とあって、機知に富み、容姿もすぐれた随身で、忠通にも愛された。本書第百・百八十八話でも活躍する。

六十三（上六十三）後朱雀院丈六仏奉作給事〈後朱雀院《ごしゆじやくゐん》、丈六《ぢやうろく》の仏作《ほとけつく》り奉《たてまつ》り給《たま》ふ事〉巻四―十一

これも今は昔、後朱雀院、例ならぬ御事大事におはしましける時、後生《ごしやう》の事、恐《おそれ》おぼしめしけり。それに、御夢に御堂《みだう》入道殿参《（まい）》りて申《まうし》給《たまひ》ていはく、「丈六の仏を作れる人、子孫において、さらに悪道へ落《（お）》ちず、それがし、おほくの丈六を作《つくり》たてま

つれり。御菩提(薩)において(を)疑《(うたか)》ひおぼしめすべからず」と。これによりて、明快《みやうくわい》座主に仰合《おほせあはせ》られて、丈六の仏をつくらる。

件《くだん》の仏、山の護仏院《ごぶつゐん》に安置したてまつらる。

〈現代語訳〉

六十三　後朱雀院が丈六の仏像をお作り申し上げること

これも今は昔のことだが、後朱雀院が御病気が重くなられた時、死後に生まれ変わる世界を大変不安に思われた。すると、御夢に外祖父の御堂入道殿が参って申された。「一丈六尺の仏像を作った人は、その子孫が三悪道に堕ちることは決してありません。私は丈六の仏像を数多くお作りしています。ですから、あなたは必ず極楽往生なさいます。お疑いなさいますな」と。これによって、明快座主にご相談になって、丈六の仏像を作られた。その仏像は比叡山の護仏院に安置し申し上げた。

〈語釈〉

○後朱雀院　第六十九代天皇。寛弘六年（一〇〇九）～寛徳二年（一〇四五）。一条天皇の第三皇子。母は藤原道長の女《むすめ》彰子《あきこ》。寛仁元年（一〇一七）、敦明《あつあきら》親王の皇太子辞意により、後一条天皇の皇太子となる。長元九年（一〇三六）即位。寛徳二年出家、崩御。○例ならぬ

御事　御病気。御不例。天皇や貴人の病気をいう。〇**後生の事**　死後、どのような世界に生まれ変わるのかということ。輪廻転生の思想に基づく考えにより、死後は六道《ろくどう》（地獄・餓鬼・畜生・修羅《しゆら》・人・天の六種の世界）に生まれ変わるか、あるいは往生できるかということ。〇**御堂入道殿**　藤原道長。第六十一話に既出。〇**丈六の仏**　一丈六尺（約五メートル）の仏像。〇**悪道**　地獄・餓鬼・畜生の三悪道。「道」は世界の意。〇**それがし**　自称の代名詞。私。〇**菩提**　底本は「提」を「薩」とするが諸本および意により改める。梵語 bodhi の音写。悟りの境地をいうが、ここは極楽に往生すること。〇**明快座主**　第三十二代天台座主。藤原俊宗の子。大僧正。延久二年（一〇七〇）没。八十六歳（八十四歳説〈『尊卑分脈』〉）。天台座主就任は天喜元年（一〇五三）で、後朱雀院の没後。歌人で、『後拾遺集』、『詞花集』、『千載集』に入集。〇**山の護仏院**　山は比叡山、護仏院は未詳。諸注「五仏院」のことかとする。

〈参考〉

『古事談』巻五第四十六話と同話。

仏教でいう末法に入る年時には諸説あるが、このころ最も多く信じられていたのが永承七年（一〇五二）説であった。あと数年で末法に入るぞという不安が人心に広がっていた時代のこと、仏法滅尽の恐怖感が迫っていた。まして「例ならぬ御事大事におはしましける」若き天皇の胸に去来するのは、死後の世界への不安であった。その時、夢に外祖父の道長が現われ、「決して悪道に堕ちることはない。往生をお疑いなさらぬように」と諭されたというのである。

本話は、造仏供養が後生菩提の善根になるということを示す話だが、『栄花物語』（巻三十六「根あはせ」）によれば、後朱雀天皇自身は、道長が極楽往生を願っていたのとは違い、弥勒《みろく》信仰を持っており、弥勒の浄土である都率《とそつ》の内院に生まれることを願っていたという。天皇は病状が悪化した時、護持僧の明快を召して「今はこの世の祈なせそ。年頃の願ひは都率天の内院なり。年頃の願ひ違へず、都率天に必ず本意違へ給な」と仰せられている。一方、道長はといえば臨終念仏を続け、極楽往生を願って、「御手には弥陀如来の御手の線をひかへさせ給て、北枕に西向に臥」して薨じている。だから本話にいう「御手には弥陀如来の御手の線を」というのは不明だし、「明快座主に仰《おほせあはせ》合られて、丈六の仏をつくら」れたという記録も見当たらないので、このことの実否のほどはわからない。しかし、明快は護持僧として信頼厚かったものと考えられる。明快が天台座主に就任するのは後朱雀院の崩後だが、院が崩じ後、後冷泉天皇が即位し、やはり明快を護持僧としている。その夜居《よい》に伺候した後に、上東門院に奉った歌がある。『後拾遺集』巻十七「雑三」977番歌に「後朱雀院御時、年ごろ夜居つかまつりけるに、後冷泉院位に即かせたまひて、又夜居にまゐりてのち、上東門院にたてまつり侍ける　天台座主明快」として、

雲の上に光かくれし夕《ゆうへ》よりいく夜といふに月をみつらむ

とある。『栄花物語』「根あはせ」の巻にも同歌がある。後朱雀院が崩じてまだ日も浅いのに、新帝の夜居をつとめる感慨を詠んだ歌である。

なお、後朱雀院の病気は『栄花物語』「根あはせ」では「にきみ」とある。『一代要記』では「御背腫物」とあり、『続古事談』巻五第七では「かさをやみ給ひける」とあるので、悪性の腫瘍の一種であったと思われる。治療法としては患部に水を注ぎかけることが行なわれ、一月のころの寒さの中で、さぞ苦痛であったことであろう。苦しみの中で「後生の事、恐おぼしめ」された三十七歳の天皇の心の闇が思われる。

なお、この話を第六十一話と関わらせると、道長の孫天皇に対しての思いやりのある話ともみることができる。

六十四（上六十四）式部大夫実重賀茂御正躰拝見事〈式部大夫《しきぶのたいふ》実重《さねしげ》、賀茂《かも》の御正躰《ごしやうたい》拝見《はいけん》の事〉　巻四―十二

これも今は昔《(むかし)》、式部大輔実重は賀茂へ参《(まい)》る事ならびなき者《(物)》なり。前生《ぜんしやう》の運おろそかにして、身に過《すぎ》たる利生《りしやう》にあづ《(す)》からず。人の夢に大明神、「また《(又)》実重来《(き)》たり、また実重来たり」とて、嘆《(なげ)》かせおはしますよし見《(み)》けり。実重、御本地《ごほんぢ》を見奉《(みたてまつ)》るべ

きよし、祈申《いのりまうす》に、ある《(有)》夜《よ》、下《しも》の御社《みやしろ》に通夜《つや》したる夜、上《かみ》へ参《まゐ》るあひだ、なから木のほとりにて、行幸《ぎやうがう》にあひ奉《(たてまつ)》る。百官供奉《ぐぶ》つねのごとし。実重片藪《かたやぶ》に隠《(かく)》れゐて見《(み)》れば、鳳輦《ほうれん》の中に金泥《こんでい》の経一巻立《(た)》た《(ゝ)》せおはしましたり。その外題《げだい》に、「一称南無仏《いつしようなむぶつ》、皆《かい》已成仏道《いじやうぶつだう》」と書《(か)》か《(ゝ)》れたり。夢則《すなはち》さめぬとぞ。

〈現代語訳〉

六十四　式部大夫実重が賀茂の神の御正体を拝み奉ること

これも今は昔のことだが、式部大輔実重は賀茂神社に参詣すること比類ない者であった。しかし、前世からの因縁で運が悪く、身に余るほどの御利益《ごりやく》をこうむることがなかった。ある人が夢で、賀茂の大明神が、「また実重が来た、また実重が来た」と言って、嘆いておられるというのを見たという。さて、実重は大明神の御本体を拝み申し上げたいと祈っていたが、ある夜、下《しも》の御社に参籠《さんろう》した晩、（夢で）上《かみ》社にお参りする途中、中賀茂のあたりで天皇のお出かけにお会いした。文武百官がお供するさまはいつものとおりである。実重が道の片側の藪に隠れ、身をひそめて見ていると、天皇が晴れの儀式で行幸なさる時に乗る御輿《みこし》の中に、金泥で書いた経一巻が立っておられた。その表題に「一称南無仏、皆已成仏道」と書いてあった。と、見たとたんに夢が覚めたということである。

〈語釈〉

○式部大輔実重　平昌隆の子。従五位上。『和歌色葉』「入道」の部に「式部大輔入道願西俗名実重、宮内大輔平輔昌息」とある。久安六年（一一五〇）没。歌は『詞花集』、『千載集』等に入集。「式部大輔」は表題では「大夫」。式部省の場合は「大輔」が通常の表記である。式部省の次官。正五位下に相当する。ただし「大夫」と表記する場合は式部丞で、五位に叙せられた者をいうので、ここはどちらか不明。**○賀茂**　賀茂神社。上下の両社がある。上社は京都市北区上賀茂にあり、賀茂《かも》別雷神《わけいかずちのかみ》を祀る。上賀茂神社。下社は京都市左京区下鴨泉川町にあり、賀茂《かも》建角身命《たけつぬみのみこと》と玉依媛命《たまよりひめのみこと》を祀る。下鴨神社。**○前生の運**　前世の因縁によって定められた運。前生は現世《げんぜ》に生まれる前の世。現世・後世《ごせ》とともに三世《さんぜ》の一つ。**○おろそか**　よくない。**○利生**　利益。神仏の力によって受ける恵。**○大明神**　賀茂大明神。**○御本地**　御本体。本地垂迹《ほんじすいじやく》説に基づく考えで、日本の神は本地であるインドの仏・菩薩が、日本の民を救うために、かりに神となって現われたものであるという。したがってここは賀茂大明神の本来の姿は何であるかと尋ねたのである。**○通夜**　社寺に参籠して一晩中祈願すること。**○上**　上賀茂社。『古事談』は「夢中ニ上へ参詣之間」。**○なから木**　「半木」「流木」とも書く。上社と下社との間にある小社。中賀茂という。**○行幸**　天皇の外出。**○供奉**　お供の行列に加わること。**○片藪**　片側の藪。**○鳳輦**　天皇の御輿《みこし》。屋根の頂に金銅の鳳凰《ほうおう》を付けたもので、天皇の即位や大嘗祭《だいじょうさい》、節会《せちえ》などの盛儀の行幸に用いた。天皇の乗り物の美称にもいう。○金泥の経　金粉をにかわの液で溶かしたもので書いた経巻。○外題　巻物の表に張りつけた紙片に書いてある題名。表題。○一称南無仏、皆已成仏道　『法華経』方便《ほうべん》品《ぼん》の偈《げ》の一句。「若《も》し、人、散乱の心にて塔廟の中に入りて、一たび南無仏《なむぶつ》と称せば、皆、已《すで》に仏道を成ぜり《じゃう》（若人散乱心　入於塔廟中　一称南無仏　皆已成仏道）」（一度、南無仏と唱えると、即座に悟りを得ることになるの意）とある（岩波文庫本）。

〈参考〉

『古事談』巻五第十五話と同話。夢を介して前話とかかわる。

実重は前世の因縁によって「身に過たる利生」に与《あずか》ることはできなかった。しかし、官職の点では父の昌隆が宮内大輔であったのだから、本人も式部大輔として父と同格まで行ったわけで、決して「微運」（『古事談』）だったとはいえない。しかし、『旧大系』補注が『千載集』1267番歌の作者を「この説話の主人公である実重と同一人と考えられる」と指摘するところに従えば、実重は蔵人になることを願って、二千三百度以上も賀茂社に参詣したという。すなわち、「蔵人にならぬことを嘆きて年来《としごろ》賀茂の社にまうで侍りけるを、二千三百度にもあまりける時、貴船の社にまうでて柱にかきつけ侍《はべり》ける　平実重」として、

今までになど沈むらむ貴舟《きふね》川かばかり早き神を頼むに

かくてのちなんほどなく蔵人になり侍《はべり》にける、近衛院の御時《とき》なり。

とある。蔵人の職は天皇に近侍し、上奏、下達をつかさどるきわめて重要な職であるため、

官界での昇進の登竜門として、貴族の子弟たちの間で競争が激しかった。実重はそれになることを熱望して賀茂社に参詣し続け、その後、『千載集』所収歌の述べるところに従えば、蔵人になっている。ちなみに、同集（『新大系』）の注によれば、蔵人補任には見えないので、「六位蔵人か」としている。この同じ記事が『賀茂注進雑記』にあるが、それには「左少将藤原実重と云ける人」となっている。ついでながら、貴船社は賀茂社の摂社で諸願成就の神とされる。

しかし、いかに利生にすぐれた神とはいえ、前世の因縁によって定められた運命は変えることができないというのが本話である。参詣し続ける実重の熱意と、実重の宿命との板ばさみになった大明神が、実重の願いを叶えてやれない悩みをある人の夢に現われて嘆かれたというのは、いかにも人間くさいおもしろい話だ。

ところで、本話では、実重の出世の夢は叶わなかったが、実重の賀茂大明神の御本地を見奉りたいとの願望は夢の中で叶えられた。それによれば、明神の御本地は『法華経』であったという。しかし、『古事談』の本話の直前にある巻五第十四話では、賀茂明神の本地は等身の正観音であるという。いずれがまことかわからないが、これは本地垂迹思想に基づくもので、語釈の項で説明したが、インドの仏・菩薩が衆生を救うために、さまざまな神の姿を借りて現われるという教説である。この思想は日本固有のものではなく、すでに『法華経』寿量品《じゅりょうぼん》にも見られる。

ともあれ、実重のこの御本地を見たいとの願いは聞きとどけられた。『和歌色葉』（「入道」の部）の「式部大輔入道願西　俗名実重、宮内大輔平輔昌息」の記事によれば、実重は後に出家して願西と名のっている。また、西山に隠棲した歌が『千載集』（1010）に載っている。なお、本地垂迹説については村山修一『本地垂迹』（吉川弘文館）がある。

六十五（上六十五）智海法印癩人法談事〈智海法印《ちかいほふいん》、癩人法談《らいじんほふだん》の事〉巻四―十三

これ《（是）》も今《（いま）》は昔《（むかし）》、智海法印有職《うしき》の時、清水寺《きよみづでら》へ百日参《（まい）》りて、夜更《ふけ》て下向《げかう》しけるに、橋の上に、「唯円教意《ゆゐゑんけうい》、逆即是順《ぎやくそくぜじゆん》、自余《じよ》三教《さんげう》、逆順《ぎやくじゆん》定故《ぢやうこ》」といふ文を誦《ず》する声《（こゑ）》あり。貴《（たうと）》き事かな、いかなる人の誦するならんと思《おもひ》て、近《（ちか）》う寄《（よ）》りて見《（み）》れば、白癩人《びやくらいにん》なり。かたはらにゐて、法文《ほふもん》の事をいふに、智海ほとほと《（〳〵）》云《いひ》まはされけり。南北二京にこれほどの学生《がくしやう》あらじもの《（物）》をと思《（おも）》ひて、「いづれの所にあるぞ」と問《（と）》ひければ、「この坂に候《さぶらふ》なり」と言《（い）》ひけり。後にたびたび《（〳〵）》尋《たづね》けれど、尋《（たづ）》ねあはずしてやみにけり。もし化人《（他）》にやありけんと思《（おも）》ひけり。

〈現代語訳〉

六十五　智海法印が癩人と法談したこと

これも今は昔のことだが、智海法印が有職《うしき》であった時、清水寺へ百日間参詣して、夜がふけて帰った時に、橋の上で「唯円教意、逆即是順、自余三教、逆順定故」という経文を読む声がする。貴いことよ、どんな人が唱えているのかと思って、近寄って見ると、白癩を病んでいる人である。すぐそばに腰を下ろして、経文のことを論ずると、さすがの智海もほとんど言いこめられてしまった。奈良と京都の二京にも、これほどの学僧はおるまいなあと思って、「どこに住んでいるのか」と尋ねると、「この坂におります」と答えた。後にたびたび尋ねたが、捜し出せずに終わってしまった。ひょっとすると権化《ごんげ》の人ででもあったろうかと思った。

〈語釈〉

○智海法印　『旧大系』補注によれば、比叡山の澄豪《ちょうごう》の弟子。承安三年（一一七三）五月十四日、法橋《ほっきょう》に叙せられた。同月二十五日に催された最勝講三日目の夕座に講師《こうじ》を勤めたが、老年のため耳の聞こえが悪い「(知海老耄之間不レ聞)」という記事があり（『玉葉』巻十二）、さらに建久三年（一一九二）二月十六日にも「智海老耄」の記事がある。これが同一人であれば、老耄といわれてからほぼ二十年もその状態であったことになる。なお、『旧大系』補注は『続古今集』巻八「釈教歌」(813)に「釈教の歌とて、法印智海」として、「紫の雲の迎へをまつはなほ心の月のはれぬなりけり」をあげ、これは彼の詠歌であろうかという。

法印の位についたのはいつか不明。「法印」は「法印大和尚位」の略で、僧位の最高位で僧官の「僧正」に相当する。○**有職**　僧の職名。『拾芥抄』に「已講《いこう》、内供《ないぐ》、阿闍梨《あじやり》、謂二之有職一」とある。已講は南都の三会（宮中大極殿の御斎会《ごさいえ》、興福寺の維摩会《ゆいまえ》、薬師寺の最勝《さいしょう》会《え》）、および天台の三会（法勝寺の大乗会、円宗寺の法華会および同寺の最勝会）の講師を勤め已《おわ》った者、内供は宮中の内道場に奉仕する僧（第二十五話）、阿闍梨は梵語 ācārya の音写。弟子を教えてその行ないを正し、軌範となるべき者の意。密教では灌頂《かんじょう》の職位を受けた最高の学位。第一話に既出。○**清水寺**　京都市東山区清水坂上にある寺。第六十話に既出。○**唯円教意、逆即是順、自余三教、逆順定故**　『法華文句記《ほっけもんぐき》』（唐の湛然《たんねん》の著）巻八之四「釈二提婆達多品一」にある句。「理順即円教、事逆即三教」という句に続いて出る。天台智顗《ちぎ》は仏が衆生を導くために説いた教えの内容を四種（蔵教・通教・別教・円教）に分類した。これを天台四教という。蔵教は小乗の教えで、仏教教理の初歩的段階のもの、通教は大乗の基本的、初級の教え、別教は菩薩だけの教えで、他の三教と異なる教えなので別教という。円教は完全究極の教えである。ここでは、円教だけは逆縁がそのまま順縁であること（例えば仏に反抗したり、仏法をそしったりする悪事が、かえって仏道に入る因縁になるというようなこと）を説き、他の三教は逆縁（悪事）と順縁は決まっていて別であるという意。○**白癩人**　皮膚が白くなる「癩病」と呼ばれた病気にかかった人。『法華経』普賢菩薩勧発品《かんぼっぽん》第二十八に、「若し復《また》、この経（法華経）を受持する者を見て、その過悪《あやまち》を出さば、若しくは実にもあれ、若しくは不実にもあれ、この人は現世に白癩《びやくらい》の病を得ん」（岩波文庫本の訓読み）とある。『法苑珠林《ほうおんじゆりん》』巻六十に「若人癩病、若白癩、若赤癩、至誠懺悔行道常誦即瘥」とある。忌み恐れられた皮膚病であった。○法文　経典の文。○ほとほと　もう少しのところで、あぶなく。ほとんど……してしまう。○云まはされけり　言葉巧みに言いこめられてしまった。○南北二京　奈良（南京）と京都（北京）。○学生　学匠。仏道修行を積んで、人の師匠たるべき僧。○化人　底本および『書陵部本』、『陽明本』、『龍門本』、『九州大学本』等は「他人」。『蓬左《ほうさ》文庫本』および『名古屋大学蔵一本』、『古事談』により改めた。「化人」は仏や菩薩が衆生を救う方便として、かりに人の姿になって現われたもの。権化《ごんげ》、権現《ごんげん》。

〈参考〉

『古事談』巻三第八十一話と同文的同話。前話は本地垂迹思想に基づく話であった。本話は白癩人が仏・菩薩の権化の人であったろうとする点で、前話の権現思想につながる。また、前話の賀茂参詣に対して、本話は清水参詣の形で連関する。

「癩病」と呼ばれた病気は現在では医学的に解明され治癒する病であるが、過去においては、恐るべき不治の病とされた。すなわち、罪の結果としての業病《ごうびよう》とされたのである。語釈の項で説明したが、『法華経』には法華経を信仰する者の悪口を言った者は、「白癩の病」にかかると書かれていた。事実、『霊異記』巻下第二十話には法華経書写の女人の過失を非難した者が、口がゆがみ、顔が後にねじ曲がって治らなかった話があり、その根拠として『法華経』の当該部分を引用し、「是の経（法華経）を受持する者を見て、其の過悪を出さば、若《も》しは実、若しは不実なるも、此の人、現世に白癩の病を得む」と述べている。

しかし、本話ではそれと違っていた。いわば罪人であるはずの、乞食同然の、橋の上の「白癩人」が、法文の談義において、高僧である智海を圧倒し、智海をして「南北二京にこれほどの学生あらじものを」と、舌を巻かせるほどの智者であり、「もし化人にやありけんと思」わせる者であった。

ところで、智海がこの癩人に出合った場所は「橋の上」である。橋は此岸と彼岸――異界――とを結ぶところ、すなわち境界である。また、智海がこの癩人の住所を尋ねたところ、「この坂に候なり」と答えている。この「坂」も上界と下界とを結ぶ境界である。つまり、常人の世界と異界との接点であり、常人ならざる者――異人のいる世界に近いところである。

以上のことから考えると、この癩人は病の穢《けが》れを負うという、常人と異なる存在であると共に、その居所においても異界に近いところの人であった。しかして、この常人ならざる人――異人こそが仏・菩薩の化身であったろうというのである。このことは、七巻本『宝物集』巻六にある光明《こうみよう》皇后の施湯の行為を思い起こさせる。皇后は湯を沸かして多くの人に浴させ、一日に三人の垢を洗う願を立てていた。そこに「おそろしげなる癩」患者が、「わが垢すりて給はれ」と申し出た。皇后は願を破るまいと決心し、ひそかに洗ってやると、この

「癩人」は阿閦仏《あしゆくぶつ》であり、光を放って消え失せたというのである。
こうなると、同じ癩人でも、一つは悪業の結果としてなったものであり、一つは権化の人であるということになり、まさに円教の「逆即是順」を説くにふさわしい話ということになるだろう。

六十六〈上六十六〉白川院御寝時物ニヲソワレサセ給事〈白川院《しらかはのゐん》、御寝《ぎよしん》の時《とき》、物《もの》におそはれさせ給《たま》ふ事〉巻四―十四

これも今は昔《(むかし)》、白河院、御殿籠《(とのこ)》もりて後《(のち)》、物におそはれさせ給《たまひ》ける。「しかるべき武具を御枕の上《(うへ)》に置《(を)》くべし」と沙汰《(さた)》ありて、義家朝臣《よしいへあそん》に召《(め)》されければ、檀弓《(まゆみ)》の黒塗《(くろぬり)》なるを一張《いつちやう(まい)》参らせたりけるを、御枕に立《(た)》てられて後《(のち)》、おそはれさせおはしまさざり《(こ)》ければ、御感《ぎよかん》ありて、「この弓は十二年の合戦の時や持《もち》たりし」と御尋《たづね》ありければ、覚《(おほ)》えざるよし申されけり。上皇しきりに御感ありけるとか。

〈現代語訳〉

第六十六　白河院が御寝《ぎよしん》になる時、物《もの》の怪《け》におそわれなさったこと

これも今は昔のことだが、白河上皇が御寝所に入られてから、うなされなさった。「物の怪を抑えるような適当な武器を御枕《まくら》のそばに置くように」との御命令があって、義家朝臣にその献上を命じられた。檀《まゆみ》の木の黒塗りの弓を一張献上したが、それを御枕のもとに立てられてからは、うなされ給うことがなくなったので、上皇は感服なされ、「この弓は十二年の合戦の時に使ったものか」とのお尋ねがあった。義家はよく覚えていない旨を申し上げられた。上皇はしきりに感心なされたとかいうことである。

〈語釈〉

○**白河院**　第七十二代の天皇。天喜元年（一〇五三）～大治四年（一一二九）。在位延久四年（一〇七二）～応徳三年（一〇八六）。後三条天皇の皇子。堀河・鳥羽・崇徳三天皇の上皇として院政を始め、四十三年間院政を執った。○**御殿籠り**　「御殿籠る」は寝殿に籠る意で、寝るの尊敬体。お休みになる。○**物**　もののけ。超自然的な恐ろしいもの。○**沙汰**　仰せ。第三話に既出。○**義家朝臣《よりよし》**　源義家。長暦三年（一〇三九）～嘉承元年（一一〇六）。平安時代後期の武将。源頼義の子。石清水《いわしみず》八幡宮で元服したので八幡太郎と称した。鎮守府将軍。河内・武蔵・出羽・陸奥の守などを歴任。正四位下に叙される。天下第一武勇の士といわれた。○**檀弓《まゆみ》**　檀の木で作った丸木の弓。○**十二年の合戦**　前九年の役。永承六年（一〇五一）～康平五年（一〇六二）にわたり、陸奥国北部で起こった安倍氏の反乱。実際は十二年に及んだので、十二年合戦ともいわれた。源頼義・義家父子が安倍頼時《よりとき》父子と戦い、鎮定した。

〈参考〉

これも『古事談』巻四第十九話と同文的同話。「驍勇絶倫にして騎射神の如し」（『陸奥話記』）といわれた源義家の話。

十九歳の時、前九年の役で、父頼義に従い、時にははげしい風雪の中で、敵に囲まれ危急に及んだが、その神のごとき騎射によってわずかに勝利した。康平五年（一〇六二）二十四歳の時、安倍貞任《さだとう》の大軍を撃退。その戦功により、従五位下出羽守に任じられた。その後、次第に武功をあげ、永保三年（一〇八三）陸奥守兼鎮守府将軍として赴任したが、清原氏一族の内紛に介入し、清原家衡《いえひら》らを討ち、寛治元年（一〇八七）清原氏は滅亡した。これが後三年の役である。朝廷はこの時の戦いを義家の私闘とみなし、恩賞を与えなかった。義家は私財をもって将兵に報い、このことから、やがて義家は東国武士の棟梁《とうりよう》としての声望が高まり、後の源氏東国支配の基礎を築くことになった。

この義家の権勢を危惧した院の処置が下る。後三年の役の数年後、寛治五年（一〇九一）義家が弟の義綱《よしつな》と争うことがあったのを機に、「前陸奥守義家の随兵の入京並に諸国の百姓の田畠公験《くげん》を以て、好んで義家に寄することを停止《ちょうじ》する」との宣旨が五畿七道に下された。義家が院の昇殿を許されるのは、右の宣旨からさらに数年後の承徳二年（一〇九八）のことである。したがって本話の記事は義家六十歳以後のことであろう。とすると、前九年の役からは三十数年たっている。人は、若い時の武勲を易々《やすやす》と忘れることはなかろうから、義家が白河上皇の御下問に「覚えざるよし」と申したというのは、本当に覚えていなかったのではなく、義家の謙譲のゆかしさを物語るものと考えるべきであろうか。「上皇しきりに御感ありけるとか」というのも、義家の剛にして謙なる人柄に感服されたのであろう。

義家の弓と物の怪の話は『平家物語』巻四「鵺《ぬえ》」（『源平盛衰記』巻十六「三位入道芸道等事」）の中の挿話にある。ここでは「去《さん》ぬる寛治の比《ころ》ほひ、堀河天皇御在位の時」のこと、「主上よなよなおびえさせ給ふ事」があった。「その時の将軍義家朝臣、南殿の大床に候はれけるが、御悩の刻限に及んで、鳴弦する事三度の後、高声に『前陸奥守源義家』と名のりたりければ、人々皆身の毛よだつて、御悩おこたらせ給ひけり」という記事である。本話といい、『平家物語』のこの話といい、義家の武名の高かったことを示すものであり、両話は同一話の異伝と考えることもできよう。

ついでながら、義家の晩年は決して心穏やかなものではなかった。次男の義親が康和三年（一一〇一）、騒擾《そうじょう》の罪によって追討を受け、隠岐に配流《はいる》となった。その後、義家の死後のことだが、義親は出雲に渡り、濫妨《らんぼう》を働いたかどで、天仁元年（一一〇八）に因幡守平正盛によって討たれている。三男義国も事件を起こし、勅勘《ちょっかん》をこうむっている。こうしてやがて武士の棟梁は平氏に代わることになる。安田元久『源義家』（吉川弘文館「人物叢書」）。石母田正「古代末期の政治過程および政治形態」（『石母田正著作集』岩波書店、第六巻）。

六十七（上六十七）永超僧都魚食事〈永超僧都《やうてうそうづ》、魚食《うをく》ふ事〉巻四―十五

これも今は昔、南京《なんきやう》の永超僧都は、魚なきかぎりは、時《とき》、非時《ひじ》もすべて食《（く）》はざりける人なり。公請《くじやう》つとめて在京の間《（あひた）》、久《（ひさ）》しくなりて、魚を食《（く）》はでくづほれ《（お）》て下《（くた）》る間《（あひた）》、奈島《（なしま）》の丈六堂の辺にて、昼破子《（ひるわりこ）》食《（く）》ふに、弟子一人近辺の在家《ざいけ》にて、魚を乞《（こ）》ひてすす《（ゝ）》めたりけり。

件《くだん》の魚の主《（ぬし）》、後には夢に見《（み）》るやう、恐《（おそ）》ろしげなる者《（物）》ども、その辺《（へん）》の在家をしるしけるに、我家をしるし除《（のぞ）》きければ、尋《（たつ）》ぬるところに、使のいはく、「永超僧都に贄《（にゑ）》奉《（たてまつ）》る所なり《（也）》。さてしるし除《（のぞ）》く」と言《（い）》ふ。

その年《（とし）》、この村《（むら）》の在家、ことごとく《（〱）》疫《（ゑやみ）》をして死ぬる者《（もの）》多《（おほ）》かり。この《（此）》魚の主《（ぬし）》が家ただ一宇《（こ）いちう》、その事を免《（まぬか）》る。よりて、僧都のもとへ参《（まい）》りむかひて、このよしを申《まうす》。僧都、このよし《（此）》を聞《きき》て、被《（かつ）》け物一重《ひとかさね》賜《（た）》びてぞ帰《（かへ）》されける。

〈現代語訳〉

第六十七　永超僧都が魚を食べること

これも今は昔のことだが、奈良の永超《えいちよう》僧都は、魚がない限りは、正式の食事であれ、臨時の食事であれ、いっさい食べない人だった。朝廷の法事を勤めて京都滞在が長引いて、その間、魚を食べなかったので、ぐったりして奈良へ帰る途中、奈島の丈六堂のあたりで、昼の弁当を食べた時、弟子の一人が近所の民家で魚をもらって来てお勧めした。

その魚を差し上げた人が後にこんな夢を見た。恐ろしそうな者どもが、その辺の民家に印《しるし》をつけて歩いていたが、自分の家には印をつけなかったので、わけを尋ねると、使いの者が、「永超僧都に魚を差し上げたところである。だから印をしないのだ」と言う。

その年、この村の家々は、ことごとく疫病にかかり、死ぬ者が多かった。この魚を奉った人の家ただ一軒だけがその災難を免れた。そこで僧都のもとへ参上してこのことを申し上げた。僧都はこの話を聞いて、引出物の衣類一式を下されてお帰しになった。

〈語釈〉

○南京　奈良の都。○永超僧都　出雲守橘俊孝の子。長和三年（一〇一四）～嘉保二年（一〇九五）。興福寺の主恩《しゆおん》に法相《ほつそう》を学ぶ。康平二年（一〇五九）維摩会《ゆいまえ》の講師。承保元年（一〇七四）権律師《ごんのりつし》。寛治六年（一〇九二）権大僧都。同八年『東域伝燈目録』を著わした。これはこの種の目録中、我が国においては最も古いものに属し、永超の名を不朽にした。嘉保元年（一〇九四）法隆寺別当。大和国斉恩寺《さいおんじ》の開祖。倶舎論《くしやろん》を講じて名高い。嘉保二年（一〇九五）没。八十二歳。○時、非時　「斎《とき》」は食すべき時の食の意で、仏家で午前中の食事をいう。「非時」はそれ以外の時の食事。すなわち午後や夜の食事をいう。○**公請**　朝廷から法会《ほうえ》・講義に召されること。○**くづほれて**　底本は「くづおれて」。「くづほる」は「崩れ惚る」の意かとされ、衰弱する意。○**奈島**　山城国綴喜《つづき》郡の菜島（梨間）、現在の京都府城陽市奈島。○**丈六堂**　奈島の東南にあった堂。『旧大系』の補注に詳しい。○**昼破子**　昼の弁当。「破子」・破籠《わりご》はヒノキの白木で作った折り箱のような容器。弁当箱として用いた。○**在家**　在俗の人の家。出家の対。○**贄《にへ》**　底本は「にゑ」。神に供える捧げ物で、特に食として供える魚鳥の類。○**疫**　底本は「ゑやみ」。疫病。流行病。○**一宇**　底本「一字」の「字」を見せ消ちにして「宇」と傍書。一軒。「宇」は建物を数える言葉。○**被け物**　褒美として与える物。昔は目上の人から賞として賜った衣類を肩にかけたのでこういう。ここも「一重《ひとかさね》」とあるから衣類であろう。

〈参考〉
『古事談』巻三第六十三話と同文的同話。高僧の魚食と、それに奉仕した者の善果の話。

永超の学識は単に仏教諸宗にかかわるのみでなく、外典《げてん》（漢籍）についての造詣も深かった。貴顕の尊崇も厚く、当代を代表する高僧の一人である。その学僧が、殺生戒を犯す魚食を毎度していたというのである。

しかし、実際には僧と魚・肉食の話は少なくない。往生伝類や『今昔』などの中にもいくつもある。例えば行基と魚鱠《なます》の話では、行基が池のあたりを通りかかった時、そこで魚を食っている人々に魚鱠をすすめられ、行基が魚を口に入れて池の中に吐き出すと、それがことごとく小魚となって泳いで行ったという話である。ここでは行基は戒を守って魚を食べていない。ところが「鯖《さば》大師」の伝承では、空腹の行基が、鯖を馬に積んで運んで行く馬方に鯖を一尾所望する。馬方がそれを拒否すると、馬がたちどころに腹痛を起こして苦しみ出す。馬方があやまって鯖を差し出すと馬の腹病はたちどころに治ったという。この話では行基も魚を食ったということであろう（『日本伝奇伝説大事典』「鯖大師」）。

　僧の魚食は殺生戒を犯すことだから、俗人にとっては興味津々たることである。だが、魚は鳥獣肉とともに人体にとって貴重な蛋白《たんぱく》源だから、まったく食べないというのは相当な苦行であるかもしれない。したがって実際には薬食いといって食べられていたのである。例えば『古事談』巻三第五十九話（『十訓抄』巻七、『今鏡』巻九、『三国伝記』巻四第二十七話）等に深覚《じんかく》の話がある。深覚は東大寺別当、法務大僧正となった高僧である。ある時、甥《おい》道長の子である関白頼通に、宝蔵が倒壊したから、それを修復するための材木を所望する旨を言ってやる。頼通はその消息を真に受けてとんちんかんの対応をするが、「衰老の女房」の機転により、「魚味の御菜等」を調えて遣ると、深覚僧正は「材木（魚等）給ひて宝蔵（自分の身体）の破壊繕ひ侍りぬ」と言われたという。『雑談集《ぞうたんしゅう》』巻三には『宇治』と同じ永超僧都の話があり、話の末尾に「我身モ肉ガ損ジタレバ、肉ニテナヲスベシ」という付言がなされている。『十訓抄』巻七第十一話ではこの深覚の話に続いてやはり本話との類話があるが、そこでは永超ではなく、「南都の林懐《りんかい》僧都」の話になっている。話末には、『三国伝記』は「是ヲ凡夫ニヨセテハ不レ可レ然歟。ウノマネノカラスナルベシ云云」という教訓を記し、『十訓抄』は「いたれる聖は、かく魚鳥を嫌はぬ事有。仁海僧正は小鳥をくはれけるとぞ。さればとて、よのつねの僧、此のまねをすべからず、寛印供奉のたまひつる事有にや」と言っている。

さて、本話の後半は、永超に魚を供した家の話である。その家主の見た夢——「恐ろしげなる者ども」が、近辺の家々に印をつけて歩くが、我が家だけが除かれる。そのわけを問うと、永超僧都に贄を奉った家だからだという。やがてその年は疫病が猖獗《しょうけつ》し多数の死者が出たが、その魚主の家だけは免れたという。

これは「過ぎ越し」の話型の一つで世界的に共通する話柄といえるだろう。『旧約聖書』「出エジプト記」にもこの類の話がある。エジプトの奴隷であったイスラエルの民が解放される時、イスラエル人の家々にだけ印をつけるように神に告げられ、その印のない家のすべての長男——人間も動物も——が殺されるという話である。我が国では『備後国風土記』逸文にある「蘇民将来」の話が有名である。北海の神である武塔の神が、南海の神の女に求婚しに出かけ、途中一夜の宿を裕福な弟の巨旦《こたん》将来に求めて断られる。貧しい兄の蘇民将来が受け入れて、貧しいなりのもてなしをする。その後、年を経て、武塔の神が再び訪れ、蘇民の子に茅《ち》の輪を腰につけさせ、茅の輪をつけない者全員を殺し亡ぼしたという話である。現代にも行なわれる茅の輪くぐりのはじめであろう。

山本節は『神話の海』（大修館書店）「三宝と冥界の使者　永超と魚食」の中で「①旅の僧に対する在家の魚供養の話型（訪れる神に神饌を奉献するという、仏教以前の「客神歓待」の説話の系譜の上にある）を前半部に、②在家が三宝を供養し、その功徳によって死後冥界から蘇生する話型（中略）を後半部に、両者を一つに合わせて構成したものと考えられる」という。「そしてこの二つの話型をつなぐのは、『僧に対する在家の供養』という思想である」という。

考察すると以上のようなことになるが、はたして本書の撰者はそこまで考えていたであろうか。『霊異記』巻下第六話に「法の為に身を助くれば……魚宍《ぎよにく》を食ふといへども犯罪にあらず」とあるように、僧の魚肉食は珍しいことではなかった。それでも、高僧の魚食には興味がそそられる。一方、破戒の片棒を担ぐことにはなるが、布施は命拾いするほどの大変な功徳なのだということを語ったものであろう。常套手段であるが、夢を媒介にしていることも見過ごせない。

六十八（上六十八）了延房ニ実因自湖水中法文之事〈了延房《れうえんばう》に実因《じちいん》、湖水《こすい》の中《なか》より法文《ほふもん》の事〉

巻四―十六

これ《(是)》も今は昔、了延房阿闍梨、日吉社《ひえのやしろ》へ参《(まい)》りて、帰《(かへ)》るに、辛崎《からさき》の辺を過《すぐ》るに、「有《う》相安楽行《さうあんらくぎやう》、此依観思《しいくわんし》」といふ文《もん》を誦《じゆ》したりければ、浪中に「散心誦法花《さんしんじゆほふけ》、不入禅三昧《ふにふぜんさんまい》」と末《(すゑ)》の句を誦する声あり。不思議の思《おもひ》をなして、「いかなる人のおはしますぞ」と問《とひ》ければ、「具房僧都実因《ぐばうそうづじちいん》」と名のりければ、汀《みぎは》に居て、法文を談じけるに、少々《(ミ)》僻事《ひがごと》どもを答《(こた)》へければ、「これは僻事なり。いかに」と問《とひ》ければ、「よく申《まうす》とこそ思《(おも)》ひ候へども、生を隔《(へた)》てぬれば、力及《(をよ)》ばぬ事なり。我《われ》なればこそこれ程も申せ」と言《(い)》ひけるとか。

〈現代語訳〉

六十八　了延房に実因が湖水の中から法談したこと

これも今は昔のことだが、了延房阿闍梨が日吉《ひえ》神社に参詣し、帰路につき、辛崎のあたりを通り過ぎる時、「有相安楽行《うそうあんらくぎょう》、此依観思《しいかんし》」という経文を唱《とな》えた。すると、波の中で「散心《さんしん》誦法花《じゅほっけ》、不入禅三昧《ふにゅうぜんさんまい》」と、末の句を誦える声がする。不思議に思って、「どのような方がそこにおいでになるのですか」と尋ねると、「具房僧都《ぐぼうそうず》実因《じちいん》です」と名のったので、水際に腰を下ろして経文について話し合ったが、少々間違ったことなどを答えたので、「これは間違いですよ。どうですか」と尋ねると、「間違いなく言ったつもりですが、生死の境を隔てているので、しかたのないことです。しかし私だからこそ、これくらいにも言えるのです」と言ったとかいうことである。

〈語釈〉

○了延房阿闍梨　伝未詳。「阿闍梨」は梵語 ācārya の音訳。弟子の手本となる資格のある師の意。天台・真言宗の僧位の一つ。第一・四十二話に既出。○日吉社　日吉神社。大津市坂本に鎮座する。延暦寺の守護神社。山王権現として知られる。○辛崎　琵琶湖畔の地名。唐崎とも書く。○「有相安楽行、此依観思」「散心誦法花、不入禅三昧」　南岳慧思《えし》禅師（五一五〜五七七）の『法華経安楽行義』の中の句「有相行、此是普賢勧発品中、誦法華経散心精進、知是等人不修禅定不入三昧」の意をとったものであるとする（『旧全集』注）。慧思は安楽行（安楽に法華経を修行する道）には二種の行があり、一つは無相行、もう一つは有相行であるとする。有相行の場合は、身口意《しんくい》等の業によって、一心に『法華経』を誦することをいい、後者は、気を散らしながら『法華経』を誦え精進しても、禅定にも三昧にも入らないという。ただし、「普賢勧発品《ふげんかんほっぽん》」中にこの意を表わす句は見当たらない。『古事談』には「此依観思」を「此依勧発品」とあり、それに従って訂正すべきか。○具房僧都実因　橘敏貞の子。天慶八年（九四五）〜長保二年（一〇〇〇）。比叡山西塔弘延の弟子。具足坊に住み、具坊先徳とも号した。後に小松寺に住したので小松僧都ともいう。正暦元年（九九〇）権少僧都、長徳四年（九九八）大僧都に任ぜられる。学徳にすぐれ、歌人としても名高く、歌は『拾遺集』に入る。○僻事　間違ったこと。

〈参考〉

『古事談』巻三第六十六話と同文的同話。実因は十世紀後半に活躍した学僧である。『今昔』巻十四第三十九話には源信内供が発願して書写した『涅槃経』を供養する法会に、実因が七、八十人ほどの僧を引き連れて参加し、源信と互いに講師をゆずり合い、ついに源信が引き受けて法会を行なった話がある。この話では、実因は源信を賛嘆し、この結縁の功徳によって、死後三悪道に堕ちることはあるまいと述懐している。『法華験記』によれば、はたして見事に往生している。『法華験記』によると、実因の『法華経』を誦する声は清く美しくて、聞く者はみな感嘆したという。広学博覧で「仏法の棟梁」「法門の領袖」とたたえられている。『続本朝往生伝』一「一条院」の項に、学徳の人として「源信・覚運・実因」とあげられており、当代きっての学匠であった。

ところで本話では、その往生人であり、大学僧である実因が、琵琶湖の水中から法文を誦え、了延房阿闍梨と法談をしている。しかも少々僻事を答え、それを了延房に指摘されて、「我なればこそこれ程も申せ」とめげずに自己主張している。実因が生前、大学僧であったことはいうまでもないが、幽明境を異にしてもなお自己の学識を自負し、自我を捨てきれていないというところに、『法華験記』にある「往生人」とはまた違った人間の真の姿が浮かび上がってくる。そのような話をとり上げたところに『古事談』と『宇治』の特色がある。

また、『今昔』巻二十三第十九話には、実因の怪力強力のおもしろい話があり、豪胆無比の人物像がうかがわれる。

六十九（上六十九）慈恵僧正戒壇築タル事〈慈恵僧正《じゑそうじやう》、戒壇築《かいだんつ》きたる事〉　巻四―十七

これも今は昔《むかし》、慈恵僧正は近江国浅井郡《あふみのくにあさゐごほり》の人なり。叡山の戒壇を、人夫《にんぶ》かなはざりければ、え築《つ》かざりけるころ《比》、浅井の郡司は親《した》しきうへに、師壇にて仏事を修《しゆ》する間、この《此》僧正を請《しやう》じ奉《たてまつ》りて、僧膳《そうぜん》の料《れう》に、前にて大豆を炒《い》りて酢をかけけるを、「なにしに酢をばかくるぞ」と問《と》はれければ、郡司いはく、「あたた《ゝ》かなる時、酢をかけつれば、すむつかりとて、にがみてよく挟《はさ》まるる《ゝ》なり。しからざれば、すべりて挟《はさ》まれぬなり」と言《い》ふ。僧正のいはく、「いかなりとも、なじかは挟《はさ》まぬやうはあるべき。投《な》げやるとも、挟《はさ》み食《く》ひてん」とありければ、「いかでかさる事あるべき」と、あらがひけり。僧正、「勝申《かちまうし》なば、異事《ことごと》はあるべからず。戒壇を築《つき》てたまへ」とありければ、「やすき事」とて、炒《い》り大豆《まめ》を投《な》げやるに、一間《いつけん》ばかり退《の》きて居給《たまひ》て、一度も落《お》とさず挟《はさ》まれけり。見《み》る者《もの》あさまずといふ事なし。柚《ゆ》の実《さね》の、ただ《ゝ》今《いま》しぼ

り出《いだ》したるをまぜて、投《な》げやりたりけるをぞ、挟《はさ》みすべらかし給《たまひ》たりけれど、落《お》としもたてず、やがてまた(又)挟《はさ》みとどめ給《こ》《たまひ》ける。郡司一家《いっけ》広《ひろ》き者《もの》なれば、人数をおこして、不日《ふじつ》に戒壇を築《つき》てけりとぞ。

〈現代語訳〉

六十九　慈恵僧正が戒壇を築いたこと

これも今は昔のことだが、慈恵《じえ》僧正は近江国《おうみのくに》浅井郡の人である。比叡山の戒壇を人夫が集められなかったので、築くことができなかったころのことである。浅井の郡司は僧正と親しいうえに、師僧と檀家の間柄なので、仏事を行なうのにこの僧正をお招きした。食事を差し上げるために、僧正の前で大豆を炒って酢をかけたところ、僧正がそれを見て、「何のために酢をかけるのかね」と尋ねられた。郡司が「豆が温かいうちに酢をかけてしまうと、すむつかりといって、皺が寄ってよく挟めるのです。そうでないと、すべってうまく挟めませんと言った。すると僧正が「たといどんなふうでも、どうして挟めぬなんてことがあろう。投げてよこしても、挟んで食ってみせるぞ」と言ったので、「どうしてそんなことができますか」と言い争いになった。僧正が「私が勝ちましたら、ほかのことはいりません。戒壇を築いて下さい」と言った。郡司は、「それはおやすいことです」と言って、炒り大豆《まめ》を投げてやる。僧正は一間ほど下がって坐っておられて、一度も落とさずに挟まれた。見ている者で驚嘆しない者はなかった。柚子の種の今しぼり出したばかりのものを混ぜて投げてやったのは、挟みすべらかしなさったものの、落としはしないで、すぐにまた挟み止められた。

この郡司は、一族が広く栄えている者だったので、人数を駆り出して、まもなく戒壇を築いてしまったという。

〈語釈〉

○**慈恵僧正** 良源《りょうげん》。延喜十二年（九一二）～永観三年（九八五）。木津氏。近江国浅井郡の生まれ。第十八代天台座主。大僧正。慈恵は諡号《しごう》。正月三日に没したため元三《がんざん》大師と呼ばれる。叡山の諸堂を整備し、経済的基盤を築き、中興の祖といわれた。○**近江国浅井郡** 滋賀県の古郡名。○**戒壇** 戒律を授けるための壇。比叡山に円頓《えんどん》戒壇建立の勅許が出たのは弘仁十三年（八二二）。天長四年（八二七）建立。本話はその再建話。○**人夫かなはざりければ** 人夫が動員できなかったので。「かなふ」は思いどおりになる、思いどおりにする意。○**郡司** 国司の下で一郡を統治した官。その地の豪族が当たった。第四話に既出。○**師壇** 師僧と檀家の関係。○**僧膳の料** 僧に差し上げる御馳走として。「料」は「ためのもの、材料」。第十八・二十二・二十三話等に既出。○**すむつかり** 本話にあるように、大豆を炒って温かいうちに酢をかけたもの。皺が寄って、挟みやすくなるのであろう。後には炒り豆に大根おろしや酒糟等を加えた関東地方の郷土料理「すみずかり」になるらしい。○にがみて　皺が寄って。○と、あらがひけり　「と」を底本は、「に」を見せ消ちにして「と」と傍書。「あらがひけり」は言い争った、抗弁した。○異事はあるべからず　他のことではいけない。○一間　長さの単位。六～八尺（一尺は三〇・三センチ）程度。○あさまず　驚かない。びっくりしない。「あさむ」は意外なのに驚く意。第三・二十四話に既出。○落としもたてず　下まで落としてしまうことはなく。『古事談』には「オトシモハテズ」とある。○やがてまた　『版本』は「またやがて」。○一家広き者　一族の縁者、眷属《けんぞく》が多い者。○人数をおこして　人数を動員して。○不日に　何日もかけずに。まもなく。

〈参考〉

『古事談』巻三第十九話と同文的同話。第六十話から本話まで、第六十二話を除き、『古事談』と同話である。本書成立に『古事談』となんらかの関係が考えられる。

叡山中興の祖といわれた良源の戒壇再建話。浅井の郡司は良源の出身地の人だから、もともと親しい間柄であり、仏事には良源を招じるなど、よい檀越《だんおち》であったことがわかる。良源が築きあぐんでいた戒壇を、不日になし遂げた財力・威力には驚くべきものがある。本書第十八話の利仁将軍の豪勢ぶりと共に、地方豪族の実力を示す話でもあろう。

良源は郡司に、戒壇を建立させる約束をとって、大豆を一間ほど離れたところから、箸で挟み取るという離れ業を披露した。なかなか常人のなし得ることではないが、一山を統轄する僧正が実際に行なっている姿を想像するとおかしい。つまらぬことのようだが、戒壇建立の約束がかかっているのだから大事である。本書第百三十九話には、戒壇の南門が大風によって倒壊し、そのことを良源が予知して、危険を未然に避けた話がある。いずれも戒壇にまつわる話だが、ともに良源の人並みはずれた能力を語るものである。

『後拾遺往生伝』巻中第一に「良源伝」があるが、良源は比叡山にとって大功労者であった。ちなみに、叡山の大乗戒壇建立は開祖最澄の悲願であり、寂後七日目にその勅許がようやくにして下った、天台宗独立の最重要な施設である。なお、良源には増賀上人、源信僧都といったすぐれた弟子がいる。しかし、一方で、権門の子弟を優遇し、山門の俗化をもたらす原因ともなったという負の評価もなされている。だが、巨大化していく叡山を維持・発展させていくには権門勢家との良好な関係を結ぶことなしには不可能であったろう。

ともあれ、本話は大僧正良源の曲芸と戒壇建立という大事業との取り合わせの妙を語る小話である。

七十（上七十）四宮河原地蔵事〈四宮河原地蔵《しのみやかはらぢざう》の事〉巻五―一

これ《(是)》も今は昔《(むかし)》、山科《やましな》の道づらに、四《(し)》の宮河原《(かはら)》といふ所にて、袖くらべといふ、商人《あきびと》集《(あつ)》まる所あり。その《(其)》辺に下種《げ(す)》のありける。地蔵菩薩を一躰《たい》造《(つく)》り奉《(たてまつ)》りたりけるを、開眼《かいげん》もせで、櫃《ひつ》にうち入《いれ》て、奥《(おく)》の部屋などおぼしき所に納《(おさ)》め置《(を)》きて、世のいとなみに紛《(まき)》れて、程経《(へ)》にければ、忘《わすれ》にける程《(ほと)》に三、四年ばかり《(斗)》過《すぎ》にけり。

ある夜、夢に、大路《おほち》を過《(す)》ぐる者《(もの)》の《(こ)》、声高《(こゑたか)》に人呼《(よ)》ぶ声のしければ、「何事《(なに)》ぞ」と聞《(き)》けば、「地蔵こそ、地蔵こそ《(〳〵)》」と高《(たか)》く、この家の前にて言《(い)》ふなれば、奥《(おく)》の方《(かた)》より、「何事ぞ」といらふる声《(こゑ)》すなり《(也)》。「明日、天帝尺《てんたいしやく》の地蔵会《ぢざうゑ》したまふには、参《(まい)》らせ給はぬか」と言《(い)》へば、この《(此)》小家《こいへ》の内より、「参《(まい)》らんと思へど、まだ目のあかねば、え参《まゐ》るまじきなり」と言《(い)》へば、「構《かまへ》て参《(まい)》り給へ」と言《(い)》へば、「目も見《(み)》えねば、いかでか参《(まい)》らん」といふ声《(こゑ)》すなり《(也)》。

うちおどろきて、何《(なに)》のかくは夢に見《(み)》えつるにか、と思ひまはすに、あやしくて、夜明《あけ》て、奥《(おく)》の方《(かた)》をよくよく《(〳〵)》見《(み)》れば、この《(此)》地蔵を納《(おさ)》めて置《(を)》き奉《(たてまつ)》りたりけるを思出《おもひ(い)》でて《(こ)》、見出《(いた)》したりけり。これが見《(み)》え給《たまふ》にこそとおどろき思《(おも)》ひて、急《(いそ)》ぎ開眼《かいげん》し奉《(たてまつ)》りけりとなん。

〈現代語訳〉

七十　四宮河原の地蔵のこと

これも今は昔のことだが、山科の街道筋で、四の宮河原というところに、袖くらべという、商人の集まるところがある。そのあたりに身分の低い者がいたが、地蔵菩薩を一体お造り申してあった。が、それを開眼供養もせず、櫃《ひつ》の中に入れて、奥の部屋などと思われる場所にしまっておいて、生活の雑事にまぎれて、時がたったので、忘れてしまっているうちに、三、四年ほどが過ぎてしまった。

ある夜、夢の中で、大路を通る者が声高に人を呼ぶ声がする。「何事だろう」と思って聞いていると、「地蔵さん、地蔵さん」と声を張り上げてこの家の前で呼んでいるようだ。すると奥の方から、「何ですか」と答える声がするようだ。「明日、帝釈天が地蔵会《じぞうえ》をなさるのにはおいでになりませんか」と言う。すると、この小家のうちから、「参ろうとは思いますが、まだ目が開かないので、参れそうにありません」と言う。すると、「なんとかしておいで下さい」と言うと、また「目も見えないのに、どうして参れましょう」と言う声が聞こえる。

はっと目が覚めて、いったい何がこんな風に夢に見えたのかと思案してみると、どうも変なので、夜が明けてから奥の方をよくよく見ると、この地蔵をしまって置き申し上げたのだったと思い出し、見つけ出したのであった。これが夢にお見えになったのだと驚いて、急いで開眼供養をして差し上げたということである。

〈語釈〉

○**山科**　京都市山科区。○**道づら**　道筋。路上。○**四の宮河原**　京都市山科区四ノ宮。京都から東へ出る三条街道が四宮川を渡るあたり。古くから交通の要衝で、平安末期には、河原で市が開かれたらしい。一名、袖河原とも呼ばれた。しかし、江戸時代にはすでに河原は消滅していた。仁明天皇の第四皇子、人康《さねやす》親王の館址があったので、この地名が出たとも（『山城名勝志』）、西の端にある諸羽《もろは》神社が四宮《しのみや》と称されたことによるともいう（『日本歴史地名大系』平凡社）。『平家物語』巻十「海道下」にも出る。○**袖くらべ**　商人が品物を売買する際に、袖の中に手を入れ、指の数で値段を決める取引法で、それが行なわれる市場が地名化したものであろうという。「そでくらめ」とも。○**下種**　身分の低い者。第十九・二十九・四十三話等多出。○**地蔵菩薩**　釈迦仏の没後、弥《み》勒《ろく》仏が出現するまでの間、無仏の時代に衆生《しゆじよう》を化《け》導《どう》する菩薩。特に地獄の苦を救う。「菩薩」は梵語（bodhisattva）菩《ぼ》提薩埵《だいさつた》の略。仏の次の位の人で、自ら悟りを求めるとともに、衆生を教化しようと努める者。第十六・四十四・四十五話等に既出。○**開眼**　開眼供養。新しく造った仏像や仏画に仏の霊を迎え入れる儀式。○**櫃**　蓋のある大型の箱。第十九話に既出。○**世のいとなみ**　生活するための仕事。○**地蔵こそ**　地蔵さん。「こそ」は接尾語で、人名に添えて敬意や親しみを表わす。○**天帝尺**　帝釈天のこと。古代インドの神で、梵天《ぼんてん》と共に仏法守護の神。須弥《しゆみ》山《せん》の頂の忉利《とうり》天《てん》に住む。第一話に既出。○**地蔵会**　地蔵菩薩を供養する法会。○**え参るまじきなり**　『版本』は「え参るまじく」。○**構て**　必ず。きっと。○**うちおどろきて**　目が覚めて。

〈参考〉

本書第十六話には地蔵菩薩を信仰して、極楽に直行できた老尼の話がある。第四十四・四十五・八十二話等も地蔵信仰を基盤とする話であるが、地蔵はいずれも庶民信仰の対象であった。本話も身分賤しき男が一体の地蔵菩薩像を造り奉った話である。しかし、男は日頃の生活の雑事に追われ、開眼供養もせず、櫃に入れて納戸の奥に仕舞い込んで忘れていたのを、夢によって覚らされる。

夢は時に神仏の尊いお告げと考えられていた。本書第九十六話「長谷寺参籠の男、利生に預る事」は夢見長者の型の話である。第百三十六話「出家の功徳の事」は夢告が現実になった話である。また第百六十五話「夢買ふ人の事」は夢買い長者話の典型的な話である。

本話は夢告による致富話とも往生話ともかかわりがない。むしろ「運定めの話」とか「産《うぶ》神《がみ》問答」とかいわれる、いわゆる昔話と共通する型の話である。すなわち、夜中に通行中の鬼神が、家の中にいる神か仏か、菩薩か鬼神かに語りかけ、その家に泊まり合わせた人間がその会話を聞いて行動を起こすというパターンを踏んでいる。本話では、外から何者かが声をかけ、それに家の奥に仕舞い込まれていた地蔵像が応答する。これが下種男への夢告となって、地蔵は開眼の時を迎えることができた。忘れられ、閉じ込められても責めもせず、三、四年も待ってから夢枕に立つとはなんとやさしくつつましいことか。

ところで、冒頭の「袖くらべといふ、商人集まる所あり」という一文は、本話の内容とはかかわりがないようだが、『醒睡笑』巻四にある同話はこれを「商人のあつまる宿の下司」が地蔵を造り、本話のような話に展開してこの問題を解決している。

浮世草子『籠耳』巻五第四話「作レ仏不レ入レ眼」は類話で、男の名を「孫六」としている。なお、現在京都六地蔵の一つに山科区徳林庵四ノ宮地蔵があるが、これが本話の地蔵と関係があるかどうかは不明である。

七十一（上七十一）伏見修理大夫許へ殿上人共行向事〈伏見修理大夫《ふしみのしゆりのだいぶ》の許《もと》へ、殿上人共《てんじやうびとども》、行《ゆ》き向《むか》ふ事〉　巻五―二

これも今《(いま)》は昔、伏見修理大夫のもとへ、殿上人二十《(廿)》人ばかり押《(を)》し寄《(よ)》せたりけるに、にはか《(俄)》に騒《(さは)》ぎけり。肴《(さかな)》物とりあへず、沈地《ぢんぢ》の机に、時の物ども色々《(〳〵)》、ただ《(こ)》推《(を)》し量《(はか)》るべし。盃たびたび《(〳〵)》になりて、お《(を)》のおの《(〳〵)》戯《(たはふ)》れ出《(い)》でけるに、厩《うまや》に、黒馬の額《ひたひ》すこし白きを二十《(廿)》疋立《(た)》てたりけり。移《うつし》の鞍《くら》二十《(廿)》具、鞍掛《(くらかけ)》にかけたりけり。殿上人酔《ゑひ》乱《(みた)》れて、お《(を)》のおの《(〳〵)》この《(此)》馬に移《(うつ)》しの鞍置《(を)》きて、乗《(の)》せて返しにけり。

つとめて、「さても、昨日、いみじくしたるもの《(物)》かな」と言《(い)》ひて、「いざ、また《(又)》押《(を)》し寄《(よ)》せん」と言《(い)》ひて、また《(又)》二十《(廿)》人押寄《おしよせ》たりければ、このたびは、さる体《(てい)》にして、

にはか《(俄)》なるさまは昨日にかはりて、炭櫃《(すひつ)》を飾《(かさ)》りたりけり。厩《うまや》を見《(み)》れば、黒栗毛《くろくりげ》なる馬をぞ、二十《(廿)》疋まで立《(た)》てたりける。これも額《(ひたい)》白かりけり。おほかた《(大)》、かばかりの人はなかりけり。これは宇治殿《うぢどの》の御子におはしけり。されども、公達《きんだち》多《(おほ)》くおはしましければ、橘《たちばな》の俊遠《としとほ》といひて、世中《よのなか》の徳人《とくにん》ありけり。その《(其)》子《(こ)》になして、かかるさまの人にぞなさせ給《たまひ》たりけるとか。

〈現代語訳〉

七十一　伏見修理大夫の所へ殿上人らが出かけて行ったこと

これも今となっては昔のことだが、伏見修理大夫のところへ殿上人が二十人ほど押しかけて行った時、急なことだったので大騒ぎになった。酒の肴《さかな》など間に合わないので、沈香《じんこう》の木地で作った机に、季節の物などいろいろ取りそろえた様子は想像するのがよい。杯を何度もとり交わして、やがて酔客たちはめいめいに軽口をたたきながら出て行った。すると、馬屋には額《ひたい》の少し白い黒馬が二十頭つないであった。移しの鞍《くら》が二十揃《そろ》い、鞍掛にかけてあった。殿上人は酔っ払っていたが、それぞれこの馬に移しの鞍を置いて乗せて帰してやった。翌朝、「さてさて、昨日はたいしたもてなしぶりだったなあ」という話になって、「さあ、また押しかけよう」と言い、また二十人が押しかけて行った。今回はしかるべきように準備して、昨日のあわてぶりとはうって変わって、炭櫃もきれいに整えてある。馬屋を見ると、黒栗毛の馬を二十頭までつないである。これもみな額が白かった。

およそ、これほど豪奢《ごうしゃ》な人はあるものではない。この方は宇治殿の御子であられた。しかし、宇治殿には御子息が大勢おられたので、橘俊遠《としとお》という大変な富豪がいたが、その人の養子にして、このような富裕な人になされたのだとかいうことである。

〈語釈〉

○**伏見修理大夫**　藤原俊綱《としつな》。長元元年（一〇二八）～寛治八年（一〇九四）。関白頼通《よりみち》の子。母は源祇子《まさこ》（進命婦《しんのみようぶ》、第六十話）。正四位下。修理大夫は修理職《しゅりしき》の長官。第四十六話参照。○**殿上人**　勅許により清涼殿の「殿上の間」に上ることを許された者の称。第二十・二十六・三十四話に既出。○**肴物とりあへず**　酒の肴も間に合わず。「とりあふ」は間に合わせる意。○**沈地の机**　沈香《じんこう》の木で作った贅沢《ぜいたく》な高級机。○**時の物**　その季節の食物。○**移の鞍**　随身《ずいじん》や行幸に供奉《ぐぶ》する公卿や殿上人が用いた鞍で、乗り替え用の鞍をいう。鞍の下に敷く下鞍《したぐら》が大きいので、唐鞍《からぐら》と同じく「障泥《あおり》」（泥ヨケ）を付けないのが特色。下鞍は雲竜や虎豹の斑文などを描き、錦などで美しく縁取りしてある（『小学館古語大辞典』）。○**鞍掛**　下ろした鞍を掛けておく四脚の台。○**つとめて**　翌朝。第十八・三十三・四十二話等多出。○**いみじくしたるものかな**　たいしたもてなしだったなあ。「いみじ」はここではほめる気持ちをいう語。すぐれている、たいしたものだ、すばらしいの意。第三・二十三話等多出。

○さる体にして　相応に準備してあって。○炭櫃　炉。大きな角火鉢。○黒栗毛　黒みがかった栗毛の馬。○宇治殿　藤原頼通。正暦三年（九九二）～延久六年（一〇七四）。道長の長子。第九・四十六・六十話に既出。○公達　貴族の息子、娘。第四十六話に既出。○橘の俊遠　大和守俊済の子。讃岐守、従四位下。生没年未詳。第四十六話に既出。○徳人　富豪の人。財産家。

〈参考〉

二十人もの不意の来客にも、また再度の客にも豪奢なもてなしをした豪勢な徳人俊綱の話。俊綱の伏見邸は世に聞こえた名邸であった。ある雪の日の早朝、関白師実が突然訪問した話が『今鏡』（四「藤波の上」）にある。俊綱が伏見邸を自慢して吹聴するから行ってみようということになったのだという。邸から望まれる山の向こうの倉から、客人をもてなすための食器や調度を運ぶ行列はまことに見事であったという。また、この邸では、山道を造って、しかるべき折節には旅人を仕立てて通すという趣向も行なったことがあるという。時の歌人たちを集めて、常に歌会も行なわれた。俊綱が白河上皇に自慢した話もある。このように見事な別荘であったが、寛治七年（一〇九三）十二月二十四日に火災に遭って焼亡した。右大臣藤原宗忠《むねただ》は『中右記』の同日の記事で「今日辰時許、修理大夫俊綱朝臣臥見亭已以焼亡、件処風流勝地、水石幽奇也、悉為二煨燼一、誠惜哉」といって惜しんでいる。

本書第四十六話には俊綱が十五歳で尾張守となり、熱田《あつた》大宮司の驕慢を罰した話がある。

『今鏡』は俊綱が橘氏であった事情を、生母の祇子が讃岐守俊遠と「相具し給へりければ、俊綱の君、（頼通の）御子におはしけれど、けざやかならぬほどなりければにや。なほ俊遠の主の子の定にて、橘の俊綱とてぞおはせし」と言っている。しかし、俊綱の同母の兄二人も他家に養子に出されている。この間の事情を、坂本賞三『藤原頼通の時代』（平凡社）は、摂関家の特殊な事情があったものととらえている。

俊綱の同腹の弟覚円は大僧正であり、妹の寛子は後冷泉天皇の皇后、末弟の師実は関白を継いだ。『今鏡』はこのことを、俊綱は上達部にもなれず、下臈《げろう》で終わってしまい、つらく思ったことであろうと推察している。しかし、このような例は他にもあったようだし、俊綱の同腹の兄定綱《さだつな》は藤原定頼《さだより》（第三十五話）の息子である経家《つねいえ》の養子になり、正四位上播磨守であった。次兄の忠綱《ただつな》は教通《のりみち》の子信家《のぶいえ》の養子で、正四位下近江守春宮亮《とうぐうのすけ》で、官位としては俊綱とほぼ同格である。俊綱は『中右記』にも多く記述があり、死亡記事もあって、二人の兄に比して活躍している。第十八話の利仁将軍は、地方の豪族として富豪であったが、俊綱の場合は、中央に居ながらの富豪であった点が注目されよう。

なお、『中右記』の記述では、俊綱は最後まで「橘俊綱」となっている。

七十二（上七十二） 以長物忌事〈以長《もちなが》、物忌《ものいみ》の事〉 巻五―三

これも今は昔《(むかし)》、大膳 亮大夫 橘 以長《だいぜんのすけのたいふたちばなのもちなが》といふ蔵人《くらうど》の五位ありけり。宇治左大臣殿より召《めし》ありけるに、「今明日はかたき物忌《ものいみ》を仕 事 候《つかまつることさぶらふ》」と申《まうし》たりければ、「こはいかに。世にある者《(物)》の、物忌といふことやはある。たしかに参《(まい)》れ」と召《(め)》しきびしかりければ、恐《おそれ》ながら参《(まい)》りにけり。

さる程に、十日ばかり《(斗)》ありて、左大臣殿に、世《(よ)》に知《(し)》らぬかたき御物忌出《(い)》で来《(き)》にけり。御門《み(かど)》の狭間《(はさま)》に垣楯《(かいたて)》などして、仁王講《にんわうかう》行《(おこ)》なはるる僧も、高陽院《かやのゐん》の方《(かた)》の土戸《つちど》より、童子なども入《(い)》れずして、僧ばかり《(斗)》ぞ参《(まい)》りける。御物忌ありと、この以長聞《(き)》きて、急《(いそ)》ぎ参《(まい)》りて、土戸より参《(まい)》らんとするに、舎人《とねり》二人ゐて、「人な入《(い)》れそと候《さぶらふ》」とて、立《たち》むかひたりければ、「やうれ、おれらよ、召《(め)》されて参《(まい)》るぞ」と言《(い)》ひければ、これらもさすがに職事《しきじ》にて、常《(つね)》に見《(み)》れば、力及ばで入《(い)》れつ。

参《(まい)》りて蔵人所《くらうどどころ》に居て、なにともなく声高《(たか)》に物いひゐたりけるを、左府《さふ》聞《(き)》かせ給《たまひ》て、「この物いふはたれぞ」と問《(と)》はせ給《たまひ》ければ、盛兼申《もりかねまうす》やう、「以長に候」と申《まうし》ければ、「いかに、かばかり堅《(かた)》き物忌には、夜部《よべ》より参《(まい)》り籠《(こ)》もりたるかと尋《たづね》よ」と仰《おほせ》ければ、

行《ゆき》て、仰《おほせ》の旨を言《(い)》ふに、蔵人所は御所より近かりけるに、「くは《(わ)》、くは《(〱)》」と大声して、憚《はば》からず申やう《まうす》、「過候《すぎさぶらひ》ぬる比《ころ》、わたくしに物忌仕《つかまつり》て候《さぶらひ》しに、召《(め)》され候《さぶらひ》き。物忌のよしを申候《まうしさぶらひ》しを、物忌といふ事やはある。たしかに参《(まい)》るべきよし仰《おほせ》候《さぶらひ》しかば、参《(まい)》り候《さぶらひ》にき。されば、物忌といふ事は候《さぶら》はぬと知《(し)》りて候《さぶらふ》なり《(也)》」と申《まうし》ければ、聞《(き)》かせ給《たまひ》て、うちうなづきて、物も仰《(おほ)》せられでやみにけりとぞ。

〈現代語訳〉

七十二　以長の物忌のこと

これも今は昔のことだが、大膳亮大夫《だいぜんのすけのたいふ》橘以長《たちばなのもちなが》という蔵人《くろうど》の五位がいた。宇治左大臣殿からお呼び出しがあった時に、以長が「今日、明日は重い物忌《ものいみ》で籠っております」と申し上げたところ、「これはまた、なんとしたことか。公職についている者が、物忌などということがあるか。必ず来い」と厳しいお呼び出しだったので、恐る恐る参上した。

そうしているうちに、十日ほどたって、左大臣殿にめったにないほどの重大な物忌が出来《しゅったい》した。御門の隙間には楯を並べて、仁王講を行なわれる僧も、高陽院《かやのいん》に面した方の土戸から、お供の童子なども入れずに、僧だけが参上した。左大臣家に重大な物忌があると、この以長が聞きつけて、急ぎ参上し、土戸から入ろうとすると、舎人《とねり》が二人いて、「人を入れるなとの仰せです」と、立ち向かって来た。以長が「やい、おまえら、召されて参上したのだぞ」と言うと、この者どもも、さすがに職事《しきじ》の以長をいつも見知っているので、しかたなく中に入れた。

以長は参上して蔵人所《くろうどどころ》にいて、あれこれ声高に話をしていた。それを左大臣がお聞きになり、「この何か話している者は誰か」とお尋ねになったので、盛兼《もりかね》が、「以長でございます」と申し上げた。「なんと、これほど重い物忌というのに、昨夜から参って籠っているのかと尋ねよ」と仰せられたので、行って仰せの旨を伝えた。蔵人所は左大臣の御座所から近かったが、以長は「やあ、やあ」と大声を出して、憚《はばか》らず申した。「先頃、私事で物忌に籠っておりました時に、お召しがありました。その時、私が物忌の由を申し上げましたところ、物忌などということがあるか、必ず参れとの仰せでございましたので、参上いたしました。それで、物忌ということはないのだと知ったのでございます」と言った。これを左大臣がお聞きになり、うなずいて、何も仰せられず、すんでしまったということである。

〈語釈〉

○大膳亮大夫橘以長　信濃守橘広房《ひろふさ》の子。蔵人、筑後守、従五位上。嘉応元年（一一六九）没（橘氏系図）。大膳亮は大膳職《しき》（宮内省に属し、天皇が臣下に賜る儀式の飲食物などをつかさどる役所）の次官。大夫は五位の通称。第九十九話に出る。**○蔵人の五位**　六位の蔵人で、六年の任期が満ちて五位に叙されても、五位の蔵人（定員三人）の欠員がないために、殿上を降り、地下《じげ》になった者。第二十六話に既出。○**宇治左大臣**　藤原頼長《よりなが》。保安元年（一一二〇）～保元元年（一一五六）。忠実《ただざね》の次男。左大臣、従一位。氏長者。内覧。兄の関白忠通《ただみち》と対立し、保元元年、保元の乱に際して、崇徳上皇方につき敗死。三十七歳。朝儀、公事《くじ》に精励し、勉学にはげみ、個性の強い、厳しい性格の持ち主で、悪左府《あくさふ》と呼ばれた。最晩年は宇治に閑居したので、宇治左大臣とも称した。日記に『台記』がある。○**物忌**　祭事などのために、一定期間、飲食や言語を慎み、身を清め、家に籠っていることであるが、平安時代以来、特に陰陽道《おんようどう》の思想で、天一神《なかがみ》、太白神《ひとひめぐり》などの遊行《ゆぎょう》によって生ずる方角を避け、また凶兆異変のあった時や悪い夢を見たりした時、それらの難を避けるために、外部との接触を避けて家に籠り慎んでいた風習。○**世に知らぬ**　めったにないほどの。『版本』にはこの語がない。○**垣楯**　楯を立て並べて、垣《かき》のようにしたもの。○**仁王講**　『仁王経』を講じ、その功徳《くどく》をたたえる法会《ほうえ》。国家安穏と除災招福のために行なわれた。ここは物忌のためのもの。○**高陽院**　桓武天皇の皇子賀陽《かや》親王の邸宅であったと伝えられ、賀陽院とも書く。延喜五年（九〇五）火災に遭っている。のち、藤原頼通が造営し、治安元年（一〇二一）に完成し、大規模で豪華を極めた。『栄花物語』巻二十三「こまくらべの行幸」などに詳しい記述がある。その後、長暦三年（一〇三九）、天喜二年（一〇五四）と再度焼失、再建されている。後冷泉・後三条・白河天皇の里内裏《さとだいり》となり、次の焼失、再建の後も、堀河・鳥羽天皇の里内裏として用いられ、以後、主要な院御所《いんのごしょ》となった。第九話に既出。○**土戸**　表面に土または漆喰《しっくい》を塗って作った引き戸。ここは、物忌のため、正門を閉じ、頼長邸の西北にある高陽院に面した土戸を用いたのである。第二十七話に既出。○**童子**　寺院で給仕に使った少年。ここは祈禱をする高僧のお供をして来たのである。第二十七話に既出。○**舎人**　天皇や皇族、摂関などに仕えて、雑事をつかさどった者。第十八・二十四・六十二話に既出。○**やうれ**　やい、こら。○**おれら**　おまえら。○**職事**　蔵人《くろうど》の頭《とう》および五位、六位の蔵人の総称。○**蔵人所**　ここは左大臣家の蔵人の詰め所。○**盛兼**　伝未詳。頼長の近臣であろう。○**くは、くは**　これは、これは。騒々しくものを言うこと。第十五話に既出。○**わたくしに**　個人的に。「公」に対して「私」の意。

〈参考〉

悪左府と称された左大臣頼長が部下の蔵人の五位以長に言い負かされた話。

『今鏡』の語るところによれば、「その左の大臣頼長は、御みめも良くおはし、身の御才《ざえ》も広き人になむ聞え給ひし」とあり、外貌もすぐれ、学才に秀でた人物だったという。「さま〴〵の書ども」を読み、因明学《いんみょうがく》までも学び、中国古典に精通し、笙《しょう》も吹き、才学に富んだすぐれた人だった。一方、執政の座についてからは、「上達部の著座（公事への公卿の出仕）とかし給はぬをも、皆催し著けなどして、公私につけて、なにごともいみじくきびしき人」で、「公事行ひ給ふにつけて、遅く参る人、障り申す人などをば、家焼き毀《こぼ》ちなどせられけり」とあるように、何事につけても公私共に厳しい人だった。父忠実はこの頼長の才学を愛で、兄の忠通を差し置いて偏愛したから、血気盛りの若い頼長には、それなりの行き過ぎた行為も多かったことであろう。

頼長はわずか十二歳で従三位《じゆさんみ》に至り、十五歳で正二位、権大納言に昇り、皇后宮大夫を兼ね、十六歳で右大将、十七歳で内大臣、二十歳で左大将に任じている。三十歳で従一位、左大臣に昇進し、忠実は関白までも頼長に譲るようにと長子忠通に迫るが、拒否した忠通を義絶し、頼長を氏長者とするなど、頼長には向かうところ敵なしの観があった。しかし、その結果、多くの敵を作ったことは間違いない。

執政の座についた頼長は、弛緩した政界を正すべく、太政官政治を復活し、儀礼を正す努力をしている。しかし、それには陰に陽に大きな抵抗があったであろう。それを強引に推し進めようとしたところに、頼長の「悪左府」と称される所以があるだろう。この「悪」は「悪人」の意味ではない。橋本義彦『藤原頼長』（吉川弘文館）は、「諸事にすぐれて、しかもきびしい人柄に対する畏敬の念を表わした異称とみるべきであろう」と述べている。頼長は精勤の官人を抜擢したり、ねぎらったりし、まじめな恪勤《かくご》の者には正当に報いることも忘れていない。乳母《めのと》の病を見舞い、その遺言の依頼を実行するやさしい一面もある。

本話では、この頼長が、下級官人の以長にやり込められて、「うちうなづきて、物も仰せられでや」んだという。「理」を通した頼長らしい処置である。

一方、厳しい縦社会の中で、通常、権力や権威に弱い下級官人でありながら、屈せず、堂々と道理を主張する以長も大したものである。道理を重んずる頼長という人物に絶対の信頼を置いていたからできた行為に違いない。

本書第九十九話にも頼長と以長の話がある。以長は頼長の敗死後、十余年を生きたが、本話は第九十九話とともに、頼長を哀惜する以長周辺で語られたものかもしれない。

なお、第六十二・百話等に頼長の兄忠通が登場する。忠通に対しては「法性寺殿御時」「殿下」「殿」と敬称を用いる。『宇治』作者にとっては、どちらかというと、頼長より忠通に敬意と親しみを抱いていたと考える。

七十三（上七十三）範久阿闍梨西方ヲ後ニセサル事〈範久阿闍梨《はんきうあじやり》、西方《さいはう》を後《うしろ》にせざる事〉巻五—四

これ《是》も今は昔《むかし》、範久阿闍梨といふ僧ありけり。山の楞厳院《りようごんゐん》に住《す》みけり。ひとへに極楽を願《ねが》ふ。行住坐臥《ぎやうぢゆうざぐわ》、西方をうしろにせず。唾《つはき》をはき、大小便、西に向《む》かはず。入日を背中《せなか》に負《を》はず。西坂より山へ登《のぼ》る時は、身をそばたて《ゝ》歩《あゆ》む。常《つね》にいはく、「植《うへ》木の倒《たを》る《ゝ》事、かならず傾《かたふ》く方にあり。心を西方にかけんに、なんぞ心ざしを遂《と》げざらん。臨終《りんじゆう》正念《しやうねん》うたがはず」となん言《い》ひける。往生伝に入《いり》たりとか。

〈現代語訳〉

七十三　範久《はんきゅう》阿闍梨が西方を後ろにしないこと

これも今は昔の話だが、範久阿闍梨という僧がいた。比叡山の楞厳院《りょうごんいん》に住んでいた。ひたすら往生極楽を願っていた。行住坐臥、どんな時も西方を後ろにしない。唾《つば》を吐き、大小便をする時も、西に向かってはしない。入日に背中を向けることもしない。西坂から比叡山に登る時は、身体を横向きにして歩くのだった。そして、常々、「立木が倒れる時は、必ず傾いている方へ倒れる。心を西方浄土にかけていれば、どうして極楽往生の望みを遂げないはずがあろう。臨終にあたっても心を乱さず、必ず往生できると信じて疑わない」と言っていた。これは、往生伝に載っているという。

〈語釈〉

○**範久阿闍梨**　伝未詳。阿闍梨は梵語 ācārya の音写。衆僧の規範となる者の意。密教で、灌頂《かんじょう》を受けた僧に与えられた称号。また、官符により、朝廷から補任《ぶにん》された僧位。第一・四十二・六十八話に既出。○**山**　比叡山。○**楞厳院**　「首楞厳院」の略。比叡山三塔の一つである横川《よかわ》の中堂。嘉祥元年（八四八）、慈覚《じかく》大師の開創。のちには源信《げんしん》僧都も住み、天台浄土教の中心となる。○**極楽**　極楽浄土。阿弥陀如来のいる浄土。西方十万億土のかなたにあり、苦しみのない安楽な世界。念仏者は死後ここに生まれて仏果を得るという。第十六・五十五話に既出。○**行住坐臥**　日常の起居動作。行くこと、とどまること、坐ること、横になること。仏教でこれを四威儀《しいぎ》といい、修行者はこれらを通じて規律を守るようにする。○**唾**　つはき。清音。動詞「つはく」の名詞形。『和名抄』に「唾　豆波岐　口中津也」とある。○**西坂**　西坂本（京都市左京区）から比叡山に登る坂。雲母《きらら》坂。○**身をそばたてて**　身体を横向きにして。○**臨終正念**　死に臨んで心が乱れず、仏を念じて往生を疑わないこと。○**往生伝**　『続本朝往生伝』。大江匡房《まさふさ》著。康和三年（一一〇一）から天永二年（一一一一）の間の成立。『日本往生極楽記』（慶滋保胤《よししげのやすたね》著）の後を承けて、四十二人の往生者の行業を書いたもの。

〈参考〉

この話は『続本朝往生伝』から直接引いたかどうかはわからないが、その二十を書き下しにした形である。

範久阿闍梨が住んでいたという比叡山の楞厳院は源信が『往生要集』を撰し、また二十五三昧会《ざんまいえ》という真摯《しんし》な念仏者たちの結社がつくられたところである。範久という僧については不明だが、この話についての『往生要集』の影響は大きい。範久の西方浄土に対する態度は『往生要集』巻中・大文第五の第二「修行の相貌とは」とある中の「要決に云く、行住坐臥、西方を背にせず、啼唾《ていだ》便利《べんり》は西方に向けざれ」（「要決」とは『西方要決釈疑通規』〈大慈恩寺の窺基が撰したもの〉の「謂行住坐臥、不背西方、啼唾便利、不向西方也」を言う）

ということと、「導師の云く、面《おもて》を西方に向くる者は最も勝れたり。樹の先の、傾き倒るるとき、必ず曲《ま》がれるに随ふが如し」（『往生礼讃偈』〈善導述〉「皆須面向西方者最勝。如樹先傾倒必随曲」）ということを忠実に実践したものである。現実にはこれをそのままに行なうことはかなり困難であったろうから、『往生要集』では上記の記述に続けて、「必ず事の碍《さはり》ありて西方に向くに及ばざる者は、ただ西に向く想《おもひ》を作《な》すもまた得たり」（『往生礼讃偈』には「故必有事礙、不及向西方、但作向西想亦得」とする）と実行に余裕をもたせているが、範久は勇敢に実行したのである。念仏者の理想像と考えられていたのである。

七十四（上七十四）陪従家綱兄弟互ニ謀タル事〈陪従《べいじゆう》家綱兄弟《いへつなきやうだい》、互《たが》ひに謀《はか》りたる事〉　巻五—五

これ《(是)》も今は昔《(むかし)》、陪従《べいじゆう》はさもこそはといひながら、これは世になきほどの猿楽《(さるがく)》なりけり。

堀河院の御時、内侍所《ないしどころ》の御《み》神楽《(かぐら)》の夜、仰《おほせ》にて、「今夜、めづらしからん事仕《つかまつ》れ」と仰《おほせ》ありければ、職事《しきじ》、家綱を召《(め)》して、この《(此)》よし仰けり。承《うけたまはり》て、何事をかせましと案《(あん)》じて、弟《(おとゝ)》行綱を片隅《(かたすみ)》に招《(まね)》きよせて、「かかる《(こ)》事仰《(おほ)》せ下されたれば、わが案《(あん)》じたる

事のあるは、いかがあるべき」と言《(い)》ひければ、「いかやうなる事をせさせ給はんずるぞ」と云《いふ》に、家綱が言《(い)》ふやう、「庭火しろく焼《たき》たるに、袴を高《(たか)》く引《(ひ)》き上《(あ)》げて、細脛《(ほそはき)》を出《(いた)》して、『よりによりに夜の更《(ふ)》け、さりにさりに寒《(さむ)》きに、ふりちうふぐりを、ありちうあぶらん』と言《(い)》ひて、庭火を三めぐりばかり、走《(はし)》りめぐらんと思《(おも)》ふ。いかがあるべき」と言《(い)》ふに、行綱がいはく、「さも侍《はべり》なん。ただし、おほ《(大)》やけの御前にて、細脛《(ほそはき)》かき出《(いた)》して、ふぐりあぶらんなど候《(さふら)》はむは、便《(ひん)》なくや候べからん」と言《(い)》ひければ、家綱、「まことに、さ言《(い)》はれたり。さらば、異事《(こと)ごと》をこそせめ。かしこう申《まうし》あはせてけり」と言《(い)》ひける。

殿上人《てんじやうびと》など、仰《おほせ》を奉《うけたまは》りたれば、今夜《(こよひ)》いかなる事をせんずらんと、目をすまして待《(ま)》つに、人長《にんぢやう》、「家綱召《(め)》す」と召《(め)》せば、家綱出《いで》て、させる事なきやうにて入《いり》ぬれば、上《うへ》よりも、そのことなきやうにおぼしめすほど《(程)》に、人長また《(又)》進《(すゝ)》みて、「行綱召《(め)》す」と召《(め)》す時、行綱、まことに寒《(さむ)》げなる気色《けしき》をして、膝《(ひさ)》を股《(もゝ)》までかき上《(あ)》げて、細脛《(ほそはき)》を出《いだ》して、わななき寒《(さむ)》げなる声《(こゑ)》にて、「よりによりに夜の更《(ふ)》けて、さりにさりに寒《(さむ)》きに、ふりちうふぐりを、ありちうあぶらん」と言《(い)》ひて、庭火を十まはりばかり走《はしり》廻りたりけるに、上より下ざまにいたるまで、大かたどよみたりけり。

家綱、片隅《かたすみ》に隠《かく》れて、「きやつに、かなしう謀《はか》られぬるこそ」とて、中違《たか》ひて、目も見あはせずして過《す》ぐるほどに、家綱思《おもひ》けるは、謀《はか》られたるは憎《にく》けれど、さてのみやむべきにあらずと思《おもひ》て、行綱に言《い》ふやう、「この事、さのみぞある。さりとて、兄弟の中違《たか》ひはつべきにあらず」と言《い》ひければ、行綱喜《よろこび》て行《ゆ》き睦《むつ》びけり。

賀茂の臨時祭の帰《かへり》立《たち》に、御神祭のあるに、行綱、家綱に言《い》ふやう、「人長召《め》したてん時、竹台《ちくだい》のもとに寄《よ》りて、そそ《ゝ》めかんずるに、『あれはなんする物ぞ』と囃《はや》い給へ。その時、『竹豹《ちくへう》ぞ、竹豹ぞ《〳〵》』と言《い》ひて、豹《へう》のまねをつくさん」と言《い》ひければ、家綱、「ことにもあらず、てのきは囃《はや》さん」と事うけしつ。

さて、人長立《た》ち進《すゝ》みて、「行綱、召《め》す」と言《い》ふ時に、行綱、やをら立《た》ちて、竹の台のもとに寄《よ》りて、這《はい》ひありきて、「あれは何《なに》するぞや」と言《い》はば《ゝ》、それにつきて、「竹豹《ちくへう》ぞ」と言《い》はむと待《まつ》ほど《程》に、家綱、「かれはなんぞの竹豹《ちくへう》ぞ」と問《とひ》ければ、詮に いはんと思《おも》ふ竹豹《ちくへう》を、先《さき》に言《い》はれにければ、言《い》ふべき事なくて、ふと逃《に》げて、走入《はしりいり》にけり。

この《此》事、上まで《迄》きこしめし候《さぶらひ》て、なか《中》なか《〳〵》ゆゆ《ゝ》しき興にてぞ有《あり》けるとかや。さきに行綱に謀《はか》られたりける当《あたり》とぞ言《い》ひける。

〈現代語訳〉

七十四　陪従の家綱兄弟が互いにだまし合ったこと

　これも今は昔のことだが、陪従《べいじゅう》は滑稽なことをして人を笑わせるものとはいいながら、この家綱・行綱の兄弟は世にも類のないほどの猿楽者であった。

　堀河院の御時、内侍所《ないしどころ》の御神楽《みかぐら》の夜、院の仰せで「今夜は何か珍しいことをするように」との御言葉があったので、職事《しきじ》が家綱を召して、この旨を伝えた。家綱は承って、何をしようかと思案して、弟の行綱を片隅に招き寄せて、「こういうことを仰せ下されたので、ひとつわしが考えついたことがあるのだが、どんなものだろうか」と言うと、「どのようなことをなさろうというのですか」と言うので、家綱が、「庭に篝火《かがりび》を明るく焚《た》いたところで、袴を高くまくり上げ、おれのこのやせた脛《すね》を出して、『よりによりに夜の更け、さりにさりに寒きに、ふりちゅうふぐり（睾丸）を、ありちゅうあぶらん』と言って、篝火のまわりを三周ほど走りまわろうと思うのだ。どんなものだろう」と言う。行綱が言うには、「それもいいでしょう。ただし、主上の御前でやせ脛をかき出して、金玉をあぶろうなどというのはまずくはないですか」と言ったので、家綱は、「まことにおまえの言うとおり、もっともだ。では、ほかのことをしよう。相談してよかったよ」と言った。

　殿上人たちは、仰せを承っていたので、今夜はどんなことをするだろうかと、目をこらして待っている。人長《にんじょう》が「家綱、出て参れ」と呼び出すと、家綱が出て、格別おもしろくもないことをして引っ込んだので、主上もたいしたこともないようにお感じになっておられた。と、また人長が進み出て、「行綱、参れ」と呼び出すと、行綱がまことに寒そうな様子で、袴の膝を股《もも》までかき上げて、やせ細った脛を出して、ぶるぶる震えて寒そうな声で、「よりによりに夜の更《ふ》けて、さりにさりに寒きに、ふりちゅうふぐりを、ありちゅうあぶらん」と言って、庭火を十まわりほど走り廻ったので、高貴な方から下々に至るまで、やんやの喝采だった。

家綱は片隅に隠れて、「あいつめに、くそ、出し抜かれてしまったわい」と、仲違いして、目も合わさずに過ごしていたが、やがて家綱は考えた。一杯食わされたのはしゃくだが、そうかといって、このままにしているわけにもいかない、と思い、行綱に言った。「今回のことはこれっきりにする。なんといっても兄弟がずっと仲違いし続けるわけにはいくまい」と言ったので、行綱は喜んで出かけて行って仲良くした。

賀茂の臨時の祭りの後の賜宴《しえん》に、御神楽がある。その時、行綱が家綱に向かって、「人長が呼びたてた時、私は竹台のそばに寄って、ざわざわ音をたてますから、その時、『あれは何をする者ぞ』と囃《はや》したてて下さい。その時『竹豹《ちくひょう》だぞ、竹豹だぞ』と言って、豹のまねを思いきりやりますから」と言ったので、家綱は「おやすい御用だ、思いっきり囃したててやるぞ」と承諾した。

さて、人長が進み出て、「行綱、参れ」と言う時、行綱はおもむろに立ち上がって、竹の台のもとに寄り、這いまわって、「あれは何をしているのか」と兄が言ったら、それに合わせて、「竹豹だ」と言おうと待っていると、家綱が、「あの竹豹は何をしているのか」と聞いたので、いま言おうと思っていた眼目の竹豹を先に言われてしまい、言うことがなくなって、さっと逃げて走り込んでしまった。

　このことは主上までお聞き及びになって、かえってひどくおもしろがられたということである。さきに行綱に一杯食わされた仕返しであったそうだ。

〈語釈〉

○陪従　内侍所の神楽や賀茂・石清《いわし》水《みず》・春日社の祭りの折に、舞人に従って管絃に従事し、時には滑稽な所作をする楽人。○さもこそは　そんなものだ。すなわち滑稽な演技で人を笑わせるものだ、の意。○猿楽　語源については、唐の「散楽《さんがく》」の転訛とか、「猿女《さるめ》」の転とか諸説あるが、古代・中世に行なわれた芸能の名。曲芸や滑稽な物まね芸など、相撲《すまい》の節会《せちえ》や神社の祭礼などの余興に行なわれた。藤原明衡《あきひら》の『新猿楽記』に「都猿楽之能、嗚滸之詞莫レ不ニ断レ腸解レ頤一」（すべて猿楽の能、おこの詞、腸を断ち、頤《おとがい》を解かざるなし）とある。ここでは「猿楽者」の意。○堀河院　第七十三代天皇。承暦三年（一〇七九）～嘉承二年（一一〇七）。白河天皇の第二皇子。応徳三年（一〇八六）即位。在位二十二年。二十九歳で堀河殿にて崩。和歌管絃の道に長じ、「末代の賢王」（『続古事談』）とたたえられた。○内侍

所の御神楽　毎年陰暦十二月吉日を選び、天皇が出御《しゆつぎよ》して、「内侍所」の庭で神鏡に奉納された御神楽。「内侍所」は内裏の温明殿《うんめいでん》にあり、神鏡を安置するところ。内侍が常に詰めていたのでこの名がある。○**職事**　蔵人頭《くろうどのとう》および五位、六位の蔵人の総称。第七十二話に既出。○**家綱**　従四位下藤原実範《さねのり》の子。母は筑前守橘善道《よしみち》の女《むすめ》。蔵人、兵庫頭、信濃守、正五位下。○**行綱**　家綱の弟。若狭守、加賀守、下野守、主殿頭《とのもりのかみ》、従四位下に至る。○**庭火**　照明のため庭で焚く火。神楽は夜行なわれるので、照明のために焚いた。『旧大系』の注では「浄めの意味もあったらしい」とする。○**「よりに」「さりに」「ふりちう」「ありちう」**　これらは次の語の語頭音を引き出すための囃子《はやし》言葉。「ふぐり」を露骨に言わないための工夫でもあろう。『十訓抄』（巻七第十七話）には「よりちう夜更けて、さりけうさむきに、ふりけうふぐりう、ありけうあぶらん」とある。○**おほやけ**　天皇、皇后。○**便なくや候べからん**　不都合ではないでしょうか。『十訓抄』は「無下にげびておそれや候はんずらん」とする。○**さ言はれたり**　もっともだ。よく言ってくれた。○**殿上人**　勅許により清涼殿の殿上の間に上ることを許された者。第二十・二十六・三十四話等に既出。○**奉り**　『名義抄』「奉」に、「ウク、サヽグ、タテマツリ物、ウケタマハル、ツカムマツル」（「仏下末」二十四）とある。○**人長**　神楽の舞人の長。近衛舎人《このえのとねり》が務める。○**わななき**　ぶるぶる震えて。○**どよみたり**　どっと笑った。「どよむ」は平安末期ごろから「とよむ」が「どよむ」に変わったもの。○**きやつ**　卑しめて呼ぶ他称の人代名詞。あいつ。○**さてのみやむべきにあらず**　こうしたままでずっといるわけにはいかない。○賀茂の臨時祭　賀茂神社の上下両社で十一月の下の酉《とり》の日に行なわれた祭り。賀茂神社の恒例の祭りは毎年四月、中の酉の日に行なわれる。ここは十一月の臨時祭。この臨時祭は宇多天皇の寛平元年（八八九）の十一月から始まり、明治三年（一八七〇）に廃止された。賀茂社は第六十四話に既出。○帰立　賀茂や石清水の祭りの後に、奉仕して内裏に帰った勅使の一行が、天皇より酒宴を賜り、神楽が演じられたのをいう。○竹台　清涼殿の東庭にある呉竹《くれたけ》・河竹《かわたけ》を植えた台。○そそめかんずるにざわざわと音をたてる時に。「そそめく」は騒がしい音がする、ざわざわする意。○竹豹豹の毛皮の丸い斑点（豹文）の大きなもの。その毛皮は大陸から輸入され、斑文の小さな小豹よりも上等とされ、太刀《たち》の尻鞘《しりざや》などに用いられた。「豹のまねをつくさん」というのであるから、豹そのものの生態も知られていたのであろう。○ことにもあらず　お安い御用だ。○てのきは囃さん「手の際《きは》」で、手の限り、全力で囃したてよう。『陽明本』以外の諸本は「てのきいはやさむ」とする。『十訓抄』は「てのかぎり」。○詮に　最後に。『書陵部本』は「詮と」。『版本』は「たれと」。○きこしめし候て　『書陵部本』、『版本』は「きこしめして」。○なかなか　かえって。○当　仕返し。

〈参考〉

『十訓抄』巻七第十七話と同話。『十訓抄』も、この二人の兄弟を「無双の猿楽ども也」と紹介し、兄家綱の甚六ぶりと、弟行綱の言動とをリアルに描いている。『十訓抄』では出し抜かれた兄の家綱が立腹のあまり、行綱を敵呼ばわりして二、三年も顔を合わせなかったという。ともあれ、思い返して、自分の方から弟に歩み寄り、だが、きちんと仕返しをするところがおもしろい。

　藤原宗忠の日記である『中右記』にはこの二人の兄弟についての記述が散見する。家綱の場合は行綱に比べて記事が少ないが、猿楽者として奉仕することが多かったようである。例えば寛治七年（一〇九三）十月三日の上皇（白河）および郁芳門《いくほうもん》院の日吉《ひえ》社御幸の記事では、家綱が他の陪従知定らと奉仕し、「散楽之興互尽二其術一、在レ座上下・本山大衆見レ之莫レ不レ含レ咲」とあり、また同年十一月二十三日の賀茂の臨時の祭りでは、「陪従家綱・知定頗以散楽、是又例事也、人々驚レ眼《眠》」という記述がある。しかし、陪従として二人そろって出演する記事は少ない。行綱は摂関家すなわち師実《もろざね》・師通《もろみち》・忠実《ただざね》に近侍している。師実が木幡の藤原氏の墓所に参詣する折に扈従《こじゅう》したり、師通の御馬の口取りに奉仕したり、春日祭使の前駆を務めたり、忠実が他行する際の騎馬前駆を務めたりと、『中右記』の中では数多く活躍している。兄弟二人そろっての記事としては、寛治八年（一〇九四）三月二十九日条に、忠実が所々に慶を申すための出御の際、家綱・行綱の二人が前駆している。しかし、行綱に関する記述の方が断然多く、活溌な人物だったようである。

　『今鏡』「藤波の上」にはおもしろい話がある。師実が蹴鞠《けまり》を御覧になった折、淡路守盛長をことのほかにほめられた。行綱は蹴鞠には自信があったので、うらやましく、癪にさわっていた。その時、師実が行綱に足を洗わせたが、行綱は何度も足を抓《つね》るようにした。師実が理由を尋ねると、「この脛は鞠など見たこともないのだ」と言いながら洗うので、「行綱もいいぞ」とか仰せられると、お返事の代わりに「ごもっとも、ごもっとも」と言って撫で奉ったというのである。また師実が行綱を蹴鞠に出してやるというので、衣装を調え、御厩《おうまや》の御馬に乗せて行かせた。行綱は、今日こそこの恰好いいところを女に見せようと思って女の家に立ち寄り、馬に乗ったまま話していると、馬がにわかに跳ね落として、前の掘池に真っさかさまに落ちて、泥まみれになり、馬は走って御厩に帰ってしまった。この大失敗で、行綱はしばらくは出仕しなかったという。ともかく、行綱は話題の多い人物だった。

七十五（上七十五） 陪従清仲事〈陪従《べいじゆう》清仲《きよなか》の事〉 巻五―六

これ(是)も今は昔《むかし》、二条の大宮と申《まうし》けるは、白川院《しらかはのゐん》の宮、鳥羽院《とばのゐん》の御母代《しろ》におはしましける。二条の大宮とぞ申《まうし》ける。二条よりは北、堀川よりは東におはしましけり。その御所破《やぶれ》にければ、有賢大蔵卿《ありかたおほくらのきやう》、備後国《びんごのくに》をしられける重任《ぢゆうにん》の功に修理《しゆり》しければ、宮もほかへおはしましにけり。

それに、陪従《べいじゆう》清仲といふ者《もの》、常に候《さふら》ひけるが、宮おはしまさねども、なほ(猶)御車宿《くるまやどり》の妻に居て、ふるき物はいはじ、新《(あた)》らしうしたる束《(つか)》柱《ばしら》、立蔀《たてじとみ》などをさへ破《(やぶ)》り焼《たき》けり。この《(此)》事を、有賢、鳥羽院に訴《(うた)》へ申《まうし》ければ、清仲を召《(め)》して、「宮わたらせおはしまさぬに、なほ《(猶)》とまりゐて、古物《(ふるき)》、新《(あたら)》しき物こぼちたくなるは、いかなる事ぞ。修理する者《(物)》訴《(うた)》へ申《まうす》なり。まづ宮もおはしまさぬに、なほ《(猶)》籠《(こ)》もりゐたるはなに事によりて候《(さふら)》ふぞ。子細を申せ」と仰《(おほ)》せられければ、清仲申《まうす》やう、「別《べち》の事に候《さぶら》はず。たき木につきて候なり《(也)》」と申《まうし》ければ、おほかた《(大)》、これ《(是)》程の事、とかく仰《おほせ》らるる《(ゝ)》に及ばず、「すみやかに追《(おひ)》出《(いた)》せ」とて笑《(わら)》はせおはしましけるとかや。

この《(此)》清仲は、法性寺殿《ほつしやうじどの》の御時、春日の乗尻《のりじり》の立《たち》けるに、神馬《じんめ》づかひ、おの《(を)》おの《(〳〵)》さはりありて、事闕《かけ》たりけるに、清仲ばかり、かうつとめたりし者《(物)》なれども、「事かけにたり。相構《あひかまへ》てつとめよ。せめて京ばかり《(斗)》をまれ、事なきさまに、はからひつとめよ」と仰《(おほ)》せられけるに、「畏《かしこまり》て奉《うけたまはり》ぬ」と申《まうし》て、やがて社頭《しやとう》に参《(まい)》りたりければ、返《かへす》がへす《(〳〵)》感じおぼしめす。「いみじうつとめて候《(さふら)》ふ」とて、御馬をたびたりければ、ふしまろび悦《よろこび》て、「この定《(ちやう)》に候はば《(ゝ)》、定使《ぢやうづかひ》を仕《つかまつり》候はば《(ゝ)》や」と申《まうし》けるを、仰《おほせ》つぐ者《(もの)》も、候《(さふら)》ひあふ者《(物)》どもも《(ゝ)》、ゑ《(え)》つぼに入《いり》て、笑《わらひ》のの《(ゝ)》しりけるを、「何事ぞ」と御尋《たづね》ありければ、「しかしか《(〳〵)》」と申《まうし》けるに、「いみじう申《まうし》たり」とぞ仰事《おほせごと》ありける。

〈現代語訳〉

七十五　陪従清仲のこと

これも今は昔のことだが、二条の大宮と申した方は、白河院の皇女で、鳥羽院の御准母でいらっしゃった。二条の大宮と申された方である。お住居が二条よりは北、堀川よりは東におありになった。その御所が壊れてしまったので、有賢《ありかた》大蔵卿が備後国《びんごのくに》を治めておられた重任の功によって修理したので、宮も他所へお移りになっていた。

ところで、陪従清仲という者がいつもお仕えしていたが、宮がおいでにならないのに、依然として車庫のわきにいて、古い物はもちろん、新しく立てた短い柱や立蔀《たてじとみ》などまでも壊して焚いてしまった。このことを有賢大蔵卿が鳥羽院に訴え出たので、院が清仲を召して、「宮がおいでにならないのに、そのまま居すわっていて、古い物や新しい物を壊して焚くというのはどうしたことだ。修理をする者が訴え出ている。まずは宮もおいでにならぬのに、なおも籠っているのはどうしたことなのか。わけを申せ」と仰せられたので、清仲が「これといって格別のことではありません。薪《たきぎ》に伺候しているのでございます」と申したので、およそこの程度のことでとやかく仰せられるまでもなく、「さっさと追い出せ」と言って、笑っておられたとか。

この清仲は、法性寺殿《ほっしょうじどの》（藤原忠通《ただみち》）の御時に、春日神社の祭りに競馬《くらべうま》の騎手に立ったが、神馬《じんめ》を扱う者がそれぞれ故障があってつとめを休んだ折に、清仲だけがきちんとつとめた者だった。「神馬使いが欠けている。よくよく注意してつとめよ。せめて京の町中だけでも無事に通るようにはからいつとめよ」と仰せられたので、「謹んで承りました」と申して、そのまま春日大社の社頭に無事に着いたので、殿は重ね重ね感嘆なされた。「見事につとめたぞ」と言って、御馬を賜ったので、清仲は転げ回って喜んで、「こんなふうでございますなら、常任の神馬使いになりたいものでございます」と申したのを、殿の仰せを伝える者も、その場に居合わせた者も、おもしろがり大笑いして騒いでいたので、「何事か」とお尋ねがあった。「これこれでございます」と申し上げたところ、「うまいこと申したものだ」と仰せ言があった。

〈語釈〉

○**二条の大宮**　白河天皇の皇女。令子《よしこ》内親王。承暦二年（一〇七八）～天養元年（一一四四）。母は中宮賢子《かたいこ》。准三宮《じゅさんぐう》、斎院、鳥羽天皇の准母皇后、太皇太后。二条堀河の御所に住んだので、二条大宮という。○**白川院**　第七十二代天皇。天喜元年（一〇五三）～大治四年（一一二九）。後三条天皇の第一皇子。院政の始め。第六十六話に既出。○**宮**　皇族に対する敬称。ここは皇女。○**鳥羽院**　第七十四代天皇。康和五年（一一〇三）～保元元年（一一五六）。堀河天皇の第一皇子。母は大納言藤原実季《さねすえ》の女《むすめ》、苡子。嘉承二年（一一〇七）五歳で践祚《せんそ》。在位十六年で保安四年（一一二三）譲位。白河院没後、大治四年（一一二九）より院政を執る。○母代　母代わり。天皇の母代は准母《じゅんぼ》という。○有賢大蔵卿　源有賢《ありかた》（宇多源氏）。延久二年（一〇七〇）～保延五年（一一三九）。刑部《ぎょうぶ》卿政長《まさなが》の子。備後権介、左京権大夫、三河守、斎院長官、阿波権守、宮内卿、従三位。「大蔵卿」は大蔵省の長官だが、他に記述が見当たらず、宮内卿の誤りか。郢曲《えいきょく》・笛・琴などの名手で、父と同じく堀河天皇の管絃の師。○備後国　現在の広島県東部。○重任　「ちょうにん」とも。国司などが、任期が終わった後、重ねてその任につくこと。重任は所得が多いので、内裏や神社仏閣などの造営費や修理費を献じた。こうして重ねて同じ国の国司と認められることを「成功《じょうごう》の重任」といった。平安時代中期以降多くなった。第六十一話の「業遠《なりとお》」が重任の早い例とされる（『旧大系』補注）。『日本紀略』、寛弘元年（一〇〇四）閏九月五日の条「今日、丹波守業遠重任。依造羅城門也」とある。○清仲　伝未詳。○車宿　寝殿造の屋敷で、中門の外にある、車を入れておく建物。○妻　端《つま》の意ととると、はし、側面。『書陵部本』は「妻と」。『版本』は「妻戸」。「妻戸」は両開きの戸。○束柱　短い柱。特に梁《うつばり》の上、または縁側の下などに立てる短い柱。○立蔀　室内をすかして見られないように立てる蔀で、板塀《いたべい》の類。細い木を縦横に格子《こうし》に組み、裏に板が張ってある。第五話に既出。○たき木につきて候なり　「薪に尽きて」の意にとり、「薪がなくなったから」「薪に不自由しているから」とする解釈が多いが、『新大系』は「建物の材を薪に見立て、宮は不在であるが、これについて伺候しているとおどけたものか」という。「宮わたらせおはしまさぬに、なほとまりゐて、古物、新しき物こぼちたくなるは、いかなる事ぞ」という問いに対しての答えであるから、『新大系』の説が妥当かと思われる。○**法性寺殿**　藤原忠通。忠実の長男。永長二年（一〇九七）～長寛二年（一一六四）。摂政、関白、太政大臣、従一位。第六十二話に既出。○**春日の乗尻**　奈良の春日大社の祭礼の時の騎手。春日神社は藤原氏の氏神で、その祭りは二月と十一月の上の申《さる》の日であった。藤原氏氏《うじの》長者《ちょうじゃ》のほか、官使の近衛使・内蔵使、中宮使が参向し、貞観十一年（八六九）からは斎女が参仕し、神馬・走馬が献ぜられた。乗尻はその走馬の騎手をいう。○**神馬づかひ**　神社に奉納する馬を扱う者。京都から奈良までの献上馬の届け役には近衛府の官人があてられた。○**相構て**　よく注意して。底本は「相講て」とあるが、意によって「相構て」とする。○**京ばかりをまれ**　京都の町中を通る間だけでも。「まれ」は「もあれ」の約。……であっても、……でもの意。○**奉ぬ**　「うけたまはりぬ」。この読みは前話第七十四話に出る。○**やがて**　そのまま。○**いみじう**　この場合の「いみじ」はほめる気持ちをいう語。大したものだ、すばらしいの意。○**この定に候はば**　このようにいつも御馬がいただけるのでしたら。○**定使**　常任の馬使い。○**仰つぐ者**　法性寺殿の仰せを伝える者。○**ゑつぼに入**　笑い興じる。○**しかしか**　言うべき言葉を略していう時に用いる語。こうこう。

〈参考〉
前話第七十四話に続き、これも「陪従」の話。清仲についての二つのエピソードからなるが、前半の話の中の、清仲の勝手で、しかもとぼけたようなふるまいには、怒るに怒れないおかしみがあり、また後半の、頓知のきいた素直さと大袈裟な清仲の身のこなしは、貴人の目にはおもしろく、愛すべきものに映ったことであろう。のちの「太鼓持ち・幇間《ほうかん》」の先駆と思わせる。

ところで、本話冒頭に出る「二条の大宮」令子内親王についていえば、鳥羽天皇の准母として入内《じゆだい》した。准母というのは天皇の生母でない方を母に擬したもので、鳥羽天皇の父帝である堀河天皇が践祚《せんそ》にあたり、天皇の生母である皇后藤原賢子がすでに薨じていた（応徳元年〈一〇八四〉）ので、天皇の同母姉である郁芳門院媞子《やすこ》内親王が天皇の母に准ぜられたのが初例である。本話の二条の大后は郁芳門院の妹であり、堀河天皇の姉である。堀河天皇の崩御により、甥の鳥羽天皇の准母として入内し、同年（嘉承二年〈一一〇七〉）皇后と尊称され、長承三年（一一三四）太皇太后となった。以来、天皇の生母が崩じた場合、准母が定められたが、未婚の内親王が准母とされる場合があり、これは内親王の優遇のために行なわれたものといわれる。したがって、天皇との配偶関係がなくて立后し、非妻の皇后といわれた。本話の二条大宮令子内親王も天皇との配偶関係がなくて立后した皇后である。

七十六（上七十六）仮名暦誂タル事〈仮名暦《かなごよみ》誂《あつら》へたる事〉巻五―七

これも今は昔、ある人のもとに、なま女房の有《あり》けるが、人に紙乞《(こ)》ひて、そこなりける若《(わか)》き僧に、「仮名暦書《かき》てたべ」と云《(い)》ひければ、僧、やすき事にいひて、書《かき》たりけり。はじめつかたはうるはしく、「神、仏によし」、「かん日」、「くゑ日」など書たりけるが、やうやう《(〳〵)》末《(すゑ)》ざまになりて、あるひは「物食《(く)》はぬ日」など書《(か)》き、また《(又)》「これぞあればよく食《(く)》ふ日」など書《(か)》きたり。

この女房、やうがる暦《(こよみ)》かなとは思へども、いとかうほどには思ひよらず、さる事にこそと思《おもひ》て、そのまま《(ゝ)》に違《(たか)》へず。また《(又)》ある日は「はこすべからず」と書《かき》たれば、いかにとは思へども、さこそあらめと思て、念《(ねん)》じて過《(す)》ぐすほど《(程)》に、長凶会《(なかくゑ)》日《にち》のやうに、「はこすべからず、はこすべからず《(〳〵)》」と続《(つゞ)》け書《(か)》きたれば、二、三日までは念じゐたるほど《(程)》に、大かた堪《(た)》ゆべきやうもなければ、左右《さう》の手して尻をかか《(ゝ)》へて、「いかにせん、いかにせん《(〳〵)》」と、よぢりすぢりする程に、物もおぼえずしてありけるとか。

〈現代語訳〉

七十六　仮名暦《かなごよみ》を注文《ちゅうもん》したこと

これも今は昔のことだが、ある人のところに新参の女房がいた。人に紙をもらって、近所にいた若い僧に、「仮名暦を書いて下さいな」と言ったので、僧はそんなのは簡単だと言って書いてやった。初めの方はきちんと、「神事、仏事によし」、「万事に凶で、外出をつつしむべき坎日《かんにち》」、「暦の上で最凶の日である凶《く》会《え》日《にち》」などと書いていったが、だんだん終わりごろになって、ある日は「物食わぬ日」などと書き、また、「これこれのことがあるので、よく食う日」などと書いた。

この女房は、風変わりな暦だなとは思ったが、まさかこれほどでたらめなものとは思いもよらず、何かわけがあるのだろうと思って、そのとおりにやっていた。またある日は、「大便をするな」と書いてあるので、これはどうかとは思ったが、何かわけがあるのだろうと思って、我慢して過ごしているうちに、長凶《ながく》会《え》日《にち》のように、「大便をするな」「大便をするな」と続けて書いてあるので、二、三日までは我慢していたが、とてもこらえきれそうもないので、両手で尻を抱えて、「どうしよう、どうしよう」と体をひねり、くねりするうちに、思わず知らず漏らしてしまったとか。

〈語釈〉

○なま女房　新参の（おそらく年若い）女房。「なま」は、本物になるには、まだいくぶんかの距離がある状態。第十四話に「生良家子《なまりやうけし》」がある。○そこなりける　「そこ」がどこを指すか不明。「その家にいた」。○仮名暦　仮名書きの暦。女性用の暦。○うるはしく　きちんと。第二十五・三十二話に既出。○かん日　坎日。陰陽道《おんようどう》でいう、諸事に凶で、外出を見合わせる日。坎は落とし穴の意。毎月一回ずつあった。○くゑ日　凶会日。陰陽道で、陰陽が相剋して凶事が起こるので、すべてのことに対してつつしまなければならないとされた日。暦のうえで最凶の日とされた。月により二日〜十二日ほどの該当日があるとされる。○あるひは「ある日は」と解する。『集成』は「あるいは」、とする。『全註解』は「或は」とする。○やうがる「様がり」。様子がありげである。一風変わっている。○いとかうほどには思ひよらず　まさかこれほどいい加減なものとは思いもよらず。○さる事にこそ　さることにこそあらめの意で、何かわけがあるのだろう。○はこすべからず　大便をしてはいけない。「はこ」は大便をする箱、便器、転じて大便のこと。○長凶会日　長く続く凶会日。○よぢりすぢり　身をくねらせて苦しみもだえる様子。○物もおぼえずしてありけるとか「物も覚えずして、ありけるとか」ととれば、「失神してしまっていた」ととれるし、「物も覚えず、してありけるとか」ととれば、「思わず漏らしてしまったとかいうことだ」の意にとれる。後者の方が、意味のうえから自然だろう。

〈参考〉

仮名暦は真名《まな》（漢字）で書かれた具注暦《ぐちゆうれき》（暦注を具備したもの）の要点を仮名書きしたもので、平安時代末期に貴族女性のために作られたものといわれる。暦は古くから、中国の太陰太陽暦が用いられたと考えられているが、それに陰陽道でいう、四季のめぐりや方位などをもとに吉凶禍福を占う禁忌の思想が持ち込まれ、方位や日時の吉凶等、日常生活の細部にまで規制が行なわれた。

仮名暦は具注暦に記載してある項目を略してはあるが、凶とされる日は、生活上、特に注意しなければならなかった。坎日は具注暦では九坎と注し、仮名暦では「かん日」と注し、出歩くことや種子蒔き、家普請などに凶とされた。凶会日は仮名暦では「くゑ日」と注してあり、具注暦では二十数項の悪日が各月にわたってある。それを総称して凶会日というのである。例えば、衣の裁断、死者への弔問、嫁娶《と》り、結婚などを行なってはならず、また掃除や公事、病者訪問、種子蒔き、新穀を食べること、また、仏神を拝んではならず、奴婢を使ってもいけない。訴訟もしてはならず、出歩きも深くつつしみ、財の支出も不可、人畜やその他の生類を打ってはならず、不浄を行なってはならないなどとある。

この若い女房は、まじめにこの禁忌を守っていたのであろう。一方、若き僧も、初めのうちは、忠実に各日を調べ、注記したのであろうが、三百六十日も調べて書くのは面倒になり、このようなでたらめ暦を作ったのである。もっともこの話の虚実のほどはわからないが、俗信の蔓延が笑うに笑えないような話を生んだということになる。だが、このそっけない話の結びには、迷信に対する本書撰者の皮肉な目が感じられる。

七十七（上七十七）実子ニ非サル人実子ノ由シタル事〈実子《じつし》に非《あら》ざる人《ひと》、実子《じつし》の由《よし》したる事〉

巻五―八

これも今は昔、その人の、一定《いちぢやう》、子とも聞《き》こえぬ人有《あり》けり。世の人はそのよしを知《し》りて、を《お》こがましく思《おもひ》けり。その父《てゝ》と聞《き》こゆる人失《うせ》にけり。後、その人のもとに、年比《としごろ》ありける侍《さぶらひ》の、妻に具《く》して田舎へ去《い》にけり。その妻失《め》せ《う》にければ、すべきやうもなく成《成》りて、京へ上《のぼ》りにけり。よろづあるべきやうもなくて、便《たよ》りなかりけるに、「この《此》子といふ人こそ、一定のよし言《い》ひて、親の家にゐたなれ」と聞《きこ》きて、この侍参《まい》りたりけり。「故殿に年ごろ《比》候《さぶら》ひしなにがしと申《まうす》ものこそ参《まい》りて候へ。御見参に入《いり》たがり候《さぶらふ》」と言《い》へば、この子、「さる事ありとおぼゆ。しばし候《さぶら》へ、御対面あらんずるぞ」と言《い》ひ出《いだ》したりければ、侍、しおほせつと思《おもひ》て、ねぶりゐたる程に、近《ちか》う召《め》し使《つか》ふ侍出《い》で来《き》て、「御出居《でい》へ参《まい》らせ給へ」と云《いひ》ければ、悦《よろこび》て参《まい》りにけり。この召次《めしつぎ》しつる侍、「しばし候はせ給へ」と言《い》ひて、あなたへ行《ゆ》きぬ。

見まはせば、御出居《てい》のさま、故殿《ことの》の《ゝ》おはしましし《ゝ》つらひにつゆ《露》変《か》はらず。御障《みさう》子《し》などはすこし古《ふ》りたる程にやと見《み》るほどに、中の障子《さうし》を引《ひ》き開《あ》くれば、きと見《み》あげたるに、この子と名乗《なの》る人歩《あゆ》み出《いで》たり。これをうち見《み》るまま《ゝ》に、この《此》年ごろの侍、さくりもよよ《ゝ》に泣《な》く。袖もしぼりあへぬほどなり。このあるじ、いかにかくは泣《なく》ならんと思《おもひ》て、ついゐて、「とは、などかく泣《な》くぞ」と問《とひ》ければ、「故殿のおはしましし《(こ)》に違《(たか)》はせおはしまさぬが、あはれにおぼえて」と言《(い)》ふ。さればこそ、我も故殿には違《(たか)》はぬやうに覚《(おほ)》ゆるを、この《(此)》人々《(〳〵)》の、「あらぬ」など言《(い)》ふなる、あさましき事と思《(おも)》ひて、この《(此)》泣《(な)》く侍に言《(い)》ふやう、「おのれ《(を)》こそ事のほかに老《(おい)》にけれ。世中《よのなか》はいかやうにて過《(す)》ぐるぞ。我はまだ幼《(おさな)》くて、母のもとにこそありしかば、故殿のありやう、よくも覚《(おほ)》えぬなり。おのれ《(を)》をこそ故殿とたのみてあるべかりけれ。何事も申せ。また《(又)》ひとへに頼《(たの)》みてあらんずるぞ。まづ当時寒《(さむ)》げなり。この衣《(きぬ)》着《(き)》よ」とて、綿ふくよかなる衣《(きぬ)》一《(ひとつ)》脱《(ぬ)》ぎて賜《(た)》びて、「今は左右《(さう)》なし。これへ参《(まい)》るべきなり《(也)》」と言《(い)》ふ。この侍、しおふ《(ほ)》せてゐたり。昨日《きのふ》今日《(けふ)》の者《(もの)》の《(こ)》かく言《(い)》はんだにあり、いはんや故殿《(ことの)》の《(こ)》年ごろの者《(物)》のかく言《(い)》へば、家主《いへぬし》笑《(え)》みて、「この《(此)》男《(おのこ)》の年来《としごろ》術《(すち)》なくてありけん、不便《ふびん》の事なり」とて、後見《(うしろみ)》召《(め)》し出《(い)》でて、「これ《(こ)》は、故殿のいとほ《(お)》しくし給《たまひ》しものなり。まづ、かく京に旅立《(た)》ちたるにこそ。思《おもひ》はからひて沙汰《(さた)》しやれ」と言《(い)》へば、ひげなる声《(こゑ)》にて、「む」といらへて立《たち》ぬ。この侍は、「そらごとせじ」といふ事をぞ、仏に申《まうし》きりてける。

〈現代語訳〉

七十七　実子でない人が実子だとしてふるまうこと

これも今は昔の話だが、一応その人の子とは名のるが、断じて実子とは思えない人がいた。世間の人はその事情を知っていて、馬鹿ばかしく思っていた。さて、その父といわれる人が死んでしまった。その後、その人のところで長年仕えていた侍が、妻と一緒に田舎へ下って行った。その妻が死んでしまったので、暮らしに困ってまた京へ上って来た。万事、どうにも行かなくなって、手づるもなかったところ、「この子という人が、たしかに故人の実子だと言って、親の家に住んでいるそうだ」と聞いて、この侍は出かけて行った。「亡くなられた殿様に長年お仕えしたなにがしと申す者が参っております。お目にかかりたがっております」と取り次ぎの者が言うと、この子は「そういうこともあると思う。しばらく待っておれ。お会い下さろうぞ」と取り次ぎの者に言わせたので、侍はうまくいったと思って目をつぶってひかえていると、そば近く召し使う侍が出て来て、「対面所においで下さい」と言ったので、喜んで参上した。この取り次ぎをした侍は、「しばらくお待ち下さい」と言って、向こうへ行ってしまった。

見まわすと、この対面所の様子は、亡き殿がおいでになったころの設備と少しも変わっていない。御襖《ふすま》などは少し古びたかなと見ていると、中の襖が引き開けられたので、はっと見上げると、この子と名のる人が歩み出て来た。これを見たとたんに、この長年仕えていた侍は、しゃくり上げておいおいと泣いた。袖もしぼりかねるほどである。この主人は、どうしてこんなに泣くのかと思って、きちんと坐り、「これは、またなんでこう泣くのか」と尋ねた。すると、「亡き殿様がおいでになられたのと違っておられないのが、じいんと胸にこたえまして」と言う。だからこそ、自分も亡き殿と違わないように思うのに、世間の人々が、「似ていない」などと言っているそうで、心外なことだと思い、この泣いている侍に言うのだった。「おまえもずいぶんと年をとったなあ。今はどうやって暮らしているのか。わしはまだ幼くて、母のもとにいたから、亡き父上の様子はよくは覚えていないのだ。今後はおまえをこそ亡き父君と思って頼りにしていこうぞ。何事でも申せ。ともかくひとえに頼みにするぞ。まず、さしあたって寒そうだ。この着物を着るがよい」と言って、綿がふっくらと入った着物を一枚脱いで、下さり、「何も遠慮はいらん。当家へ来るがよい」と言った。この侍は調子を合わせてうまくやっていた。昨日今日仕えた者がこう言うのでさえうれしいのに、ましてや亡き父君に長年仕えた者がこう言うので、主人はにこにこ顔で、「この男はこの数年暮らしに困っていたのだろう。気の毒なことよ」と思い、後見人を呼び出して、「これは亡き父上が目をかけておられた者だ。まず、こうして京に上って来たのだから、取りはからって面倒を見てやれ」と言う。と、低い声で「は」と答えて下がって行った。この侍は、「うそはつくまい」ということを仏に誓っていた。

〈語釈〉

○一定　たしかに。確実に。○をこがましく　馬鹿ばかしく。○失にけり。後　『書陵部本』、『版本』は「失にける後」。『陽明本』は底本と同じ。○**あるべきやうもなくて**　どうしようもなくて。生活の手だてを失って。『書陵部本』、『版本』は「あるべきやうもなく」。○**便り**　よるべ。つて。○**一定のよし言ひて**　たしかに実子だと言って。○**ゐたなれ**「ゐたるなれ」の撥音便「ゐたんなれ」の「ん」の無表記。○**年ごろ**　幾年かの間。久しい間。○**見参に入たがり**「見参に入る」は、貴人にお目にかかる。○**しおほせつ**　うまくいった。やったあ！　○**ねぶりゐたる程に**　目をつぶって坐っていると。気持ちに余裕ができた状態である。○**出居**　接客の間。寝殿造で、母屋《もや》の外の庇《ひさし》の間に設けた一室。今の応接間。「いでゐ」とも。第二十三話に既出。○**見まはせば**『版本』は「み参らせば」。○**御障子**　室内の仕切りに使う建具の総称。ここは襖《ふすましょうじ》障子。唐紙《からかみ》。○**きと**　さっと。すばやく。○**さくりもよよに**　しゃくり上げて泣くさま。「さくり」はしゃくり上げて激しく泣くこと。○**ついゐて**　膝をついて坐り。○**とは**　これはまた（なんでそのように泣くのか）。「こは」の誤写かとする注が多いが、このままでよいと思われる。○**あらぬ**　そうではない。故殿には似ていない。○**言ふなる**「なる」は伝聞の助動詞。○**当時**　さしあたり。当今。○**綿ふくよか**「ふ」は「に」を見せ消ちにして「ふ」と傍書。○**左右なし**　かれこれ言うに及ばない。○**しおふせてゐたり**　うまくやっていた。『旧大系』は「主の言うことに調子を合わせてうまくやっていた」とする。○**術なくて**「術なし」はなすべきすべもなく困り果てること。ここは生活に困窮していて。第三話に「ずちなき事」、第四十七話に「ずちなけれど」

とある。○不便《ふびん》の事　かわいそうなこと。○後見　自分の後見人。○沙汰　処置。第三・十四・四十六話に既出。○ひげなる声　「卑下なる声」として、相手を卑しんだような声（『旧大系』、『叢書』）とか、「へりくだった声、うやうやしい声の意か」（『新大系』）とか、「ひくげなる声」の誤りかとする（『集成』）説もある。○そらごと　うそ。

さて、この主《あるし》、我を不定《ふぢやう》げに言《い》ふなる人々《〳〵》呼《よ》びて、この《此》侍に事の次第言《い》はせて聞《き》かせんとて、後見《うしろみ》召《め》し出《い》でて《ゝ》、「あさて、これへ人々《〳〵》渡《わた》らんと言《い》はるる《ゝ》に、さるやうに引《ひき》つくろひて、もてなしすさまじからぬやうにせよ」と言《い》ひければ、「む」と申《まうし》て、さまざまに沙汰《さた》しまうけたり。

この《此》得意《とくい》の人々《〳〵》、四、五人ばかり来集《きあつ》まりにけり。主《あるし》、常《つね》よりもひきつくろひて出合《いであひ》て、御酒たびたび《〳〵》参《まい》りて後、言《い》ふやう、「我親《わが（おや）》のもとに年比生《おい》ひ立《た》ちたる者《物》候《さぶらふ》をや、御覧《らん》ずべからん」と言《い》へば、この《此》集《あつ》まりたる人々《〳〵》、心地《ち》よげに顔先《かほさき》赤《あか》め合《あ》ひて、「もとも召《め》し出《い》ださるべく候《さぶらふ》。故殿に候《さぶらひ》けるも、かつはあはれに候《さぶらふ》」と言《い》へば、「人やある。なにがし参《まい》れ」と言《い》へば、ひとり立《た》ちて召《め》すなり。見《み》れば、鬢《びん》は白《しろ》げたる男《おのこ》の、六十余ばかり《斗》なるが、まみの程など空事《そらこと》すべうもなきが、打《う》ちたる白き狩衣《かりきぬ》に、練《ねり》色の衣《きぬ》のさるほどなる着《き》たり。これは給はりたる衣とおぼゆ。召《め》し出《い》だされて、事うるはしく扇を笏《しやく》に取《と》りて、うずくまりゐたり。

家主の言《い》ふやう、「やや《ゝ》、ここ《ゝ》の父《てゝ》のそのかみより、おのれは老《おい》たちたる者《物》ぞかし」など言《い》へば、「む」と言《い》ふ。「見《み》えにたるか。いかに」と言《い》へば、この《此》侍言《い》ふやう、「その事に候。故殿には十三より参《まい》りて候。五十まで夜昼《よるひる》はなれ参《まい》らせ候はず。故《こ》殿の『小冠者、小冠者《〳〵》』と召《め》し候《さぶらひ》き。無下《むげ》に候《さぶらひ》し時も、御跡《あと》に臥《ふ》せさせおはしまして、夜中、暁、大壺《おほつぼ》参《まい》らせなどし候《さぶらひ》し。その時は、わびしう、たへがたくおぼえ候《さぶらひ》しが、お《を》くれ参《まい》らせて後は、など。さおぼえ候《さぶらひ》けんと、くやしう候《さぶら》ふなり」と言《い》ふ。主《あるし》の言《い》ふやう、「抑《そもそも》、一日《ひとひ》、汝を呼《よ》び入《いれ》たりし折《おり》、我《われ》、障子を引《ひき》あけて出《いで》たりし折《おり》、うち見《み》あげて、ほろほろ《〳〵》と泣《なき》しは、いかなりし事ぞ」と言《い》ふ。その時、侍が言《い》ふやう、「それも別《べち》の事に候《さふら》はず。田舎《ゐ中》に候《さふら》ひて、故殿失《う》せ給《たまひ》にきとうけたまはり《給》て、いま一度《ど》参《まい》りて、御ありさまをだにも、拝《おか》み候《さぶら》はんと思ひて、恐《おそれ》々《〳〵》参り候し。左右《さう》なく御出居《でい》へ召《め》し入《いれ》させおはしまして候《さぶらひ》し。大方《おほかた》、かたじけなく候しに、御障子を引《ひき》あけさせ給《たまひ》候《さぶらひ》しを、きと見上《あ》げ参《まい》らせて候《さぶらひ》しに、御烏帽子《ゑぼうし》の真黒《まくろ》にて、まづさし出《い》でさせおはしましまして候しが、故殿のかくのごとく出《いで》させおはしましたりしも、御烏帽子は真黒《(まくろ)》に見《(み)》えさせおはしましし《(ゝ)》が、思《おもひ(い)》出でられおはしまして、おぼえず涙のこぼれ候《(さふら)》ひしなり」と言《(い)》ふに、この《(此)》集《(あつ)》まりたる人々《(〱)》も、笑《(え)》みをふくみたり。また《(又)》、この《(此)》主《(あるし)》も気色《けしき》かはりて、「さてまた《(又)》、いづくか故殿には似たる」と言《(い)》ひければ、この《(此)》侍、「そのほかは、大かた似させおはしましたる所おはしまさず」と言《(い)》ひければ、人々《(〱)》ほほ笑《(をえ)》みて、ひとりふたりづつ《(ゝ)》こそ逃失《にげうせ》にけれ。

〈現代語訳〉

そこで、この主人は、自分のことをどうも実子でなさそうだと言っているという人々を呼んで、この侍に事の一部始終を言わせて聞かせようと考え、後見役を呼び出して、「明後日《あさって》、ここへ客人たちがおいでになるということだから、そのように準備して、もてなしに手落ちのないようにせよ」と言ったので、「は」と申して、いろいろと手配して用意した。

主人と親しい人々が四、五人ほど集まって来た。主人はいつもより身なりを調えて対面し、酒をたびたび酌み交わした後、「私の父のもとに長年奉公した者がおりますが、お会いになりますか」と言った。すると、この集まっている人々は気持ちよさそうに顔のはしを赤くし合って「いかにもお呼び出しになるのがよろしかろう。亡き殿に仕えていたというのも、かたがた感慨深いことです」と言うので、「誰かいるか。誰それ参れ」と言うと、一人が立って、かの侍を呼び出した。現われたのを見ると、鬢《びん》が禿げた六十がらみの男で、目つきなど、うそなどつけそうもない男が、つややかな白い狩衣に、薄黄色のなかなかのものを着ている。これはいただいた着物と思われる。侍は召し出されて、端然として扇を笏のように構えて、平伏していた。

主人が、「おい、わしの父の生前からお前はずっといたものだな」などと言うと、「は」と答える。「亡き殿にはお目にかかったか、どうだ」と言うと、この侍は言うのだった。「そのことでございます。亡き殿様のもとには十三の年から参りました。五十になるまで夜昼お側を離れたことはございません。亡き殿様も『小冠者《こかんじゃ》、小冠者』と私を召し使われました。御病気がひどくなりました時も、お足もとに寝かせておかれまして、夜中や明け方に便器を差し上げなどいたしました。その時はつらくて、堪えがたく思われましたが、お亡くなりになってからは、どうしてあのように思ったのかと、くやしゅうございます」と言う。そこで主人が、「ところで、先日お前を呼び入れた折、わしが襖《ふすま》を引き開けて出て行った時、わしを見上げて、はらはらと泣いたのは、どうしたことだったのか」と言った。その時、侍が、「それもほかでもございません。田舎《いなか》におりまして、殿様がお亡くなりになったとうかがって、もう一度参って、せめて御様子だけでも拝み申そうと思って、恐る恐る参上したのでございます。するとさっそく御対面所へお召し出し下さったのでございます。まことに恐れ多く存じましたところ、御襖《ふすま》をお引き開けになられましたのを、ふと見上げ申し上げましたら、御烏帽子《えぼし》が真っ黒で、それがまず、すうっと出ておいでになりましたのが、亡き殿がこのように出ておいでになられた時も、御烏帽子が真っ黒と拝見いたしましたのが思い出されまして、思わず涙がこぼれたのでございます」と言うと、この集まった人たちはにんまりしている。一方、この主人も顔色を変えて、「さてまた、どんなところが亡き父上には似ているのか」と言ったところ、「そのほかは、まったく似ておられるところはございません」と言ったので、人々はくすくす笑いながら、一人二人と逃げて出て行ってしまった。

〈語釈〉

○不定　あてにならない。不確実。ここは実子かどうかあてにならない、怪しいものだということ。○さるやうに　しかるべく。相応に。○引つくろひて　体裁を整えて。よく準備して。身なりを調えて。○すさまじからぬやうに　興をそぐことがないように。「すさまじ」は興ざめだの意。○沙汰　手配。○まうけたり　準備した。「まうく（設く）」は準備する、用意する意。○得意の人々　親しい友達。「得意」は自分の気持ちにかなうこと。また、親友の意。○故殿に候けるも　底本は「故殿に似《い》けるも」。『陽明本』は底本と同じく「似」とあるが、誤写とみて、『書陵部本』、『版本』の「候」に従う。○かつはあはれに候（興味深くもあり）一方では感慨深くなつかしくもあります。○鬢《びん》はげたる男　「り」を見せ消ちにして「る」と傍書。「鬢」は頭の左右側面の髪。○まみの程など　目つきのぐあいなど、見受けたところ。○空事すべうもなき　「すべう」の「う」は、底本「に」を見せ消ちにして「う」と傍書。○打ちたる　砧《きぬた》で打ってつやを出した。○狩衣　もとは狩りの時などに用いた服だが、平安時代には貴族の常服となる。第十八・二十八話等に既出。○練色　わずかに黄色みを帯びた白。○さるほどなる　しかるべき、相当な、立派なもの。○笏に取りて　笏のように構えて。「笏」は束帯を着る時に、右手に持ったもの。象牙《ぞうげ》またはイチイ・ヒイラギ・桜などの木で作った薄い板で、長さ一尺二寸（約三六センチ）、頭は半月形。もとは備忘用にメモを書きつけるものであったが、のちには容儀をととのえるため、儀礼用のものとなった。○やや　呼びかけの語。底本は「やく」「く」は「ゝ」の誤写とみて、『書陵部本』、『版本』に従って改める。○そのかみ　その当時。昔。○老たちたる　底本、『書陵部本』、『陽明本』は「老たちたる」とするが、『版本』の「生《おひ》たちたる」に従って解する。○見えにたるか　お目にかかったか。○小冠者　小さい冠者。「冠者」は元服して冠をつけた若者。○無下　なんとも言いようがないほどひどい状態。ここは病状がひどく悪い状態。○御跡　お足もと。○大壺　便器。○おくれ　「おくる」は生き残ること。○大方、かたじけなく　この場合の「大方」は、個別的な物事から離れて、一般的な見地に立ってみる意を表わす語で、「だいたいもってありがたく存ずる」意。後出の「大かた」は「全然」「まったく」の意。○烏帽子　元服した男子のかぶり物の一種。官位のある者は平服に、庶民は外出時に用いた。黒漆塗りの絹紗《けんしゃ》製、または布製のやわらかなものであったが、のちには漆で塗り固めた紙製のものが多くなった。第三話に既出。○見えさせおはしまししが　『書陵部本』、『陽明本』は「おはしまして候しが」とある。底本は「おはしまし候が」とも読める。『版本』は「おはしまししが」。○気色かはりて　顔色が変わって。○大かた……おはしまさず　まったく……おありになりません。「おほかた」は否定の語句を伴うと、「全然」「少しも」の意になる。

〈参考〉

DNA鑑定などということを想像することさえできない当時、父親の確定は時に問題になることがあった。本書第四十六・七十二話の伏見修理大夫俊綱《としつな》も、父が橘俊遠《としとお》か藤原頼通《よりみち》か、説のあるところである。『今鏡』では、「伏見の修理大夫俊綱と聞えし人……その御母祇子は贈二位讃岐守俊遠と相具し給へりければ、俊綱の君、（頼通の）御子におはしけれど、けざやかならぬほどなりければ、なお俊遠の主の子の定にて橘の俊綱とてぞおはせし。のちになほ殿の御子とて、藤原になり給へりき。（中略）この修理大夫は、橘を変へられにしかば、なほ関白の御子なるべし」という曖昧な言い方をしている。崇徳上皇の場合も問題がある。『古事談』（巻二第五十五話）「鳥羽院、崇徳院ヲ実子トシテ遇セザル事」によれば、鳥羽天皇の第一皇子顕仁《あきひと》（崇徳上皇）も、実は白河法皇の子であるとの噂が流れていて、鳥羽天皇も「叔父子《おじご》」と呼んでいたという。このことが、保元の乱の遠因の一つとなっている。平清盛も実は忠盛の実子ではなく、白河法皇が祇園女御との間に儲けた子であるといわれ

（『源平盛衰記』）、滋賀の「胡宮神社文書」に載る「仏舎利相承系図」（筆者未見）によれば、清盛の母は祇園女御の妹の女房で、それが白河院の子を身籠ったまま、忠盛《ただもり》に下賜されて生まれたのが清盛であるという（五味文彦『平清盛』（吉川弘文館））。

本話は、亡き殿の実子であると主張して、その家に居座る男の話である。疑惑が囁《ささや》かれていることを知って、なんとかして故殿との父子関係を周囲に認めさせたいと切望していたところに、大変好都合な証人が現われた。しかし、この証人は「そらごとせじ」という誓いを立てていたために、実子を自称する男の期待は裏切られ、逆に墓穴を掘るみじめな結果となった。「さてまた、いづくか故殿には似たる」と顔色を変えて詰め寄る「子を自称する男」に、「そのほかは、大かた似させおはしましたる所おはしまさず」という冷たい答えが返って来た時の絶望感はいかばかりであったろう。人々は「ほほ笑みて」、一人、二人ずつ逃げ去ったが、この「ほほ笑み」こそ、他人の不幸を喜ぶ人間の性《さが》の一面であろう。この侍も安易に「誓い」を立てたために、かえって就職先を失ったに違いない。

七十八の一（上七十八）御室戸僧正事〈御室戸僧正の事《みむろどのそうじやう》〉巻五—九

これも今は昔《むかし》、一乗寺僧正、御室戸僧正とて、三井の門流にやんごとなき人おはしけり。御室戸僧正は隆家帥《たかいへのそち》の第四の子なり（也）。一乗寺僧正は経輔《つねすけ》大納言の第五の子なり《(也)》。御室戸をば隆明といふ。一乗寺をば増誉といふ。この《(此)》二人、おのおの《(〳〵)》貴《(たうと)》くて、生《(い)》き仏なり。

御室戸は太《(ふと)》りて、修行するに及ばず。ひとへに本尊の御前《(まへ)》を離《(はな)》れずして、夜昼おこなふ鈴《れい》の音絶《たゆる》時なかりけり。お《(を)》のづから人の行《ゆき》むかひたれば、門をば常にさしたる。門を叩《(たゝ)》く時、たまたま《(〳〵)》人の出来《いで(き)》て、「誰《(たれ)》ぞ」と問《(と)》ふ。「しかじか《(〳〵)》の人の参《(まい)》らせ給《たまひ》たり」、もしは「院の御使《(つかひ)》に候《(さぶら)》ふ」など言《(い)》へば、「申《まうし》候《(さぶら)》はむ」とて、奥《(おく)》へ入《いり》て、無《(む)》期《(こ)》にあるほど、鈴の音《(をと)》しきりなり《(也)》。

さて、とばかりありて、門の関木《くわんのき》をはづして、扉かたつかたを、人ひとり入《いる》程あけたり。見入《(みい)》るれば、庭には草しげくして、道《(みち)》ふみあけたる跡もなし。露を分《わけ》て入《いり》て、のぼりたれば、広庇一間有《ひろびさしひとまあり》。妻戸《つまど》にあかり障子立《(た)》てたり。煤《(すゝ)》け通《(とを)》りたる事、いつの世に張《(は)》りたりとも見《(み)》えず。

しばしばかりありて、墨染着《(き)》たる僧、足音《(をと)》もせで出来《いで(き)》て、「しばしそれにおはしませ。おこなひの程に候《さぶらふ》」と言《(い)》へば、待《まち》居たるほどに、とばかりありて、内より、「それへ入《(い)》らせ給へ」とあれば、煤《(すゝ)》けたる障子を引《ひき》あけたるに、香の煙くゆり出《いで》たり。萎《(なへ)》えとほりたる衣に、袈裟なども所々《(〳〵)》破《(やふ)》れたる、もの《(物)》も言《(い)》はでゐられたれば、この《(此)》人も、いかにと思《おもひ》て向《(む)》かひゐたるほどに、こまぬきて、すこしうつぶしたるやうにてゐられたり。しばしある程に、「おこなひの程、よくなり候《さぶらひ》ぬ。さらば、とく帰《(かへ)》らせ給へ」とあれば、言《(い)》ふべき事も言《(い)》はで出《(い)》でぬれば、また《(又)》門やがてさしつ。

これはひとへに居おこなひの人なり。

〈現代語訳〉

七十八の一　御室戸の僧正のこと

これも今は昔のことだが、一乗寺僧正、御室戸僧正といって、園城寺《おんじょうじ》の流派に尊い方がおいでになった。御室戸僧正は隆家《たかいえ》の帥《そち》の第四子である。一乗寺僧正は経輔《つねすけ》大納言の第五子である。御室戸を隆明《りゅうみょう》という。一乗寺をば増誉《ぞうよ》という。この二人はそれぞれが尊ばれていて、生き仏である。

御室戸は太っていて、諸国行脚などの修行ができない。ひたすら本尊の御前を離れずに、夜昼勤行《ごんぎょう》する振鈴《しんれい》の音の絶える時がなかった。たまたま人が来訪したりすると、門がいつも閉めてある。門を叩くと、ひょっこり人が出て来て、「どなたかな」と尋ねる。「これこれの人が参上なさいました」とか、あるいは「上皇のお使いでございます」などと言うと、「お取り次ぎいたしましょう」と言って奥へ入って、長い時間、鈴の音がしきりに聞こえる。

そして、しばらくたって、門のかんぬきをはずして、扉の片方を、人がひとり入れるほど開ける。中を見ると、庭には草がぼうぼうと茂って、道を踏み歩いたあともない。草露を踏み分けて中に入り、堂に上ると、広庇《ひろびさし》が一間《ひとま》ある。妻戸には明り障子が立ててある。すっかり煤けてしまっていて、いつごろ張ったものやらわからない。

しばらくして、墨染の衣を着た僧が、足音もたてずに出て来て、「しばらくそこでお待ち下さい。ただ今勤行中でございます」と言うので、待っていると、しばらくして奥から、「どうぞお入り下さい」と言う。そこで煤けた障子を引き開けると、香の煙がゆらゆらと流れ出てきた。くたびれきった衣をまとい、袈裟《けさ》などもところどころ破れている。ものも言わずに坐っておられるので、客の方でも、どうしたものかと思って向き合って坐っていると、僧正は手を組み合わせ、少しうつ向き加減で坐っておられる。しばらくすると、「ちょうど勤行の刻限となりました。では、早くお帰り下さい」と言われるので、言う必要のあることも言わずに出てしまうと、またすぐに門を閉めてしまう。この人はひたすら籠居《ろうきょ》して修行する人である。

〈語釈〉

○一乗寺僧正　増誉《ぞうよ》。長元五年（一〇三二）～永久四年（一一一六）。天台宗寺門派の僧。正二位権大納言藤原経輔《つねすけ》の子。御室戸僧正隆明《りゅうみょう》の甥。大峯《おおみね》・葛城《かつらぎ》山で苦行し、白河・堀河両天皇の護持僧として、隆明とともに験徳《げんとく》と称された。寛治四年（一〇九〇）、六十歳近くになって、白河上皇の熊野詣での先達をつとめ、その功によって熊野三山検校《けんぎょう》に補され、のちに修験道本山派大本山となる聖護院《しょうごいん》を建立。天王寺別当、園城寺長吏。長治二年（一一〇五）閏二月十四日、第三十九世天台座主に補される。しかし、叡山側の反対に遭い、翌日辞任。同年五月、大僧正に任じられ、尊勝寺・梵釈寺・崇福寺など十三ヵ寺の別当となる。○**御室戸僧正**　隆明。寛仁三年（一〇一九）～長治元年（一一〇四）。権中納言藤原隆家の子。第二十九代園城寺長吏。大僧正明尊《みょうそん》の弟子。白河・堀河両天皇の護持僧。崇福寺別当、梵釈寺別当、法成寺寺務執行《しゅぎょう》もつとめた。三室戸《みむろど》寺に住したので、三室戸僧正ともいう。また三井寺羅惹院《らじゃくいん》を建立したので、羅惹院僧正とも号した。験力にも説法にもすぐれ、白河院の御悩を加持して、たちまち平癒せしめたともいわれる。○**三井の門流**　三井寺（園城寺）の流派。三井寺は滋賀県大津市にある天台宗寺門派の総本山。山門または山（比叡山延暦寺）に対して、寺門または寺という。第十八話に既出。○**隆家帥**　藤原隆家。摂政・関白道隆の子。天元二年（九七九）～寛徳元年（一〇四四）。一条天皇皇后定子《さだこ》の弟。父道隆の死後、叔父の道長との政争に敗れ、兄伊周《これちか》とともに左遷される。長保四年（一〇〇二）権中納言に復任。長和三年（一〇一四）大宰権帥《だざいのごんのそち》を兼任。治安三年（一〇二三）に中納言を辞し、次項に出る息男経輔を権右中弁に任じてもらうように申し出て、承認され、その後、大蔵卿、大宰大弐《だざいのだいに》に任じられている。「帥」は大宰府の長官。○**経輔大納言**　寛弘三年（一〇〇六）～永保元年（一〇八一）。隆家の次男。大宰帥。勘解由《かげゆ》長官、太皇太后宮大夫、権大納言、正二位。

道隆——隆家——経輔——増誉
　　　　　　└隆明

○修行　この場合は行脚《あんぎゃ》して修行すること。○鈴　仏具の一つ。振って鳴らす小型の鐘。取っ手がついていて、直径数センチ。○おのづから　たまたま。○院　上皇または法皇。この場合は白河院。○無期　長い時間。○関木　貫の木、閂《かんぬき》。門戸を差し固めるための横木。○広庇　寝殿造で、母屋《もや》の外側、簀子《すのこ》の内側の細長い部屋。「ひさしのま」ともいう。○妻戸　寝殿造の建物の四隅にある両開きの戸。第七十五話に既出。○あかり障子　明かりをとるための障子。妻戸では室内が暗いので、薄紙を張った障子を立てた。今の障子と同じもの。○おこなひの程　勤行の時間。○萎えとほりたる衣　着古して皺だらけでくたくたになった衣。○こまぬきて　手を組み合わせて。○おこなひの程、よくなり候ぬ　この箇所については種々の解釈がある。『旧大系』では、祈禱を依頼に来た者の意向を察知して、用件を聞かずに祈禱を行ない、「祈禱をしたので、宜しくなりました」と言ったものと解すべきであろうといい、『新大系』は「僧正は使者に対して、勤行にたちあわせるつもりで、『墨染着たる僧』もそれを知ってこう言ったものであろう」という。『新全集』は『旧大系』の解釈を踏襲して、「相手から用件を聞き出すことなく、相手が依頼に来た用件を察知して祈禱を施し終えたこと」と解している。すなわち、「加持祈禱も十分行ないすませました」とする。『旧全集』と『集成』は「ちょうど勤行の時間になりました」という解釈をしている。この一風変わった「居おこなひの人」の行為としては、後者の説が適していると考える。

〈参考〉

本話は古本系統の諸本では「御室戸僧正の事」、「一乗子僧正事」という題で、別立ての話になっている。とりわけ本書の底本である『伊達本』は、「御室戸僧正」を第七十八話、「一乗寺僧正」を第七十九話と、通し番号をつけて明記している。したがって本話以降は『版本』を底本とする『旧大系』、『旧全集』、『新全集』、『全註解』等とは説話番号が異なる。また古本を底本とする『叢書』、『新大系』、『集成』等は、『旧大系』との一致をはかって二話を一話として扱っている。本書は底本の番号に従い、以後の各話は一つずつ番号がずれることになる。底本の番号は括弧（　）の中に示した。

さて、御室戸僧正隆明は、語釈の項で述べたが、藤原隆家の子で、中関白《なかのかんぱく》道隆の孫にあたる。次話の一乗寺僧正増誉の叔父である。祈禱に効験があり、『真言伝』巻六には白河院の瘧《おこり》の病《やまい》を加持して平癒せしめた記事がある。それによって封戸五十烟《えん》を賜り、輦車《れんしゃ》の宣旨を蒙っている。その翌年永長元年（一〇九六）には上皇の出家に際し、戒師をつとめている。

また、説法にもすぐれ、「説法之体弁説如涌」（『中右記』嘉保二年〈一〇九五〉九月二十六日の条）とか、「隆明僧正説法神妙也者」（同・承徳二年〈一〇九八〉六月十三日の条）等と称賛されている。長治元年（一一〇四）九月十五日の隆明入滅に関する『中右記』の記事には、「深知真言、頗学止観、甚有験力」とあり、園城寺の長吏となって寺務を執行《しゆぎよう》したが、その間に、康和三年（一一〇一）本寺の大衆《だいしゆ》と違背し、その後、「寺に入らず、この事を愁歎してついに入滅した」という。しかし、これより先に、すでにその前年の康和二年六月に寺の大衆の抵抗に遭い、房舎を焼かれ、貫首職を解任され、増誉が貫首に任命されている（『中右記』、『長秋記』、『百錬抄』、『僧綱補任』）。だが、八月になって再び寺務を執行している。しかし、以後、園城寺に入ることはなかった。同四年（一一〇二）大僧正に任ぜられた。通例では、延暦寺に対し、園城寺に上位の僧官のある場合は、園城寺から天台座主を出すことになっているが、隆明の場合、本寺に住まなかったので天台座主になれなかった。『中右記』が以後、「寺に入らず、この事を愁歎してついに入滅した」とするのは、この間の事情を指すのであろう。

そもそもこの騒動の起こりは、上皇の御願で隆明が建立した羅惹院で延年会があり、寺の衆徒が一緒に遊んでいるうちに喧嘩となり、騒ぎが大きくなってたちまちに衆徒が蜂起し、羅惹院を焼き払ったということなのである。当時は所々の大寺で衆徒が蜂起し、毎年のように騒動が起きている。しかし、それによって隆明は長吏の任を解かれるという不運に見舞われたのである。そのゆえか、『永昌記』嘉承元年（一一〇六）十月二十九日の条に「隆明僧正霊殊有所奉祟御体也」とある。これを見ると御霊《ごりょう》になったと考えられていたのではないかと推測される。『中右記』にはその少し後の十二月二十五日の条に、三井寺で金剛頂院の御願供養があったことをあげ、「件寺者故大僧正隆明建立、纔雖開眼、不遂供養入滅、経数年後被供養、有其故歟」——その故あるか——という思わせぶりな記述がある。どうもすんなりと成仏できなかったのではないかと考えられていたようである。しかし、百年以上後の『比良山古人霊託《ひらさんこじんれいたく》』なる書によれば、「御室戸僧正は得脱してやらん」とあって、後世では成仏したと考えられているようだ。

ところで、本話によれば、隆明は「居おこなひの人」として、「ひとへに本尊の御前を離れず」、院の御使いにも急いで会うこともなかったという。しかし、公の仏事には導師として数多く奉仕しており、説経の名手でもあり、まったく世間との接触を絶っていたわけではない。ただし、『寺門高僧記』巻四によると、増誉と修験を争って、不和であったといい、ついで「御室戸者不出道場、不断行法顕密行業、霊異掲焉」と記しているから、増誉とは対照的で、仏堂を離れず、不断の修行をつとめたことも事実であろう。本話でいうように太っていたから山林抖擻《とそう》の修行ができなかったのか、どうなのかわからないが、次話の増誉とは対照的な人物であったようである。

七十八の二（上七十九）一乗子僧正事〈一乗子《いちじやうじ》の僧正《そうじやう》の事〉巻五―九

一乗寺僧正は、大峯《おほみね》は二度とほられたり。蛇《じや》を見《（み）》らる。又《また》、龍の駒などを見《（み）》などして、あられぬ有様《（ありさま）》をして、おこなひたる人なり《（也）》。その坊《ばう》は、一、二町ばかり寄《（よ）》りひしめきて、田楽《でんがく》、猿楽《さるがく》などひしめき、随身《ずいじん》、衛府《ゑふ》のを《（お）》のこどもなど、出入《いでいり》ひしめく。物売《（う）》り共《ども》入《いり》きて、鞍《くら》、太刀、さまざま《（〳〵）》の物を売《うる》を、かれが言《（い）》ふまま《（ゝ）》に価《（あたひ）》をたびければ、市をなしてぞつどひける。さて、この《（此）》僧正のもとに、世の宝はつどひ集《（あつ）》まりたりけり。

それに、呪師《じゆし》小院《こゐん》といふ童《わらは》を愛せられけり。鳥羽の田植《たうゑ》にみつきしたりける。さきざき《（〳〵）》は杙《（くひ）》に乗《のり》つつ《（ゝ）》、みつきをしけるを、この田植《（うへ）》に僧正言《（い）》ひあはせて、このごろ《（比）》するやうに、肩に立《（た）》ち立ち《（〳〵）》して、こは《（ゝ）》より出《いで》たりければ、大かた見《（み）》る者《（物）》も驚《（おとろ）》き驚き《（〳〵）》しあひたりけり。この童、あまりに寵愛《（てうあひ）》して、「よしなし。法師になりて、夜昼《（よるひる）》離《（はな）》れずつきてあれ」とありけるを、童、「いかが《（ゝ）》候《さぶらふ》べからん。いましばし、かくて候はば《（ゝ）》や」といひけるを、僧正、なほ《（を）》いとほ《（お）》しさに、「ただ《（ゝ）》なれ」とありければ、童、しぶしぶ《（〳〵）》に法師になり《（成）》てけり。

さて、過《すぐ》るほどに、春雨うちそそ《（ゝ）》きて、つれづれ《（〳〵）》なりけるに、僧正、人を呼《（よ）》びて、「あの僧の装束《さうぞく》はあるか」と問《（と）》はれければ、「納《（おさめ）》殿《どの》にいまだ候」と申《まうし》ければ、「取《とり》て来《（こ）》」と言《（い）》はれけり。持《（も）》て来《（き）》たりけるを、「これを着《（き）》よ」と言《（い）》はれければ、この呪師小院、「見苦《（みくる）》しう候《さぶらひ》なん」といなみけるを、「ただ《（ゝ）》着《（き）》よ」と責《（せ）》めのたま《（給）》ひければ、かた《（〳〵）》かたへ行《ゆき》て、装束《（さうそ）》きて、兜《（かふと）》して出《（い）》で来《（き）》たりけり。つゆ昔《（むかし）》に変《（か）》はらず。僧正うち見《（み）》て、貝《（かい）》をつくられけり。小院、また《（又）》面変《（おもか）》はりして立《（た）》てりけるに、僧正、「いまだ走《（はし）》り手《（て）》は覚《（おほ）》ゆや」とありければ、「覚《（おほ）》え候《（さふら）》はず。ただ《（ゝ）》し、かたささ《（ゝ）》はのてうぞ、よくしつけて候《さぶらひ》し事なれば、すこしおぼえ候」と言《（い）》ひて、せうのなかわりて通《（とほ）》るほどを走《（はし）》りて飛《（と）》ぶ。兜《（かふと）》持《（も）》ちて、一拍子に渡《（わた）》りたりけるに、僧正、声《（こゑ）》を放《（はな）》ちて泣《（な）》かれけり。さて、「こち来《（こ）》よ」と呼《（よ）》び寄《（よ）》せて、うちなでつつ《（ゝ）》、「なにしに出家せさせけん」とて泣《（な）》かれければ、小院も、「さればこそ、いましばしと申候《まうしさぶらひ》しもの《（物）》を」と言《（い）》ひて、装束脱《（ぬ）》がせて、障子の内《（うち）》へ具《（く）》して入《（い）》られにけり。

そのの《（ゝ）》ちは、いかなる事かありけん、知《（し）》らず。

〈現代語訳〉

七十八の二　一乗子僧正のこと

一乗寺僧正は、大峯《おおみね》の霊地は二度お通りになった。蛇や龍の駒などという星の天文を見たりして、通常の人ではできないような修行をした人である。その住居は一、二町ほども先から人々が寄り集まって、田楽や猿楽の者どもなどがひしめき合い、随身《ずいじん》や衛府の男どもなどもにぎやかに出入りしている。また物売りなどが入って来て、鞍《くら》や太刀《たち》やいろいろの物を売るのに、彼らの言うとおりに代金を与えたので、市をなして群れ集まった。そこで、この僧正のもとには、世間の宝という宝が集まったのである。

さて、この僧正は、呪師小院《じゅしこいん》という童《わらわ》を寵愛なさっていた。この童は鳥羽の田植祭にみつきをしたのだった。以前には杁《くい》に乗っては、みつきをしたのだが、今度の田植には、僧正がこの童と打ち合わせて、このごろするようなやり方で、童が男の肩に立ち立ちして幅幕からぱっと出て来たので、およそ見ている者はみなびっくりし合ったものである。僧正はこの童をあまりに寵愛して、「ずっとこのままではつまらん。いっそ法師になって、夜昼離れずわしと一緒におれ」と言われた。その時、童は、「どうしたものでしょうか。今しばらくこうしていたいのですが」と言ったが、僧正はなお童がかわいくて、「とにかくなりなさい」とのことだったので、童はしぶしぶ法師になってしまった。

さて、こうして月日が過ぎ、やがて春雨がしとしととうち続き、これといってすることもなく、退屈な折に、僧正は人を呼んで、「あの僧の以前の装束はあるか」と尋ねられた。「納戸《なんど》にまだございます」と申したところ、「取って来い」と言われた。持って来たのを、「これを着よ」と言われたので、この呪師小院が、「見苦しゅうございましょう」と拒んだのを、「とにかく着ろ」としつこく仰せられたので、片隅へ行って、装束をつけて、楽人のかぶる鳥兜《とりかぶと》をつけて出て来たのだった。少しも昔と変わらない。僧正はそれを見て、泣き顔になられた。小院もまたいつもと顔つきが変わって立っていたが、僧正が「まだ走りの手は覚えているか」と尋ねたので、「覚えておりません。ただし、かたささはの調《ちょう》は、何度もやって慣れていますので、少し覚えております」と言って、筌の中を割って通るほどの勢いで走り飛んだ。兜を持って、一拍子で飛び渡ったところ、僧正は声を上げてお泣きになった。それから、「こっちへおいで」と呼び寄せて、童を撫でさすりながら、「何のために出家させたのだろう」と言ってお泣きになったので、小院も、「だからこそ、もうしばらくこのままでいたいと申し上げましたのに」と言うと、僧正は装束を脱がせて、障子の内へ連れてお入りになった。

その後はどんなことがあったのか、それは知らない。

〈語釈〉

○**一乗寺僧正**　第七十八の一話参照。なお、表題は「一乗子」とあるが、「子」は「寺」とある方がよい。○**大峯**　奈良県吉野郡にある修験道の霊地。北は金峯山《きんぷせん》、南は玉置山《たまきやま》に至る山脈。増誉はこの地と葛城山《かつらぎさん》（修験の祖といわれる役小角《えんのおづぬ》の難行の地）で修行した。○蛇　底本は虵で蛇の俗字。「虵を見らる」。『版本』は「蛇をみる法行はるゝ」。「法」ということだと、何か特殊な修法なのかもしれないが、『書陵部本』、『陽明本』は本書と同じく「蛇を見らる」とある。『新大系』は未詳とし、『集成』は「蛇や龍を見ても、これに犯されないように、強い眼をそなえていたことか」とする。筆者は天文を解することではないかと考えている。『春秋左氏伝』襄公二十八年の条に「蛇乗レ龍」という記事があり、『左氏会箋』（『左伝』の注釈書、竹添進一郎編、明治講学会）にその注として、「蛇、玄武之宿、虚危之星云々」とある。○龍の駒　『旧大系』注は「竜馬すなわち駿馬の意か。又馬のように四足の竜とする説もある」とし、諸本注もほぼ同様である。しかし、これも前項「蛇」と同じく、星のことであろう。前掲『左氏会箋』は「蛇」に続けて、「龍、歳星、歳星木也、木為二青龍一、失レ次出二虚危下一、為二蛇所一レ乗也云々」とある。『晋書』（巻十一・天文上）にも「陽爻称龍」とし、「月暈之蛟龍見、牛馬疫」、「螣蛇二十二星、天蛇也」の記述がある。我が国でも、『三代実録』元慶二年（八七八）六月二十七日の条に「夜有二流星一、出レ自二螣虵一。入二雷電星一」とか、『一代要記』承久元年（一二一九）十二月十八日に「戌時彗星見二乾方一、在螣蛇星東、長一尺、色赤」という記述がある。『吾妻鏡』も同年十二月二十九日の条に「去廿日酉刻彗星見二西方一、有二螣蛇中一云々」などとある。「駒」についてみれば、「天馬」とか「天駟《てんし》」という語も天文関連の記述の中にあり、また『礼記《らいき》』「月令」には「駕二蒼龍一（注）

馬八尺以上為レ龍」ともあるので、これは馬のことかもしれないが、「在レ天蛇駕二于龍一」という文は明らかに星座のことであろう。また『周易』上経の最初の卦である「乾《けん》」は初爻《しょこう》から上爻に至るまですべて竜にたとえて卦の理を説明してある。また馬も易では乾・坤《こん》・震《しん》・坎《かん》にあてて説明し、「説卦伝」には「乾為レ馬」とあり、坤は「元亨利牝馬之貞」とある。「虞注」には「震為レ馬」とし、屯《とん》の卦では六十二の爻に「乗レ馬班如タリ」とある。これらのことから類推するに、増誉は天文とともに易にも通じていたものと考えられる。○**あられぬ有様**　尋常でない様子。普通の修行者とはまったく違う様子。○**寄りひしめきて**　寄り合いひしめき合って。○**田楽、猿楽**　ここは田楽法師、猿楽法師のこと。「田楽」はもともと稲の豊作を祈願するために演じた歌舞と所作であった。「田楽」の文字の初見は、異論もあるが、『日本紀略』一条天皇長徳四年（九九八）四月十日の条であるとする（三隅治雄「民俗芸能の歴史的展開」『日本民俗文化大系』7所収）。のちに寺社の祭りや権門の行事に参加して芸能化したもの。「猿楽」は唐の散楽から出たものといわれ、種々の滑稽なものまねや曲芸などの演芸を行なった。第七十四話に既出。○**随身**　貴族の外出時に勅宣を蒙り、護衛にあたった近衛府の舎人《とねり》。第五十・六十二話に既出。○**衛府**　宮中の警備にあたる役所。左右の近衛、兵衛、衛門府を指す。○**かれが言ふままに**　底本「かれ候いふまゝに」の「候」を見せ消ちにして「か」と傍書。○**世の宝**　底本は「世の室」。「室」を見せ消ちにして「宝」と傍書。○**呪師小院**　「呪師」はもと法会で密教的行法に勤仕《ごんじ》した役僧だが、平安中期以後、法会の後に、法会の呪法の意味を猿楽や田楽のような形で解説してみせた者をいう。華麗な衣装をつけ、鼓や鈴を鳴らし、唱人の歌に合わせて、「呪師走《ずしばし》り」という敏速勇壮な舞を舞った。「小院」は年少の僧侶、小法師の意だが、この童はまだ出家していないので、愛称であろう。○鳥羽の田植　「鳥羽」は京都市南区と伏見区とにまたがる地名。鳥羽田。『中右記』大治二年（一一二七）五月十四日の条に、「早旦三院御幸鳥羽、有田種興《ママ》云々、晩頭還御（中略）三院寄御車御覧、公卿殿上人候馬場北、女院女房乗舟見物、（中略）有田植興、（中略）又有田楽」とあって、鳥羽の田植えは上皇をはじめ、貴族から庶民まで見物が集まる興あるものであったようである。○みつき　未詳。『旧大系』注は未詳としながらも「貢ぎ」の意味か、一種の演技の名とも考えられるとし、『旧全集』は「密儀」の意で、田植えの予祝の呪言でも唱えたか、あるいは演技の一種かとし、『新全集』は呪師の曲芸の種目としている。○さきざきは杙に乗つつ　『版本』注は「さき〳〵いくひにのりつゝ」で「斎《い》杙《くい》」との説と「首」であるかもしれないとする。おそらく「杙」で、田植祭での芸能で、一足とか高足のようなものであろう。高足は一本の棒の下方に横木を架け、それに両足をのせて棒につかまった者が、あたかも竹馬の片脚だけでとびまわるように、その場を長時間ピョンピョンめぐる芸である（酒井卯作『稲の祭と田の神さま』、戎光祥出版）という。○みつきをしけるを、この田植に『版本』は「みつきをしけるをのこの田うへに」。○肩　『版本』は「扇」。『新全集』は『梁塵秘抄』巻二の「呪師の小呪師の肩踊り」（三百五十二）とあるものに同じとし、「肩踊り」は子供が大人の肩に立って演じる芸とする。○こはは　未詳。『全書』は「小幅《こはば》」(幅幕)とする。おそらく狭いところをくぐり通って飛び出したのであろう。本書の訳もそれに従う。○よしなし　今のような状態でいるのはつまらない。○そそきて　「そそく」は室町時代末期まで語尾は清音。降りそそいで。○装束　出家前に着ていた呪師の芸装束。○納殿　納戸。衣服や調度などを納めておくところ。○この呪師小院　底本は「この呪師に院」。「に」を見せ消ちにして「小」と傍書。○見苦しう候なん　出家して僧体になった者が、今さら在俗時の芸人装束をつけるのを見苦しいと言ったのである。○かたかた　片隅。○兜　鳥兜《とりかぶと》。舞人・楽人の常装束に用いるかぶり物。金襴《きんらん》・錦などで鳳凰の頭にかたどったもの。頂は前方にとがり、後方は尾のような錏《しころ》をつき出し、鳥が翼を収めたように見える。底本は「かふとして」を二度表記し、先の部分を見せ消ちにしている。○貝をつくられけり　泣き顔になられた。「貝をつくる」は泣く時の口つきが、蛤《はまぐり》などの大きな貝が口を閉じているさまに似ていることから、口をへの字にしてべそをかくことをいう。○走り手　舞の手の一種。華麗な装束で敏速に動くので、その演技は走り(呪師走り)と称した。○かたささはのてうぞ　「てう」は「てこ」とも読める。『陽明本』は「かたさゝはのてこそ」。『版本』は「かたさらはのてうぞ」。「かたささはのてう」は未詳。呪師芸の演目の一つであろう。○せうのなかわりて　未詳。『旧大系』注は、「今日各地に残っている田楽の型に、粧・中割などの名があるから、踊りの型の名と思われる」とするが、不明。

〈参考〉

前話で指摘したように、本話は『版本』では前話とひと続きの話になっている。前話の冒頭で、一乗寺僧正と御室戸僧正と二人並べて説明しているところをみると、もとは叔父・甥二人の僧正を対比して取り上げた一話とみるのが自然である。ただし、両話は各々独立した話としても読むことができる。

一乗寺僧正増誉は、御室戸僧正隆明の兄（経輔）の子である。六歳で法橋乗延《ほっきょうじょうえん》の入室の弟子となり、顕密を学んだ。延久元年（一〇六九）行観《ぎょうかん》について阿闍梨位灌頂を受け、翌二年権律師。承保元年（一〇七四）権少僧都、永長元年（一〇九六）権僧正・法務兼任、康和二年（一一〇〇）園城寺長吏、同四年僧正、熊野三山検校と着々と昇進した。長治二年（一一〇五）二月十四日に天台座主に任ぜられた（「今夜被レ任二天台座主一、園城寺僧正法務増誉也」〈『中右記』〉）が、翌日に座主を辞任している。『中右記』はそのことを「今夕僧正増誉辞二申天台座主一云々。不レ経二数日一辞レ申是又先例也」と言っている。

白河上皇の信任がきわめて厚く、堀河天皇誕生時には御湯の加持をつとめ、また崩御に際しては、その臨終の修法を行ない、その死をみとっている。のちに隆明とともに「明誉一双、希代之例者歟」（『寺門伝記補録』）と評され、共に有験の名が高かったが、増誉は本話にあるように、大峯山や葛城《かつらぎ》山で修行し、また熊野詣では十三度にも及び、白河上皇の熊野詣での折の先達もつとめており、「居おこなひの人」隆明とはまったく対照的な生き方をした。『寺門高僧記』は増誉の大峯抖擻《とそう》修行を「花族入山前代未曾有大僧正是始也」と特記している。『発心集』巻五第十四話「后宮の半者《はしたもの》、一乗寺僧正の入滅を悲む事」には、増誉が河原の捨て子を助けた話があり、七巻本『宝物集』巻二では、藤原保実が頓死したとき、院宣によって、隆明と二人で加持して蘇生させている。それによれば、「一乗寺・御室と申、仏法のしるし霊験なりと申ながら、死門に入て数刻に及」んだ者を生き返らせるのは無理だろうと言われたが、「二人の有験の僧、死人の跡・枕にゐて、法華経一部ばかり」読むと、たちまちによみがえったというのである。前話でも「この二人、おのおの貴くて、生き仏なり」といっているが、『寺門高僧記』によれば、この二人は修験について争い、不和であったということである。「御室戸者不出道場、不断行法顕密行業、霊異掲焉、一乗者両山修練三山苦行。増誉嘲隆明云、若不修龕崛、眠居顕験者、腰折足疲効験第一歟。隆明嘲増誉云、若不学顕密、上下谷峰施徳者、鹿猿猪兎無双験者歟」とある。

一方、二人の人となりや行動を本話に即して見ると、清貧に徹し、もっぱら寺中に閉じ籠って「ひとへに本尊の御前を離れず」、人にもなかなか会おうとせず、「居行」に徹した隆明が、実は、山林抖擻の修行ができないほど太っていたり、一方、大峯修行を二度も経験して、常人ではできそうもないほどの大修行の人である増誉が、芸人や商人を集めて豪勢な暮らしをし、そのうえ寵童を侍らせ、公然と男色の行為に及んでいたという。本書の撰者の興味は「生き仏」と称されるこの二人の高僧の特異な日常生活にあったと思われる。『比良山古人霊託』によると、「御室戸僧正は得脱してやらん」とあるので、開悟成仏したと考えられていたらしいが、「一乗寺僧正は、当時第一の威徳の人なり。（中略）愛太護山《あたごやま》に居住するなり」とある。愛宕山は日本一の大天狗と称された太郎坊の住所であるから、どうやら得脱するに及ばず、天狗の一味か、あるいはその世界の有力者になったと考えられていたのではなかろうか。

七十九（上八十）或僧人ノ許ニテ氷魚盗食タル事〈或《ある》僧、人の許《もと》にて氷魚《ひを》盗《ぬす》み食《く》ひたる事〉

巻五―十

これ《是》も今は昔《むかし》、ある僧、人のもとへ行《い》きけり。酒などすすめける《こ》に、氷魚《ひを》はじめて出《い》で来《き》たりければ、あるじ、めづらしく思ひてもてなしけり。あるじ、用《よう》の事ありて《有》、内へ入《いり》て、また《又》出《い》でたりけるに、この氷魚の、ことのほかに少《すく》なくなりた《成》りければ、あるじ、いかにと思《おも》へども、言《い》ふべきやうもなかりければ、物語《かたり》しゐたりける程に、この僧の鼻より、氷魚の一《ひとつ》、ふと出《い》でたりければ、あるじ、あやしうおぼえて、「その御鼻《はな》より、氷魚《ひを》の出《いで》たるは、いかなる事にか」と言《い》ひければ、とりもあへず、「このごろの氷魚は、目鼻より降《ふ》り候なるぞ」と言《い》ひたりければ、人みな、「は」と笑《わら》ひけり。

〈現代語訳〉

七十九　ある僧が人の家で氷魚を盗み食ったこと

これも今は昔のことだが、ある僧が人の家に出かけて行った。その家の主人は酒などを勧めたが、氷魚《ひお》が出始めたので、主人は珍しく思って僧にもてなした。主人は用事ができて奥へ入り、また出て来てみると、この氷魚がことのほかに少なくなっている。主人は変だなとは思ったが、言うわけにもいかなかったので、話をしているうちに、この僧の鼻から氷魚が一つ、急に飛び出した。主人は不審に思って、「あなたのお鼻から氷魚が出たのは、どうしたことですか」と言うと、僧はすかさず、「このごろの氷魚（雹《ひょう》）は目鼻から降るということですぞ」と言ったので、人々はみな「わっ」と笑った。

〈語釈〉

○氷魚　ひうお。鮎の稚魚。ほとんど半透明で氷のように見えるのでこの名がある。長さ二、三センチ。琵琶湖産のものが名高い。秋の末から冬にかけての珍味。

〈参考〉

前話、大物の二人の大僧正の話の後で、名もなき僧の意表を衝いた機転が明るい笑いの場面に転換した話。

前話、一乗寺僧正の生活の周辺を見ると、多くの商人どもが集まり、「世の宝」が集いあつまったというのであるから、当然食事なども美味、珍味だったことだろう。本話では、おそらくあまり裕福でもない僧が知人の家に出向いて酒肴でもてなされる。主人は酒の肴に初物の氷魚を出した。このことからみると、僧の飲酒も魚食も、それを禁ずるのは建前で、実際は珍しいことではなかったとわかる。第六十七話の永超《えいちよう》僧都は「魚なきかぎりは、時、非時もすべて食はざりける人」であったという。

僧は主人と相対している間は遠慮していたが、主人が他用で座をはずした隙に、氷魚を一つ抓《つま》むと抑制がきかなくなり、もう一匹、もう一匹とつまみ食いをしているうちに、目に見えて減ってしまった。席に戻った主人は、僧が何か言うかと思ったが何も言わないので、自分の方から、「いかがでしたか」と言うわけにもいかず、すると僧の鼻の孔から氷魚が一匹飛び出して来た。「あなたの鼻から氷魚が飛び出したのは、どういうことですか」。主人のこの時の質問は馬鹿げているが、それがないとこの話の落ちが出て来ない。「このごろの氷魚(雹《ひよう》)は目や鼻から降るそうですぞ」という、人の意表を衝いた僧の返答に「人みな、『は』と笑」ったというのである(『集成』の注による指摘)。主人と僧しかいないと思われる場面設定に、突如として数人の者が加わっている。本書には、人々が「一度にはつと、とよみ笑」う話がよくある。本書の「笑い」の一タイプである。なお、この場に数人の者が登場するが、話の場における観客を意識したともいえる。

この話は、次話の「仲胤僧都」の「笑い」と通ずるところがある。

八十（上八十二）仲胤僧都地主権現説法事〈仲胤僧都《ちゆういんそうづ》、地《ぢ》主権現説法《しゆごんげんせつぽふ》の事〉巻五―十一

これ《(是)》も今は昔《(むかし)》、仲胤僧都を、山の大衆《だいしゆ》、日吉《ひえ》の二宮《にのみや》にて、法花経を供養しける導師に請じたりけり。説法えもいはずして、はてがたに、「地《ぢ》主権現《しゆごんげん》の申せと候《(さふら)》ふは」とて、「此経難持《しきやうなんぢ》、若暫持者《にやくざんぢしや》、我《が》即歓喜《そくくわんぎ》、諸仏亦然《しよぶつやくねん》」といふ文を打上《うちあげ》て誦《ず》して、「諸仏」といふ所を、「地主権現の申せと候《さぶらふ》は、我即歓喜、諸神亦然」といひたりければ、そこら集《(あつ)》まりたる大衆、異口同音にあめきて、扇を開《(ひら)》き使《(つか)》ひたりけり。

これをある人、日吉社の御正躰をあらはし奉《(たてまつ)》りて、各《おのおの》、御前にて、千日の講を行《(おこな)》ひけるに、二宮の御料《(れう)》の折《(おり)》、ある僧、この句を少《(すこ)》しも違《(たか)》へずしたりけるを、ある人、仲胤僧都に、「かか《(ゝ)》る事こそありしか」と語《かたり》ければ、仲胤僧都、「きやうきやう《(〱)》」と笑《わらひ》て、「これ《(是)》は、かうかう《(〱)》の時、仲胤がしたりし句なり《(也)》。えいえい《(〱)》」と笑《(わら)》ひて、「おほかた《(大)》は、このごろ《(比)》の説経をば、犬の糞《(くそ)》説経といふぞ。犬は人の糞《くそ》を食《くひ》て、糞《(くそ)》を

まるなり《(也)》。仲胤が説法をとりて、このごろ《(比)》の説経師はすれば、犬の糞《(くそ)》説経といふなり《(也)》」とぞ言《(い)》ひける。

〈現代語訳〉

八十　仲胤僧都が地主権現の説法をしたこと

これも今は昔のことだが、仲胤僧都を、比叡山《ひえいざん》の大衆《だいしゅ》が、日吉《ひえ》神社の二宮《にのみや》で法華経を供養する際の導師として招いたのだった。説法はまことに見事で、終わりの方で、「地主権現が申せと仰せられるのは」と言って、「此経難持《しきょうなんじ》、若暫持者《にゃくざんじしゃ》、我即歓喜《がそくかんぎ》、諸仏亦然《しょぶつやくねん》」という経文を一段と声を上げて唱えて、「諸仏」というところを、「地主権現の申せと仰せられるには、我即歓喜、諸神亦然」と言ったので、大勢集まっていた大衆は、異口同音に感嘆の声を上げて、扇を開き使ってほめたたえたのであった。

ところで、日吉神社の御開帳があり、御神体を一般に拝ませることがあって、おのおの御神体の前で千日の法会を行なった時に、二宮権現の御ために営む折、ある僧がこの句を少しも違えず、そっくりそのまま唱えた。それをある人が、仲胤僧都に「こんなことがありましたよ」と話したところ、仲胤僧都はからからと笑って、「これは、これこれの時に仲胤が唱えた文句だ。あっはっはっ」と笑って、「だいたい、このごろの説経は犬の糞《くそ》説経というのだ。犬は人の糞を食って糞をするのだ。仲胤のした説法をとって、このごろの説経師はするから、犬の糞説経というのだ」と言った。

〈語釈〉

○**仲胤僧都**　生没年未詳。藤原季仲《すえなか》の八男。比叡山の僧。権少僧都。説法の名手といわれた。第二・百八十二話に出る。○**山の大衆**　「山」は比叡山。「大衆」は高位でない一般の多くの僧徒。○**日吉の二宮**　日吉七社の一つ。いわゆる地主権現。大津市坂本に鎮座。山上の日吉大宮を大比叡と称し、二宮は小比叡と称される。祭神は大山咋神《おおやまくいのかみ》。第六十八話に既出。○**法花経**　『妙法蓮華経』。大乗仏教の代表的経典の一つ。釈迦一代の説法の極意を示すものといわれ、重んぜられた。第一・四十六・六十話等に既出。○**導師**　法会《ほうえ》などの時、一座の衆僧の首座として儀式を行なう僧。○**地主権現**　その土地を守護する本来の神、ここは二宮の祭神大山咋神。「権現」は仏が衆生を救うために、権《かり》に神として現われること。○**此経難持……諸仏亦然**　『法華経』巻四・見宝塔品第十一の偈《げ》の一節、「此経《この》ハ持《たも》ツコト難《かた》シ、若《も》シ暫《しばら》クモ持《たも》ツ者ハ、我《われ》則チ歓喜ス、諸仏モ亦然《またしか》ナリ」。○**「……諸神亦然」**　底本は「諸神」を「諸仏」と表記。諸本により「神」に改める。○**そこら**　大勢。たくさん。○**あめきて**　「あめく」はわめく、叫ぶ意。感嘆の声を上げて。○**扇を開き使ひ**　ほめたたえるしぐさ。○**御正躰をあらはし奉りて**　御開帳をして、御神体を一般に拝ませる。○**千日の講**　千日間にわたって『法華経』を講説する法会。○**二宮の御料の折**　二宮のために行なった折。「料」は　ため、ためのもの、の意。なお、底本は「御」の次に「か」とあって、「か」を見せ消ち。

第十八・二十二・二十三話等多出。○仲胤僧都　『陽明本』は「仲胤僧正」。底本は「正」を見せ消ちにして「都」とする。その他の諸本は「僧都」。○きやうきやう　からから。笑い声。○えいえい　これも笑い声。「あはは」。○犬は人の「は」は、底本「の」を見せ消ちにして「ハ（は）」と傍書。

〈参考〉

前話は無名の僧の笑話であったが、ここは第二話で「説法ならびなき人」といわれた仲胤の面目躍如たる話。前半は仲胤の機知頓才ぶりが大衆の感動と喝采をあび、後半は盗作説経を「犬の糞」にたとえるいささか下品な当意即妙ぶりが笑いを誘う。仲胤の経歴には特に目立ったところはないが、長治元年（一一〇四）五月二十二日に初めて最勝講の問者となり（『中右記』）、久安五年（一一四九）ごろ権律師、仁平三年（一一五三）五月十九日に律師（『本朝世紀』）、保元元年（一一五六）九月二十五日に権少僧都になり、翌年七月には辞任している（『兵範記』）。

『古事談』巻五第三十五話には保延年間（「六年」〈一一四〇〉のことか）に延暦寺僧らが園城寺を焼き、その罪を懺悔するために千部の如法経を書き、十種の供養をした話がある。その時、忠（仲）胤僧都が説法し、前半では衆徒らをみな笑わせ、後半では「一同悲泣しけり」とあるようにどんでん返しの名説法をしている。『宝物集』巻三には「忠（仲）胤已講と申ける説経師の、日吉の宝前にして名句申たる事侍りけるは」という話があるが、本話の内容とは異なる。日吉宝前説経ということは何度かあったものと考えられる。ちなみに『古事談』も『宝物集』も「仲胤」の表記は「忠胤」とする。

『平家物語』巻一「願立」に、嘉保二年（一〇九五）、山門の訴訟が意のままにならなかったので、山の衆徒らが七社の神輿を根本中堂に振り上げ、真読の大般若経を七日読んで、関白を呪咀したことがあった。その時の結願《けちがん》の導師に仲胤がなっている。ただし、『日吉山王利生記』では「静信」という僧になっているので、実際に仲胤がつとめたのかどうかは明白でない。だが説法の名手だったことは疑いない。『本朝世紀』久安五年（一一四九）正月二十八日の条には「世語二能説一者先称二仲胤・忠春一」とあり、『兵範記』久寿二年（一一五五）八月十五日の条には「説法終頭、上下流涙、仲胤堪能、得而不レ可レ称者歟」とある。ちなみに「忠春」は仲胤の長兄の子、つまり甥である。

和歌の面でもいささか名を残している。『無名抄』には「歌ノ風情（忠胤）説法ニニタル事」として、「祐盛法師云、妙荘厳王ノ二子ノ神変ヲ釈スルニ、大身ヲ現ズレバ虚空ニミチ、小身ヲ現ズレバ芥子ニ入トイフハ、ヨノ常ノ事ナルヲ、彼忠胤ノ説法ニ、大身ヲ現ズレバ虚空ニセハダカリ、小身ヲ現ズレバ芥子ノ中ニ所アリトイヘリケルガ、イミジキ和歌ノ風情ニテ侍也。歌ハカヤウニ心エテ、フル事ニ色ヲソヘツ、メヅラシクトリナスベキ也。云々」とある。『沙石集』「拾遺」五十七には「長明ガ云ク、忠胤僧都ノ説法ニ云々」として、同内容の記述がある。

剽軽な人柄でもあったようで、『古今著聞集』巻十八第二十八話「仲胤僧都法勝寺八講に遅参し籠居して詠歌の事」では、「法勝寺御八講にをそくまゐりたりければ、追出されて、院の御気色《みけしき》あしくて、こもりゐたりけるに、次の年の春、人のもとより、辛夷《こぶし》の花をおくりたりけるを見てよめる」と題して、

くびつかれ頭かゝへていでしかどこぶしの花のなをいたきかな

と詠み、「こぶし」に「講師」と「拳」を掛けたかと思われる歌を詠んでいる。上皇の不興をかって籠居までしたが、そのことまでも歌の種にする不屈で洒落た人物であることがわかる。

容貌は醜男だったらしく、『今鏡』巻五には奈良の済円僧都という人と互いに「鬼」などと言い合いながら、容貌を論じ合った記事がある。ある時、済円が公請《くじよう》に召されたのに、断って出席しなかった。そのために京の宿房を打ち壊されてしまった。そのことを仲胤が聞きつけてさっそくふざけた歌を送っている。すなわち済円は「山の忠胤僧都と聞えしと戯れがたきにて、みめ論じてもろともに、われこそ鬼などいひつゝ、歌詠み交しけるに、忠胤これをきゝて、済円がりいひ遣しける『誠にや君がつかやを毀《こぼ》つなる世には勝れるこゝめありけり』。返し『破られて立ちしのぶべき方ぞなき君をぞ頼む隠れ簑貸せ』」という話である。これと同じ記事が『続詞花和歌集』巻二十「戯笑」の最後尾にある。一見不幸に思われることも笑いとばす洒脱な人物であったことがうかがわれる。

なお、谷口耕一「宇治拾遺物語における仲胤僧都の位置」(日本文学研究資料新集6『今昔

物語集と宇治拾遺物語』〈有精堂出版〉所収）は本書成立に関しての示唆に富んだ論文である。

八十一（上八十二）大二条殿ニ小式部内侍奉哥読懸事〈大二条殿《おほにでうどの》に小式部内侍《こしきぶのないし》、歌読《うたよ》み懸《か》け奉《たてまつ》る事〉　巻五―十二

これ《（是）》も今は昔《（むかし）》、大二条殿、小式部内侍おぼしけるが、絶《（た）》え間《（ま）》がちになりけるころ《（比）》、例ならぬ事おはしまして、久しうなり《（成）》て、よろしくなり給《たまひ》て、上東門院へ参《（まい）》らせ給《たまひ》たるに、小式部、台盤所《だいばんどころ》にゐたりけるに、出《いで》させ給《たまふ》とて、「死《（し）》なんとせしは。など問《（と）》はざりしぞ」と仰《おほせ》られて過《すぎ》たまひける。御直衣《（なおし）》の裾《（すそ）》を引《ひき》とど《（ゝ）》めつつ《（ゝ）》申《まうし》けり。

死《（し）》ぬばかり歎《なげき》にこそ歎《（なげ）》きしかいきて問《（と）》ふべき身にしあらねば

堪《（た）》へずおぼしけるにや、かき抱《（いだ）》きて局《つぼね》へおはしまして、寝《（ね）》させ給《たまひ》にけり。

〈現代語訳〉

八十一　大二条殿《おおにじようどの》に小式部内侍《こしきぶのないし》が歌を詠みかけ申し上げたこと

これも今は昔のことだが、大二条殿が小式部内侍を愛しておられたが、逢うことも絶え間がちになったころ、病気になられ、しばらくしてからほぼ快復なさって、上東門院に参上な

さった。その時、小式部は台盤所にいたが、大二条殿がお帰りになろうとして、小式部に「もう少しで死ぬところだったのだぞ。どうして見舞ってくれなかったのだ」と仰せられて、通り過ぎようとされた。小式部は御直衣《のうし》の裾を引き止めながら申し上げた。

私は死ぬような思いで嘆いておりました。生きているうちに公然とあなたをお訪ねできるような身の上ではございませんもの

これを聞いて感に堪えず思われたのか、小式部をかき抱いて小式部の部屋に入られて、おやすみになった。

〈語釈〉

○大二条殿　藤原教通《のりみち》。長徳二年（九九六）～承保二年（一〇七五）。摂政太政大臣道長の三男。母は左大臣源雅信《まさのぶ》の女《むすめ》、倫子《ともこ》。内大臣、右大臣、左大臣を経て太政大臣。従一位。関白。大二条殿と号す。第三十五話に既出。○小式部内侍　橘道貞《みちさだ》の女。母の和泉式部とともに一条天皇の中宮上東門院に仕えた。教通の子、静円《じょうえん》僧正を生む。万寿二年（一〇二五）没。享年未詳。歌才に富み、歌は『後拾遺集』以下に入集。第三十五話に既出。○例ならぬ事　不例。病気。○上東門院　藤原彰子《あきこ》。永延二年（九八八）～承保元年（一〇七四）。藤原道長の長女。一条天皇の中宮。後一条・後朱雀両天皇の生母。長和元年（一〇一二）皇太后。寛仁二年（一〇一八）太皇太后。○台盤所　台盤（食物を盛った盤を載せる台）を置くところ。宮中では清涼殿内の一室で、女房の詰め所。貴族の家では食物を調理する台所。こ

こは上東門院の台盤所。第十八話に既出。ただし、第十八話の場合は貴人の奥方の意。○直衣　貴族の常用の服。正服や礼服でない、直《ただ》の服の意。○死ぬばかり……　本書の底本『伊達本』と『陽明本』は第二句が「歎にこそ」となっている。『書陵部本』、『版本』、『後拾遺集』は「歎きにこそは」とある。「いきて」は「生きて」と「行きて」が掛けてある。

〈参考〉

さめかけた男の愛情を歌によって取り戻したという歌徳説話。

関白教通と小式部のことは、すでに本書第三十五話にあるが、本話と同内容の記事は『袋草紙』巻三にもある。すなわち「大二条殿、小式部内侍をおぼす比、日来は御所労にて久しく有て平癒して参二上東門院一給。小式部内侍大盤所祇候。令レ出給とて、死ムとせしにハ（群）など不レ問ぞと被レ仰て過給を引留て申ける、

しぬばかり歎にこそは歎しかいきてとふべき身にしあらねば

不レ堪二感情一かきいだきてつぼねにおはして懐抱と云々」とある。なお、『後拾遺集』巻十七に詞書とともにこの歌が載る。また『宝物集』巻一に「小式部内侍とて、いみじく時めく人ありけり。大二条殿《おほにでうどの》教通の思人《おもひびと》にて、事の外にもてなし給ひけり。万《よろづ》の人、心をつくし、思ひをかけたりけれ共、御子静円僧正など出来給《いできたまひ》て、おもくめでたくて過《すご》ける程に」とあり、静円が生まれたのは長和五年（一〇一六）である。ちなみに没年は延久六年（一〇七四）、五十九歳である。

また『尊卑分脈』によれば、正四位下、歌人である藤原範永《のりなが》の女子（堀川右大臣家女房）を生んでいる。最後に、滋野井頭中将公成《しげのいのとうのちゆうじようきんなり》の子を生み、お産のために没したという。『宝物集』は前記の続きに「はかなく煩《わづらひ》て程なく失《うせ》にけり。母の歎き、さこそは侍りけめ」と記している。『沙石集』巻五末第九話、『和泉式部集』に悲嘆の歌がある。前話仲胤《ちゆういん》僧都の話とは当意即妙ぶりの点で関連する。

八十二（上八十三）山横川賀能地蔵事〈山《やま》の横川《よかは》の賀能地蔵《かのうぢざう》の事〉巻五―十三

これも今は昔《（むかし）》、山の横川に賀能知院《かのうちゐん》といふ僧、きはめて破戒無慙《はかいむざん》のものにて、昼夜に仏の物を取《（と）》り使《（つか）》ふ事をのみしけり。横川の執行《しゆぎやう》にてありけり。政所《まんどころ》へ行《ゆく》とて、塔のもとを常《（つね）》に過《（す）》ぎ歩《（あり）》きければ、（塔《（衍文）》のもとをつねに過ありきければ）塔のもとにふるき地蔵の、物の中に捨置《すて（を）》きたるを、きと見奉《（たてまつ）》りて、時々《（〳〵）》衣被《（きぬかふ）》りたるをうち脱《（ぬ）》ぎ、頭をかたぶけて、すこしすこし《（〳〵）》うやまひ拝《（おか）》みつ《（ゝ）》つ行《ゆく》時もありける。かか《（ゝ）》る程に、かの賀能はかなく失《うせ》ぬ。師の僧都《そうづ》これ《（是）》を聞《きき》て、「彼《かの》僧は破戒無慚の者《（物）》にて、後世《ごせ》さだめて地獄に落《おち》ん事疑《（うたか）》ひなし」と心憂《（う）》がりあはれみ給《たまふ》事限《ことかぎり》なし。かか《（ゝ）》るほどに、「塔のもとの地蔵こそ、この程見《（み）》え給はね。いかなる事にか」と院内の人々《(ゝ)》言《(い)》ひあひたり。「人の修理し奉《(たてまつ)》らんとて、取《(と)》り奉《たてまつり》たるにや」など言《(い)》ひける程に、この《(此)》僧都の夢に見給《(み)たまふ》やう、「この《(此)》地蔵の見《(み)》え給はぬはいかなる事ぞ」と尋《たづね》給《たまふ》に、かたはらに僧有《あり》ていはく、「この《(此)》地蔵菩薩、はやう賀能知院が無間《むげん》地獄《ぢごく》に落《おち》しその日、やがて助《(たす)》けんとてあひ具《(く)》して入給也《いりたまひしなり》」と言《(い)》ふ。夢心地《ゆめごこ(ち)》にいとあさましくて、「いかにしてさる罪人には具《(く)》して入給《いりたまひ》たるぞ」と問給《とひたま》へば、「塔のもとを常に過《すぐ》るに、地蔵を見やり申《まうし》て、時々《(〳〵)》拝《(おか)》み奉《たてまつり》しゆゑ《(へ)》なり」と答《(こた)》ふ。

夢覚《さめ》て後、みづから塔のもとへおはして見給《(ミ)たまふ》に、地蔵まことに見《(み)》え給はず。さは、この《(此)》僧にまことに具《(く)》しておはしたるにやとおぼす程に、その《(其)》後《のち》、また《(又)》僧都の夢に見給《たまふ》やう、塔のもとにおはして見《(み)》給へば、この《(此)》地蔵立給《たちたまひ》たり。「これは失《うせ》させ給《たまひ》し地蔵、いかにして出《(い)》で来給《(き)たまひ》たるぞ」とのたまへば、また《(又)》人の言《(い)》ふやう、「賀能具《(く)》して地獄へ入《いり》て、助《(たす)》けて帰《かへり》給へるなり。されば、御足《(あし)》の焼《(や)》け給《(たま)》へるなり《(也)》」と言《(い)》ふ。御足を見《(み)》給へば、まことに《(誠)》御足黒《(くろ)》う焼《やけ》給ひたり。夢心地《(ち)》に、まことにあさましき事限《かぎり》なし。

さて、夢覚《(さ)》めて、泪《なみだ》とまらずして、急《(いそ)》ぎおはして、塔のもとを見《(ミ)》給へば、うつつ《(ゝ)》にも地蔵立給へり。御足を見《(み)》れば、まことに焼《(や)》け給へり。これを見給《(み)たまふ》に、あはれにかなしき事かぎりなし。さて、泣《(な)》く泣く《(〳〵)》この《(此)》地蔵を抱《(いた)》き出《いだ》し奉り給《たまひ》てけり。「いまにおはします、二尺五寸ばかりのほどにこそ（斗）」と人は語《かた》りし。これ語《かた》りける人、拝《おか》み奉《たてまつ》りけるとぞ。

〈現代語訳〉

八十二　比叡山の横川の賀能地蔵のこと

これも今は昔のことだが、比叡山の横川に賀能知院という僧がいた。戒律を破り、恥知らずの無類の悪僧で、明け暮れ仏のものを取って、勝手に使うといったことばかりしていた。彼は横川の寺務をつかさどる役僧であった。寺務所へ行くのに塔の下をいつも通っていたが、塔の下に古くなった地蔵が物の中に捨て置かれているのを、ちらっと拝見して、ときどきかぶっている衣を脱いで、頭を下げ、通り過ぎがてらうやまい拝みながら行くときもあった。こうしているうちに、その賀能があっけなく死んでしまった。師の僧都はこれを聞いて、「あの僧は戒律を破り、恥知らずの者だったから、死後はきっと地獄に堕ちるに違いない」と心を痛め、ひどくかわいそうに思われるのであった。

そうしているうちに、「塔の下の地蔵様がこのところお姿が見えないが、どうしたのだろう」と院内の人々が言い合っている。「誰かが修理して差し上げようということで、運んで行ったのではないか」などと言っているうちに、この僧都が夢を見られた。「この地蔵様のお姿が見えないのはどうしたことか」と僧都がお尋ねになると、傍に僧がいて、「この地蔵菩薩はすでに賀能知院が無間《むげん》地獄に堕ちたその日に、すぐに助けようとして、一緒に地獄に入られたのです」と言う。夢心地にもまことに意外で、「どうしてそんな罪人について一緒に入られたのですか」とお尋ねになると、「いつも塔の下を通るときに、彼は地蔵をちらっと拝見し、ときどき拝んでいたからです」と答えた。

夢が覚めてから、僧都自身が塔の下へ行かれて御覧になると、本当に地蔵のお姿がない。さては、この僧に本当について行かれたのかと思っていると、その後また僧都は夢を見られた。つまり、塔の下に行って御覧になると、あの地蔵が立っておられる。「これは、お姿を消された地蔵様、どうしてまたお姿を現わされたのですか」とおっしゃると、またある人が「賀能について地獄に入り、助けてお帰りになったのです。だから、お御足《みあし》が火傷《やけど》しておられるのです」と言う。お御足を御覧になると、本当にお御足が黒焦《くろこげ》になっておられる。夢心地にもまことに意外で驚くばかりである。

ところで、夢が覚めて、感涙が止まらず、急いでおいでになって、塔の下を御覧になると、目《ま》の当たりに地蔵が立っておられる。お御足を見ると、本当に焼けていらっしゃる。これを御覧になると、もう本当にありがたく、おいたわしいかぎりである。そこで、泣く泣くこの地蔵を塔の下から抱き出し申されたのである。「その地蔵様は今もおいでになる。二尺五寸ほどのお身の丈である」と人は語った。この話をした人は、実際に拝まれたということだ。

〈語釈〉

○山の横川　山は比叡山。横川は東塔・西塔とともに三塔の一つ。第六十三・七十三・八十話等に既出。○賀能知院　伝未詳。『元亨釈書』巻二十九「拾異志」に「役夫賀能」とある。○破戒無慙　仏の戒律を破り、それを恥じないこと。ここでは仏物己用《ぶつもつこよう》の罪を犯し続けること。○事をのみしけり　底本と『陽明本』には「事をのみししけり」とある。「し」を衍字《えんじ》とみて、他の諸本により改める。○執行　寺務をつかさどる役僧。○政所　寺社で経営事務を取り扱うところ。○塔　『新大系』は円仁《えんにん》の創建になる根本如法塔（首楞厳院《しゆりようごんいん》）とする。○塔のもとを常に過ぎ歩きければ　この文のあとに同文をくり返す衍文《えんぶん》がある。その一文を（ ）でくくる。○きと　ちょっと。ちらっと。○衣被りたるを　諸本は「衣かぶりしたるを」。「衣被り」は僧侶が外出の際に着用したかぶりもの。○すこしすこし　従来「少し少し」または「過ごし過ごし」の両解があるが、わざわざかぶりものを脱いで拝むのだから、「通り過ぎながら」の方がよいと思われる。○行時もありける　『書陵部本』、『陽明本』、『版本』は「行（ゆく）時もありけり」。○師の僧都　誰を指すか不明。僧都は僧綱（僧官と僧位の総称）の一つ。「僧正」に次ぐ僧官。第二十・六十七話に既出。○院内の人々　横川の首楞厳院の中の人々。○はやう　前に。先ごろ。○無間地獄　八大地獄の一つ。その最も下にあるとされ、五逆（父を殺すこと、母を殺すこと、阿羅漢《あらかん》を殺すこと、仏身を傷つけること、僧の和合を破ること）などの大罪を犯した者が死後に堕ちて、間断なく苦を受けるところであるという。阿鼻《あび》地獄ともいう。○やがて　すぐに。ただちに。第九・十四・十六話等多出。○入給也　読みは「いりたまふ」でもよいが、『書陵部本』は「入給し也」。『版本』には「いり給し也」とあるので、それに従う。○賀能具して　「賀能について」の意。

〈参考〉

地蔵菩薩の慈悲の限りないことを示す霊験譚の一つ。前話の歌の功徳から転じて、地蔵信仰の功徳を語る。

『元亨釈書』巻二十九、「拾異志」の「役夫賀能」と類話。それによれば、役夫賀能は叡山横川般若谷を通り過ぎる時に雨に遭い、一つの破れたお堂に立ち寄る。中に地蔵像があって、雨漏りのために濡れている。賀能は自分の小さな笠を脱いで像にかぶせて去る。ふだんは善業などしたことがなく、むしろ悪業ばかりの男だった。さて、晩年、病を得て死ぬが、たちまち地獄に堕ち、猛火に焼かれる苦しみを受ける。すると、一人の比丘《びく》が現われ、右手で賀能をひっさげて鉄釜の中から救出してくれた。その比丘は右側半身が全て焼け焦げてしまった。賀能に向かって言うには、「自分が叡山の般若谷にいて、雨に濡れて苦しかった折、汝が笠で覆ってくれた。その志に報いるために、火の中に入って助けたのだ」と告げた。とたんに賀能は蘇生し、さっそく般若谷に詣で、像を拝むと、像は焼けただれ、地獄で見たとおりだったという。

本話では賀能は蘇生することがなく、また「執行」というかなり高位の僧であり、また彼の師僧である僧都なる人物が登場する。僧都は日ごろの賀能の悪行に心を痛め、「地獄に落ん事疑ひなし」と深くあわれまれ、夢の啓示によって賀能が地獄から助け出されたことを知る。夢のお告げのとおり、地蔵の足が実際に焼けているのを見て「抱き出し奉り給」い、修復したことを匂わせる。話末に「人は語りし」と体験の過去の助動詞を用い、また語った人が実際に拝み奉ったということだと念を押しているところに、地蔵信仰の功徳を強調する意志が感じられる。

ともあれ、この場合、救われたのが善人でも普通の人でもなく、悪人であり、この悪人のわずかな信仰を地蔵が評価し、この古びた地蔵が見かけによらず、ものすごい力で人を救ったという点が見逃せない。

本書の地蔵説話はこのほか第十六・四十四・四十五・七十・八十三話とかなりの数にのぼるが、いずれも上巻部分に収められている。また地蔵話は、身分の低い人や悪人救済に関わる場合が多い。

八十三（上八十四）広貴依妻訴炎魔宮へ被召事〈広貴《ひろたか》、妻《つま》の訴《うたへ》に依《よ》りて炎魔宮《えんまきゆう》へ召《め》さるる事〉　巻六―一

これも今は昔《むかし》、藤原広貴《ひろたか》と云《いふ》者《(物)》ありけり。死《しに》て閻魔の庁《ちやう》に召《(め)》されて、王の御前とおぼしき所に参《まゐり》たるに、王のたまふ《(給)》やう、「汝が子を孕《はらみ》て、産をしそこなひたる女、死《しに》たり。地獄に落《おち》て苦を受《(う)》くるに、うれへ申《まうす》事のあるによりて、汝をば召《(め)》したるなり《(也)》。まづ、さる事あるか」と問《(と)》はるれば、広貴《(ひろたか)》、「さる事候《(さぶら)》ひき」と申《まうす》。王のたま《(給)》はく、「妻の訴《(うた)》へ申《まうす》心は、『われ、男に具《(ぐ)》して、ともに罪を作《(つく)》りて、しかも、かれが子を産《うみ》そこなひて、死して地獄に落《おち》て、かか《(ゝ)》る堪《(た)》へがたき苦を受《(う)》け候へども、いささ《(ゝ)》かも我後世《わがごせ》をも弔《(とふら)》ひ候《(さぶら)》はず。されば我一人苦を受《(う)》け候《(さぶら)》ふべきやうなし。広貴を諸共《もろとも》に召《(め)》して、同《(おな)》じやうにこそ苦を受《(う)》け候《(さぶら)》はめ』と申《まうす》によりて召《(め)》したるなり」とのたまへ《(給)》ば、広貴が申《まうす》やう、「この《(此)》訴《(うた)》へ申《まうす》事、尤《もつとも》ことわ《(は)》りに候。公《(大やけ)》私《(わたくし)》、世を営《(いとな)》み候間《さぶらふ(あひた)》、思《おもひ》ながら、後世をば弔《(とふら)》ひ候はで、月日はかなく過《すぎ》候《(さぶら)》ふなり《(也)》。ただ《(ゝ)》し、今にお《(を)》き候《さぶらひ》ては、ともに召《(め)》されて苦を受《(う)》け候とも、かれがために苦の助《(たす)》かるべきに候はず。されば、このたびは暇《(いとま)》をたまはりて、娑婆《しやば》にまかり帰《(かへ)》りて、妻のために、万《(よろつ)》を捨《(す)》てて《(ゝ)》、仏経を書供養《かきくやう》して、弔《(とふら)》ひ候はん」と申せば、王、「しばし候《(さぶら)》へ」とのたまひ《(給)》て、かれが妻を召《(め)》し出《いで》て、汝が夫、広貴《(ひろたか)》が《(ゝ)》申《まうす》やうを問《とひ》給へば、「実《げに》、実《(ゝ)》、経仏をだに書《かき》供養せんと申候はば《(ゝ)》、とくゆるし給へ」と申時《まうすとき》に、また《(又)》広貴を召《(め)》し出《いで》て、申《まうす》まま《(ゝ)》の事を仰《おほせ》聞《(き)》かせて、「さらば、このたびはまかり帰れ。たしかに、妻のために仏経を書《(か)》き供養して、弔《(とふら)》ふべきなり《(也)》」とて帰《(かへ)》しつかはす。

広貴、かか《(ゝ)》れども、これ《(是)》はいづく、誰《(たれ)》がのたまふ《(給)》ぞとも知《(し)》らず。ゆるされて、座を立《たち》て帰る道にて思《(おも)》ふやう、この《(此)》玉の簾《すだれ》のうちにゐさせ給《たまひ》て、かやうに物の沙汰《(さた)》して、我を帰《(かへ)》さるる《(ゝ)》人は誰《(たれ)》にかおはしますらんと、いみじくおぼつかなくおぼえければ、また《(又)》参《(まい)》りて、庭にゐたれば、簾の内より、「あの広貴《(ひろたか)》は返しつかはしたるにはあらずや。いかにして、また《(又)》参《(まい)》りたるぞ」と問《(と)》はるれば、広貴申《まうす》やう、「はからざるに御恩をかうぶりて、帰《かへり》がたき本国へ帰《(かへ)》り候《さぶらふ》事を、いかにおはします人の仰《おほせ》ともえ知《(し)》り候は《(ん)》で、まかり帰《かへり》候はん事の、きはめていぶせく、口惜《くちをしく》候へば、恐《おそれ》ながら、これを承《(うけ給は)》りに、また《(又)》参《(まい)》りて候なり」と申せば、「汝、不覚《(ふかく)》なり。閻浮《えんぶ》提《だい》にしては、我《われ》を地蔵菩薩と称す」とのたまふ《(給)》を聞き《(きゝ)》て、さは、炎魔王と申《まうす》は地蔵にこそおはしましけれ。この《(此)》菩薩に仕《つかまつ》らば、地獄の苦をば免《(まぬか)》るべきにこそあんめれ、と思ふ程に、三日といふに生帰《いきかへり》て、そのの《(ゝ)》ち、妻のために仏経書《(かき)》供養してけりとぞ。日本《にっぽん》法花《ほっけ》験記《げんき》に見《(み)》えたるとなん。

〈現代語訳〉

八十三　広貴が妻の訴えによって閻魔宮へ召されること

これも今は昔のことだが、藤原広貴という者がいた。死んで閻魔の庁に召されて、閻魔大王の御前と思われるところに参ったところ、王が「おまえの子を懐妊して、お産をしそこなった女が死んだ。それが地獄に堕ちて苦しみを受けているが、愁訴することがあるので、おまえを呼び出したのである。まずそのようなことがあるのか」と聞かれたので、広貴は「そういうことがございました」と答えた。王が仰せられることには、「妻が訴えて言う気持ちはこうだ。『私は夫に連れ添うて、一緒に罪をつくり、しかも、夫の子を生みそこなって、死んで地獄に堕ちて、このような堪えがたい苦しみを受けていますが、夫は少しも私の死後を弔ってくれません。だから、私ひとりが苦しみを受けねばならないいわれはありません。広貴をも一緒に呼び寄せて、同じように苦しみを受けさせて下さい』と申すので、それでおまえを呼んだのである」と仰せられた。そこで広貴は「妻が訴え申すことは、まことにもっともでございます。公私にわたって生活に追われておりましたので、思いながらも妻の死後を弔うこともせず、月日をむなしく過ごしております。しかし、今となりましては、ともに召されて苦しみを受けるといたしましても、妻にとっては苦しみから救われるということではございません。そこで、このたびは暇をいただいて、娑婆世界に帰りまして、妻のために万事をさしおいて、お経を書き、供養をして、死後を弔うことにいたしましょう」と申し上げた。そこで王は「しばらく待っておれ」と言われて、彼の妻を呼び出して、夫の広貴の申し分について意見をお尋ねになると、「いかにも、いかにも、お経さえ書いて供養しようと申すのでございましたら、早くお許し下さい」と申すのだった。そこでまた広貴を呼び出して、妻の申す通りのことをお聞かせになり、「それでは、今度は帰るがよい。必ず妻のためにお経を書き、供養して、弔わねばならぬぞ」と言って、帰してやった。

広貴は、しかし、ここがどこで、また誰がおっしゃっているのかもわからない。解放されて、座を立って帰る道すがら思うには、この立派な簾の奥においでになり、このように裁決して、自分を帰して下さった方はいったいどなたなのだろうと、ひどく気になって思われたので、また舞い戻ってその場にいた。すると、簾の中から、「あの広貴は帰してやったのではないか。どうしてまた舞い戻って来たのだ」と尋ねられたので、広貴が「思いがけずお蔭様で、帰ることが難しい人間界に戻ることになりましたが、どういうお方の仰せとも知り得ず、そのまま帰ってしまうのが、なんとも気がかりで残念でございますので、恐れながらそれをお聞きしに、また戻って参ったのでございます」と申すと、「おまえはうかつな者じゃな。人間世界では、わしのことを地蔵菩薩と称しておる」と仰せられた。それを聞いて、さては閻魔王というのは、なんと地蔵菩薩でいらっしゃったのだ。この菩薩にお仕えすれば、地獄の苦しみを免れることができるだろうと思っているうちに、三日目に生き返って、その後、妻のためにお経を書き、供養したということだ。『日本法花験記』に書いてあるということである。

〈語釈〉

○**藤原広貴**　伝未詳。『霊異記』には「藤原朝臣広足」とある。○**閻魔の庁**　閻魔大王の法廷、役所。閻魔は梵語 yama の音写で「炎摩」「焰摩」「夜摩」などとも表記する。地獄の主宰者で、死後審判をつかさどった。第四十四話に既出。○**地獄**　梵語 naraka（ナラカ）あるいは niraya（ニラヤ）の訳。罪業のある者が死後に堕ちて苦を受ける世界。第五十五・八十二話に既出。○**うれへ**　嘆き訴えること。○**訴へ申**　対策や同情を求めて不満・苦痛を申し出る。「うたへ」は「うつたへ」の「つ」の無表記。読みは「うったえ」。○**男に具して**　男と連れ添って。○**堪へがたき苦**　底本は「昔」を見せ消ちにして苦と傍書する。○**尤《もつとも》ことわりに候**　まことにもっともです。「ことわり」は道理、もっともだの意。○**世を営み候**　生計を立てております。○**娑婆**　梵語 sahā の音写。忍土、忍界と訳す。多くの衆生が苦しみを堪え忍んで生きているところ。釈迦牟尼《しやかむに》が摂化《せつけ》する世界。この世。○**汝が夫**　前後の文脈からみて、「汝が」がない方が自然。○**経仏**　仏経と同じとみておく。第八十七話にも「経仏のいとなみ」として出る。○**座を立て**　『書陵部本』、『陽明本』は「庭を立て」、『版本』は「座をたちて」。本書は「庭」を見せ消ちにして「座を立て」とする。三行後の「庭」も「座」の意味に解した。○**玉の簾**　立派な美しい簾。玉を貫いて作った簾。○**物の沙汰して**　裁決をして。○**おぼつかなく**　よくわからなくて、対象がはっきりつかめないので、もどかしい様子の言葉。○**え知り候はで**　底本および『陽明本』は「で」を「ん」

とする。『書陵部本』と『版本』によって改める。○いぶせく　「いぶせし」は不審なことのために気持ちが休まらない意。気がかりで。○これを承りに　底本と『陽明本』は「これをうけ給はり候」。『書陵部本』と『版本』によって改める。○不覚なり　迂闊《うかつ》だぞ。○閻浮提　梵語jambu-dvīpaの音写。巨大な閻浮《えんぶ》樹《じゅ》の生えている島の意。須弥《しゅみ》山《せん》（仏教の世界説で、世界の中心に聳え立つという高山）の南方にある大陸の名。南瞻部洲《なんせんぶしゅう》・南閻浮《なんえんぶ》提《だい》ともいう。古代インドではヒマラヤ山系を須弥山とし、その南方の閻浮樹の茂る自国を閻浮提と称した。のちには中国、日本など、広く人間世界の意となる。○地蔵菩薩　釈迦仏の付託を受けて、その入滅後、弥勒仏が世に現われるまでの間、無仏世界に住んで、六道《ろくどう》の衆生を教化するという菩薩。第十六・四十四・四十五・七十・八十二話に既出。地蔵説話は上巻のみに出る。○日本法花験記　『大日本国法華経験記』（鎮源撰、長久年間〈一〇四〇〜四四〉成立）を指すと考えられるが、それには本話は見えない。『霊異記』ととり違えたか。

〈参考〉

前話に続いて、これも地蔵菩薩の霊験譚。『霊異記』巻下第九話、『地蔵菩薩霊験記』（古典文庫）巻六第二十話と同類話。

本話は藤原広貴という男が閻魔王宮に召され、やがて許されて蘇生した話である。『霊異記』と『地蔵菩薩霊験記』には「藤原朝臣広足」が、どのような事情のもとで死に、閻羅王宮に召され、また現世に戻されたかということが詳細に説明してある。『霊異記』、『地蔵菩薩霊験記』は、孝謙（称徳）天皇の時代の人という設定で書かれる。『霊験記』には「安倍天皇（孝謙天皇）臣也」とある。広足の死亡の日時は『霊異記』と『霊験記』とでは異なるが、場面設定は類似している。『霊験記』では、広足が亡妻の死を悼み、その後生善処を願い、来世では共に一仏浄土に生まれることを願って、妻のために法華経書写の功徳を積むなどと、なかなかよい夫ぶりを見せている。一方、妻は、出産で死んだのに、一人で地獄の苦を受けるのは割に合わないと言って、広足を訴える。この点は広貴も同じで三書ともに共通する。

ところで、本話に出る「閻魔王が地蔵菩薩と同体である」という思想は、『霊異記』にも見え、本書および『霊験記』にそのまま受け継がれたものと考えられる。『地蔵十輪経』には地蔵が「或作㆓剡魔王身㆒」という条があるが、それとは意味が違うと考える。『地蔵十輪経』では、地蔵が諸《もろもろ》の有情を成熟するために、種々の身を現ずると説く。閻魔王はその種々の身の一つであって、『霊異記』や本話でいうところの閻魔王即地蔵というのとは異なる。

ちなみに、出産は女にとって命がけの大事であった。昔は出産によって、母子ともに死ぬことが多かった。その際に死んだ女は地獄に堕ちると考えられていたようだが、それは故意ではないものの、自分だけでなく、一種の嬰児殺しにあたると考えられたからであったろうか。『霊験記』によれば、この妻は何世代もの過去世に殺人罪を犯していたという。かつての世に夫が他の女を愛し、その女が懐胎したので、この妻はそれを妬《ねた》み、母子ともに毒殺した。その悪業の結果、妻は何世代にもわたって地獄に堕ちたとする。しかし、今回は夫が地蔵の前で追善施福を行なったので、苦果を得脱したという話になっている。

最後に、本話では、この話は「日本法花験記に見えたるとなん」とあり、『霊験記』では、この話は「日本記《ヤマトブミ》ニモ見ヘ侍ルナリ」とあるが、現存の両書には見えない。『霊異記』の誤りであろうか。

八十四（上八十五）世尊寺ニ死人ヲ堀出事〈世尊寺《せそんじ》に死人《しにん》を掘《ほ》り出《いだ》す事〉巻六―二

今《（いま）》は昔《（むかし）》、世尊寺《せそんじ》といふ所は、桃園大納言住《（す）》み給《たまひ》けるが、大将《だいしやう》になる宣旨《せんじ》かぶり給《たまひ》にければ、大饗《だいきやう》あるじの料《（れう）》に修理し、まづは祝《いはひ》し給《たまひ》し程に、明後日《（あさて）》とて、にはかに失《（う）》せ給《たまひ》ぬ。使《（つか）》はれ人、皆出散《みないでちり》て、北方《きたのかた》、若公《わかぎみ》ばかりなん、すごくて住給《すみたまひ》ける。その若公《（わかきみ）》は主殿頭《（とのもりのかみ）》ちかみつといひしなり。

この《（此）》家を一条摂政殿取《（と）》り給《たまひ》て、太政大臣になり《（成）》て、大饗行なはれける。坤《ひつじさる》の角《すみ》に塚のありける。築地《ついぢ》をつきいだして、その角《（すみ）》は襪形《（したうつかた）》にぞ有《あり》ける。殿、「そこに堂を建《（た）》てん。この塚を取《（と）》り捨《すて》て、その上《（うへ）》に堂を建《（た）》てん」と定《（さた）》められぬれば、人々《（く）》も

「塚《つか》のために、いみじう功徳になりぬべき事なり《也》」と申《まうし》ければ、塚を掘《ほ》り崩《くつ》すに、中に石の辛櫃《からびつ》あり。あけて見《み》れば、尼の年二十《廿》五、六ばかりなる、色うつくしうて、くちびる《口》の色など露《つゆ》かはらで、えもいはず美《うつく》しげなる、寝入《ねいり》たるやうにて臥《ふ》したり。いみじう美《うつく》しき衣の、色々《〳〵》なるをなん着《き》たりける。若《わか》かりける者《物》の、にはかに死《しに》たるにや。金の坏《つき》うるはしくて据《す》ゑ《へ》たりけり。入《いり》たる物、なにも香《かう》ばしき事たぐひなし。あさましがりて、人々《〳〵》立《たち》こみて見《み》る程に、乾《いぬゐ》の方より風吹《ふき》ければ、色々《〳〵》なる塵になん成《なり》て失《うせ》にけり。金《かね》の坏《つき》よりほかの物、つゆとまらず。「いみじき昔《むかし》の人なりとも、骨、髪の散《ち》るべきにあらず。かく風の吹《ふく》に、塵《ちり》になりて、吹散《ふきち》らされぬるは、希有《けう》の物なり」と言《い》ひて、その比《ころ》、人あさましがりける。

摂政《せつしやう》殿、いくばくもなくて失給《うせたまひ》にければ、この祟《たゝ》りにやと人疑《うたか》ひけり。

〈現代語訳〉

八十四　世尊寺で死人を掘り出すこと

今は昔のことだが、世尊寺というところは、桃園大納言が住んでおられたが、近衛大将になる勅旨をいただかれたので、任官祝賀の宴を開くもてなしのために修理し、まずお祝いをなされたが、明後日がいよいよ晴れの宴会だという日になって、急にお亡くなりになった。

使用人はみな散り散りに去って、北の方と若君だけがわびしく住んでおられた。その若君は主殿頭《とのもりのかみ》ちかみつという人であった。

その後、この家を一条摂政殿がお取りになり、太政大臣になって、その祝宴を行なわれた。家の西南の隅に塚があった。そこだけ築地を外に張り出して作り、その隅は足袋《たび》底のような形になっていた。殿が、「そこに堂を建てよう。この塚を取り壊して、その上に堂を建てよう」とお決めになったので、人々も「塚のためにたいそうな功徳にきっとなりましょう」と申し上げたので、塚を掘り崩すと、中に石の棺《ひつぎ》があった。開けて見ると、二十五、六歳ほどの尼が、顔色もきれいで、唇《くちびる》の色など少しも変わらず、なんとも言えぬ美しい姿で、寝入っているように横たわっている。実に美しい色とりどりの着物を着ている。若かった者が急死したのであろうか。金の容器がきちんと据えてあった。入っている物はどれも実によい香りがする。あまりなことに驚いて、人々が群がって見ていると、西北の方から風が吹いてきて、それらがみないろいろな塵《ちり》になって消えてしまった。金の容器以外のものは何も残らない。「はるか昔の人でも、骨や髪が散り失せるはずがない。こうして風が吹いて、塵になって吹き散らされてしまったのは、珍しいことだ」と言って、そのころ人々は驚き合ったのだった。

摂政殿はその後間もなくお亡くなりになったので、この祟《たた》りであろうかと人々は疑った。

〈語釈〉

○**世尊寺**　京都市上京区笹屋町通桝屋町にあった寺。『拾芥抄』に「世尊寺、大宮西、五仏、本名桃園、保家中納言家、本主貞純《さだずみ》親王云々」。もと清和天皇の第六皇子貞純親王（桃園親王と号す）の邸であったが、一条摂政藤原伊尹《これただ（まさ）》（第五十一話に出る）が伝領し、のち、藤原行成の母方の祖父源保光《やすみつ》（醍醐天皇の皇子代明《よしあきら》親王の子）の手に移り、長保三年（一〇〇一）行成によって寺に改造された。『打聞集』第二十五話に「世尊寺桃李薗あり」とある。○**桃園大納言**　藤原師氏《もろうじ》。延喜十六年（九一六）～天禄元年（九七〇）。忠平の四男。東宮傅。大納言、正二位、桃園大納言、あるいは枇杷《びわ》大納言と号す。○**大将**　近衛府《このえふ》の長官。左右に一人ずつあった。従三位相当で、多くは大納言が兼任した。○**宣旨**　勅旨を述べ伝えること。天皇のお言葉を述べ伝える公文書。「詔勅」が表向きなのに対して、内輪のもの。第三十一話に既出。○**大饗**　大将任官の祝賀の饗宴。○**あるじの料**　客をもてなすために。「あるじ」は「あるじまうけ」の略。「料」は「ため」の意。○**すごくて**　もの寂しく。○**主殿頭**　主殿寮の長官。主殿寮は宮内省に属し、天皇の乗り物や清掃、湯浴み、薪炭、燈火、庭火などをつかさどった役所。○**ちかみつ**　近信のことかといわれる。近信は師氏の次男。従四位上、主殿頭。○**一条摂政**　藤原伊尹。師輔《もろすけ》の長男。師輔は師氏の兄であるから、伊尹は近信には従兄弟にあたる。摂政太政大臣正二位。歌人。第五十一話に既出。○**太政大臣**　太政官の長官。天皇、天下の師範となりうる人を任じたが、適任者がなければ欠員にした。しかし、藤原良房《よしふさ》以後は摂政、関白になった者はほとんど任じられた。摂政伊尹が正二位太政大臣に任じられたのは、師氏の没した翌年、天禄二年（九七一）十一月二日で、その一年後の天禄三年十一月一日に没した。四十九歳。○坤　西南。○襪形「したうづ」は「したぐつ」の音便。くつをはく時にはくもので、今の靴下や足袋の類。○辛櫃　死体を入れる棺。○金の坏　飲食物を盛る金製の器。○うるはしくて　きちんとして。○あさましがりて　びっくりして。○乾　西北。○つゆとまらず　何も残らない。

〈参考〉

世尊寺にまつわる怪異の話。『富家語《ふけご》』に簡略ながら類話がある。それには「世尊寺ハ一条摂政家也（中略）、件家南庭ニ墓ノアリケルヲクツサレタリケレバ、タケ八尺許ナル尼公ノ色ノ衣着タリケルヲ人々見驚ケルホドニ、随風テ散失ニケリ、其後摂政モ衰ヘ、タテ家モアセテケリトソ」とある。そこでは発掘された尼は本話と違い、身長八尺（二・四メートル）もの巨体であったという。『今昔』巻二十七第三話にも世尊寺の前身である桃園の怪異の話がある。それによれば、寝殿の辰巳の母屋の柱の木の節から、夜毎に「小サキ児」が手を出して、人を招いたという。『打聞集』第二十五話にも「世尊寺事」の記事があるが、語り出しのみで後がない。

ところで、本話の桃園大納言師氏は近衛大将に任じられ、祝賀の宴を開くにあたり、家の修理をし、まずはひとまず祝いをし、いよいよ明後日が晴れの祝宴という日に急逝した。このように理解したが、あるいは、「まづは祝し給し程に、あさてとて」というところを、「祝宴をしてその翌々日に急逝した」と解せなくもないように思われる。ただし師氏は天禄元年（九七〇）七月十四日に没しているが、急死したとは考えにくい。むしろ病床にあった期間がわずかでもあったらしく、『古事談』（巻三第九十三話）、『三国伝記』巻二には、生涯一善も修せず、「奉公隙無きによりて」死を目前にして後世を恐れたという話がある。そして空《く》也《や》上人にすがり、上人が閻魔王に消息を書き、そのお蔭で悪趣を脱《のが》れて浄刹に生まれることができたという。『三国伝記』は「上人ノ御口入重キカ故ニ都率ノ内院」に送られたと記す。没年五十五歳。あるいは五十八歳説がある。

さて、伊尹（一条摂政。第五十一話に既出）が太政大臣に任じられたのは翌年の天禄二年十一月二日である。当日大饗を行なっている（『日本紀略』）、そのちょうど一年後、天禄三年十一月一日に薨じた。その前月には病により「摂政弁官位致仕」を願い出ているので、これも急逝というわけではない。四十九歳という若さであった。謙徳公と諡《おくりな》した。

ともあれ、わずか二年の間にこの邸の主人が二人も相次いで死ぬというのは気味が悪い。師氏の死はともかく、伊尹の早すぎる死は塚の発掘と関連して語られたのであろう。塚は邸の「坤」の角にあった。塚を掘り崩し、中の石棺を開けると、二十五、六歳の美しい尼が「寝入たるやうに」臥していた。「坤」は全陰の卦であるから、女性を埋めるのにふさわしい。その尼君を人々が「立こみて」見ていると、「乾」（全陽の卦。男の卦）から風が吹いて来て、「金の坏」以外のものはすべていろいろな塵となって散ってしまったという。生前、この尼君と親しかった男性が、女性が衆目にさらされるのを望まず、乾《いぬい》の風となっていずこかに連れ去ったと思えなくもない。

この邸の主人たちを見舞った不幸に脅える周辺の人々の心情が生んだ怪異の話といえるだろう。

八十五（上八十六）留志長者事〈留志長者《るしちやうじや》の事〉巻六―三

今《(いま)》は昔、天竺に留志長者とて、世にたのしき長者ありけり。大方、蔵もいくらともなく持《(も)》ち、たのしきが、心の口惜《(くちお)》しくて、妻子にも、まして従者にも、物食《(く)》はせ、着《(き)》する事なし。おのれ、物のほしければ、人にも見《(み)》せず、隠《(かく)》して食《(く)》ふ程に、物の飽《(あ)》かず多《(おほ)》くほしかりければ、妻に言《(い)》ふやう、「飯《いひ》、酒、くだ物どもなど、おほらかにしてたべ。我につきて物惜《(お)》しまする慳貪《けんどん》の神祭《(まつ)》らん」と言《(い)》へば、「物惜《(お)》しむ心失《(うしな)》はんとする、よき事」と喜《よろこび》て、色々に調《(てう)》じておほらかに取《(と)》らせければ、受《(う)》け取《(と)》りて、人も見ざらん所に行《ゆき》て、よく食《(く)》はんと思《おもひ》て、行器《(ほかい)》に入《いれ》、瓶子《へいじ》に酒入《いれ》などして、持《(も)》ちて出《いで》ぬ。

「この《(此)》木のもとには烏《(からす)》あり、かしこには雀《すずめ》あり」など選《(え)》りて、人離《(はな)》れたる山の中の木の陰に、鳥獣もなき所にて、ひとり食《くひ》ゐたる心のたのしさ、物にも似《に》ずして、誦《すん》ずるやう、「今曠野中《こんくわうやちゆう》、食《じき》（飯《ばん》）飲酒大安楽《おんじゆだいあんらく》、猶過毘沙門天《いうくわびしやもんてん》、勝天帝尺《しようてんたいしやく》」。この《此》心は、「今日《けふ》人なき所に一人ゐて、物を食《く》ひ、酒《さけ》を飲《の》む。安楽《あんらく》なる事、毘沙門、帝尺にもまさりたり」と言《い》ひけるを、帝尺、きと御覧《らん》じてけり。

憎《にく》しとおぼしけるにや、留志長者が形に化《け》し給《たまひ》て、彼《かの》家におはしまして、「我、山にて物惜《お》しむ神を祭《まつ》りたるしるしにや、その神離《はな》れて、物の惜《お》しからねば、かくするぞ」とて、蔵どもを開《あ》けさせて、妻子を初《はじめ》て、従者ども、それならぬよその人ども《共》、修行者、乞食《こつじき》にいたるまで、宝物どもを取《と》り出《いだ》して、配《くは》り取《と》らせければ、みなみな《〳〵》悦《よろこび》て、分取《わけと》りける程にぞまことの長者は帰《かへり》たる。

倉ども《共》みな開《あ》けて、かく宝どもみな人の取《と》り合《あ》ひたる、あさましく、悲《かな》しさ、いはんかたなし。「いかにかくはするぞ」とのの《ゝ》しれども、我とただ《ゝ》同《おな》じ形《かたち》の人出来《いでき》てかくすれば、不思議《ふしき》なる事かぎりなし。「あれは変化《へんげ》の物ぞ。我《われ》こそ、そよ」と言《い》へども、聞《きゝ》き入《い》るる《ゝ》人なし。御門《みかど》に愁《うれ》へ申せば、「母に問《と》へ」と仰《おほ》せあれば、母に問《と》ふに、「人に物くるる《ゝ》こそ、我子《わが》にて候《さぶら》はめ」と申せば、する方《かた》なし。「腰の程に、はわくひといふものの《ゝ》跡《あと》ぞ候《さふら》ひし。それをしるしに御覧《らん》ぜよ」と言《い》ふに、あけて見《み》れば、帝尺それをまなばせ給はざらんやは。二人ながら同《おな》じやうに物のあとあれば、力なくて、仏の御もとに二人ながら参《まい》りたれば、その時帝尺、もとの姿《すかた》に成《なり》て、御前におはしませば、論じ申《まうす》べきかたなしと思《おも》ふほどに、仏の御力にて、やがて須陀《しゆだ》洹果《をんくわ》を証《せう》したれば、悪《あ》しき心離《はな》れたれば、物惜《お》しむ心も失《う》せぬ。

かやうに帝尺は人を導《みちひ》かせ給事《たまふ》はかりなし。そぞろに長者が財を失《うしな》はんとは、何《なに》しにおぼしめさん。慳貪《けんどん》の業《ごふ》によりて、地獄に落《おつ》べきを、あはれませ給《たまふ》御心ざしによりて、かく構《かま》へさせ給けるこそめでたけれ。

〈現代語訳〉

八十五　留志《るし》長者のこと

今は昔のことだが、天竺《てんじく》に留志長者といって、実に裕福な長者がいた。だいたい、蔵などもたくさん持ち、裕福なのだが、けちんぼで、妻子にも、まして従者にも、物を食わせたり、着物を与えたりすることはない。自分が何か食べたいと、人にも見せず、隠して食べていたが、ある時、むやみやたらと食べたかったので、妻に向かって、「飯、酒、くだものなどうんと用意してくれ、わしに取り憑《つ》いて物惜しみをさせる吝嗇坊《けちんぼう》の神を祭るから」と言った。妻は、「さてはけちな心をなくそうとするのね。それはいい」と喜んで、いろいろ調理して、どっさりと渡した。長者はそれを受け取って、人が見ないような場所に行って、思う存分食おうと思い、行器《ほかい》に入れ、徳利に酒を入れたりして持って出かけた。

「この木のもとには鳥がいる、あそこには雀がいる」などと場所を選んで、人里離れた山の中の木陰で、鳥も獣もいない場所で一人で食べていた。その楽しさは何にもたとえようがなく、思わず「今曠野中《こんこうやちゆう》、食《じき》（飯《ばん》）飲酒大安楽《おんじゆだいあんらく》、猶過毗沙門天《ゆうかびしやもんてん》、勝天帝尺《しようてんたいしやく》」と口ずさんだ。この意味は、「今日人のいないところに一人でいて、物を食い、酒を飲む。この楽しさは、毘沙門天や帝釈天よりもずっといいぞ」と言うのであるが、それを帝釈天がしかと御覧になった。

憎らしいと思われたのであろうか、留志長者の姿に変じられ、彼の家においでになり、「わしが山で吝嗇坊の神を祭ったしるしであろうか、その神が離れて、物が惜しくなくなったので、こうするのだ」と言って、いくつも蔵を開けさせて、妻子をはじめ、従者らも、またその他のよその人々にも、修行者、乞食に至るまで、数々の宝物を取り出して、配ってやったので、みな悦んで分け取っていたところに本物の長者が帰って来た。

いくつもの倉をみな開けて、こうして数々の宝を人々が取り合っている、その驚き、悲しさは言いようがない。「どうしてこんなことをするのか」と大声でわめくが、自分とまったく同じ恰好の人が出て来てこうするので、どうにも不思議でしようがない。「あれは化け物だぞ、俺《おれ》こそ本物だ」と言うが、聞き入れる人がない。国王に訴え出ると、「母に尋ねよ」

という仰せなので、母に聞くと、「人に物をくれるのこそ、わが子でございましょう」と申すので、どうしようもない。「腰のあたりにほくろという物のあとがございました。それを証拠に御覧下さい」と言うので、着物を脱がせてみると、帝釈天がそれをまねなさらぬはずがあろうか。二人とも同じようにほくろがあるので、どうしようもなく、仏の御前に二人そろって参上した。その時、帝釈天はもとの姿になって御前におられたので、今さらあれこれ言っても始まらないと思っているうちに、仏の御力ですぐに須陀洹果《しゆだおんか》の境地に至ったので、悪心が離れ、物を惜しむ心もなくなった。

このように帝釈天は計り知れぬほど人を導かれるのである。理由もなく長者の財宝をなくしてやろうなどと、どうして思われることがあろうか。物を惜しむ欲深の悪業によって、長者が地獄に堕ちるはずのところを、あわれまれるお気持ちから、このように取り計らわれたのは、ありがたいことである。

〈語釈〉

○天竺　日本および中国でいうインドの古称。『後漢書』の「西域伝」に初めて見える。○留志長者　『盧至長者因縁経』『法苑珠林』『今昔』は「盧至」と表記する。「長者」は富裕な人。○たのしき　『版本』「たのもしき」。富裕な。○心の口惜しくて　「口惜し」は期待はずれだ、ひどく劣っていて話にならないの意。ここでは「けちくさくて」の意。次の「妻子」の読みは「さいし」あるいは「めこ」。『古本説話』は「めやこ」。○物の飽かず多くほしか

りければ　「飽かず」はもの足りない意。いくらでも飽きることがなくたくさんほしかったので。○くだ物　木の実などで、酒の肴《さかな》、副食品になるもの。○おほらかにして　たっぷりと。○我につきて　自分に取り憑《つ》いて。○慳貪　欲が深いこと。「慳」は物惜しみすること。「貪」はむさぼること。けちで欲ばりなこと。仏教では六蔽《ろくへい》の一つに数える。第百四十四話に出る。○調じて　ととのえて。こしらえて。○行器　「外居」とも書く。食物を盛って他所に運ぶ器。形は円筒形で高く、三脚で蓋がある。○瓶子　酒を入れる徳利。○この木のもとには烏あり、かしこには雀あり　『今昔』は「鳥獣自然《おのづか》ラ此レヲ見テ来ル」。『盧至長者因縁経』は「既至樹下、見有多烏、若此停止、烏来摶撮」、『法苑珠林』は「既至樹下見多烏鳥、恐来摶撮」。○今曠野中、食（飯）飲酒大安楽、猶過毗沙門天、勝天帝尺　「（飯）」は底本欠。諸本により補う。『今昔』は「我今節慶際《がこんせつきやうさい》　縦酒大歓楽《じゆうしゆだいくわんらく》　踰過毘沙門《ゆくわびしやもん》　亦勝天帝《やくしようてんたい》釈《しやく》」。『古本説話』は「今日曠野中《こんにちくわうやちゆう》　飲酒大安楽《おんじゆだいあんらく》　猶過毗沙門《いうくわびしやもん》　亦勝天帝釈《やくしようてんたいしやく》」、『盧至長者因縁経』は『今昔』と同じ。したがって『今昔』は少なくともこの部分はこの経文を忠実に引用していると考えられる。『法苑珠林』は「我今節慶会　縦酒大歓楽　逾過毘沙門　亦勝天帝釈」。○毗沙門天　梵語 vaiśravana（ヴァイシュラヴァナ）の音写。四天王の一つで、北方の守護神。多聞天ともいう。第百一・百九十二話に出る。○天帝尺　帝釈天。忉利天《とうりてん》（三十三天）の主で、須弥山《しゆみせん》頂の喜見城《きけんじよう》に住む。仏法の守護者。東方の守護神。第七十話に既出。○きと　しっかりと。たしかに。ちょっと。ちらっとの意もある。第九・十一・二十六・二十九・三十五話等多出。○宝物　底本は「室」を見せ消ちにして、「宝」を傍書する。○あさましく　あまりのことであきれて。第十七・十八・十九話等多出。○変化　化け物。第十八話に既出。○はわくひ　『版本』は「はゝくひ」、他の諸本は「はわくひ」とするものが多い。『古本説話』は「はわくそ」。ほくろやあざの類。「黒子和名波々久曽」（『和名抄』）。『盧至長者因縁経』は「母語王言、我児左脇下、有小豆許瘢」。『法苑珠林』は「母答王言、児左脇下有小瘡瘢、猶小豆許」。○須陀洹果　四果（小乗仏教では修道の段階に四つあると説き）、その果報の一つ、初級のもの。梵語 srota āpanna（スロータ・アーパンナ）の音写。入流《にゅうる》とか預流《よる》と漢訳する。流れに入った者の意で、はじめて聖者の数に入ること。初果ともいう。最高の第四級を「阿羅漢果」という。○そぞろに　むやみに。いい加減に。そうする必然性がないのに。○業《ごう》　身口《しんく》意《い》（心）によって行なう善悪の行為。未来に善悪の果を生むべき原因となる行為。第百四十話に出る。

〈参考〉

『今昔』巻三第二十二話と『古本説話』巻下第五十六話と同話。原典は『盧至長者因縁経』（『法苑珠林』第七十七、慳貪部第十一には「盧志長者経云」として引用する）。『盧至長者因縁経』は「若著慳貪、人天所賤、是以智者応当布施」という文で始まる。盧至長者はその昔、布施を行なった果報として「巨富財産無量」の長者として生まれた。しかし、布施をする時に至心に行なわなかったので、心は常に「下劣」で、着物も垢と膩《あぶら》にまみれ、食物も雑穀、乗り物もボロ車、という有様で、いっさい人の嗤笑《ししょう》するところだったという。つまりこの「経」は、至心に布施をすることを勧める意図で書かれている。

原典によれば、時は国をあげてのお祭り（城中節会）で、人民もすべて歓を尽くしていた。長者も、自分一人楽しまない法はないとばかりに、蔵から五銭取り出し、二銭で麨《むぎこがし》を買い、二銭で酒、一銭で葱を買って、家から塩を持ち出して歌ったり舞ったりした。その時、帝釈天が仏所に行こうとして、「勝於帝釈」という歌詞を聞き、長者が「罵辱於我」として、まずは彼を悩まそうと考えて変身する。『今昔』は「忿《いかり》ヲ成シテ、盧至ヲ罰セムガ為ニ」とある。本書では「憎しとおぼしけるにや」ということで、長者に変身する。

結末部においても『長者経』と『今昔』は帝釈が長者を許さず、対立している。盧至は帝釈に向かって「我不信汝。正信仏語」と言う。この「仏の言葉を信ずる」と言ったために、彼は「即須陀洹果を得る」のである。『今昔』も、帝釈は仏に向かって「盧至長者ガ過《とが》ヲ申シ給」い、仏が盧至長者をさとし、「為ニ法ヲ説《とき》給」い、長者は法を聞いて「道《だう》ヲ得テ歓喜シ」たという。つまり、帝釈天のおかげで悟りを得たのではない。しかし、本話では、帝釈は長者が慳貪の業によって地獄に堕ちるのをあわれみ、このように計ったということで、帝釈の慈悲を説いている。『今昔』は簡略であるが、原典に近い。本話は『古本説話』とともに、穏やかな和文体で書かれ、読んで楽しく、仏教説話としてもすぐれた一編である。

八十六（上八十七）　清水寺ニ二千度参詣者打入双六事〈清水寺《きよみづでら》に二《に》千度《せんど》参詣《さんけい》する者《もの》、双六《すぐろく》に打ち入《い》るる事〉　巻六―四

今は昔《（むかし）》、人のもとに宮仕《（つか）》へしてある生《（なま）》侍《さぶらひ》ありけり。する事のなきまま《（こ）》に、清水へ、人まねして、千度詣《せんどまうで》を二度《（たひ）》したりけり。その《（其）》後《のち》、いくばくもなくして、主《（しう）》のもとに有《あり》ける同じやうなる侍と双六《すぐろく》を打《（う）》ちけるが、多《（おほ）》く負《（ま）》けて、渡《（わた）》すべき物なかりけるに、いたく責《（せ）》めければ、思ひ侘《わび》て、「我、持《もち》たる物なし。ただ《（こ）》今たくはへたる物とては、清水に二千度参《（まい）》りたる事のみなんある。それを渡《（わた）》さん」と言《（い）》ひければ、かたはらにて聞《（き）》く人は、謀《（はか）》るなり《（也）》と、をこ《（お）》に思《おもひ》て笑《わらひ》けるを、この《（此）》勝《かち》たる侍、「いとよき事なり《（也）》、渡《（わた）》さば得《（え）》ん」と言《（い）》ひて、「いな、かくては請《（う）》け取《（と）》らじ。三日して、この《（此）》よし申《まうし》て、おの《（を）》れ渡《（わた）》すよしの文書《（か）》きて渡《（わた）》さばこそ、請《（う）》け取《（と）》らめ」と言《（い）》ひければ、「よき事なり」と契《ちぎり》て、その《（其）》日より精進《しやうじん》して、三日といひける日、「さは、いざ清水へ」と言《（い）》ひければ、この《（此）》負《（ま）》け侍、この《（此）》痴者《しれ物》にあひたると、をか《（お）》しく思ひて、悦《よろこび》てつれて参《（まい）》りにけり。言《（い）》ふまま《（こ）》に文書《（か）》きて、御前にて師の僧呼《（よ）》びて、事のよし申させて、「二千度参《（まい）》りつる事、それがしに双六に打《うち》入《（い）》れつ」と書《（か）》きて取《（と）》らせければ、請《（う）》け取《（と）》りつつ《（こ）》悦《よろこび》

て、ふし拝《おか》みてまかり出《いで》にけり。

その後《ゝち》、いく程なくして、この《此》負《ま》け侍、思ひかけぬ事にて捕《とら》へられて、獄《ひとや》に居にけり。取《と》りたる侍は、思ひかけぬたよりある妻まうけて、いとよく徳つきて、司《つかさ》などなり《成》て、たのしくてぞありける。「目に見《み》えぬ物なれど、誠《まこと》の心をいたして請《うけ》とりければ、仏、あはれとおぼしめしたりけるなんめり」とぞ、人は言《いひ》ける。

〈現代語訳〉

八十六　清水寺に二千度参詣する者がその功徳を双六《すごろく》に打ち入れたこと

今は昔のことだが、人のもとに奉公している若侍がいた。これといってすることもないので、人まねをして、清水寺へ千日詣でを二度したのだった。その後、いくらもたたないうちに、主人のもとに仕えていた同じような侍と双六を打ったが、ひどく負けて、相手に渡せる物がなかった。相手は激しく催促するので、困ってしまい、「わしは持っている物は何もない。今たくわえている物といっては、清水寺に二千度参りをした功徳だけだ。それを渡そう」と言った。そばで聞いている人は、だますのだと、馬鹿らしく思って笑っていたが、この勝った侍は、「それは大いに結構だ。渡すというならもらおう」と言って、「いや、このままでは受け取らないぞ。三日精進して、このよしを神仏に申し上げ、おまえが渡すということの証文を書いて渡すなら、受け取ろう」と言ったので、「結構だ」と約束をし、その日から精進潔斎《しょうじんけっさい》をし、三日目の日に、勝ち侍が「では、さあ清水へ」と言ったので、負け侍は、「いい馬鹿者と勝負したものよ」と内心おかしくて、喜んで連れだって行った。言うとおりに証文を書いて、仏の御前で師の僧を呼んで、事の次第を申させて、「二千度お参りしたことは、誰それに双六の賭物として譲り渡した」と書いて渡したところ、相手は受け取りながら喜んで、伏し拝んで出て行った。

その後、いくらもたたないうちに、この負け侍は、思いがけないことで捕らえられ、牢屋に入れられた。証文を受け取った侍は、思いもよらない都合のよい妻をめとって、たいそう裕福になり、官職にもついて、豊かな暮らしをしたのだった。「目に見えぬものではあるが、誠の心を尽くして受け取ったので、仏も感心だとお思いになったのであろう」と人は言ったものだった。

〈語釈〉

○生侍　年の若い未熟な侍。○清水　清水寺。京都市東山にある法相《ほっそう》・真言兼宗の寺。坂上田村麻呂《うえのたむらまろ》の創建。本尊は十一面観音。第六十話に既出。○千度詣　神社や寺院に千日間参詣して祈願すること。千日詣で。○双六《すごろく》　盤上遊戯。「すごろく」とも。中国伝来の遊戯。用いられる盤の大きさは一定しないが、盤の上を十二の罫《けい》で区切り、二人相対して中央を境に敵・味方の領地とし、白黒の石（馬）を並べ、二個の賽《さい》を交互に振り、その出た目の数だけ馬を進め、早く敵地に送り終わった方を勝ちとする。古来賭博《とばく》として行なわれることが多く、禁制が繰り返された。○いたく責めければ　激しく催促したので。○思ひ侘て　思い悩んで。困ってしまい。○謀るなり　だますのだ。○をこに思て　馬鹿ばかしいと思って。○かくては請け取らじ　このような状態のままでは受け取るまい。「かくては」は底本では「からては」とも読める。『書陵部本』、『版本』に準じて「く」とする。○このよし申て　このことを神仏に申し上げて。○おのれ　目下の者に対し用いる対称の代名詞。勝ち侍が負け侍に対して優位にある表現。○精進して　身を清め。酒肉を断って努力すること。○この痴者　『今昔』は「鳴呼ノ」、『古本説話』は「おこの」。○あひたる　対局したものだ。「あふ」は立ち向かう、戦う意。○師の僧　宗教上の指導者である者。ここでは観音菩薩に祈願者の意向を取り次いでくれる僧。○それがしに　誰それに。○双六に打入れつ　双六の賭物として譲り渡した。○たより　生活のよりどころ、都合のよい手づる。縁故、資力などの意。○徳　財産。第二十五・五十七話等に既出。○司　官職。第二十三話に既出。○たのしく　裕福だ、豊かだ。『版本』は「たのもしく」。

〈参考〉

清水寺観音霊験譚の一つ。出典は不明。前話の天竺仏教説話に続いて、これは本朝の仏教説話。『今昔』巻十六第三十七話、『古本説話』巻下第五十七話と同話。『昔物語治聞集』巻五にも同話がある。特に『古本説話』との文の一致度は高い。話の配列の順も前話「留志長者の事」とともに同じ。両話は同じ原典に基づくものと考えられる。

本話は清水寺二千度詣での功徳を双六博打《ばくち》の負け代に渡そうという男と、それを本気で受け取ろうという男、その行為を馬鹿げたことだと笑う傍観者の三者からなっている。

負け侍にははじめからまともな信仰心があったわけではない。「する事のなきままに」「人まねして、千度詣を二度」もしたのである。これだけなら、観音もあえて拒否なさらなかったろうが、博打の負け代としてその功徳を相手に渡そうという心根には感心されなかったようだ。かたわらで聞く人も「謀るなりと、をこに」思って笑っている。これからすると、参詣の功徳などというものは実は誰も本気で信じてはいないのだ。当の本人の負け侍も「この痴者にあひたると、をかしく思」い、悦んで一緒に清水に行く。つまり、負け侍も信じていない。

だが、勝ち侍は三日精進して、観音の前で証文を渡せと要求し、実際に観音の御前でそれを受け取り、それを伏し拝んで帰って行った。

さて、ここからが、清水観音の利生《りしよう》の実現である。誠の心をいたして受け取った勝ち侍は「思ひかけぬたよりある妻」を得、裕福になって官職にもつけ、大いなる利益をこうむった。一方、誠の信仰を持たなかった負け侍は、「思ひかけぬ事」で捕らえられ、牢屋に入れられる。

参詣の功徳などというものは「目に見え」ないので、ついおろそかに思いがちだが、「誠の心をいたし」、真心を尽くせば、仏神も恩恵を施されるということである。なお清水寺に関する話として注目すべきは「申し子説話と申し妻（夫）説話」があるという。後者は良縁に恵まれぬ者が観音の加護を得て、すばらしい異性と出会う話だという（『日本伝奇伝説大事典』）。『集成』の本話の注にも「清水寺の観音は、古くから妻観音と呼ばれており、この観音を信ずる者は、よい妻に恵まれると信じられていた」とあり、本話はまさにその証明といえるだろう。

ちなみに、第六十話「進命婦、清水詣の事」でも、進命婦の清水寺参詣の折の師僧が、一生かけて読んだ八万四千余部の法華経の最第一の文の功徳を命婦に与えると言い、命婦を祝福して命終する。仏神の功徳は目に見えるものではないが、命婦はその後、藤原頼通の寵を受け、摂政・関白師実を生み、ついで後冷泉天皇の后寛子と天台座主覚円《かくえん》とを生んでいる。この話は直接的には法華経の功徳であるが、舞台は清水寺である。

なお、本話は実話かどうかは分からないが、傍観者の存在と、話末での「人」の批評が、本話を実話化する効果をもたらしている。

八十七（上八十八）観音経化蛇輔人給事〈観音経《くわんおんきやう》、蛇《くちなは》に化《け》し人《ひと》を輔《たす》け給《たま》ひし事〉　巻六―五

今《(いま)》は昔《(むかし)》、鷹《たか》を役《(やく)》にて過《すぐ》る者有《(物)あり》けり。鷹の放《はな》れたるを取《(と)》らんとて、飛《とぶ》にしたがひて行《(ゆ)》きけるほどに、はるかなる山の奥の谷の片岸《(かた)》に、高き木のあるに、鷹の巣くひたるを見付《つけ》て、いみじき事見置《(を)》きたると、うれしく思《おもひ》て、帰《かへり》てのち、今はよきほどになりぬらんとおぼゆるほどに、子をおろさんとて、また《(又)》行《ゆき》て見《(み)》るに、えもいはぬ深《み》山《やま》の深《(ふか)》き谷の、底《(そこゐ)》ひも知《(し)》らぬうへに、いみじく高《(たか)》き榎《えのき》の木の枝は谷にさしおほひたるが上《(ゝみ)》に、巣を食《くひ》て子を生《(う)》みたり。鷹、巣のめぐりにしありく。見るに、えもいはずめでたき鷹にてあれば、子もよかるらんと思ひて、よろづも知《(し)》らず登《(のぼ)》るに、やう《(〳〵)》、今《(いま)》巣のもとに登《(のほ)》らんとする程に、踏《(ふ)》まへたる枝折《(お)》れて、谷に落《(お)》ち入《いり》ぬ。谷の片岸にさし出《(い)》でたる木の枝に落《おち》かか《(ゝ)》りて、その木の枝をとらへてありければ、生《いき》たる心地《(ち)》もせず、すべき方なし。見おろせば、底《(そこゐ)》ひも知らず深き谷なり《(也)》。見上《(みあ)》ぐれば、はるかに高き岸なり。かき登《(のほ)》るべき方《(かた)》もなし。

従者どもは、谷に落入《おちいり》ぬれば、疑《(うたかひ)》なく死ぬらんと思《(おも)》ふ。さるにても、いかが《(ゝ)》あ

ると見《み》んと思《おもひ》て、岸の端《はた》へ寄《よ》りて、わりなく爪立《つまた》てて《ゝ》、恐《おそ》ろしけれど、わづかに見おろせば、底《そこゐ》ひも知《し》らぬ谷の底に、木の葉しげく隔《へた》てたる下なれば、さらに見《み》ゆべきやうもなし。目《め》くるめき、悲《かな》しければ、しばしもえ見《み》ず。すべき方《かた》なければ、さりとてあるべきならねば、みな家に帰りて、「かうかう《〳〵》」と言《い》へば、妻子ども泣《なき》まどへどもかひなし。あはぬまでも見に行《ゆ》かまほしけれど、「さらに道もおぼえず。また《又》、おはしたりとも、底《そこゐ》ひも知《し》らぬ谷の底にて、さばかり覗《のぞ》き、よろづに見《み》しかども、見《み》え給はざりき」と言《い》へば、「まことに、さぞあるらん」と人々《ゝ》も言《い》へば、行《い》かずなりぬ。

　さて、谷にはすべき方《かた》なくて、石のそばの、折敷《をしき》の広《ひろ》さにて、さし出《いで》たるかたそばに尻をかけて、木の枝をとらへて、すこしも身《み》じろくべきかたなし。いささ《ゝ》かもはたらかば、谷に落入《おちいり》ぬべし。いかにもいかにも《〳〵》せん方なし。かく鷹飼《たかがひ》を役《やく》にて世を過《すぐ》せど、幼《おさな》くより観音経を読《よ》み奉《たてまつ》り、たもち奉りたりければ、助《たす》け給へと思ひ入《いり》て、ひとへに頼《たの》み奉《たてまつ》りて、この《此》経を夜昼《よるひる》いくらともなく読《よ》み奉《たてまつ》る。「弘誓深如《ぐぜいしんによ》海《かい》」とあるわたりを読《よ》むほど《程》に、谷の底の方《かた》より、物のそよそよ《〳〵》と来《く》る心地《ち》のすれば、何にかあらんと思《おも》ひて、やをら見《み》れば、えもいはず大きなる蛇《くちなは》なりけり。長《なか》さ二丈ばかりもあるらんと見《み》ゆるが、さしにさして這《は》ひ来《く》れば、我はこの《此》蛇に食《く》はれなんずるなめりと、悲《かな》しきわざかな、観音助《たす》け給へとこそ思《おも》ひつれ、こはいかにしつる事ぞと思《おもひ》て、念《ねん》じ入《いり》てある程に、ただ《ゝ》来《き》に来《き》て、我《わが》ひざのもとを過《す》ぐれど、我《われ》を呑《の》まんとさらにせず、ただ《ゝ》谷より上《うへ》ざまへ登《のほ》らんとする気色《けしき》なれば、いかが《ゝ》せん。ただ《ゝ》これに取付《とりつき》たらば、登《のほ》りなんかしと思《おも》ふ心つきて、腰の刀《力》をやはら抜《ぬ》きて、この《此》蛇の背中《せなか》に突《つ》き立《た》てて《ゝ》、それにすがりて、蛇の行《ゆく》まま《ゝ》に引《ひ》かれて行《ゆ》けば、谷より岸の上《うへ》ざまに、こそこそ《〳〵》と登《のほ》りぬ。その折《おり》、この《此》男離《はな》れてのくに、刀を取《と》らんとすれど、強《つよ》く突《つ》き立《た》てにければ、え抜《ぬ》かぬ程に、引《ひ》きはづして、背に刀さしながら、蛇はこそろと渡《わた》りて、むかひの谷に渡《わた》りぬ。この《此》男、うれしと思ひて、家へ急《いそ》ぎて行《ゆ》かんとすれど、この《此》二、三日、いささ《ゝ》か身をもはたらかさず、物も食《く》はず過《す》ごしたれば、影《かげ》のやうに痩《や》せさらぼひつつ《ゝ》、かつがつ《〳〵》と、やうやう《〳〵》にして家に行《ゆき》つきぬ。

さて、家には、「今《いま》はいかが《ゝ》せん」とて、跡とふべき経仏のいとなみなどしけるに、かく思《おも》ひかけずよろぼひ来たれば、驚《おとろ》き泣《なき》さわ《は》ぐ事かぎりなし。かうかう《〳〵》のことも語《かた》りて、「観音の御助《たす》けにて、かく生《い》きたるぞ」と、あさましかりつる事ども泣《な》く泣《〳〵》く語《かた》りて、物など食《く》ひて、その夜はやすみて、つとめて、とく起《お》きて、手洗《あら》ひて、いつも読《よ》み奉《たてまつ》る経を読《よ》まんとて、引《ひき》あけたれば、あの谷にて蛇の背に突《つ》き立《た》てし刀、この《此》御経に「弘誓深如海《ぐぜいしんにょかい》」の所に立《たち》たる。見《み》るに、いとあさましなどはおろかなり。こは、この《此》経の蛇に変じて、我を助《たす》けおはしましけりと思《おも》ふに、あはれに貴《たうと》く、かなし、いみじと思《おも》ふ事かぎりなし。そのあたりの人々《人》、これを聞《き》こて、見あさみけり。

今さら申《まうす》べき事ならねど、観音を頼《たの》み奉らんに、その験《しるし》なしといふ事は、あるまじき事なり《也》。

〈現代語訳〉

八十七　観音経が蛇に化して人を助けて下さったこと

今は昔のことだが、鷹を取って売るのを仕事としている者がいた。飼育中の鷹が逃げたのを捕らえようとして、飛ぶのについて行くうちに、遠くの山奥の谷の崖のふちに、高い木があり、そこに鷹が巣食っているのを見つけた。これはうまいものを見つけたものだと、うれしく思い、家に帰った。その後、もうそろそろ雛《ひな》がよい具合に大きくなったろうと思われるころに、「子を捕り下ろそう」とまた出かけて行った。見ると、言いようもないほどの深い山の深い谷で、底も知れない深い谷の上に、いかにも高い榎が生えており、枝が谷に覆いかぶさるようにのびている上に巣を作って、子を生んでいる。親鷹が巣のまわりを飛びまわっている。見ると、なんともいえず見事な鷹なので、子もさだめしいいだろうと思って、無我夢中で登って行った。やっとのことで、今まさに巣のところに登り着こうとする時に、踏みつけていた枝が折れて、谷に落ち込んだ。谷の崖のふちに差し出ている木の枝に落ちてひっかかって、その木の枝をつかまえていたので、生きた心地もせず、どうしようもない。見下ろすと、底知れぬ深い谷である。見上げると、はるかに高い崖である。登ろうにも登りようもない。

従者どもは、主人は谷に落ちてしまったのだから、絶対に死んだに違いないと思った。それにしても、どうなっているか見ようと思い、崖のふちに寄って、ぎりぎりのところまで無理矢理爪立ちして、恐ろしいけれどわずかに見下ろすと、底知れぬ深い谷の底で、木の葉が茂ってさえぎっている下なので、いっこうに見えるはずもない。目がまわって、悲しいので、ちょっとの間も見ていられない。どうしようもないが、そうかといってそのままそこにいるわけにもいかず、全員が家に帰って、これこれと事情を話すと、妻子どもは泣き惑うが、どうしようもない。会えないまでも、せめて現場だけでも見に行きたいのだが、「さっぱり道も覚えていません。また、おいでになっても、底知れぬ深い谷底で、私どもがあれほど覗《のぞ》き、八方手を尽くして見ましたが、お見えになりませんでした」と言うと、「まったく、そのとおりだろう」と人々も言うので、行かないでしまった。

ところで、一方、谷では、落ちた男はどうしようもなくて、石の角が折敷《おしき》ほどの広さで突き出ている片端に尻をかけて、木の枝をつかまえて、少しも身動きすることもできない。ちょっとでも動けば谷に落ち込んでしまうだろう。まったくもってどうしようもない。こうして鷹飼を仕事として生活しているが、幼い時から観音経を読み申し上げ、信心し奉っていたので、お助け下さいと深く念じて、ひたすらお頼み申して、この経を夜昼何度となくお読み申していた。この経の「弘誓深如海《ぐぜいしんにょかい》」というあたりを読んでいた時分に、谷の底の方から、何かがさごそとやって来る気配がするので、何だろうと思ってそっと見ると、とてつもない大きな蛇だった。長さが二丈ほどもあろうかと思われるのが、こちらに向かってまっしぐらに這って来る。自分はこの蛇に食われてしまうのか。悲しいことだなあ。観音様お助け下さいと願っていたのに、これはいったいどうしたことかと思って、ひたすら思いを込めて祈っているうちに、大蛇はどんどん迫って来て、自分の膝のそばを通って行くが、いっこうに自分を呑もうとはしない。ただ谷から上の方へ登ろうとする様子なので、どうしよう、ただこの蛇にしがみついていれば、きっと崖の上に登れるだろうという気になって、腰の刀をそっと抜いて、この蛇の背中に突き立てて、それにすがって、蛇の行くままに引かれて行くと、谷から崖の上の方へこそこそと登ってしまった。その時にこの男は離れて身を引いて、刀を抜き取ろうとするが、強く突き立ててしまったので、抜くことができないうちに、男を引き離して、背に刀を刺したまま蛇はのそりと向かいの谷に渡って行った。この男は大喜びで、家へ急いで行こうとするが、この二、三日少しも身体《からだ》を動かしておらず、何も食べずに過ごしていたので、影のように痩《や》せ衰えて、やっとのことでどうにか家にたどり着いた。

一方、家では、「今となってはどうしよう、あきらめるしかあるまい」ということで、亡き後を弔《とむら》う読経や仏事の営みなどしていたところに、こうして思いがけずよろめきながら帰って来たので、驚いたり泣き騒いだりということだった。これこれのことだったと次第を語って、「観音のお助けでこうして生きられたのだ」と、思いもかけなかったことなどを泣き泣き話して、食べ物を食べて、その夜はやすみ、翌朝早く起きて手を洗い、いつも読み奉っているお経を読もうとして開いたところ、あの谷で蛇の背中に突き立てた刀が、このお経の「弘誓深如海」というところに立っている。これを見て、いや驚いたのなんの、言いようがない。これは、この経が蛇の姿になって自分を助けて下さったのだと思うと、しみじみと尊く、ありがたく、もったいないと、ただただ感動するばかりであった。そのあたりの人々もこの話を聞いたり見たりして驚嘆したという。

今さら言うまでもないことだが、観音様におすがりして、その効験がないということはありえないことなのである。

〈語釈〉

○鷹を役にて過る　鷹の雛を捕らえて売るのを仕事として暮らす。『今昔』巻十六第六話には「年来鷹ノ子ヲ下シテ、要ニスル人ニ与ヘテ、其ノ直《あたひ》ヲ得テ世ヲ渡リケリ」とある。○鷹の放れたる　調教中の鷹が逃げたもの、と考える。○片岸　片側が切りたった崖になっているところ。○いみじき事　すばらしいこと。「いみじ」は程度がはなはだしいことを表わす語で善悪ともに用いる。ここは望ましいさまについていう。第三・七・十八・二十三話等多出。○よきほどになりぬらん　鷹の卵が孵化《ふか》し、雛鳥が成育して、捕らえるのによい時分になったろう。○子をおろさん　鷹の雛を巣から取り下ろそう。○えもいはぬ　なんとも言えない。○底ひ　極まるところ。果て。「底ひも知らず」は「限りなく深い、果てがない」の意。○榎　ニレ科の落葉喬木。高さ約一〇〜二〇メートル、直径一〜三メートルに達する。○しありく　飛びまわる。歩きまわる。第四十八話に既出。○よろづも知らず　万事を忘れ、夢中になって。○さるにても　それにしても。死んでいるにしても。○わりなく　「わりなし」は通常からはずれたさまを表わす語で、はなはだしい、ひどいなどの程度を表わす語。ここではやっとのことで、どうにかこうにかの意。○さりとてあるべきならね　そうかといってそうしてばかりもいられないので。○さばかり　あれほど。○石のそば　石の角《かど》。稜。角状に突き出ている面。○折敷　へぎ製の角盆または隅《すみ》切り盆。食器を載せるのに用いる。第三・十四・十九・二十五話等に既出。○かたそば　片端。○身じろく　体を動かす。○はたらかば　身動きすれば。「はたらく」は身動きすること。○観音経　『法華経』巻八の観世音菩薩普門品第二十五をいう。観世音菩薩を讃嘆し、その功徳・利益《りやく》を説く。○た

もち奉り　奉持して。「たもつ」は教えや戒めなどを守り続けること。○いくらともなく数多く。「幾らともなし」は数えきれない、数多い意。○弘誓深如海　『観音経』の偈《げ》の一句。「弘誓ノ深キコト海ノ如シ」の意。「弘誓」は弘《ひろ》くいっさいの衆生を救って悟りを得させようとする仏・菩薩の広大な誓願。○やをら　そっと。第七十四話に既出。○二丈　「丈」は長さの単位。一丈は約三メートル。○さしにさして　「指しに指して」。ひたすらめがけて。○観音　観世音。梵語 avalokiteśvara の漢訳。菩薩の一つ。衆生が救いを求めるのを聞くと、ただちに救済するという意である。救いを求める者に応じ、姿を自在に変えて、その人々の苦悩を除くという。○腰の刀　底本「力」。諸本及び意によりて改める。腰に差していた護身用の小剣。三〇センチほどのもの。○こそこそと　大蛇の胴が崖や樹木にすれ合う音の形容。なお次の「刀を取らんと」の「刀」は「力」と書いて見せ消ちにし、「刀」を傍書。○え抜かぬ　刀を抜くことができない。○痩せさらぼひつつ　やせ衰えて。「さらぼふ」は、やせて骨ばかりになる、やせ衰える意。○かつがつと　かろうじて、やっと。○ややうやう　やっとのことで。どうにか。○跡とふべき　死後の菩提を弔うための。○よろぼひ「よろぼふ」はよろよろすること。○かうかうのことも　『版本』は「かう〳〵の事と」。「かうかう」は「かくかく」の音便形。○あさましかりつる事　思いもかけなかった、驚きあきれるようなこと。○観音の御助けにて　底本は「観音の御助けとて」。「と」を見せ消ちにして「に」とする。『陽明本』は「御たすけとて」。○つとめて　翌朝。○「弘誓深如海」の所

に立たる　『書陵部本』、『版本』は「……」の所にたちたり。○あさましなどはおろかなり　驚いたのなんの。驚いたなどというものではない。「おろかなり」は「言ふもおろかなり」の約。言葉で十分に言い尽くせるものではない。「あさまし」は第三・五話等多出。「おろかなり」は第十八話に既出。○かなし　深く感動して胸がいっぱいになるさま。悲喜ともに用いる。第七十四・八十二話等。○いみじ　程度のはなはだしい場合に用いる語だが、ここは喜びを表わす。うれしい。第五十・五十八話等。

〈参考〉

前話とは観音霊験譚であるという点で共通する。『古本説話』巻下第六十四話とほぼ同文的同話である。『本朝法華験記』（『大日本国法華経験記』）下百十三と『今昔』巻十六第六話は内容的には同話（むしろ類話というべきか）であるが、構成に異同がある。すなわち、両書によれば、鷹取りの男は陸奥国の者で、鷹の雛を取って国家に献上したり、ほしいという人に譲ったりして生計を立てている。『法華験記』によれば、母鷹が毎年子鷹を取られてしまい、この調子でいけば、子孫が絶えてしまうと心配し、『今昔』では「母鷹此ノ事ヲ思ヒ侘《わ》ビケルニヤ有ケム」と母鷹の心中を推測している。そこで母鷹は人跡未踏の険難のところに巣造りをして、卵を生んで雛をかえす。一方、鷹取りの男はいつものところに巣が見当たらず、生活の手だてを失って困惑し、あちこち探し求めて、ついに海上の断崖絶壁の窪地に巣を見つける。しかし、どうにも取りようがないので、嘆きながら隣人にその話をすると、工夫して、なんとかしようということになった。岩壁の上に大きな杭を打ち、長い縄を結んで、その先に大きな籠をつけ、鷹取りの男が降りて行って雛鳥をつかまえることになった。鷹取りの男は、籠に鷹の子を乗せ、一度岸上に運び、次に下ろした籠に乗って帰るはずだったが、隣の男は鷹の子だけを取って、鷹取りの男を絶壁に置き去りにし、男の妻子には縄が切れて、男は海中に落ちたと告げる。

以下の展開はいずれも同じで、観音菩薩の利生を願った男を観音は大蛇の姿をとって救済する。『古本説話』と『宇治』では、「弘誓深如海」という『観音経』の偈《げ》の一句を誦えた時に大蛇が出現し、その大蛇の背中に突き刺した刀が、帰宅してのちに読もうとした経の、その偈句のところに刺さっていたという話になっている。この刀の発見のくだりが本話のクライマックスで、観音の計り知れない慈悲を実感させる。なお、本話と『古本説話』とには、この鷹取りの男に従って来た供の従者がいる。彼らは男が谷に落ちたことを遺憾とし、せめて遺体だけでも見届けたいと考える。

こう見てくると、『法華験記』、『今昔』と、『古本説話』、『宇治』とはテーマは同じであるが、話の構成が異なり、別の伝承に属するものといえる。金沢文庫本『観音利益集』三十五も類話であるが、これは『今昔』系の話を簡約したものと思われる。また、森正人「聖なる毒蛇、罪ある観音」(「國語と國文學」76巻12号、平成十一年十二月)が参考となる。

八十八（上八十九）自賀茂社御幣紙米等給事〈賀茂《かも》の社《やしろ》より、御幣紙《ごへいがみ》、米等《こめなど》給ふ事〉　巻六―六

今は昔《むかし》、比叡山に僧ありけり。いと貧《まつ》しかりけるが、鞍馬《くらま》に七日参《まい》りけり。夢などや見《み》ゆるとて参《まい》りけれど、見《み》えざりければ、今七日とて参《まい》れども、猶《なほ》見《み》えねば、七日を延《の》べ延《〳〵》べして、百日参《まい》りけり。その百日といふ夜の夢に、「我はえ知《し》らず。清水《きよみづ》へ参《まい》れ」と仰《おほせ》らるる《ゝ》と見《み》ければ、明《あく》る日より、また《又》清水へ百日参《まい》るに、また《又》、「我はえこそ知《し》らね。賀茂に参《まい》りて申せ」と夢に見《み》てければ、また《又》賀茂に参《まい》る。七日と思へども、例の夢見《み》ん見《〳〵》んと参《まい》るほどに、百日といふ夜の夢に、「わ僧がかく参《まい》る、いとほ《お》しければ、御幣紙《ごへいがみ》、打《う》ち撒《ま》きの米ほどの物、たしかに取《と》らせん」と仰《おほせ》らるる《ゝ》と見て、うちおどろきたる心地《ち》、いと心憂《う》く、あはれにかなし。所々《〳〵》参《まい》りあるきつるに、ありあり《〳〵》てかく仰《おほ》せらるる《ゝ》よ、打《う》ち撒《ま》きのかはりばかり《斗》給はりて、なにに《ゝ》かはせん。我山《わが》へ帰《かへ》り登《のほ》らむも、人目はづかし。賀茂川にや落ち入《いり》なましなど思《お》へど、また《又》さすがに身をもえ投《な》げず。いかやうに計《はか》らはせ給《たまふ》べきにかと、ゆかしき方《かた》もあれば、もとの山の坊に帰《かへり》てゐたる程に、知《し》りたる所より、「物申《まうし》候《さぶら》はん」と言《い》ふ人

あり。「誰《た》そ」とて見《み》れば、白き長櫃《ながびつ》を担《にな》ひて、縁《ゑん》に置《を》きて帰《かへり》ぬ。いとあやしく思《おもひ》て、使《つかひ》を尋《たづぬ》れど、大かたなし。これをあけて見《み》れば、白《しろ》き米とよき紙とを一《ひと》長櫃入《いれ》たり。これは見《み》し夢のまま《こ》なりけり。さりともとこそ思《おもひ》つれ、これはかりをまことに賜《た》びたると、いと心憂《う》く思へど、いかが《こ》はせんとて、この《此》米をよろづに使《つか》ふに、ただ《こ》同《おな》じ多《おほ》さにて、尽《つ》くる事なし。紙も同《おな》じごと使《つか》へど、失《う》する事なくて、いと別《へち》にきらきらし《へ》からねど、いとたのしき法師になりてぞありける。

なほ《酒》、心長《なか》く物詣《まう》ではすべきなり《也》。

〈現代語訳〉

八十八　賀茂社から御幣紙・米などを賜ること

今は昔のことだが、比叡山に一人の僧がいた。たいそう貧しかったが、ある時、鞍馬《くらま》寺《でら》に七日間参詣した。お告げの夢などが見えるかと思ってお参りしたのだが、見えなかったので、さらに七日と思って参ったが、やはり見えないので、七日を延ばし延ばしして、とうとう百日参詣した。その百日目という夜の夢に、「わしではどうにもならぬ。清水へ参れ」と仰せられると見たので、翌日からまた清水へ百日参詣した。すると、また「わしではどうにもならぬ。賀茂神社に参って申せ」と夢に見たので、また賀茂に参った。七日と思ったが、同じような夢を見よう見ようとお参りするうちに、百日目という夜の夢に、「おまえがこうして参るのがいじらしいから、御幣紙《ごへいがみ》と散米《さんまい》程度の物をたしかに取らせよう」と仰せられたと見て、はっと目が覚めた気持ちは、なんとももの憂く、悲しくなってしまった。方々お参りをしてまわったのに、あげくの果てにこのように仰せになることだ。散米の代わりのものぐらいをいただいたとて、何になろう。もとの山へ帰り登るのも人目が恥ずかしい。いっそ賀茂川にでも飛び込んでしまおうかなどと思うが、また、さすがに身を投げることもできず、どのようにお取り計らいくださろうとするのかと、一方では知りたい気持ちもあるので、もとの山の坊舎に帰っていると、知り合いのところから来たとて、「ごめんください」と言う人がいる。「誰ですか」と出て見ると、白木作りの長櫃《ながびつ》を背負って来て、縁側に置いて帰ってしまった。なんとも不思議に思って、使いの者を探したが、まったく見当たらない。これを開けて見ると、白い米とよい紙とが長櫃いっぱいに入れてある。これはまさしくいつぞやの夢のとおりである。いくらなんでも、まさかと思っていたが、これっぽっちのものを本当にくださったのだと、ひどく情けなく思ったが、まあ、しかたがないと、この米をいろいろなことに使ったが、まったく量が変わらず、なくなることがない。紙も同様に使ったが、なくなることがなくて、それほど特別に立派で目立つというほどではないが、たいそう裕福な法師になって暮らしていたという。

やはり神仏には気長にお参りするのがよいことだ。

〈語釈〉

○**比叡山**　延暦寺。京都市東北方、滋賀県大津市との境にある。第十二・十三話に既出。○**鞍馬**　鞍馬寺。京都市左京区鞍馬山にある。山号は松尾山《しょうびざん》、本尊は毘沙門天。宝亀元年（七七〇）、鑑真《がんじん》の弟子鑑禎《がんてい》の開基といわれる。延暦十五年（七九六）、藤原伊勢人《いせんど》が堂舎を建立。『今昔』巻十一第三十五話に鞍馬寺建立の由来がある。古来、福徳を授ける寺として京都人の信仰を集めた。○**夢などや見ゆる**　夢に毘沙門天のお告げを受けるかもしれない。○**清水**　清水寺。京都市東山にある法相《ほっそう》・真言兼宗の寺。もとは法相宗。山号は音羽山、本尊は十一面観音。延暦二十四年（八〇五）、坂上田村麻呂《さかのうえのたむらまろ》の建立。第六十・六十五・八十六話等に既出。○**明る日より**　「る」は、底本「日」を見せ消ちにして、「る」と傍書。○**賀茂**　賀茂神社。京都市北区上賀茂の賀茂別雷《わけいかずち》神社と左京区下鴨の賀茂御《み》祖《おや》神社の上下二社がある。ここはどちらかわからない。第六十四話に出る。○**わ僧**　「わ」は親しんで呼ぶ対称の代名詞を作る接頭語。また相手をさげすみ、罵《のの》って呼ぶ時にも使う。ここは前者。第七・十五・十八・三十三話等多出。○**御幣紙**　よみ方は『古本説話』仮名表記に従う。御幣を作るための紙。御幣は幣束《へいそく》や幣帛《へいはく》など神祭用具の一つ。○**打ち撒きの米**　散米《さんまい》。祓《はら》えや病気、出産などの時、魔除けのために米をまき散らしたもの。また、参拝の時、神に供える米。ここは後者。○**うちおどろきたる**　目が覚めた。「うち」は接頭語。「うちおどろく」は第二・七十話に出る。○**参りあるきつるに**　『陽明本』、『版本』は「ありきつるに」。『書陵部本』は

「る」とも「り」ともとれる。○**ありありて**　あげくの果てに。結局。○**賀茂川**　京都市の東部を南流する川。○**ゆかしき方もあれば**　神意を知りたいという気持ちもあるので。「ゆかし」は好奇心が持たれる意、知りたい、見たい、聞きたいなど。第五十七話に既出。○**坊**　僧の住居。第五十五・七十八話に出る。○**白き長櫃**　白木の長櫃。「櫃」は蓋《ふた》のある大きな箱。これは長方形の櫃で、長持のように二人で棒でかつぐ。○**大かたなし**　まったく見当たらない。全然どこにもいない。「大方」は否定の語句を伴う場合、「全然」「少しも」の意を表わす副詞。○**一《ひと》長櫃**　長櫃いっぱいに。「一《ひと》」は「全体」「いっぱい」の意の接頭語。第三（一庭《ひとには》）・十六（一《ひと》世界）・三十七話（一はた）等に出る。○**さりとも**　それにしても、よもや、まさかの意。「……と思ふ」の形の場合、悲観すべき状況の中で、ひと筋の希望を抱く場合に用いる語。ここでは、夢のお告げではああ言われたが、まさかそのとおりではなかろうと期待していたのに。○**まことに賜びたる**　「賜びたる」は、底本「たかひたる」の「か」を見せ消ちにする。○**よろづに使ふに**　いろいろなことに使うが。米は交易品として金銭の代わりになった。○**きらきらしからねど**　きわだって華やかではないが。○**たのしき**　裕福な。「たのし」は物質的に満ち足りて快い、富裕だ、の意。第十八・九十一話に出る。『版本』は「たのもしき」。

〈参考〉

賀茂神社の利生《りしょう》説話。『古本説話』巻下第六十六話と同文的同話。霊験あらたかなはずの鞍馬から清水へ、清水からさらに賀茂社へと、たらいまわしにされてやっといただいた御利益。前々話（第八十六話）は二千度詣りの話だが、これは鞍馬に百日、清水に百日、さらに賀茂に百日と合計三百日も参詣した。利益を願う人にとっては寺も神社も区別はない。福徳を授けてくれるならどちらでもよいのである。神仏混淆の話である。

「七」という数は聖数である。神仏の夢告は七日単位の参籠で期待されることが多い。本話では「夢などや見ゆる」と期待して、まず鞍馬に七日参った。「見えざりければ、今七日とて」参ったが、「七日を延べ延べして、百日参」っている。賀茂社にも「七日と」思って通ったが、とうとう百日になった。第九十六話の「長谷寺参籠の男、利生に預る事」の話でも、「三七日」つまり二十一日の夜明けに夢告を受けている。

ところで、「とれども尽きず、汲めども涸れぬ」というモチーフの話は昔話にもよくある型で、本書第四十八話の「雀、報恩の事」の「ひさご」に入っていた米や、第百九十二話の「伊良縁野世恒」の袋の米もその一つである。『旧約聖書』列王記上十七にも尽きることのない壺の粉や瓶の油の話があり、世界的広がりを持つ話柄といえるだろう。時代は下るが『賀茂注進雑記』（国書総目録では賀茂季通等編・延宝八年〈一六八〇〉）にも類話がある。

八十九（上九十）信濃国筑广湯ニ観音沐浴事〈信濃国筑摩《しなののくにつくま》の湯《ゆ》に観音沐浴《くわんおんもくよく》の事〉　巻六―七

今は昔《(むかし)》、信濃国に筑摩《(つくま)》の湯といふ所に、よろづの人の浴《(あ)》みける薬湯《くすりゆ》あり。そのわたりなる人の夢に見《(み)》るやう、「明日《(あす)》の午《むま》の時に、観音湯《ゆ》浴《(あ)》み給ふべし」と言《(い)》ふ。「いかやうにてかおはしまさんずる」と問《(と)》ふに、いらふるやう《(様)》、「年《(とし)》三十《(卅)》ばかりの男の、鬚黒《(ひげくろ)》きが、綾藺笠《(あやい)がさ》着《(き)》て、節黒《(ふしくろ)》なる胡簶《(やなぐひ)》、皮巻《(ま)》きたる弓持《もち》て、紺《(こん)》の襖《(あを)》着《(き)》たるが、夏毛の行縢《(むかはき)》はきて、葦毛《あしげ》の馬に乗《のり》てなん来《(く)》べき。それを観音と知《(し)》り奉《(たてまつ)》るべし」と言《(い)》ふと見て、夢さめぬ。おどろきて、夜明《(あ)》けて、人々《(〳〵)》に告《(つ)》げまはしければ、人々《(〳〵)》聞《(きゝ)》きつぎて、その湯に集《(あつ)》まる事かぎりなし。湯をかへ、めぐりを掃除《(地)》し、しめを引《ひき》、花香を奉《(たてまつ)》りて、居集《(ゐあつ)》まりて待《まち》奉《(たてまつ)》る。

やうやう《(〳〵)》午時《むまのとき》過《(す)》ぎ、未《ひつじ》になる程に、ただ《(ゝ)》この《(此)》夢に見《(み)》えつるに露違《(たか)》はず見《(み)》ゆる男の、顔《(かほ)》よりはじめ、着《(き)》たる物、馬、なにかにいたるまで、夢に見《(み)》しに違《(たか)》はず。よろづの人、にはかに立《たち》て額《(ぬか)》をつく。この《(此)》男、大《おほき》に驚《おどろき》て、心も得《(え)》ざりければ、よろづの人に問《(と)》へども、ただ《(ゝ)》拝《(おか)》みに拝《(おか)》みて、その事と言《(い)》ふ人なし。僧の有《あり》けるが、手をすりて、額《(ひたひ)》にあてて、拝《(おか)》み入《いり》たるがもとへ寄《(よ)》りて、「こは、いかなる事ぞ。お《(を)》のれを見《(み)》て、かやうに拝《(おか)》み給ふは」と、こなまりたる声《(こゑ)》にて問《(と)》ふ。この僧、人の夢に見《(み)》えけるやうを語《(かた)》る時、この《(此)》男言《(い)》ふやう、「お《(を)》のれは、さいつころ、狩をして、馬より落《おち》て、右の腕《かいな》をうち折《お》りたれば、それをゆでんとて、まうで来《き》たるなり《也》」と言《い》ひて、と行《ゆ》きかう行《ゆき》するほどに、人々《〳〵》、尻《しり》に立《た》ちて拝《おか》みのの《ゝ》しる。

男しわびて、我《わが》身は、さは観音にこそありけれ。ここ《ゝ》は法師に成《なり》なんと思《おもひ》て、弓、胡籙《やなくひ》、太刀《たち》、刀切《きり》すてて《ゝ》、法師になりぬ。かくなるを見て、よろづの人泣《な》きあはれがる。さて、見知《みし》りたる人出《い》で来《き》て言《い》ふやう、「あはれ、かれは上野《かんつけ》の国におはする、ばとうぬしにこそいましけれ」と言《い》ふを聞《き》き《ゝ》て、これが名をば馬頭観音とぞ言《い》ひける。

法師になり《成》て後、横川《よかは》に登《のほ》りて、かてう僧都の弟子になり《成》て、横川に住《す》みけり。その《其》後は土左国に去《い》にけりとなん。

〈現代語訳〉

八十九　信濃国筑摩の湯に観音が沐浴すること

今は昔のことだが、信濃の国の筑摩《つくま》の湯というところに、誰もが湯治する薬湯があった。そのあたりに住んでいる人がこんな夢を見た。「明日の正午ごろに観音が御入浴になるであろう」と言う。「どのような御様子でおいでになるのでしょうか」と尋ねると、答えて言うには、「年のころ三十歳ほどの鬚《ひげ》の黒い男が、綾藺笠《あやいがさ》をかぶり、節黒《ふしぐろ》の胡籙《やなぐい》に、にぎり革を巻いた弓を持って、紺の狩衣《かりぎぬ》を着た男が、夏毛の行縢《むかばき》をはいて、葦毛《あしげ》の馬に乗って来るであろう。それを観音と承知申すがよい」と言うと見て夢から覚めた。驚いて、夜が明けてから、人々に告げまわったので、人々は次々に聞き伝えて、続々と集まって来る。湯を替え、まわりを掃除し、注連縄《しめなわ》を張り、花や香をお供えして、みなで坐り込んでお待ち申していた。

ようやく真昼時も過ぎ、二時になるころ、まさにこの夢に見えたのに寸分たがわぬ恰好《かっこう》の男が現われた。顔をはじめ、着ているもの、馬、何から何まで夢に見たのと違わない。一同は、にわかに立ち上がって礼拝《らいはい》する。この男は大いに驚いて、わけがわからないので、みなの人に尋ねるが、ただ夢中になって拝んでいて、そのわけを言う人がいない。その中に一人の僧がいて、手をすり合わせ、額《ひたい》に当てて、一心に拝んでいるところへ近づいて、「これはいったいどういうことなのですか。自分を見てこのように拝んでおられるのは」と、少し訛《なま》りのある声で尋ねた。この僧がある人の夢に見えた次第を語ると、この男は、「わしは先ごろ狩をして、馬から落ちて、右の腕を折ったので、湯治しようと思ってやって来たのだ」と言って、あちらに行きこちらに行きしていると、人々はその後にくっついて、大騒ぎして拝んでいる。

男は困り果てて、我が身はさては観音であったのか。こうなったからにはいっそのこと法師になってしまおうと思い、弓、胡簶、太刀、刀を投げ捨てて法師になってしまった。こうなるのを見て、誰もかも泣いて感動する。そこにこの男を見知っている人が出て来て、「ああ、あの人は上野《こうずけ》の国におられるばとうぬしでいらっしゃる」と言うのを聞いて、人々はこの男の名を馬頭観音と言った。

男は法師になってのち、横川《よかわ》にのぼり、かちょう僧都の弟子になって横川に住んだ。その後、土佐国に行ったということである。

〈語釈〉

○**筑摩の湯**　長野県松本市東方郊外の白糸温泉とも、浅間温泉ともいわれる。『日本書紀』天武十四年（六八五）冬十月十日の条に、信濃に行宮《あんぐう》を造らせた記事があり、「蓋《けだ》し、束間《つかまの》温湯《ゆ》に幸《いでま》さむと擬《おも》ほすか」というように古くからの名湯であった。『枕草子』の「湯は」に「つかまの湯」とあり、『後拾遺和歌集』第十八「雑四」に、源重之《しげゆき》の「つかまの湯を見侍りて」として歌がある。次の「薬湯」は温泉のこと。○**午の時**　昼の十二時ごろ。「午前・正午・午後」の語はこれから出る。○**観音**　観世音菩薩。第八十七話参照。『今昔』巻十九第十一話では「観音来リ給ヒテ此ノ湯ヲ浴ミ可レ給シ。必ズ人結縁シ可レ来シ」とある。『古本説話』第六十九話は「観音湯浴《ゆあ》み給ふべし。かならず、人結縁したてまつるべし」とある。○**綾藺笠**　藺草《いぐさ》で編み、裏に綾絹を張った笠。中央が突き出ていて、そこに髻《もとどり》を入れる。武士などが旅や狩、流鏑馬《やぶさめ》などの時に着用した。○**節黒なる胡籙**　矢柄の節の下を漆で黒く塗った矢を入れた胡籙。胡籙は矢を入れて背に負う道具。第七・十八話に出る。○**皮巻きた**

る弓　にぎるところに革を巻いた弓。○**褁**　狩衣に裏をつけたもの。「かりあを（狩褁）」の略。第十八話に出る。○**夏毛の行縢**　夏の鹿の毛皮で作った行縢《むかばき》。夏には鹿の毛皮の白い斑点があざやかに出る。「行縢」は腰につけて前に垂らし、脚や袴を覆うもの。○**葦毛の馬**　白い毛に、黒や褐色などの毛の混じった馬。黒葦毛、赤葦毛、連銭《れんぜん》葦毛などがある。○**おどろきて**　目が覚めて。第十二・二十九話に出る。「びっくりして」ともとれる。○**しめ**　注連縄《しめなわ》。清浄・神聖な地を区画するのに張りめぐらす縄。なお、本来、注連縄は神事で用いるが、次第に仏教の中にもとり入れられていった。○**未**　午後二時ごろ。○**額をつく**　額《ひたい》を地につけて礼拝する。○**その事**　こういうわけだ。その拝む理由。○**こなまりたる声**　少し訛った声。『今昔』は「横ナハレタル音」。『古本説話』は「よこなまりたる声」。『日本書紀』神武天皇戊午年に「今難波と謂ふは訛れるなり。〔訛　此をばヨコナマルと云ふ〕」とある。本話は「よ」が抜けているのかもしれない。上野国の言葉や発音が信濃国のそれと少し違って感じられたものであろう。○**さいつころ**　「さきつころ」の音便。先ごろ。○**ゆでん湯治しようとして**。「茹づ」は湯治すること。○**と行きかう行する**　あちらに行ったり、こちらに行ったりする。○**拝みののしる**　大騒ぎをして拝む。「ののしる」は騒ぎ立てる意。第十七・二十三・二十五話等多出。○**しわびて**　「為侘びて」で、ほとほと困惑して。○**こは法師に成なん**　ここはいっそのこと法師になってしまおう。○**太刀、刀**　「太刀」は中古以後、そりのある長い刀剣をいい、「刀」は太刀の小さいもの。「太刀」は第二十七・七十八話等、「刀」は第七・十八・二十三話等に出る。○泣きあはれがる　泣いて感動する。「あはれがる」は感嘆する意。○上野の国　今の群馬県。○ばとうぬし　『今昔』は「王藤大主」、『古本説話』は「わとうぬし」とする。「ぬし」は人の尊称。○馬頭観音　六観音の一つ。観世音菩薩の化身で、人身馬頭と、頭上に馬頭を置く像とがある。忿怒相で怒りの激しさによって、人々の苦しみを救う力を示すとされる。観音像で忿怒《ふんぬ》相を現わしている唯一のもの。『今昔』は「王藤観音」、『古本説話』は「わとう観音」。○横川　比叡山三塔の一つ。比叡山連峰の北端にある。根本如法塔や横川中堂といわれる首楞厳院《しゆりようごんいん》は円仁《えんにん》が建てたものである。のちに良源《りようげん》が住み、栄えた。「かてう僧都」は不明。

〈参考〉

『今昔』巻十九第十一話、『古本説話』巻下第六十九話と同文的同話。

信濃国の温泉に湯治にやって来た上野国の武士が、里人から、夢に見た観音の化身であると言われ、自分でもそうなのかと思い込むに至り、出家して法師になったという話。

出家の動機はさまざまであるが、これは殺生を事とする田舎武士が、たまたま狩で落馬して、骨折したのを湯治しようとして来たのが機縁になった。これもまた広大無辺の観音の慈悲の御計らいというべきであろうか。その後、彼は叡山の横川に住んだというから、おそらく念仏の行者になり、ついに観音の浄土に最も近いと考えられる土佐国に行ったのであろう。観音の補陀落《ふだらく》浄土は南方にあるとされる。

ところで、本話と『古本説話』とはこの武士を「とし卅ばかりの男」とするが、『今昔』には「年四十許《ばかり》」とある。また本話と『古本説話』は「さいつころ、狩をして、馬より落て、右の腕」を折ったとするが、『今昔』は「此ノ一両日ガ前ニ、狩ヲシテ馬ヨリ落テ、左ノ方ノ肱ヲ突キ折」ったとするなど、わずかながら違いがある。

なお本話は「夢」と「夢告」がきっかけになる話であるが、本話と前話とは「夢」でつながっている。

九十（上九十一）帽子叟与孔子問答事〈帽子《ぼうし》の叟《そう》、孔子《こうし》と問答《もんだふ》の事〉　巻六―八

今《いま》は昔、もろこしに孔子、林の中の岡だちたるやうなる所にて、逍遥《せうえう》し給《たまふ》。われは琴をひき、弟子共は書《ふみ》を読《よ》む。ここ《爰》に舟に乗《のり》たる叟《そう》の帽子したるが、舟を蘆《あし》につなぎて、陸《くが》にのぼり、杖をつきて、琴のしらべの終《をは》るを聞《き》く。人々あやし（〳〵）き者《物》かなと思《おも》へり。この《此》翁《おきな》、孔子の弟子ども《共》を招《まね》くに、独《ひとり》の弟子、招《まね》かれて寄《よ》りぬ。叟云《そういはく》、「この《此》琴引給《ひきたまふ》はたれぞ。もし国の王か」と問《と》ふ。「さもあらず」と云《いふ》。「さは国の大臣か」、「それにもあらず」。「さは国の司《つかさ》か」、「それにもあらず」。「さは、なにぞ」と問《と》ふに、「ただ（〳〵）国のかしこき人として、政《まつりごと》をし、悪《あ》しき事を直《なを》し給《たまふ》かしこき人なり」

と答《(こた)》ふ。翁あざわらひて、「いみじき痴者《(しれ物)》かな」と言《(い)》ひて去《(さ)》りぬ。

御弟子、不思議《(ふしき)》に思《おもひ》て、聞《きき》しまま《(ゝ)》に語《(かた)》る。孔子聞《(き)》き《(ゝ)》て、「かしこき人にこそあなれ。とく呼《(よ)》び奉《(たてまつ)》れ」。御弟子走《はしり》て、いま舟漕《(こ)》ぎ出《(い)》づるを呼《(よ)》び返《(かへ)》す。呼《(よ)》ばれて出来《いで(き)》たり。孔子のたま《(給)》はく、「なにわざし給《たまふ》人ぞ」。叟《そう》のいはく、「させる者《(物)》にも侍らず。た《(ゝ)》だ舟に乗《(の)》りて、心をゆかさんがために、まかりありくなり《(也)》。君はまた《(又)》なに人ぞ」。「世の政《まつりごと》を直《(なを)》さんために、まかりありく人なり」。叟のいはく、「きはまりてはかなき人にこそ。世に影をいとふ者《(物)》あり《(有)》。晴に出《(い)》でて《(ゝ)》離《(はな)》れんと走《(はし)》る時、影離《(はな)》るる《(ゝ)》事なし。陰にゐて、心のどかにを《(お)》らば、影離《(はな)》れぬべきに、さはせずして、晴《(はれ)》に出《(い)》でて《(ゝ)》離《(はな)》れんとする時には、力こそ尽《(つ)》くれ、影は離《(はな)》るる《(ゝ)》事なし。また《(又)》、犬の死《し》かばねの水に流《(なか)》れて下《(くた)》る。これを取《(と)》らんと走《(はし)》るものは、水におぼれて死ぬ。かくのごとくの無益《むやく》の事をせらるる《(ゝ)》なり《(也)》。ただ《(ゝ)》、しかるべき居所《ゐどころ》をしめて、一生を送《(をく)》られん、これ今生《こんじやう》の望《のぞみ》なり《(也)》。この事をせずして、心を世に染《(そ)》めて、騒《(さは)》がるる《(ゝ)》事は、きはめてはかなき事なり《(也)》」と言《(い)》ひて、返答も聞《(き)》かで帰行《かへりゆき》、舟に乗《のり》て漕《(こ)》ぎ出ぬ。孔子、そのうしろを見《(み)》て、二《ふた》たび拝《(おか)》みて、棹《さを》の音せぬまで拝《(おか)》み入《いり》てゐたまへり。音せずなりてなん、車に乗《のり》て帰給《かへりたまひ》にけるよし。人の語《(かた)》りしなり《(也)》。

〈現代語訳〉

九十　帽子をかぶった翁が孔子と問答したこと

今は昔のことだが、唐土《もろこし》にいた孔子が林の中の岡のようになった小高いところで、心にまかせてここかしこと歩いておられた。自らは琴を弾き、弟子どもは書物を読んでいた。そこに舟に乗った帽子をかぶった翁が、舟を蘆《あし》につないで陸に上り、杖をついて、琴の調べの終わるまでを聞いていた。人々は変な人だなと思っていた。この翁が、孔子の弟子どもを招くので、一人の弟子が招かれて近寄った。翁は「この琴を弾いておられるのはどなたかな。もしかしたら国の王か」と尋ねた。「そうではありません」と言う。「では、国の大臣か」。「それでもありません」。「それでは国の役人か」。「それでもありません」。「それでは何か」と尋ねるので、「ただ国の賢人として政治をし、悪いことを正される賢人です」と答えた。翁はあざ笑って、「とんでもない馬鹿者よ」と言って去ってしまった。

御弟子は不思議に思って、聞いたとおりに孔子に語った。孔子は聞いて、「それこそ賢人に違いない。早くお呼び申せ」と言った。御弟子が走って行って、いまや舟を漕ぎ出そうとしているところを呼び返した。呼ばれて翁はやって来た。孔子が仰せられる。「何をなさるお方ですか」。翁が言うには、「これといった者ではありません。ただ、舟に乗って、気晴らしをするために、歩きまわっているのです。あなたはまた何をなさる方ですか」。「世の政治を正すために歩きまわっている者です」。翁は言った。「なんと、あきれたつまらぬお人だ。世の中に影を嫌う者がいる。日向《ひなた》に出て、影から離れようと走る時、影は離れることはない。日陰にいてのんびりしていれば、影は離れてしまうはずなのに、そうはしないで、日向に出て影から離れようとする時には、力の方が尽きてしまうが、影は離れることはない。また、犬の死骸《しがい》が水に流れて下る時、これを取ろうとして走る者は水に溺れて死んでしまう。こんなふうな無駄なことをあなたはしておられるのです。ただ適当な居場所を定めて一生を送られる、これがこの世の望みです。それをせず、心を世間のことに移して騒がれるのは、きわめてつまらぬことですぞ」と言って、孔子の返答も聞かず帰って行き、舟に乗って漕ぎ出した。孔子はその後ろ姿を見て、二度礼拝をして、棹《さお》の音がしなくなるまで拝んで坐しておられた。音がしなくなってから、車に乗ってお帰りになったということを、人が語ったのである。

〈語釈〉

○もろこし　昔の中国に対しての呼び名。○孔子　中国春秋時代の思想家。前五五二～前四七九。儒家の祖。名は丘《きゅう》、字《あざな》は仲尼《ちゅうじ》。魯の国の昌平郷（今の山東省曲阜《きょくふ》）の生まれ。古来の思想を大成し、仁を理想の道徳とした。魯に仕えたが容れられず、諸国を歴遊して治国の道を説いたが用いられず、晩年は魯に帰り、教育と著述に従事した。弟子は三千人といわれ、その言行は晩年の編著に六経《りくけい》（易経、書経、詩経、春秋、礼記《らいき》、楽記または周礼《しゅらい》）がある。

『論語』に詳しい。文宣王と諡《おくりな》された。○逍遥　気ままにぶらぶら歩くこと。○叟　老人。後に「翁」とあるのと同じ。『荘子』では「漁父」、『今昔』では「翁」、文末に「栄啓期」とある。○独の弟子　『荘子』では、子貢《しこう》と子路《しろ》の二人の弟子が手招きされてそばへ行く。なお次の「問《と》ふ」の「と」は、「ら」を見せ消ちにして「と」と傍書。○司　官吏、役人。○させる者にも侍らず　大した者でもございません。『今昔』は「我レ何人ニモ無シ」。○心をゆかさんがために　気分をすっきりさせるために。○はかなき人　つまらぬ人。無益なことをする人。○世に影をいとふ者あり云々　『荘子』雑篇「漁父」第三十一に出る。「人ノ影ヲ畏レ迹ヲ悪《にく》ンデ之ヲ去リテ走ル者有リ。足ヲ挙グルコトイヨイヨ数《しばしば》ニシテ、迹イヨイヨ多ク、走ルコトイヨイヨ疾《はや》クシテ、影身ヲ離レズ。自ラ以為《おもへらく》、尚遅シト。疾ク走リテ休マズ、力ヲ絶チテ死ス。陰ニ処リテ以テ影ヲ休メ、静ニ処リテ以テ迹ヲ息《やす》ムルヲ知ラズ。愚モ亦甚シキカナ（人有㆓畏㆑影悪㆑迹、而去㆑之走者㆒、挙㆑足愈数、而迹愈多、走愈疾、而影不㆑離㆑身、自以為㆓尚遅㆒、疾走不㆑休、絶㆑力而死、不㆑知㆓処㆑陰以休㆑影、処㆑静以息㆑迹、愚亦甚矣）」。○犬の死かばねの　『荘子』雑篇「漁父」には、この犬の屍《しかばね》の例は見えない。

〈参考〉

『今昔』巻十第十話とほぼ同話。ただし、『今昔』にある翁の語る「三楽」の話は『宇治』にはない。『荘子』巻六雑篇「漁父」第三十一と類話。『列子』巻一「天瑞」第一、『淮南《えなん》子《じ》』巻九「主術訓」、『説苑《ぜいえん》』巻十七「雑言」等にも類話がある。『今昔』では「孔子、逍遥値栄啓期聞語」と題し、また話の末尾に「此ノ翁ノ名ヲバ栄啓期トナム云ヒケルト人ノ語リ伝ヘタルトヤ」とあって、孔子が問答した「帽子の叟」の名を具体的にあげている。

孔子が弟子を連れて、林の中で琴を弾き、弟子らが書を読むという、のどかな風景の中に、帽子をかぶった老翁（『荘子』は漁父とする）がやって来て、孔子の奏でる琴を聞き、孔子の立場や行為を批判して立ち去る。孔子はその翁のあとを追い、老翁から「影」のたとえと水に流される犬の屍のたとえを聞いて、やがて去って行く老翁の後ろ姿を拝むという話である。『荘子』では、漁父と孔子との問答によって、人生を全うするにあたり、あるべき理想的な生き方を漁父の老翁が示すという構成になっている。

本書では孔子の話は本話の他に第百五十二話、八歳の童と問答した話と、最後の第百九十七話「孔子倒れ」の話とがある。特に最後の話はやや滑稽に孔子を扱っているが、本話では翁に「心を世に染めて、騒がるる事は、きはめてはかなき事なり」と言わせているものの、孔子に対する痛烈な批判は感じられない。なお、本話からは三話続けて外国の話になる。

九十一（上九十二）　僧伽多行羅刹国事〈僧伽多《そうかた》、羅刹《らせつ》の国に行く事〉　巻六―九

昔《むかし》、天竺《てんぢく》に僧伽多《そうかた》といふ人あり。五百人の商人《あきびと》を船に乗《の》せて、かねの津へ行《ゆく》に、俄《にはか》に悪《あ》しき風吹《ふき》て、舟を南の方《かた》へ吹もて行《ゆ》く事、矢を射《いる》がごとし。知《し》らぬ世界に吹

寄《よ》せられて、陸《くが》に寄《よ》りたるを、かしこき事にして、左右《さう》なく皆《みな》まどひおりぬ。

しばしばかりありて、いみじくを《お》かしげなる女房十人ばかり《斗》出《い》で来《き》て、歌をうたひて渡《わた》る。知《し》らぬ世界に来《き》て、心細《ほそ》くおぼえつるに、かか《こ》るめでたき女どもを見付《みつけ》て、悦《よろこび》て呼《よ》び寄《よ》す。呼《よ》ばれて寄《よ》り来《き》ぬ。近《ちか》まさりして、らうたき事、物にも似《に》ず。五百人の商人《あきびと》、目をつけてめでたがる事限《かぎり》なし。商人、女に問《とひ》ていはく、「我ら宝を求《もとめ》んために出《いで》にしに、あらき風にあひて、知《し》らぬ世界に来《き》たり。堪《た》へがたく思《おも》ふ間《あひた》に、人々《〳〵》の御有様《ありさま》を見《み》るに、愁《うれひ》の心みな失《う》せぬ。今はすみやかに具《く》しておはして、われらをやしなひ給へ。舟はみな損《そん》じたれば、帰《かへる》べきやうなし」と言《い》へば、この女ども、「さらば、いざさせ給へ」と言《い》ひて、前に立《た》ちて道引《みちびき》て行《ゆ》く。

家に来着《きつ》きて見《み》れば、白《しろ》く高《たか》き築地《ついぢ》を遠くつきまはして、門をいかめしく立《た》てたり。その内《うち》に具《く》して入《いり》ぬ。門の錠《じやう》をやがてさしつ。内に入《いり》て見《み》れば、さまざま《〳〵》の屋ども、隔《へた》て隔《〳〵》て作《つくり》たり。男一人もなし。さて、商人ども、みなとりどり《〳〵》に妻にして住《す》む。かたみに思《おも》ひあふ事限《かぎり》なし。

片時《へんし》も離《はな》るべき心地《ち》せずして住《すむ》間《あひた》、この《此》女、日ごとに昼寝《ひるね》をする事久し。顔《かほ》、を《お》かしげながら、寝入《ねいる》たびに、すこしけうとく見《み》ゆ。僧伽多、この《此》けうときを見《み》て、心得《（え）》ず、あやしく覚《（おほ）》えければ、やはら起《（お）》きて、方々《（かた〳〵）》を見《（み）》れば、さまざま《（〳〵）》の隔《（へた）》て隔て《（〳〵）》てあり。ここ《（ゝ）》に一《（ひと）》つの隔《（へた）》てあり。築地を高《（たか）》くつきめぐらしたり。戸に錠《（しやう）》を強《（つよ）》くさせり。そばより登《（のほ）》りて内を見《（み）》れば、人多《（おほ）》くあり。或《あるい》は死に、或はによふ声《（こゑ）》す。また《（又）》、白《（しろ）》き屍《（かはね）》、赤《（あか）》き屍多《（おほ）》くあり。僧伽多《（かた）》、独《ひとり》の生《（い）》きたる人を招《（まね）》き寄《（よ）》せて、「これは、いかなる人のかくてはあるぞ」と問《（と）》ふに、答《（答）》へていはく《（云）》、「我《われ》は南天竺《なんてんぢく》の者《（物）》なり。商《（あきな）》ひのために海をありきしに、悪《（あ）》しき風にはなれて、この《（此）》嶋に来《（き）》たれば、よにめでたげなる女どもにたばかられて、帰らん事も忘《わすれ》て住《すむ》ほどに、産《（う）》みと産《（う）》む子はみな女なり。かぎりなく思《おもひ》て住《すむ》ほどに、また《（又）》異《（こと）》商人《あきびと》舟寄《（よ）》り来《（き）》ぬれば、もとの男をば、かくのごとくして、日の食にあつるなり。御身どもも《（ゝ）》また《（又）》舟来《（き）》なば、かか《（ゝ）》る目《（め）》をこそは見給はめ。いかにもして、とくとく《（〳〵）》逃給《にげたま》へ。この鬼は、昼三時ばかり《（斗）》は昼寝《（ひるね）》をするなり《（也）》。その間《（あひた）》によく逃《（に）》げば逃《にげ》つべきなり《（也）》。この籠《こめ》られたる四方は、鉄《くろがね》にて固《（かた）》めたり。その《（其）》うへ、よをろ筋《（すち）》を断た《（たゝ）》れたれば、逃《にぐ》べきやうなし」と泣《（な）》く泣く《（〳〵）》言《（い）》ひければ、「あやしとは思《おもひ》つるに」とて帰《かへり》て、のこりの商《（あき）》人どもにこの《（此）》よしを語《（かた）》るに、みなあきれ惑《（まと）》ひて、女の寝《（ね）》たるひまに、僧伽多《（かた）》をはじめとして、浜へみな行《ゆき》ぬ。はるかに補陀落《ふだらく》世界の方《（かた）》へむかひて、もろともに声《（こゑ）》をあげて、観音を念じけるに、沖の方より大《おほき》なる白馬、浪の上《うへ》を游《およぎ》て、商人等が前に来て、うつぶしに伏《ふ》しぬ。これ念じ参《まい》らするしるしなりと思ひて、あるかぎりみな取《と》り付《つき》て乗《のり》ぬ。

さて、女どもは寝起《ねお》きて見《み》るに、男ども一人もなし。「逃《にげ》ぬるにこそ」とて、あるかぎり浜へ出て見《み》れば、男《おとこ》みな葦毛《あしけ》なる馬に乗《の》りて、海を渡《わた》りてゆく。女ども《共》たちまちに長《たけ》一丈ばかり《斗》の鬼になりて、四、五十丈高《たか》く躍《おと》りあがりて、叫《さけ》びのの《ゝ》しるに、この商人の中に、女の、世《よ》にありがたかりし事を思《おも》ひ出《い》づる者《もの》一人ありけるが、とりはづして海に落《お》ち入《いり》ぬ。羅刹《らせつ》、ばひしらがひて、これを破り食《くひ》けり。

さて、この《此》馬は、南天竺《なんてんぢく》の西の浜《はま》にいたりて伏《ふ》せりぬ。商人ども《共》悦《よろこび》ておりぬ。その馬、かき消《け》つやうに失《う》せぬ。僧伽多《かた》、深《ふか》く恐《おそ》ろしと思《おもひ》て、この国に来《き》て後《のち》、この《此》事を人に語《かた》らず。

〈現代語訳〉

九十一　僧伽多《そうかた》が羅刹《らせつ》の国に行くこと

昔、天竺《てんじく》に僧伽多という人がいた。五百人の商人を船に乗せて、金《かね》の津へ行こうとした時、急に悪い風が吹いて、船を南の方へ吹き寄せて行くこと、まるで矢を射るがごとくであった。見知らぬ土地に吹き寄せられて、陸地に着いたのを、これ幸いと、ためらうこともなく、みなあわてて船を下りた。

しばらくすると、まことに美しい女たちが十人ほど現われて、歌をうたいながら目の前を通って行く。見知らぬ土地に来て、心細く思っていたところ、こういうすてきな女どもを見つけて、悦んで呼び寄せた。女どもは呼ばれて寄って来た。近くで見るといちだんと美しく、その愛らしいことはたとえようもない。五百人の商人は目をつけて、いやはや感嘆するばかり。商人が女に問いかけた。「我々は宝を手に入れようと考えて出かけて来たのですが、暴風に遭って、見知らぬ土地にたどり着きました。困り果てていたところ、あなた方の御様子を見て、不安で切ない気持ちはみな吹き飛んでしまいました。どうか早く私どもを連れて行って、食べ物を下さい。船はみな壊れてしまったので、帰るすべがないのです」と言うと、この女どもは、「それでは、さあ、いらっしゃいませ」と言って、先に立って案内して行く。

家に着いて見ると、白く高い土塀を遠くまで築きめぐらして、門を厳重に立ててある。その中に連れて入った。門の錠をすぐにかけた。中に入って見ると、いろいろな建物が離れ離れに造ってある。男は一人もいない。そこで商人たちは、みな、めいめいに女を妻にして住んだ。互いに限りなく愛し合った。

こうして片時も離れられないような気持ちで住んでいたが、この女らは毎日長いこと昼寝をする習慣があった。顔はかわいらしいが、寝入るたびになんとなく気味悪く見える。僧伽多はこの不気味な様子を見て、合点がいかず、不審に思われたので、そっと起き出て方々を見まわすと、いろいろな別棟の建物がある。ここに一つの別棟があり、土塀を高く築きめぐらしてある。戸には錠を固くかけてある。塀の角から登って中を見ると、人が大勢いる。ある者は死に、ある者はうめいている。また白骨化した死体や血に染まった死体も多い。僧伽多は一人の生きている人を招き寄せて、「これはどういう人がこうしているのですか」と聞くと、それに答えて、「私は南天竺の者です。商売のために航海していた時、暴風に吹き飛ばされてこの島に来ましたら、実に美しい女どもにだまされて、帰ることも忘れて住むうちに、産む子も産む子もみな女なのです。限りなくいとしく思って暮らしているうちに、また別の商人船が寄って来ると、今までの男をこのようにして、日々の食料にあてるのです。あなた方もまた船が来れば、こういう目にきっと遭われるでしょう。なんとかして、一刻も早くお逃げなさい。この鬼は昼六時間ほどは昼寝をします。その間にうまく逃げれば逃げられるでしょう。この閉じ込められている四方は、鉄で固めてあります。そのうえ、膝の裏側の筋を断ち切られているので、我々は逃げようにも逃げられないのです」と泣く泣く言ったので、「どうも変だとは思ったが」と言って帰って、残りの商人たちにこのことを話すと、みなびっくり仰天。女の寝ている隙に、僧伽多を先頭に立ててみな浜へ行った。

はるかに補陀落《ふだらく》世界の方へ向かって、いっせいに声を上げて観音に祈っていると、沖の方から大きな白馬が、波の上を泳いで、商人たちの前に来て、腹ばいに伏した。これこそお祈りした効験だと思い、その場にいた者、全員がとりすがって乗った。一方、女どもは眠りから覚めて起きてみると、男どもが一人もいない。「さては逃げたな」と言って、全員浜へ出て見ると、男がみんな葦毛の馬に乗って海を渡って行く。女どもはたちまち身のたけ一丈ほどの鬼になって、四、五十丈も高く躍り上がって、大声でわめき叫んでいると、この商人の中に、女の実に世にもまれなほど美しかったことを思い出す者が一人いたが、馬から手をとりはずして海に落ち込んだ。鬼どもは奪い合ってこの男を引きちぎり食った。

さて、この馬は南天竺の西の浜に着いて腹ばいになった。商人どもは喜んで下りた。するとその馬は、かき消すようにいなくなった。僧伽多は心底恐ろしく思い、この国に来てのち、このことを誰にも話さなかった。

〈語釈〉

○**天竺**　インドの古称。「序」、第八十五話に既出。○**僧伽多**　『今昔』巻五第一話では「僧迦羅」。原典『大唐西域記』では「僧伽羅」。瞻部洲《せんぶしゅう》の大商主僧伽の子という。僧伽羅国は獅子国ともいい、今のスリランカ。○**かねの津**　「金の津」で金銀財宝の豊かな港の意か（『叢書』、『旧大系』、『旧全集』、『集成』、『新大系』等）とするが未詳。『新全集』は「南海地域で発掘採集・加工された金銀や宝石の類が集まってきて取引される市場の立つ港町のことか」とする。『今昔』は「財ヲ求ムガ為ニ南海ニ出デ、行クニ」とし、『大唐西域記』は

「入レ海採レ宝」とする。○世界　土地。国。地方。○かしこき事にして　これ幸いと。運がよかったということで。○左右なく　ためらわず。○まどひおりぬ　あわてて下船した。○をかしげなる　美しい。魅惑的な。○渡る　通る。目の前を通って行く。○近まさりして　近くで見るとさらにいちだんと美しく見えて。○らうたき事　美しく、愛らしいこと。○あらき風　『書陵部本』、『版本』は「あしき風」。○人々の　『今昔』は「汝達ノ」。○具しておはして　連れて行って下さり。「具す」は第七・十五・十七話等多出。○いざさせ給へ　さあいらっしゃいませ。「させ」の「さ」は底本「ら」を見せ消ちにして「さ」と傍書。○築地　土塀。第二十七・三十一話等に出る。○いかめしく　堂々と立派に。威圧されるような感じ。○やがて　すぐに。第七・十六・二十三話等多出。○さしつ　閉じて、かぎをかけた。「さす」は第二十七・七十八の一話に出る。○隔て隔て　離れ離れに。○かたみに　互いに。○片時も　少しの間も。○けうとく　恐ろしく。気味悪く。○やはら　そっと。第十三・三十三・八十七話等に出る。○つきめぐらしたり　底本は「め」欠。諸本により補う。○そばより登りて　「そば」は木材などの角《かど》をいうから、築地の曲り角であろう。○によふ　呻吟《によ》ふ。うめく。うなる。○南天竺　天竺は東・西・南・北・中の五地域、十六ヵ国に分かれていた。南天竺には憍薩羅《こうさら》・舎衛《しゃえい》・罽賓《けいひん》・迦湿弥羅《かしみら》・乾陀羅《けんだら》・沙陀《さだ》・波提《はだい》の七ヵ国があった。○はなれて　『書陵部本』、『版本』は「はなたれて」とある。「吹き飛ばされて」の意であろう。○よに　実に。非常に。○めでたげなる　美麗な。○かぎりなく思て　深く愛して。○もとの男をば、かくのごとくして……　『今昔』は「古キ夫ヲバ如此《かくのごと》ク籠《こ》メ置《おき》テ膕筋《よほろすぢ》ヲ断《たち》テ日ノ食ニ充《あつ》ル也」と、逃亡できないようにして食料にすることを強調する。○三時　一時《いっとき》は約二時間。○この籠られたる　『版本』は「このつかれたる」。○よをろ筋　よほろ。よぼろ。膝の後ろの、坐ると引っ込むところの筋肉。○補陀落世界　補陀落は梵語ポータラカ potalaka の音写。南インドにある山の名で、観世音菩薩の浄土と信じられた。○白馬　観音の化身。『大唐西域記』は「天馬」。○葦毛　馬の毛色の名。白毛に黒または他の色の差し毛があるもの。○一丈　約三メートル。○四、五十丈　『版本』は「十四、五丈」、『今昔』は「四、五丈」。○羅刹　梵語ラークシャサ rākṣasa の音写。畏怖された鬼類の名称。○ばひしらがひて　先を争って奪い合うこと。「ばひ」は「うばい」の「う」の脱落したもの。「しらがふ」は争って……する意。○深く恐ろしと思て……　『今昔』では、この後に、「僧迦羅、偏ニ観音ノ御助也ト思テ、哭々《なくな》ク礼拝シテ皆本国ニ還ヌ」とする。

二年を経《(へ)》て、この羅刹女の中に僧伽多が妻にてありしが、僧伽多《(かた)》が家に来《きた》りぬ。見《(み)》しよりも猶いみじく目出《めでたく》なりて、いはんかたなくうつくし。僧伽多《(かた)》に言《(い)》ふやう、「君をば、さるべき昔の契《ちぎり》にや、ことにむつましく思ひしに、かく捨《(す)》てて逃《(こ)にげ》給へるは、いかにおぼすにか。我国《わがくに》にはかか《(こ)》る物の時々《(く)(い)》出で来《(き)》て、人を食《くふ》なり。されば錠《(しやう)》をよくさし、築地を高く築《つ》きたるなり。それに、かく人の多《おほ》く浜に出《い》でての《ゝ》の《ゝ》しる声《こゑ》を聞《きゝ》きて、かの鬼どもの来《き》て、いかれるさまを見《み》せて侍《はべり》しなり《也》。あへて我らがしわざにあらず。帰《かへり》給《たまひ》て後、あまりに恋しく悲《かな》しくおぼえて、殿はおなじ心にもおぼさぬにや」とて、さめざめ《〳〵》と泣《な》く。おぼろけの人の心には、さもやと思《おもひ》ぬべし。されども僧伽多大《おほき》に嗔《いかり》て、太刀《たち》を抜《ぬ》きて殺さんとす。かぎりなく恨《うらみ》て、僧伽多が家を出て、内裏《だいり》に参《まゐり》て申《まうす》やう、「僧伽多は我《わが》としごろ《比》の夫なり。それに、我《われ》を捨《すて》て住《す》まぬ事は、誰にかは訴《うた》へ申《まうし》候《さぶら》はむ。帝王、これをことわ《は》り給へ」と申《まうす》に、公卿《くぎやう》、殿上人《てんじやうびと》、これ《是》を見《み》て、かぎりなくめで惑《まと》はぬ人なし。御門《みかど》聞《きこ》し召《め》して、覗《のぞ》きて御覧《らん》ずるに、いはん方なくうつくし。そこばくの女御《にようご》、后《きさき》を御覧《らん》じくらぶるに、みな土《つち》くれのごとし。これは玉のごとし。かか《ゝ》る者《物》に住《す》まぬ僧伽多が心いかならんと、おぼしめしければ、僧伽《か》多《た》を召《め》して問《と》はせ給《たまふ》に、僧伽多《そうかた》申《まうす》やう、「これは、さらに御内へ入《いれ》、見《み》るべき者《物》にあらず。返《かへす》が《〳〵》へすおそろしき者《物》なり。ゆゆ《ゝ》しき僻事《ひがごと》出《い》で来《き》候《さぶら》はんずる」と申《まうし》て出《いで》ぬ。

御門、このよしきこしめして、「この《此》僧伽多は云甲斐《いひがひ》なき者《物》かな。よしよし《〳〵》後《うしろ》の方《かた》より入《いれ》よ」と、蔵人《くらうど》して仰《おほせ》られければ、夕暮がたに参《まゐ》らせつ。御門、近《ちか》く召《め》して御覧《らん》ずるに、けはひ、姿《すかた》、みめ、ありさま、かうばしく、なつかしき事かぎりなし。さて、二人《ふたり》、臥《ふ》させ給《たまひ》て後、二、三日まで起《お》きあがり給はず。世の政《まつりこと》をも知《し》らせ給はず。僧伽多参《まい》りて、「ゆゆしき事出《い》で来《き》たりなんず。あさましきわざかな。これはすみやかに殺《ころ》され給《たまひ》ぬる」と申せども、耳に聞《きき》いるる《ゝ》人なし。かくて、三日になり《成》ぬる朝、御格子《みかうし》もいまだあがらぬ程に、この《此》女、夜《よる》の御殿《おとゞ》より出《い》でて《ゝ》、立《た》てるを見《み》れば、まみ《見》も変《か》はりて、よにおそろしげなり。口に血つきたり。しばし世の中《なか》をみまはして、軒《のき》より飛《とぶ》がごとくして、雲に入《いり》て失《う》せぬ。人々《〱》この《此》よし申さんとて、夜の御殿《おとゞ》に参《まい》りたれば、御帳《みちやう》の中《なか》より血流れたり。あやしみて、御帳の内《うち》を見《み》れば、赤《あか》き首《かうへ》一《ひとつ》残れり。そのほかは物なし。さて宮の内、ののしる《ゝ》事たとへんかたなし。臣下男女泣《なき》かなしむ事かぎりなし。

御子の春宮《とうぐう》、やがて位につき給《たまひ》ぬ。僧伽多を召《め》して、事の次第を召《め》し問《と》はるるに《ゝ》、僧伽多《かた》申《まうす》やう《様》、「さ候へばこそ、かか《ゝ》るもの《物》にて候へば、速《すみやか》に追出《おひいだ》さるべきよしを申候《まうしさぶらひ》つるなり《也》。いまは宣旨を蒙《かうぶり》て、これを討《う》ちて参《まい》らせん」と申《まうす》に、「申さんまま《ゝ》に仰《おほせ》たぶべし」とありければ、「剣《つるぎ》の太刀はきて候はん兵《つはもの》百人、弓矢帯したる百人、早船《はやぶね》に乗《の》せて出《いだ》したてらるべし」と申《まうし》ければ、そのまま《ゝ》に出《いた》し立《た》てられぬ。

僧伽多、この軍《いくさ》を具《（く）》して、彼《かの》羅刹の嶋へ漕行《こぎゆき》つつ、まず商人のやうなる者《（物）》を十人ばかり《（斗）》浜におろしたるに、例のごとく、玉の女ども、歌をうたひて来《（き）》て、商人をいざなひて、女の城へ入《いり》ぬ。その尻に立《たち》て、二百人の兵、乱入《みだれいり》て、この《（此）》女どもを打切《（き）》り、射《いる》に、しばしは恨《うらみ》たるさまにて、あはれげなるけしきを見せけれども、僧伽多、大《おほき》なる声《（こゑ）》を放《（はな）》ちて、走廻《はしりまはり》て掟《（をき）》てければ、其時《そのとき》に鬼の姿《（すかた）》になり《（成）》て、大口をあきてか《（こ）》りけれども、太刀にて頭《かうべ》をわり、足手をうち切《きり》などしければ、空を飛《とび》て逃《（に）》ぐるをば、弓にて射落《（おと）》しつ。一人も残《のこる》ものなし。家には火をかけて焼払《やきはらひ》つ。むなしき国となしはてつ。

さて、帰《かへり》て、公《（大やけ）》にこのよしを申ければ、僧伽多にやがてこの国を賜《（た）》びつ。二百人の軍《いくさ》を具《（く）》して、その国にて住《すみ》ける。いみじくたのしかりけり。いまは僧伽多が子孫、かの《（彼）》国の主にてありとなん申《まうし》つたへたる。

〈現代語訳〉

二年たって、この鬼女の中で僧伽多の妻であった者が僧伽多の家にやって来た。前よりもなおいちだんときれいになって、なんとも言えず愛らしい。僧伽多に言うには、「あなたのことを、夫婦となるべき前世からの約束でもあったのでしょうか、ことに慕わしく思っておりましたのに、こうして捨ててお逃げになったのは、なんと思われたからなのですか。私の国にはあのような怪物がときどき現われて、人を食べるのです。だから錠をしっかりかけ、土塀を高く築いてあるのです。それにこのように大勢の人が浜に出て大騒ぎする声を聞いて、あの鬼どもが来て、怒った振るまいを見せたのです。決して私どものしわざではありません。お帰りになった後、あまりに恋しく、悲しく思われて……。あなたは私と同じお気持ちには思われませんの」と言って、さめざめと泣く。普通の人ならば、そうだったかと思ってしまうだろう。しかし、僧伽多は大いに怒って、太刀を抜いて殺そうとした。女は限りなく恨んで、僧伽多の家を出て、内裏に参って奏上した。「僧伽多は私の長年の夫です。それなのに、私を捨てて一緒に暮らさないということは、どなたに訴えたらよろしいのでしょう。国王様、どうぞこれをお裁き下さい」と申し上げると、公卿、殿上人らはこれを見て、その美しさに心を奪われない者はなかった。帝《みかど》がお聞きになり、覗いて御覧になると、なんとも言いようもないほど美しい。多くの女御《にょうご》や后《きさき》と見比べなさると、どれもみな土くれのようであり、この女は玉のようである。これほど美しい女と一緒に暮らさない僧伽多の心はどういうものなのか、とお思いになられたので、僧伽多を呼び出してお尋ねになると、僧伽多が、「この女は、決して内裏《だいり》に入れて情けをかけるような者ではありません。本当に本当に恐ろしい者です。忌まわしい不祥事が起こるでしょう」と申し上げて出て行った。

帝はこの由をお聞きになり、「この僧伽多は話にならない堅物だな。まあよい。王宮の後方から入れよ」と、蔵人をもって仰せられたので、夕暮時に参内させた。帝がそば近く召して御覧になると、その気配といい、姿、容貌や振るまいなど、匂わんばかりで、限りなく慕わしい感じだ。そこで二人でおやすみになってから、二、三日になるまで起きてこられず、天下の政務もおとりにならない。僧伽多が参上して、「忌まわしいことが起こりますぞ。いやはや大へんなことです。帝はとうに殺されておられます」と申すが、耳に聞き入れる人は一人もいない。こうして三日目になった朝、御格子もまだ上げない時分に、この女が御寝所から出て、立っているのを見ると、目つきも変わり、実に恐ろしげである。口には血がついている。しばらくあたりを見まわして、軒《のき》から飛ぶようにして雲に入って消え失せた。人々がこのことを申し上げようと、御寝所に参って見ると、御帳《みちょう》の中から血が流れている。不審に思って御帳の中を見ると、赤い首が一つ残っている。そのほかは何もない。そこで宮中はひっくり返るような大騒ぎになった。臣下の男女の泣き悲しみようは限りもなかった。

御子の皇太子がすぐに位におつきになった。僧伽多を呼び出されて、これまでの事情をお尋ねになるので、僧伽多は言った。「そのようなことですからこそ、あの女はこのような恐ろしいものですから、すぐに追い出されるように申し上げたのです。こうなったからには、帝の御命令をいただいて、これを討伐いたしましょう」と申した。「おまえの言うとおり、命令を下そう」と言われたので、「剣の太刀を腰につけている兵を百人、弓矢を持った兵を百人、足の速い軍船に乗せて出立《しゅったつ》させて下さい」と申し上げると、そのとおりにして出発させられた。僧伽多はこの軍兵を連れて、例の鬼の島へ漕いで行き、まず商人のような者を十人ほど浜に下ろすと、例のように美女どもが歌をうたいながらやって来て、商人を誘って女の城に入った。その後について、二百人の軍兵が乱入して、この女どもを打ち斬り、弓で射る。女どもはしばらくは恨めしそうな様子で、しおらしいそぶりを見せていたが、僧伽多が大声を張り上げて、走りまわって指図したので、その時、鬼の姿になり、大口を開けてかかって来た。しかし、太刀で頭を割り、足や手を打ち斬ったりしたので、空を飛んで逃げるやつもいる。それを弓で射落とした。一人残らず打ち果たした。家には火をかけて焼き払った。誰もいない無人の国としてしまった。

　そして、帰って、朝廷にこの由を申し上げると、僧伽多にそのままこの国を賜った。僧伽多は二百人の軍兵を連れてその国に住んだ。たいそう富み栄えた。今は僧伽多の子孫がかの国の主であると言い伝えている。

〈語釈〉

○二年を経て……　羅刹女との再会の場面である。『大唐西域記』では羅刹女らは各自が夫とした商人たちが逃げたのを知り、天空を飛んで各自の商人のもとに至り、恩愛を説き、「妖媚をほしいままにし、矯惑の手段を講じて」各自の商人を連れ戻す。僧伽羅は智恵が深くその誘惑に負けなかった。僧伽羅の妻であった羅刹女王は空しく鉄城に帰ると、他の羅刹女らにその無能を責められ、子を連れて再び僧伽羅のもとに現われることになっている。○**さるべき昔の契にや**　そうなるべき（当然夫婦となるはず）前世からの因縁（宿命）だったのでしょうか。○**むつましく**　慕わしく。○**あへて我らがしわざにあらず**　決して私どものしわざではありません。「あへて」は下に打消しを伴って、まったく、少しもの意。○**おぼろけの**　いい加減の。通り一遍の。ごく普通一般の。○**僧伽多大に嗔て……**　『大唐西域記』では媚惑を極め、僧伽羅を連れ還ろうとする羅刹女王に対し、僧伽羅は口に神呪を誦し、手に利剣を揮《と》り、叱りつけている。○**内裏に参て**　『大唐西域記』では、羅刹女王は誘惑が成功しなかったので、僧伽羅の家に行き、自分は某国の女王であると称し、僧伽羅の父に訴えている。家に帰った僧伽羅に素姓をばらされ、ついで国王に訴えることになる。○**ことわり給へ**　是非を判定して下さい。「ことわる」は善悪などを判定すること。○**公卿**　摂政・関白・大臣・大納言・中納言、三位以上の官人および四位の参議をいう。第二十話に出る。○**殿上人**　四位・五位で、清涼殿の「殿上の間」に昇殿することを許された者。蔵人は六位でも殿上人である。第二十・二十六・三十四・七十一話等に出る。○**めで惑はぬ人なし**　その美しさに惹かれ、夢中にならない者はない。『今昔』は「愛欲ヲ不レ発ザル者无《な》シ」。○**そこばくの**　たくさんの。大勢の。○**土くれ**　土のかたまり。ここは羅刹女の美しさとくらべて、后、女御の美しさが劣っていることをたとえる。○**見るべき者**　「みる」は男女の関係を結ぶこと。情けをかけるべき者。○**ゆゆしき僻事《ひがごと》**　忌まわしい凶事。非常に悪いこと。

○云甲斐なき　ふがいない。意気地がない。○蔵人　蔵人所の職員。天皇に近侍して、機密の文書や訴訟をつかさどった令外官《りょうげのかん》。のち、天皇の衣食や起居のこと、また伝宣・進奏・諸儀式、その他いっさいのことをつかさどった。第二十・二十六・四十六話等に出る。○けはひ　様子。もの腰。○かうばし　よい、結構だ、美しいの意。○なつかし　抱きしめたいほど魅力的だ。○二、三日まで　『版本』は「二日三日まで」。○知らせ給はず　政務をおとりにならない。○ゆゆしき事　忌まわしいこと。不吉なこと。「ゆゆし」は第五・三十六・七十四話等に出る。善悪共にひととおりでない意に用いる。数行前に「ゆゆしき僻事」とある。○御格子　「御《み》」は敬意の接頭語。「格子」は細い角材を間隔をあけて縦横に組んだ戸で、寝殿・対屋《たいのや》などの柱と柱の間ごとにはめたもの。上下二枚に分かれていて、上を吊り上げて開き、下はかけがねをかけて止め、開くときは取り去る。○夜の御殿　国王の寝室。○世の中　あたりの様子。周囲。○御帳　国王がおやすみになる帳《とばり》をめぐらした寝台。○ののしる　騒ぎたてる。大騒ぎをする。第十七・二十三・二十五話等、用例が多い。○御子の春宮　このあたり、『大唐西域記』では、羅刹女王が夜のうちに島に飛び帰り、仲間の五百羅刹鬼女を連れて王宮に戻り、人畜の肉を食い、血を飲み、余った死体を島に持ち帰ったとする。その後、群臣が相議した結果、その要請によって僧伽羅が王位につき、羅刹島を征伐することになる。○宣旨　天皇のお言葉を述べ伝える公文書。第三十一・八十四話等に出る。○蒙《かうぶり》て　「かうぶる」は「受ける」意。「かうむる」とも。『版本』は「かうむって」。○剣

の太刀　刀剣の総称。○**百人**　『今昔』は「万人」の決死隊とする。○**早船**　底本の表記は「早」を見せ消ちにして「はや」とする。軍船。船足の速い船。○**玉の女**　美女。玉のように美しい女。○**掟て**　「おきつ」は指図すること。○**むなしき国**　羅刹女の生存者がまったくいない国。廃墟のような国。『大唐西域記』は「於レ是毀二鉄城一破二鉄牢一。救二得商人一多獲二珠宝一」と述べ、捕らえられていた商人たちを救出している。○**公**　朝廷。国王。○**やがて**　そのまま。第七・十四・十六話等用例が多い。○**二百人の軍**　『今昔』は「二万ノ軍」。○**その国にて**　『書陵部本』、『陽明本』、『版本』は「その国にぞ」。○**たのしかりけり**　富み栄え、豊かであった。

〈参考〉

『今昔』巻五第一話と同話。原典は①『大唐西域記』巻第十一「僧伽羅国」であると思われる。他に②『中阿含経』巻三十四「大品商人求財経」第二十、③『増壱阿含経』巻四十一「馬王品第四十五」、④『六度集経』巻六第五十九、⑤『大乗荘厳宝王経』巻三、⑥『法苑珠林』巻三十一「妖怪篇第二十四、引証部第二」、⑦『経律異相』巻四十三「師子有智免羅刹女三」、⑧『出曜経』巻二十一「如来品之二」、⑨『仏本行集経』巻四十九「五百比丘因縁品第五十」、⑩『護国尊者所問大乗経』第二、⑪「雲馬本生物語」（バラーハッサ・ジャータカ。『南伝大蔵経』所収）、これは筆者未見。国東文麿訳注『今昔物語集』五（講談社学術文庫）による。

①『大唐西域記』では僧伽多のことを大商主僧伽の子、「僧伽羅」と表記する。『今昔』は「僧迦羅」。他の諸経にはこの名は出ない。なお、『今昔』と本書はのちに国王からこの羅刹の国を賜り、子孫まで国の主であったとし、僧迦多国建国の話になっており、また商人たちを助けた白馬は彼らが補陀落世界に向かって一心に観音を念じた結果、現われたので、観音菩薩による救済の話ということになっている。

②『中阿含経』巻三十四「大品商人求財経」は、仏陀が一時舎衛国に遊び、給孤独園《ぎっこどくおん》で諸比丘《びく》に告げられた話ということになっている。

商人らが財宝を求めて海に乗り出し、摩竭魚王《まかつぎょ》に船を破壊され、東風に吹かれて海の西岸に吹き寄せられ、女人らに迎えられる。女人らとの間に男女の子も生まれる（『宇治』では女の子のみ）。女人らは彼らに南の道に行くことを禁じる。ここは『大乗荘厳宝王経』、『法苑珠林』、『仏本行集経』と同じである。一智慧商人がそれを不審に思い、女の睡眠中に出かけて行き、鉄城の北にある大叢樹に登り、城に閉じ込められ呻吟する商人らを見る。彼らから羅刹女の恐ろしい話を聞く。ここの記述は詳細であり、他の諸経にはない。

一智慧商人は女の本居処に戻り、仲間の諸商人にこの事実を告げ、また、鉄城中に閉じ込められている人たちから駈馬王《もうめおう》のことを教えられたのに従って、駈馬王が呼びかける声を聞き、一同で閻浮洲《えんぶしゅう》に帰還させてほしいと馬王に願い出る。女人らが児を抱いて追って来て、恩愛を説いて引き止めようとするが、駈馬王は、それに心を動かされる者は自分の背に乗っていても落ちて羅刹女らに食われてしまう、それをかえりみない者は一本の毛にすがっても帰還できると告げる。以下、全員が帰還できたかどうかの説明もなく、後日譚もない。ここからは仏陀の説法となっていて、仏陀の教えに従う者は救われるという話である。

③『増壱阿含経《ぞういつあごんきょう》』では「僧伽多」は「普富」という名で、同行の五百商人は美女に化けた羅刹の魅惑にころりと参ってしまうが、普富商主はその手に乗らず、ちょうどその時、月の八日、十四日、十五日に馬王が虚空から呼びかける声を聞き、歓喜踊躍《かんぎゆやく》し、馬王のところに行って救出を願う。馬王が海岸に全員集合するようにと言うので、普富長者はさっそく商人らにその話をすると、彼らはすべてここに留まる方がよいと言って、帰らない。結局、普富一人が馬に乗って帰った。

④『六度集経』は話が簡略で、馬王の名を「駈耶」とする。馬王は婬鬼が人を噉《くら》うのを見て涙を流し、山に登って商人らに呼びかけ、商人らはそれによって死地を脱出する。本話は冒頭に「昔者菩薩、身為二馬王一」とあり、話末にはその時の「馬王者吾身是也」とあるので、馬王は釈尊の前身ということになる。

⑤『大乗荘厳宝王経』のこの話は「我於往昔為菩薩時」で始まるから、この話も釈尊の前生譚であることがわかる。この時の羅刹の「大主宰」は曬底迦囕といい、商主（菩薩）はその夫となる。商主がすべての点で満足し、快楽にひたって二百三十七日たった時、曬底迦囕が彼を見て欣然と笑った。商主は疑怪の念を生じ、そのわけを尋ねると、この師子国には羅

刹女が住んでいて、あなたもやられるかもしれない。だから南路に行ってはいけないなどと言う。そこで彼女が眠りこけている時、南路に出かけて行き、門も窓もない鉄城を見る。鉄城の辺にあった瞻波迦樹《せんばかじゅ》に登り、鉄城内の商人から苦しみの実情を告げられる。その後、急いで羅刹女のもとに帰り、なんとかこの地から脱出する方法はないかと尋ねる。すると曜底迦嚫が聖馬王のことを教えるのである。彼女は教えたことを悔い、一方、商主は彼女が自分を手放す意志がないことを知り、聖馬王に会い、また諸商人にこの城を出るべきことを告げる。それから三日後を約して全員集合して聖馬王のもとに行き、故国に帰してほしいと懇願する。聖馬王は彼らに師子国を振り返って見てはいけないと言い、それから全員が馬に乗る。聖馬王が身を振った時地震が起こり、羅刹女らは彼らが逃げたことを悟り、後を追う。商人らはその声を聞き、振り向いたとたんに海に墜ち、羅刹女らは正体を現わし、それを取って食ってしまった。商主一人、父母のもとに無事に戻ることができた。聖馬王は観自在菩薩であった。本書のごとき後日譚はない。

⑥『法苑珠林』は馬王の名は雞尸《けいし》。五百商人が大海に出て悪風に遭い、羅刹女の島に漂着するのはいずれも同じ。羅刹女らはその時まで快楽を共にしてきた商人らを鉄城に押し込め、このたび遭難した五百商人を迎え、快楽を尽くす。その際、彼らに城の南面に行くことを禁じた。智恵が深く、聡明利見な一商人がそのことに疑念を覚え、羅刹女らが眠りこけている時に出かけて行き、地獄の責め苦にさいなまれているような叫びを聞く。城のまわりに

は門がないので、北側にあった合歓《ねむ》の木に登り、城中での惨状を見る。彼らから脱出の方法を授けられる。それは「十五日満四月節会遇大喜楽。日月与昴宿合会之時」、雞尸という名の一馬王が海岸に来て、人間の声で「誰かこの大鹹《だいかん》苦水を渡りたい者があれば無事に彼岸に渡してやろう」と言う。この馬に会えば脱出できるだろうということであった。彼らはみな、羅刹女を愛していたので、それができなかったのだという。商主がもとのところに戻った時、羅刹女はまだ眠っていたので、仲間にこのことを伝えたら、きっと話が漏れるだろうと考え、四月、馬王が来た時に初めて彼らに告げ、羅刹女が眠っている隙に全員馬王のところに行く。馬王は彼らに、羅刹女がやって来て、嘆き悲しんで哀願しても、決して染著愛恋《ぜんじやくあいれん》の心を起こしてはならない。そうでないと、我が背に乗っていても必ず落ちて、羅刹女などの餌食となってしまうと告げる。五百商人は馬王の言葉を守り、無事に大海を渡って閻浮提《えんぶだい》に帰った。

ところで、この雞尸馬王は「即我身是」、すなわち釈尊その人であり、「五百人中商主」は「舎利弗《しやりほつ》」であり、五百商人は「諸弟子等五百人」であったという。後日譚はない。

⑦『経律異相』。大船が悪風に遭い、羅刹界に漂着した商人らが美しい羅刹女らに迎えられ、その夫になって男女の子供が生まれるところは他の諸経と同じである。彼らは左の方の道に行くなと羅刹女から言われている。商客中の一智者がその禁を破って左の道に行くと一つの城の中から怨嗟《えんさ》の叫びを聞く。尸梨師樹《しりしじゆ》に登って城中の者らと問答し、「十五日清旦《せいたん》」

に一馬王が来る。その声を聞いたら、馬王のところに行って助けを乞うようにと教えられる。次の『出曜経』の場合と同じく、「師子」一人を除いて全商客は子供の恩愛に引かれて脱出できず、師子一人が安穏に帰ることができた。

以後は『宇治』と同じく、羅刹女が男女の子供(『宇治』には男の子供はいない)を抱いて師子を追い、帰国した師子のもとに行くが拒絶され、ついに王に訴え、王の後宮に入り、王および夫人や婇女《うねめ》も食い殺してしまう。王には胤嗣《いんし》がなかったので、師子が推されて王となり、羅刹の島を攻撃し、鉄城を破ってその中の人々を救出する。

⑧『出曜経』は⑦『経律異相』とほぼ同じである。羅刹女が商客たちに左の道に行くのを禁じるのも、商客中の一智達者がその禁を破って垣に囲まれた鉄城に行き、その近くにあった尸梨師樹に登って城内の者と問答し、帰ってから仲間の商人らに話し、翌日再びその鉄城に行って、馬王のことを聞き出す。十五日清旦に馬王が出現したので、彼ら全員が馬王のもとに行って郷里に還ることを懇願する。以下、他経と同じく女と子供に恋著《れんじゃく》した商人らは帰れず、ただ大智師子一人が安穏に帰還できた。師子の妻だった羅刹女は男女の子供を抱いて師子を追い、行く先々で師子に捨てられたことを話し、ついに王のもとに行って訴え、王はこの羅刹女を後宮に入れて食われてしまう。以下、『経律異相』と同じである。

⑨『仏本行集経』。話の概要は他の諸経と同じだが、説明や描写が他経に比して詳細である。まず、仏が諸比丘に話して聞かせる体裁をとる。馬王の名は「雞尸」で『法苑珠林』と

同じである。また商人たちと羅刹女らとの間には男女の子供が生まれている。また羅刹島の環境描写がくどいほど詳しい。羅刹女は商人たちに大快楽を与えるが、この城の南面から出て某処に行くことを禁じる。これも『法苑珠林』と同じである。智慧深細、聡明利見の商主が女の眠っている間に出かけて行き、大地獄中のごとき苦痛叫喚の声を聞き、北面にあった樹に登った。その木の名も「合歓」とあって『法苑珠林』と同じである。

羅刹島からの脱出の唯一の手段である馬王のことも獄中の彼らから聞き出す。「十五日満四月節会遇大喜楽、日月与昴宿合会之時」に馬王が出現するというのも、いずれも『法苑珠林』と同じ。商主は仲間にただちには鉄城のことを告げなかったが、四月歓楽会時にはじめて話し、一同、馬王のもとに行って島から脱出することを願い、馬王の忠告に従って、追いすがる羅刹女らを振り切り、無事脱出する。

羅刹の女王が追って来て、王宮に入り、王を食い殺すという後日譚はない。この話の語り手である釈尊は、雞尸馬王は「即我身是」と言い、また大商主は「舎利弗比丘」とあり、五百商人は「諸弟子等五百人」であったという。

⑩『護国尊者所問大乗経』では偈《げ》の形で簡単に述べられているだけである。すなわち釈尊が過去世において安意王となり、星賀という名の商主が諸商客を連れて海中で遭難し、彼らが夜叉女らに愛心を生じて食われるところを救ったという話、また、一つは「我昔亦作白馬王　常行菩薩慈悲行　救彼商人羅刹難　担負衆人出海中」とあり、これが本経所収のすべて

である。したがってこの経は①~⑨までの諸経とは直接の関係はないものと考えられる。

以上大別すると、まず商主一人帰郷できた型と全員が帰郷できた型とに分けられる。また、王が食い殺されるという後日譚の有無によっても分けることができる。ただし、本書のこの話は、『今昔』の話とともに、『大唐西域記』が最も近縁関係にあるといえる。なお、『西域記』によれば、羅刹女の住む島では、城楼の上に吉凶の相を表わす高い幢《はた》が二本あり、吉事があれば吉幢《きちとう》が動き、凶事がある時は凶幢《きょうとう》が動く仕組みになっている。商人が島に来る時は吉幢が動き、それによって羅刹女らは彼らを出迎えて城に誘い込む。また、僧伽羅の配偶者となった羅刹の女王は、逃げた僧伽羅を連れ戻すのに失敗し、他の羅刹女らからその無能を罵られ、島から追放されるという場面もある。そこで羅刹女王は生んだ子を連れて再び僧伽羅のもとに飛来し、口説いたり、僧伽羅の父に訴えたりと、なかなか手の込んだ場面が展開し、おもしろい。色欲に勝てなかった国王が食い殺されるというのも考えさせられるところであり、ロマンとスリルとサスペンスに富んだおもしろい一話である。

伊藤千賀子『仏教説話の展開と変容』(ノンブル社)の「マイトラニヤカ・アヴァダーナ」には類話とその説明がある。

なお、羅刹女が住む住居の周囲の築地は、俗界と異界とを分ける境界を意味する。また、話末の「……となん申つたへたる」の一文は、遠い天竺の話を身近な事実譚、世間話化する働きがある。このことは他の話の場合も同様である。

九十二（上九十三）五色鹿事〈五色《ごしき》の鹿《しか》の事〉　巻七―一

　これも昔《(むかし)》、天竺に、身の色は五色にて、角《つの》の色は白き鹿一《かせぎひとつ》ありけり。深き山にのみ住《すみ》て人に知《(し)》られず。その山のほとりに大《おほき》なる川あり。その山にまた《(又)》烏《からす》あり。この《(此)》鹿《(かせき)》を友として過《すご》す。

　ある時、この川に男一人流《(なか)》れて、既《すでに》死なんとす。「我《われ》を人助《(たす)》けよ」と叫《(さけ)》ぶに、この《(此)》鹿《(かせき)》、この叫《(さけ)》ぶ声を聞《(きゝ)》きて、悲《(かな)》しみに堪《(た)》へずして、川を泳《(およ)》ぎ寄《(よ)》りて、この《(此)》男を助《(たす)》けてけり。男、命の生《(い)》きぬる事を悦《よろこび》て、手をすりて、鹿に向《(む)》かひていはく、「何事をもちてか、この恩を報《(むく)》ひ奉《(たてまつ)》るべき」と言《(い)》ふ。鹿《(かせき)》のいはく、「何事をもちてか恩をば報《(むく)》はん。ただ《(ゝ)》この《(此)》山に我《われ》ありといふ事を、ゆめゆめ《(〱)》人に語《(かた)》るべからず。我身《わが》の色五色なり。人知《(し)》りなば、皮を取《(と)》らんとて、必《かならず》殺されなん。この事を恐《(おそ)》るる《(ゝ)》によりて、かか《(ゝ)》る深山《みやま》に隠《(かく)》れて、あへて人に知《(し)》られず。然《しかる》を、汝《なんぢ》が叫《(さけ)》ぶ声《(こゑ)》をかなしみて、身の行《ゆく》へ《(ゑ)》を忘《わすれ》て、助《(たす)》けつるなり」と言《(い)》ふ時に、男、「これ誠《まこと》にことわ《(は)》りなり《(也)》。さらにもらす事あるまじ」と、かへ《(返)》すがへ《(ゝ)》す契《ちぎり》て去《(さ)》りぬ。もとの里に帰《(かへ)》りて月日を送れども、更に人に語《(かた)》らず。

かか《(こ)》る程に、国の后、夢に見給《(み)たまふ》やう、大《おほき》なる鹿《(かせき)》あり。身は五色にて角《つの》白し。夢覚《さめ》て、大王に申《まうし》給はく、「かか《(こ)》る夢をなん見《(ミ)》つる。この鹿《(かせき)》、さだめて世にあるらん。大王、かならず尋《たづね》とりて、我に与《(あた)》へ給へ」と申給《まうしたまふ》に、大王宣旨を下して、「もし、五色の鹿《(かせき)》尋《たづね》て奉《(たてまつ)》らん者《(物)》には、金銀、珠玉等の宝、幷《ならび》に一国等を賜《(た)》ぶべし」と仰《(おほ)》せふれらる《(こ)》るに、この《(此)》助《(たす)》けられたる男、内裏に参《まゐり》て申《まうす》やう、「尋《(たつ)》ねらる《(こ)》る色の鹿《(かせき)》は、その国の深山に候《(さふら)》ふ。あり所を知《(し)》れり。狩人を給《たまはり》て、取《とり》て参《(まい)》らすべし」と申《まうす》に、大王、大《おほき》に悦《よろこび》給《たまひ》て、みづから多《(おほ)》くの狩人を具《(く)》して、この《(此)》男をしるべに召《(め)》し具《(く)》して、行幸《みゆき》なりぬ。その深山に入給《いりたまふ》。この《(此)》鹿《(かせき)》あへて知《(し)》らず。洞《ほら》の内に臥《(ふ)》せり。かの友とする烏《からす》、これを見て、大に驚《(おとろ)》きて、声《(こゑ)》をあげて鳴《(な)》き、耳をくひて引《(ひ)》くに、鹿おどろきぬ。烏《(からす)》告《つげ》て云《いはく》、「国の大王、多《(おほ)》くの狩人を具《(く)》して、この《(此)》山をとりまきて、すでに殺さんとし給《たまふ》。今は逃《(に)》ぐべき方《(かた)》なし。いかが《(こ)》すべき」と云《いひ》て、泣《(な)》く泣《(〱)》く去《(さ)》りぬ。

鹿《(かせき)》驚《(おとろ)》きて、大王の御輿《みこし》のもとに歩《あゆみ》寄《(よ)》るに、狩人ども矢をはげて射んとす。大王のたまふ《(給)》やう、「鹿《(かせき)》、恐《(おそ)》るる《(こ)》事なくして来《(き)》たれり。さだめてやうあるらん。射《いる》事なかれ」と。その時、狩人ども矢をはづして見《(み)》るに、御輿《みこし》の前にひざまづきて申さく、

「我《われ》、毛の色を恐《(おそ)》るる《(こ)》によりて、この《(此)》山に深《(ふか)》く隠《かくれ》住《(す)》めり。しかるに、大王、いかにして我住所《わがすむところ》をば知《(し)》り給へるぞや」と申《(まうす)》に、大王のたまふ《(給)》、「この《(此)》輿のそばにある、顔にあざのある男、告申《つげまうし》たるによりて来《(き)》たれるなり《(也)》」。鹿《(かせき)》見《(み)》るに、顔《(かほ)》にあざありて、御輿傍《みこしのかたはら》にゐたり。我助《(たす)》けたりし男なり。鹿《(かせき)》、かれに向《むかひ》て言《(い)》ふやう、「命を助《たすけ》たりし時、この《(此)》恩、何にても報じつくしがたきよし言《(い)》ひしかば、ここ《(こ)》に我《われ》あるよし、人に語《(かた)》るべからざるよし、返《かへす》がへす《(〳〵)》契《(ちき)》りしところなり《(也)》。しかるに、今其《その》恩を忘《わすれ》て、殺《(ころ)》させ奉らんとす。いかに汝、水におぼれて死なんとせし時、我《わが》命をかへりみず、泳《(をよ)》ぎ寄《(よ)》りて助《たすけ》し時、汝かぎりなく悦《よろこび》し事はおぼえずや」と、深《(ふか)》く恨《うらみ》たる気色《けしき》にて、涙《(なみた)》をたれて泣《(な)》く。その《(其)》時に、大王おなじく涙を流《(なか)》してのたまはく、「汝は畜生《ちくしやう》なれども、慈悲をもて人を助《(たす)》く。彼《かの》男は欲にふけりて恩を忘《わすれ》たり。畜生といふべし。恩を知《(し)》るをもて人倫《じんりん》とす」とて、この《(此)》男を捕《(と)》らへて、鹿の見《(み)》る前にて、首《(くひ)》を切《(き)》らせらる。また《(又)》のたまはく、「今より後、国の中に鹿《(かせき)》を狩事《かること》なかれ。もしこの《(此)》宣旨をそむきて、鹿の一頭《ひとかしら》にても殺す者《(物)》あらば、速《すみやか》に死罪に行《(をこな)》はるべし」とて、帰給《かへりたまひ》ぬ。その《(其)》後より天下安全に、国土ゆたかなりけりとぞ。

〈現代語訳〉

九十二　五色の鹿のこと

これも昔のことだが、天竺《てんじく》に、身体《からだ》の色が五色で、角の色は白い鹿が一頭いた。深い山奥にばかり住んでいて、人には知られていなかった。その山のほとりに大きな川があり、その山にはまた烏《からす》がいて、この鹿を友として暮らしていた。

ある時、この川に男が一人流されて、いまにも死にそうになっていた。「誰か助けてくれ」と叫ぶと、この鹿がその叫び声を聞きつけて、かわいそうでいたたまれず、川を泳いで近寄り、この男を助けてやった。男は命が助かったのを喜んで、手をすり合わせて鹿に向かい、「何をもってこの御恩のお返しをいたしましょうか」と言う。鹿が「どうやって御恩返しをしましょうかですって。何もいりません。ただ、この山に私がいるということを決して人に言わないで下さい。私の身体《からだ》の色は五色です。人が知ったらば、皮を取ろうとして、必ず殺されるでしょう。このことを恐れて、こういう深山に隠れて、絶対に人に知られないようにしているのです。ですが、あなたが叫ぶ声を哀れに思い、自分の身の行く末を忘れて助けてやったのです」と言ったので、男は「これはまことにもっともです。絶対に口外しません」と繰り返し繰り返し約束をして帰って行った。もとの里に帰って月日を送ったが、決して人に話さなかった。

こうしているうちに、国王の后《きさき》が夢に御覧になった。大きな鹿がいて、身体《からだ》が五色で、角が白い。夢が覚めて、大王に話された。「こういう夢を見ましたの。この鹿はきっとどこかにいるのでしょう。大王様、絶対探し出してつかまえて、私に下さいませ」と申されたので、大王は命令を下して、「もし、五色の鹿を探して差し出した者には、金銀、珠玉などの宝と、一国なども取らせよう」とお触れを出された。すると、この助けられた男が内裏に参り、「お探しになっている色の鹿は、これこれの国の深山におります。私は居場所を知っております。狩人をお借りして捕らえて差し上げましょう」と申した。大王は大いに喜ばれて、自ら多くの狩人を連れて、この男を道案内に召し連れておいでになり、その深山にお入りになった。この鹿はそんなこととはつゆ知らず、洞穴の中で寝ていた。例の友としている烏がこれを見て、びっくり仰天、声を上げて鳴き、耳をくわえて引っ張ると、鹿は目を覚ました。烏が鹿に向かって、「国の大王が大勢の狩人を連れてこの山をとりまき、今にも殺そうとしておられる。もはや逃げるべきすべもない。どうしよう」と言って、泣く泣く飛んで行った。

鹿は驚いて、大王の御輿《みこし》のそばに歩み寄ると、狩人どもは矢をつがえて射ようとする。大王が仰せられた。「鹿が恐れることもなくやって来た。きっとわけがあるのだろう。射てはならぬ」。その時、狩人どもが矢をはずして見ていると、鹿は御輿の前にひざまずいて申し上げる、「私は毛の色が怖いので、この山に深く隠れて住んでいます。それなのに、大王はどうやって私の居場所をお知りになりましたか」と。すると大王が仰せられる、「この輿のそばにいる、顔にあざのある男が教えたのでやって来たのだ」と。鹿が見ると、顔にあざのある男が御輿の脇にいた。自分が助けてやった男である。鹿はその男に向かって言う、「命を助けてやった時、この御恩はどうやってもお返ししきれないと言ったので、ここに私がいることを、人に話してはいけないと幾度も幾度も約束したはずだ。それなのに、今その恩を忘れて、大王様に私を殺させようとしている。どうだおまえ、水におぼれて死にそうになった時、私が我が命をかえりみず、泳ぎ寄って助けた時、おまえが大喜びをしたことを覚えていないのか」と、深く恨んだ様子で涙を流して泣く。その時に、大王も同じく涙を流して、仰せられた。「おまえは畜生だが、慈悲の心をもって人を助けた。あの男は欲にふけって恩を忘れた。まさにこれこそ畜生というべきである。恩を知ってこそ人間なのだ」と言われて、この男を捕らえて、鹿の見ている前で首をお斬らせになった。また、「今後、国内では鹿を狩ってはならぬ。もし、この命令にそむいて、鹿の一頭でも殺す者がいたら、ただちに死罪に処されるであろう」と仰せになってお帰りになった。それからのち、天下太平で、国土も豊かであったということである。

〈語釈〉

○天竺　我が国および中国でいうインドの古称。序・第八十五・九十一話に既出。○五色　『今昔』は「九色」。原典は『仏説九色鹿経』で、これも九色。○深き山　『版本』は「深山」。○鹿《かせぎ》　『旧大系』は「かせき」。鹿《しか》の異名。角が枠木《かせぎ》に似ているのでそう呼ばれる。枠木は紡錘でつむいだ糸をかけて巻く工字形の具。○**我を人助けよ**　『今昔』は「山神・樹神・諸天・龍神、何ゾ我レヲ不助《たすけ》ザルベキ」、『九色鹿経』は「仰レ頭呼レ天、山神樹神天龍神。何愍二傷於我一」、『六度集経』巻六第五十八「修凡鹿王本生」では「呼レ天求レ哀」とある。○**あへて人に知られず**　まったく人に知られないのだ。「あへて」は下に打消しの語を伴って「少しも」「まったく」の意を表わす副詞。○**身の行へ**　『版本』「身のゆくすゑ」。自分の身がこれからどうなるか。○**更に人に語らず**　「更に」の「に」は「更〻」と踊り字にもとれる。○**宣旨**　勅旨を述べ伝える公文書。第三十一・八十四・九十一話に既出。○**尋て**　「尋ぬ」は、ありかのはっきりしないものを苦心して捜し求めること。捜し出す意。○**仰せふれらるるに**　「ふれらるる」は「触れらるる」で、人々に広くお知らせになる、の意。なお、「らるる」は、底本「られるる」とあって、「れ」を見せ消ち。○**この助けられたる男**　『今昔』は「此ノ鹿ニ被助《たすけられ》シ男、此ノ宣旨ノ状《さま》ヲ聞テ、貪欲《とんよく》ノ心ニ不堪《たへ》ズシテ、忽《たちまち》ニ鹿ノ恩ヲ忘レヌ」とある。○**御輿**　天皇の乗る輿。○**矢をはげて**　「矧《は》ぐ」は引っかける意。第七・四十四話に既出。○**顔にあざのある男**　『仏説九色鹿経』では、男が鹿のことを大王に告げたとたんに顔に癩瘡が生じたとある。○**畜生**　梵語ティルヤンチュ（tiryañc）の訳語。禽獣・虫魚の類。○**慈悲**　仏教用語としては「慈」は仏・菩薩が衆生に楽を与えること、「悲」は苦しみを除くこと。一般には弘く、「あわれみ」「情け」の意。○**人倫**　人間。

〈参考〉

原典は『仏説九色鹿経』と、その異訳である『六度集経』巻六第五十八「修凡鹿王本生」で、釈尊の前世における修行を説いた本生譚《ほんしようたん》の一つである。『経律異相』巻十一第十一、『経律異相因果録』巻上第十六、『法苑珠林』巻六十三第五十二、『諸経要集』巻八などにも引用されている。そこでは鹿は釈迦仏の前生であり、烏は阿難《あなん》（釈迦の十大弟子の一人）、国王は釈迦の父王である悦（閲）頭檀（浄飯王《じようぼんのう》）、王の夫人は孫陀利《そんだり》（仏を誹謗した婬女）、『六度集経』では調達（提婆達多・阿難の兄で、仏の従弟）の妻とする。溺人は調達であるという説明がされている。『今昔』巻五第十八話は、原典をほぼそのままに踏襲し、釈迦仏の本生譚とする。『宇治』の本話は「九色」を「五色」に変えているが、『六度集経』巻三第十八には「身毛」が五色の鹿王の話があり、その影響がないともいいきれない。なお、五色は、『今昔』巻十二第二十三話に「五色ノ光」、巻十五第十二話に「五色ノ糸」とあるように奇瑞の色をあらわす。また、深山は、珍獣の住む異界と見ることができよう。

本話は本生譚の部分を削り、仏教色を払拭し、慈悲報恩を説く話に改変しているが、『今昔』は、国王の后が鹿の夢を見てから、その鹿を手に入れたさのあまり、仮病になり、「彼ヲ得テ、皮ヲ剝ギ角ヲ取ラムト思フ」と語らせている。『仏説九色鹿経』では、さらに皮で敷物（『六度集経』では衣）を、白角で払柄（『六度集経』では珥《みみだま》〈イヤリング〉）を作りたいと言う。なお、御伽草子《おとぎぞうし》の「るし長者」の中に、本書第八十五話「留志長者の事」の同話の続きとして「五しきのしか」の話が載っている。

九十三（上九十四）播磨守為家侍佐多事〈播磨守為家《はりまのかみためいへ》の侍《さぶらひ》佐多《さた》の事〉巻七―二

今は昔、播磨守為家といふ人あり。それが内に、させる事もなき侍《さぶらひ》あり。字《（あさな）》佐《（さ》多《た）》となんいひけるを、例の名をば呼《（よ）》ばずして、主も傍輩《はうばい》も、ただ《（ゝ）》「佐多《（さた）》」とのみ呼《（よ）》びける。さしたる事はなけれども、まめに使《（つか）》はれて、年比《としごろ》になりにければ、あやしの郡《こほり》の収納《（すなう）》などせさせければ、喜《よろこび》てその郡に行《ゆき》て、郡司のもとに宿《（やと）》りにけり。なすべき物の沙汰《さた》などいひ沙汰《（さた）》して、四、五日ばかりありて上《（のほ）》りぬ。

この《（此）》郡司がもとに京よりうかれて、人にすかされて来《（き）》たりける女房のありけるを、いとほし《（お）》がりて養《やしなひ》置《（を）》きて、物縫《（ぬ）》はせなど使《（つか）》ひければ、さやうの事なども心得《（え）》てしければ、あはれなるものに思《（おも）》ひて置《（を）》きたりけるを、この《（此）》佐多《（さた）》に従者がいふやう、「郡司が家に京の女房といふ者《（物）》の、かたちよく髪長《（なか）》きが候《（さふら）》ふを、隠《（かく）》し据《（す）》ゑて、殿にも知《（し）》らせ奉《（たてまつ）》らで、置《（を）》きて候《（さふら）》ふぞ」と語《（かた）》りければ、「ねたき事かな。わ男、かしこにありし時は言《（い）》はで、ここ《（ゝ）》にてかく言《（い）》ふは憎《（にく）》き事なり《（也）》」と言《（い）》ひければ、「そのおはしまし《（こ）》

傍《(かたはら)》に、切懸《(きりかけ)》の侍《はべり》しを隔《(へた)》て《(ゝ)》、それがあなたに候《(さふら)》ひしかば、知《(し)》らせ給《たまひ》たるらんとこそ思《(おも)》ひ給へしか」と言《(い)》へば、「このたびは、しばし行《(い)》かじと思《おもひ》つるを、いとま申《まうし》て、とく行《ゆき》て、その女房かなしうせん」と言《(い)》ひけり。

さて、二、三日ばかり《(斗)》ありて、為家に、「沙汰《(さた)》すべき事どもの候《(さふら)》ひしを、沙汰《(さた)》しさして参《(まい)》りて候《さぶらひ》しなり《(也)》。いとま給はりてまからん」と言《(い)》ひければ、「事を沙汰《(さた)》しさしては、何《(なに)》せんに上《(のほ)》りけるぞ。とく行《(い)》けかし」と言《(い)》ひければ、喜《よろこび》て下《(くた)》りけり。

行着《(ゆきつ)》きけるまま《(ゝ)》に、とかくの事も言《(い)》はず、もとより見馴《(な)》れなどしたらんにてだに、疎《(うと)》からん程はさやはあるべき、従者などにせんやうに、着たりける水干《すいかん》のあやしげなりけるがほころび絶《(た)》えたるを、切懸《(かけ)》の上《(うへ)》より投《(な)》げ越《(こ)》して、高《(たか)》やかに、「これがほころび縫《(ぬい)》ひておこせよ」と言《(い)》ひければ、程もなく投《(な)》げ返したりければ、「物縫《(ぬ)》はせ事さすと聞《(き)》くが、げにとく縫《(ぬい)》ひておこせ《(を)》たる女人かな」と、荒《(あらゝ)》かなる声してほめて、取《とり》て見《(み)》るに、ほころびをば縫《(ぬ)》はで、陸奥国《(みちのくに)》紙の文を、その《(其)》ほころびのもとに結《(むす)》びつけて、投《(な)》げ返したるなりけり。あやしと思《おもひ》て、広《(ひろ)》げて見れば、かく書《(か)》きたり。

われが身は竹の林にあらねどもさたが衣《(ころも)》を脱《(ぬ)》ぎかくるかな《(哉)》

と書《(か)》きたるを見て、あはれなりと思ひ知《(し)》らん事こそなからめ、見《(み)》るまま《(ゝ)》に、大に腹を立《た》てて《ゝ》、「目つぶれたる女人かな《哉》。ほころび縫《ぬい》ひにやりたれば、ほころびの絶《た》えたる所をば見《み》だにえ見つけずして、『さたの』とこそ言《い》ふべきに、かけまくもかしこき守殿《かうのとの》だにも、まだこそここ《ゝ》らの年月比《ごろ》、まだしか召《め》さね。なぞ、わ女め、『さたが』と言《い》ふべき事か。この女人に物ならはさん」と言《い》ひて、よにあさましき所をさへ、「なにせん、かせん」と罵《の》りのろひければ、女房は物も覚《おぼ》えずして泣《な》きけり。腹立《た》ち散《ち》らして、郡司をさへ罵《の》りて、「いで、これ申《まうし》て、事にあはせん」と言《い》ひければ、郡司も、「よしなき人をあはれみて置《を》きて、その徳《とく》には、果《はて》は勘当《かんだう》かぶるにこそあなれ」と言《い》ひければ、かたがた《〳〵》、女恐《おそ》ろしうわびしく思《おもひ》けり。

かく腹立叱《はらだちしか》りて、帰《かへり》のぼりて、侍《さぶらひ》にて、「やすからぬ事こそあれ。物も覚《おぼ》えぬくさり女に、かなしう言《い》はれたる。守殿《かうの》だに『さた』とこそ召《め》せ。この《此》女め『さたが』といふべきゆへ《ゑ》やは」と、ただ《ゝ》腹立《た》ちに腹立《はらた》てば、聞《き》く人どもえ心得《え》ざりけり。「さてもいかなる事をせられて、かくは言《い》ふぞ」と問《と》へば、「聞《きこ》き給へよ。申さん。かやうの事は、誰も同《おな》じ心に守殿にも申《まうし》給へ。さて、君《きみ》たちの名だてにもあり」と言《い》ひて、ありのまま《ゝ》の事を語《かた》りければ、「さてさて《〳〵》」と言《い》ひて笑《わら》ふ者《物》もあり、憎《にく》がる者《物》も多《おほ》かり。女をばみないとほ《お》しがり、やさしがりけり。この《此》事を為家聞《きこ》きて、前に呼《よ》びて問《とひ》ければ、我《わが》うれへなりにたりと悦《よろこび》て、ことごと(〳〵)しく伸《の》びあがりて言《い》ひければ、よく聞《き》こ)きて後、そのを(お)のこをば追出《おひいだ》してけり。女をばいとほ(お)しがりて、物とらせなどしけり。心から身を失《うしな》ひけるをの(お)こなりとぞ。

〈現代語訳〉

九十三　播磨守為家の侍、佐多のこと

今は昔のことだが、播磨守為家《ためいえ》という人がいた。その家に、大したこともない侍がいた。通称を佐多《さた》といったので、本当の名を呼ばないで、主人も同僚もただ「佐多」とだけ呼んでいた。これといった取柄《とりえ》はないが、まじめに奉公をして長年になったので、小さな郡の収税などをさせたところ、喜んでその郡に行って、郡司のところに宿をとった。なすべき事務の処理などあれこれ指図して、四、五日ほどして帰って来た。

この郡司のところに、京からあてもなく出て来て、人にだまされてやって来た女がいた。郡司は気の毒がって、面倒を見てやり、縫物などさせて使ったところ、そのようなことも心得があってしたので、いとおしく思って置いてやっていた。それを、この佐多に従者が言った。「郡司の家に京の女だという者で、器量がよく、髪の長い女がいます。それを隠しておいて、殿にもお知らせ申し上げずに置いておりますよ」と語ったので、「いまいましいぞ、こいつめ。向こうにいた時は言わず、帰って来てからここでそんなことを言うとは、にくらしいことだ」と言う。従者は、「殿がおられました傍に切懸塀がございました。その向こう側に女がおりましたので、さだめし御存知のことと思っておりました」と言うと、「今度はしばらく行くまいと思っていたが、お願いしてすぐに行って、その女をかわいがってやろう」と言った。

そして、二、三日ほどしてから、為家に、「処置しなければならないことなどがございましたが、それを中途半端で帰参してしまいました。お許しをいただいて下向したいと存じます」と言った。為家が、「仕事を中途でやりっ放しのまま、なんでまた帰って来たのだ。早く行け」と言ったので、喜んで下って行った。

行き着いたらすぐに、あれこれの挨拶もなく、もとから馴れ親しんでいる間柄でも、まださほど打ち解けてもいない間はそんなふうにしてよいはずはないのに、まるで従者などにするように、着ていた粗末な水干の、縫い目の切れたのを、切懸塀の上から投げてやって、声高《こわだか》に、「このほころびを縫ってよこせ」と言った。すると間もなく投げ返して来たので、「縫い物をさせていると聞いていたが、なるほど手早く縫ってよこす、気が利く女よ」と、荒々しい声でほめて、取り上げて見ると、ほころびは縫わず、陸奥国紙《みちのくにがみ》に書いた手紙を、そのほころびのところに結びつけて、投げ返したのだった。おかしいなと思って広げてみると、こう書いてある。

私の身は竹の林ではないのに、さたが着物を脱ぎかけることですよ

これを見て、殊勝なことだと感心することまではないにしても、見たとたんに、ものすごく腹を立て、「この目がつぶれた女め。ほころびを縫いにやったのに、ほころびのところを見つけることさえできないで、『佐多の』とこそ言うべきものを、口にするのも畏《おそ》れ多い国守様さえ、この長い年月、まだそうはお呼びにならないのだ。なんでおまえなどが『佐多が』と言うべきことか。この女に思い知らせてやろう」と言って、まったく口にできないようなところまでも、「ああしてやろう、こうしてやろう」と悪口罵倒したので、女はどうしてよいかわからず泣いてしまった。腹立ちまぎれにあたりちらし、郡司までも罵《のの》って、「さあ、このことを国守様に申し上げてひどい目に遭わせてやろう」と言ったので、郡司も、「つまらぬ女を同情して置いてやり、そのおかげでしまいにはお咎《とが》めを受けることになるのだ」と言ったので、あれやこれやで女は恐ろしくつらい思いであった。

こうして腹立ち怒りまくって京に帰り、家人の詰め所で、「どうにも癪《しやく》にさわる。わけもわからぬ腐れ女にひどいことを言われたのだ。国守様さえ『佐多』と言ってお召しになる。それなのにこの女め、『佐多が』と言うべき法があるか」と、かんかんに怒りまくるので、聞く人どもはわけがわからなかった。「ところで、どんなことをされてそう言うのか」と尋ねると、「聞いてくだされ。お話ししよう。こういうことは、誰も私と同じ気持ちで国守様にも申し上げてくれ。君たちの名折れでもあるのだ」と言って、ありのままのことを話す

と、「やれやれ」と言って笑う者もあり、佐多を憎らしがる者も多かった。女のことをみな気の毒がり、奥ゆかしく思った。このことを為家が聞いて、佐多を前に呼んで尋ねたので、「自分の訴えがかなった」と喜び、大げさに得意になって話したので、為家はよく聞いてから、その男を追放してしまった。女のことは気の毒に思い、物を与えたりした。佐多は自分の心がけで、身から出た錆で身を滅ぼした男だということだ。

〈語釈〉

○**播磨守為家**　高階成章《たかしなのなりあき》の子。長暦二年（一〇三八）～嘉承元年（一一〇六）。白河天皇の寵臣。備中守、近江守、蔵人、正四位下。法勝寺《ほっしょうじ》（白河天皇の御願寺）金堂供養の功により、承暦元年（一〇七七）播磨守を重任。○**させる事もなき**　大したこともない。○**字**　通称。○**主**　よみは「あるじ」または「しゅう」。主人。○**まめに**　実直に。まじめに。○**あやしの郡**　大国である播磨国（兵庫県西南部）の中の辺境の小さな郡。○**収納**　租税取立て。○**郡司**　国司の下にあって郡を治める役人。第四・六十九話に出る。○**なすべき物の沙汰**　徴税に関する処置。○**うかれて**　あてもなく離れ出て。『今昔』は「淫《うかれ》タル女ノ、人ニ勾引《かどは》サレテ」。○**すかされて**　だまし誘われて。○**いとほしがりて**　気の毒がって。『今昔』には「郡司妻夫《ぐんじのめをうと》、此《こ》レヲ哀《あはれ》ムデ養ヒテ置テ」とある。○**京の女房**　「京」の一語に、佐多や従者、また話の書き手にとって、都の女が格別な関心の対象であったことが推定できる。○**髪長き**　髪が美しくて長いことは「よき女」の一つの条件であった。○**ねたき事**　いまいましいこと。癪《しゃく》にさわること。○わ男　こいつめ。きさま。「わ」は相手に親しみの情を表わしたり、相手をさげすむ気持ちを表わす接頭語。ここは後者。第十五・十八・三十七話等多出。○切懸　板塀の一種。柱に横板をよろい戸のように張りつけたもの。外から内部が見えないように、中庭の坪や門内と入口との間に立てた。○かなしうせん　かわいがってやろう。○沙汰しさして　処置を中断して。「さし」は接尾語「さす」。中途でやめる意。○何せんに　どうして。○とかくの事　あれこれのこと。○もとより……さやはあるべき　これは挿入句。たとえ以前から顔見知りの間柄でも、さほど親密な関係でないうちは、そんなことはすべきでないのに。○水干　狩衣《かりぎぬ》の一種。古くは下級官人の公服。のち、公家の私服、庶民の通常着となる。糊を使わず、水張りにして乾かした絹からこの呼称がある。○おこせたる女人「たる」の「る」を、底本「り」を見せ消ちにして「る」。○陸奥国紙　もとは陸奥国に産したことからこの名がある。檀紙、奉書紙の一種。厚手で白く、チリメンのようなしわがある。もとは檀《まゆみ》の樹皮で作られた。○われが身は……脱ぎかくるかな　私の身は薩埵《さった》太子が飢えた虎の母子を救うため、餌食になろうとして、着衣を脱いでかけたあの竹の林ではないのに、「佐多」が衣を脱いでかけたことです。『金光明経』「捨身品」にある釈迦如来の前生譚《ぜんしょうたん》。捨身飼虎《しゃしんしこ》のこの故事はよく知られていた仏伝の一つで、法隆寺の玉虫厨子にも描かれ、『三宝絵』上巻にもとられている。ここは薩埵《さった》に佐多を掛ける。佐多は無教養でこの故事を知らず、女の当意即妙な歌も理解できなかった。○なからめ『版本』は「かなしからめ」。○さたの・さたが　この「の」が連体格助詞として用いられる場合、敬意を含むが、「が」には軽侮の意が込められる。ロドリゲスの『日本大文典』とコリヤードの『日本語文典』にその説明がある。○かけまくもかしこき　言葉に出すのも畏れ多い。『今昔』は「忝《かたじけなく》モ」。本話の方が仰々しい。○ここら　こんなに長い。多くの。○よにあさましき所　口にするのもはばかられるところ。陰部のこと。○なにせん、かせん　ああしてやろう、こうしてやろう。○罵りのろひければ　口ぎたなく罵倒したので。○事にあはせん　罪に処してやろう。罰してやろう。○よしなき人　つまらない人。この女を指す。「あはれみて」は、『阪本』には「て」がない。○その徳には　そのおかげで。○勘当かぶる　罰を受けること。第十八話に出る。「かぶる」は『阪本』では「かうぶる」。○かたがた　あれやこれや。佐多に対しては恐ろしいことになったと思い、郡司に対しては迷惑をかけることになった申し訳なさと、自分の今後の生活のことやら。○侍にて　国守の館の侍所で。館に仕える侍・家人の詰め所で。○物も覚えぬくさり女　無教養なつまらぬ女。○かなしう言はれたる　癪にさわることを言われた。○君たちの名だて　諸君の不名誉。『今昔』は「御館ノ名立ニモ有」。「名だて」は評判の意だが、ここは悪い意味である。○やさしがりけり　風雅な者と思った。○この事を為家聞きて　『阪本』は「このことを為家きゝて」、底本は「此○事を為家きゝて」とし、「此」と「を」の間に「事」を挿入すべく、右傍に書く。『陽明本』は「此を為家きゝて」、『書陵部本』は「此事を為家きゝて」。○我うれへなりにたり　自分の愁訴がかなった。なお「我うれへ」の「う」は底本「こ」を見せ消ちにして「う」。

〈参考〉

『今昔』巻二十四第五十六話と同文的同話。『今昔』の題は「播磨国《はりまのくに》の郡司《ぐんじ》の家《いへ》の女読和歌語《をむなわかをよむこと》」とあり、女はいかにも都の女らしく和歌の心得があり、仏教の故事にも通じ、その教養によって難を免れたという歌徳説話になっている。

本話では、自分の仕える国守の威光を笠に着て、威張り散らす下っ端役人の佐多が、故事に疎く、和歌の心得を欠き、無教養であったために、追放の憂き目に遭ったという、愚かな男の失敗譚となっている。まめに働き、小心翼々として積み上げた長年の実績と信用を、ふとした出来心の好色心によって、すべてふいにしてしまうとはあわれだが、いつの世にもありそうな話である。一方、女は「京よりうかれて、人にすかされて」播磨国まで来た者で、『今昔』では「淫《うかれ》タル女ノ、人ニ勾引《かどは》サレテ来タリケルガ」とあって、いずれにせよ、素姓の知れない、何やらいかがわしい女に思えるが、その女にして、これほどの教養・知識があり、そのためにかえって褒美にあずかったというのは皮肉である。

前話との関連でいえば、鹿に助けられた男も、佐多も、ともに不心得からわれと我が身を滅ぼすという点が共通する。

九十四（上九十五）三条中納言水飯事〈三条《さんでうの》中納言水飯《ちゆうなごんすいはん》の事〉巻七—三

是《これ》も今は昔《(むかし)》、三条中納言といふ人ありけり。三条右大臣の御子なり。才《ざえ》かしこくて、唐《(もろこし)》の事、この世の事、みな知《(し)》り給へり。心ばへかしこく、胆《(きも)》太《(ふと)》く、お《(を)》しがらだちてなんおはしける。笙《しやう》の笛《(ふえ)》をなんきはめて吹給《ふきたまひ》ける。長高《たけ(たか)》く、大《おほき》に太《(ふと)》りてなんおはしける。

　太《(ふと)》りのあまり、せめて苦《(くる)》しきまで肥給《こえたまひ》ければ、薬師重秀《(くすしゝけひて)》を呼《(よ)》びて、「かくいみじう太《(ふと)》るをばいかが《(ゝ)》せんとする。立居などするが、身の重《(おも)》く、いみじう苦《(くる)》しきなり」とのたまへ《(給)》ば、重秀申《まうす》やう、「冬は湯漬《(つ)》け、夏は水漬にて物を召《(め)》すべきなり」と申《まうし》けり。そのまま《(ゝ)》に召《(め)》しけれど、ただ《(ゝ)》同《(おな)》じやうに肥《(こ)》え《(へ)》太《(ふと)》り給《たまひ》ければ、せんかたなくて、また《(又)》、重秀を召《(め)》して、「言《(い)》ひしまま《(ゝ)》にすれど、その験《(しるし)》もなし。水飯食《(くひ)》て見《(み)》せん」とのたまひ《(給)》て、を《(お)》のこども召《(め)》すに、侍《(さふらひ)》一人参《(まい)》りたれば、「例のやうに水飯して持《(も)》て来《こ》」と言《(い)》はれければ、しばしばかりありて、御台《みだい》持《(も)》て参《(まい)》るを見《(み)》れば、御台《(たい)》片具《(かたよろひ)》もて来《(き)》て、御前に据《(す)》ゑ《(へ)》つ。御台《(たい)》に箸《はし》の台《(たい)》ばかり据《(す)》ゑ《(へ)》たり。続《(つゝ)》きて御盤《ばん》捧《(さゝ)》げて参《(まい)》る。御まかなひ《(い)》の台に据《(す)》う《(ふ)》るを見《(み)》れば、中の御盤に白《(しろ)》き干瓜《ほし(爪)》三寸ばかりに切《きり》て、十ばかり《(斗)》盛《(も)》りたり。また《(又)》、鮓鮎《(すしあゆ)》のおせくく《(ゝ)》に広《(ひろ)》らかなるが、尻頭《(しりかしら)》ばかり押《(を)》して、三十《(卅)》ばかり《(斗)》盛《(も)》

りたり。大《おほき》なる金鞠《(かなまり)》を具《(く)》したり。みな御台に据ゑ《(すへ)》たり。いま一人の侍、大《おほき》なる銀《しろがね》の提《ひさげ》に銀の匙《(かい)》を立《(た)》てて《(ゝ)》、重《(をも)》たげに持《(も)》て参《(まい)》りたり。金鞠《かなまり》を給《たまひ》たれば、匙《(かい)》に御《お》物《(もの)》をすくひつつ《(ゝ)》、高《(たか)》やかに盛《(も)》り上《(あ)》げて、そばに水をすこし入《いれ》て参《(まい)》らせたり。殿、台《(たい)》を引《ひき》よせ給《たまひ》て、金鞠《(かなまり)》を取《(と)》らせ給へるに、さばかり大《おほき》におはする殿の御手に、大なる金鞠《(かなまり)》かなと見《(み)》ゆるは、けしうはあらぬほどなるべし。干《(ほし)》瓜《(うり)》を三切《(きり)》ばかり食《(く)》ひ切《(き)》りて、五《いつつ》、六《むつ》ばかり参《(まい)》りぬ。次に鮎《あゆ》を二きりばかり《(斗)》に食切《くひきり》て、五《いつつ》、六《むつ》ばかり《(斗)》やすらかに参《(まい)》りぬ。次に水飯を引寄《(よ)》せて、二度《(たひ)》ばかり《(斗)》箸《(はし)》をまはし給ふと見《(み)》るほどに、おものみな失《(う)》せぬ。「また《(又)》」とてさし給はす。さて、二、三度に提《(ひさげ)》の物みなになれば、また《(又)》提に入《いれ》て持《(も)》て参《(まい)》る。重秀これを見《(み)》て、「水飯を役《(やく)》と召《(め)》すとも、この定《(ちやう)》に召《(め)》さば、さらに御太《(ふと)》り直《(なを)》るべきにあらず」とて逃《にげ》て去《(い)》にけり。されば、いよいよ《(〜)》相撲《すまひ》などのやうにてぞおはしける。

〈現代語訳〉

九十四　三条中納言の水飯のこと

これも今は昔のことだが、三条中納言という人がいた。三条右大臣の御子息である。学問にすぐれて、中国のことも我が国のこともみな知っておられた。気だてがよく、胆力も据わり、押しの強いところを持っておられた。笙《しょう》の笛を実に見事に吹かれた。背が高く、大変太っておられた。

太りすぎて、ひどく苦しいほどに肥満になられたので、医者の重秀を呼んで、「このようにひどく太るのをどうしたらよいか。立ったり坐ったりするのに身体《からだ》が重く、苦しくてしようがないのだ」とおっしゃった。重秀は、「冬は湯漬けに、夏は水漬けにして御飯を召し上がるのがよろしい」と申し上げた。そのとおりに召し上がったが、まったく同じように肥え太っておられたので、しかたなく、また重秀を呼んで、「言ったとおりにしたが、まったく効きめがない。水飯を食って見せよう」とおっしゃって、家来どもを呼ぶと、侍が一人参ったので、「いつものように水飯を作って持って来い」と仰せられた。しばらくして、お膳《ぜん》を持って来るのを見ると、一対になっているお膳の片方を持って来て、中納言の御前に置いた。そのお膳には箸の台だけが置いてある。続いて食物を盛る器を捧げて持って来る。給仕役の侍がお膳に置くのを見ると、中のお皿に白い干瓜《ほしうり》を三寸ほどに切って、十ほど盛ってある。また、すしにした鮎の大ぶりで身の厚いのを、尾と頭を押し重ねて、三十ほど盛ってある。大きな金椀《かなまり》が添えてある。それらをみなお膳に置いた。もう一人の侍が大きな銀の提《ひさげ》に銀の杓子を立てて、重そうに持って来た。

中納言が金椀を差し出されると、侍は杓子で御飯を何度もすくって、高々と盛り上げて、脇に水を少し入れて差し上げた。殿はお膳を引き寄せられ、金椀をお取りになると、あれほど大きくておられる殿の御手に、大きな金椀だなあと見えるのは、不釣り合いでないほどの大きさなのであろう。まず干瓜を三切れほどに食い切って、五つ六つほど召し上がった。次に鮎を二切れほどに食い切って、五つ六つほどぺろりと召し上がった。次に水飯を引き寄せて、二度ほど箸をまわされると見ていると、御飯はすっかりなくなってしまった。「おかわり」と言って差し出される。そうして、二、三度で提のものが空になると、また提に入れて持って来る。重秀はこれを見て、「いくら水飯ばかりを召し上がるにしても、こんな調子で召し上がっては、とても御肥満が直るはずはない」と言って逃げて行ってしまった。だから、ますます相撲取りなどのように太っていらっしゃった。

〈語釈〉

○**三条中納言**　藤原朝成《あさひら》。「ともなり」とも。延喜十七年(九一七)~天延二年(九七四)。定方《さだかた》の六男。皇太后宮大夫、中納言、従三位。三条中納言と号す。笛に堪能であった。○**三条右大臣**　藤原定方。貞観十五年(八七三)?~承平二年(九三二)。享年五十八歳(『尊卑分脈』)、五十八歳〈六十歟〉(補任)。高藤《たかふじ》の子。東宮傅、右大臣、左大将、従二位。三条右大臣と号す。○**才**　学問、特に漢学。○**おしがらだちて**　押しが強くて。押しの強い性質を持っている。『今昔』は「押柄ニナム有ケル」。○**笙の笛**　雅楽に用いる管楽器の一つ。匏《ふくべ》(ヒョウタンの一種)を切り、吹き口をつけて壺《こ》(風箱)とし、上に十七本の竹管を環状に立て並べ、管ごとにその下端に響銅《さわり》の簀《した》をつける。のちには壺を桐で作り、漆を塗った。奈良時代に中国から伝えられた。○**薬師重秀**　「薬師」は医師。『今昔』は「医師和気《わけ》ノ□」とする。和気氏は医の名家として知られているが、和気氏系図には重秀という人物はいない。『旧大系』の『今昔』の注は「茨田滋秀《まんたのしげひで》」かとする。滋秀は康保二年（九六五）に典薬頭《てんやくのかみ》に任じられ、長徳四年（九九八）に没しているので、時代的には合う。○**湯漬け**　強飯《こわいい》あるいは干《ほ》し飯に湯をかけたもの。夏は水をかける。○**水飯**　水にひたしたり、水をかけたりした飯。○**御台**　台盤の敬称。食物を盛った盤を載せる台。○**片具**　片方。「具」は揃ったものを数えるのに言う語。ここは一対のうちの片方。○**御盤**　食べ物を盛る器。皿・鉢など。○**まかなひ**　食事の給仕をする侍。○**干瓜三寸**　底本は瓜を「爪」。「三寸」は約九センチ。○**鮓鮎**　すしにした鮎。塩漬けにして圧《お》し、自然発酵して酸味の出たもの。○**おせくくに押し広まっているさま。あるいは肥えて背が曲がっているさまともいわれる。『今昔』は「大キニ」とする。○**金鞠**　金属製の椀。○**提**　鉉《つる》とつぎ口の付いた、鍋に似て、やや小型の金属製の具。酒などを入れて温め、杯などに注いだりした器。鉉を持って提《さ》げるのでこの名がある。ここは鉉つきの鍋であろう。第十四・十八・二十五話に既出。○**けしうはあらぬ**　釣り合いが悪くはない。「異《け》（怪）しう」は下に打消しの語を伴って「格別なことはない」などの意。ここは「少しも不釣り合いには見えない大きさ」の意。○**おもの**　底本は「おもひの」とあり、「ひ」を見せ消ちにする。○**さし給はす**　お差し出しになる。差し出される。

○みなになれば　全部なくなると。○役と　もっぱら。

〈参考〉

『今昔』巻二十八第二十三話と同文的同話。『古今著聞集』巻十八にも見える。

いつの世にも変わらぬ肥満の悩み。原因が過食にありとはわかっていても、食欲の抑制がきかないのは体験者の知るところである。しかし、いかにも優雅な笙の笛の名手の貴人が、途方もない大食いの巨漢で、そのうえ、自分の過食ぶりに気がつかないというところが滑稽で、本話の焦点はその間抜けなおかしさにあるようである。『今昔』は一連の滑稽譚の一話として扱う。

ところで、本話では、朝成が苦しいほどの肥満をなんとかして直したいために、医師重秀を呼んで相談し、その指示どおりに水飯を食したが効果がないので、再び重秀を呼び、面前で水飯を食べて見せるということになっている。『今昔』では、すでに水飯を実行していても肥満が直らないので、医師を自邸に呼んで肥満の解消方法を尋ね、医師が「冬ハ湯漬《ゆづけ》、夏ハ水漬《みづづけ》ニテ御飯《おもの》ヲ可食《めすべ》キ也」と言うのを聞き、すでに実行していることなので、朝成が医師に、「しばらく待っていよ。水飯を食って見せよう」と言って食べることになっている。つまり朝成は医師にかかる前にすでに水飯を食べていたことになる。水飯は米飯の量を減らすための方法なのだが、食べたい放題に食べていたのでは、「いよいよ相撲などのように」なっていたというのだから、おかしい。

ところで、朝成は『大鏡』、『古事談』、『愚管抄』、『十訓抄』等によれば、任官をめぐる屈辱から、一条摂政家に代々祟《たた》りをなす悪霊になった人物である。しかし、本話からはそのような執念を燃やす人物像は浮かんで来ない。前話は国司の家人の失敗譚であったが、本話はさしずめ高級貴族の失敗を語る一話ということができる。

九十五（上九十六）検非違使忠明事〈検非違使忠明《けびゐしただあきら》の事〉巻七―四

これも今は昔《むかし》、忠明《たゞあきら》といふ検非違使ありけり。それが若《わかゝ》りける時、清水《きよみづ》の橋のもとにて、京童部《きやうわらんべ》どもといさかひをしけり。京童部手ごとに刀を抜《ぬ》きて、忠明《たゞあきら》をたちこめて、殺さんとしければ、忠明も太刀を抜《ぬき》て、御堂ざまに上《のぼ》るに、御堂の東の妻にもあまた立《たち》て、向《む》かひ合《あ》ひたれば、内へ逃《にげ》て、蔀《しとみ》のもとを脇《わき》にはさみて、前の谷へ踊《おと》り落《お》つ。蔀《しとみ》、風にしぶかれて、谷の底に鳥のゐるやうにやをら落《おち》にければ、それより逃《にげ》て去《い》にけり。京童部ども谷を見おろして、あさましがりて、立《たち》なみて見けれども、すべきやうもなくて、やみにけりとなん。

〈現代語訳〉

九十五　検非違使《けびいし》の忠明《ただあきら》のこと

これも今は昔のことだが、忠明という検非違使がいた。それが若かった時、清水寺の舞台の橋のもとで、京の若者どもと喧嘩をした。若者どもは手に手に刀を抜いて、忠明を取り囲み、殺そうとしたので、忠明も太刀を抜いて本堂の方に登ると、本堂の東の端にも大勢いて、向かって来たので、本堂の中へ逃げて、蔀戸《しとみ》の下の戸を脇にはさんで、前の谷へ飛び下りた。蔀は風圧に支えられて、谷の底に鳥が止まるように、ふわりと落ちたので、そこから逃げて行った。京の若者どもは谷底を見下ろして、驚きあきれて、立ち並んで見ていたが、どうしようもなくて、そのまま終わったということである。

〈語釈〉

○忠明　伝未詳。『旧・新大系』注は『権記』長徳三年（九九七）五月二十四日の条に出る「忠明」かとする。これは盗賊を追捕《ついぶ》するために他の二人とともに近江国に遣わされている。○検非違使　「けんびゐし」の撥音「ん」の無表記から。古くは「けんびゐし」「けんぴゐし」ともいわれた。弘仁年間（八一〇〜八二四）に「衛門府《えもんふ》」にはじめて置かれ、のちに独立した令外官《りようげのかん》の一つになる。犯人の検挙や断罪、風俗の粛正など、治安維持にあたった。○清水の橋　清水寺は第六十・八十六・八十八話に出る。第二十二・五十八話に出る。「橋」は『今昔』では「清水ノ橋殿ニシテ」。『古本説話』も「清水の橋殿にて」とあるので、『全註解』の「橋のように架け渡して造った家。後世『清水の舞台』というような高いものであったらしい」という説に従う。○京童部　「きやうわらはべ」、「京童（きやうわらは）」とも。京都の若者ども。口うるさく、無頼な者もいた。○いさかひ　喧嘩。口論。○たちこめて　取り囲んで。『今昔』は「立籠メテ」、『古本説話』は「たてこめて」。○東の妻　東の端。「つま」は端のこと。○蔀　寝殿造や社寺の建築の外まわりの建具の一つ。格子戸に板を張ったもので、長押《なげし》からつり下げ、開ける時ははね上げて、垂木《たるき》から下げられた金具に掛ける。開閉に便利なように多くは半蔀《はじとみ》を用いる。これは上下二枚に分け、上半分を長押からつり下げ、下半分を掛け金で柱にとめた蔀。全開する時は下半分も取りはずした。ここは蔀戸の下部。第十八・七十五話に出る。○しぶかれて　風の抵抗を受けて。「しぶく」は激しく吹きつける意。○やをら　そっと。静かに。○あさましがりて　驚きあきれて。第八十四話に出る。

〈参考〉

『今昔』巻十九第四十話と『古本説話』巻下第四十九話の前半話と同文的同話。『今昔』では京童に囲まれて進退極まった忠明が「御堂ノ方ニ向テ『観音助ケ給へ』」と祈ったので、無事窮地を脱することができた、と考え、ひとえに観音の加護によるものであると思ったという。次いで第四十一話で清水寺参詣の女が誤って幼児を谷底に落とし、これもまた観音に祈った結果無事だったという話に続けている。『古本説話』はこの『今昔』の第四十、四十一話の二つの話を一括して、清水寺観音の利生譚《りしようたん》として載せている。

『宇治』のこの話は、進退極まった忠明が、とっさにハンググライダーよろしく、「清水の舞台から飛び降りる」という突飛な行動をし、さすがの京童部どももあっけにとられたということである。ここは事件の意外性に主眼を置き、あえて観音の利益《りやく》にはふれない。ただし、次の話で、長谷寺観音の利生譚に展開させている。

九十六（上九十七）長谷寺参籠男預利生事〈長谷寺《はせでら》参籠《さんろう》の男《をのこ》、利生《りしやう》に預《あづか》る事〉巻七―五

今《(いま)》は昔《(むかし)》、父母《ぶも》、主《(しう)》もなく、妻も子もなくて只《ただ》一人ある青侍《あをさぶらひ》ありけり。すべき方《かた》もなかりければ、「観音たすけ給へ」とて、長谷に参《(まい)》りて、御前《おまへ》にうつぶし伏《ふし》て申《まうし》けるやう、「この《(此)》世にかくてあるべくは、やがて、この《(此)》御前にて干死《(ひしに)》に死《(ゝ)》なん。もしまた《(又)》、お《(を)》のづからなる便《たより》もあるべくは、そのよしの夢を見《(み)》ざらんかぎりは出《いづ》まじ」とて、うつぶし伏《(ふ)》したりけるを、寺の僧見《(み)》て、「こは、いかなる者《(もの)》の《(ゝ)》、かくては候《さぶらふ》ぞ。物食《くふ》所も見《(み)》えず。かくうつぶし伏《(ふ)》したれば、寺のためけがらひ出《(い)》で来《(き)》て、大事に成《なり》なん。誰を師にはしたるぞ。いづくにてか物は食《(く)》ふ」など問《(と)》ひければ、「かくたよりなき者《(物)》は師もいかでか侍《はべ》らん。物たぶる所もなく、あはれと申《まうす》人もなければ、

仏の給はん物をたべて、仏を師と頼《(たの)》み奉《たてまつり》て候《さぶらふ》なり《(也)》」と答《(こた)》へければ、寺の僧ども集《(あつ)》まりて、「この《(此)》事、いと不便《ふびん》の事なり《(也)》。寺のために悪《(あ)》しかりなん。観音をかこち申《まうす》人にこそあんなれ。是《これ》集《(あつ)》まりて養《(やしな)》ひて候《(さふら)》はせん」とて、かはるがはる《(〳〵)》物を食《(く)》はせければ、持《(も)》て来《(く)》る物を食《(く)》ひつつ《(ゝ)》、御前を立《たち》去《(さ)》らず候《さぶらひ》ける程に、三七日《さんしちにち》になりにけり。

三七日はてて《(ゝ)》、明《あけ》んとする夜の夢に、御帳《みちやう》より人の出《(い)》でて、「この《(此)》男《(おのこ)》、前世の罪の報《(むくひ)》いをば知《(し)》らで、観音をかこち申《まうし》てかくて候《さぶらふ》事、いとあやしき事なり《(也)》。さはあれども、申事のいとおしければ、いささか《(ゝ)》の事、はからひ給《たまは》りぬ。先《まづ》、すみやかにまかり出《(い)》でよ。まかり出《いで》んに、なにに《(ゝ)》もあれ、手にあたらん物を取《とり》て、捨《すて》ずして持《(も)》ちたれ。とくとく《(〳〵)》まかり出《いで》よ」と追《(を)》はるる《(ゝ)》と見て、はい《(ひ)》起《(お)》きて、約束《(やくそく)》の僧のがり行《(ゆ)》きて、物うち食《くひ》て、まかり出《いで》ける程に、大門《だいもん》にてけつまづきて、うつぶしに倒《(たを)》れにけり。

〈現代語訳〉

九十六　長谷寺参籠《さんろう》の男が利生《りしょう》に預かること

今は昔のことだが、父母も主人もなく、妻も子もなくて、たった一人ぼっちの若侍がいた。どうしようもなかったので、「観音様、たすけて下さい」と長谷寺に参って、観音の御前にひれ伏して申すには、「この世にこんなふうに生きていかねばならないのなら、このまま観音様の御前で餓死してしまいます。もしまたなんとか運の開けるきっかけでもあるならば、そのことを教えて下さる夢を見ないかぎりは、ここを出て行きません」と言って、ひれ伏しているのを、寺の僧が見て、「これはいったい何者がこんなふうにしているのか。物を食う様子も見えない。こうしてうつぶせのままになっていたら、死んでしまい、寺のために死の穢《けが》れが生じて、大変なことになろう。あなたは誰を師僧としているのですか。どこで食事をするのですか」などと尋ねた。すると、「私のような寄る辺もない者は師僧などどうしておりましょう。食べ物をいただくところもなく、気の毒だと言ってくれる人もいないので、仏が下さる物を食べて、仏を師僧とお頼み申しているのです」と答えた。そこで、寺の僧どもが集まって、「これはまことに困ったことだ。寺にとってまずいことになるぞ。観音様に恨みごとを申す人だ。しかたがないから、みなで集まって養ってやろう」と言って、かわるがわる食べさせたので、いつも持って来る物を食べては、観音の御前を立ち去らないでいるうちに、二十一日目になってしまった。

二十一日目が終わって、夜も明け方の夢に、御帳《みちょう》の中から人が出て来て、「この男は、自分の前世の罪の報いとして、このような境遇にいるのだということを知らず、観音に不満を申し上げて、こうしているのは、まことにけしからんことだ。そうではあるが、お前の訴えていることも気の毒なので、少しばかりのことをお取り計らい下さった。まず、早急に退出せよ。退出するにあたって、何であろうと、手に当たった物を取って、捨てないで持っておれ。早々に退出せよ」と追い払われた夢を見て、這いつくばって起き上がり、約束した僧のもとに行って、食べ物を食べ、出かけて行った時に、大門のところでけつまずいて、うつぶせに倒れてしまった。

〈語釈〉

○**青侍**　一般には公卿《くぎょう》の家に仕える六位の侍。あるいは官位の低い侍をいうが、ここは「主もなく」とあるので、身分の低い若者のこと。○**観音**　観世音菩薩。第八十七・八十九話等に出る。○**長谷**　長谷寺。奈良県桜井市初瀬《はせ》町にある真言宗豊山《ぶざん》派の総本山。本尊は十一面観音。古くは天武朝に西岡に泊瀬《はつせ》寺（本《もと》長谷寺）が建立され、のちに東岡に後《のち》長谷寺が建立された。平安時代に観音信仰が盛んになるにつれ、近江の石山、洛中の清水とともに霊験あらたかな観音霊場として人々の信仰を集めた。○**やがて**　このまま。第七・十四話等用例は多い。○**干死**　餓死。○**おのづからなる便**　「おのづから」は、たまたま、偶然、ひょっとしての意。ひょっとして運の開けるきっかけ。チャンス。○**物食所も見えず**　『今昔』は「物食フ所有《あり》トモ不レ見ズ」。参詣人が身を寄せる御師《おし》の宿坊があるようにも見えない。○**けがらひ**　死の穢れ。○**師**　この男の参詣の折の導師となっている長谷寺の僧。○**たよりなき**

者　貧乏人。○物たぶる所　『版本』は「物給《たまは》る所」。ここは「物食ぶる所」と解しておく。○不便の事　不都合なこと。○かこち申人　愚痴をこぼす人。不平を言う人。○三七日　二十一日。○御帳　とばり。たれぎぬ。観音を安置している場所を外部から隔てるために、前にたらしてあるたれぎぬ。○人の出でて　『今昔』は「僧出デテ」。○前世の罪の報い　この世での果報が薄いのは、前世で犯した罪の報いである。○いとほしければ　不憫《ふびん》だから。かわいそうだから。○いささかの事、はからひ給りぬ　『今昔』は「少シノ事ヲ授ケム」とする。○なににもあれ　『版本』は「なにもあれ」。○約束の僧のがり行きて　食事をさせてくれる約束の僧のところに行って。『今昔』は「哀《あはれ》ビケル僧ノ房ニ寄《より》テ」。『古本説話』は、「『あれ』と言ひける僧のもとに寄りて」。○大門　（長谷寺の）総門。正門。

起《(お)》きあがりたるに、あるにもあらず、手に握《(にき)》られたる物を見《(み)》れば、藁《(わら)》すべといふ物をただ《(こ)》一筋握《(にき)》られたり。仏の賜《(た)》ぶ物にてあるにやあらんと、いとはかなく思へども、仏の計《(はか)》らはせ給《たまふ》やうあらんと思《おもひ》て、これを手まさぐりにしつつ《(こ)》行程《(ゆくほど)》に、蝱一《あぶひとつ》ぶめきて、顔《(かほ)》のめぐりにあるを、うるさければ、木の枝を折《(お)》りて払《はらひ》捨《(す)》つれども、猶《なほ》ただ《(こ)》同《(おな)》じやうにうるさくぶめきければ、捕《(と)》らへて、腰をこの藁筋《(わらすち)》にてひき括《(くゝ)》りて、枝の先《(さき)》につけて持《(も)》たりければ、腰を括《(くゝ)》られて、外《(ほか)》へはえ行《(い)》かで、ぶめき飛《とび》まはりけるを、長谷に参《まい》りける女車《をんなぐるま》の、前の簾《すだれ》をうちかづきてゐたる児《ちこ》の、いとうつくしげなるが、「あの男の持《も》ちたる物はなにぞ。かれ乞《こ》ひて我《われ》に賜《た》べ」と、馬に乗《のり》て供《とも》にある侍《さぶらひ》に言《い》ひければ、その侍、「その持《もち》たる物、若公《わかぎみ》の召《め》すに参《まい》らせよ」と言《い》ひければ、「仏の賜《た》びたる物に候《さぶら》へど、かく仰事《おほせごと》候へば、参《まい》らせ候はん」とて、取《と》らせたりければ、「此《こ》の男、いとあはれなる男なり。若公の召《め》す物をやすく参《まい》らせたる事」と言《い》ひて、大柑子《おほかうじ》を、「これ、喉《のど》渇《かは》くらん、食《た》べよ」とて、三《みつ》、いとかうばしき、陸奥国紙《みちのくにがみ》に包《つゝ》みてとらせたりければ、侍、取《と》り伝《つた》へて取《と》らす。

藁一筋が大柑子三《みつ》になりぬる事、と思ひて、木の枝に結《ゆ》ひつけ《付》て、肩《かた》にうちかけて行《ゆ》くほどに、故《ゆへ》ある人の忍《しのび》て参《まい》るよ、と見《み》えて、侍などあまた具《ぐ》して、かちより参《まい》る女房の、歩《あゆ》み困《こう》じて、ただたりにたりゐたるが、「喉の渇《かは》けば、水飲《の》ませよ」と、消《き》え入《いる》やうにすれば、供《とも》の人々《〳〵》、手まどひをして、「近《ちか》く水やある」と走《はしり》騒《さは》ぎ求《もと》むれど、水もなし。「こは、いかがせんずる。御旅籠馬《はたこ》にや、もしある」と問《と》へど、はるかにをくれ《お》たりとて見《み》えず。ほとほとしきさまに見《み》ゆれば、まことに騒《さは》ぎ惑《まと》ひて、しあつかふを見《み》て、喉《のど》渇《かは》きて騒《さは》ぐ人よと見《み》ければ、やはら歩《あゆ》み寄《よ》りたるに、「ここ《ゝ》なる男こそ、水のあり所は知《し》りたるらめ。この《此》辺《あたり》近《ちか》く水の清《きよ》き所やある」

と問《とひ》ければ、「この《(此)》四、五町がうちには、清《(きよ)》き水候《さぶら》はじ。いかなる事の候にか」と問《(と)》ひければ、「歩《(あゆ)》み困《(こう)》ぜさせ給《たまひ》て、御喉の渇《(かは)》かせ給《たまひ》て、水ほしがらせ給《たまふ》に、水のなきが大事なれば、尋《(たつ)》ぬるぞ」と言《(い)》ひければ、「不便《ふびん》に候《さぶらふ》御事かな。水の所は遠《とほく》て、汲《くみ》て参《(まい)》らば、程へ候《さぶらひ》なん。これ《(是)》はいかが《(ゝ)》」とて、包《(つゝ)》みたる柑子を三《みつ》ながら取《(と)》らせたりければ、悦《よろこび》騒《(さは)》ぎて食《(く)》はせたれば、それを食《くひ》て、やうやう《(〳〵)》目を見あけて、「こは、いかなりつる事ぞ」と言《(い)》ふ。「御喉《(のと)》渇《(かは)》かせ給《たまひ》て、『水飲《(の)》ませよ』と仰《(おほ)》せられつるまま《(ゝ)》に、御殿《(との)》籠《(こも)》り入《(い)》らせ給《たまひ》つれば、水もとめ候《さぶらひ》つれども、清き水も候はざりつるに、ここ《(ゝ)》に候《さぶらふ》男の、思《おもひ》かけぬに、その心を得《(え)》て、この柑子を三《みつ》奉《(たてまつ)》りたりつれば、参《(まい)》らせたるなり」と言《(い)》ふに、この《(此)》女房、「我はさは、喉《(のと)》渇《(かは)》きて、絶入《たえいり》たりけるにこそ有《あり》けれ。『水飲《(の)》ませよ』と言《(い)》ひつるばかりは覚《(おほ)》ゆれど、その《(其)》後の事は露《つゆ》おぼえず。この《(此)》柑子得《(え)》ざらましかば、この《(此)》野中《のなか》にて消《(き)》え入《いり》なまし。うれしかりける男かな。この《(此)》男《(おとこ)》、いまだあるか」と問《(と)》へば、「かしこに候《さぶらふ》」と申《まうす》。「その男、しばしあれと言《(い)》へ。いみじからん事ありとも、絶《(た)》え入《いり》はてなば、かひなくてこそやみなまし。男のうれしと思《(おも)》ふばかりの事は、かかる《(ゝ)》旅にては、いかが《(ゝ)》せんずるぞ。食《(く)》ひ物は持《(も)》ちて来《(き)》たるか。食《(く)》はせてやれ」と言《(い)》へば、「あの男、しばし候へ。御旅籠《(はたこ)》馬など参《(まい)》りたらんに、物など食《くひ》てまかれ」と言《い》へば、「うけ給《たまはり》ぬ」とて、ゐたるほどに、旅籠《はたこ》馬、皮籠《かはこ》馬など来着《きつ》きたり。「など、かくはるかに後《をく》れては参《まい》るぞ。御旅籠《はたこ》馬などは常《つね》に先《さき》だつこそよけれ。とみの事などもあるに、かく後《をく》るるはよき事かは」など言《い》ひて、やがて幔引《まんひ》き、畳《たゝみ》など敷《し》きて、「水遠かんなれど、困《こう》ぜさせ給《たまひ》たれば、召《め》し物は、ここ《ゝ》にて参《まい》らすべきなり《也》」とて、夫《ぶ》ども《共》やりなどして、水汲《く》ませ、食物し出《いた》したれば、この《此》男に清《きよ》げにして食《く》はせたり。物を食《く》ふ食ふ《〳〵》、ありつる柑子、なにか《ゝ》ならんずらむ。観音はからはせ給事《たまふ》なれば、よもむなしくてはやまじ、と思《おもひ》ゐたる程に、白《しろ》くよき布を三むら取《と》り出《い》でて《ゝ》、「これ、あの男に取《と》らせよ。この《此》柑子の喜《よろこび》は、言《い》ひ尽《つ》くすべき方《かた》もなけれども、かか《ゝ》る旅の道にては、うれしと思《おも》ふばかり《斗》の事はいかが《ゝ》せん。これはただ《ゝ》、心ざしのはじめを見《み》するなり《也》。京のおはしまし所はそこそこ《〳〵》になん。必《かなら》ず参《まい》れ。この《此》柑子の喜《よろこび》をばせんずるぞ」と言《い》ひて、布三疋《むら》取《と》らせたれば、悦《よろこび》て布を取《と》りて、藁筋《わらすち》一筋が布三疋《むら》になりぬる事と思ひて、腋《わき》にはさみてまかるほどに、その《其》日は暮《くれ》にけり。

〈現代語訳〉

起き上がった時、思わず知らず手に握っている物を見ると、藁しべという物をたった一本握っていた。これが仏様の下さる物なのだろうかと、まことに頼りなく思うが、仏様が何かお取り計らいくださる子細もあろうと思い、これを手でもてあそびながら行くと、虻《あぶ》が一匹ぶんぶん音を立てて、顔のまわりを飛んでいる。うるさいので、木の枝を折って追い払うが、やはり同じようにうるさくぶんぶんいうので、つかまえて、虻の腰をこの藁しべで引っくくり、枝の先につけて持っていたが、虻は腰を縛られて、ほかへは行くことがならず、ぶんぶん飛びまわっていた。すると、長谷寺にお参りに来た女車の、前の簾《すだれ》をかぶるようにして外を見ていたとてもかわいらしい子供が、「あの男が持っているものは何か。あれをもらって私におくれ」と、馬に乗って供をしている侍に言った。その侍が、「その持っている物を若君がほしがっておいでだから、差し上げてくれ」と言ったので、「仏様が下さった物ですが、そういう仰せでしたら差し上げましょう」と言って渡した。すると、「この男はまことに感心なやつだ。若君がほしがる物をすぐに差し出すとは」と言って、大きなみかんを、「これを、のどが渇くだろう、その時に食べよ」と言って、三つ、実に上等な陸奥国紙《みちのくにがみ》に包んで下されたので、侍が取り次いで渡した。

藁一本が大きなみかん三つになったぞ、と思って、木の枝に結びつけて、肩にかけて行くうちに、由緒ある人がお忍びでお参りに来たなという様子で、従者を大勢連れて歩いて来る女性《にょしょう》がいた。歩き疲れてぐったりして、「喉《のど》が渇いたから水を飲ませよ」と言って、まさに気を失いそうな様子なので、お供の人々はあわてふためき、「近くに水がないか」と走り騒いで探すが、水はない。「これは、どうしたらよかろう。御旅籠馬の積み荷に、もしかしたらあるかもしれない」と尋ねたが、馬はずっと遅れているらしく姿が見えない。今にも死んでしまいそうな様子なので、本当に大騒ぎしてうろたえ、始末に困ってもてあましている様子を見て、喉が渇いて騒いでいるのだな、と思ったので、そっと歩み寄って行くと、「ここにいる男こそ、水のあるところは知っていよう。この辺の近くに清水《しみず》の出ているところがあるか」と尋ねた。男は「この四、五町のうちにはきれいな水が出るところはないでしょう。いったい、どうしたことなのですか」と尋ねると、「歩み疲れられて、喉がお渇きになり、水をほしがっておられるのだが、水がなくて弱りきって尋ねるのだ」と言う。「それはまことにお気の毒なことですね。水のあるところは遠くて、汲んで来るには時間がかかりましょう。これはいかがですか」と言って、包んであるみかんを三つそっくり差し出したので、大騒ぎして喜び、食べさせたところ、それを食べて、ようやく目を開けて、「これは、どうしたことなの」と言う。お供の者が、「喉がお渇きになり、『水がほしい』と仰せられたまま、気を失いなさいましたので、水を探し求めましたが、きれいな水がございませんでした。すると、ここにいる男が、思いがけなく、事情を察して、このみかんを三つ差し出しましたので、差し上げたのです」と言うと、この女房は、「それでは、私は喉が渇いて気を失ってしまったのですね。『水を飲ませてよ』と言ったことまでは覚えていますが、そのあとのことはまったく覚えていません。このみかんをもらわなかったら、この野原の中で死んでしまったでしょう。ありがたい人ですこと。この男はまだいますか」と尋ねる。「あそこにおります」と答える。「その男にしばらくいるように言いなさい。どんなにありがたい御利益《ごりやく》があったとしても、死んでしまっていては何の甲斐もなくなるでしょう。その男がうれしいと思うほどのことは、このような旅先ではどうしてやってやれよう。食べ物は持って来ているか。何か食べさせてやりなさい」と言う。そこで供の者が、「そこにいる男、しばらくそこにいなさい。御旅籠馬などがやって来たら、何か食べて行きなさい」と言うと、「承知いたしました」と言って控えているうちに、旅籠馬や皮籠馬などが到着した。「どうしてこんなに遅くやって来るのだ。旅籠馬などはいつも先立っているのがよいのだ。緊急事態などもあろうというのに、こんなに遅れてよいものか」などと言って、すぐに幔幕を張り、敷物を敷いて、供の者が「水場は遠いが、お疲れになっているから、お食事はここで差し上げることにしよう」と言って、人夫たちを行かせたりして、水を汲ませ、食べ物を用意したので、この男にもきれいに整えて食べさせた。男は食べながら、さっきのみかんは何になるのだろう。観音様がお計らい下さることだから、まさかこれだけということはあるまい、と思っていると、白くよい布を三疋取り出して、「これをあの男に与えよ。このみかんのお礼は言葉では言い尽くしようもないが、こうした旅の途中では、うれしいと思ってもらえるほどのことはどうしてできようか。これはほんの感謝の気持ちのしるしです。京の住まいはこれこれのところです。必ず来なさい。このみかんのお礼をしますぞ」と言って、布を三疋与えたので、悦んで布を受け取り、「藁一本が布三疋になったぞ」と思って、腋にはさんで歩いて行くうちに、その日は暮れた。

〈語釈〉

○**あるにもあらず**　思わず知らず。無意識のうちに。○**握られたる物**　自然と握っている物。「れ」は自発の助動詞。『今昔』は「不意《おもはぬ》ニ被拳《にぎられ》タル物」。○**藁すべ**　わらしべ。稲穂の芯。○**はかなく**　頼りなく。いささかがっかりした気持ちを表わす。○**手まさぐり**　手先でもてあそぶこと。○**ぶめきて**　ぶんぶん羽音をたてて。○**女車**　女の乗る牛車《ぎっしゃ》。簾《すだれ》の内側にもう一枚下簾をかけたらす。○**うちかづきて**　かぶるようにして（外の様子を眺めている）。○**あはれなる男**　感心な男。殊勝な男。○**大柑子**　大きなみかんの類。第三・二十五話に出る。○**かうばしき、陸奥国紙**　香を焚きしめてある陸奥国産の檀紙。第九十三話に出る。○**うちかけて**　『書陵部本』と『陽明本』は「うちてかけて」。底本は「て」を見せ消ちにする。『版本』は「打かけて」。『今昔』は「打係《うちかけ》テ」、『古本説話』も「うち掛けて」。○**故ある人**　由緒ある人。『今昔』は「品不賤《しないやしから》ヌ人」。○**かち**　徒歩で。車に乗って参詣するより、労苦して歩いてお参りする方が、より御利益があると考えられた。歩いて参詣するのが当時の参詣形式の一つ。○**ただたりにたりゐたるが**　「垂《た》る」は疲れる意。ただ、疲れに疲れきって腰を下ろしている人が、の意。○手まどひをして　あわてふためいて。「手まどひ」は手の置き場もわからなくなるほどうろたえること。第三十・五十五話に出る。○旅籠馬　旅行用の食物や物品を入れる籠を運ぶ馬。○ほとほとしきさま　ほとんど死にそうな様子。まさに息が絶えてしまいそうである。○しあつかふ　もてあます。第五十八話に出る。○四、五町がうち　約四〇〇～五〇〇メートルの範囲。一町は約一〇九メートル。第五十二話に出る。○不便　かわいそうなこと。お気の毒なこと。○御殿籠り　「寝殿」に籠るの意で、寝るの尊敬体。ここは気を失うこと。○清き水も　『版本』「清き水の」。○その心を得て　底本は「その心をミて」とあり、「み」とも「え」ともとれる。『書陵部本』、『陽明本』、『龍門本』も同じ。『版本』、『古本説話』は「得て」。○いみじからん事　（長谷寺参詣によって）たとえすばらしい果報（を得られるはずだったとしても）。○男のうれしと思ふばかりの事　男がうれしいと喜ぶほどの謝礼。○皮籠馬　皮籠を運ぶ馬。皮籠は皮を張った行李《こうり》で、参籠に必要な日用品や衣類・雑具等を入れる。○とみの事　緊急なこと。急ぎの用。○幔　幔幕。貴人が食事をするところなど外部の者に見えないようにするのに用いる。○畳　敷物の総称。ムシロや薄縁《うすべり》などの類。○水遠かんなれど　水場はここから遠いそうであるが。「遠くあるなれど」の転。○夫　人夫。労役に従事する者。○清げにして　きれいに整えて。○食ふ食ふ　食いながら。○ありつる柑子　先ほどの柑子。○よもむなしくてはやまじ　まさか何もないままに終わりということはあるまい。○三むら　「むら」は匹・疋と表記。二反分《たん》を一巻きにした織物を数える語。第三十三話に「一疋《いっぴき》」として出る。○喜謝礼。○心ざしのはじめ　感謝の気持ちの一端。○おはしまし所　お住居。この敬語表現は主人の言葉を取り次ぐ従者が主人に対して示す敬意表現ととるのが自然だろう。『今昔』は「京ニハ其々《そこそこ》ニナム有ル」。『古本説話』は「京のおはしまし所はそこそこになんおはします」。

道づらなる人の家にとど《ゝ》まりて、明《あけ》ぬれば鳥とと《ゝ》もに起《お》きて行程《ゆくほど》に、日さしあがりて、辰《たつ》の時ばかりに、えもいはずよき馬に乗《の》りたる人、こ《此》の馬を愛しつつ《ゝ》、道も行《ゆ》きやらず、ふるまはするほどに、まことにえもいはぬ馬かな、これをぞ千貫《くわん》がけなどはいふにやあらん、と見《み》るほどに、こ《此》の馬にはかに倒《たう》れて、ただ《ゝ》死《し》にに《ゝ》死《し》ぬれば、主、我《われ》にもあらぬ気色《けしき》にて、下《お》りて立《たち》ゐたり。手惑《てまと》ひして、従者どもも《ゝ》鞍《くら》下《お》ろしなどして、「いかが《ゝ》せんずる」と言《い》へども、かひなく死《し》にはてぬれば、手を打《う》ち、あさましがり、泣《なき》ぬばかりに思ひたれど、すべき方なくて、あやしの馬のあるに乗《のり》ぬ。

「かくてここ《ゝ》にありとも、すべきやうもなし。我等《われら》は去《い》なん。これ、ともかくもして、引《ひ》き隠《かく》せ」とて、下《げ》種男《すおとこ》を一人とど《ゝ》めて去《い》ぬれば、こ《此》の男見《み》て、こ《此》の馬、わが馬にならんとて死ぬるにこそあんめれ。藁一筋《(すち)》が柑子三《みつ》になりぬ。柑子三が布三むらになりたり。この《(此)》布《(ぬの)》の《(ゝ)》馬になるべきなめりと思ひて、歩《(あゆ)》み寄《(よ)》りて、この《(此)》下種《(す)》男に言《(い)》ふやう、「こは、いかなりつる馬ぞ」と問《(と)》ひければ、「陸奥国《(みちのくに)》より得《(え)》させ給へる馬なり。よろづの人のほしがりて、価《(あたひ)》も限《(かき)》らず買《かは》んと申《まうし》つるをも惜《(お)》しみて、放《(はな)》ち給はずして、今日《(けふ)》かく死《(し)》ぬれば、その価《(あたひ)》少分《せうぶん》をも取《(と)》らせ給はずなりぬ。お《(を)》のれも、皮をだに剝《(は)》がばやと思へど、旅にてはいかが《(ゝ)》すべきと思《おもひ》て、まもり立《たち》て侍《はべる》なり」と言《(い)》ひければ、「その事なり《(也)》。いみじき御馬かなと見侍《はべ》りつるに、はかなくかく死《(し)》ぬる事、命あるもの《(物)》はあさましき事なり。まことに、旅にては皮剝《(は)》ぎ給《たまひ》たりとも、え干《(ほ)》し給はじ。お《(を)》のれはこの《(此)》辺《あたり》に侍れば、皮剝《(は)》ぎて使《(つか)》ひ侍らん。得《(え)》させておはしね」とて、この《(此)》布を一匹《(むら)》とらせたれば、男、思はずなる所得したりと思ひて、思《(おも)》ひもぞ返《(かへ)》すとや思《(おも)》ふらん、布を取《(と)》るままに、見だにも返《(かへ)》らず走《(はし)》り去《(い)》ぬ。

男、よくやり果《(は)》てて後《(こ)》、手かき洗《(あら)》ひて、長谷《(はせ)》の御方《(かた)》に向《(む)》かひて、「この《(此)》馬、生《(い)》けて給はらん」と念《ねん》じゐたるほどに、この馬、目を見あくるまま《(ゝ)》に、頭をもたげて起《(お)》きんとしければ、やはら手をかけて起《(お)》こしぬ。うれしき事限《かぎり》なし。遅《(をく)》れて来《(く)》る人もぞある、また《(又)》、ありつる男もぞ来《(く)》るなど、あやうく覚《(おほ)》えければ、やうやう《(〱)》隠《(かく)》れの方《(かた)》に引入《ひきいれ》て、時移《(うつ)》るまで休《(やす)》めて、もとのやうに心地《(ち)》もなりにければ、人のもとに引《ひき》もて行《ゆき》て、その布一匹《(むら)》して、轡《くつわ》やあやしの鞍《くら》にかへて、馬に乗《のり》ぬ。

〈現代語訳〉

道ばたの人家に泊まって、夜が明けると、鳥の声とともに起きて行くうちに、日が昇って、辰の時（午前八時）ごろに、なんとも言いようもないほどの良い馬に乗った人が、この馬をいたわりつつ、道をどんどん進んで行くでもなく、乗りまわしている。まことに絶品と言ってもよいような良い馬だなあ。こういうのこそ銭千貫にも値する名馬とでもいうのだろう、と見ていると、この馬が突然倒れて、たちまちに死んでしまった。馬の主は茫然《ぼうぜん》自失のありさまで、馬から下りて立っている。あわてふためいて、従者どもも鞍を下ろしたりして、「どうしよう」と言うが、何のかいもなく死んでしまったので、手を打ち、驚きあきれ、今にも泣かんばかりの思いであるが、どうしようもなく、主人はそこに連れて来ている別の駄馬に乗った。

「こうしてここにいても、しかたがない。我々は行くぞ。この馬はどうにでもして人目につかぬところへ隠しておけ」と言って、下男を一人残して行ってしまった。この様子をこの男は見て、この馬は自分の馬になろうとして死んだに違いない。藁一本がみかん三つになった。みかん三つが布三疋になった。この布が馬になるということなのだろう、と思って、近づいて行って、この下男に、「これはどうした馬なのですか」と尋ねた。「陸奥国から入手なさった馬です。多くの人がほしがって、金に糸目もつけずに買おうと申したのに、惜しんで、手放しなさらず、今日、こうして死んでしまったので、その値段のわずかな分をもお取りにならずにしまいました。私もせめて皮だけでも剝《は》ぎたいと思いますが、旅先ではどうしたらよいかと思って、見守って立っているのです」と言ったので、「実はそのことです。立派な馬だなあ、と見ておりましたが、あっけなくこうして死んでしまうとは、命あるものは嘆かわしいことです。まことに、旅先では皮をお剝ぎになっても、乾かすことはできないでしょう。私はこのあたりの者ですから皮を剝いで使いましょう。私に譲っておいでなさい」と言って、この布を一匹渡すと、男は、思いがけないもうけをしたと思い、相手の気が変わるかとでも思ったのか、布を受け取るやいなや、振り向きもせず一目散に走り去った。

男はその下男の姿がすっかり見えなくなってから、手を洗い、長谷寺の方に向いて、「この馬を生き返らせて下さい」と祈っていると、この馬は目を開けて、頭をもたげて起きようとしたので、そっと手を貸して起こしてやった。うれしくてたまらない。遅れて来る人がいるかもしれない。また、さっきの男が戻って来るかもしれない、などと危ぶまれたので、ようやく物陰に馬を引き入れて、時がたつまで休ませた。もとのように元気になったので、人のもとに引いて行き、布一匹を轡《くつわ》や粗末な鞍に換えて、馬に乗った。

〈語釈〉

○道づら　道路に面している。○辰の時　今の午前八時ごろ。○道も行きやらず　道をどんどん進んでも行かず。○えもいはぬ　何ともいえない。言葉で表現できないほど（良い）。○千貫がけ　銭千貫にも値するような名馬。「貫」は銭の単位で一千文をいう。『古本説話』は「千段駈」。○ただ死にに死ぬれば　みるみるうちに死んでしまったので。○我にもあらぬ気色　自分が自分でない様子。つまり茫然自失の状態。○手を打ち　手を打ち合わせ（くやしがる様子を表わす）。○あさましがり　驚きあきれ。第八十四・九十五話に出る。○あやしの馬　粗末な馬。「あやし」はこの場合、見苦しいとかみすぼらしい意。○我等は去なん　『阪本』には「等」がない。○下種男　身分の低い男。下男。第十八話に出る。○陸奥《みちの》国《くに》　今の福島・宮城・岩手・青森県にわたる地。東北地方の太平洋側の地。この地方は古くから名馬の産地として知られていた。○放《はな》ち給はず　手放しなさらず。○少分　少額。『今昔』は「一疋《いっぴき》ダニ」。『古本説話』も「一疋をだに」。○いかがすべき　どうしたらよいか。○まもり　見守り。見つめて。第二十七・三十二話等に出る。○その事なり　一種の応答の言葉、「それなんですよ」。相手の話に合わせる言葉。○あさましき事　嘆かわしいこと。「あさまし」は予期に反した時の気持ち。特に悪い方に予想外だった時の気持ちを表わす。第三・五・十七話等多出。○得させておはしね　私に得させて（譲って）、いらっしゃい。「おはす」は「行く」の尊敬体。『今昔』は「己レニ得サセテ返リ給ヒネ」。○思はずなる所得　思いがけない得。○思ひもぞ　「もぞ」は万一の場合を心配していう語。……したら大変だ。……するといけない。『版本』は「も」がない。『今昔』は「思ヒ返ス事モヤ有ル」。○見だにも返らず　ふり返りもしないで。『今昔』は「逃《にぐる》ガ如クシテ」。○やはら　そっと。第十三・三十三・八十七話等に出る。○ありつる　さっきの。

京ざまに上《(のほ)》る程に、宇治わたりにて日暮《(く)》れにければ、その夜は人のもとに泊《(と)》まりて、今一匹《(むら)》の布して馬の草、わが食物《くひもの》などにかへて、その《(其)》夜は泊《(と)》まりて、つとめていととく京ざまにのぼりければ、九条わたりなる人の家に、物へ行《(い)》かんずるやうにて、立《たち》騒《(さは)》ぐ所あり。この《(此)》馬、京に率《(い)》て行《ゆき》たらんに、見知《(し)》りたる人ありて、盗《(ぬす)》みたるかなど言《(い)》はれんもよしなし。やはらこれを売《うり》てばやと思《おもひ》て、かやうの所に馬など用なるもの《(物)》ぞかしとて、下《(お)》り立《たち》て、寄《(よ)》りて、「もし馬などや買《かは》せ給ふ」と問《(と)》ひければ、馬がなと思《おもひ》けるほどにて、この《(此)》馬を見て、「いかが《(こ)》せん」と騒《(さは)》ぎて、「只今《ただいま》、かはり絹《(きぬ)》などはなきを、この《(此)》鳥羽《とば》の田や米などにはかへてんや」と言《(い)》ひければ、なかなか《(中〱)》、絹《(きぬ)》よりは第一の事なり《(也)》と思《おもひ》て、「絹《(きぬ)》や銭などこそ用には侍れ。おのれ《(を)》は旅なれば、田ならば何《なに》にかはせんずると思給《おもひたま》ふれど、馬の御用あるべくは、ただ仰《(こ)おほせ》にこそしたがはめ」と言《(い)》へば、この《(此)》馬に乗《(の)》り試《(心)》み、馳《(は)》せなどして、「ただ思《(こ)おもひ》つるさまなり《(也)》」と言《(い)》ひて、この《此》鳥羽の近《ちか》き田三町、稲すこし、米などとらせて、やがてこの《此》家をあづけて、「お《を》のれ、もし命ありて、帰《かへり》上《のほ》りたらば、その時返し得《え》させ給へ。上《のほ》らざらんかぎりは、かくてゐ給へれ。もしまた《又》、命絶《た》えて、なくもなりなば、やがて我《わ》が家にして居給へ。子も侍らねば、とかく申《まうす》人もよも侍らじ」と言《い》ひて、預《あつ》けて、やがて下《くた》りにければ、その家に入居《いりゐ》て、みたりける米、稲など取置《とりを》きて、ただ《ゝ》ひとりなりければ、食物ありければ、傍《かたはら》、その辺《へん》なりける下種《す》など出《い》で来《き》て、使《つか》はれなどして、ただ《ゝ》ありつきに居つきにけり。

二月ばかり《斗》の事なりければ、その得《え》たりける田を、なからは人に作らせ、いま《今》なからは我料《わがれう》に作《つく》らせたりけるが、人の方《かた》のもよけれども、それは世《よ》の常《つね》にて、お《を》のれが分《ふん》とて作《つくり》たるは、ことのほか多《おほ》く出《い》で来《き》たりければ、稲多《おほ》く刈置《かりを》きて、それよりうち始《はし》め、風の吹《ふき》つくるやうに徳つきて、いみじき徳《とく》人にてぞありける。その家あるじも音《をと》せずなりにければ、その《其》家も我《わが》物にして、子孫など出《い》で来《き》て、ことのほかに栄《さか》えたりけるとか。

〈現代語訳〉

京に向かって行くうちに、宇治のあたりで日が暮れたので、その夜は人の家に泊まって、もう一匹の布を馬の飼葉《かいば》や自分の食べ物に換え、その夜は泊まって、翌朝たいそう早く京方向に上って行くと、九条のあたりにある人の家で、どこかに出かけようとする様子で、せわしく騒いでいるところがある。この馬を京に引いて行ったらば、見知っている人がいて、盗んだのかなどと言われるのもつまらない。そっとこれを売ってしまいたいものだ、と思い、こういうところにこそ馬などが必要なものだぞと考えて、馬から下り立ち、近づいて「もし、馬などはお買いになりませんか」と尋ねると、馬がほしいと思っていたところだったので、この馬を見て、「どうしよう」と騒いで、「今すぐには馬と交換するほどの絹などがないので、この鳥羽の田や米などに換えてはくれぬか」と言ったので、かえって絹よりもこの方が一番いいと思ったが、「絹や銭などこそ必要なのです。私は旅の者ですから、田をもらっても何にしようかと思いますが、馬が御用だというのなら、おっしゃるとおりにいたしましょう」と言った。買い手はこの馬に試《ため》し乗りをし、走らせたりなどして、「まったく思ったとおりだ」と言い、この鳥羽近くの田三町と稲を少し、米などを与えて、そのままこの家を預けた。「自分がもし命があって京に帰り上ったならば、その時に返して下さい。帰京しないかぎりはそのままいて下さい。もしまた命絶えて死ぬようなことになったら、そのまま自分の家にして住んで下さい。私には子もいませんから、とやかく言う人もよもやおりますまい」と言って預けて、そのまま地方に下って行ったので、その家に入って住み、手に入れた米や稲などを取って置き、たった一人であったが、食べ物が十分にあったので、その近隣の下人どもがやって来て、使われたりして、住みついてしまった。

　時は陰暦二月ごろのことだったので、その手に入れた田を、半分は人に作らせ、もう半分は自分のために作らせたところ、人の方の田もよく穫れたが、それは並の出来で、自分の分として作った田は格別の大豊作で、稲を多く刈り置いた。それを手始めとして、風が物を吹き寄せるように財産が増え、たいそうな金持ちになった。もとの家主も何の音沙汰もなくなったので、その家も自分のものにし、子や孫などもできて、ことのほかに栄えたという。

〈語釈〉

○宇治　京都府宇治市。長谷から宇治までは約五〇キロメートル。**○つとめて**　翌朝。第十八・三十三・四十二話等に出る。**○九条**　京都市の九条大路。平安京の南端にあたる。**○物へ行かんずるやうにて**　引っ越しでもするのか、どこかに出発しそうな様子で。「物」は行くべき場所を漠然と指す語。**○よしなし**　つまらない。いやだ。よくない。第七十八の二・百二十七話に出る。**○やはら**　そっと。こっそり。第十三・三十三・八十七話等に出る。**○かやうの所に**　このようなところに。『今昔』には「出立《いでたち》スル所ニハ」とある。**○下《お》り立《たち》て**　『書陵部本』と『版本』は「おり走て」。**○馬がな**　馬がほしい。「がな」は願望の意を表わす終助詞。**○かはり絹**　馬の代金に相当する絹。**○鳥羽の田**　京都市南区上鳥羽から、伏見区下鳥羽にかけての田。このあたりは鳥羽田ともいわれるように、田が広がり、穀倉地帯であった。『今昔』は「此ノ南ノ田居ニ有ル田」。○なかなか　かえって。○やがて　そのまま。○ゐ給へれ　いて下さい。「ゐ給へ」の「へ」が底本および『陽明本』は「つ」にも見える。○みたりける米　「み」の傍注に「え歟《か》」とある。『書陵部本』と『陽明本』も「み」、『版本』は「え」。ここは「え（得）」の意に解しておく。○ありつきに居つきにけり　「ありつく」は「住みつく」「居つく」の意。住みついて居ついてしまった。○二月ばかりの事　陰暦二月はちょうどその年の春の農事が始まる時期。○我料　自分の分として。「料」は「ため」「ためのもの」の意。第十八・二十二・二十三話等に出る。○徳　富、財産。第二十五・五十七・八十六話等に出る。○徳人　金持ち。富裕な人。第七十一話に出る。

〈参考〉

前話第九十五話は清水の観音堂を舞台にした一人の検非違使《けびいし》の若き日の話。本話は長谷寺観音の利生《りしよう》に与《あずか》った若侍の話である。『今昔』巻十六第二十八話と『古本説話』巻下第五十八話とほぼ同文的同話である。また、時代がやや下るが、無住《むじゆう》の『雑談集《ぞうたんしゆう》』巻五にも簡略ながらこの話が載っている。

ところで、この話は「藁しべ長者」譚として知られているが昔話として全国的な広がりをもつ話でもある。関敬吾の『日本昔話大成』の分類によれば「運命と致富」という昔話の一つの項目にあたる話であり、基本的には仏・神による加護や利生・信心には無関係である。

昔話では一般に最終的には幸福な結婚という結末になるものが多く、これもそこに行き着くまでの最初の契機として藁しべがある。要するに昔話はうまい具合に運が開けた男の話で、そうなったらいいな、という庶民の願望を物語るものである。

　この願望と幸運の達成を観音信仰に託し、観音菩薩の助力によって運が開けたとするのが本話である。『今昔』の本話の題は「参長谷男、依観音助得富語」(長谷《はつせ》に参りし男、観音の助けによりて富を得たること)であり、『古本説話』は「長谷寺参詣男以レ蝱《あぶ》替二大柑子一事」(長谷寺に参詣したる男、蝱を以て大柑子に替へたること)とする。『宇治』では「長谷寺参籠の男、利生に預る事」とあり、この話の内容を表わすのは『今昔』の題もよいが、『宇治』の題の方が的確かと考えられる。

　父母もなく、職もなく、天涯孤独の若者が、生活に行き詰まり、生きる気力も失せて途方に暮れた末に長谷寺に参籠し、観音菩薩にすがって夢を見る。夢告によって賜った藁しべ一本が大きなみかん三個になり、三個のみかんが三疋の布になり、三疋の布が名馬になり、次々に交換してついに田地と家屋敷になって、富裕な長者になる。最後には使用人もでき、子孫も繁栄し、「ことのほかに栄えた」という。まさにいつの時代でも、人の願いはこれに尽きるのではないだろうか。すなわち、致富と子孫繁栄とである。『宇治』の話はここで終わっている。

『今昔』は結びの部分が少し違う。当の若者は、転勤しようとしている人から、馬を「九条ノ田居《たゐ》ノ田一町・米少《すこし》ニ替」え、その人から地券を受け取って、京の知人のもとに身を寄せ、受け取った米を食べ、田はその近辺の人に小作に出したり、家を造ったりして裕福な生活をするようになる。その後は、これらすべてを長谷の観音の御助けと思い、常に参詣したという。『宇治』でも、すべてが観音のお計らいであることは確かだが、結末に観音菩薩への感謝の念が書いてない。『古本説話』も同様である。

無住の『雑談集』巻五「信智之徳ノ事」も観音の利生を語り、内容は簡略ながら、ほぼ同じである。ただし、この利生に与った男は格別生活に困窮していたふうでもなく、「信アル俗」で、「常ニ長谷寺ニ参ジ」ていた。その「功ムナシカラズシテ」示現に与り、「ナニ、テモ、路ニミエム物ヲ取テモテ」と言われ、藁しべで虻をくくって遊んでいたという。その後の話の展開は上記の三書の内容とほぼ同じである。ただし、馬に乗っていた人は「大番衆」(禁中守護として諸国から交替で上京する武士)の「大名ゲナル人」で、その武士の馬が伏見稲荷の辺で急病になり、半死半生(前三書では急死する)になったので、その武士は従者に預けて行ってしまう。若者はこの馬を布と交換し、馬は元気になる。前三書では若者が「長谷の御方」に向かって、この馬を生かして下さいと祈念しているが、ここでは馬は死んでいないので祈っていない。また馬を所望されて差し出す相手は筑紫に下ろうとする大宰大弐《だざいのだいに》である。このように『雑談集』の話は他の三書と異なる点が多い。のちには若者は帰京した大弐の家来になって「タノシカリケリ」とあり、「コレ信心ノ故也」ということで話は終わっている。

既述したように、話末において長谷観音の霊験を最も強調しているのは『今昔』である。『今昔』では、男は自分のよい暮らしを「長谷ノ観音ノ御助ケ也」と知って、常に参詣したが、『古本説話』と『宇治』では、このよい生活を長谷観音の利生であると承知しながら、特に信心に結びつけていない。

ところで、上述したように、この「観音の霊験」という部分がないのが昔話である。柳田國男は「昔話と文学」という論考で、これは「至つて単純な、しかも愉快な空想談である」といっている。これを長谷寺の観音菩薩の霊験譚に結びつけ、「これを運んで遠国の田舎まで流布させた者が如何なる組織をもち、又どういふ種の仕入れ方をしてゐたか、興味ある課題であるが、今はまだわかつてゐない」(『柳田國男全集』9、筑摩書房、三四三頁)と述べ、この話のバリエーションとして『安芸国昔話集』の例をあげている。それは、内容はほとんど同じだが、喉が渇いて死にそうになった旅の上臈《じょうろう》が、ある土地の呉服屋になったりしているという。この話は語られる場と時代とに合わせて変化しているのである。

この話を遠国の田舎まで流布させた者がどのような組織をもっていたかという柳田の疑問に答えたのが永井義憲の「勧進聖と説話集――長谷寺観音験記の成立」(『国語国文』22巻10号)である。ただし、この藁しべ長者譚は現存の『長谷寺観音験記』には入っていない。永井は『長谷寺観音験記』の成立を正治二年(一二〇〇)から建保六年(一二一八)に至る間のことと考えている。そうすると、この「藁しべ長者」の話は、すでに『今昔』にもあり、またこの『長谷寺観音験記』とほぼ同時代の成立とみられる『宇治』にも載っているので、当時、広く知られたおもしろい観音利生話であったはずである。それが『長谷寺観音験記』に採録されなかったのには何か理由があるに違いない。が、その理由は明らかでない。

ところで、すでに述べたところだが、この藁しべ長者譚は今日、長谷寺と無関係に、昔話として全国的に語られている。霊験譚としてのものと昔話としてのそれとが、どちらが先行するかはわからないが、関敬吾の『日本昔話大成』では、この類の話を「運命と致富」の項に置き、「三年味噌型」と「観音祈願型」とに分類し、後者を説経唱導の場で語られたものと考え、また、それは長谷寺に限定することなく語られたものという。

なお、長谷寺は「夢」を授けてくれるところとして有名である。西郷信綱の『古代人と夢』（平凡社）の「長谷寺の夢」の項にあるように、本話もさることながら、『長谷寺観音験記』の話の多くが、参籠、ねむり、夢のお告げというパターンで語られている。他の寺院でも夢を授けることは行なわれたが、長谷寺の観音菩薩の夢告は有名であった。貴族の老若男女のみならず、本話の若侍のようなものも含めて、貴賤入り交じって礼堂で祈請《きしょう》したというから、そこはまさに現世の縮図を見るようであったろう。なおまた高橋『古本説話集』（講談社学術文庫）下第五十八の「参考」を参照されたい。

九十七（上九十八）小野宮大饗事　付西宮殿冨小路大臣等大饗事〈小野宮《をののみや》大饗《だいきやう》の事　付《つけたり》西宮殿《にしのみやどの》冨小路《とみのこうぢの》大臣《おとど》等《ら》大饗《だいきやう》の事〉　巻七―六

今《いま》は昔《むかし》、小野宮殿《をののみやどの》の大饗《だいきやう》に、九条殿の御贈物にし給《たまひ》たりける女の装束《さうぞく》に添《そ》へられたりける紅《くれなゐ》の打《うち》たる細長《ほそなか》を、心なかりける御前《ごぜん》の、取《とり》はづして、遣水《やりみづ》に落《おと》し入《いれ》たりけるを、すなはち取《とり》あげて、うち振《ふ》るひければ、水は走《はし》りて乾《かは》きにけり。その濡《ぬ》れたりける方《かた》の袖《そで》の、つゆ水に濡《ぬ》れたるとも見《み》えで、同《おな》じやうに打目《うちめ》などもありける。昔《むかし》は、打《うち》たる物はかやうになんありける。

また《又》、西宮殿の大饗に、「小野宮殿を尊者《そんじや》におはせよ」とありければ、「年老《としおい》、腰痛《いた》くて、庭の拝《はい》えすまじければ、え詣《まう》づまじきを、雨降《ふ》らば庭の拝もあるまじければ、参《まい》りなん。降《ふ》らずは、えなん参《まい》るまじき」と御返事のありければ、雨降《ふ》るべきよし、いみじく祈給《いのりたまひ》けり。その験《しるし》にやありけん、その日になりて、わざとはなくて、空曇《くも》りわたりて、雨そ《こ》そきければ、小野宮殿は脇より上《のぼ》りておはしけり。

中嶋に大《おほき》に木《こ》高《たか》き松一本《ひともと》立《た》てりけり。その松を見《み》と見る人、「藤のか《こ》かりたらましかば」とのみ、見つつ《ゝ》言《い》ひければ、この《此》大饗の日は睦月《むつき》の事なれども、藤の花いみじくをかし《お》く作《つく》りて、松の木末《こすゑ》より隙《ひま》なうかけられたるが、時ならぬ物はすさまじきに、これは空の曇《くも》りて、雨のそほ降《ふ》るに、いみじくめでたう、をかし《お》う見《み》ゆ。池の面《おもて》に影のうつりて、風の吹《ふ》けば、水の上《うへ》もひとつになびきたる、まことに藤浪《ふぢなみ》といふ事は、これをいふにやあらんとぞ見《み》えける。

また《又》後の日、冨小路《とみのこうぢ》の大臣《おとゝ》の大饗に、御家のあやしくて、所々《〱》のしちらひも、わりなくかまへてありければ、人々《〱》も、見苦《みくる》しき大饗かなと思ひたりけるに、日暮《くれ》て、事やうやう《〱》果《は》てがたになるに、引出物の時になりて、東の廊の前《まへ》に曳《ひき》たる幕の内《うち》に、引出物の馬を引立《ひきたて》てありけるが、幕の内《うち》ながらいなな《ゝ》きたりける声《こゑ》、空をひび《ゝ》かしけるを、人々《ゝ》、「いみじき馬の声かな」と聞《きゝ》きける程に、幕柱を蹴《け》折《をり》て、口《くち》取《とり》を引《ひ》き下《さ》げて、出《い》で来《く》るを見《み》れば、黒栗毛《くろくりげ》なる馬の、たけ八寸《やき》あまりばかりなる、ひらに見《み》ゆるまで身太《ふと》く肥《こえ》たる、かいこみ髪《かみ》なれば、額の望月《もちづき》のやうにて白《しろ》く見《み》えければ、見てほめのの《ゝ》しりける声《こゑ》かしがましきまでなん聞《き》こえける。馬のふるまひ《ゐ》、おもだち、尾ざし、足つきなどの、ここ《ゝ》はと見《み》ゆる所なく、つきづき《〱》しかりければ、家のしちらひの見苦《みくる》しかりつるも消《き》えて、めでたうなんありける。さて、世の末《すゑ》までも語《(かた)》り伝《(つた)》ふるなり《(也)》けり。

〈現代語訳〉

九十七　小野宮の大饗のこと、及び西宮殿・冨小路の大臣等の大饗のこと

今は昔のことだが、小野宮殿の大饗の時に、弟君の九条殿への御贈り物になさった女の装束に添えられていた、砧《きぬた》で打った紅色の細長を、不注意な従者がとりはずして、遣水《やりみず》に落としてしまったのを、すぐに取り上げて、振ったところ、水は飛び散って乾いてしまった。その濡れた方の袖は、少しも水に濡れたようにも見えないで、濡れない方の袖と同じように砧で打った打ち目が見えていた。昔は打ってつやを出した布地はこのようであった。

また、西宮殿の大饗の折に、「小野宮殿を主賓にお迎えしたい」ということであったが、「年老いて、腰が痛くて、庭での礼もできそうもないので、お伺いできないでしょうが、雨が降れば庭の礼もないでしょうから、参りましょう。降らなかったら、とうていお伺いできません」との御返事があったので、雨が降るようにと熱心にお祈りなさった。その効験《ききめ》であったのか、その日になって、おのずと空に雲が広がって、雨が降ってきたので、小野宮殿は脇の階段から御殿に上って来られた。

池の中嶋に大きい高い松が一本立っていた。その松を見る人は誰も「ああ、これに藤がかかっていたらどれほどいいか」と口をそろえて言っていたので、この大饗の日は正月のこと

であるが、藤の花を実に見事に作って、松の梢から隙間もないほどにかけておかれた。とかく時季はずれのものは興ざめなものだが、これは空が曇り、雨がそぼ降るなかに、実に見事で趣《おもむき》深く見える。池の面に影が映って、風が吹くと水の上も一緒になってゆらめきなびいているさまは、まことに藤浪というのはこれをいうのであろうと思われた。

また後日、富小路の大臣の大饗の際、御家も粗末で、所どころの設備も行き届いていないので、人々も見苦しい大饗だなと思っていた。やがて日も暮れて、宴もようやく終わりに近くなって、引出物の時になった。東の廊の前に張りめぐらした幕の中に、贈り物の馬が引き立ててあったが、幕の内にいながらいないた声が空を響かすほどであった。客人たちも、「大した馬の声だなあ」と聞いているうちに、幕柱を蹴折《けお》って、口取《くちとり》の男を引きずって出て来たのを見ると、黒栗毛《くろくりげ》の馬で、身の丈は四尺八寸（約一二五センチ）以上もあり、平たく見えるほどに太く肥えていて、かいこみ髪のために額《ひたい》が満月のように白く見えたので、それを見てやんやとほめそやす声が、やかましいほどに聞こえたのであった。馬のふるまい、顔だち、尻尾のさま、足つきなど、ここはという欠点もなく、大饗の引出物としてふさわしかったので、家のしつらいが見苦しかったのも忘れられて、すばらしいものであった。かくて、世の末までも語り伝えているのである。

〈語釈〉

○小野宮殿　藤原実頼《さねより》。昌泰三年（九〇〇）～天禄元年（九七〇）。忠平《ただひら》の長男。右大臣、

左大臣、関白、太政大臣、摂政をつとめる。没後、贈正一位。清慎公《せいしんこう》と諡《おくりな》される。朝廷の公事《くじ》・儀式の小野宮流の祖。歌人で、家集『清慎公集』がある。勅撰集にも多く入集、箏・笙などの管弦をよくした。日記『清慎公記』(『水心記』『小野宮殿記』ともいう)がある。**○大饗**　宮廷や貴顕の家で、恒例または臨時に行なった大饗宴。恒例のものとしては二宮《にぐう》(中宮と東宮)の大饗と大臣の大饗があり、臨時のものとしては任大臣の大饗があった。二宮の大饗は正月二日、大臣大饗は、左大臣のが正月四日、右大臣のは五日に行なわれた。第十八・八十四話に既出。**○九条殿**　藤原師輔《もろすけ》。延喜八年(九〇八)～天徳四年(九六〇)。実頼の弟。右大臣、正二位。天暦四年(九五〇)村上天皇の女御《にょうご》となっていた女安子《むすめあんし》の生んだ憲平《のりひら》親王(冷泉天皇)が立太子したことから、天皇の外戚となり、以後師輔の子孫が摂関となった。日記『九暦』があり、『九条年中行事』、『九条殿遺誡《ゆいかい》』などがある。歌は『後撰和歌集』以下の勅撰集に入る。**○打たる**　砧《きぬた》で打って光沢を出した。**○細長**　女子の衣服。小袿《こうちぎ》の上に着る。**○御前**　前駆の敬称。ここでは従者のこと。『今昔』には「前駈」とある。**○遣水**　庭などに水を導き入れて流れるようにしたもの。**○すなはち**　すぐに。即座に。第九・三十・五十・六十話等に出る。**○打目**　砧で打ってつやを出した時にできる文様状のもの。**○西宮殿**　源高明《たかあきら》。延喜十四年(九一四)～天元五年(九八二)。醍醐天皇の皇子。西宮左大臣などとも称される。延喜二十年(九二〇)十二月源姓を賜り、中宮大夫、左近衛大将などを経て、康保三年(九六六)正月に右大臣、翌四年正二位、左大臣に至る。しかし、安和《あんな》二年（九六九）三月、安和の変により大宰権帥《だざいのごんのそち》に遷され、筑紫に配流され、天禄三年（九七二）に召還される。帰京後は政界に復帰せず、天元五年（九八二）に没。六十九歳。本書の序文に出る。○**尊者**　大饗における主賓。多くは年長で高位の者がなった。○**庭の拝**　尊者が庭内に入り、主客の間で交わす迎接の礼。この後、主人と尊者が並んで南の階《きざはし》の東西の端から昇り、着座する。『江家《ごうけ》次《し》第《だい》』に詳しい。○**わざとはなくて**　わざとではなく、自然に。○**雨そそきければ**　雨が降ったので。「そそき」は清音。江戸時代以後「そそぐ」。○**中嶋**　寝殿の前の池の中に設けられた島。よみは「なかしま」（『時代別国語大辞典』室町時代編、三省堂等）。○**睦月**　陰暦正月。藤の花の季節ではない。○**時ならぬ物はすさまじきに**　時季はずれのものは興ざめなものであるが。「すさまじ」は「興味が感じられない」「つまらない」の意。○**そほ降る**　しとしと降る。日葡辞書は「ソヲフル」。近世初期ごろに「そぼふる」に転じたか。○**藤浪**　藤の花が風になびいてゆれ動くさまを波に見たてていう語。ここは水面に映って、水の上でもゆれ動いて見えるのを、まさにこれこそ藤浪であるといったのである。○**後の日**　西宮殿の大饗の「後の日」ととれるが、源高明が右大臣に任ぜられたのは康保三年（九六六）。左大臣には翌年になっている。冨小路の大臣の右大臣就任は天徳四年（九六〇）で、康保二年（九六五）には死去しているので、先の高明の大饗に続く「後の日」ではない。○**冨小路の大臣**　藤原顕忠《あきただ》。昌泰元年（八九八）～康保二年（九六五）。左大臣時平の次男。承平七年（九三七）参議。天慶四年（九四一）五人を越えて権中納言、従三位。天暦二年（九四八）大納言、天徳四年（九六〇）右大臣。冨小路右大臣と呼ばれ、歌人でもあった。○**あやしくて**　粗末で。「あやし」はみすぼらしい、貧弱だ、の意。○**しちらひ**　『版本』は「しつらひ」。設備。○**わりなく**　むちゃくちゃだ。不行届きだ。○**引出物**　饗宴などの終わりに、主人から客に出す贈り物。もとは馬を引き出して贈ったのでこの名がある。○**口取**　馬の「くつわ」を取って引く人。○**引き下げて**　引きずって。○**黒栗毛**　馬の毛色で、黒みがかった栗毛のもの。「栗毛」はからだの毛およびたてがみ、尾が赤茶色のもの。○**たけ八寸あまり**　背丈が四尺八寸以上の大きな馬。馬の丈は肩から前足までを計り、四尺（約一・三メートル）を基準とし、それ以上を寸《き》で計った。「寸《き》」は上代からの長さの単位で、主に馬の高《たけ》を計るのに用いる語。○**ひらに見ゆる**　平たく見えるほどに。ひょろりとした感じの細い馬ではなく、肥えて横広のたくましい馬のこと。○**かいこみ髪**　「馬の頭の毛を刈りこんだものか」（『日本国語大辞典』）とある。諸注は「額の上の髪が前にたれ落ちてこないように、編むか刈るかしてあるもの」（『新全集』）、「前髪を刈りこんで短くしたさま」（『新大系』）、「『掻き籠み髪』で、頭の毛を掻きこんで編んだもの」（『集成』）とする。『古事談』には「毛ツルメナル馬」とある。○**望月**　満月。○**尾ざし**　尻尾の様子。『書陵部本』、『版本』は「尻ざし」。○**ここはと見ゆる所**　ここはよくないなとみえるところ。ここは欠点だとみえるところ。○**つきづきし**　（大饗の引出物として）ふさわしい。

〈参考〉

三つの大臣大饗の話から成る。

第一の話は『今昔』巻二十四第三話と同文的同話であるが、『今昔』の方がその時の事情がわかりやすく書いてある。すなわち、本話は「小野宮殿の大饗に、九条殿の御贈物にし給たりける女の装束」という書き出しで、この「女の装束」が、誰が誰に贈ったものなのかわかりにくい。『今昔』はまず「小野宮ノ大臣ノ大饗行ヒ給ケルニ、九条大臣ハ尊者ニテナム参給ヘリケル」とあって、まずこの時の第一の貴賓が実頼の弟の師輔であったことがわかる。ついで「其御送物ニ得給タリケル女ノ装束」とあり、これが実頼から引出物として師輔がもらったものであることが判明する。その引出物の衣類がきわめてすぐれたものであったということ。ここでは「昔は、打《うち》たる物はかやうになんありける」という文で終わっているが、『今昔』は「今ノ世ニハ極テ難レ有キ事也」と述べて、今の世に比べて、昔の世のすぐれていたとする尚古意識をのぞかせる。

第二の話は本書の「序」に出る「西宮殿」源高明の大臣大饗の話である。高明の大臣就任は康保三年（九六六）に右大臣、その翌年に左大臣に任ぜられている。尊者として招かれた実頼は、その時すでに晩年であり、腰痛があったというのもうなずける。その時の趣向の見事さ——寝殿の前の池中に作られた中嶋に松の大木があった。常々、あの松に藤の花がかかっていたらと、人々が言っていたが、時は正月、通常、季節はずれのものは、おもしろくないものだが、この時、松に人工の藤の花をかけて、それが実に見事だったというのである。

そもそも「松に藤」という取り合わせは一般的なもののようである。髙嶋和子は『源氏物語植物考　一』（国研出版、二〇〇四頁）の中で、『宇津保物語』（吹上）の一場面を引いて、十一名の公達《きんだち》が「藤の花を折りて、松の千歳を知る」という題で歌を詠んだところを取り上げている。その中に「みぎはなる松にかかれる藤の花かげさへふかくおもほゆるかな」という歌がある。この「池と松と藤」という組み合わせは、本話とは季節が違うものの、まさに本話の趣向と軌を一にするといってよい。また、『源氏物語』（蓬生）においては藤と松が重要な役を演じている。光源氏は「松にかかる藤と、藤の花の匂い」によって、忘れていた末《すえ》摘花《つむはな》を思い出す。いわば「みぎわの松と、それにかかる藤の花」という取り合わせは、そうあるべき定まった情景だったのである。また藤と不変の緑の松は藤氏繁栄の象徴でもあった。

第三の話についていえば、『古事談』巻二第七十四話に同様の記事がある。冨小路右大臣顕忠は『古事談』によれば、「倹約を以て事と為す」とあり、質素、倹約の生活だったらしい。父時平によって左遷の憂き目を見た菅原道真の霊を畏《おそ》れたために、質素な生活をしていたといわれる。この大饗の日も、本話によれば、「御家のあやしくて、所々のしちらひも」見栄えがせず、また『古事談』では「殿きたなげなり」とある。この時の尊者は『古事談』によれば、「小野宮殿」であった。本話では「人々も、見苦しき大饗かな」と思い、『古事談』では主賓の実頼が「由無《よしな》き所に来にけり」と思っている。ところが、この大饗の引出物にはすばらしい馬が用意されていたという話で、終わりには「家のしちらひの見苦しかりつるも消えて、めでたうなんありける」ということになった。まことに見事な「馬の引出物」で、『古事談』によれば尊者も満面の笑みを浮かべたという。

ところで、この三つの大饗の話は、「大饗」ということが共通するだけでなく、いずれにも「小野宮殿―藤原実頼」がかかわっている。第二の「西宮殿の大饗」の話は他書に同話が見当たらないが、この三話ともに実頼周辺の者によって語られたものではなかろうか。

九十八（上九十九）式成満則員等三人被召滝口弓芸事〈式成《のりなり》、満《みつる》、則員《のりかず》等三人《さんにん》、滝口《たきぐち》に召《め》され、弓芸《ゆげい》の事〉　巻七―七

これも今は昔《むかし》、鳥羽院位《とばのゐんくらゐ》の御時、白河院の武者所《むしやどころ》の中に、宮道式成《みやぢののりなり》、源満《みつる》、則員《のりかず》、ことに的弓《まとゆみ》の上手《じやうず》なりと、その時《とき》、聞《きこ》えありて、鳥羽院位の御時の滝口《たきぐち》に、三人ながら召《め》されぬ。試《こゝろ》みあるに、大かた一度もはづさず。これをもてなし興ぜさせ給《たまふ》。

或時《あるとき》、三尺五寸の的を賜《た》びて、「これが第二の黒《くろ》み、射落《お》として持《も》て参《まい》れ」と仰《おほせ》あり。巳時《みのとき》に給はりて、未時《ひつじのとき》に射落《お》として参《まい》れり。いたつき三人の中に三手なり《也》。矢取《と》りて、矢《や》取《とり》の帰らんを待《ま》たば程経《へ》ぬべしとて、残《のこり》の輩《ともがら》、我《われ》と矢を走《はしり》たちて、取《と》り取りして、立《たち》かはり立かはり《(〳〵)》射《(い)》る程に、未《ひつじ》の時のなからばかりに、第二の黒《(くろ)》みを射落《(いお)》として持て参《(まい)》れりけり。「これ、すでに養由《(やういう)》がごとし」と、時の人ほめのの《(ゝ)》しりけるとかや。

〈現代語訳〉

九十八　式成・満・則員ら三人が滝口に召され、弓芸を披露すること

これも今は昔のことだが、鳥羽院御在位の御時、白河院の武者所の中で、宮道式成《みやじののりなり》、源《みなもとの》満《みつる》、則員《のりかず》は、特に的弓《まとゆみ》の名手であると、そのころ評判が高かったので、鳥羽院の御在位の御時の滝口の武士に三人とも召された。試射の際にはおよそ一度もはずしたことがない。院はこれを興がりよろこばれた。

ある時、三尺五寸（約一三五センチ）の的を賜り、「この第二の黒みを射落として持って参れ」との仰せがあった。巳時（午前十時ごろ）に賜って、未時（午後二時ごろ）に射落として参上した。鏃《やじり》の頭を平らにしてある練習用の矢は三人に対して三対、つまり六本だったので、矢を取って、矢取《やとり》の者が帰るのを待っていたら、時間がたってしまうだろうと、残りの者が自分で走って行っては矢を取って、入れ替わり立ち替わり射るうちに、未時（午後二時ごろ）に第二の黒い部分を射抜いて持参したのであった。「これはまるで養由《ようゆう》のようだ」

と、当時の人はほめそやしたとかいうことだ。

〈語釈〉

○鳥羽院　第七十四代の天皇。堀河天皇の第一皇子。康和五年（一一〇三）～保元元年（一一五六）。在位は嘉承二年（一一〇七）～保安四年（一一二三）。第七十五話に既出。○白河院　白河上皇の御所。白河北殿とする注が多い。それはもと摂政藤原良房《よしふさ》が建てた別業で、のちに頼通《よりみち》の嫡男関白師実《もろざね》（第六十話）が白河天皇に献上したもの。ただし『叢書』は「院自体と解するも可」とし、『新全集』はその説を承《う》けている。○武者所　院の御所を警護する武士の詰め所。○宮道式成　長承元年（一一三二）左馬少允《さまのしょうじょう》となる（『中右記』）というが、詳伝未詳。○源満　嵯峨源氏。伝《つたう》の子。滝口右馬《うま》允。詳伝未詳。○則員　伝未詳。○的弓　的を射る弓術。○滝口　「滝口所」に詰めた武士。「滝口」は清涼殿の北東にある、御溝《みかわ》水《みず》の落ちるところでこの名がある。蔵人所《くろうどどころ》に属し、宮中の警備や雑役にあたった。定員二十名。○試み　試射。○第二の黒み　弓の的の、三重に書いた黒い輪の中の部分。中院《ちゅういん》ともいう。○巳時　午前十時ごろ。○未時　午後二時ごろ。○いたつき　練習用の矢で、角や木、鉄などで作った、小さい、先のとがっていないもの。○三手　「手」は、矢二本をひと組として、「的矢《まとや》」または「上《うわ》差しの矢」（「えびら」や「やなぐい」の表に、差し添える矢）を数える語。つまり六本の矢。○矢取　矢を取ってくる者。○養由　底本は「やうゆう」。「ゆ」を見せ消ちにして「い」と傍書。養由基《ようゆうき》。中国春秋時代の楚《そ》の国の人。弓の名人。『淮《え》南子《なんじ》』「説山訓」や『呂氏春秋《りょししゅんじゅう》』「不苟論・博志」に見え、弓矢の調子をととのえただけで、猿が木にすがって鳴き叫んだとされ、また百歩の外で柳の葉を射て、百発百中したという。

〈参考〉

前話は最高貴族である三人の大臣の大饗の話であった。それと対照的にこれは地下《じげ》官人の三人の弓の名手の話である。『椿説弓張月《ちんせつゆみはりづき》』前編一に引用されている。それには式成と則員という二人の滝口の武士の話としてあり、源満の名はない。ともあれ、的は遠い。その的の第二の黒みを三人でわずか六本の矢をもって交互に射ながら、四時間ほどで射落としてしまったのだから、「これ、すでに養由がごとし」と人々が感嘆の声を上げたのもむべなるかなである。

これは鳥羽院在位中の話である。前話の名馬のいななきの声が、やがて軍馬の蹄《ひづめ》の音に変わり、的矢の音も合戦の弓矢のうなりの音になって近づいて来ようとする時の話である。

九十九（上百）大膳大夫以長前駆之間事〈大膳大夫以長《だいぜんのたいふもちなが》、前駆《ぜんく》の間《あひだ》の事〉巻八—一

これも今《いま》は昔《むかし》、橘《たちばなの》大膳《だいぜんの》亮大夫《すけのたいふ》以長といふ蔵人《くらうど》の五位有《あり》けり。法勝寺《ほつしようじ》千僧供養に鳥羽院御幸《ごかう》ありけるに、宇治左大臣参《まい》り給《たまひ》けり。さきに、公卿《くぎやう》の車行《ゆき》けり。後《しり》より

左府参《(まい)》り給《たまひ》ければ、車を押《(ゝ)》さへて有《あり》ければ、御前《ごぜん》の随身《ずいじん》、下《(お)》りて通《(とを)》りけり。それに、この以長一人下《(お)》りざりけり。いかなる事にかと見《(み)》る程に、通《(とを)》らせ給《たまひ》ぬ。

さて、帰らせ給《たまひ》て、「いかなる事ぞ。公卿あひて、礼節《れいせつ》して車を押《(ゝ)》さへたれば、御前の随身みな下《(を)》りたるに、未練の者《(物)》こそあらめ、以長下《(お)》りざりつるは」と仰《おほせ》らる。以長申《まうす》やう、「こはいかなる仰《おほせ》にか候《さぶらふ》らん。礼節と申候《まうしさぶらふ》は、前にまかる人、後《(しり)》より御出なり候は《(ゝ)》ば、車を遣《(や)》り返して、御車にむかへて、牛をかきはづして、榻《しぢ》に軛《(くひ)き》木を置《(ゝ)》きて、通《(とを)》し参《(まい)》らするをこそ礼節とは申候《まうしさぶらふ》に、さきに行《ゆく》人、車をおさ《(ゝ)》へ候《さぶらふ》とも、しりをむけ参《(まい)》らせて通《(とを)》し参《(まい)》らするは、礼節にては候はで、無礼《むらい》をいたすに候《さぶらふ》とこそ見《(み)》えつれば、さらん人には、なんでう下《(お)》り候はむぞと思《おもひ》て、下《(お)》り候はざりつるに候《さぶらふ》。あやまりてさも候は《(ゝ)》ば、打寄《うち(よ)》せて、一言葉《(こと)ば》申さるやと思候《おもひさぶらひ》つれども、以長、年老候《おいさぶらひ》にたれば、押《(を)》さへて候つるに候」と申《まうし》ければ、左大臣殿、「いさ、この事、いかが《(ゝ)》あるべからん」とて、あの御方に、「かか《(ゝ)》る事こそ候へ。いかに候はんずる事ぞ」と申させ給《たまひ》ければ、「以長、古侍《(ふるさふらひ)》に候《さぶらひ》けり」とぞ仰事《おほせごと》ありける。昔《(むかし)》はかきはづして、榻《しぢ》をば轅《ながえ》の中に、下《(を)》かんずるやうに置《(を)》きけり。これぞ礼節にてはあんなるとぞ。

〈現代語訳〉

九十九　大膳大夫以長が前駆した時のこと

　これも今は昔のことだが、橘大膳亮大夫以長《だいぜんのすけのたいふもちなが》という蔵人《くろうど》の五位がいた。法勝寺《ほっしょうじ》の千僧供養に、鳥羽院が御幸になった折に、宇治左大臣も参詣なさった。先に、公卿の車が行った。後から左大臣がおいでになったので、先の公卿が車を控えて止めていたので、左大臣の前駆の随身は馬から下りて通った。ところが、この以長一人は下りなかった。どうしたことかと見ているうちに、左大臣はお通りになった。

　ところで、左大臣はお帰りになって、「どうしたことだ。公卿が出会って、礼節を尽くして車を止めたので、前駆の随身がみな馬を下りたのに、不慣れな者ならいざ知らず、以長が下りなかったのは」と仰せられた。以長は、「これは何とした仰せでございましょう。礼にかなった法と申しますのは、前に行く人が、後から貴人がおいでになったならば、車の向きを変えて、貴人の御車の方へ向けて、牛を車からはずして、榻《しじ》に軛《くびき》を置いて、お通し申すのをこそ礼節と申しますのに、前に行く人は車を止めはいたしましても、尻を向けたままでお通し申し上げるのは、礼にかなっておりませず、無礼をいたすのでございます、と思いましたので、そのような人にはどうして下りることがあろうかと思って、下りなかったのでございます。その人が誤ってそうした無礼をしたのでしたなら、そばに寄って一言申そうかと思いましたが、以長は年老いてしまいましたので、我慢をしたのでございます」と申したところ、左大臣殿は、「さあて、このことはどうしたものであろうか」と考え、あのお方に、「こういうことがございます。どうしたものでございましょう」とお話しなさいましたところ、「以長は老練な侍よのう」というお言葉があった。昔はこのような場合、牛を車からはずして、榻をば輗《ながえ》の中に、下車する時のように置いたのである。これが本当の礼儀であるということだ。

〈語釈〉

○**橘大膳亮大夫以長**　「大膳亮大夫」は大膳職《しき》（朝廷の饗膳の調進をつかさどったところ）の次官で五位の官位にある人。橘以長は広房《ひろふさ》の子。蔵人、筑後守、従五位上。嘉応元年（一一六九）没（橘氏系図）。第七十二話に出る。○**蔵人の五位**　六位の蔵人で六年の任期をつとめて五位に叙せられ、殿上を下りた者。蔵人所は五位の蔵人の定員は三名なので、欠員のない時は蔵人をやめて殿上を退いた、「五位の蔵人」とは違う。第二十六・七十二話に出る。○**法勝寺**　京都市左京区岡崎にあった寺。もとは藤原良房の別業であったものを、関白藤原師実《もろざね》が白河天皇に献上し、承暦元年（一〇七七）十二月十八日に落慶供養が行なわれた。六勝寺の一つ。○**千僧供養**　千人の僧を招いて供養を行なう法会《ほうえ》。○**鳥羽院**　第七十四代天皇。康和五年（一一〇三）～保元元年（一一五六）。在位、嘉承二年（一一〇七）～保安四年（一一二三）。堀河天皇の第一皇子。保安四年、崇徳天皇に譲位。崇徳・近衛・後白河の三代にわたって院政を執る。第七十五・九十八話（前話）に出る。なお、「御幸」の読みは「ごかう」か「みゆき」。○**宇治左大臣**　藤原頼長《よりなが》。保安元年（一一二〇）〜保元元年（一一五六）。忠実《ただざね》の次男。贈太政大臣、従一位。保元元年、保元の乱に敗れて横死。学問を好み、厳しい性格だった。悪左府と呼ばれた。日記に『台記』がある。第七十二話に出る。○**公卿**　公《こう》と卿《けい》。太政大臣と左・右大臣を公、大・中納言、参議および三位以上の朝官を卿という。ここは左大臣よりも下の官位のものである。○**左府**　左大臣の唐名。○**御前の随身**「御前」は前駆の者の敬称。「随身」は高位・高官の者が外出する時、護衛にあたった近衛府の舎人《とねり》。第五十・六十二・七十八の二話に出る。なお、「前駆」を底本の表題は「前駈」。「駈」は「駆」の俗字。○**通らせ給ぬ**『版本』は「かへらせ給ぬ」。○**礼節**　礼儀の決まり。○**未練**　まだ事に熟達しないこと。○**後より御出なり候はば**　後から貴人がおいでになったならば。○**榻**　牛をはずした時、牛車の軛《くびき》を載せる台。四脚の台。○**軛木**　くびき。底本には「木」があるが、「軛」一字でも「くびき」と読む。車の轅《ながえ》の端についている横木で、牛の頸《くび》にかけてつなぐもの。○**下り候はむぞ**　諸本は「おり候はんずるぞ」。○**あやまりて**　誤って。間違った作法と気づかずに。○**さも候はば**　そのようにしたのでございますならば。○**打寄せて**　馬をそばに寄せて。○**一言葉《こと》申さるや**　底本は「る」の右側に「はイ」と傍書する。『書陵部本』は「一こと葉申さハや」、『陽明本』は「一こと葉申さるや」、『版本』は「一こと葉申さはや」。「申さばや」の方が自然。○**押さへて候つるに候**　こらえていた次第でございます。○いさ　さあ。さあて。ちょっと答えかねる時の、さしあたって発する感動詞。○あの御方　底本、「御方」の傍注に「富家殿歟」（『書陵部本』、『陽明本』も同じ）とある。富家殿は頼長の父藤原忠実。摂政・関白・太政大臣・従一位。応保二年（一一六二）没。八十五歳。○古侍　故実に通じている老練な侍。以長の主張を可とする言葉。○かきはづして　牛を車からはずして。○轅　車の前方に突き出ている二本の長い棒。先端に軛を渡し、牛馬につけて引かせる。

〈参考〉

前話から続く下級官人の話。老練で故実に明るい以長は、「日本第一の大学生《だいがくしょう》」（『愚管抄』）と評され、「なにごともいみじくきびしき人」（『今鏡』）といわれた左大臣頼長に対して臆せずものを言う男であった。主従関係が厳しかった当時、一般的には、主君に対して言葉を返すなどというのは、なかなかできることではなかったろうが、以長は遠慮しない。第七十二話でも、主君の頼長を恐れず、頼長の言質《げんち》をとって一歩も引かず、主張を押し通し、頼長をへこませている。一方、家人《けにん》の言い分も筋が通れば容認する頼長の素直さ、寛容さも見事である。他人に対して厳格だったという頼長が、決して横紙破りの我がままな人物であったわけではないことを、第七十二話と、この話は示している。ここには主従の間の信頼関係も見える。また頼長と「あの御方」との対話にはよい家人を持つ者の自信と誇らしさもうかがえる。

百（上百二）下野武正大風雨日参法性寺殿事〈下野武正《しもつけのたけまさ》、大風雨《だいふうう》の日《ひ》、法性寺殿《ほつしやうじどの》に参《まゐ》る事〉

巻八―二

これも今は昔《(むかし)》、下野武正といふ舎人《とねり》は、法性寺殿《ほつしやうじどの》に候《さぶらひ》けり。ある折《(おり)》、大風《おほかぜ》、大雨降《(ふ)》りて、京中の家みな壊《(こほ)》れ破《(やぶ)》れけるに、殿下《てんが》、近衛殿におはしましけるに、南《みなみ》面《おもて》の方《(かた)》に、のの《(こ)》しる者《(物)》の声《(こゑ)》しけり。たれならんとおぼしめして見《(み)》せ給《たまふ》に、武正、赤《(あか)》香《(かう)》の上下《(かみしも)》に蓑笠《みのかさ》を着《(き)》て、蓑《(みの)》の《(こ)》上《(うへ)》に縄を帯にして、檜笠《(ひかさ)》の上《(うへ)》をまた《(又)》頤《(おとかひ)》に縄《(なわ)》にてからげつけて、鹿《(かせ)》杖《づゑ》をつきて、走《はしり》まはりておこなふなり《(也)》けり。大かた、その姿おびたた《(こ)》しく、似《(に)》るべき物なし。殿、南面《(おもて)》へ出《(い)》で《(こ)》て、御簾《みす》より御覧ずるに、あさましくおぼしめして、御馬をなん賜《(た)》びけり。

〈現代語訳〉

百　下野武正が大風雨の日に法性寺殿に参ること

これも今は昔のことだが、下野武正という舎人《とねり》は法性寺殿に仕えていた。ある時、大風が吹き、大雨が降って、京中の家がみな壊れ傷《いた》んだが、殿下が近衛殿においでになったところ、南面《みなみおもて》の方で騒ぎたてる人の声がした。誰だろうとお思いになって、人をやってお見せになると、武正が赤香《あかこう》の上下《かみしも》に蓑笠《みのかさ》をつけて、蓑の上に縄を帯にして巻き、また檜笠《ひがさ》の上からあごに縄をからげつけて、鹿杖《かせづえ》をついて走りまわって指図しているのだった。およそその姿は大げさで、たとえようもない。殿下が南面に出て御簾《みす》越しに御覧になって、これは大したものだと感心されて、御馬を賜ったという。

〈語釈〉

○下野武正　下野武忠の子。藤原忠通《ただみち》の家司《けいし》。右近衛将曹（主典《さかん》）となる。生没年未詳。第六十二話と第百八十八話に出る。**○舎人**　天皇や皇族などに近く仕えて雑事を管理した者。高位の貴族も抱えることを許された。第十八・二十四・六十二・七十二話等多出。**○法性寺殿**　藤原忠通。永長二年（一〇九七）～長寛二年（一一六四）。摂政・関白忠実《ただざね》の長男。前話の頼長《よりなが》の兄。摂政・関白・太政大臣、従一位。詩歌・音楽・書のいずれも当代一流とされた。第六十二・七十五・百八十八話に出る。**○殿下**　皇族・摂政・関白・将軍の敬称。ここは忠通を指す。**○近衛殿**　忠通の邸。近衛御門大路の北、室町小路の東にあり、近衛天皇の里内裏となった。**○ののしる**　騒ぎたてる。声高く言い騒ぐ。第十七・二十三・二十五話等用例多数。**○赤香**　染め色の名。濃い香色《かういろ》（黄に赤みを帯びたもの）。赤みの濃い黄色。**○上下**　上着と袴《はかま》との生地が同じ狩衣《かりぎぬ》・水干《すいかん》・直垂《ひたたれ》などをいう。**○檜笠**　檜《ひのき》を薄くはいで作った網代笠《あじろがさ》。網代笠は竹や檜などの細く削ったものを、斜めや縦横に編んで作った笠。頂はとがっていて、縁は少しそり返り、渋が塗ってある。○頤《おとがひ》　下あご。第十一・二十五・三十九話等多出。○鹿杖　末端がマタになっている木の杖。撞木杖《しゆもくづえ》のこと。○賜びけり　上に係助詞「なん」があるので普通は「ける」で結ぶ。

〈参考〉

第九十八（九十九）話から本話まで、三話続けて中・下級官人の話がとられている。

本話の主人公である下野武正は第六十二話と第百八十八話にも登場する。いずれも人の意表をつく気の利いた行動をとる男だったようである。第六十二話は「荒所司」と呼ばれた男の話だが、ここに出てくる武正はとりわけ目立つよい男ぶりで、第六十二話では人前を通って行くだけで、「わりなきものの様体かな」と人々が言い合って、その見事な姿をほめたという。当時なかなかハンサムな男で通っていたらしい。

第百八十八話に出る武正は、秦兼行《はたのかねゆき》とともに賀茂祭の供に遣わされ、その帰り道には法性《ほつしよう》寺《じ》殿（藤原忠通）が御覧になるのを知って、二人とも特に威儀を正してその御前を通った。武正は格別に気どって通り、二人とも殿下の御意にかなったようだが、武正はさらに気の利いた行動をとって、「なほ術《ずち》なき者の心ぎはなり」と、人々の称賛をあびている。

本話では、大風雨の日に、寝殿の表側で、特に人目を引くような恰好で——赤香の上下《かみしも》を着、蓑笠をつけ、蓑の上に縄を結び、檜笠を顎《あご》に縄でからげつけ、鹿杖をついて大声を上げて走りまわり、主君の邸宅を守るべく、下人らを指揮していた。これには殿下もまんまと乗せられた恰好で、「御馬」を賜らざるを得なかったであろう。

『古今著聞集』巻十六「興言利口第二十五」第五話には藤原家成《いえなり》からその秘蔵の黒馬をせしめたり、続く第六話では山崎の地を、法性寺殿の予期せぬ仰せを盾に取って、領有してしまう話がある。『十訓抄』巻一第十九話と四十二話にも武正の話があるが、第四十二話では武正は「白川院御随身」とある。ともかく、話題に事欠かない人物だったようである。

本書には中・下級官人の活躍する話が多い。彼らが上司の目にとまるべく、努力を惜しまなかったのは現代でも同じであろう。

百一（上百二）信濃国聖事〈信濃国《しなののくに》の聖《ひじり》の事〉　巻八―三

今は昔《(むかし)》、信濃国に法師《ほふし》有《あり》けり。さる田舎《ゐなか》にて法師になりにければ、まだ受戒《じゆかい》もせで、いかで京にのぼりて、東大寺といふ所にて受戒せん、と思ひて、とかくしてのぼりて、受戒してけり。

さて、もとの国へ帰らんと思《おもひ》けれども、よしなし。さる無仏世界のやうなる所に帰らじ。ここに《(こ)》ゐなん、とおもふ心付《つき》て、東大寺の仏の御前に候《さぶらひ》て、いづくにか行《おこなひ》して、のどやかにすみぬべき所ある、と、よろづの所を見まはしけるに、坤《ひつじさる》のかたにあたりて、山かすかにみゆ。そこらにおこなひて、すまん、と思《おもひ》て、行《ゆき》て、山の中にえもいはず行《おこなひ》て過《すご》す程に、すず《(ゝ)》ろに、ちひ《(い)》さやかなる厨子仏《づしぼとけ》を、おこなひいだしたり。毘沙門《びしやもん》にてぞおはしましける。

そこにちひ《(い)》さき堂をたてて《(ゝ)》、すゑ《(へ)》たてまつりて、えもいはずおこなひて、年月をふる程に、此《この》山のふもとに、いみじき下《げ》種《(す)》徳人ありけり。そこに聖《ひじり》の鉢《はち》はつねに飛《とび》行《ゆき》つつ《(ゝ)》、物は入《いれ》てきけり。大《おほき》なる校倉《(あせ)くら》のあるをあけて、物とりいだす程に、此《この》鉢飛《とび》て、例の物こひにきたりけるを、「例の鉢きにたり、ゆゆ《(ゝ)》しく、ふくつけき鉢よ」とて、取《とり》て、倉のすみになげお《(を)》きて、此《この》鉢をわすれて、とみに物もいれざりければ、鉢は待《まち》ゐたりける程に、物どもしたた《(ゝ)》めはてて《(ゝ)》、此《この》鉢をわすれて、物もいれず、とりもいださで、倉の戸をさして、主帰《ぬしかへり》ぬるほどに、とばかりありて、この蔵、すず《(ゝ)》ろにゆさゆさ《(〳〵)》とゆるぐ。「いかにいかに《(〳〵)》」と、見さわ《(は)》ぐほどに、ゆるぎゆるぎ《(〳〵)》て、土より一尺ばかり、ゆるぎあがる時に、「こはいかなる事ぞ」と、あやしがりてさわ《(は)》ぐ。「まことにまことに《(〳〵)》、ありつる鉢をわすれて、とりいでずなりぬる、それがしわざにや」などいふほどに、此《この》鉢、蔵よりもりいでて《(ゝ)》、此《この》鉢に蔵のりて、ただ《(ゝ)》のぼりに、そらざまに一、二丈ばかりのぼる。さて飛行《とびゆく》ほどに、人々《(ゝ)》みののしり《(ゝ)》、あさみさわ《(は)》ぎあひたり。蔵のぬしも、さらにすべきやうもなければ、「此《この》倉のいかん所をみん」とて、尻《しり》にたちてゆく。そのわたりの人々《(〳〵)》も、みなはしりけり。さてみれば、やうやう《(〳〵)》飛《とび》て、河内国《かふちのくに》に、此《この》聖のおこなふ山の中に飛行《とびゆき》て、聖の坊のかたはしに、どうとおちぬ。

いとど《(こ)》あさましく思《おもひ》て、さりとてあるべきならねば、この蔵ぬし、聖のもとによりて申《まうす》やう、「かか《(こ)》るあさましき事なん候《(さふらふ)》。此鉢《このはち》のつねにまうでくれば、物入《いれ》つつ《(こ)》まゐ《(い)》らするを、けふまぎらはしく候《さぶらひ》つる程に、倉にうちお《(を)》きてわすれて、とりもいださで、じやうをさして候《さぶらひ》ければ、この蔵、ただ《(こ)》ゆるぎにゆるぎて、ここになん飛《とび》てまうできて、おちて候《さぶらふ》。此《この》くら返し給《たまひ》候はん」と申《まうす》時に、「まことにあやしき事なれど、飛《とび》てきにければ、蔵はえ返しとらせじ。ここ《(こ)》にかやう《(様)》の物もなきに、お《(を)》のづから物をもお《(を)》かんによし。中《うち》ならん物は、さながらとれ」とのたま《(給)》へば、ぬしのいふやう、「いかにしてか、たちまちに、はこびとり返さん。千石つみて候《さぶらふ》なり」といへば、「それはいとやすき事なり《(也)》。たしかに我《われ》はこびてとらせん」とて、此《この》鉢に一俵《ひとたはら》を入《いれ》て飛《とば》すれば、雁《かり》などのつづ《(こ)》きたるやうに、のこりの俵どももつづ《(こ)》きたり。むらすず《(こ)》めなどのやうに、飛《とび》つづ《(こ)》きたるをみるに、いとど《(こ)》あさましく、たふ《(う)》とければ、ぬしのいふやう、「しばし、みなみな《(〳〵)》つかはし候《さぶらひ》そ。米二、三百はとど《(こ)》めてつかはせ給へ」といへば、聖、「あるまじき事なり《(也)》。それここにおきて《(を)》は、なにか《(こ)》はせん」といへば、「さらば、ただつ《(こ)》かはせ給《たまふ》ばかり《(斗)》、十二《じふに》十《じふ(廿)》をもたてまつらん」といへば、「さまでも、入《いる》べき事のあらばこそ」とて、主《ぬし》の家に、たしかにみなおちゐにけり。

〈現代語訳〉

百一　信濃国の聖のこと

今は昔のこと、信濃の国に一人の法師がいた。そのような田舎で法師になったので、まだ受戒もしないで、どうにかして都に上《のぼ》って、東大寺というところで受戒しようと思って、いろいろと工夫して上京し、受戒した。

ところで、故郷の信濃の国に戻ろうと思ったが、つまらない。そのような無仏世界のようなところには戻るまい、ここにいよう、と思う気持ちになって、東大寺の大仏の御前に坐って、どこかで仏道修行をして、落ち着いて住めるようなところはあろうかと思って、あちらこちらを見まわしたところ、西南の方向にあるところに、山がぼんやりと見える。そのあたりで修行して、住もうと思って、そこに行き、山の中で言葉では言えないほどの厳しい修行をして過ごすうちに、予期しないのに、小さな厨子仏を、修行の功徳《くどく》によって手に入れた。

毘沙門天《びしやもんてん》でいらっしゃった。

そこに小さな堂を建てて、安置し申し上げて、何年もの間、非常に厳しい修行をして過ごすうちに、この山の麓《ふもと》に、身分は低いが、たいそうな大金持ちの人がいた。そこにこの聖《ひじり》の所有する鉢がいつも飛んで行って、物を入れて戻って来るのであった。ある時、この金持ちの倉の持ち主が、大きな校倉《あぜくら》の戸を開けて、物を取り出している時に、この鉢が飛んで来て、いつものように物をもらいに来たが、倉の持ち主は「いつもの鉢がやって来た。いまいましく、欲の深い鉢だ」と言って、鉢を取って、倉の隅に投げておいて、すぐには物も入れなかった。鉢が待っていたうちに、倉の持ち主が物などを片づけ終わって、この鉢のことを忘れて物も入れないし、取り出すこともせず、倉の戸に錠《じよう》を下ろして、帰ってしまった。すると、しばらくして、この倉が、思いもよらずぐらぐらと揺れる。「どうした、どうした」と、人々が騒ぐうちに、倉はぐらぐらと揺れながら、地面から一尺ほど上がった。人々は、「これはどういうことなのだ」と言って、不思議がって騒ぐ。倉の持ち主が、「そうだ、そうだ、先ほどの鉢を忘れて、取り出さなかったが、その鉢がしたことなのか」などと言っているうちに、この鉢は倉から抜け出して、この鉢に倉が乗って、どんどん上がって、空をめざして一、二丈（約三〜六メートル）ほど上がる。そうして飛んで行くと、人々は騒ぎ、驚きあきれ、わいわい言い合っていた。倉の持ち主も、まったくどうしようもないので、「この倉がどこに行くのかを見よう」と言って、倉の後について行く。近くの人々も、みな走って行った。そうして倉の行く先を見ると、どんどん飛んで行って、河内の国の、この聖が修行している山の中に飛んで行って、聖の住んでいる宿坊の端っこに、どしんと落ちた。

倉の持ち主は、ますます驚きあきれたが、だからといって、そのままにもしておけないので、聖のそばに近づいて、「このような驚いたことがございます。この鉢がいつもやって参りますので、そのたびに食料を入れて差し上げておりますが、今日は多忙にとりまぎれておりまして、そのうちに倉の中にちょっと置き忘れて、取り出すこともしないで、かぎをかけておりましたところ、この倉がただもう揺れに揺れまして、ここに飛んで参りまして、落ちたのでございます。この倉をお返し下さいませんか」と申した。その時に聖は、「本当におかしいことだが、飛んで来てしまったので、倉はお返しすることはできないでしょう。ここにはこのような物もありませんので、なにかにつけて物を入れておくのにもよい。倉の中に入っている物は、全部持って行きなさい」とおっしゃると、持ち主が「どのようにして、すぐに運んで持ち帰れましょう。千石の米が積んであるのです」と言う。聖は「それは大変簡単なことです。間違いなく私が運んであげましょう」と言って、この鉢に米一俵を入れて飛ばせると、雁などが続いて飛ぶように、残りの米俵などが後に続いた。群雀《むらすずめ》などのように、飛び続いて行くのを見ると、ますます驚き、尊く思ったので、持ち主が、「しばらくお待ち下さい。全部は送らないで下さい。二、三百石の米は残してお使い下さい」と言うと、聖は、「とんでもないことです。それをここに置いたとして、何の役に立ちましょう」と言う。「それでは、ほんの（少し）お使いになるだけ、十石か二十石でも差し上げましょう」と言うが、「それほども、必要なことがあれば残しておきましょうが（必要がないので返します）」と言って、倉の持ち主の家に、間違いなくもとどおりに戻された。

〈語釈〉

○信濃国　今の長野県。なお『今昔』巻十一第三十六話に関連説話を掲載するが、僧明練《みようれん》（『宇治』は「まうれん」）の出身を常陸《ひたち》の国とする。同話の『古本説話』巻下第六十五話は『宇治』と同じ。○法師　ここの法師は、受戒して正式に出家した僧ではなく、受戒以前の法師姿をした人物。後文に僧と出ている。法師と僧の区別は第百九話にもある。なお亀田孜「信貴山縁起虚実雑考」（『仏教芸術』27号、昭和三十一年三月）は、『信貴山資財宝物帳』（『大日本仏教全書』寺誌叢書第三。及び『大日本史料』一―五、延喜年中、所収）を資料として、命蓮《みようれん》（明練）は幼年に信貴山《しぎさん》に登って十二年間修行したとし、受戒前に信濃で法師であったとか、常陸を出て諸国を修行したとする『宇治』、『今昔』の話は事実ではないとする（『旧大系』補注参照）。○受戒　『古本説話』は「ずかい」。仏門に入って、正式に僧になるために師から戒律を受けること。五戒・十戒・具足戒等、決められた戒律がある。○東大寺　奈良市雑司町《ぞうしちよう》にある華厳《けごん》宗の総本山。南都七大寺の一つ。聖武天皇の発願によって建立。すぐ後に出る仏は、本尊の毘盧舎那仏《びるしやなぶつ》で、天平勝宝元年（七四九）に完成。第四・百三・百四十四・百八十三話に出る。○無仏世界　仏のいない世界、仏の慈悲が及ばない片田舎の地。

元来は釈迦が入滅して弥勒《みろく》仏が現れるまでの五十六億七千万年の期間をいう。○**仏の御前に候て**　「候ふ」は、貴人（ここは仏）の御前に参ず。座す、つつしんで控える意。「御前」のよみは、おほんまへ、おまへ、ごぜん。○**行して**　仏道修行をして。○**坤（未申）のかた**　西南の方角。裏鬼門の方角。○**そこら**　そのあたり。そのへん。なお『書陵部本』、『版本』は「そこ」。○**えもいはず行て**　「えもいはず」は、程度のはなはだしい意。口では言えないような厳しい修行をしたこと。○**厨子仏を、おこなひいだしたり**　「厨子仏」は、厨子（仏像や経巻等を安置するための仏具で、両扉のついた箱状のもの）に安置する程度の小さな仏像。「仏」は、諸本のよみに従って「ぼとけ」とよむが、『小学館古語大辞典』は「ほとけ」。「おこなひいだす」は、仏道修行の功徳や法力によって、霊験を現わすこと。○**毘沙門**　四天王の一人で、仏法の守護神として怒りの相を表わすとともに、福徳を授ける神でもある。日本では七福神の一人でもある。『今昔』は、明練が諸国を修行している時に、信貴山中で「護世大悲多聞（毘沙門）天」と刻んだ石の箱を見つけた、とする。なお後の「年月をふる」を『版本』は「年月ふる」。○**下種徳人**　身分は低いが金持ち、財産家。なお「山のふもと」を『古本説話』は「山里」。○**聖**　高徳な僧。修行の結果、霊験を現わして、聖と呼ばれる場合が多い。この話の法師は以後、聖と呼称が変わる。○**鉢**　僧が托鉢《たくはつ》の時などに持つ。修行を積んで法力を得ると鉢を飛ばすことができるという。『今昔』にも飛鉢の記述がある。第百七十二・百七十三話参照。なお信貴山寺《しぎさんじ》（信貴山朝護《ちょうご》〈国〉孫子寺《そんしじ》歓喜院《かんぎいん》）には命蓮が使っていたという鉢が現存する。なお次の「入て」を『古本説話』は「いりて」。○校倉　丸太や角材を井桁《いげた》のように横に組み上げて造った高床の倉。その代表的な建造物が正倉院。○ゆゆしく、ふくつけき鉢　「ゆゆし」は、いまいましい、縁起が悪い。「ふくつけし」は、欲ばり、貪欲だ。○戸をさして　戸を閉めて、戸にかぎをかけて。○とばかりありて　「とばかり」は、短い時間を表わす。しばらくして。○すずろにゆさゆさとゆるぐ　「すずろに」は、思いもよらず。「ゆさゆさと」は、ゆれる様子を表わす。ぐらぐらと。ゆらりゆらりと。「ゆるぐ」は、ゆれる。なおこのあたり、「ゆさゆさ」「いかにいかに」「ゆるぎゆるぎ」等、同語の繰り返しが多い。○まことにまことに　忘れていたことを思い出した時に発する言葉。『書陵部本』、『版本』、『古本説話』は「まこととまこと」。○ただのぼりに、そらざまに一、二丈　「ただ」は、ひたすら、ただもう。「ざま」は、方、方角。なお平安期の諸作品は「さま」と清音でよむが、『今昔』諸本は「谷ノ方ザマニ」(巻十四第十三話)等、濁音でよむので、ここも濁音とした。「一丈」は十尺、約三メートル。『古本説話』は「一、二尺」とするが、前に「一尺」とあるので、「一、二丈」がよい。なおこのあたり、聖の鉢は霊力を与えられて、意志を持った超能力として行動する。○あさみさわぎあひたり　驚きあきれ、騒ぎ合っていた。○河内国　今の大阪府の一部。『古本説話』も同。『今昔』、『信貴山縁起』(『大日本史料』延喜年中、所収本)は大和の国(奈良県)。なお信貴山は正しくは大和の国生駒郡平群《へぐり》村(今の生駒郡平群町)にあるが、河内の国と隣接する。『拾芥抄《しゅうがいしょう》』等、諸資料によっても大和と河内の両様の説がある。なお次の「おこなふ」は、底本「おこのふ」の「の」を見せ消ちにして「な」とする。『陽明本』は「おこのふ」。また次の「かたはし」を『陽明本』、『版本』、『古本説話』は「かたはら」。また次の「あさましく」を『書陵部本』、『版本』、『古本説話』は「あさましと」。○**けふまぎらはしく**　「まぎらはし」は、多忙にとりまぎれて。なお「けふ」を底本は挿入の体裁をとる。『陽明本』はなし。なおまた前の一文では、倉主は面倒になって鉢を倉の中に入れておき、その間に別の仕事をやっていて、鉢の方は忘れたことになっている。○**じやう**　「じょう」を今日では「錠」（歴史的かなづかいは「ぢやう」）にあてるが、「錠」は後世の当て字。古字書等は「鎖《じやう》」（『旧大系』注）。なお次の「まうできて」を『版本』は「まうで」。○**返し給候はん**　「給」を諸本および『古本説話』は「たまひ」（お返し下さい）とよむが、「たまはり」（お返しいただきたい）（『旧全集』）とよむこともできる。○**おのづから**　たまたま。何かにつけて。○**中ならん物は、さながらとれ**　「中」は、『古本説話』に従って「うち」とよむ。「さながら」は、そっくりそのまま、全部。○**千石**　一石は十斗、約一八〇リットル。なお一俵は五斗（『延喜式』雑式）。○**たしかに**　間違いなく、確実に。○**雁などのつづきたるやうに**　米俵がはじめは雁の群れのように一列になって飛んでいたが、途中から雀の群れのように列を乱して飛ぶさまを動的に記す。なお空を飛ぶ米俵を雁の列にたとえる表現は『本朝神仙伝』（比良山僧）にある。なおまた「つづきたり」を『陽明本』、『版本』等は「つづきたる」。また

「雁」を底本は「鴈」。「鴈」は「雁」の異体字とも、あひる、がちょうの意ともいう（諸橋轍次『大漢和辞典』）。ここは異体字とみる。○つかはし候そ　この「そ」は、通常「な……そ」として用いるが、ここは「そ」だけで禁止の意として用いる。なお『陽明本』、『版本』は「つかはしそ」、また「みなみなつかはし候そ」を『書陵部本』は「みなな《（こ）》つかはしそ」（ゝは〳〵の誤りともみられる）。○さまでも、入べき事のあらばこそ「入（いる）」は、必要。それほどにまでも、必要なことがあれば残しておきましょう（必要がないので返します）。○おちゐにけり「お（落）ちゐる」は、物が当然あるところに置かれる。

かやうにたふ《（う）》とく行《おこなひ》てすぐす程に、其比《そのころ》、延喜御門《えんぎのみかど》、おも《（を）》くわづらはせ給ひて、さまざま《（〳〵）》の御祈《いのり》ども、御修法《みずほふ》、御読経《みどきやう》など、よろづにせらるれど、更《さら》にえおこたらせ給はず。ある人の申《まうす》やう、「河内の信貴《しぎ》と申《まうす》所に、此年来《このとしごろ》行《おこなひ》て、里へ出《いづ》る事もせぬ聖なり《（也）》。それこそ、いみじくたふ《（う）》とく、しるしありて、鉢を飛《とば》し、さてゐながら、よろづありがたき事をし候《さぶらふ》なれ。それをめして、祈《いのら》せさせ給はば《（こ）》、おこたらせ給《たまひ》なんかし」と申せば、「さらば」とて、蔵人《くらうど》を御使にて、めしにつかはす。

い《（〳〵）》きてみるに、聖のさま、ことに貴《たふと》くめでたし。かうかう《（〳〵）》宣旨《せんじ》にてめすなり《（也）》。とく《（〳〵）》とくまゐ《（い）》るべきよしいへば、聖、「なにしにめすぞ」とて、さらさら《（〳〵）》うごきげもなければ、「かうかう《〱》、御悩大事《ごなうだいじ》におはします。祈《いのり》まゐ《い》らせ給へ」といへば、「それは、まゐ《い》らずとも、ここ《ゝ》ながら祈《いのり》まゐ《い》らせ候《さぶら》はん」といふ。「さては、もしおこたらせおはしましたりとも、いかでか聖のしるしとはしるべき」といへば、「それは、たがしるしといふ事、しらせ給はずとも、ただ《ゞ》御心《ここ》ちだにおこたらせ給《たまひ》なば、よく候《さぶらひ》なん」といへば、蔵人、「さるにても、いかでか、あまたの御祈《いのり》の中にも、そのしるしとみえんこそよからめ」といふに、「さらば、いのりまゐ《い》らせんに、剣《けん》の護法《ごほふ》をまゐ《い》らせん。お《を》のづから、御夢にも、まぼろしにも御《ご》らんぜば、さとはしらせ給へ。剣をあみつつ《ゝ》、きぬにきたる護法なり《也》。我は、さらに京へはえいでじ」といへば、勅使、帰《かへり》まゐ《い》りて、「かうかう《〱》」と申程《まうす》に、三日といふひるつかた、ちとまどろませ給ふともなきに、きらきら《〱》とある物のみえければ、いかなる物にか、とて御覧ずれば、あの聖のいひけん剣の護法なり、とおぼしめすより、御心ち、さはさは《〱》となりて、いささか《ゝ》心くるしき御事もなく、例ざまにならせ給《たまひ》ぬ。人々《〱》悦《よろこび》て、聖をたふ《う》とがり、めであひたり。

御門《みかど》も、かぎりなくたふ《う》とくおぼしめして、人をつかはして、「僧正《そうじやう》、僧都《そうづ》にやなるべき。又《また》、その寺に庄《しやう》などやよすべき」と、おほせつかはす。聖、うけたまはりて、「僧都、僧正、更《さら》に候《さぶらふ》まじき事なり《(也)》。又、かかる所《(こ)》に庄などよりぬれば、別《べっ》当《たう》、なにくれなどいできて、中々《なか(〳〵)》むつかしく、罪得《え》がましく候《さぶらふ》。ただか《(こ)》くて候はん」とて、やみにけり。

〈現代語訳〉

聖はこのように人々に尊ばれて修行していたが、そのころ、醍醐《だいご》天皇が重い病気にかかられて、いろいろな御祈禱《きとう》や、御修法《みずほう》、御読経などと、あらゆる手段を尽くされたが、少しもよくおなりにならない。ある人が、「河内にある信貴と申しているところに、ここ何年もの間修行して、人里に出ることもしない聖（がおります）。その聖こそ大変尊い聖人で、霊験があって、鉢を飛ばしたり、その場所に坐ったままで、何事につけてもめったにない不思議なことをするということです。その聖をお呼びになって、祈禱させなさるならば、必ず快復なさるでしょう」と申し上げると、天皇は、「それならば」と仰せになって、蔵人《くろうど》をお使いとして、聖をお呼びにやった。

蔵人が行ってみると、聖の様子は、（一般の聖とくらべると）格別に尊くて立派である。蔵人が、これこれという天皇の仰せでのお呼びであるので、早く早く参内するようにと（いう意味の仰せを）言うと、聖は「何のために私をお呼びになるのか」と言って、全然動く様子もないので、蔵人は、「これこれです。天皇は重い病気にかかっていらっしゃいます。お祈り申し上げて下さい」と言うと、聖は、「それならば、宮中にお伺いしなくても、ここにいたままでお祈り申し上げましょう」と言う。「それでは、天皇の御病気がよくおなりになったとしても、どうして聖が祈った効果とわかることができましょうか」と蔵人が言うと、聖が「そのことは、誰が祈った結果ということがおわかりにならなくても、ともかく御病気さえよくお治りになるならば、よいでしょう」と言う。蔵人が、「それにしても、多くの御祈禱の中でも、あなたのお祈りの効果ということのはっきりとわかる方がよいでしょう」と言うと、聖は、「それならば、お祈り申し上げます時に、剣の護法童子を遣わしましょう。もし、（天皇が童子を）御夢の中ででも、あるいは幻のようにでも御覧になられますならば、それ（私が遣わした童子）だと御理解下さい。剣を衣装に編み込んだのを着ている護法童子です。私はまったく都に出るつもりはありません」と言うと、勅使は宮中に戻って、「これこれの次第です」と申し上げたが、三日目の昼ごろ、一寸うとうととお休みになるかならないかの時に、きらきらと光る物が見えたので、何だろうか、と思って御覧になると、あの聖が言ったという剣の護法童子だ、とお気づきになるとすぐに、御気分はさわやかになって、少しも気分の重いこともなくなり、普通の健康状態になられた。人々は喜び、聖を尊び、たたえ合った。

天皇も心から尊くお思いになって、使いの者を遣わして、「僧正や僧都になろうと思うか。またその寺に荘園などを寄進したらよいだろうか」と、仰せになる。聖は、（ありがたく）お聞きしたが、「僧都や僧正のお話は、まったく御無用のことです。また、このようなところに荘園などを寄進されますと、別当や、何やかやの役目の人が出て来て、かえって面倒で、罪を作ることになりそうに思います。ただこのままでいたいものです」と言って、そのままになってしまった。

〈語釈〉

○延喜御門　第六十代の醍醐《だいご》天皇のこと。天皇在位は寛平九年（八九七）から延長八年（九三〇）までの間であるが、九〇一年から九二三年までが延喜。その年号をとって延喜の御門（帝）と呼ぶ。なお『扶桑略記』によると、天皇は延長八年八月、病気によって加持祈禱を行なっているが、十九日に命蓮を召して加持させている。しかし天皇は翌九月二十九日に崩御。のちの記録であるが、『山槐記《さんかいき》』（永万元年〈一一六五〉六月二十八日条）に、□□（醍醐か？）天皇が獲麟《かくりん》（臨終）の時に命蓮聖人を召した、とある。これらの資料に対して、藤田経世・秋山光和『信貴山縁起絵巻』（東京大学出版会、一八六～二〇四頁）は、延喜十五年（九一五）に天皇が疱瘡《ほうそう》をわずらった時のこととする。ただし、聖人、持経者《じきょうしゃ》の験徳の偉大さをあらわす話の一つとして、天皇や貴族の病気を加持祈禱をして治す話がある――例えば第百四十一話の叡実《えいじつ》、第百九十一話の極楽寺の僧、『今昔』巻十二第三十四話の性空《しょうくう》――ので、この場合もその一つとしてみることができ、あまり諸記録に密着して考える必要はないであろう。○御修法　「みしほ」「みしほふ」「みしゅほふ」「みずほふ」等のよみがある。『古本説話』は「御ずをう」、『信貴山縁起絵巻』の詞書《ことばがき》は「みすほう」と仮名書き。「修法」は、密教で加持祈禱の法を行なうこと。○えおこたらせ給はず　「おこたる」は、病気がよくなる、快復する。○河内の信貴　「信貴」を『古本説話』は「しんぎ」、『絵巻』は「しぎ」。「河内」を『版本』は「河内の国」。前記したように、信貴山の所在地は正しくは大和の国。なおこの一文は、前の飛倉の一段を要約して記す。○里へ出る　「出る」は『古本説話』の仮名書きに従って「いづる」。また次の「聖なり」を諸本、『古本説話』、『絵巻』は「聖候なり(也)」。○しるし　霊験。験力。利益《りやく》。○さてゐながら　「さて」は、そのままの状態で。次の「なれ」は伝聞。ということだ。○祈せさせ給はば　「祈せさせ」について、「いのりせさせ」「いのらせさせ」の両様のよみがあるが、『古本説話』、『絵巻』の仮名書きに従って、「いのらせさせ」とよむ。○蔵人　蔵人所の職員で、天皇の身のまわりのことから、奏上、除目《じもく》などの諸事を担当する。○ことに　他の一般の聖とくらべて、特に、の意。この一語にこの話を取り上げた物語作者の関心が反映する。○かうかう宣旨にて　「かうかう」は、これこれ。くわしい内容を省略し、まとめていう言葉。このような内容の宣旨。「宣旨」は、天皇の仰せ、命令を伝えること、またはその公文書。宣旨を臣下に伝える場合は蔵人が担当した。なおこの話には繰り返しの表現が多く使われている。「とくとく」「さらさら」「きらきら」。○さらさら　少しも。まったく。『書陵部本』、『古本説話』、『絵巻』は

「さらに」。『陽明本』は「さらに」か「さら〱」かはっきりしない。○御悩大事　「御悩」は、身分の高い人の病気に対する尊敬表現。御病気。「大事」は、悪い方に程度のはなはだしいこと。病気の重いこと。なお次の「それは、たがしるし」「ただ御心《ここ》ち」を『版本』は「それが、たがしるし」「御心ち」。○剣の護法　「護法」は、護法童子、護法天童のこと。仏法を守護する童子姿の善神。後文によると、剣を衣装に編み込んだのを着ている護法童子のこと。『絵巻』にも同様の護法を描く。護法については小山聡子『護法童子信仰の研究』（自照社）が参考になる。また「護法」は第九・三十六・百九十一話に出る。また次の「剣をあみつつ」の「剣」を『版本』は「つるぎ」、『古本説話』は「けん」、『絵巻』は「けむ」と仮名書き。○さとは　「さ」は副詞。そのように。○ちと　ちょっと。少し。○きらきらと　きらきらと光る。『新大系』は、多数の剣の乱反射のさま、とする。○さはさはと　さわやかに。さっぱりと。○僧正、僧都　僧官の制の最高位が僧正、次が僧都。『新全集』は、地位のない聖、修験僧が僧正、僧都につくことは実際にはあり得ないので誇張とする。○庄　『絵巻』は「さう」と仮名書き。寺の所有地としての荘園。なお『信貴山資財宝物帳』の「命蓮置文」によると、鎮守の山王に神仏の加護を得て、伽藍《がらん》の護持を願っているが、その末文に「然ル後ニ上ハ奉レ護リ二一人ヲ一、下ハ利セン二万民ヲ一」と記している。この一文によるかぎり、天皇の重病の報があれば、宮中に参内して祈禱したであろうし、もし朝廷から荘園寄進の申し出があれば、受けたとみるのが自然と思われる（前掲『信貴山縁起絵巻』一五八〜一六四頁)。○別当、なにくれ　「別当」は、寺務のまとめ役、責任者。「なにくれ」は、なにやかや、だれかれ。寺の事務を担当する人。○罪得がましく候　僧としての地位を得たり、財産を持つことは、欲望をかきたて、争いを起こす原因になるので、罪業を作るもとになる。この一文には聖の理想像が出ている。「がまし」は、……らしい、……の恐れがある。

かか《(ゝ)》る程に、此《この》聖の姉ぞ一人ありける。此聖、受戒せんとて、のぼり候《さぶらふ》まま《(ゝ)》みえぬ。かうまで年比みえぬは、いかになりぬるやらん、おぼつかなきに、たづねてみん、とて、のぼりて、東大寺、山階寺《やましなでら》のわたりを、「まうれんこゐ《(い)》んといふ人やある」と、たづぬれど、「しらず」とのみいひて、「しりたる」といふ人なし。尋佗《たづねわび》て、いかにせん、これが行《ゆく》へ《(ゑ)》ききてこそかへらめ、と思《おもひ》て、その夜、東大寺の大仏の御前にて、「此《この》まうれんがあり所、をしへさせ給へ」と、夜一夜《よひとよ》申《まうし》て、うちまどろみたる夢に、この仏仰《おほせ》らるる《(ゝ)》やう、「たづぬる僧のあり所は、これよりひつじさるのかたに山有《あり》。其《その》山に雲たなびきたる所を、行《ゆき》てたづねよ」と、おほせらるる《(ゝ)》とみて、さめたれば、あかつきがたに成《なり》にけり。いつしか、とく夜の明《あけ》よかし、と思《おもひ》て見ゐたれば、ほのぼの《(〱)》と明《あけ》がたになりぬ。ひつじさるのかたをみやりたれば、山かすかにみゆるに、紫の雲たなびきたり。うれしくて、そなたをさして行《ゆき》たれば、まことに堂などあり。人ありとみゆる所へよりて、「まうれんこゐ《（い）》んやいまする」といへば、「たそ」とて、出《いで》てみれば、信濃なり《（也）》しわが姉なり。「こは、いかにして尋《たづね》いましたるぞ。思ひかけず」といへば、ありつる有様《あり（さま）》をかたる。「さて、いかにさむくておはしつらん。これをきせたてまつらんとて、もたりつる物なり」とて、引出《ひきいで》たるをみれば、ふくたひ《（い）》といふ物を、なべてにも似ず、ふときいとして、あつあつ《（〱）》と、こまかにつよげにしたるをもてきたり。悦《よろこび》て、とりてきたり。もとは紙衣《（きぬ）》一重《ひとへ》をぞきたりける。さて、いとさむかりけるに、これをしたにきたりければ、あたた《（〻）》かにてよかりけり。さておほくの年比《としごろ》おこなひけり。さて、この姉の尼ぎみも、もとの国へ帰《かへら》ずとまりゐて、そこにおこなひてぞ有《あり》ける。

　さて、おほくの年比、此《この》ふくたひ《（い）》をのみきて行ひければ、はてには、破《（や）》れ破れ《（〱）》ときなしてありけり。鉢にのりてきたりし蔵をば、飛《とび》くらとぞいひける。其《その》蔵にぞ、ふくたひ《（い）》の破《（や）》れなどはを《（お）》さめて、まだあんなり。その破《（や）》れのはしを、つゆばかり《（斗）》など、お《（を）》のづから縁にふれてえたる人は、まもりにしけり。その蔵も朽《くち》やぶれて、いまだあんなり。その木のはしを露《つゆ》ばかり《（斗）》えたる人は、まもりにし、毘沙門《びしやもん》を作《つくり》たてまつりて持たる人は、かならず徳つかぬはなかりけり。されば、きく人、縁を尋《たづね》て、其《その》倉の木のはしをば買《かひ》とりける。

さて、信貴《しぎ》とて、えもいはず験《げん》ある所にて、今に人々《（〱）》あけくれ参る。此毘沙門は、まうれん聖のおこなひいだしたてまつりけるとか。

〈現代語訳〉

こうしているうちに、この聖に姉が一人いた。この聖が受戒しようとして、都に上ったまま姿を見せない。これほどまで何年もの間姿を見せないが、どのようになったのだろうか、気がかりなので探してみようと思って、都に上り、東大寺や山階寺《やましなでら》のあたりを、「もうれん小院という人はいませんか」と尋ねたが、誰も「知りません」とだけ言って、「知っています」と言う人はいない。探し当てることができないので困って、どうしたらよいだろう、弟がどこに行ったのかを聞き知ってから戻ろう、と思って、その夜、東大寺の大仏の御前で、「このもうれんの居場所をお教え下さい」と、一晩中、祈り申して、少しとろとろと眠ったが、その夢の中でこの大仏が現われて、「あなたが探している僧の居場所は、ここから西南の方角に山がある。その山に雲が横に伸びているところを、行って探すのがよい」と仰せになったのを見て、目が覚めると、夜明け前になっていた。早く夜が明るくなってほしい、と思って見ていると、ほんのりと夜が明けてきた。西南の方角を遠く眺めると、山がかすかに見えるが、そこに紫の雲が横に広がっていた。

姉は嬉しく思って、そちらの方角をめざして行くと、本当にお堂などがある。人が住んでいると思われるところに近づいて、「もうれん小院はおいでになりますか」と言うと、「誰」と言って、出てみると、信濃にいた自分の姉である。聖が「これはまた、どうして尋ねていらっしゃったのですか。思いもよらないことです」と言うと、姉はこれまでの事情を話した。そして、「ところで、どれほど寒くていらっしゃるでしょう。これをお着せ申しましょうと思って、持って来た物です」と言って、引き出したのを見ると、ふくたいという物を、普通のものとは違って、太い糸で、厚めに、目をこまかく、丈夫そうに仕立てたのを持って来た。聖は喜んで、受け取って着た。それまでは紙衣《ぎぬ》一枚だけを着ていた。そこで、たいそう寒かったが、これを下に着たので、暖かでよかった。そうして、長年の間修行をした。ところで、この姉の尼君も、本国に帰らず、ここにとどまって、修行をして過ごした。

ところで、長年の間、聖はこのふくたいだけを着て修行したので、最後には着古して、破れてぼろぼろになってしまった。鉢に乗って来た倉を飛倉といった。その倉に、ふくたいの破れたものなどは入れて、まだあるという。その破れたものの切れ端を、少しだけでも、偶然に何かの縁で手に入れた人は、お守りにした。その倉もくさって壊れたが、まだあるという。その倉の木の端を少しばかり手に入れた人は、お守りにし、また毘沙門天をお作りして身近に置いて持っている人は、必ず裕福にならない人はいなかった。そこで、そのことを聞く人は、何かの手づるを探して、その倉の木の端を買い求めた。

ところで、信貴といって、なんともいえないほどの霊験のあるところとして、今でも人々はたえずお参りしている。この（本尊の）毘沙門天は、もうれん聖が修行の功徳によって得たとのことである。

〈語釈〉

○**のぼり候まま**　「のぼる」は、地方から都に行くこと。「のぼり候まま」を諸本と『信貴山縁起絵巻』は「のぼりしまま」、『古本説話』は「のぼりけるまま」。○**山階寺**　興福寺のこと。奈良市登大路町《のぼりおおじちょう》にある法相《ほっそう》宗の大本山。東大寺とともに南都七大寺の一つ。○**まうれんこゐん**　『信貴山資財宝物帳』は「命蓮」、『今昔』は「明練」。「ゐん（院）」は、僧。「こゐん（小院）」は、年の若い僧の意、ここは弟の僧を親しんでいう。姉の言葉の中に「まうれん」が三回使われるが、弟に対しての情愛を反映する。このことは姉が弟のために仕立てたふくたいについてもいえる。○**行へききて**　「行へ」を『版本』は「行末」。「ききて」を底本は「きくて」の「く」を見せ消ちにして「き」。『陽明本』も「く」とあるが、踊り字の「ゝ」のようにも見える。また次の「まうれんがあり所」の「あり」を底本は補入（挿入の印をつけて右に傍書）の体裁にする。『陽明本』は「あり」はなし。○**あかつき**　夜明け前のまだ暗い時間帯。次に「明がた」になって、遠くの山が見える。少しずつ明るくなるという時間の経過を記述している。「紫の雲」は、朝の雲であるとともに（『枕草子』「春はあけぼの」の段参照）、仏教の方での聖なる雲である。なお「みやりたれば」「たなびきたり」を『版本』は「みやりければ」「たなびきたる」。また「人ありと」の「人あり」は『版本』になし。○ふくたひ　服体、服帯、胴着等の説があるが未詳。『絵巻』詞書は「たい」。「たひ（い）」は『箋注倭名類聚抄《せんちゅうわみょうるいじゅしょう》』（以下『和名抄』）の「衲」に「玄奘三蔵表云、衲袈裟一領（中略）俗云能不、一云二太比一」とあり、僧衣、僧服の意。『字類抄《じるいしょう》』（大東急文庫）の「衲」に「タヒ、僧装具」、『宇津保物語』（国譲中）に「律師には菩提樹の数珠具したるたひなど一具奉り給ふ」とある。「ふくたひ」もこれと同じものかと思われる。なお、よみについて『旧・新大系』は『名義抄』に「ダヒ」とあることから「ふくだひ」とよむ。『日本国語大辞典』も「ふくだい（服台）」。○紙衣　和紙に柿渋を塗り、乾かしてからもみ柔らげて仕立てた衣服。紙子《かみこ》ともいう。○破れ破れ　着古してぼろぼろに破れたさまのこと。なお次の「蔵をば」を『版本』は「蔵を」。○毘沙門を作たてまつりて持たる人　「持」を諸本は「もち」とよむが、『古本説話』と『絵巻』詞書は「ぢし」。「ぢ（持）す」は、単に持つだけでなく、いつも大事に自分のそばに置いて、固く守る意。用例は『今昔』巻十二第三十二話「聖人偏《ひとへ》ニ法花ヲ持《ぢ》シテ」等がある。○徳　富、裕福。なお次の「参る」の「る」を底本は挿入の体裁をとる。

〈参考〉

本話は『宇治』の中の長編説話の一つである。本話は内容から五段（あるいは三段）に分けられる。一段（一、二段をまとめて一段とすることができる。『絵巻』では山崎長者、あるいは飛倉の巻）は、もうれん（命蓮・明練）法師が信濃の国から上京して東大寺で受戒し、信貴山に入って修行しているうちに毘沙門天像を得た。二段は、山の麓に住んでいた徳人（『絵巻』では山崎長者）のもとに、もうれん聖の鉢が飛んで行って食料をもらって来たが、ある時、迷惑に思った徳人が倉に鉢を入れておくと、鉢が倉を乗せて山に戻って来た。三段（『絵巻』は延喜加持の巻）は、醍醐天皇が重病の時、聖は山から出ることなく、祈禱して剣の護法童子を遣わして、天皇の病気を治した。四段（四、五段をまとめて三段とすることができる。『絵巻』は尼公の巻）は、弟思いの姉がふくたいを持って上京し、弟と共に山で修行した。五段は後日話で、ふくたいは破れ、鉢に乗って来た倉は壊れた。人々は倉の木片をお守りにしたり、毘沙門像を作った。二・三・四段が主要部の段で、一・五段は体裁を整えた段である。

本話は、もうれんが信濃の国から上京し、東大寺で受戒し、信貴山に入り、人々の信仰を得るまでの、長年月にわたる一代記の話で、三段の主要な話を組み合わせてはいるが、全体としてみると、理想的、ロマン的、あるいは抒情的な物語になっている。命蓮は実在の人物である。亀田孜「信貴山縁起虚実雑考」（「仏教芸術」27号、昭和三十一年三月）等によって指摘されているとおり、命蓮が信貴山に入ったのは幼時だったらしい（『信貴山文書』）。ところが本話では故郷の信濃の国ですでに法師になっており、東大寺で受戒し、信貴山に入っている。一方、『今昔』巻十一第三十六話は、明練は常陸の国出身で、諸国を修行ののちに信貴山に入っている。『信貴山文書』の記述が事実を記したとすると、本話（『古本説話』巻下第六十五話、『絵巻』の詞書も同じ）は、事実に基づいてはいるが、冒頭部から脚色され、虚構化された物語になっている。『今昔』話も、本話ほどではないが、脚色されている。毘沙門天像を手に入れたいきさつについても同じである。『信貴山文書』によると、命蓮が信貴山に入った当初に像を安置したとあるが、本話は、聖が修行の結果、手に入れたとする。

二段で、聖が飛鉢の術を発揮する。そのことは聖だけが会得した術ではない。すでに先学の方々が述べているが、高徳の聖が修行して得た術の一つである。ただし本話では周辺の人々を登場させ、さまざまな技法を使い、文章の表現にも工夫をこらして、話を引き立て、魅力のあるものにしている。

三段の醍醐天皇が重病の時に命蓮が祈禱したのは事実だったらしい。『扶桑略記』延長八年（九三〇）八月条によると、命蓮を左兵衛の陣に召して、天皇の病気を加持させている。しかし翌九月二十九日に天皇は崩御する。この資料に対して藤田経世・秋山光和『信貴山縁起絵巻』は、延喜十五年（九一五）に天皇が疱瘡《ほうそう》をわずらった時のこととする。ただ、聖人、持経者の験徳の効力の偉大さをあらわす話の一つとして、天皇や貴族の病気を治す話があるので、この場合もその一つとしてみることができ、諸記録に密着して考証することはあまり意味があるとは思えない。

四段（『絵巻』は尼公の巻）は、二、三段の聖としての霊力を扱った段とは違って、姉弟の愛情を扱う。姉が弟を探し当てるまでの苦労や、姉の「まうれんこゐん」という言葉に、弟を思う愛情がにじみ出る。ふくたいにしても、「ふときいとして、あつあつと、こまかにつよげに」作ってあった。姉はやさしく、素朴で、心の強い人であった。

この話の魅力は、信貴山寺の縁起というよりは、素朴で一途に修行して人々の尊敬を得るまでになった聖という人間に焦点を当て、一代記の物語に構成した中で起伏をもたせ、盛り上げ、まとめ上げたところにある。ただし話の作り手の狙いは、物語を提供したのではなく、物語を事実話として話の聞き手、読み手に提供しようとしている。このことは五段の後日話からみることができる。すなわち「ふくたひの破《や》れなどはをさめて、まだあんなり」のように事実性を強調する。ただし他の仏教説話の話末の批評、感想文にみるような教訓性はない。

本話の同話は『古本説話』巻下第六十五話、『信貴山縁起絵巻』詞書にある。『今昔』巻十一第三十六話はストーリーに類似の点はあるが、類話である。また『信貴山文書』には命蓮の自伝があって貴重である。『諸寺略記』にも関連記事がある。資料として『大日本仏教全書』寺誌叢書第三、『大日本史料』延喜年中が参考になる。主な研究書、論文に「仏教芸術」27・28号（昭和三十一年三・六月）、藤田経世・秋山光和『信貴山縁起絵巻』、森正人「飛鉢譚の系譜」（熊本大学「国語国文学研究」9号、昭和四十八年十二月）、小峯和明『宇治拾遺物語の表現時空』Ⅲの10「絵巻との関連」（若草書房、平成十一年）、廣田收『『宇治拾遺物語』「世俗説話」の研究』三章二節「信濃国聖考」（笠間書院、平成十六年）、新間水緒『神仏説話と説話集の研究』二章二節「信濃国の聖の事について」（清文堂出版、平成二十年）等がある。なかでも益田勝実『説話文学と絵巻』（三一書房、昭和四十六年）所収「信貴山縁起の詞章」の、この縁起が「縁起を超えた人間の物語」になっているとの発言は重要である。

百二（上百三）　敏行朝臣事〈敏行朝臣《としゆきあそん》の事〉　巻八―四

これも今は昔《（むかし）》、敏行といふ歌よみは、手をよく書《かき》ければ、これかれがいふにしたがひて、法花経《ほけきやう》を二百部ばかり《（斗）》書《かき》たてまつりたりけり。

かか《（こ）》る程に、俄《にはか》に死《しに》けり。我はしぬるぞとも思はぬに、俄にからめて引《ひき》はりて、出行《いでゆけ》ば、わればか《（斗）》りの人を、公《（大やけ）》と申《まうす》とも、かくせさせ給《たまふ》べきか、心えぬわざかな、と思《おもひ》て、からめて行《ゆく》人に、「これはいかなる事ぞ。何事のあやまちにより、かくばかりのめをばみるぞ」と、とへば、「いさ、われはしらず。『たしかにめしてこ』と、仰《おほせ》をうけたまはりて、ゐ《(い)》てまゐ《(い)》るなり。そこは、法花経やかきたてまつりたる」と、とへば、「しかし書《かき》たてまつりたり」といへば、「わがためには、いくらか書《かき》たる」と、とへば、「我《わが》ためとも侍らず。ただ《(ゝ)》、人のかか《(ゝ)》すれば、二百日ばかり《(斗)》かきたるらんとおぼゆる」といへば、「その事のうれへいできて、沙汰《(さた)》のあらんずるにこそあめれ」とばかり《(斗)》いひて、又《また》こと事《ごと》もいはで行《ゆく》程に、あさましく、人のむかふべくもなく、おそろしといへばおろかなる物の、眼をみれば、いな光《びかり》のやうにひらめき、口は、ほむらなどのやうに、おそろしき気色《けしき》したる軍《いくさ》の、鎧冑《よろひかぶと》きて、えもいはぬ馬に乗《のり》つづ《(ゝ)》きて、二百人ばかり《(斗)》逢《あひ》たり。みるに、肝《きも》まどひ、たふ《(う)》れふしぬべき心《ここ》ちすれども、我《われ》にもあらず、引《ひき》たてられて行《ゆく》。

〈現代語訳〉

百二　敏行朝臣のこと

これも今は昔のことであるが、敏行という歌人は、文字を上手に書いたので、この人やあの人が求めるのに応じて、法華経を二百部ほど書写申し上げていた。

こうしているうちに、敏行は急死した。自分では死んだ、とも思わないのに、急に自分を縛って、引っ張って、連れて行くので、自分ほどの者を、たとえ天皇と申し上げる方であっても、このようになさってよいだろうか、理解できないことだな、と思って、自分をつかまえて行く人に、「自分をつかまえるとはどのような理由であるか。どのような過失があって、このような仕打ちを受けるのか」と聞く。すると、その者は、「さあ、自分は知らない。『間違いなくつかまえて来い』という御命令をいただいて、あなたを連れて行くのだ。あなたは法華経をお書き申し上げたか」と聞くと、敏行は「これこれのようにお書き申し上げた」と言う。また「自分自身のためにはどれほど書いたか」と聞くと、「自分のためというわけでもありませんが、もっぱら、人が書かせるので、二百部ほど書いたのだろうと思われます」と言うと、「そのことについての訴えが起こって、裁決が下ろうとしているのであろう」とだけ言って、またほかのことは何も言わないで行くうちに、ただただ驚くばかりで、まともに相手の人と向き合えないほどで、恐ろしいという言葉では言い表わせないほどの者が、その者の眼を見ると、稲光のようにぴかりと光り、口は炎などのように（赤く）、恐ろしい様子をした軍兵で、鎧《よろい》とかぶとをつけ、何ともいえないほどの恐ろしい馬に乗り連なって、二百人ほど来るのに会った。それを見ると、敏行の心は仰天し、卒倒しそうになるような気持ちがするが、どうしてよいかわからない状態で、追い立てられて行く。

〈語釈〉

○**敏行**　『今昔』巻十四第二十九話の同話は「左近ノ少将橘ノ敏行」とするが、諸注は、橘敏行には歌人、能書家としての実績がなく、後文の紀友則《きのとものり》との関係から誤りとする。『今昔』作者が敏行をなぜ橘氏と誤ったのかというと、あるいは敏行が増（僧）賀の祖父（『尊卑分脈』）であるとみられていたことによるかもしれない。増賀《ぞうが》は『今昔』の主要な聖人の一人である。なお増賀と同時期の著名な性空《しょうくう》聖人も橘氏出身である。当該話の敏行は藤原氏南家。富士麿《ふじまろ》の子。母は紀名虎《きのなとら》の女《むすめ》。敏行の妻は母の兄有常《ありつね》の女で、姉妹に在原業平《ありわらのなりひら》の妻がいる。また父名虎の縁者に紀貫之《きのつらゆき》や後文に出る友則がいて、歌人として恵まれた環境にあった。官人としては従四位上、右兵衛督に至った。歌人としては、三十六歌仙の一人であって、『古今集』以下に歌がとられている。能書家としては『二中歴』一「能歴」、『江談抄』「雑事」等に名が出る。延喜元年（九〇一）没（七年との説もある）。『大日本史料』延喜元年是歳条、および村瀬敏夫「藤原敏行伝の考察」（岡一男博士頌寿記念論集『平安朝文学研究』有精堂、昭和四十六年、所収）が参考になる。○**歌よみ**　歌を上手に詠む人、歌人。○**手**　筆跡、文字。○**法花経**　『妙法蓮華経』。「ほ（ふ）くゑきやう」「ほつけきやう」のよみがある。大乗仏教での最重要の経典の一つ。すべての生物が仏になることができること、釈迦は永遠の昔に仏になった、と説く。第一・四十六・六十話等に見える。○**二百部**　「部」は、ここは経典の数え方で、『法華経』八巻の一揃《そろ》えを一部と数える。『今昔』は「六十部許《ばかり》」（後文に「二百部」）。次の「書《かき》」は、書き写す。○からめて　つかまえて縛って。○出行ば　『陽明本』、『版本』ともに「出行ば」（出て行くと）であるが、『書陵部本』等の「い（ゐ）てゆけば」に従うと、「連れて行くと」の意になる。『今昔』も「引張《ひきはり》テ将《ゐ》テ行ケバ」。この方が意味は通る。後文にも「ゐてまゐるなり」とある。○公　天皇、朝廷。『今昔』は「天皇過《とが》ニ被行《おこなは》ルトモ」。○これは　このことは、自分をつかまえて行くことは。○そこ　同等か、少し目下の人に対して呼びかける語。あなた。そなた。お前。後文では「汝」にかわる。○しかしか　「しかじか」とよむ本もある。具体的な内容を記す代わりの語として用いる。これこれ。このように。第七十八の一話に「しかじかの人」の用例がある。○ただもっぱら。ひたすら。○二百日　「日」を諸本は「部」。「部」の旁《つくり》の「阝《おおざと》」を「日」に書き誤ったとみられるので、「部」と解した。○うれへ　訴え、訴訟。○沙汰　さばき、裁決。○あさましく　まったく驚いて、事の意外さにすっかり驚きあきれて。以下、地獄の軍兵が現われた時の恐ろしい様子を敏行の立場から見て、記している。○人のむかふべくもなく　自分が相手とまともに向き合うことができそうになく。人をまともに見ることができそうになく。○おろかなる物　（恐ろしいという言葉では）言い表わせないほどの者。「おろ（疎）か」は、言い足りない。第十八話に「楽しとはおろかなり」の用例がある。○いな光　稲妻。『版本』は「電光」。○ほむら　炎《ほのお》。『今昔』は「口《くち》ハ焔《ほのほ》ノ如シ」。○軍　軍人《いくさびと》のことで、軍兵《ぐんぴょう》、兵士。なお次の「冑」を底本は「胃」、『書陵部本』は「男」。○えもいはぬ　言葉では何ともいえないような。次に、恐ろしい、すごい、異様な、の言葉を補うとわかりやすい。『今昔』は「鬼ノ如クナル、馬ニ乗テ」。○馬に乗つづきて　何人もが、続いて馬に乗ってやって来て。「馬に乗りつつ、来て」とよむ本もある。○肝まどひ　たいそう驚き、あわてて、肝がつぶれ仰天し。

さて、此《この》軍は先立《さきだち》ていぬ。われからめて行《ゆく》人に、「あれは、いかなる軍ぞ」と、とへば、「えしらぬか。これこそ、汝に経あつらへてかか《(ゝ)》せたる者共《(物)》の、その経の功徳によりて、天にもむまれ、極楽にもまゐ《(い)》り、又、人にむまれ帰るとも、よき身ともむまるべかりしが、汝が、その経書《かき》たてまつるとて、魚《うを》をもくひ、女にもふれて、きよまはる事もなくて、心をば女のもとに置《おき》て、書《かき》たてまつりたれば、其《その》功徳のかなはずして、かくいかう武《たけ》き身にむまれて、汝をねたがりて、『よびて給はらん。その仇報《(あた)ほう》ぜん』と、うれへ申せば、此度《このたび》は、道理にてめさるべきたびにあらねども、この愁《うれへ》によりて、めさるる《(ゝ)》なり《(也)》」といふに、身もきるやうに、心もしみこほりて、これをきくに、しぬべき心ちす。

「さて、我をばいかにせんとて、かくは申《まうす》ぞ」と、とへば、「おろかにもとふ哉《かな》。その持《もち》たりつる太刀、かたなにて、汝が身をば先《まづ》二百にきりさきて、各《おのおの》一きれづつ《(ゝ)》とりてんとす。其《その》二百のきれに、汝が心もわかれて、きれごとに心のありて、せためられんにしたがひて、かなしく、わびしきめをみんずるぞかし。たへがたき事、たとへんかたあらんやは」と云《いふ》。「さて、其《その》事をば、いかにしてたすかるべき」といへば、「更々《さらに(〳〵)》われも心もお《(を)》よばず。まして、たすかるべき身はあるべきにあらず」といふに、あゆむそらなし。

又行《またゆけ》ば、大《おほき》なる川あり。その水をみれば、こくすりたる墨《すみ》の色にて流《ながれ》たり。あやしき水の色かな、とみて、「是《これ》はいかなる水なれば、墨の色なるぞ」と、と《(ゝ)》へば、「しらずや、これこそ、汝が書奉《かきたてまつり》たる法花経の墨の、かくながるる《(ゝ)》よ」といふ。「それはいかなれば、かく川にてはながるる《(ゝ)》ぞ」と、とふに、「心のよくまことをいたして、清くかきたてまつりたる経は、さながら王宮に納《をさめ》られぬ。汝が書奉《かきたてまつり》たるやうに、心きたなく、身けがらはしうて、書奉《かきたてまつり》たる経は、ひろき野にすて置《おき》たれば、その墨の雨にぬれて、かく川にてながるる《(ゝ)》なり《(也)》。此《この》川は、汝が書奉《かきたてまつ》りたる経の墨の川なり」といふに、いとど《(ゝ)》おそろしともおろかなり《(也)》。「さてもこの事は、いかにしてかたすかるべき事ある。をしへてたすけ給へ」と、なくなく《(〳〵)》いへば、「いとほ《(お)》

しけれども、よろしき罪ならばこそは、たすかるべきかたをもかまへめ。これは、心もお《(を)》よび、口にてものぶべきやうもなき罪なれば、いかが《(こ)》せん」といふに、ともかくもいふべきかたなうていく程も、おそろしげなる者《(物)》、はしりあひて、「お《(を)》そくゐ《(い)》てまゐ《(い)》る」と、いましめいへば、それをきき《(こ)》て、さげたてて《(こ)》、ゐ《(い)》てまゐ《(い)》りぬ。

大《おほき》なる門《もん》に、我《わが》やうに引《ひき》はられ、又《また》、くびかしなどいふ物をはけられて、ゆひかが《(こ)》められて、たへがたげなるめどもみたるものどもの、数もしらず、十方《じふぱう》より出《いで》きたり。あつまりて、門に所なく入《いり》みちたり。門より見入《みいる》れば、あひたりつる軍共《いくさども》、目をいからかし、したなめづりをして、我をみつけて、とくゐ《(い)》てこかし、と思ひたるけしきにて、立《たち》さまよふをみるに、いとど《(こ)》土もふまれず。「さてもさても、いかにし侍らんとする」といへば、其《その》ひかへたる者《(物)》、「四巻経《しくわんぎやう》書《かき》奉《たてまつ》らんといふ願《ぐわん》をおこせ」と、みそかにいへば、いま門入程《いる》に、此咎《このとが》は、四巻経かき、供養してあかはん、といふ願を発《おこ》しつ。

さて入《いり》て、庁《ちやう》の前に引《ひき》すゑ《(へ)》つ。事沙汰《ことさた》する人、「かれは敏行か」と、と《(こ)》へば、「さに侍り」と、此《この》つきたる者《(物)》こたふ。「愁《うれへ》ども頻《しきり》なる者《(物)》を、など遅《おそく》はまゐ《(い)》りつるぞ」といへば、「召捕《めしとり》たるまま、と《(こ)》ど《(こ)》こほりなくゐ《(い)》てまゐ《(い)》りて候《さぶらふ》」といふ。「娑婆《しやば》世界にてなに事かせし」と、とはるれば、「仕《つかまつり》たる事もなし。人のあつらへにしたがひて、法花経を二百部書奉《かきたてまつり》て侍《はべり》つる」とこたふ。それをきき（ゝ）て、「汝は、もとうけたる所の命は、いましばらくあるべけれども、その経書《かき》たてまつりし事のけがらはしく、清からで書《かき》たるうれへのいできて、からめられぬるなり（也）。すみやかに、うれへ申《まうす》ものどもにいだしたびて、かれらが思ひのまま（ゝ）にせさすべきなり」とある時に、ありつる軍《いくさ》ども、悦《よろこ》べる気色《けしき》にて、うけとらんとする時、わなな（ゝ）くわななく（〳〵）、「四巻経かき、供養せんと中願《まうす》の候《さふら》ふを、その事をなんいまだとげ候《さぶら》はぬに、めされ候《さふら》ひぬれば、此《この》罪（を）おもく、いとどあら（ゝ）がふかた候はぬなり」と申せば、このさたする人、きき（ゝ）おどろきて、「さる事やはある。まことならば、不便《ふびん》なりける事かな。丁《ちやう》を引《ひき》てみよ」といへば、又《また》人、大《おほき》なる文《ふみ》を取出《とりいで》て、ひくひく（〳〵）みるに、我せし事共を、一事《いちじ》もおとさずしるしつけたり。中に罪の事のみありて、功徳の事一《ひとつ》もなし。この門入《いり》つる程におこしつる願なれば、おくのはてに注《しる》されにけり。文引《ふみひき》はて（ゝ）て、いまはとするほどに、「さる事侍り。此《この》おくにこそしるされて侍れ」と、申上《まうしあげ》ければ、「さては、いと不便《ふびん》の事なり（也）。このたびのいとまをばゆるしたびて、その願遂《とげ》させて、ともかくもあるべき事なり」と、さだめられければ、この、目をいからかして、我をとくえんと、手をねぶりつる軍ども、失《うせ》にけり。「たしかに娑婆世界に帰《かへり》て、その願かならずとげさせよ」とて、ゆるさるるとおもふほどに、いきかへりにけり。

〈現代語訳〉

ところで、この軍兵は、敏行の前に立って行った。自分を縛って行く人に、「あの人たちは、どのような軍兵たちか」と聞くと、「わからないか。この者たちこそ、おまえに経を頼んで書かせた者たちで、その経を書いてもらったというよい行ないによって、天上界にも生まれ、あるいは極楽にも行き、また再び人間界に生まれ戻るとしても、高貴な地位のある人にも生まれるはずであったが、おまえがその経を書き申し上げる時に、魚をも食べ、女身とも交渉をもって、心身を清めることもなく、いつも相手の女のことを思って、経を書き申し上げたので、経を書いたというよい行ないの望みも達せられないで、このようなひどく荒々しい者に生まれたので、おまえを憎らしく思って、『敏行を呼んで下さいませんか。敏行が行なったうらみを返そうと思います』と、訴えて来たので、今回は寿命が尽きたという正当な理由で冥途《めいど》に呼ばれる時ではないが、この訴えによって呼ばれたのだ」と言うと、敏行は、自分の体が斬られるように思い、心も凍りついて、このことを聞くと、本当に死ぬような気持ちがした。

敏行が「ところで、あの人たちは自分をどのようにしようとして、このように申すのか」

と聞くと、敏行を縛って行く人は、「頭の鈍い質問をすることだな。あの人たちの持っていた太刀や刀で、おまえの体をまず二百に斬り裂いて、それぞれが一切れずつ取ってしまおうとする。その二百の切れごとに、お前の心も分かれて、それぞれの切れに心があって、厳しく責められるにつけて、悲しく、つらい目に遭おうとするのだ。なんともがまんできないことは、他にたとえる方法があるであろうか」と言う。敏行が「ところで、そのことから、どのようにして助かることができようか」と言うと、「そこまではまったく自分にも考えが及ばない。まして、(このようなところで)助かることのできるおまえの体などあるはずはない」と言うと、敏行には歩く気力もなかった。

さらに歩いて行くと、大きな川があった。その水を見ると、濃くすった墨の色をして流れている。変わった水の色だな、と思って、「この水はどのような水なので、墨の色をしているのか」と聞くと、「わからないのか、この水こそ、おまえが書き申し上げた法華経の墨が、このように流れているのだ」と言う。敏行が「そのわけは、どのような理由で、このように川となって流れるのか」と聞くと、「心がけがよく、誠意を尽くして、清浄な心持ちで書き申し上げた経は、全部、王宮に取り入れられる。おまえが書き申し上げたように、不浄な気持ちで、体も汚《けが》れて、書き申し上げた経は、広野にほうって置いてあるので、経の墨が雨にぬれて、このように川となって流れるのだ。この川は、おまえが書き申し上げた経の墨が流れ出した川だ」と言うと、敏行がますます恐ろしく思うことは言葉で言い表わせないほどであった。敏行は「ところでこのこと（体が斬り裂かれること）から、どのようにして助かることができるか。教えて助けて下さい」と、泣く泣く言うと、「かわいそうだが、並ひととおりの罪ならば、助かることのできる方法も考えよう。このこと（不浄な気持ちで経を書いたこと）は、自分の考えも及ばないし、言葉でも表わせないような罪なので、どうにもならない」と言うと、何とも言うような方法もなくて歩いて行くうちに、恐ろしそうな者が走り寄って来て、「遅く連れて来たな」と、しかりつけて言うと、それを聞いて、敏行を連れて行く人は、敏行をつり下げて、連れて行った。

大きな門のところに、自分と同じように引っ張られて連れて来た者や、また首枷《くびかせ》などという物をつけられ、縛られて体を曲げられて、がまんできそうにないような苦しい目に遭っている者たちが、人数もわからないほど、あらゆるところから現われた。その者たちが集まって、門の中に、隙間がないほど入って満ちあふれている。門から中を見ると、先ほど出会った軍兵たちが、目を大きく開いて威嚇《いかく》し、舌で口のまわりをなめて、自分を見つけて、早く連れて来い、と思っている様子で、歩きまわっているのを見ると、ますます足が地につかない状態である。敏行が「それにしても本当に、どのようにしたらよいだろうか」と言うと、敏行を押さえつけているその者は、「四巻経を書き申し上げようという祈願の気持ちを起こせ」と、ひそかに言うので、まさに門に入る時に、この罪を犯したことは、四巻経を書き写して供え、供養してつぐなおう、という祈願の気持ちを起こした。

ところで門を入って、閻魔《えんま》王の法廷の前に敏行を坐らせた。敏行の行為を裁判する人が、「そこにいる者は敏行か」と聞くと、敏行に付き添っている者が「そのとおりです」と答える。「訴えなどがたびたびあるのに、どうして遅く来たのか」と言うと、「つかまえるとすぐに、連れて参りました」と言う。（裁判官は次に敏行に）「おまえは人間界で、どんな（よい）ことをしたか」とお尋ねになるので、敏行は「大したこともしていません。人が注文したのに従って、法華経を二百部書き申し上げました」と答えた。そのことを聞いて、裁判官が「おまえは、本来与えられた寿命は、もう少しあるはずなのだが、そのお経を書き申し上げたことが、不純、不浄な気持ちで書いたという訴えが起こってきて、捕らえられたのだ。すぐに、訴えを申して来た者たちにお前を渡し与えて、その者たちの思うとおりにさせるのがよいのだ」と言った時、先ほどの軍兵たちは、いかにも嬉しがっている様子で、敏行を受け取ろうとした。敏行はぶるぶると震えて、「四巻経を書き写して、供養しようという祈願の気持ちがありましたが、そのことをまだやり終わらないうちに、（冥途に）呼ばれましたので、中途半端で終わった罪は重く、ますます弁解する方法はございません」と申し上げた。この裁判官は、そのことを聞いて驚いて、「そのようなことがあるのか。事実ならば、気の毒なことだったな。帳簿を調べてみよ」と言うと、別の人が、大きな書類を取り出して、調べながら見ると、自分が行なったことなどを、一つの小さなこともらさないで書き記してあった。その中には、自分が罪を行なったことだけあって、よい行ないをしたということは一つもない。（四巻経を書くということは）この門を入った時に起こした祈願の気持ちなので、書類の最後の終わりのところに書かれてあった。書類を調べ終わって、いよいよこれが最後というところに、「そのようなことがあります。この書類の最後のところに書かれてあります」と申し上げたので、裁判官は「それでは、たいそう気の毒なことだ。今回は、ひまな時間を許し与えて、（四巻経を書くという）敏行の願いの気持ちを果たさせてやって、（その後のことは）どのようにでも処理するのがよいことであろう」と裁決されたので、この目を見開いて威嚇し、自分を早く手に入れようと、手につばをつけて待ちかまえていた軍兵たちは、いなくなった。「（敏行は）間違いなく人間世界に帰って、四巻経を書くという願いの気持ちを、必ず果たさせるように」と、（敏行に付き添った者に）言って、許された、と思っているうちに、敏行はこの世に生き返った。

〈語釈〉

○**先立て**　敏行の前に立って。『今昔』は「打返テ（まわれ右して）前立《さき》テ行ク」。○**えしらぬか**　わからないか、理解できないか。『今昔』は「汝ヂ不知《しら》ズヤ」。○**経あつらへて**　「あつらふ」は、注文する、頼む。なお次の「の」は同格。○**功徳**　よい報いを得られるようなよい行ない。第四十一・五十七・八十四話等に用例がある。なお「その経の功徳」を『版本』は「その功徳」。また次の「極楽にもまゐり、又、人にむまれ」を『書陵部本』は欠落。○**よき身**　「よし」は、立派、高貴。「身」は、身の上、分際、地位。『今昔』巻二十八

第十六話に「吉《よ》キ人」（身分の高い人）の用例がある。○きよまはる事　食事や生活態度を慎み、心身を整えること、精進潔斎すること。『今昔』は「精進ニ非ズシテ」。○いかう武き身「いかう」は、形容詞「いか（厳）し」（いかめしい）の連用形「いかく」のウ音便。ひどく。「武し」は、荒々しい、たけだけしい。写経を頼んだ人たちが悪報を受けたことをいう。『今昔』は「嗔《いかり》ノ高キ身」。『今昔』注は、軍兵とあることから、修羅道に堕ちた、とみる。○ねたがりて　うらめしく思って。憎らしく思って。○仇　よみは「あた」。近世以後は「あだ」。うらみ。次の「報ぜん」は、相手からの仕打ちと同等のものを返す。○道理正当な理由。ここは、寿命が尽きて死ぬ時が来たこと。後文に「もとうけたる所の命は、いましばらくあるべけれども」とある。『今昔』は次に「此ノ愁ニ依テ、非道ニ被召《めされ》ヌル也」と、道理に対して非道を出す。次の「たび（度）」は、時、時期。また次の「きる」を、『書陵部本』、『版本』は「きるる」。○心もしみこほりて「しみこほる」は、固く凍る、凍りつく。恐ろしさにおびえる気持ちを記す。このあたりを『今昔』は「身ヲ砕《くだく》ガ如クニ思エテ」とする。○太刀、かたな「太刀」は、ここは大きな刀。「かたな」を底本は補入の体裁をとる。『今昔』は「刀剣」。なお次の「身をば」を『版本』は「身は」。○せためられん「せためらむ」は、強く責める、責めて苦しみを与える。なお『版本』は「せめられむ」。○更々「さらさら」ともよめるが、会話等に用いられるのは室町期以後とのことなので（諸辞典）、「さらにさらに」とよむ。けっして。まったく。『書陵部本』、『版本』は「更に」。なお次の

「身」を、『書陵部本』は「こと」、『版本』、『今昔』は「力」。○**あゆむそらなし**　「そら」は、気力、張り合い、自覚、気持ち。第三十九話に同語例がある。○**大なる川**　冥土に行く途中の川で三途《さんず》の川にあたる。『霊異記《りょういき》』巻上第三十話（『今昔』巻二十第十六話に同話）、巻下第九話等にも同様の川がある。なお後の「川にては」を『版本』は「川にて」。○**王宮**　王のいる宮殿。ここは閻魔王の宮殿。『今昔』は「竜宮」。前文の「心のよく……」と、後の「心きたなく……」を対比する。○**おそろしともおろかなり**　同じ表現の一文が前にあるが、恐ろしさがいちだんと増す意味を強調するため、この一文の前に「いとど」を加えた。なお次の「いかにしてか」を『書陵部本』は「いかにしか」。○**よろしき罪**　並ひととおりの罪、大したことのない罪。「罪」は、戒律等の仏法に違反すること。中村元『佛教語大辞典』（東京書籍）は、貪欲・憎悪・迷妄を、古くは罪と呼ぶ、とする。このあたりの一文を『今昔』は簡略化して記す。○**いかがせん**　どうしようか、どうにもならない。なお次の「いく程も」を『書陵部本』、『版本』は「いく程に」。○**いましめいへば**　注意して言えば、しかりつけて言えば。○**さげたてて**　「さぐ」は、つり下げる。「たつ」は補助動詞で、しきりに……する、しっかり……する。なお『今昔』に「前《さき》ニ立テテ」とあるところから、先立てて、とする注もある。○**くびかし**　首枷《くびかせ》と同じ。木や鉄などで作った刑具の一つ。囚人の首につけて自由を奪うもの。次の「はけられて」の「はく」は、はめる、つける。○**ゆひかがめられて**　「ゆ（結）ふ」は、人をしばる、縄などで結びつける。「かがむ」は、体を折りまげる。なお『陽明本』、『版本』は「からめられて」。また次の「あつまりて」を『書陵部本』は「あやまりて」。○所なく　隙間がないほど。○いからかし　目を大きく見開いて、相手を威嚇《いかく》し。「かす」は接尾語で、強意。○した（舌）なめづり　御馳走の獲物を前にして期待する様子。○立さまよふ　うろつく、歩きまわる。『今昔』は「徘徊《たちやすら》フ」。○さてもさても　感動詞。それにしても本当に、それはそうと。この一句、『今昔』にはない。「さてもさても、重木《しげき》が年かぞへさせたまへ」（『大鏡』太政大臣道長、雑々物語）。○ひかへたる物　敏行をつかまえている者、押さえつけている者。前の「からめて行《ゆく》人」に同じ。『今昔』ははじめに「搦《から》メテ将《ゐて》行ク人」とするが、以後は「使」に統一。○四巻経　曇無《どんむ》讖《しん》訳の四巻の『金光明経《こんこうみょうきょう》』のこと。鎮護国家を説く経典として、我が国で尊重された。国王は正法《しょうぼう》を護持すべきという義務を説く第十一「正論品」、池の水がなくなって死に瀕する魚を救う第十六「流水長者子品」、仏が前世に、飢えた虎のために身を投じた第十七「捨身品」等は、のちの経典、説話、法会《ほうえ》（放生会《ほうじょうえ》）に影響を与えた。『栄花物語』巻十九「御裳《おんも》ぎ」に用例がある。○願をおこせ　神仏に祈って誓いの気持ちを表わせ。○咎　罪を犯したこと。○供養　仏前に灯明や飲食を供え、誦経《ずきょう》して祈る行事。○あかはん　「あかふ」は、つぐなう。金品等を出して許しを請う意で、世俗的表現。『今昔』は「四巻経ヲ書テ供養シ奉テ、此ノ咎ヲ懺悔セム」とあって、仏教的表現。なお諸本は「あがふ」とよむが、中世前期までは「あかふ」との説（『日本国語大辞典』等）による。第百二十四話に用例がある。○事沙汰する人

「事」は、ここでは、男の行なった行為。「沙汰」は、処理、始末、審理。敏行の行為を裁判する人。閻魔王をイメージする。『今昔』は「政人《まつりごとのひと》」。『今昔』は公的・政治的な表現を用いる。○**愁ども頻なる物を**　「愁」は、訴えること。「物を」は接続助詞。……のに。○**召捕たるまま**　「召捕」は、逮捕する、つかまえる。なお『版本』は「即捕」。「まま」は、……につれ、……に従って。あるいは「ままに」(と同時に、やいなや)の意とも解することができる。また次の「まゐりて」を『版本』は「まゐり」。○**娑婆世界**　人間界、この世。なお『書陵部本』は「娑婆」。次の「なに事」を『今昔』は「何《いか》ナル功徳カ造《つくり》タル」とある。極楽に行けるようなどんなよいことをしたのか、の意。○**仕たる事もなし**　「仕《つかまつ》る」は「為《す》」の謙譲。大したこともしておりません。○**もとうけたる所の命**　「もと」は、もともと、本来。「うけたる所の命」は、与えられた寿命。前に「此度は、道理にてめさるべきたびにあらねども」とある。○**清からで**　心身を整えることがなくて。前に「きよまはる事もなくて」とある。なお次の「書たる」を『陽明本』は「書たり」。○**ありつる**　先ほどの。○**とげ候はぬ**　「と(遂)ぐ」は、なしとげる、最後までやり抜く。○**あらがふ**　争う、言いたてる、弁解する。○**不便**　気の毒、かわいそう。○**丁**(帳)　帳簿、帳面。なお『書陵部本』は「十」。次の「引《ひき》て」は、探し求める、繰り広げる、調べる。なお諸注は、繰り広げる、の意のあることから、巻物になっていたか、とする。○**又人**　この「又」は、別の。この語は『今昔』にはない。○**文**　ここは、文書、帳簿、書類。○**一事**　一つの小さな、ちょっとしたこと。なお次の「つけたり」を『版本』は「つけたる」。○いまは　もうこれが最後。なお次の「ほどに」を『書陵部本』、『版本』は「時に」。○さだめられければ　「さだ(定)む」は、決める、裁決する。○手をねぶりつる　「ねぶる」は、なめる。手につばをつけて、敏行を自分たちのものにしようと待ちかまえている様子。なお「さだめられければ」以下を『今昔』は「前《さき》ノ軍《いくさ》、皆不レ見《み》エズ成ヌ」と簡略に記す。○たしかに　間違いなく。確実に。この言葉は「とげさせよ」とあるので、裁判官が敏行に付き添った者に対して言っているが、『今昔』は「汝《なん》ヂ……遂ゲヨ」とあるので、敏行に言ったことになる。

妻子なきあひて有《あり》ける二日《ふつか》といふに、夢のさめたる心ちして、目を見開《（あ）》けたりければ、「いき帰《かへり》たり」とて、悦《よろこび》て、湯のませなどするにぞ、我は死《しに》たりけるにこそありけれ、と心えて、かんがへられつる事ども、ありつるありさま、願をおこして、その力にてゆるされつる事など、あきらかなる鏡に向《むかひ》たらんやうにおぼえければ、いつしか我《わが》力付《つき》て、清《きよ》まはりて、心きよく、四巻経書《かき》供養し奉《たてまつら》ん、と思《おもひ》けり。

やうやう《（へ）》日比《ひごろ》へ、比過《ころすぎ》て、例の様《やう》に心《ここ》ちも成《なり》にければ、いつしか、四巻経書《かき》たてまつるべき紙、経師《きやうじ》に打《うち》つがせ、鎅《け》かけさせて、書《かき》奉らんと思ひけるが、猶《なほ》もとの心の色めかしう、経、仏のかたに心のいたらざりければ、此《この》女のもとに行《ゆき》、あの女けしやうし、いかでよき歌よまん、など思ひける程に、いとまもなくて、はかなく年月過《すぎ》て、経をも書《かき》たてまつらで、このうけたりける齢《よはひ》のかぎりにやなりにけん、つひ《(ゐ)》に失《うせ》にけり。

其後《そののち》、一、二年ばかり《(斗)》へだてて《(ゝ)》、紀友則《きのとものり》といふ歌読《うたよみ》の夢にみえけるやう、此《この》敏行とおぼしき者《(物)》にあひたれば、敏行とは思へども、さまかたちたとふべきかたもなく、あさましく、おそろしう、ゆゆし《(ゝ)》げにて、うつつ《(ゝ)》にもかたりし事をいひて、「四巻経書奉《かきたてまつ》らんと云《いふ》願によりて、しばらくの命をたすけて返されたりしかども、猶《なほ》心のおろかにおこたりて、その経をかかず《(ゝ)》して、つひ《(ゐ)》に失《うせ》にし罪によりて、たとふべきかたもなき苦をうけてなんあるを、もしあはれと思ひ給はば《(ゝ)》、その料《(れう)》の紙はいまだあるらん。その紙たづねとりて、三井寺にそれがしといふ僧にあつらへて、書《かき》供養せさせてたべ」といひて、大《おほき》なる声をあげて、なきさけぶとみて、汗《(あせ)》水になりて、おどろきて、あくるやおそ《(を)》きと、その料紙たづねとりて、やがて三井寺に行《ゆき》て、夢にみつる僧のもとへゆきたれば、僧見付《みつけ》て、「うれしき事かな。ただ《(ゝ)》いま人をまゐ《(い)》らせん、みづからにてもまゐ《(い)》りて申さん、とおもふ事のありつるに、かくおはしましたる事のうれしさ」といへば、まづ我《わが》みつる夢をばかたらで、「何事ぞ」とと（こ）へば、心の「今宵《こよひ》の夢に、故敏行朝臣のみえ給《たまひ》つるなり（也）。四巻経書《かき》たてまつるべかりしを、心のお（を）こたりに、えかき供養したてまつらずなりにし、その罪によりて、きはまりなき苦をうくるを、その料紙は御前《おまへ》のもとになんあらん。その紙たづね取《とり》て、四巻経書《かき》、供養したてまつれ。事のやうは、御前に問《とひ》たてまつれ、とありつる。大《おほき》なるこゑをはなちて、さけびなき給《たまふ》、とみつる」とかたるに、あはれなる事、おろかならず。さしむかひて、さめざめ（〳〵）とふたりなきて、「我も、しかしか（〳〵）夢を見て、その紙を尋《たづね》とりて、ここ（こ）にもちて侍り」といひて、とらするに、いみじうあはれがりて、この僧、まことをいたして、手づからみづから、書《かき》供養したてまつりて後《のち》、又《また》ふたりが夢に、この功徳によりて、たへがたき苦、すこしまぬかれたるよし、心《ここ》ちよげにて、かたちも、はじめみしには替《かはり》て、よかりけりとなんみけり。

〈現代語訳〉

妻や子が皆一緒になって泣いた二日目という時に、敏行は夢から覚めた気持ちがして、目を開けたので、人々は、「生き返った」と言って喜び、湯を飲ませたりなどするので、敏行はそれでは、自分は死んでいたのであったのだ、と気がついて、自分の行なったことを徹底的に問いただされたことなど、先ほどまでの冥土での様子、また誓いを立てて、その功徳のおかげで罪を許されたことなどが、少しの曇りもない鏡に向き合っているように、はっきりと覚えていたので、早く自分に体力がついて、心身を清め、清らかな心で、四巻経を書いて、供養し申し上げよう、と思った。

少しずつ日数が過ぎ、何ヵ月かたって、気分ももとどおりになったので、四巻経を書き申し上げる（何枚かの）紙を経師につなぎ合わせさせ、罫線を引かせて、早く書き申し上げようと思ったが、やはり生まれつきの性格が色情に動かされやすく、経文や仏の方には気持ちが向かわなかったので、この女のところに行ったり、あの女に思いをかけたりして、どうにかしてよい歌を詠もう、などと思っているうちに、お経を書く余裕もなく、無駄に年月が過ぎてしまい、お経も書き申し上げないうちに、（冥土の裁判官から）与えられていたこの寿命の限度が尽きてしまったのであろうか、とうとう死んでしまった。

敏行が死んで後、一、二年ほど過ぎて、紀友則という歌人の夢に見えたことには、この敏行と思われる者に会ったので、敏行だとは思うが、姿や顔つきは、何ともたとえようもないほど、みすぼらしく、恐ろしく、気味が悪い様子をして、敏行が生きていた時にも、人々に話していたことを言って、「自分が（冥土で）四巻経を書き申し上げようという誓いを立てたことによって、少しの間だけの命を助けてもらって、この世に帰されましたが、やはり私の考えはいい加減で、なまけてしまい、その四巻経を書かないで、結局は死んでしまったという罪から、たとえることができそうもないほどのひどい苦しみを受けていますが、もしかわいそうだとお思いになるならば、お経を書く用紙はまだあるでしょう。その紙を探し出して、三井寺《みいでら》にいるだれそれという名の僧に注文して、四巻経を書いて、供養させて下さい」と言って、大きな声を上げて泣き叫ぶ、と見て、汗をびっしょりとかいて、目が覚めて、夜が明けるのを待ちかねて、その用紙を探し出して、すぐに三井寺に行って、夢に見た僧のところに行くと、僧が友則を見つけて、「うれしいことですね。今すぐ使いの者を差し上げよう、私自身でも伺って申し上げよう、と思うことがありましたが、このようにしてお出でいただいたことは、ありがたいことです」と言うと、友則は、最初に自分の見た夢のことは話さないで、「どのようなことですか」と聞くと、僧は「昨夜の夢に、故敏行朝臣がお見えになりました。四巻経を書き申し上げるはずでしたが、心がなまけてしまい、書いて供養申し上げることができずになってしまい、その罪によって、際限のないほどの苦しみを受けていますが、その用紙はあなた様のところにありましょう。その用紙を探し出して、四巻経を書いて、供養申し上げて下さい。くわしい事情はあなた様にお尋ねいただきたい、ということでした。大きな声を上げて、叫んで泣いていらっしゃった、という夢を見ました」と話したが、心にしみて感じることはひととおりではなかった。二人は向かい合って、しきりに泣いて、友則は「自分も、これこれの夢を見て、その用紙を探し出して、ここに持って来ています」と言って、僧に渡すと、僧はたいそう深く心に感じ取って、真心をこめて、自分自身の手で四巻経を書き写し、供養し申し上げた。その後、再び二人の夢に（敏行が現われたが）、この書写供養の善行で、我慢しがたいほどの苦しみから少し逃れることができたということを、気持ちよさそうな様子で話し、顔つきも、はじめの夢の中で見た時とは変わって、よい顔であるように見えた。

〈語釈〉

○**妻子**　よみは「さいし」（『総索引』）、「めこ」（『新全集』の『今昔』）。○**目を見開けたりければ**　目を見開いたので。目を開けたので。『今昔』は「目ヲ見開タレバ」。なお「目を見上げたれば」の意をとる注もある。○**かんがへられつる事**　「かんが（勘）ふ」は、罪を問いただす、徹底的に質問する。○**その力にて**　「力」は、ききめ、効果、おかげ。次の「我力」の「力」は、体力。○**あきらかなる鏡**　少しの曇りもなく、特に過去の行為をすべて映し出すという鏡。このたとえは『今昔』も同じ。なお『今昔』には「……事、鏡ノ如シ」として、鏡を比喩に用いる叙述は巻三第十九話、巻四第二十二話等にある。また巻十一第十六話は、鏡に仏の姿を映している。○**いつしか**　早く。○**供養し**　諸辞書によると、「し」は「じ」とする習慣もある、とする。『新全集』、『今昔』も「供養じ」。○**比過て**　「比」は、時節の意であるが、諸注に記すように、「日比」に対して、「月比」の「月」を脱したとみることもできる。『今昔』は「漸ク月日過テ」。○**心ち**　気分。心持ち。○**経師**　経巻の表装をする職人。他に、経文を書写する職人の意もある。○鎅　諸本のよみに従って「け」とよむ。現在の漢和辞典に「鎅」は掲載しないが、『字類抄』の「ケ」の項に「堺」があり、諸橋『大漢和辞典』の「⿰阝界」にも「け」のよみと「さかい」の意がある。罫《けい》と同じ。文字の行間を整えるための線。なお『今昔』は欠字。○もとの心　生まれつきの性格。○色めかしう　好色の気持ちがあって。○けしやうし　『版本』は「けさうし」。女の人に思いをかけること、恋いしたうこと。なお次の「いとまも」を『版本』は「いとま」。○うけたりける齢　冥土の裁判官から与えられていた寿命。「齢」は、寿命。次の「かぎり」は、限界、限度。なお「齢の」を『版本』は「齢」。○紀友則　生没年未詳。平安前期の官人、歌人。有朋《ありとも》の子。紀貫之の従兄弟。延喜四年（九〇四）大内記《だいないき》になる。三十六歌仙の一人。『古今和歌集』の撰者の一人。『古今集』巻十六「哀傷」に、敏行が没した時の哀傷歌「寝ても見ゆ寝でも見えけりおほかたはうつせみの世ぞ夢にはありける」と友則が詠んだ歌を載せており、二人は親しい間柄であった。「敏行」の語釈参照。○うつつ　現実、敏行が生きていた時、生前。なお次の「心のおろかに」を『版本』は「心のおろか」。○料の紙　「料」は、材料。経文を写すのに用いる用紙。なお「その料の紙はいまだあるらん」は『版本』にはない。また「もしあはれと思ひ給はば」から「きはまりなき苦をうくるを」までの半ページ分が『今昔』にはない。○三井寺　正しくは園城寺《おんじょうじ》。三井寺は通称。滋賀県大津市に所在。天台宗寺門派の総本山。創立は白鳳時代。平安初期、智証大師円珍《えんちん》によって再興された。第十八話に出る。なお次の「みつる」を『版本』は「みえつる」。○あつらへて　頼んで、注文して。○汗水になりて　汗びっしょりかいて。汗まみれになって。第十八・百十八話に用例がある。○あくるやおそきと　夜が明けるとすぐに。夜が明けるやいなや。夜が明けるのを待ちかねて。第百三十六話に用例がある。また同様の言い方に、第九十六話の「鳥とともに起きて」がある。○みづからにても　「にても」は、でも。第五十八話に「おぼろけの相人の見る事にても」とある。『新大系』は、訓読から来た語法で、学僧らしい言葉遣い、とする。○今宵　昨夜。以下、友則が見たのと同じ夢の叙述を繰り返す。なお次の「故敏行」を『書陵部本』は「右敏行」、また「みえ給つる」を『版本』は「みえ給へる」。また「もとになんあらん」を『版本』は「もとになん」。○御前　あなた。対称の人代名詞。ここは、僧の立場からの「御前」で、紀友則を指す。『今昔』は「君」。○さめざめと　しきりに（泣いて）。夢の中の敏行が大声で泣き叫ぶのに対し、友則と僧は、声を抑えて泣き続ける。この語は『今昔』にはない。○手づからみづから　自分自身の手で。「手づから」を強調する。第百九十四話に同じ用例がある。「手づからみづから裁《た》ち着せたりける唐衣《からころも》を」（『唐物語《から》』八）。中世の文章に見られる。『旧・新大系』注参照。なお次の「はじめみしには」を『版本』は「はじめには」。また話末の「よかりけりとなんみけり」を『今昔』は「喜《よろこび》タル気色ニテナム見エケル」とし、さらに「然レバ、愚ナル人ハ遊ビ戯レニ被引《ひか》レテ、罪報ヲ不知《しらず》シテ、如此《かくのごと》クゾ有ケルトナム語リ伝ヘタルトヤ」の評を付す。

〈参考〉

歌人でもあり、能書家でもあった（藤原）敏行は、人々に頼まれて『法花経』を書写したが、不浄な心で書写したため、悪道に堕ちそうになった。ところが『四巻経』書写を発願《ほつがん》して蘇生したが、享楽にふけって死に、苦を受けた。紀友則と三井寺の僧が敏行の訴えを夢に見、僧が『四巻経』を書写供養したため、敏行は極端な苦からは免れたという。

不浄の心で写経しては功徳にならないことの関連話は第一・二話（第一話は不浄心での読経、第二話は不浄説法）にあり、また堕地獄、あるいは冥界歴訪の話は『霊異記』に多い（語釈「大なる川」参照）。第百三十四話の日蔵にも冥界歴訪譚がある。また死者が近親者や知人の夢に出る話は第百二十一話にある。これらのことから、この話は、当時の人々にとっては架空の話ではなく、事実として受け取られていた。『尊卑分脈』藤原敏行にも「夢中詣二冥途一堕二地獄一人」云々と記している。

冥土に連れて行かれた敏行が裁判官の裁決で、身をこま切れにされるという最後の場面で、『四巻経』書写供養の発願をしたという、ぎりぎりの場面でのどんでん返しの手法は、第九十六・百八話等の観音霊験話に見ることができる。話の聞き手、読み手に、はらはらさせるのに効果がある。

同話は『今昔』巻十四第二十九話にある。話の筋の展開は『宇治』話とほぼ同じである。表現は語釈「あかはん」で述べたように、より仏教的にしている。『十訓抄』巻六第二十七話にはあら筋の体裁で載せる。

百三（上百四）東大寺花厳会事〈東大寺《とうだいじ》花《け》厳会《ごんゑ》の事〉巻八—五

是《これ》も今《いま》は昔《(むかし)》、東大寺に恒例《こうれい》の大法会《だいほふゑ》有《あり》。花厳会とぞいふ。大仏殿《だいぶつでん》のうちに高座《かうざ》をたてて、講師《かうじ》のぼりて、堂のうしろより、かい《(ひ)》けつやうにして、逃《にげ》ていづるなり。

古老つたへていはく、「御寺建立《こんりふ》のはじめ、鯖《さば》を売翁《うるおきな》きたり。ここ《(ゝ)》に本願《ほんぐわん》の上皇《じやうくわう》、めしとど《(ゝ)》めて、大会《だいゑ》の講師《かうじ》とす。うる所の鯖を経机《きやうづくえ》にお《(を)》く。変じて八十華厳経となる。」則《すなはち》、講説《かうぜつ》のあひだ、梵語《ぼんご》をさへづる。法会の中間《ちゆうげん》に、高座にして、忽《たちまち》に失《うせ》をはりぬ」。又云《またいはく》、「鯖をうる翁、杖《つゑ》を持《もち》て鯖をになふ。その鯖の数《かず》八十、則《すなはち》変じて八十花厳経となる。件《くだん》の杖の木、大仏殿の内、東回廊《ひむがしのくわいらう》の前につきたつ。忽《たちまち》に枝葉《しえふ》をなす。これ白榛《びやくしん》の木也《なり》。今、伽藍《がらん》のさかえ《(へ)》、おとろへんとするにしたがひて、この木さかえ《(へ)》、枯《かる》」といふ。かの会の講師、このころまでも、中間に高座よりおりて、後戸《うしろど》よりかい《(ひ)》けつやうにして出事《いづる》、これをまなぶなり。

かの鯖の杖の木、三、四十年がさきまでは、葉はあをくてさかえ《(へ)》たり。そのの《(ゝ)》ち、なほ枯木《(を)かれき》にてたてりしが、此《この》たび、平家の炎上にやけをはりぬ。世のすゑのしき、口《(お)》をしかりけり。

〈現代語訳〉

百三　東大寺華厳会のこと

この話も今は昔のことであるが、東大寺で毎年決まった時期に行なわれる大法会《だいほうえ》の行事がある。華厳会《けごんえ》といっている。東大寺の大仏殿の中に、一段高く高座を作り、そこに講師が上って、（講説の途中で）大仏殿の後ろから、さっと消えるようにして、逃げて外に出るのである。

（このことの由来について）昔をよく知る老人が（昔の人からの話を）聞き伝えて、「東大寺を建てた始めの時に、鯖《さば》を売る老人がやって来た。その時に東大寺を建てることを発願《ほつがん》なさった聖武《しょうむ》上皇がその老人を呼び止めて、大法会の講師とした。老人は売り物用の鯖を経机の上に置くと、鯖は八十華厳経に変身した。そして経典について講義をしている間、昔のインドの言葉を使い、唱えた。そして法会の途中で、高座に坐ったまま、急に消えていなくなった」と言った。また「鯖を売る老人が、杖に結びつけた鯖（を入れた籠）をかついでいた。その鯖の数は八十四。すぐに変身して八十巻の華厳経に変身した。その時の杖の木は、大仏殿の中の、東側の回廊の前に突き立てた。すぐに枝や葉が伸びた。この木が白榛《びゃくしん》の木である。まさに、この東大寺が栄えたり、衰えたりする時が来るのに合わせて、この木も栄えたり枯れたりする」と言った。その華厳会の講師は、今でも法会の途中で、高座から下りて、後ろの戸から、さっと消えるようにして出るが、それはこのことを手本にして行なっているのである。

あの鯖の杖の木は、三、四十年前までは、葉は青々として栄えていた。その後は、依然として枯れ木の状態で立っていたが、つい最近、平家の軍勢による焼き討ちの火災で、焼けてしまった。世も末になった有様で、残念なことであった。

〈語釈〉

○東大寺　奈良市雑司町《ぞうしちょう》にある華厳宗の総本山。南都七大寺の一つ。聖武天皇の発願によって建立。本尊は毘盧舎那仏《びるしゃなぶつ》で、天平勝宝元年（七四九）に完成。次の「大仏殿」はこの大仏を安置した仏殿で、同三年ごろ完成。第四・百一・百四十四・百八十三話参照。**○恒例**　行事や仏事が決まった月日や方式で行なわれること。またその行事、仏事をいう。**○大法会**　大規模な法会。法会は、経典を読誦《どくじゅ》し、講説したり、仏事、法要を営み、仏菩薩を供養する集《しゅう》会《え》。**○花厳会**　華厳会。『華厳経』を読誦し、その功徳を称賛し、国家鎮護を祈る法会。『建久御巡礼記』（東大寺）、『古事談』巻三第二話、『今昔』巻十二第七話等は、東大寺華厳会は毎年の三月十四日とする。なお『三宝絵』巻下第十三話に、法華寺の華厳会の記事がある。

○高座　講師が仏事を行なったり、説経、論義などをするための座席で、一段高く作ってある。第百九話参照。次の「た（立・建）てて」は、設けて、作って。なお底本は「たてし」の「し」を見せ消ちにして「て」。○堂のうしろ　後に「後戸」とある。仏殿の、本尊を安置している後ろ側の戸口。『風姿花伝』（第四「神儀に云はく」）に、釈迦説法の時に、舎利弗《しゃり》が祇園精舎《ぎおんしょうじゃ》の後戸で申（猿《さる》）楽《がく》を行なったという故事を記す。『新大系』の『宇治』、『古事談』は、猿楽が催されるなど芸能ともかかわる神秘的空間とする。○かいけつ　ぱっと消える。突然いなくなる。姿を現わした神仏が急に見えなくなる時の表現として用いることが多い。第百七・百五十一話参照。○古老　故実や昔のことをよく知っている老人。なお『版本』は「古老の」。また「御寺」を『版本』は「御堂」、『巡礼記』は「御寺」。○鯖を売翁　上代から中古にかけて、鯖は主に日本海側でとれたものが好まれたらしい。『出雲風土記』（秋鹿郡）の、日本海側の産物名の中に「佐波《さば》（鯖）」がある。また福井県に鯖江《さばえ》の地名や鯖街道等、鯖に縁のある語がある。また魚が経典に転じる話に『霊異記』巻下第六話、『今昔』巻十二第二十七話等がある。この話は東大寺建立の時に鯖を売る翁が来たとする。『巡礼記』、『古事談』も同じ。『今昔』は、大仏の開眼《かいげん》供養の日に翁が来て、天皇は供養の読師にしたとし、供養の日が今まで続く華厳会とする。菅家本『諸寺縁起集』（東大寺）も、大仏開眼の日に翁が来て、鯖を仏前に置いたとする。『東大寺要録』（巻二、供養章第三）に、翁が来た日を、開眼供養の日と華厳会のはじめの日とする二説があるが、後者の説の方がまさる、とする。この「翁」について『諸寺縁起集』、『東大寺要録』は「化人《けにん》」（仏菩薩が一時的に人の姿になって現われたその人）。なお「鯖を」を『版本』は「鯖」、次の「きたり」を諸本は「きたる」。○**本願の上皇**　「本願」は、発願すること。寺をはじめて建てたり、法会を始めることを計画すること、またその人。「上皇」は「しやうくわう」のよみもある。天皇が退位してのちに受ける称号。ここは聖武上皇のこと。四十五代天皇。在位は神亀元年（七二四）～天平感宝元年（七四九）。没年は天平勝宝八年（七五六）、五十六歳。○**講師**　法会の席で、経典の内容を説き聞かせ、説法を行なう僧。第百九・百十話参照。○**う（売）る所**　売るための。売り物用の。『巡礼記』に「所レ売」とあるので、漢文を読み下しにした文体。○**経机**　経典を載せる机。○**八十華厳経**　『華厳経』は、全世界を（毘《び》）盧《る》舎《しや》那《な》仏《ぶつ》の顕現であるとし、一微塵《みじん》の中に全世界を映し、一瞬の中に永遠を含むという世界観を示している。この経は六十巻本、八十巻本、四十巻本の三種類の本がある。『八十華厳経』は八十巻本。○**講説**　「かうせつ」のよみもある。経典を講義したり、説法すること。○**梵語**　古代のインドの言葉の一つ。サンスクリット語。○**さへづる**　意味が理解できない言葉で話す。『旧大系』は、抑揚の歌のように聞こえるものをいうか、とする。第百八十・百八十七話参照。○**杖を持て**　「杖」は、鯖を入れた入れ物（『今昔』は「籭《いかき》」〈籠の類〉）を結びつけた杖。『諸寺縁起集』は「朸木《あふこ》」（てんびん棒）。『巡礼記』によると「以レ杖荷二鯖八十一」とあるので、「持」は「以《もち》て」（……で。によって）の意。『版本』は平仮名で「もちて」。この方がわかりやすい。なお次の「その鯖」を『版本』は「其物」。○東回廊　「回廊」は、仏殿をとりまく長い廊下。『版本』は「東門廊」、『巡礼記』は「東近廊」、『諸寺縁起集』は「東楽門」、『今昔』は「堂ノ前ノ東ノ方」。○白榛　ヒノキ科の常緑の木。『巡礼記』、『古事談』は「白身木」。なお『柳田國男集』（筑摩書房、十一巻、神樹篇「杖の成長した話」）に、弘法大師、日蓮等の高僧が土に突き立てた杖から巨樹に生長する神樹伝説が諸地方にあると記す（『新大系』の『古事談』注参照）。○伽藍　元来は、僧が集まって修行する道場のことであるが、寺院を指す場合が多い。ここは東大寺のこと。○まなぶ　まねること。古くからの伝え聞いたことを手本にして、そのとおりに行なうこと。○三、四十年　『版本』は「三十四年」、前田家本『巡礼記』は「三、四十年ノ前マデハ」、天理図書館本・旧久原文庫本『巡礼記』は「三十年ノ前マデハ」。なお直前の「杖の木」から「さかえたり」まで『書陵部本』にはない。○枯木にて　「にて」は、……の状態で。○平家の炎上　治承四年（一一八〇）十二月二十八日の平重衡《しげひら》の軍勢による奈良焼き討ちによって東大寺が焼失したこと（『玉葉』、『平家物語』巻五「奈良炎上」等）。○世のすゑのしき　「世のすゑ（末）」は、末《まっ》法《ぽう》の世になったこと。末法は、釈迦が没して、正法《しょうぼう》、像法《ぞうぼう》を経て、後冷泉天皇の永承七年（一〇五二）に末法に入ったとする。末法の世になると、仏法が衰えるとともに社会が混乱するという。「しき（式）」は、様子、事情、有様、次第。なお『版本』は「世の末ぞかし」。またこの一文は『巡礼記』、『古事談』にはない。『巡礼記』は「此度ノ炎上ニ焼ニシナリ」、『古事談』は「焼失の時に焼け了《をは》んぬ」で終わる。また『諸寺縁起集』（菅家本）は、鯖の木が焼けた跡に重源《ちょうげん》上人が菩提樹を植えた、とする後日を記す。ただし『元亨釈書』巻二は栄西が中国天台山から菩提樹を持って来て植えたとする。『新大系』、『古事談』は、この木は今も東大寺前庭西寄りにある、とする。

〈参考〉

この話は、東大寺華厳会の起源を取り上げる。法会の講師が講説の途中で、大仏殿の後戸から急にいなくなるように出て行くが、その由来を古老が聞き伝えた話として、化人の出現と奇瑞を語る。また化人が、鯖を（入れた籠を）かついでいた杖を土に突き立てると、枝葉が伸び、その木が東大寺の栄枯に従って茂ったり枯れたりするとも語るが、その予言どおりに、平家の焼き討ちで木は東大寺とともに焼失したという。華厳会の起源を記しながら、古老の聞き伝えた予言の的中が、一方では世の末の到来を嘆きながら、常人の考え及ばない不思議さがあるというところに、この話を取り上げた意図があるように思われる。

『新大系』の『古事談』巻三第二話注は、鯖翁は東大寺大仏殿の地主神の一人、とみる。またこの話は、先学の諸説にみるように、東大寺焼失時の年月が明確なことから、『宇治』成立時を考える時の手がかりになる話の一つである。

同話は、『建久御巡礼記』（東大寺）所収話がこの話と最も近い。語釈で指摘したように、この話は漢文体の本文を和文化したとみられるところがあるので、『巡礼記』（あるいはそれに近い本文）によった可能性が高い。『古事談』も同系統の話である。類話には『今昔』巻十二第七話がある。関連資料として、菅家本『諸寺縁起集』（東大寺「枌木事」）、『東大寺要録』（巻二、供養章第三）等がある。

上巻了

高橋　貢（たかはし　みつぐ）
1932年生まれ。早稲田大学大学院修了。梅光女学院大学教授，専修大学教授を歴任。文学博士。編著に，『十訓抄・古今著聞集要解』『今昔物語集要解』『日本霊異記（口語訳）』『古本説話集』など多数。

増古和子（ますこ　かずこ）
1933年生まれ。早稲田大学大学院修了。上野学園大学助教授，国士舘短期大学教授を歴任。編著に『校注宇治拾遺物語』『新編日本古典文学全集　宇治拾遺物語』など。

講談社学術文庫

定価はカバーに表示してあります。

宇《う》治《じ》拾《しゅう》遺《い》物語《ものがたり》（上）　全訳注

高橋《たかはし》貢《みつぐ》・増古《ますこ》和子《かずこ》 訳

2018年3月9日　第1刷発行
2024年5月17日　第4刷発行

発行者　森田浩章
発行所　株式会社講談社
東京都文京区音羽 2-12-21 〒112-8001
電話　編集（03）5395-3512
販売（03）5395-5817
業務（03）5395-3615

装　幀　蟹江征治
印　刷　株式会社広済堂ネクスト
製　本　株式会社若林製本工場
本文データ制作　講談社デジタル製作

ISBN978-4-06-292491-7

「講談社学術文庫」の刊行に当たって

これは、学術をポケットに入れることをモットーとして生まれた文庫である。学術は少年の心を養い、成年の心を満たす。その学術がポケットにはいる形で、万人のものになることは、生涯教育をうたう現代の理想である。

こうした考え方は、学術を巨大な城のように見る世間の常識に反するかもしれない。また、一部の人たちからは、学術の権威をおとすものと非難されるかもしれない。しかし、それはいずれも学術の新しい在り方を解しないものといわざるをえない。

学術は、まず魔術への挑戦から始まった。やがて、いわゆる常識をつぎつぎに改めていった。学術の権威は、幾百年、幾千年にわたる、苦しい戦いの成果である。こうしてきずきあげられた城が、一見して近づきがたいものにうつるのは、そのためである。しかし、学術の権威を、その形の上だけで判断してはならない。その生成のあとをかえりみれば、その根は常に人々の生活の中にあった。学術が大きな力たりうるのはそのためであって、生活をはなれた学術は、どこにもない。

開かれた社会といわれる現代にとって、これはまったく自明である。生活と学術との間に、もし距離があるとすれば、何をおいてもこれを埋めねばならない。もしこの距離が形の上の迷信からきているとすれば、その迷信をうち破らねばならぬ。

学術文庫は、内外の迷信を打破し、学術のために新しい天地をひらく意図をもって生まれた。文庫という小さい形と、学術という壮大な城とが、完全に両立するためには、なおいくらかの時を必要とするであろう。しかし、学術をポケットにした社会が、人間の生活にとってより豊かな社会であることは、たしかである。そうした社会の実現のために、文庫の世界に新しいジャンルを加えることができれば幸いである。

一九七六年六月　　　　野間省一